苍山耳语

瑚布图 著

天津出版传媒集团
百花文艺出版社

图书在版编目（CIP）数据

苍山耳语 / 瑚布图著 . -- 天津 : 百花文艺出版社，2024. 6. -- ISBN 978-7-5306-8905-9

Ⅰ . I247.5

中国国家版本馆 CIP 数据核字第 20248XW254 号

苍山耳语

CANGSHAN ERYU

瑚布图　著

出 版 人： 薛印胜

责任编辑： 郑　爽

装帧设计： 百悦兰棠 【BAIYUE LANTANG】

出版发行： 百花文艺出版社

地址： 天津市和平区西康路 35 号　　**邮编：** 300051

电话传真： +86-22-23332651（发行部）

+86-22-23332656（总编室）

+86-22-23332478（邮购部）

网址： http://www.baihuawenyi.com

印刷： 廊坊市海涛印刷有限公司

开本： 787 毫米 ×1092 毫米　1/16

字数： 440 千字

印张： 28

版次： 2024 年 6 月第 1 版

印次： 2024 年 6 月第 1 次印刷

定价： 98.00 元

如有印装质量问题，请与廊坊市海涛印刷有限公司联系调换

地址：河北省廊坊市安次区码头镇金官屯村海涛印刷有限公司

电话：（0316）2516002　邮编：065000

目 录

引子

二十世纪七十年代，一个深冬午后，大雪纷飞，天空一片混沌。绿皮车厢内十分嘈杂、拥挤，虽然许多人穿着带补丁的衣服，但都洗得很干净。一个中年男人和男孩穿着破旧的棉袄，木然站在过道，被来往的人群拥来挤去。火车还没发车，很显然，中年男人在顾忌着什么，紧张兮兮地把一个由棉被打成的行李包塞进座位底下，似乎在做见不得光的事。

汽笛声响，火车缓缓开出车站。突然，右侧车厢门口起了一阵小骚动，中年男子敏感地扭头，发现两名乘警朝他挤过来。中年男子眼神慌乱，下意识向左侧车厢口挤去，可很快，他发现前边还有两名公安，而且，他还看见了村支书侯宝山和治保主任刘石头。于是，中年男子绝望了。

火车上，两名公安将捆绑棉被的麻绳解开，打开被子，发现里面藏着二斤黑木耳。一名年轻公安人员说："伪装得还挺深，乔元海，你涉嫌投机倒把，私自贩卖黑木耳，现在被抓现行，还有啥可说的？"

侯宝山递给公安人员香烟，脸上堆满讨好的笑说："念乔元海是初犯，你们就高抬贵手，放他一马吧。"

刘石头说："就是，就是，充其量也就一斤多木耳，没收算了吧。"

公安人员板着脸说："你们这个态度可不行，本来二斤木耳，却非说一斤，这不是和稀泥吗？"

侯宝山指着旁边的乔福林，说："瞧他还带着个孩子，也不容易，这样，你把他交给我，我们把他带回去严肃处理，召开批判大会。"

公安人员摇着头说："你别磨叽了，说了不行，你还啰嗦啥？我们必须把他带回去审讯！"

乔元海彻底绝望了，他看了眼侯宝山，又看了眼儿子乔福林，说：“我肚子疼，我要尿尿。”

“不好了，有人跳车了！”

车厢里突然乱作一团，接着在一处柞树林边，火车嘎吱停下，乘警、公安和侯宝山、刘石头踩着积雪在前面跑，男孩儿跟在后面跑。乔元海心里惴惴的、慌慌的，突然他放声哭了起来。

回乡祭祖

乔福林想让李萍陪他回柞树村。昨晚睡前温存后，他试探着把想法说了，希望李萍看在他的面子上，一起回去祭祀，毕竟乔元海是她未见过面的老公公。明天是父亲二十周年忌日，不看僧面看佛面，不看佛面看薄面。可李萍压根儿没给他面子，什么佛面、薄面，都不如鞋垫子，因为在她的记忆里，那个穷山沟实在太落后、太封闭、太埋汰了，她一想到乔福林的那个家，心里就有些颤颤的，于是她表情寡淡地说："要去你自己去，我可不去遭罪、喂虱子。"

乔福林哀求了几句。李萍不耐烦，说："你别磨叽了，你到底睡不睡？不睡去客厅看电视！"欠起身的乔福林看着她美丽的睫毛，再看看她肉嘟嘟性感的嘴唇，知道柞树村的虱子在她心里留下了阴影，心里叹息一声，说："既然你不去，就让小盼跟我去，毕竟他是爷爷的大孙子。"

一场秋雨一场寒，秋雨后的观音岭景色宜人，空气清新，但也霸道地往喉管里吹着凛冽的空气。吉普车如一条不甘寂寞的鱼，哗啦啦，叮叮咣，抖动着游动在观音岭色彩斑斓的五花山中。刚驶过一片金黄的白桦林，迎面又撞来密密麻麻的紫红、暗橙色的柞树林。接着，挺拔的翠绿红松映入眼帘，犹如森林巨人般"木秀于林"，就像羊群中的骆驼。乔小盼兴奋极了，车窗外一闪而过的满树红果子，令他不时拍手惊呼，嚷嚷着下去摘"山里红"或者"山丁子"。乔福林按住他的脑袋，试图安抚住他的躁动与喧哗。

儿子实在聒噪得厉害，乔福林说："我给你讲个观音岭的传说吧。"

"好呀，好呀！"小盼拍着手说。

"大约一百年前，这里还是一片原始森林，到处是老虎、野猪和马鹿。

有一天，从关里来了三个年轻人，带头的是我太爷爷，其他两人分别姓侯和毕，三人从山东来，是一个村的光腚娃娃。他们千里迢迢，风餐露宿，来到这片荒无人烟的老林子采黑木耳。可眼看秋天快过去了，他们只采了十几斤。一天，精疲力竭的他们来到一处悬崖下，想避避风啃几口煎饼恢复一下体力再走，突然侯姓小伙儿脸色大变，浑身哆嗦，原来就在离他们十几米处的悬崖下，一只休憩的东北虎正慢腾腾站起来。于是，六只眼睛对着两只眼睛，谁也挪不动步了。我太爷说咱谁也别动，别让老虎看出咱怵它，咱就一直盯着它。就这样，三个人的心都快跳出胸膛了，虽然腿抖得像风中芦苇，全身淌满了冷汗，却也不敢躲开眼神。我太爷小声祈祷，观音菩萨啊，保佑我们吧，如果不被老虎吃掉，来年春天俺们再来这里，一定在山顶上给你修个庙，在附近定居，永远供奉您。大概老虎刚吃完一只狍子，还不饿，也许他们三个瞪视的眼神令老虎胆怯了，几分钟后，它收回凌厉的目光，低眉耷眼地走开了。三人当即瘫软如泥，跌坐地上。缓过神来，三人搓土为香，拜了把子。为还愿，第二年春，三人回到这里，用了大半年时间，在山顶修了座小庙，是为观音庙。而这座高山，也被人称为观音岭。”

故事讲完，乔小盼仍有许多疑惑：“后来三兄弟咋样了？建完观音庙，直接回山东还是咋的了？后来又碰没碰到过老虎啊？”

乔福林说：“他们在观音岭的柞树村定居下来，采集野生黑木耳，晾晒干透，冬天背回老家卖掉，挣些钱养家糊口。”

这时一只长尾野鸡，突然从车前扑啦啦飞过去。儿子又开始大呼小叫。

其实，从观音岭回柞树村，比从鸡图公路走绕远，多出六十多公里，但乔福林就是喜欢走这条路，虽然不像鸡图公路是沥青路，但他喜欢挑战，喜欢开着吉普车颠簸在山路上，尽情领略观音岭雄奇、狂野、原始的自然风貌。于是他心里高兴，嘴里就冒出一句怪话：“天王盖地虎，宝塔镇河妖。”

乔小盼斜他一眼，说：“你这是啥呀，乱七八糟的，你说咒语呢吧？”

乔福林嘴角笑笑，唱起了二人转：“大汉江山渐渐残，汉献帝无福闯曹蛮，姥爷镇守荆州地，刘皇叔人马坐西川……”

“让我们荡起双桨，小船儿推开波浪……”乔小盼大声唱起来，似乎想盖过父亲的声音，“迎面吹来了凉爽的风……”

吉普车驶过率宾河进入柞树村，太阳才升到三竿子高。从率宾河北岸左拐进主街，这是村里唯一的主街，往北开过几处房，就是乔家祖屋。主街街口矗立的大榆树郁郁葱葱，乔福林的太爷闯关东时，这棵古榆树就在，现在过去了一百多年，它依然苍翠、挺拔。那年，他太爷和侯宝山的爷爷以及毕得财的太爷，一起从吉林翻过老爷岭，攀上观音岭顶峰后，望见山脚下率宾河蜿蜒向东南流淌的背面大山褶皱里，由南向北神龙吸水似的这条大沟，以及它冲击而成的不大一块扇形平原后，突然泪流满面，连说到家了。后来某天，县文物管理所来了几位专家，围着大榆树鼓捣半晌，往树身上咣咣钉牌子，交代村支书侯宝山，要管好村民，管护好大榆树，不要让它枯了、死了，说这棵树有八百多岁，是县里的文物。

侯宝山命人在树下焊了个铁栅栏，并在一次村民大会上说："这是咱柞树村的宝贝，是咱的风水，如果谁胆敢砍树、烧树，搞破坏，就是与柞树村几百口子为敌，就是掘柞树村的祖坟，看我怎么收拾他！"

二迷糊起刺，问："破坏了大榆树怎样？"

"那你就屎壳郎搬家，滚屎子！"侯宝山严肃地说。

"噢，我知道了，"二迷糊揉着眼角说，"谁敢睁眼往枪口上撞，那就是耗子钻牛角，死路一条呗。"这小子仗着那年学校组织学生进山采野生木耳创收，发现两个猴头长在七八米高的大柞树上，就爬树去采摘，结果手没搂紧从树上摔下来，造成脑震荡后遗症，从此就觉得村里欠他多少钱似的，啥事都想强出头，成了惹不起的刺头。

后来，大榆树下就成了村中老人议事的地方，谁家添娃起名字，谁家老人上观音岭遭了横事，谁家占了谁家一垄地，谁家公鸡把谁家母鸡欺负了，等等，长者们都要围聚在大榆树下，一袋烟吸完，答案有了，官司断了。乔福林对于大榆树记忆最深刻的，是它成了村民聊闲天儿的地方，成了二迷糊、葛亚丽他们唱二人转的地方。后来，侯宝山嫌他们唱的段子太荤、太埋汰，担忧教坏孩童，带坏民风，在几次三番批评教育甚至破口大骂无果后，命刘石头在大榆树杈上安置了两个高音喇叭，成天播放新民歌。

乔福林看见，大榆树下聚集了许多人，有人在唱二人转，有人在下象棋，还有一些小孩子，在玩追逐游戏。这些孩子看见吉普车，稀罕得不得了，也不顾及吉普车带起的灰尘，在后面追逐着呼喊、奔跑。

吉普车嘎吱停在门前，乔福林看见院门外围了一群人，母亲弯曲着几乎与地面平行的身子，手里的石头拍得木樟子啪啪响，头发凌乱得像冬日田野的衰草，浑身颤抖，嘴角白沫涌动，向樟子另一边的女人喷射出难听的话。“秋子”（观音岭土狗），嘴巴喷溅着白沫，尾巴翘得橡根棍子，愤怒无比地朝对面樟子里的胖女人狂吼。

对面的胖女人叫齐丽美，是村支书侯宝山的老婆，她身大力不亏，嗓门格外大，明显在这场骂战中占了上风。

对于两个女人这样吵架，乔福林从小就司空见惯了，他依稀记得，她们的骂战是从父亲跳火车摔死后开始的，那以后，母亲将丧夫剧痛归咎于侯宝山带人围追堵截乔元海所致，于是总是小题大做，故意找对方的碴儿。而齐丽美因丈夫是支书，在村里处处受人尊敬，不承想西院的庄小凤时常指桑骂槐，就有些受不了了，所以两个女人的骂战就不可避免。乔福林觉得她们的对骂太难听、刺耳，知道她们肯定是因为鸡毛蒜皮小事而吵架，担心污染小盼的耳朵，就去拽母亲的胳膊。

母亲以为是哪个拉架的邻居，头也不回地说：“你不用劝我，我今天就是要讨个公道！天底下有没有这么欺负人的？！”

“妈！”乔福林低声唤了一声，手上用些力气。

母亲似遭电击，身子战栗了一下，艰难地转过身，仰头看见乔福林一手抓住自己胳膊，一手牵着大孙子，眼里露出乞求的目光。而那只有几岁的大孙子乔小盼的目光，却是惊恐的、惊扰的、惊讶的！于是这个饱经风霜、腰弯得像张弓似的女人，突然老泪纵横，抱着小盼哇哇号啕。

乔福林把母亲搀进屋，一家人盘腿坐在炕上。庄小凤爱怜地看着乔小盼，左一句大孙子，右一句大孙子，满眼流露出的都是爱意。乔福林还纠结于刚才的阵仗，说：“妈，你以后别总跟东院的齐婶吵架，你俩吵了一辈子，还没吵够啊？为了一些鸡毛蒜皮的小事，故意找碴儿吵架，累不累啊？”

庄小凤还在逗弄孙子，说：“我就是咽不下这口气，这辈子都咽不下，只要我还有这口气，就和老侯家战斗到底！”

乔福林说：“都是陈芝麻烂谷子，你总记挂在怀，时间长了气不顺，你会憋出病来的。”

“啥？”庄小凤朝他瞪起了眼珠子，大声说：“大林子，你是不是忘了你爸是怎么死的了？你、你这样说娘，娘的心真的很痛啊，大林子！”

庄小凤呜咽着抹起了眼泪。

乔小盼吓坏了，从庄小凤怀里挣脱，钻进乔福林怀抱，一双无辜的眼睛，胆怯地看着庄小凤。乔福林心软下来，说："我不是这个意思，妈，你误解我了，我爸当年是害怕因为投机倒把罪回来蹲监狱，才从火车厕所窗户跳出去的，他的死纯属意外，跟侯宝山没有太大关系……"

"住嘴！"

庄小凤的眼神突然变得凌厉，瞪着乔福林，说："你那时才七八岁，你懂个屁！跟侯宝山没关系？说得轻巧！如果不是他带人去抓你爸，你爸能摔死吗？大林子，你太让我失望了，太没骨气了！难道你忘了，你爸摔死后，我带着你们，孤儿寡母的有多难吗？"

乔福林怕母亲太过激动、伤心，连忙说："对不起了，妈，是我不好，一回来就惹你生气，你别再生气了，瞧把小盼吓的，孩子都要被吓哭了。"

乔福林的话真管用，俗话说老儿子大孙子，老太太的命根子。庄小凤看见小盼小鹿般纯净、怯懦的眼神，赶紧止住哭声，说："奶奶不哭了，还是俺小盼乖，奶奶最心疼小盼了，来，奶奶抱抱，哎哟，我的心肝宝贝啊！"

过了一会儿，乔福林问："你刚才为啥那么激动啊？跟东院吵得那么凶，也不怕左邻右舍笑话。"

庄小凤说："齐丽美大胖猪，欺负人欺负到家了，想骑着我的脖梗子拉屎，我不跟她吵，便宜了她。"说完，她竟然幸灾乐祸地笑了一声。

乔福林说："多大点事儿啊，天塌下来了，还是观音岭倒了？"

母亲的语气缓和下来，说："也没啥大事，不过佛争一炷香，人争一口气，不就是咱家的大公鸡跑到东院啄了几口白菜吗，至于让她削了一棒子，差点把大公鸡膀子砸断……"

唉，乔福林轻叹一声，说："你的脾气也真够火爆的，点火就着，可是妈，气大伤身啊。"

庄小凤露出一丝狡黠的笑，说："其实我才不生气呢，我就是想硌硬硌硬齐丽美。"

家里吵得这么凶，乔福林却没看见大哥乔福森的影子，心里不免有些懊恼。提起这个拎不起来的大哥，着实令他从心里反感、瞧不起，怨他不争气，成天喝得醉醺醺，把日子过得苦哈哈，母亲跟他生活在一起，乔福林每月给他五十元钱，作为抚养费用，可都被他买酒喝了，为此大嫂胡金兰颇为不满，两人三天两头闹得不愉快。

大概母亲瞧出了乔福林的疑问，说："你大哥去村委会了，村会计通知说，镇上来人了，催缴咱家欠的统筹款和提留款。"

"咱家欠多少钱？"乔福林问。

"欠国家和村里的，合计一千多块。"庄小凤叹息一声，刚才还因吵架而潮红的脸，突然苍白委顿下来。

乔福林顿时懊恼起来，说："我大哥太不要强了，也不知道出去找点儿活干，不欠钱才怪。"

"你也不能只怪你大哥，"庄小凤听他责怪老大，心里有些不高兴，说，"自打你爸死后，你大哥就顶起了这个家，为了让你们姊妹吃饱饭，上得起学，他成天在老林子里转悠，采点儿木耳换钱，谁承想黑木耳跟咱家有'仇'，害死你爸不说，还让你大哥被'黑瞎子'啃去半个脚后跟，要不是他躺在地上装死，早被'黑瞎子'舔了……"说到伤心处，庄小凤抹起了眼泪。

乔福林见不得母亲哭，知她说的是实情，心里感到愧疚，说："你别哭了，我去村委会看看。"他拉起儿子手，走出外屋门。

乔福林把吉普车停在村委会门口，把儿子抱下车，起风了，虽然不大，却吹得凉飕飕的。他给小盼扣好衣扣，朝村委会走去。在走廊里，他听见一个人大声说："乔福森，你别光抽烟，到底啥时把欠款还上？你倒是出个声啊，像个闷葫芦，到底啥意思？"

另一个声音似乎是支书侯宝山的："福森啊，你说句话，现在还不上，到年底能不能还上？要不，你就做个还款计划，今年还不上，明年，或者后年还上，不管咋的，你得有个态度嘛。"

乔福森瓮声瓮气地说："我也想还钱，可是，俺家就这条件，就我一个男劳力，脚后跟又叫'黑瞎子'啃去半边，干不了重活啊。"

大概第一个人是镇里干部，说："你这个态度太消极，谁家没有困难，要是都像你这样不思进取，日子就没法过了。"

乔福森嘟囔了一句："谁不想过好日子啊，谁不知道欠钱丢人现眼，可是，我家真的困难啊！"

侯宝山说："乔福森说得也有道理，要不，我看这样行不行，让他做个还款计划，每年还一点，逐渐还吧。"

镇里干部说："我真服了你，乔福森，你太肉了！"

"爱他妈咋地咋地，反正老子没钱，有能耐，你们把我拉出去枪毙！"大概乔福森感觉受到了侮辱，被激怒了，语气突然强硬起来。

"好啊，既然你死猪不怕开水烫，想暴力抗税，那好，赶紧给派出所打电话，把他绑起来！"

"吓唬三岁小孩呢？有章程你们现在就把我抓起来，老子要是眨一下眼皮，就不姓乔！"

"乔福森，你咋说话呢？"侯宝山大声训斥，"咋的，你还能耐了？不听劝了是不是？"

乔福林听出来了，侯宝山是怕事态激化，故意给大哥找台阶下，他知道大哥的驴脾气，发起犟来九头牛也拉不回头，于是他快步走进去。

乔福林看见，小会议室里烟气弥漫，会议桌一边坐着侯宝山、治保主任孙俊，还有两个人不认识，估计是镇里的干部，另一边坐着大哥乔福森。大概没想到乔福林会突然出现，乔福森脸上布满疑云，皱着眉看着他。

乔福林掏出一百二十元钱，放到桌子上说："这钱先还上，欠多少我来还。"

东西院的宿仇

乔福林的吉普车停在葛亚丽家的小卖铺门口，他想买刀烧纸等祭祀物品。葛亚丽四十来岁，脑瓜比较活，把小卖铺开在大榆树旁边热闹处。山野里到处湿漉漉，流窜着一股秋后特有的湿凉、糟腐与收获混合的气味。葛亚丽嗓门大，调门高，见乔福林走进小卖铺，脸上笑成一朵花，说："大林子兄弟，啥时回来的？"

乔福林指着一摞黄表纸说："前天回来的，给我来刀烧纸。"葛亚丽将一捆烧纸摆到柜台，说："给你爸上坟啊，这是？"

乔福林嗯了声，说："再来瓶烧酒。"

葛亚丽把一瓶烧酒交给乔福林，逗乔小盼："哟，小帅哥，真精神，像年画上的散财童子，想吃点啥？大娘白送你。"乔小盼嫌她嗓门震耳朵，捂着耳朵摇头。葛亚丽大鹅似的嘎嘎笑，"这小家伙还把耳朵捂起来了，这是嫌俺嗓门大了。"说罢将一小袋跳跳糖塞进他手里，小盼没接，胆怯地看着面前这个黑塔似的大嗓门女人，眼里露出怯怯的神色。这时二迷糊跟进来，看着乔福林说："大科长回来了，这是干啥呀，呦，是给大叔上坟啊。"看着他讨好的样子，乔福林心里一阵嫌恶，说："啥大科长，副的。"二迷糊说："副的也是科长，就是大科长啊。"乔福林知道，他如此厚着脸皮恭维，是想讨点便宜，便对葛亚丽说："拿条吉星烟。"

葛亚丽讶异地看着他，拿出一条"吉星"说："这么多，敢情是要请客啊？"乔福林说："大伙儿匀着抽。"葛亚丽撕开包装，抠出一盒塞进裤兜，把香烟塞给二迷糊说："拿去抽吧。"二迷糊接过香烟，高兴地说："谢谢大林子，大科长就是阔绰，出手就是一条'吉星'，哎，兄弟，下回省亲来，带几盒'大前门’，让咱也尝尝鲜呗。”葛亚丽撇嘴讥讽道：“臭美不要脸，还‘大前门’，你长那张嘴了吗？”二迷糊不甘示弱：“我没长，你长了吗？你的大嘴叉子，除了扯老婆舌，还能干啥！”葛亚丽骂道：“滚犊子！狗嘴吐不出象牙。”

吉普车在村东靠着率宾河北岸的一处吊桥前停下来。村子的坟茔地在南岸观音岭脚下的一处窝风处。乔福林将一张黄表纸压在坟头，乔福森将四样水果和糕点摆在一块平整的石头上，乔小盼觉得好奇，瞪着一双大眼睛，看着大人们忙活。乔福林摸摸蒿草感觉湿漉漉的能攥出水，便掏出打火机将烧纸点燃，把燃香插进黑土，把烧酒打开，浇在坟上，剩下一点仰脖喝了口，酒瓶递给乔福森。乔福森喝了口，把最后几滴酒洒在坟上。

这时，乔福林请来帮忙的儿时伙伴关大壮连呼哧带喘地跑来，他抹掉头上的汗，说：“还好，没耽误事，紧赶慢赶，就怕帮不上忙。”

关大壮挥舞着镰刀，割掉坟墓上新长出的小树苗，乔福林把野草拔掉。然后三人开始修葺坟墓。乔小盼觉得无聊，坐在一块塑料布上，靠着一棵碗口粗的柞树睡着了。

直到太阳偏西，乔小盼才从热炕头上睡醒，嚷着要去看“吊水壶”，要去吊桥上玩儿。“吊水壶”就是瀑布的意思，只不过，村东的瀑布不大，是一条从十多米高的陡崖上垂挂下来的一道水流，远看像一匹从悬崖垂下来的白练，发出哗哗声响。乔福林牵着儿子手，路过大榆树时，看见二迷糊他们还在那里唱二人转。

三秋还有小艳阳，下午开始，天气突然热了起来，乔福林感觉身上全是汗，脱下外套围在腰间。走出老远，乔小盼突然问：“这些人在干吗呢？又蹦又跳，又哭又闹，像群精神病。”乔福林说：“闲得没事干，耍活宝。”

小盼说：“他们天天在这唱吗？”

乔福林说：“大概是吧。”

小盼“哦”了一声，说：“那他们不用上班吗？不上班挣钱，谁养活他们啊？是他们的爸爸妈妈吗？”

乔福林说：“谁也不养活他们，一群懒蛋，就知道穷欢乐。”

小盼噘着小嘴，一脸不屑的表情，气哼哼地说：“我看他们也是，穿得像讨饭的，还要爸爸妈妈养活，不知愁，不知羞！”

黄昏的柞树村是迷人的，夕阳夕照下，整个山沟笼罩在一派金黄、橙黄的氛围里，失去水分的杨树叶子在阳光照射下愈发透明，筋脉毕现，像一棵棵金色摇钱树在秋风中轻轻吟唱，似乎在与枝杈作最后的诀别。沟两边的柞树叶子，经霜后不再碧绿，而是华丽转身，变得通红，与纤弱的枫树争颜色，阳光下红得像鲜血。茅草房的烟囱，吐出一股股白色炊烟，像扯起一面面白色旗帜。“刺啦”一声，谁家在炝锅，葱花经油炸后特有的芳香迫不及待地游窜在山村上空。“哞——”，放牛人赶着一群牛从北沟下山，远远踢踏起一片烟尘。

“咩——”，一种柔软的声音，顺着吊桥传过来。乔小盼直起腰，手搭眼罩向率宾河方向望去。吊桥上走过来几只山羊、几只大白鹅、一只黄狗，一个手摇鞭子的老汉，身披霞光走在后边。

徐锡坤！乔福林快步迎上去。

徐锡坤是村里希望小学的校长，乔福林是他从一年级教到八年级的学生，他退休好几年了，闲不住，养了几只山羊和几只大鹅，成天领着“子弹”去观音山放牧，虽然看起来优哉游哉，其实他是在暗中保护观音岭的一草一木。“子弹”是一只功勋犬，为抓捕偷猎者立下过汗马功劳，是老爷岭一带最著名的猎犬。

乔小盼被几只山羊吸引，抱着它们亲昵地学“咩咩”，“子弹”虽凶，跟小盼倒是投缘，围着他前后摇尾巴。

“臭小子，你不好好在城里上班，跑回来干啥？”徐锡坤对乔福林说，“咋的，你妈病了，还是……”

乔福林说：“都没事，今天是我爸二十周年忌日，我回来给他上坟。”

徐锡坤一拍脑袋：“可不是呗，你瞧我这破脑瓜子，越老越不记事了，唉，你说你爸多可怜，要不是为了那二斤黑木耳，要不是二迷糊嘴欠，侯宝山带着派出所的人去抓他，也不至于……”乔福林神情黯淡下来。

说话间，两人来到大榆树下。突然爆发出的一阵哄笑声，吸引了两人目光，肯定是谁唱了什么荤词儿，引起一阵骚动、笑骂。

“瞧瞧，瞧瞧，成何体统！”徐锡坤的鞭子指着那些欢乐的人群说，“从大老爷们，到十八九岁的小伙子，再到那些老娘儿们，成天在这里胡搅搅，唱荤词儿，也不觉得丢人害臊！”

乔福林说："是啊，个个虎背熊腰的不干正经营生，打情骂俏地穷欢乐，也不知道愁！"

"愁？他们要是有你一半的志气，也不至于把日子过得那么糟。"徐锡坤气愤地说。

"不瘸不瞎的，跑一天山，哪天不卖个五块六块的，"乔福林摇头说，"我看他们就是懒。"

徐锡坤说："这叫越穷越懒，越懒越穷啊！你瞅瞅二迷糊，裤子上摞了多少补丁，都快成百衲衣了，也有脸穿出来？可人家一点也不害臊，真是穷欢乐啊！"

"难道，村里不组织他们干点儿什么？"乔福林说，"还没到冬天呢，等到猫冬，再到明年春种，六七个月时间，就这么浪费了？"

"唉，怎么没组织啊？"徐锡坤叹口气说，"从前几年开始，侯宝山他们号召村民栽植苹果梨树，可你说怪不怪，明明在别的地方长得好好的苹果梨树，到了咱这就成了小老头树，而且口感还不好，卖不上价，不挣钱不说，还白搭工夫。今年就有几户村民，把果树砍了，种苞米。可是咱这柞树村，没有几亩良田，大都是山坡地和河套地，贫瘠得很啊，亩产太低了，种粮也不挣钱啊，老百姓都愁死了。"

乔福林看见，儿子似乎在嫌一只小公羊调皮，总想"开小差"，就折了根柳枝，跑过去教训小公羊。而"子弹"也懂得他的意思，跑过去把小公羊圈回来。

乔福林说："难道，就没有一条新的致富门路吗？"

徐锡坤说："要是有的话，他们还有闲工夫耍吗？不早就打破脑袋挣钱去了？唉，谁愿意受穷啊！"

乔福林路过侯宝山家门口时，正好侯宝山骑着自行车从后面赶上来，他支好车架说："今晚不回城里了，大林子？"虽然乔福林觉得别扭，不想跟他搭话，但还是礼貌地回答："哦，不回了。"这时乔福森趿着脚出门倒泔水，见乔福林和侯宝山站在院门外说话，心下不高兴，耷拉着冷脸子将院门踹开。侯宝山听见动静，尴尬地咳嗽了一声，推开院门讪讪地走了。

"往后少搭理他，不是人的东西！"乔福森冷着脸子，哗啦将泔水倒在樟子外。

乔福林背着儿子进院，庄小凤在草房前剥葱，说："以后不许再跟他说话，你忘了你爸咋死的了？"

因为担心东院能听见说话声，乔福林小声说："事情已经过去这么些年了，而且侯宝山事后也给咱家赔礼道歉了，你，你们怎么还不饶过人家？冤冤相报何时了啊？"

乔福森低声吼道："大林子，是不是吃了几天饱饭，就不知道姓啥，就忘记咱家的屈辱了？我告诉你，咱家跟侯家的冤仇没完，永远也没完！"

乔福林说："大哥，我跟你说过多少遍，你才相信呢？咱爸不是侯宝山推下火车的，是他自己害怕被抓蹲监狱，从厕所窗户跳出去，摔在涵洞的水泥墩子上摔死的，那是意外……"

"住嘴！"乔福森怒目而视，"我警告你大林子，如果你再替那个王八犊子说话，小心我削你！"

你被人种了蛊

乔福林做了一个决定，一个关乎他和家庭的决定。他清楚，一旦做出这个决定，势必会引爆一场“地震”，且开弓没有回头箭。果不其然，第一个跳起来反对的就是妻子李萍。那天早上，她正在卫生间化妆，准备上班，当她听乔福林说要辞职创业时，像看怪物似的，张大嘴巴，瞪着惊愕的眼睛，盯着乔福林看了十几秒钟，然后扑哧笑了，说，“你疯了吧？别闹了，还辞职呢，年末你们科长退休，到时扶正你顺理成章，你开啥玩笑，烧包烧的吧！”她开始描眉。

乔福林扶着门框，看着镜子里的她说：“我不是跟你开玩笑，李萍，我是认真的。”

李萍笑说：“那你辞职想干啥？经商？还是办企业？你哪来的本钱？”

“我要回柞树村种黑木耳。”乔福林说。

“啥？回柞树村？”李萍抹口红的手停在半空，眉头微蹙，结巴着说，“还，还要种黑木耳？你有病吧？是不是你爸阴魂不散，阴魂附了你的体？”

“我是认真的。”乔福林一本正经地看着她，说，“我想好了，李萍，回柞树村搞地栽木耳，带领乡亲们一起致富。”

“嘁！”，李萍不屑地鼻子里哼了一声，“你把自己说得挺高尚啊，带领乡亲们一起致富？你才从那个穷窝里爬出来几天？你自己还没致富呢，就想带领别人致富，你是谁啊？乡长？还是县长？可笑！”

看着她一脸瞧不起的表情，乔福林心里像被马蜂蜇了似的疼，他说：“李萍，我知道，你不相信我，但我真的很希望你能理解我，支持我的选择。”

“理解你？支持你？”李萍把眉笔摔了，愤怒地说，“乔福林，你心里已经做了决定，你压根就没有同我商量的意思，只是通知我而已，你让我怎么理解你、支持你？”

乔福林放缓情绪，说：“李萍，你挑理儿我不辩解，但我真的没有其他再好的选择了，我要不回乡创业，我吃饭不香，觉也睡不着，再说，我一个月才挣两百块钱，成天没什么工作，这样不死不活的生活真的很无聊，很没意思，这不是我想要的生活啊！”

李发得知女儿家中发生“重大冲突”，是乔小盼大声哭嚎，似乎想从声音上、气势上“弹压”无果后，电话通知李发的。李发当即骑车来到乔福林家，他说：“你们这是干啥？有啥大不了的事，一大早就吵架？孩子上学快迟到了，你俩还有心情拌嘴，真是过分！”乔福林看见儿子哭成了小花猫，赶紧给他洗了把脸，开着吉普车送儿子上学去了。

李萍没想到父亲会来，一屁股坐在床上，委屈地呜呜哭起来。李发刚退休不久，本想颐养天年，享受天伦之乐，却不想乔福林异想天开，要回柞树村搞什么地栽黑木耳，因此当李萍跟他哭诉完后，心里着实也有些气恼。李萍还在喋喋不休，说乔福林中了邪，被他父亲种了蛊，脑袋进了水。李发听她胡说，训斥女儿几句，但也觉得乔福林确实有些离谱、瞎搞。其实，当初李发作为银行主管行政工作的副行长，在众多退伍军人档案里，一眼相中乔福林，不能不说有他的偏爱。他相中的，是这小子身体素质好，身高一米八二，脸庞方正，双眼透着刚毅、果决，炯炯有神，当然这只是照片留给他的外表信息。让他特别动心的，是档案上写着乔福林这个森林警察在一次大火中，只身抢救出两名战友的命，并凭此荣立一等功，和平年代啊，能荣立一等功可不是闹着玩的，于是他就像给自己相女婿，一眼相中了他。

这天晚上下班，乔福林处理点儿事，回到家时已经六点半了，他打开门锁，发现屋里冷清清的，没有往日的欢笑。他给岳父李发打电话，得知李萍下班接了儿子直接回岳父家住了。乔福林还想解释几句，李发正在厨房炒菜，说：“你的决定我无权干涉，也许你觉得保卫科的工作太安稳，没有挑战性，不符合你们军人轰轰烈烈、甩开膀子大干一场的个性，但福林我提醒你，离岗创业不是那么简单的，说说就能成，那其中的艰难和辛酸，是你无法想象的。希望你三思。”

听他口气，乔福林感知他心里撬开了一条缝，不再那么强烈地反对自己，于是感觉好受了一些，他想虽然现在李萍回了娘家，自己成了孤家寡人，但她迟早会理解自己的。于是，他煮了一碗面条，呼噜呼噜吃了。

那天晚饭，李发特意做了女儿爱吃的油焖大虾。在饭桌上，他说："既然福林已下定决心，料无法挽回了，当初我选他来单位，并且相中他当女婿，就是因为看中他有一股不服输、敢于冲锋陷阵、敢闯敢试的劲头，因此从内心讲，我还说不出过多的反对理由。虽然这小子主意正，但也是想干点儿事业，不想乐享其成、一成不变，也许不是什么坏事。"

李萍给儿子剥了个大虾，说："爸，你咋这么快就举手投降了？乔福林给你灌了什么迷魂汤，让你倒戈的？"

李发喝了口酒，说："是龙就得天上飞，是虎就得归山林，当初你相中福林，不是也觉得这小子有志向，有抱负，不甘于平平淡淡吗？你没看出来吗，虽然福林每天照常上班，但其实他心里并不快乐啊。"

李萍大概觉得父亲说得有道理，叹了口气说："我知道他不甘于寂寞、平庸，他想干事业，想创业我不反对，可是，他干什么不行，干吗非要搞什么黑木耳呢？再说了，县城有那么多的机会，他不干，非要扔下我们母子，跑回柞树村那个穷窝子，你说他是不是有病啊？纯粹是被人种蛊了。"

李萍分析得不错，乔福林的确被人种了蛊，这个人就是林阳镇农技站长毕得财，是乔福林从小的光腚娃娃。回柞树村祭奠父亲那天晚饭后，毕得财骑着摩托车在山路颠簸了一个多小时，来找乔福林。那时，小盼已在火炕上打起了呼噜，许是炕面太热，这小子把被子蹬了，裤子也脱了。

毕得财在小盼结实的屁股上拍了拍，睡梦中的小盼踹了他一脚，翻个身继续酣睡。

毕得财给他盖上被子，摸着他脸蛋爱怜地说："小兔崽子，敢踹你老丈人，胆儿肥了你！"

乔小盼"咣当"一脚，再次把被子蹬掉。

毕得财还要给他盖被，乔福林说："拉倒吧，俗话说小男孩儿身上三把火，冻不着他。"

毕得财笑说："你瞅他那小样，跟你一个模子印出来的。"

毕得财稀罕小盼，那是真稀罕啊。他和老婆没有儿子，只有一个女儿叫毕佳媛，比乔小盼早出生一年。李萍怀小盼的时候，毕得财就总说，如果你俩生的是儿子，将来就给我当姑爷，逢年过节也有个买酒的人，如果你们生的是个女儿，我就认她当干闺女，让她和毕佳媛结拜为干姊妹，长大了也好有个照应。结果李萍生的是个男孩儿，这可把毕得财乐坏了。

乔福林和毕得财出了院门，披着星光向村南率宾河边走去。大榆树下更加热闹，里三层外三层围满了人，人们唱得更欢，扭得更狠，而大榆树的另一侧，下棋的、走古道的（当地一种石头树棍游戏）、跳房子的、追逐嬉戏的，甚至孩子的哭声、女人的笑声，无不凑成柞树村的晚景图。

两人沿着率宾河溜达到“吊水壶”边，细水飞溅，水声哗哗，他们在一块大石头上坐下。乔福林望着夜幕中呈现蓝白色的瀑布，想起小时和毕得财、徐莲蝶常来这里玩耍、藏猫猫。那时，乔福林是村里顽童的头儿，不管是高他一头的关大壮，还是大他几岁的二迷糊，都喜欢跟他混，服服帖帖听他指挥、调遣，即使扮演汉奸、鬼子也乐得屁颠屁颠。那时，柞树村半大孩子中流行一种说法，“柞树村三少”，除了乔福林和毕得财二少外，另一少就是假小子徐莲蝶，她是他们的“娘子军”。

毕得财告诉乔福林，去年冬天他在观音岭采集到野生黑木耳孢子，研究出一个新的适应本地区环境的菌种，一定会赚钱。看着他手拿把掐的样子，乔福林说，“那你可发了，一斤黑木耳干货，听说供销社三块钱收购呢。”

“三块钱？”毕得财哈哈笑，肩膀一耸一耸，说，“你那是啥年月的价钱啊？那是十年前的价钱，现在能卖十块钱。”乔福林不相信，“真的假的？这也太贵了！”

“大林子，你一个月才挣两百多，还不如二十斤木耳挣得多呢，我看你不如辞职搞黑木耳得了！”毕得财突然转身说。

“扯淡！”

乌漆嘛黑中乔福林看不清他的脸，只看到一点红色烟火豆似的夹在他指间，笑说：“我一无技术，二无资金，你别忽悠我了。”

毕得财说：“我不是忽悠你，我说的真是一条发家致富路啊。”

“那我也不干。”乔福林仰望天空，星河璀璨，夜色阑珊，说，“你忘了，以前咱这里搞木耳段，那时多红火，多挣钱啊，可后来咋样了？还不是歇菜了，亏钱了？你呀，纯粹是马歇尔计划。”

“我不是马歇尔计划，”毕得财一本正经地说，“以前搞木耳段应该挣钱，可是二迷糊他爹，为了压秤，为了多卖钱，就黑了心，往木耳上洒盐水、掺沙子，自己毁了自己，不然咱柞树村早成万元户村了。”

乔福林叹息一声，说：“可不，搬起石头砸了自己的脚，把好端端的黑木耳产业给毁了。”

毕得财说：“我注意了一下，现在辽宁向阳市不搞木耳段了，人家搞木耳袋，袋栽木耳，用锯末子，不用散放在山上养菌，也不用住在窝棚里喂蚊子，把木耳袋摆在河边、地里就行。”

乔福林说：“你就是把黑木耳说出花来，我也不干，好不容易从柞树村爬出去，我再回来摆弄这些，埋汰人呢！”

但最后成为“蛊”种进乔福林脑子里的，是毕得财给他算了一笔账，他说不用多，只要种两亩地，摆放两万袋就能净赚一万五，比你上六年班挣得还多。当然，让他痛下决心的，是他突然想起大哥欠村里、镇里的各种款项，他想如果按照大哥现在这种状态，不仅无法还清欠账，恐怕还会越欠越多，这让他无法释怀。那笔账，像一块大石头，压得他喘不上气来。

取经路上

乔福林乘坐长途客车来到林阳镇，中午毕得财请他喝了顿酒，然后他来到林阳火车站。可不巧的是，去穆丹的坐票卖没了，只好买了张站票。离发车还有一个多小时，酒劲上来了，他在候车室找个靠墙的地方坐下，想眯一会儿。可刚进入梦乡，一个孩子的哭声把他扰醒，对面一个农村妇女怀里抱着一个婴儿，手里牵着两个女孩，忙得手忙脚乱。

突然，他想起一个人，吴站长。他站起来，走出候车室，顺着花砖甬道找到站长室。快到站长室的时候，他又后悔了，觉得自己有些唐突，看看表才一点十分，不到上班时间，吴站长哪能来这么早呢？但还好，他看见站长室的门虚掩着，便敲了敲。他想去拜访一下吴站长，因为刚才在候车室，他突然想起二十年前，侯宝山和派出所的公安在确认父亲摔死后，在吴站长办公室就如何给父亲定罪，产生争执，侯宝山认为他的死亡纯属意外，而派出所的人却说投机倒把、私自贩卖黑木耳的乔元海是畏罪自杀。

争执不下的时候，吴站长说：“你们别在我这掰扯，人死为大，不去料理后事，却先给人家扣帽子，哪有这么办事的？”他把侯宝山他们轰了出去，重重地关上门说，“吃人饭不拉人屎的玩意儿，连点人味儿都没有！”

突然，他看见蜷缩在桌子腿旁边的乔福林，五花大脸，鼻涕眼泪横流，像个待宰的鸟儿向他露出可怜、无助、绝望的眼神。吴站长叹息一声，拉起乔福林，给他倒了一杯热水，从抽屉拽出一盒炉果递给他：“吃吧，可怜的孩子！”

乔福林怯怯地喝了杯水，却没敢动炉果。

“吃吧，可好吃了。”吴站长知道，这孩子肯定吓坏了，说话的声音温和下来。

“俺，俺不饿。”乔福林怯懦地说。可是，他的眼神却把他出卖了，一个劲地盯着炉果盒子，像把钻子。

“小样儿，还挺能装假的，吃吧，没事，都吃了它。”吴站长把炉果盒子打开，递给他一块。大概是饿坏了，乔福林一下就把炉果塞嘴里了，结果被噎着了，像公鸭似的抻着脖子，脸憋得通红，翻着白眼。吴站长递给他水杯，“喝点水顺顺，没人跟你抢，慢慢吃。”

刘石头在外面敲门，说：“乔元海的儿子在里面吗？”

吴站长没好气地说：“没在。”

刘石头嘀咕：“这小兔崽子，跑哪去了？”听见脚步声渐远，吴站长过来要解开乔福林的破棉袄。乔福林像兔子似的躲开，瞪着惊恐的眼睛看着他，双手紧紧护在胸前。

吴站长笑了，小声说：“你小子早暴露了，棉袄里层藏着木耳是不？”

乔福林脸色煞白，心怦怦跳，他不知这个好心的吴站长啥时看穿了自己的猫腻。那是临行前夜，爸爸让母亲在他棉袄里面缝了两个兜，装了一斤木耳，爸爸这样做明显是狡兔三窟，担心万一倒卖黑木耳败露，公安是不会怀疑一个孩子的，这样即使破棉被里藏着的两斤黑木耳被没收，大林子棉袄里的一斤木耳还能卖十块八块，起码回来能过个囫囵年。

外面传来呼唤乔福林的声音，吴站长掏出一张人民币，说：“快把木耳给我，我买了。”

乔福林握着人民币说：“钱太多了，俺爸说到了大庆才卖八块钱一斤。”

“行了，行了，别啰唆。”吴站长强行解开他的棉袄扣。

乔福林没见到吴站长，一名三十多岁的留着齐耳短发的女人，坐在办公桌后面看文件。当他听说来意后，说老吴早退休了，在家养花呢。聊过几句，乔福林得知她是吴站长女儿，叫吴雅娟，现在是林阳火车站站长。乔福林便托她向吴站长代好，并感激他当年的“义举”。

吴雅娟笑笑，露出两个好看的浅浅酒窝，说：“你家的事，好像听我爸说过，唉，那个年代，没有谁对谁错，都挺不容易的。”

两人聊了几句，当她听说乔福林没买到坐票时，拿起桌上电话给列车长打过去，说他表弟要去穆丹，请他在餐车给留个位子。

晚上八点半，火车到达穆丹火车站，天早黑透，乔福林看列车时刻表，发往哈尔滨最近的火车也要到凌晨五点，他买完车票，在站前一家馄饨馆，吃了碗紫菜猪肉馄饨，回到候车室，想找个座位睡一觉。可候车室满满当当，不要说椅子上，就是窗台上也坐满了人。他把帆布挎包摘下来，在靠近厕所的门口坐下，倚墙假寐。他只带了两百块钱，那是李萍最后时刻的“开恩”，扔给他的，说：“家里没有闲钱供你祸祸，这是你一个月的工资，你爱咋花咋花。”她想：我就给你这么多，够你出去溜达一趟，也许他是临时起意，突发奇想，等到钱花完了，或者到了人家那，见黑木耳种植并不像他想象的那么容易、简单，他自会知难而退的。

乔福林算算只够往返车费和在向阳市的吃住费用，就没舍得住旅馆。两天后的一个黄昏，他来到向阳食用菌研究所，在这里他见到了毕得财所说的刘所长。寒暄后，刘所长把他领进食用菌研究所参观，看见无数个瓶瓶罐罐，大大小小，琳琅满目，里面盛着的白色、灰色物体神秘而陌生，他想，也许这就是毕得财说的菌种吧。接着，又领他参观了菌种制作室，乔福林看见几个一人高的大锅炉，寻思，难道制作菌种还需要这么些锅炉加温？后来，他才明白，这些锅炉是给木耳袋高温杀菌用的。财务人员告诉他，得先交学费，一个半月学习期，一百五十元。乔福林为难了，问能不能交一半，会计摇头说，没有这个先例。

乔福林去找刘所长，说：“我边学习边给你们出学费，只要管三顿饭就行。”

刘所长了解情况后，心下同情，给后勤打电话，“让他边学边干活，把学费抵了吧。”

可问题又来了，他没钱住店啊。于是他找到食堂管理员，晚上在锅炉旁打了个地铺，顺便看着火，不让它熄灭。

腊月二十一，还有两天过小年，乔福林揣着一百块钱买来的十瓶一级母种菌种，还有一本《袋栽黑木耳栽培技术初探》踏上回家之路。车到哈尔滨，由于快过年，火车票特别紧俏，他排了三个小时，才买到第二天下午回穆丹的火车票，还是个站票。走出哈尔滨站，已是晚上九点多，他还穿着秋衣秋裤，一阵冷风吹来，刮了个透心凉。乔福林打了个哆嗦，肩膀缩缩，太冷了！他想先找个旅馆住一宿，突然，他看见前面两个人在扒窃，被偷的，看背影像个瘦弱的学生。乔福林冲过去，喊："你们干什么？"两个扒手本已得手，却不想只有十几块钱，正想再探探这个学生是不是把大钱藏在什么地方，却被乔福林惊扰，便很恼怒，皱着眉向他怒目而视。这时，那个看起来弱不禁风的年轻人，突然抓住一个扒手的手腕，大喊"小偷"。被抓的人力气比年轻人大，反手一用力，就挣脱了。可是年轻人似乎拼命了，猛地抱住扒手，喊："把钱还我，把钱还我！"扒手没想他如此难缠，恼了，只见他手腕一抖，年轻人发出一声惨叫，松开了手，乔福林发现他的手上多了条血痕，知是被刀片割伤了。

乔福林飞起一脚，踢在那个扒手的手腕上，银光一闪，刀片飞落在地。这时另一个看起来强壮些的扒手扑了上来，扬手就向乔福林脸上划拉，乔福林知他手里拿着刀片，便躲闪开，同时右手擞住他手腕用力一掰，那个扒手就疼得龇牙咧嘴弯下了腰。这时，站前铁路派出所的两名警察跑过来，一起将两名窃贼制服。

在站前派出所，警察给他们录了口供，乔福林知道那个青年是高校研究生，明年毕业，家住穆丹市，本想在站前吃点饭，却被窃贼盯上了。

两人走出站前派出所的时候，已是深夜了，那个年轻人握着乔福林的手，说："我姓郭，叫郭伟忠，谢谢大哥你救了我，不然我就惨了。"

乔福林肚子咕咕叫，一阵冷风吹来，不由得打了个冷战，说："没啥，我就见不得那些扒手，年纪轻轻的不自食其力，却专门害人，就应该抓进去好好改造改造。"

两人就此分手，郭伟忠说："我去买票，你赶紧吃饭去吧，你的肚子一直咕咕叫。"

乔福林看见一家粥铺还亮着灯，顶着刀子一样的冷风，缩着脖子快步朝粥铺走去。

兄弟反目

乔福林将吉普车与朋友做了交换，换回一辆更加破旧的皮卡车，他知道，柞树村道路坑洼不平，搞地栽木耳需要许多材料，换辆皮卡既可以当交通工具，又能拉些东西，不然哪怕一袋锯末子都要他扛，那可就要累坏了。那天雪下得很大，观音岭有些树木被厚雪压弯了腰，有的承受不住厚重的积雪的而拦腰折断。山路滑溜，一侧是山崖，一侧是几十米深的山谷。乔福林小心驾驶皮卡，由于紧张，手心都是汗，感觉有些累。

下午两点多钟，皮卡车停在乔福森家门口，雪停了，可院里院外半尺厚的积雪没人清理。车厢里的行李落了一层雪，他拍打掉，扛起来，推开小院木门。

“你这是干啥？咋把行李搬回来了呢？”正在炕上搓苞米的母亲愣住了。

“哦，我辞职了。”乔福林把行李放在炕上。

“咋的，被开除了？你犯了啥错误？”庄小凤一下出溜到地上，瞪着惊恐的眼睛紧张地看着儿子。

“没有，没犯错误。”乔福林到厨房碗架柜取出一只碗，倒了杯热水，咕咚咕咚痛饮。

庄小凤心里一紧，看着他脸色问：“和李萍闹别扭了？她把你赶出家门了？”

乔福林放下水碗说：“没闹别扭，妈你别胡乱猜了，啥事也没有，我就是想回来种植黑木耳，没你想的那么复杂，也没那么严重，你就别担心了。”

乔福林拿起扫帚，在院子里哗啦哗啦扫雪。关大壮晃着膀子来了，说：

“大林哥，还没过年呢，咋提前回来了？”说罢，他去抢乔福林的扫帚，“我来吧，你一个坐办公室的干部，哪干得惯这种力气活儿！”

乔福林抓住扫帚说：“咋的，小瞧我是不？你可别忘了，去年春节掰腕子，你可一局都没赢我啊。”

关大壮找了把铁锹，跟在他后边铲雪，说：“我还寻思明天上观音岭打个狍子，卖给你过年烀着吃，挣两个酒钱呢，谁承想你提前回来了。”

乔福林直起腰，看着他说：“大壮，国家明令不许偷猎，你咋还知法犯法？这不是犯浑吗？别冒险了，干点儿正事吧。”

这时从大榆树方向传来闹哄哄的二人转声，关大壮说：“啥叫正事啊，咱这穷山沟子，猫冬猫冬，能吃饱肚子就不错了。”

乔福林说：“跟我干吧。”

关大壮扔掉铁锹跑过来，兴奋地眨巴着一双小眼睛：“咋的，让我去你们保卫科干？”

这天晚上，庄小凤做了一盆疙瘩汤，蒸了一锅窝窝头，疙瘩汤爆葱花的香气，彻底勾起乔福林肚子里的馋虫，他几口就喝光一碗。当乔福森听说他辞了职，回来搞什么地栽黑木耳时，当即就火了。

庄小凤哭了:“大林子,你还想搞黑木耳,难道你忘了,你爸是怎么死的?你大哥，他的脚后跟是怎么没的？”

乔福林说：“我没忘。可我真的想通过黑木耳致富啊。这确实是一个发家的好产业啊。”

“咣当”一声，乔福森将酒盅摔在炕桌上，眼珠子瞪得像牛铃，说：“你傻啊，好好的铁饭碗扔了，跑来这穷山沟，你是不是脑袋让驴踢了，你还想搞黑木耳，你，你这个败家玩意儿，气死我了！”

大嫂毕雪梅给乔福林盛了一碗疙瘩汤，嫌丈夫说话噎人，看了他一眼说：“吃饭呢，有啥事吃完饭再说。”

乔福森瞪眼，说：“你给我闭嘴！”

毕雪梅嗫嚅：“大林子想搞黑木耳赚钱，还不是想帮咱还饥荒，这个家里要是指望你，猴年马月也还不清那些乱账……”

“大林子啊，妈不是不让你创业、致富，可你干啥不好，为啥偏搞黑木耳呢？难道你忘了吗，黑木耳是咱家的灾星啊！咱可离它远远的，别再惹一身祸啊。”庄小凤哭着说。

“妈，你那是封建迷信，”乔福林耐着性子说，“什么黑木耳碰不得，而且你们还搞得连木耳都不吃了，这不是愚昧吗！”

庄小凤说：“孩子啊，你岁数还小，有些事就是那么玄乎，容不得你不信啊，黑木耳是祸水，你爸和你大哥都因为搞黑木耳遭了殃，这就是咱家的宿命啊，碰不得啊！”

“犟种一个，不撞南墙不回头！”乔福森愤愤地瞪了他一眼。

“我就这德行。”乔福林来了倔脾气，脖子一梗说，“别说撞南墙，就是撞得头破血流也不回头，我告诉你，这个黑木耳我是搞定了，谁也别想阻拦！”

“好，好啊！”乔福森鼻子哼出一声冷笑，“既然你小子把话说得那么绝，那就别怪我不讲亲情，赶紧把行李从我炕上搬走，你真打算要干，就给我滚！”

乔福林拽起行李往外走。庄小凤一把拽住行李，说：“天都黑了，你上哪去啊？大雪风嚎的。”

“住雪地！”乔福林说，“我就是住雪地，也不愿看见他的样子。”

“住雪地？”乔福森冷笑说，“住雪地不把你冻成僵尸？”

庄小凤给了乔福森一个脖溜子，说：“你就闭上臭嘴吧，快过年了，你们就不能消停点儿不置气啊？”庄小凤死死地抓住行李不放。

乔福林推开庄小凤手，说：“妈你放手，我的事不用你操心，老天爷冻不死瞎家雀（qiao）。”

乔福林背着行李走出家门，夜黑得伸手不见五指，天空飘起了鹅毛大雪，他气呼呼地在雪地上走。其实他也不知道，今晚自己要住到哪里。他独自一人在雪地里走着，很快脑袋和肩膀上就落了一层雪。一阵寒风袭来，他打了个冷战，心里漫过一阵酸涩的液体。突然响起一阵狗叫，他停住脚步，才发现已来到徐锡坤家门前。

第二天吃过早饭，乔福林来到村委会。恰好侯宝山和孙俊、副村主任刘石头都在，乔福林把自己想搞地栽黑木耳的想法说了，想租村里几亩机动地。

侯宝山被吓坏了，心想这小子连副科长都不当，回来搞什么黑木耳，这不是胡乱起幺蛾子吗？于是以为他心血来潮，就一口回绝了，说村里的机动地都承包出去了。

乔福林说：“既然如此，我就租村民的地吧。”

孙俊冷着脸子说：“你搞什么我们不反对，想发家致富是好事，是你的自由，但你最好去别的村搞，柞树村已经确立了富民项目，就是全力打造苹果梨栽植基地，这个不能动摇。”

乔福林没想到在这里碰了一鼻子灰，说：“苹果梨也好，地栽木耳也好，都是富民项目，不矛盾，不冲突啊。”

孙俊说：“咋不冲突？村里为了动员村民栽植苹果梨，费了九牛二虎之力，才有十几家响应，如果你回来带头搞地栽木耳，扰乱村委会的计划，这不是捣乱吗？”

乔福林悻悻地走出村委会，侯宝山在后面喊住他。乔福林以为事情有了转机，停住脚，待侯宝山从后面赶来，他掏出一盒烟，递给他一支。

侯宝山给他点燃，自己也点着吸了一口，“大林子，你是一时兴起，心血来潮，还是真想在柞树村搞地栽黑木耳？你给我个痛快话。”

乔福林吐出一口烟圈，转瞬被西北风吹散，说：“我是实实在在要搞黑木耳的，不然，我也不会把行李带来啊。”

侯宝山说：“孙俊说的也是实情，前些年村里确定了苹果梨产业发展思路，可张罗了几年，栽植户都没挣到钱，村民也就不太积极，再说，咱们村前些年搞木耳段，也是吃了大亏的……”

乔福林说：“我知道你的担心，可我这次决定搞黑木耳，是经过深思熟虑，经过实地考察才下的决心，至于前些年木耳段的事，我认为事在人为，那是个别人的短视行为，掺杂作假，一颗老鼠屎坏了一锅汤。”

侯宝山说：“你分析得对，不瞒你说，村里现在虽然号召种植苹果梨，但其实我心里早就开始摸索新的产业发展路径了，如果你下定决心想搞黑木耳，我不反对。”

乔福林有些感动，说：“侯支书，有你这句话，我的信心更足了。”

侯宝山迟疑了下，看了眼村委会前的街道，一阵小旋风刮起，卷起落叶、灰尘旋转着越过一排木樟子，他迟疑了下，态度诚恳地说：“大林子，你当过兵，立过功，又是银行的科长，你的心胸和眼界，让我佩服。其实，当年你爸的事，我，我真的很懊悔，这二十年来，我一直生活在愧疚之中，这件事，压在我心里，压得我喘不上气啊。”

乔福林上前拍拍他肩膀：“侯叔，我知道你的心境，但那不是你的错，我爸的死亡纯属意外，你不要再背负思想包袱了。”

侯宝山眼圈红了：“我谢谢你大林子，你能这样说，我心里好受多了。”

说干就干

当晚，乔福林来到老师徐锡坤家的时候，徐莲蝶也在。她拿起炕上的笤帚，递给乔福林，说："听说昨晚你跟你大哥打起来了？"

乔福林接过笤帚，笑笑，扫去肩膀和后背上的雪，说："净瞎传，吵了几句嘴而已，亲兄弟，打啥打？"说罢，他看了徐莲蝶一眼，发现这个昔日的"假小子"，不再像以前那样风风火火、嘎嘣利索脆了，而是变得沉郁、寡欢，温婉羞涩起来。乔福林心一颤，不免暗自为她伤感起来。岁月是把杀猪刀啊，逮谁捅谁。其实，莲蝶是他一直以来的心痛，是他人生中最美好、最酸痛、最不堪的回忆，因为他们曾经相恋过，而且爱得那么深沉、深情，却又恨过，恨得那么浓烈、伤怀。那时他俩都在林阳镇高中读高二，莲蝶成绩一直名列前茅，而乔福林的学习成绩虽然不如她，考上重点大学还是有把握的。可一切却从最后那个暑假改变了，两人结伴回到柞树村时还有说有笑，对未来无限憧憬，可是在开学的前一天，当乔福林大清早去约她一起回校时，莲蝶却爽约了，提前一人回到了学校。虽然乔福林心里不爽，但还是高高兴兴地回到学校，但命运却从此打了个结，从前那个欢乐得像个林间小兔子似的莲蝶不见了，取而代之的是成天愁容满面、郁郁寡欢，时常独自垂泪的"林黛玉"。乔福林急坏了，怎么问她都不说，并时常躲避他、疏远他。结果，那年高考不仅莲蝶没考上理想的清华，乔福林也名落孙山。

回到柞树村没几天，一个坏消息突然炸雷般轰得他体无完肤，莲蝶和二迷糊订婚了，让乔福林痛不欲生，百思不得其解，并对她充满了恨意。觉得她辜负了自己的一片痴心，以前的浓情蜜意都是镜中花、水中月，她是在玩弄自己的感情。他觉得她没有追求，没有理想，就是一个鼠目寸光的农村妇女。另外，乔福林无法释怀，甚至感到屈辱的是，你既然看不上我，那找谁不行，干吗非要找二迷糊呢？他妈大明白跳大神，搞封建迷信，他成天游手好闲，偷鸡摸狗，是村里人见人躲的“瘟神”啊！于是，乔福林一怒之下，报名参军去了，他要离开这个伤心地，眼不见心不烦，不蒸包子争口气，他一定要在外面闯出一番新天地，干出一番事业。

在乔福林参军的第二年，莲蝶与二迷糊结婚，他们的婚姻只维持了三年，就在乔福林转业的那个春天，莲蝶和二迷糊领了离婚证，莲蝶抱着满月的儿子大鹏回到娘家……

徐锡坤刚吃完饭，见乔福林郁郁寡欢，吩咐女儿炒个大葱鸡蛋，和乔福林喝酒。两人默默无言，低头喝酒。莲蝶切了盘青萝卜丝，撒上勺白糖端上来，徐锡坤说：“你带孩子回去吧，雪天路滑，外面黢黑，拿着手电筒走吧。”莲蝶瞄了乔福林一眼，牵着孩子走了。屋里只剩下两个人，除了滋溜滋溜的喝酒声外，就是窗外嗷嗷的风声。

“说吧，遇到啥难处了？是不是启动资金不足啊？”徐锡坤放下酒杯，看着这个昔日的爱徒。乔福林仰脖干掉杯中酒，又倒了杯喝掉，眼泪哗哗地流出来了，鼻涕也像毛毛虫似的爬到唇上。

“难啊，干点儿事太难了。”乔福林看着酒杯，眼神呆呆地说，“自己老婆不支持，我妈和我大哥也反对，想租几亩地，村里的机动地也没有了。”

“不难叫干事业吗？”徐锡坤掏出手绢递给他，“擦擦鼻涕，唉，既然你都辞职了，我也不说啥了，只有往前闯了，哪怕前面是刀山火海，是钉子阵，也得硬着头皮一往无前。”

乔福林说：“我真没想到，还没开始干呢，就让我精疲力竭，我真不知往后能不能坚持下去。”

“万事开头难，”徐锡坤说，“不过你要挺住，挺直腰板别塌腰，开弓没有回头箭，老师相信你，做你坚强后盾。”

乔福林端起酒杯跟徐锡坤撞了下杯，说：“啥也不说了，都在酒里。”

“我知道你，”徐锡坤给他倒了杯酒说，“你之所以连温暖的小窝都不顾，铁了心丢掉铁饭碗，一心要回到这个穷山沟创业，不单是你想发家致富，可能更多的因素，是你想起个示范带头作用，带领村民摆脱这种贫穷、愚昧、懒惰的坏习气，改变咱们这个小山村的面貌吧？”

乔福林眼圈红了，叹口气说，“可是，我现在连一亩地都没有，我咋办啊？”

徐锡坤说：“村里这几年大张旗鼓地号召种植苹果梨，你突然回来搞黑木耳，跟他们的发展思路顶牛啊，侯宝山他们肯定会极力反对。”

乔福林放下酒杯说：“侯宝山还行，他说他觉得经过几年实践，苹果梨种植不太适合咱们柞树村，效益太差，因此他不反对我给村民蹚出一条新路子。”

徐锡坤眼睛一亮，说：“这我倒没想到，我以为你跟他们发展思路发生冲突，而且，你们乔、侯两家因为你爸的死，二十年的积怨，他肯定会跳着脚反对你呢，没想到，侯宝山还真有些大将风度。”

晚上十点多了，乔福林觉得眼皮发沉，酒意渐浓，徐锡坤打开炕柜，取出一本存折塞给他，说：“这是老师的棺材本，你拿着应急吧。”

五九六九火盆烤手。随着四九结束，天气越来越冷，不仅西北风越刮越紧，雪花也越下越大。

徐锡坤家仓房空着，没多少家什，乔福林“租”下来当菌房。说是租，其实是乔福林自己的说法，当初乔福林因为没有菌房犯难，徐锡坤说我的西仓房闲着，只有几个酸菜缸和破烂儿，你收拾收拾用呗。

乔福林说：“太好啦，但我不是白用，年末给你租金。”

徐锡坤嗔道：“跟我还谈啥租金，反正闲着也是闲着，落了一屋子灰，你爱咋使咋使。”

乔福林用了一天时间，在关大壮和莲蝶帮助下，把西仓房清空。这时，他在向阳市定制的锅炉也到了，在毕得财和关大壮等人帮助下才安装上，乔福林说：“万里长征总算迈开了第一步，下步怎么走，得财我就看你的了。”

毕得财抹着五花大脸，说：“你可别讹我，搞黑木耳是你挣钱，我最多只能是帮你把把脉，主要还得靠你自己探索。”

莲蝶端了盆热水进来，准备让他们洗脸洗手，说：“得财，你这么说可有点不仗义啊。”

毕得财说：“我咋不仗义了？”

莲蝶说："是你把大林哥忽悠来的，忽悠他种植黑木耳，咋的，他现在把工作辞了，破釜沉舟搞黑木耳，你又往后撤火洒汤了？"

关大壮帮腔，说："莲蝶姐说得不错，得财哥你可不能撒手不管啊，那样的话，大林哥可就惨了。"

毕得财洗完脸，伸手朝莲蝶要毛巾，脸上的水滴答滴答往地上掉。可莲蝶就是不给他毛巾，说："你俩打小就是光腚娃娃，撒尿和泥玩儿的，关键时候你不能看大林哥笑话。"

乔福林抓过毛巾递给他说："得财不是那种人，他不能关键时候洒汤、掉链子。"

毕得财擦脸，说："大林子说得对，我不是那种人，莲蝶你是门缝里瞧人，把人看扁了。"

莲蝶白他一眼说："那可说不准，此一时彼一时啊。"

关大壮"烧火"说："可不，那时候你俩是光腚娃娃，可现在不一样了，你是大站长，他是小老百姓，你的眼眶子高了，不一定能瞧得起我们这些小老百姓了。"

毕得财说："大壮你也真能邪乎，啥大站长啊，连个级别都没有，那都是唬人的……"突然，他不知道想到了什么，坏笑起来，"大林子，咱几个那时穿开裆裤玩耍，光腚娃娃，你说现在想想怪有意思的啊，光腚不懂事，懂事又不光腚了，哈哈哈！"

莲蝶的脸像蒙了层红布，一把夺过毛巾说："臭嘴，毕得财你的嘴比粪坑还臭！"

乔福林说："得财你原来不这样啊，咋现在学得油嘴滑舌，喜欢贫嘴了？"

关大壮咂咂嘴说："指不定跟哪个相好学的，说话越来越荤。"

毕得财意味深长地看了眼乔福林，叹口气说："咱哪有那口福啊，就是看上人家，想跟人家好，人家也未必看得上咱啊，是不是福林？"

莲蝶脸上有些挂不住了，站也不是，走也不是，脸一阵红一阵白。

乔福林解围说："忙活了一天，肚子早饿了，莲蝶你给我们烙几张葱花饼呗。"

毕得财说："大林子，我的腰都快要累折了，晚上你得犒劳犒劳我，整两盅解解乏。”

莲蝶把脸盆里的脏水泼到门外，隔着门说：“好啊，我去葛亚丽的小卖店赊点火腿肠啥的，得财，我可记你账上了。”

毕得财张大嘴巴，说：“你，你咋还宰长工呢？”

乔福林说：“记我账上。”

莲蝶说：“拉倒吧。你为搞黑木耳欠了不少账，兜里比脸还干净，我还是记自己账吧。”说完走了。

毕得财看着莲蝶的背影消失在院门外，拍着身上的灰尘，说：“我咋觉得莲蝶越来越有女人味儿了呢？”

关大壮给锅炉底座抹灰溜缝，乔福林在一边打下手，撮了一铁锹和好的水泥倒在锅炉下边，说：“你净瞎掰，啥女人味儿啊，我告诉你啊得财，你可别瞎寻思，更别打莲蝶的坏主意，你是国家干部，不能坏了工作作风。”

毕得财哈哈笑了：“小样，我是跟你俩逗着玩儿，看把你们吓的，好像犯错误的是你们。”

乔福林也笑了，说：“我是怕你学坏，怕你当了农技站站长，飘飘然不知道东南西北了。”

毕得财说：“赶紧撮灰，溜你的缝，免得到时候露烟不好烧，温度上不去影响灭菌。再者说了，任你东南西北风，我定稳如泰山不放松！”乔福林撮了一锹水泥，倒在关大壮的瓦刀上说：“得财这话，你自己要记住啊。”

关大壮说：“没事，他记不住，我帮他记着。”

恩将仇报

在柞树村，过了腊月二十三就是年，俗话说，二十四扫房子，二十五做豆腐，二十六煮年肉，二十七杀公鸡，二十八把面发。腊月二十八这天晚上，西北风嗷嗷号叫，像观音岭的野狼都下山了似的，叫得人心里阴森森瘆得慌。吃过晚饭，乔福林来到二迷糊家，想劝他跟自己一起种植黑木耳。在柞树村，其他家虽然不富裕，但靠着种地，都能吃饱肚子，穿暖衣裳，唯独二迷糊，以为村里打松子受伤为借口，不好好干农活，种地不出力，不仅除草对付，就是铲地、施肥也糊弄，结果就把日子过成了贫困户。

乔福林真心想带一带二迷糊，想起年少时成天在一起玩耍，如今他却混得这么落魄，心里总是酸酸的，他想自己做两万袋黑木耳，如果二迷糊能做五千袋，他一年就能还上饥荒，脱贫致富。最不济，他做两千袋，也能收入一千多，基本上也能把欠账还清。二迷糊不愧二迷糊的绰号，家里穷得连院门都没有，外屋门的缝隙能伸进筷子，外面冷风嚎，屋里小风灌，冷得伸不出手，乔福林只在他家待了几分钟，手就冻得像猫抓似的疼。用家贫如洗来形容二迷糊家，一点儿也不为过。用关大壮的话说，耗子进了他家，都得含着眼泪出来。为啥？没啥偷的，最后还得给他捎点儿什么。被村民叫二迷糊，他也确实不长脸，一头猪，都和他挤在破草房里。其实，他原来不这么懒惰，只是结婚生子后，徐莲蝶嫌他成天瞎胡混，并时常偷鸡摸狗，把家里过得一贫如洗，恼怒之下带着一岁半的儿子回了娘家。结果，二迷糊破罐子破摔，越来越懒惰、埋汰。

二迷糊没想到乔福林能来他家，一时有点儿不知所措，搓着两手让他在炕沿上坐。乔福林扫了眼炕上，看见一领炕席缺了半边，被烟熏得漆黑的土炕露在外边，屋里混合着动物粪臭和尿臊味，直呛鼻子。一床多年未洗的、基本看不出原来颜色的被子，胡乱铺在炕头。乔福林要是想坐，就得把被子掀开，俗话说跑腿子的行李，大姑娘的腰，都是动不得的。于是他站在地上跟他说话，把来意说了一遍。

乔福林没想到，二迷糊把头摇成拨浪鼓，说："大林子，不是我卷你面子，而是我真的不是那块料儿，帮不上你的忙啊。"

乔福林愣了下，觉得好笑，这是哪跟哪啊，是我想帮你，拉你一起发家致富，怎么到了你嘴里，却成了你帮我呢？于是他说："你理解错了，是我们一起种植黑木耳，一起摆脱贫困，挣钱还饥荒。"

这时，一头半大黑猪哼哼着过来，用嘴巴去拱乔福林的裤腿子，想以此表示亲昵，结果二迷糊一脚把猪踢开，它尖锐地叫了几声，瞪着诧异、委屈的眼睛看着主人。

二迷糊说："种植黑木耳，那得需要本钱，还得懂技术，我一个糙人，哪有那水平啊！"

乔福林说："没钱可以筹措，不懂技术可以学啊，谁天生也不是啥都懂。"

二迷糊有点儿心不在焉，眼神直往外溜，说："我是穷命，从小苦巴惯了，也不想出大力挣什么大钱，谢谢你的好意。大林子，你要没其他事，我，我还有要紧事……"

乔福林见他焦急的样子，就不想再在他家耽搁下去，因为他知道，要想让二迷糊彻底转变生活态度，变得勤快起来，不是一朝一夕的事，就说："这样吧，你不是有三亩多河滩地吗，我看你也懒得侍弄，种点苞米打不了多少粮食，我租下来，每年每亩给你一百五十块钱，咋样？"

啥？二迷糊以为自己耳朵出了毛病，瞪着眼睛不相信地看着乔福林。

"每亩地每年一百五十块钱，我租了。"乔福林大声说。

"好啊！好啊！"二迷糊兴奋地说，"真的假的？大林子你别诓我啊，大过年的，俺们农村人可不识逗。"

乔福林拿出一张事先拟好的租赁合同，拍在他手上说："谁诓你呢，你看看，没意见就把字签了。"

"不用看，不用看！"二迷糊抢过乔福林手里的钢笔，哆哆嗦嗦地签下名字，生怕乔福林会后悔。签完字，乔福林交给他一份，说：“把合同收好了，这是凭证，年末我一次性把租金付清。”

“兄弟，”二迷糊笑嘻嘻堆上讨好的脸色，“你能不能先给我一半租金？”

乔福林说：“咋的？缺钱过年是吧？”

二迷糊点头说：“是，你也看见了，我家里啥年嚼果也没准备，眼瞅还有两天过年了，我，我得割斤肉，买斤芹菜包饺子吧。”

乔福林掏出一百元，说：“我兜里就这么多，你先拿着，买点年货吧。”

二迷糊蘸着唾沫数了数，脸上洋溢着抑制不住的喜悦，拍着人民币说：“十张，嘎嘎新的，那兄弟，我就不留你了。”

乔福林走出二迷糊家，夜空繁星点点，穹庐深邃。他看了看二迷糊家黑黢黢的泥草房，摇摇头，拐上去徐锡坤家的胡同。

第二天一早，他正在菌房里忙活，二迷糊匆匆跑来，朝他再要一百元租地钱。结果话没说几句，两人就发生了争吵。

争吵声把徐锡坤从厨房引出来，他正准备早餐，扎着围裙，问：“因为啥呀，你们两人一大早就扯着脖子喊？”

原来二迷糊在赌桌上“鏖战”一夜，把昨天的一百块钱都输掉了，就来找乔福林赖账，他眼珠子里布满血丝，眼角挂着眼屎，戴着一顶狗皮棉帽，指着乔福林说：“他租我的地，我让他先给我一百块，好过年，他要赖不给。”

乔福林已经气得说不出话了，心想，二迷糊，你真是烂泥扶不上墙啊，我咋鬼迷心窍租他的地呢，还没咋样就被他讹上，往后指不定会有什么幺蛾子。乔福林说：“你这人真是不识好歹，本来想拉你一把，一起种植黑木耳把饥荒还上，过上好日子，谁知你猪八戒的耙子，倒打一耙。”

二迷糊虽然理亏，却装得理直气壮，跳起脚说：“大林子，你别不讲理，埋汰人，谁不识好歹，谁不识好歹？”

徐锡坤不明就里，对乔福林说：“二迷糊也不容易，估计是过不去年了，你先给他一百块，让他置办点儿年嚼果。”

“昨晚已经给他一百块了，说好年末再给他剩余的钱，他现在反悔不是要无赖吗？”乔福林说。

“胡说！”二迷糊脖子一梗，指着乔福林说，“你胡说八道，你啥时给我一百块钱了？你才要无赖呢！”

乔福林火了，大声说：“二迷糊，你这话就不对了，怎么的，红口白牙想讹人啊？”

徐锡坤心知肚明了，知道二迷糊要埋汰赖账，问乔福林：“他收你一百块钱，有收条没有？”

乔福林涨红着脸，心里咯噔一下，说：“邻里邻居的，区区一百块钱，没打收条啊。”

二迷糊这下可找到理了，说：“徐老师，不是我诬陷他吧！他要是给了我一百块钱，能没有收条吗？他一个银行的保卫科长，能犯这么低级的错误？上坟烧报纸，糊弄鬼去吧！”

院里围了一群人，都来瞧热闹，议论纷纷，有人认为乔福林过于信任二迷糊，着了他的道。也有个别人相信二迷糊，觉得乔福林有点儿不讲究。恰好侯宝山经过，问明缘由，心里有了数，知道肯定是二迷糊来讹人，就敲打说：“我说二迷糊，咱可都是柞树村的后代，在山东关里家不是亲戚就是邻居，咱可不能穷疯了，昧了心眼子啊！”

二迷糊装出一副冤屈样子，摊开双手假装无辜地呜呜哭了，抽噎说：“支书你这话太伤人了，我是穷了点儿，但没穷疯，我还有良知啊，你怎么不问青红皂白，上来就和大林子穿一条裤子呢？我，我屈死了！”

向亲向不了理，侯宝山说：“二迷糊，我不会偏袒谁，但咱做事可要摸着良心啊，人在做天在看啊！”

“你别跟我说那没用的，”二迷糊继续狡辩，说，“你是一村之首，做事可得一碗水端平啊。”

侯宝山见他无理搅三分，就说：“你不要强词夺理，说实话，到底拿没拿人家的一百块钱？”

“没有！”二迷糊把胸脯拍得山响。

“真没拿？”侯宝山不相信地问。

徐锡坤从人群里走出来，对二迷糊说：“摸着自己良心说话！”

“没拿就是没拿。”二迷糊虽然嘴硬，但眼神却有些闪烁飘忽。

徐锡坤把一切都看在眼里，说：“人穷志短，马瘦毛长。二迷糊，现在你要是承认了，给大林子认个错，我看这事就过去了，要不你可吃不了兜着走啊。”

侯宝山转向乔福林，“大林子，你说给了他一百块租地钱，啥时给的？在哪儿给的？谁能作证？”

乔福林说：“昨晚在他家给他的，当时屋里除了我俩就是猪，哪有啥人啊！”

“这就不好办了，”徐锡坤说，“死无对证啊，只有老天作证了。”

“对，老天爷作证！”二迷糊似乎受到启发，信誓旦旦地说，“我要是诬陷他，天打五雷轰！”二迷糊见侯宝山也疑惑了，就说，“支书，你咋还不信我呢？大林子处处跟你唱对台戏，搞什么黑木耳，跟你制定苹果梨项目顶牛，你咋还向着他？反盆了吧！”

恨其不争

乔福林摇摇头苦笑，心想这家伙还懂得离间计，证明脑子并不像他所说的摔糊涂了。但他哪里知道，二迷糊如此不待见自己，是有原因的。自打他决定回来从事地栽黑木耳那天起，他就好像鱼鲠在喉，把大林子视为眼中钉肉中刺，他原来还想与莲蝶破镜重圆，继续搂着她睡觉，让她给自己做饭洗衣、挠痒痒，虽然托人说了几回，他娘和他也分别央求了几回，但莲蝶似乎王八吃秤砣，铁了心不跟他和好。但他觉得，只要莲蝶没找婆家，就给他留下了一条缝，他就有希望。尤其眼见他们共同的孩子大鹏，一天天长大，他心里越发觉得自己和莲蝶和好的日子不远了。说实话，离开莲蝶的这些年，光棍的日子的确不好过，饭吃不上可口的，衣服穿不上干净的，尤其到了夜晚，想起与莲蝶睡在一个被窝里的那些销魂日子，他的心里一阵阵战栗。于是，在他抑制不住的时刻，呼唤着莲蝶的名字，苦熬到天亮。可是，乔福林突然回来了，不走了，扎根了，要搞什么黑木耳，这让他寝食难安，觉得这小子搞黑木耳是假，心里惦记莲蝶是真，于是醋意、恨意叠加，让他更加惶惶不安。有一天傍晚，路遇莲蝶，他央求莲蝶，只要能回来，让我做啥都行，我一定痛改前非，重新做人。早已心死的莲蝶，压根儿就不给他机会，说你就是说破大天，我也不会再和你过日子，你个无赖、流氓，早晚得遭报应，下地狱油锅炸。二迷糊扑通给她跪下，抱住她的大腿不松手。莲蝶挣了两下没挣开，说二迷糊，给你笑脸了是不，如果你再纠缠我，就把你塞笆篱里去。二迷糊这才松手，说一日夫妻百日恩，莲蝶你这个女人太无情了！莲蝶浑身战栗着说，我和人讲情感，对于畜生，心里只有无尽的仇恨！

乔福林心里突然涌过一阵悲凉的潮水，他想起鲁迅的话，哀其不幸，恨其不争，他不想管他了，爱咋地咋地吧，人家自己不想好，破罐子破摔，咱操那心干啥，还被人诬陷一场。可他转念一想，二迷糊小时候跟自己玩耍，并不这样啊，他比自己大两岁，有一次他们去率宾河边游泳，站在吊桥上往下跳，乔福林呛了一口水，头脑发蒙沉入水里，是二迷糊把自己扛了上来，担心乔福林回家挨揍，他虎着脸警告小伙伴们，说谁也不许把大林子呛水的事说出去，不然他就把他从吊桥上踢下去，并永远不跟他玩儿！乔福林看着此时二迷糊那张洗不干净的脸，以及那副装出来的哭相，心中着实不是个滋味。

侯宝山看向乔福林，眼神里是相信和鼓励的意思。乔福林心领神会，大声说："一百块钱不多，按理说多这一百块少这一百块，我也发不了家，更受不了穷，但二迷糊你记住，人这个字不是随便就能写出来的，一撇一捺，搭在一起就是顶天立地，一言九鼎。算了，这一百块我认了，到年末一并给你。"

莲蝶不干了，说："凭啥多给他一百块啊？难道好人就应该被无赖算计？难道就没有天理了？"

"你才无赖呢！"二迷糊见莲蝶竟然为乔福林出头，不禁怒火中烧。

莲蝶说："我警告你二迷糊，别再胡搅蛮缠，不然你就惨了！"

二迷糊听了这话，突然像霜打的茄子，蔫了，低声嘀咕道，"我咋这么命苦呢，摊上你这么个娘们儿，胳膊肘往外拐的东西。"

"你再说一遍！"莲蝶突然怒了，朝他横眉立目。

乔福林见围了这么多村民，想赶紧把事情了了。突然，他看见一个人影一闪，那是乔福森，躲在人群后面。乔福林对侯宝山说："算了吧，侯支书，你让大家散了吧，我还得烧锅炉灭菌呢。"

"不行！"徐锡坤说，"不能就这么让他讹诈。侯支书，你把治保主任孙俊叫来，不行就报警，让公安来处理，到底看谁说瞎话、昧良心。"

二迷糊跳着脚说："好啊！不行咱上县城，让公安局断案，看谁不讲理，瞎胡闹！"

侯宝山觉得他添乱，瞪他一眼说："你能了，是不是？我看你是煮熟的鸭子，嘴硬。真要是到了公安局，有你哭的。"

徐莲蝶挤进人群，狠狠地瞪了二迷糊一眼，把一沓钱塞给他，说："赶紧滚，别在这耍滑头，污染了我家空气，败了过年的兴头。"

"不能给他！"徐锡坤大声说，"不能助长他的歪风邪气！"说罢他去抢钱。结果二迷糊早把钱死死地攥紧了，同时嘴里杀猪般地号叫起来，"乡亲们，救命啊！徐老师抢钱了！人民教师抢钱了！救命啊！"

徐锡坤只好住手，但他面色赤红，胸脯起伏，像受到莫大委屈似的。

"二迷糊，要埋汰不要脸是不是？"突然，人群中响起一声怒吼。众人纷纷循声转头，看见关大壮戴着一顶火狐狸皮帽子，满脸怒气，瞪着眼珠子走过来。

"关大壮，没你的事，你，你别狗拿耗子多管闲事！"二迷糊躲闪开关大壮凶神恶煞般的目光，眼神里有了怯意。

关大壮说："我给你留点儿面子，赶紧把钱还给莲蝶！"

二迷糊死死攥着钱，说："凭啥呀？"

"我看你是不见棺材不落泪！"关大壮冲过去夹住二迷糊的脖子，夹得他喘不上气，直翻白眼，才松了手。关大壮把钱还给莲蝶，对侯宝山说，"我作证，二迷糊耍无赖，他昨晚赌博输了一百块钱，输红眼了，就来讹诈大林哥。"

"丢人现眼啊！咱柞树村啥时候出过这么丢人的事啊？"徐锡坤摇头叹息说。

侯宝山让孙俊带着几个人去了二迷糊家，那时他正在灶房里拔鸡毛，屋里飘满了热气，充斥着一股腥臭的开水烫鸡毛的味道。

二迷糊见治保主任进来，心里先是一哆嗦，后堆上笑脸，讨好说："孙大主任咋有空来我家串门了？请坐，快请坐！"他把一把破椅子搬过来，在椅面上划拉一把，上面留下一片水迹，几根鸡毛。

孙俊厌恶地皱了下眉，说："二迷糊，你又偷谁家鸡了？"

二迷糊尴尬地笑笑，说："没，没偷，我杀的是野鸡。"

孙俊说："你糊弄鬼呢？家鸡和野鸡我分不清？你以为我是傻子啊？"

二迷糊低声嘀咕道："反正我的这只就是野鸡，爱信不信。"

孙俊说："我不跟你断案，等会儿谁家丢了鸡，自会找上门来跟你算账！"

二迷糊放松了许多，说："那你上我家干啥，收提留？我不是早就告诉你们了吗，没钱，要钱没有，要命一条。"

孙俊懒得跟他啰唆，说："我这次来，主要是警告你，不要再聚众赌博，不然别怪我不客气，把你捆起来，押送到派出所。"

二迷糊耍无赖，说："孙俊你别血口喷人，栽赃陷害，谁聚众赌博？你看见了？抓住我手腕子了？"

孙俊厉声说："要想人不知，除非己莫为，你不要以为把窗户挡死了，我就不知道你的猫腻，我警告你，这是最后一次，如果你在春节期间胆敢再设赌局，看我咋收拾你！"

二迷糊还想抵赖，见孙俊脸色铁青，吊着脸，知他铁面无私得罪不起，惹恼了他自己吃不了兜着走，就把话咽下去了。

孙俊让二迷糊把牌九交出来，没收。二迷糊死不松口，就说没有。无奈，孙俊让同来的两个人搜，结果翻箱倒柜搜了半个多小时，连院里的菜窖都搜了，也没找到牌九。

孙俊走后，二迷糊一边拔鸡毛，一边说："都是关大壮这个犊子惹的祸，要不是今早他在徐锡坤家强出头，孙俊也不能带人来搜查。本来寻思春节好好耍耍，这下可好，被他盯上了。"他开始一句一句骂关大壮，觉得他让自己在侯宝山和村民面前丢了面子，恨恨地说："关大壮，你等着，老子早晚要你好看！"

结果，二迷糊偷偷把关大壮举报了，说他违反国家法律，上观音岭偷猎。

赌约

消毒锅炉搭好后，乔福林开着皮卡回了趟县城。这天是腊月二十九，明天就是除夕，他没见到上班的李萍，就去了李发家。儿子已经放寒假，在姥爷家写作业，乔福林给李发扔下一只山兔，那是关大壮套的，就匆匆去物资商店购买硫黄、生石灰、石膏……而其他材料诸如麦麸、豆饼粉，柞树村都有，他已经备齐了。

回到柞树村的时候，虽然才下午三点半，但天已擦黑，在大榆树下，他与一辆警车擦肩而过。他不知公安来干什么，就没留意，开车回到徐锡坤家，把硫黄等物资卸下车，打算进屋洗把脸，却不料莲蝶急匆匆进来，说不好了，关大壮被公安抓走了。

乔福林说："为什么？他犯了什么法？都到年根儿了，怎么还抓人？"

莲蝶正要解释，外面传来哭声，接着关大壮的老婆肖金玉扯着一个四五岁的男孩，哭哭啼啼进来。

莲蝶说："咋的了？有事说事，你哭啥？"

肖金玉抹了把眼泪说："俺家当家的，让公安给带走了！呜呜，你说我这个年咋过啊？"

乔福林说："因为啥？"

肖金玉说："派出所的人说他偷猎，犯了法。"

乔福林心说，这家伙不听劝，总是抱着侥幸心理，这下好了，恐怕要被判刑的。

莲蝶安抚了肖金玉几句，说："这个大壮，胆子也太大了。"

乔福林说："你没问问侯宝山，或者孙俊，让他们打听一下，大壮惹的祸大不大？”

肖金玉不满地斜了他一眼，说：“俺家大壮是为了给你打抱不平，得罪了人，让人给举报了。你让我找他们，管用吗？”

莲蝶说：“谁举报的？”

肖金玉说：“还能有谁！肯定是二迷糊这个挨千刀的，不得好死！连年都不让人过，太损了！”

乔福林想安慰她几句，说：“弟妹你别上火，既然事已经出了，咱就得面对，听从处理吧。”

“啥？听从处理？”肖金玉急了，“你上嘴唇下嘴唇一碰，说得怪轻巧，敢情抓的不是你，你也不用在里面遭罪。当家的啊，你咋这么糊涂呢？你犯傻啊你！管什么闲事啊，现在人家不但见死不救，还推得干干净净。死鬼啊，你让我们娘俩往后的日子咋过啊？老天爷啊，你咋这么不公允啊？好人咋就没有好报啊？！”

听她哭声凄惨，莲蝶为难地看着乔福林，说：“嫂子你别哭了，哭坏身子，孩子咋办啊？”

说到孩子，孩子就咧开嘴跟着他妈哇哇大哭起来。肖金玉说：“反正我家大壮是为了给你打抱不平，才遭人举报的，我们娘俩儿哪也不去，就在你家过年，吃饺子！”

莲蝶急得脸通红，直搓手。乔福林把她拽到一边，说：“你借我点儿钱，这娘俩儿怪可怜的，怎么也得过得去年啊！”莲蝶从裤兜里掏出五十块钱，递给乔福林。

正月初三这天，风停雪住，久违的暖阳普照大地，一辆满载柞树锯末子的大卡车，轰隆隆开进柞树村，驶过大榆树时，二迷糊他们正好撞见，突然出现的大卡车，以及装得像小山似的麻袋，让他们张大了嘴巴，瞪大了眼睛。麻袋里什么玩意儿？这些人怀着好奇心，跟着大卡车来到徐锡坤家门前。

当打开大箱板时，人们才发现装的是锯末子。这车锯末子，是乔福林请毕得财找到观音岭林场，帮助联系的。人们围着大卡车议论纷纷，不知道乔福林鼓捣的是什么玩意儿，他拉这么多锯末子干啥？烧火吗？锯末子截火也不好烧啊。于是，有人问帮忙的毕得财，乔福林整这么多锯末子，有啥用啊？

毕得财告诉他们，这些锯末子可是宝贝，能长出金元宝来。人群瞬间爆发出一阵哄笑声。二迷糊不屑地说："大林子糊弄俺们，你也睁眼说瞎话，就这些破锯末子，能长出金元宝来？"有人说，大林子想发财想疯了，简直是异想天开。

乔福林正指挥雇佣的两个中年男人卸车，他在车上把沉甸甸的麻袋放到他俩肩上，两人一路小跑，来到西仓房门前的园子里，把麻袋码放好。

乔福林直起腰擦汗，神秘地笑了，说："二迷糊，你敢不敢跟我打赌？如果这些锯末子夏天长出木耳，换成金元宝，你输啥？"

二迷糊说："啥都行。我怕到时候你输了下不来台。"

乔福林搬起一个麻袋，放到毕得财肩上，说："拉倒吧，我也就和你开个玩笑，赌啥赌！"

二迷糊不饶人，说："赌，我就不相信，这些平时没人用的破锯末子，填大坑的玩意儿，还能长出黑木耳来？忽悠死人不偿命是吧！"旁边有几个人起哄，叫嚷着赌，赌。

乔福林笑了，说："那这样，如果我输了，我请你去林阳镇下馆子，可劲儿造。可是如果你输了，咋办？"

二迷糊说："如果我输了，就在大榆树下从你裤裆下钻过去。"

乔福林说："拉倒吧，那我还是人吗？"

二迷糊说："咋的，怕了？你要是怕了现在就认输，咱也不用去林阳镇下馆子，你去葛亚丽商店给我买十根火腿肠。"

围观的村民开始起哄。乔福林臊得脸通红，说："赌就赌，别到时鼠眯就行。"

大卡车进村的时候，乔福森也在大榆树下看热闹。时令进入正月，冻人不冻水，阳光开始热烈燥热，路面朝阳的积雪开始融化。乔福森也觉得好奇，跟着人群来到徐锡坤家，目睹了乔福林和二迷糊打赌的全过程，他心里冷哼一声，认定弟弟必输无疑，就气哼哼地回到家。他把门踢开，嘴里嘀咕说："嘴上的毛还没长利索，就开始吹牛、打赌，我看你到时候咋哭！"

庄小凤正在洗衣服，问："你咋的了？谁也没惹你，自己发啥斜歪火？"

乔福森就把事说了。庄小凤扔下衣服，直起腰，棉外套也没换就走出去。乔福森说你癔症了，忙三火四的，衣服也不洗了？

庄小凤说：“我去劝劝大林子，好好的，跟二迷糊这些无赖打什么赌呢？一个保卫科长，连点儿尊严都没有。”

乔福森说：“活该！他自找的，阳关道他不走，非要过独木桥，不是自讨苦吃是什么？”说话间，庄小凤又回来了。

乔福森说：“你干啥呢？没事开关门，这点儿热乎气儿都让你放出去了。”庄小凤没搭理他，去仓房拿出一盖帘冻粘耗子，粘耗子用碧绿的段树叶包裹着，里面是黄米面包着红小豆馅。她舀了两瓢水放进锅里，盖上锅盖，开始烧火。

乔福森说：“还没到晌午，做这么早的饭干什么？”

庄小凤说：“大林子从小就爱吃我包的粘耗子，我蒸一锅，过会儿给他送去。”

乔福林拉了一大卡车锯末子的新闻，如旋风一样不胫而走，很快传遍柞树村。很多人都跑来瞧热闹。当然，也有几个从小跟乔福林玩耍的伙伴，甩开膀子帮他卸车。好事儿的齐丽美自然不能缺场，连呼哧带喘地一溜儿小跑，来到徐锡坤家。小山似的锯末子，已经卸掉一半，乔福林和毕得财像过节似的，脸上洋溢着幸福的笑意。卸了半车锯末子，大伙儿身上出了汗，脱掉棉袄，穿着线衣往来穿梭。

站了几分钟，葛亚丽凑过来，故作惊讶地说：“哟，嫂子，你也来凑热闹啊！”

齐丽美被她一说，觉得脸上发热，讪讪地说：“本想去你家小卖店买几根火腿肠，看到这边人多，就过来了。”

葛亚丽知她撒谎，为自己找借口，说：“可不，我也是被大伙儿吸引过来的。嫂子，你说这乔福林放着城里的科长不当，哭着喊着回来搞什么地栽木耳，他图的啥呀？”说罢，她塞给齐丽美一把瓜子。

齐丽美嗑了一个瓜子，说：“吃着碗里的看着锅里的，人心不足蛇吞象啊！”

葛亚丽嗑着瓜子，说：“我倒不这么认为，大林子从小就不是一般人，他不会那么傻的，莫不是他遇到高人了？”

齐丽美怪笑一声："什么高人矮人的！我看呀，他纯粹是起高调，吃供应粮烧包烧的。"

葛亚丽说："看他胸有成竹的样子，我倒希望他鼓捣成。你看看他家，让他哥把日子过得穷哈哈的，大林子要是鼓捣成了，他家就有希望了。"葛亚丽忽然看到二迷糊，以及几个帮着卸车的村民，说，"再说了，如果大林子的黑木耳鼓捣成了，发了家了，咱村的老百姓也可以跟着他干，也许这是一条发家致富的好路子呢！"

齐丽美听她这么说，心里不舒服。她想如果乔福林鼓捣成了，村民都跟着他搞黑木耳，他的威信肯定会很高的，那侯宝山在村里的威信就会下降。于是她说："这个乔福林，净跟着村里拧劲儿，村委会号召大家栽植苹果梨发家致富，他却回来起幺蛾子，太不像话了！"

齐丽美心里愤愤起来，抬腿往家里走去。葛亚丽在后面叫住了她，"丽美，你不是要去我的小卖店买火腿肠吗？"

女人的战争

晌午了，侯宝山回到家，看见媳妇面朝墙壁躺着，说：“做午饭吧，我饿了。”

齐丽美坐起来瞥他一眼，说：“饿了，饿了，晚一会儿都不行。天这么短，人家都吃两顿饭，就你非要吃三顿饭。”

侯宝山觉得纳闷，说：“你这是咋的了？吃枪药了？”

齐丽美把火腿肠扔给他，说：“你先垫巴垫巴，饿死鬼托生的。”侯宝山笑了，说：“啥时买的火腿肠？咋的，馋了？”

齐丽美拍着炕沿说：“我说你的心咋那么大呢，乔福林把锯末子都拉来了，半个村子人都去瞧热闹，人气都被他拽去了，我看到时候你这个支书说话还好使不？”

侯宝山笑说：“我还当咋的了呢，原来是这事啊。大林子想搞地栽黑木耳创业，好事啊，按理我得大力支持啊。”

“好事个屁！”齐丽美说：“如果他试验成功了，村里人就会跟着他搞黑木耳，我看你的苹果梨产业到时候咋哭？”

侯宝山绷起脸，严肃地说：“别人瞎议论，嘴巴长在他脸上，我管不着，但你可别跟着瞎起哄。大林子创业这是新生事物，我作为支书必须支持，没啥值得含糊的！”

被老公批评，齐丽美觉得委屈，鼻子一酸，眼泪流了下来，说：“我跟着瞎起哄？我有病啊？我还不是替你担心？”

她一哭，侯宝山心里烦乱乱的，说：“我的事，用不着你操心！”

齐丽美瞪他一眼，说：“算我狗拿耗子多管闲事！”趿拉着拖鞋，抹着眼泪进了厨房。

听着厨房里锅碗瓢盆叮当响的声音，侯宝山知道齐丽美心里不顺，也就不再说话，卷起一支旱烟点着。齐丽美的话像枚石子，在他心里激起层层波浪……突然，他产生了巨大的好奇心，也想去瞧瞧，看看这家伙又是锅炉，又是锯末子、硫黄、石灰、豆饼粉的，到底搞什么鬼！

门前屋檐下的冰溜子，已有一尺多长，像一排鳄鱼牙齿，随时断裂下来会扎伤人。齐丽美突然进来，拉着脸子说："屋檐下的冰溜子赶上棒槌大了，你也不知道打下来，到时候扎伤人，你就舒服了。"

侯宝山出来，找了根长木杆，噼啪噼啪打下来。这时，刘石头推开院门进来，说："村里都炸开锅了，都在议论乔福林呢。"侯宝山把长木杆支在墙上，把烟袋递给他，没吱声。刘石头卷了烟，点着吸了一口说："听说乔福林从辽宁拉来一个大铁炉子（高压灭菌锅炉），一人多高，里面能钻进十几个人。他们说这个大铁炉胃口特别大，茅草、烧柴根本喂不饱它，乔福林从煤矿拉来十吨优质煤炭喂它，乖乖，那得多少钱啊？十顿煤，一大卡车锯末子，又买了那么多麦麸、豆饼、白糖、石灰什么的，这是要作啥妖呀？"

不知道。侯宝山继续砸冰溜子，噼噼啪啪掉在地上到处都是，像一段段水晶，阳光下反射着晶莹的光芒。

刘石头拿起铁锹，把冰溜子撮到樟子根儿，说："这么些好东西填到铁炉子里，不都烧成灰了，还整啥黑木耳啊？另外，搞黑木耳就搞呗，干吗还往里掺白糖？如果黑木耳是甜的，那还是黑木耳吗？支书，我总觉得哪里有点儿不对劲儿，你说，他不会骗咱们吧？是不是搞起了江湖术士、封建迷信那一套？"

侯宝山摇摇头，说："不至于吧。最起码他是当过兵、立过功的人，再不济也是银行的保卫科长，他不会玩弄那一套。"

刘石头撇嘴说："那可说不准。不过支书，这小子如此大张旗鼓地跟咱们的苹果梨产业对着干，要是到时候把村民都带着跟他一起搞黑木耳，那咱不就洒汤了？难道，你就眼睁睁地看着他搞破坏，不去制止？"

侯宝山砸掉一根半米长、婴儿胳膊粗的冰溜子，发出啪嚓一声脆响，冰溜子崩得稀碎。他说："上级号召建设小康社会，不让搞一刀切，他要是真能把黑木耳产业搞成功，也是一条致富路啊。八仙过海，各显其能吧。"

侯宝山正在村委会与刘石头、孙俊和妇女主任、会计一起，研究如何继续动员村民栽植苹果梨树。侯宝山说："快过元宵节了，按老规矩，正月都是年，大家都在耍，都在猫冬，我觉得这个不好的习惯该改一改，提早动员村民准备春耕。"

刘石头说："我同意。越待，手脚越僵，越不想干活，眼瞅着九九了，树木快要返浆了，过几天就该栽树了。"

侯宝山说："我提议，咱们每个村委会成员包保两户村民，一定要在今年打个翻身仗，把我村的苹果梨种植面积翻一番……我们得向乔福林学习，虽然他的做法我摸不着头脑，但看看人家，就是个干事业的料儿，那股劲头不服不行，从除夕到初一，哪一刻闲着了……"

突然，一名村民连呼哧带喘地跑进来，侯宝山白他一眼："咋的了你？家里着火了，还是让狼撵的？"

村民抚着腰说："不，不好了！你老婆和……和乔福林他妈打起来了！"

侯宝山赶紧散会，披上外套随那位村民往家跑。

原来这天上午，侯宝山家一只发情的公猫跳进乔福森家，喵喵地叫春，声音听起来凄厉而瘆人。乔福森家的母猫急得在屋里抓挠玻璃，就是出不去。庄小凤听得心烦，抓起炕上笤帚冲出来，满院子找侯宝山家公猫，咒骂公猫死不要脸。本来身子弯曲着，腰腿就不利索，结果没走几步，庄小凤被土垄绊倒了，而那只被欲火灼烧的公猫还在发出近乎凄惨的叫声，站起来的庄小凤觉得屁股摔得火辣辣地疼，怒火中烧，就开骂了："死不要脸的东西！不嫌丢人的东西！不好好在自己家猫着，跑到这里要不要脸！看我不逮着你，剥了你的皮，看你还要不要脸！"

东院的齐丽美听见外面骂声，推门看见庄小凤拿着笤帚满院子撵自己家的公猫，嘴里还骂出不堪入耳的声音，就恼了，张嘴还击，借着骂自己家的公猫暗讽庄小凤："你个死猫，你跑人家叫啥春啊你？你个不知好歹的东西！你要憋不住了，找婆娘也得看看对象吧，最起码也得找个像样的能拿得出手的娘们儿吧！咋的？家里没有老爷们，憋得慌了，勾引起别人家的公猫了，不知羞耻的玩意儿……”

庄小凤一听就炸了，拎着笤帚隔着樟子就开骂：“天底下竟然有这么不讲理的东西，臭不要脸的，管不住自己家的畜生，跑到人家院里叫春……”

侯宝山跑得嗓子都冒烟了，好不容易连呼哧带喘地跑回家，老远就看见门口外的街道上围了一群人。侯宝山阴沉着脸，人群让开一条缝。

孙俊大声说：“大家都散了，散了！该干啥干啥去！散了。”

正月十五这天早上五点，乔福林就起床了，来到外面，天还黢黑，东边天空的启明星熠熠闪烁，如一只秘境之眼。不知谁家的公鸡第三遍啼鸣，接着村里的公鸡们集体发出回应。

乔福林穿着绿色军大衣，抱一捆苕条来到菌房，打火机闪烁了下，炉膛里的苕条噼噼啪啪鞭炮似的轰地点燃，他抓起铁锹，将块煤铺在苕条上面，不一会儿，灭菌锅炉点燃了，屋里的温度也上来了，他脱下军大衣，推着小车去外面推煤。天有些蒙蒙亮，空气变得清冽，他看见一股黑烟蹿出烟囱，同时一股浓烈的煤炭燃烧后的焦煳味道飘荡在柞树村上空……

等到天大亮，莲蝶牵着儿子大鹏来给徐锡坤做饭，见烟囱冒出股股黑烟，知道乔福林今天点火，就钻进菌房想看个究竟。结果，他看见一个“黑鬼”，乔福林脸上除了牙齿外，都被煤烟熏黑了。她被他的样子逗笑了，笑得腰都直不起来了。乔福林咧开嘴，龇牙傻傻地笑。

吃早饭的时候，乔福林说：“听毕得财说，关大壮被判了刑，三年。”

徐锡坤用汤匙舀了个汤圆塞进嘴里，说：“不遭罪不知道法律的厉害，也好，敲山震虎，杀鸡儆猴，看以后谁还敢偷猎！”

晚上吃完饭，乔福林吩咐雇工看好锅炉，始终保持好温度，就去了关大壮家。

关大壮家大门关着，乔福林推了推没推开，凑近看才发现铁将军把门，屋前传来一阵铁链响，接着一阵狗吠在夜晚特别嘹亮。难道肖金玉得知关大壮被判刑三年，回了娘家？乔福林在门口站了会儿，脚冻得有些麻酥酥，就往回走。刚走到胡同口拐弯，隐约看见前面有两个人影，待走近，才发现，是二迷糊和肖金玉。乔福林咳嗽一声，正在强行搂抱肖金玉的二迷糊撒开手，落在后面。摆脱纠缠的肖金玉急匆匆低头从乔福林身边走过。

跟着肖金玉回到家，她把后背上熟睡的孩子放在炕上，给乔福林倒了杯热水，坐在炕沿上垂泪。

乔福林问："哭啥？有啥难关跟我说，看我能不能帮上忙。"

肖金玉低声啜泣起来，说："得知大壮被判刑，心里不托底，害怕他在监狱里遭罪，就抓了只大公鸡，来到'大明白'家，想让她给掐算一下，看看关大壮能不能获得减刑，提前出狱。'大明白'折腾半晌，说情况不妙，关大壮脾气太暴躁，可能会在狱中跟强人起冲突，不仅不会减刑，还可能加刑。我就慌了，忙哀求她，无论如何得给破一破，免得大壮遭罪。'大明白'支吾着，眼睛却一直盯着我腕上的一副银手镯，那是我结婚时母亲亲手给我戴上的，是姥姥传给母亲的。我把手镯摘下来，推到'大明白'面前。'大明白'开始作法……从'大明白'家出来，恰巧碰见隔壁的二迷糊，因为夜色，我心里惴惴的，跟他搭讪几句，就往回走。可没想到，二迷糊悄悄跟踪而至，在胡同拐角处，突然从后面把我抱住，非要跟我睡觉。我背着熟睡的孩子，不敢撒开胳膊，只好晃着膀子用力扭动着反抗。二迷糊见状，就愈发放肆起来，一只手就伸进我的裤腰里，我就急了，在他肩膀上狠狠咬了一口。可是，欲火中烧的二迷糊已经顾不得疼痛了，继续解我的裤腰带。幸亏这时你赶到，咳嗽声化解了我的危机。"

说完，肖金玉抹了把眼泪，抬眼看着乔福林说："今晚上，多亏你了，大林哥，要不然，我，我真不知……"她说不下去了，低声啜泣起来。

"这个浑蛋，早晚得遭报应！"乔福林愤愤地说，"弟妹你别伤心了，只要没被他欺辱就万幸。"

"可，可是，"肖金玉忧虑地说，"以后要是二迷糊再纠缠我，我该咋办啊？"

乔福林说："你不用怕他，自古邪不压正，他要是再纠缠你，你就喊人，大声喊叫，我就不信他敢那么嚣张。"

肖金玉抽咽着说："这种人，脸皮比树皮还厚。"

乔福林环视一圈屋子，说："晚上睡觉前，把门锁死，把窗户关严，实在不行，就把你家大狗关在屋里，看他敢嘚瑟！"

肖金玉点点头，说："大林哥，你这么晚了找我，有事吗？"

乔福林说："有事。是这样，既然大壮被判了刑，你们娘俩的日子还得过，总不能喝西北风吧？我想，我帮你们栽种两千袋黑木耳，由我来代管，年末挣了钱算你们的。”

“那哪行呢？”肖金玉眼圈红了，说：“掌柜的蹲了监狱，家里除了一口锅、一铺炕，啥也没有啊，哪有钱栽种黑木耳啊？”

乔福林说：“用不了多少钱，锯末子我那儿还剩一些，够你用的，你只要买点麦麸、豆饼、生石灰和菌袋什么的，我的锅炉现成的，你随便用。等二级菌制作完，在你家仓房养好菌，到时候摆放到地里，浇好水就能出耳。”

肖金玉苦笑了下，说：“听你说的这些名词，我都头大，更不用说那些技术活儿了。”

乔福林沉吟下，说：“这样吧，你把资金筹集好，其他的我帮你弄。”

肖金玉叹息一声，眼泪流了出来，“大林哥，俺家大壮摊了官司，蹲了监狱，村里多少人指手画脚，冷嘲热讽地看笑话。可是你，你却这么帮我们，我，我真不知该怎么谢你啊！”

乔福林笑笑说：“谢什么谢！大壮是跟我从小玩儿到大的伙伴，他有难了，我不帮他谁帮他！”

中毒

二迷糊还不死心，一直在关大壮家附近晃悠，借着夜色的掩护，瞪着一双贼不溜秋的眼睛，不错眼珠地盯着关大壮家的方向，直到乔福林推门出来，他忽悠一下躲进邻居的柴草垛后边。

看着乔福林的背影走远了，他从暗影中出来，向关大壮家摸去。他早看见肖金玉把院门闩上，就悄悄跳进樟子，来到窗户前，低声呼唤肖金玉开门。

屋里的肖金玉正要脱衣睡觉，突然听见窗外二迷糊的声音，不由得哆嗦了一下，屋里的猎狗发出低低的吼声。听到猎狗愤怒的吼声，肖金玉心里有了胆儿。记得有一年关大壮带着它进山打猎，没用关大壮伸手，它就把一只两百多斤的野猪咬死了。肖金玉不想声张，担心邻居听到闹闲话。可是窗外的二迷糊像狗叫秧子似的，一遍遍叫着肖金玉的名字，她不由得怒火中烧，心想王八犊子，阴魂不散是吧？那好，老娘今天就放狗掏了你的杂碎，省得成天骚情！她冲进厨房抓起菜刀，打开了外屋门。

二迷糊还在窗下“叫春”，突然，外屋门打开，猎狗狂吠着朝他冲来。二迷糊“妈呀”一声，撒开腿朝院门跑去，可是院门闩住了，他撞了两下没撞开，情急之下想起自己是跳樟子进来的，于是抓住木樟翻了出去。一个屁股蹲儿摔在地上，地被冻得比石头还硬，一阵钻心疼痛，他赶紧一瘸一拐地朝胡同里跑，待他撒开腿没命地跑出几百米后，身后的狗叫声越来越微弱，才扶着一根木樟子弯下腰来，心跳得哐哐的，肺管子快要炸了，他干呕起来……

春寒料峭，时令进入早春二月，西北风的势头不再凶猛，逐渐被柔软、温煦的东南风驱逐出境。街道的积雪，在阳光的照射下开始融化，残雪和着泥水，街道泥泞不堪。

这天午后，莲蝶收拾完碗筷，进屋看见躺在炕头的父亲打起轻鼾，她蹑手蹑脚出门，想去西仓房看看乔福林他们接菌情况咋样了。现在正是二级菌种接种的关键时刻，为了抢时间，中午乔福林简单扒拉一碗饭，就一头扎进菌房忙活去了。

一群沐浴在暖阳中的麻雀，在院子里叽叽喳喳，像是在集体研讨什么话题，莲蝶的脚步声将它们惊飞。

莲蝶推开门，猛然一股难闻的硫黄味道，差点把她熏了个跟头，她捂住鼻子，看见乔福林和两个雇工正机械地接菌，像机器人似的重复动作。

“这里的味道太大了，你们能受得了吗？”莲蝶用围脖捂住嘴巴说。

乔福林眼神迷蒙地看了她一眼，继续低头在菌袋顶部中间的位置接菌，然后用棉球塞紧，码放到墙角。莲蝶心里咯噔一下，咋的了这是？大林哥怎么迷迷瞪瞪，痴痴傻傻的呢？难不成，他们被硫黄给熏迷糊了？

莲蝶赶紧把乔福林和那两个雇工拽出门。

经风一吹，两个雇工哇哇大吐，而待在里面时间较长的乔福林，则一头栽倒在墙根的残雪中，晕了过去。莲蝶吓坏了，大声呼喊：“大林哥，大林哥！”

喊声惊醒了睡午觉的徐锡坤，他趿拉着拖鞋跑出来，看见乔福林双眼紧闭，嘴唇青紫地倒在女儿怀里。莲蝶一边呼喊，一边摇晃着乔福林，她脸色煞白，眼泪都急出来了。经过菌房门口时，一股浓烈、腥臭的硫黄味道直冲鼻子，徐锡坤知道乔福林是中毒了。徐锡坤大拇指摁压在乔福林人中穴位上，吩咐莲蝶弄一碗凉水来。

莲蝶颤颤巍巍端着一碗凉水过来，徐锡坤含了一口，噗地喷到乔福林脸上，一个激灵，他睁开了双眼。徐锡坤松了一口气，莲蝶鼻音很重地说：“大林哥，你可醒了，你吓死人了！”说罢，眼泪像断线珍珠似的流下来。

乔福林想站起来，可是脑袋一晕，双腿发抖，差点摔倒。徐锡坤和莲蝶把乔福林扶进屋，让他在炕上躺一会儿，乔福林挣扎着说：“不用躺了，我没事，已经好了，还得去接菌呢。”

徐锡坤用力按住他肩膀，不满地说：“命都差点儿丢了，还管什么接菌不接菌的！哪也不能去，你给我好好躺着！”

乔福林说：“我真的没事了，你瞧，我浑身有的是力气。”说罢他想起身下地。

莲蝶急了，用力把他推倒在炕上，瞪大眼睛：“你这人咋回事，挣钱不要命了是吧！”

莲蝶让父亲看住乔福林，她穿上羽绒服，快步向村委会跑去。她边跑边哭，等跑到村委会早已哭得稀里哗啦。她给镇上的毕得财打了个电话，把乔福林的情况说了一遍。毕得财二话不说，骑着摩托车就赶了过来。而这时乔福林也好了许多，走道腿不再发飘了。

毕得财经过一番勘察，对乔福林说：“硫黄用量超标了。多亏了莲蝶，不然你们三个都得熏死在菌房里。”

乔福林说：“我是多熏了些硫黄，因为这两天村民都来参观，门总是关不上，来人又多，我担心他们身上带来杂菌，就加了量。你说扯不扯？”说完他还笑了。

莲蝶白他一眼说：“你还好意思笑呢，差点见了阎王，你还能笑得出来？心也太大了！”

一场春雨一场暖。两阵春风过后，地上开始冒出青草的嫩芽，河畔的红毛柳，也抽出惹人爱怜的毛毛狗，路边的婆婆丁和荠荠菜，长出三四个嫩叶，开始有人挖来蘸酱吃。乔福林的皮卡车拉着满满的菌袋，来到靠近河边的地上，他开始摆袋了。

虽然时令刚进清明，但空气中涌动着春风的清甜气息，天空中厚重的铅云变得稀薄起来，阳光照在身上暖洋洋的。不过一早一晚，天还是有些凉，俗话说，三月还有倒春寒呢。乔福林把白色菌袋挪到地上，竖着摆放，远远望去，犹如一群吉祥的企鹅，排着整齐的队伍在河边休憩。

自从第一天摆袋开始，就不断有人来瞧热闹，有的人像瞧西洋景似的指手画脚，也有人见他忙得额头都是汗，不时伸手帮着摆几袋。对于农民来讲，摆袋这活计不很累人，却很忙活人，要不断地弯腰、下蹲，所以一天下来，乔福林累得腰酸背疼，腰像折了似的。晚上回到家里，莲蝶扒拉了一锅疙瘩汤，要搁平时，乔福林有说有笑地转眼间就能喝下两三碗，可今天他只喝了一碗，煎饼卷大葱和婆婆丁，吃了两张，就回到房间躺下了。

徐锡坤知道他累得不想说话，饭量也减下来了，对莲蝶说，“干啥都不容易啊，你看大林子累的，又黑又瘦，像个非洲难民，瞅着让人心疼。”

莲蝶说：“可不，眼瞅着大林哥一天天瘦下去，咱也帮不上忙，干着急。”

徐锡坤说：“明早你去趟林阳镇，买几斤猪骨棒，炖肉汤，给他补充补充营养。”

第二天天不亮，乔福林就起床了，一趟一趟往皮卡上搬菌筐。

毕雪梅发现，婆婆庄小凤这几天一直神不守舍，丢三落四，乔福森说她丢了魂儿。她知道，婆婆这是惦记小叔子乔福林，心里也就特别同情起乔福林来。这天清早，毕雪梅早早起来，偷偷煮了五个鸡蛋，用纸包好，递给庄小凤，庄小凤心领神会，把鸡蛋塞进怀里，来到乔福林的菌地。

清早的菌地在阳光的照射下，蒸腾的地气袅袅上升，地里忙活的人影虚幻而扭曲。庄小凤来到乔福林面前，见儿子又黑又瘦，眼窝深陷，心疼了，禁不住眼眶发红，唏嘘了两声说：“唉，放着城里好端端的日子不过，跑这穷山沟受洋罪，唉，真不知你是咋想的。”

乔福林正低头摆放菌袋，看到一个人影来到眼前，抬头见是自己的妈，站起来捶了下腰，叫了声妈。

庄小凤从怀里掏出纸包，剥了一个鸡蛋递给他，说：“你大嫂煮的，还热乎呢，趁热吃了。”

乔福林接过鸡蛋塞进嘴里，腮帮子鼓起来，说：“真香！妈你也吃一个。”

庄小凤又剥了个鸡蛋，说：“我一个没用的糟老婆子，吃了也是白吃，还不如让你们干事业的人吃了，长点膘。你瞅你把自己磕打的，瘦得像个刀螂，真是的。”

乔福林知道，母亲是舍不得吃，就说：“妈，你放心，等我的黑木耳挣钱了，天天给你买鸡蛋吃！不，鸡蛋算个啥呀，我天天给你炖小鸡吃！”

庄小凤被他逗乐了，说：“你要是天天给我炖小鸡，那我不比东屋的大胖猪还胖啊！”

乔福林知她说的是齐丽美，就说：“妈，人家有名字，以后别张嘴闭嘴大胖猪的，让人听见多不好！”

庄小凤脸色呱嗒撂下了，说：“大胖猪就是大胖猪，他们家就没有一个好人，专门欺负人，你说这些年来，咱家受了他们家多少窝囊气啊，你爸，你爸要不是因为侯宝山，他能摔死吗……”话没说完，庄小凤的眼泪噼里啪啦掉下来。

乔福林知道，这个话题永远是母亲心中的痛，像一座大山，多少年来，她都被这座大山压着，一直直不起腰，喘不上气，她快要被这座山憋屈死了。于是，他长长地叹息了一声。

生性的大哥

乔福森拉完屎，提着腰带从厕所出来。他瞪着眼睛问毕雪梅，“大清早的不做饭，你瞎鼓捣什么？”

毕雪梅没搭理他，抱了抱柴火，开始点火。乔福森跟进厨房，皱起眉问：“跟你说话呢，带搭不理的。”

灶膛的火光映红了毕雪梅的脸，她说：“大林子累死累活，瘦得像个刀螂，你却成天游手好闲，都是亲兄弟，你就不能去帮他一把？”

乔福森一脚把柴火踢开，说：“我帮他？想得美，遭罪受苦，那是他自找的。”

毕雪梅瞪了他一眼，说：“你还有没有人味儿？大林子也不是外人，再说摆袋的活儿也不累，你就忍心看着你兄弟累瘫、累死啊？”她将两块柴火柈子塞进灶坑。

“累死活该！”乔福森跨过柴火，向屋里走去，说，“给我沏一碗鸡蛋白糖水，多放糖啊！”

毕雪梅没好气地说：“没有鸡蛋了。”

乔福森转回身说：“不可能啊，昨天我看见米缸里还有五个鸡蛋呢，咋的？你舍不得给我吃啊，还是糊弄我？”

毕雪梅说：“没有就是没有，我糊弄你干啥？”

“不对。”乔福森不错眼珠地盯着毕雪梅，“你是不是偷偷拿给大林子吃了？”

毕雪梅舀了一瓢水倒进锅里，开始刷锅，说：“小鸡是我养的，爱给谁吃就给谁吃。”

“你个吃里爬外的东西，还反了你呢！”乔福森抽出一根柴火，劈头盖脸地打在毕雪梅身上。招架不住的毕雪梅逃出屋。

乔福森拎着柴火棒子追出来，说：“三天不打上房揭瓦，看我今天咋收拾你！别以为大林子回来搞黑木耳，你就能借着光了，我告诉你，他是他，我是我，老子爱他妈咋地咋地，用不着你来管！”

东屋的侯宝山，正蹲在樟子边上刷牙，听见撕打声，扭头朝西屋看，看见乔福森疯了似的抽打毕雪梅。

“乔福森！”侯宝山突然大吼一声，吐掉嘴里的牙膏沫子，说，“你想打死你老婆啊？赶紧住手，看你把她头都打破了！”

乔福森果然住手了，一脸怒气地冲侯宝山说：“哪儿蹦出个臭虫？放屁咋这么臭呢！”

侯宝山说：“乔福森你说话干净点，你骂谁是臭虫呢？再说，你那么死命地打你老婆，属于家庭暴力，犯法知道不？”

乔福森冷笑一声：“我教训自己的老婆，碍你什么事？狗拿耗子，管得倒宽！”

侯宝山恼了，说：“乔福森我警告你，这是在柞树村，不允许你胡来！”

乔福森说：“我自己的老婆，我爱咋打咋打，你管天管地管空气，就是管不着我打老婆！”

侯宝山恼了，指着他说：“你再打一下试试，信不信我让孙俊把你交给派出所？”

这时，庄小凤回来了，见毕雪梅披头散发，额头上破了个口子，鲜血淌了下来，就知道准是乔福森发疯，于是捡起地上一根柴棒，朝乔福森身上打去，骂着：“畜生！吃人饭不拉人屎的东西！”

乔福森躲闪开，抓住她手里的柴棒，瞪眼说：“你疯了？不问青红皂白就打我！”

庄小凤喘息着问毕雪梅：“因为啥，他这么死命地打你？”

毕雪梅抹去额头上的血，说：“嫌我把鸡蛋给大林子煮着吃了。”

庄小凤哀叹一声，说：“老大你能不能争口气啊你？你弟弟起五更爬半夜地在菌地里忙活，都快要累死了，你有没有点同情心啊你？”

这时，齐丽美出来了，说侯宝山，“你真是狗拿耗子，人家早上起来没啥娱乐，打老婆玩儿，你管啥？咸吃萝卜淡操心！”侯宝山担心西院接火，赶紧把齐丽美拽回屋里。

侯宝山这几天有点儿上火，嘴上起了燎泡。布谷鸟成天到晚地叫唤，它们开始催促农时了。为了使今年的苹果梨种植面积翻番，去年秋天，侯宝山去吉林延吉的果树场订购了一万棵苹果梨树苗，前几天，村里雇的大卡车把树苗子拉来了，可结果却不遂人愿，苹果梨种植户不但没增加，相反原来答应种植的，还减少了两户。

这天一大早，他用高音喇叭将刘石头、孙俊、会计和妇女主任等村委会成员喊到办公室。大家见他脸色铁青，知他这几天心情不顺，就赔着小心等他训斥。侯宝山见大家小心翼翼的样子，心里不由叹息一声，说这样不行啊，一万棵树苗子堆在村委会，时间长了根须被风吹干了，树苗子就死了，那时损失就大了。

刘石头叹了口气说：“难啊，没有啥抓手，村民们积极性不高，咱也不能强迫他们种植苹果梨啊。”

孙俊说：“可不，嘴皮子都磨破了，可他们就是不积极，真没辙了。”

侯宝山火气上来了，不满地说：“要是有辙，还找你们商量干啥？首先你俩这个态度就不对，太消极，太悲观。”

孙俊气不打一处来：“都怨乔福林，原来还有几家挺积极的，都答应种植苹果梨了，可他偏要弄地栽黑木耳，结果村民的注意力都被他吸引过去了。”

刘石头说：“现在大家都在观望乔福林的黑木耳，如果今年黑木耳挣钱了，恐怕更没人再种植苹果梨了。”

孙俊似乎对侯宝山当初容许乔福林回来创业仍有意见，说：“当初就不应该让他回村搞黑木耳，不然，也不会给咱们工作带来这么大冲击。要我看，就得把他撵走，他爱上哪搞上哪搞，反正在柞树村就不行，就是捣乱。”

侯宝山知道，他话里有话，是对自己有想法，于是不满地说：“他一不偷，二不抢，你不让人家搞，你是法律啊？”

“那你说咋办？”孙俊说，“村民的脑袋长在自己身上，咱又不能绑着他们种植苹果梨。我看啊，这件事不乐观。”

侯宝山说："你这个态度就不对。身为村干部，遇到点儿困难、阻力就打退堂鼓，那我们还咋建设小康社会？"

孙俊说："反正我是没辙了，支书你说，到底咋办吧？"

侯宝山说："散会后，都去做村民的思想工作，我就不信，明明咱们给大家指明了一条致富路，是让他们过上好日子，难道，他们就甘于继续贫穷下去，甘于找不到老婆？"

这时，村委会门口响起轿车的引擎声，大家抻着脖子朝外看，结果看见副镇长林铁下了车，几人赶紧走出去迎接。在门口，侯宝山握着林铁的手说："您来也不提前说一声，咋的，搞突然袭击啊？"

林铁指着身后的毕得财说："我也是临时起意，早上开会时听得财说，柞树村有个能人回乡创业，搞地栽黑木耳，科技含量很高，我来看看。这么些树苗子堆在这里，不都风干死了吗？"林铁突然看见村委会旁边堆得像小山似的树苗子。

侯宝山说："一天往树根上浇两遍水，再用苫布盖上，阳光照射不到树根，十天八天没事。"他推开屋门，伸出手请林铁进屋说话。

"不进屋了。"林铁转身问毕得财，"你说的那个能人叫什么来着？咱直接去他那儿参观参观。"

毕得财说："他叫乔福林，本村人。"说着话，几人朝徐锡坤家走去。

乔福林正在菌房里，一袋一袋地往菌筐里装菌袋，毕得财率先推开门，林铁走进来，菌房架子上摆满了菌袋，空间狭小，毕得财和林铁进来，屋里就满了，侯宝山等人只好站在外面。

毕得财向林铁简单介绍后，林铁围着菌架子转了一圈，拿起一个白色菌袋瞧了瞧，凑近鼻子闻了闻，回头问乔福林："你今年打算搞多少袋？"

乔福林说："两万三千袋。"

"哦，怎么不凑个整数，两万五千袋多好啊？"林铁好奇地问。

乔福林说："我自己两万袋，剩下的三千袋是帮别人代管的。"

"帮别人代管的？"林铁更加好奇了，笑着说，"难道，你是收代管费吗？"

毕得财抢先说："是这样的，副镇长，柞树村的关大壮因为到观音岭偷猎，被判了三年刑，乔福林担心他家从此塌架，就主动无偿给他家做了三千袋，帮其渡过难关。”

林铁听了，脸上现出敬佩之色，对侯宝山说：“好啊，自己致富不算富，帮助困难群众一起致富，这才是我们应该大力倡导的。侯支书，你们村这个典型抓得好啊，值得全镇推广。”

侯宝山莫名地被副镇长表扬了，觉得无功不受禄，心里有些不自在，讪讪地咧了咧嘴，说：“我们其实没做什么，是大林子境界高，是毕站长指导得好，应该表扬他们。”

林铁走出菌房，对毕得财说：“你们技术推广站多下来几趟，一定要帮乔福林同志把好技术关，要让他挣钱，挣大钱，这样，对乡亲们才能起到好的示范带头作用，一起带领乡亲们致富。”

毕得财说：“副镇长您放心，我们站里已经把扶持乔福林的黑木耳产业，作为工作的重中之重，我亲自在这里蹲点。”

“好啊！”林铁赞许地说，“你的想法和做法，我完全支持。我有种预感，也许，乔福林的黑木耳会成为星星之火，不久就会形成燎原之势，为我们闯出一条新的致富门路，带领全镇，也有可能带动全县农民致富啊！”

发明“神器”

这天，天刚蒙蒙亮，乔福林开着皮卡车，拉着满满一皮卡的木耳袋，来到关大壮家地头，这是为他家做的最后一车地栽木耳，已经在菌房里完成了接菌、养菌阶段，现在开始打眼儿，然后摆放到地里。

天下起了大雾，整个天地一派雾气蒙蒙，宛如仙境。关大壮家菌地在率宾河北岸，“吊水壶”旁边，接近地头的时候，乔福林看到一个人影在晨雾里忙活，他有些纳闷，这是谁起得这么早？原来是肖金玉，蒙着一块蓝头巾，背着孩子在给菌袋打眼儿。孩子似乎还没睡醒，在她背上歪着脑袋，流着涎水，脑袋随着她身子起伏而晃动着，看着都觉得可怜。

乔福林下了车，说：“这点活儿，弟妹你不用起这么早，我几天就干完了。”

肖金玉举起木板，啪啪给菌袋打眼儿，头也不抬地说：“自己家的活儿，如果自己不上心，哪还能挣钱啊？”

乔福林把菌袋卸下来，拿起一个木板啪啪打眼儿。木板上有一个钉子，一拍一个眼，一个菌袋要扎十几个眼，到时候才能冒出木耳芽。

河岸上响起清脆的啪啪声，间或响起几声翠鸟的啼鸣。太阳一竿子高的时候，侯宝山骑着车子来了，他把自行车支好，乔福林和肖金玉站起来和他打招呼。

侯宝山拿起一块木板，抓起一个菌袋，往上面打眼儿，问：“一个菌袋要打几个眼？”

乔福林说：“大约十七八个吧。”

侯宝山不解地问：“干吗打那么多眼啊？眼越多，长的木耳不是越小吗？”

乔福林说：“我在向阳市学习时，也问过人家这个问题，那儿的技术员说，如果木耳长得太大，根子也大，不好吃不说，还压秤，销售价格上不来。”

侯宝山“哦”了一声，直起腰捶了两下，感慨地说：“老了，腰杆子不行了，这活儿看起来挺轻省，其实还蛮累人的。”他看见了肖金玉后背上的孩子，脑袋耷拉在外面，睡得正酣，说：“看看，孩子一大早还没睡醒，肖金玉你就把他折腾来了，他这样子多遭罪啊。”

肖金玉嘴角绽出一丝笑意，说：“农村孩子皮实，哪有那么娇贵。”

侯宝山说：“你带着孩子回家吧，回头我找几个民兵，来帮你把活儿干完。”肖金玉没动，继续打眼儿。

侯宝山一条腿跨上车子，对乔福林说：“往后，要是有啥需要村里帮忙的，吱一声。”说完，骑上车子走了。

乔福林和肖金玉继续干活，不一会儿，莲蝶骑着自行车来了，她是利用一早一晚的空闲时间，来帮忙的。于是在清早的率宾河边，响起了此起彼伏的啪啪声，节奏分明，声音响亮。

干了十几分钟后，莲蝶说：“你们先干着，我回家一趟。”她拎着木板往地头走去，朝阳照射下，她的身上披着金色的霞光，脸庞两侧的头发，变成了金黄色，毛茸茸的甚是俊逸、美丽。乔福林问：“把木板留下。你拎着它回家干吗？”

莲蝶回头莞尔一笑，说：“保密。”

乔福林笑了笑，说：“还保密？一个破木板，有啥金贵的，回家做个早饭，还拎着，难道还怕丢了不成？”

不一会儿，远处雾中传来自行车的铃声，接着莲蝶俊俏的身姿从大雾中呈现出来。乔福林瞄了她一眼，心想她这早饭做得也太快了，莲蝶真是个麻利人。只见莲蝶跳下车，拿起一个菌袋就打眼儿。接着，她发出一声欢呼，说：“成了！”

乔福林和肖金玉不知她为啥这么高兴，停住手朝她望去。莲蝶举着木板，说：“我刚才琢磨了一下，一块木板上只有一个钉子，一次只能打一个眼，一个菌袋要打六排，每排打三个眼，就是 18 个眼。如果一个木板上竖着钉三个钉子，一次不就能打三个眼，不就大大节约时间和体力了吗！我就回去钉了两个钉子，刚才试了试，还真行！”

肖金玉由衷地赞道："大妹子你真行，不愧是喝墨水长大的，脑瓜子就是灵光！叫你这么一弄，一天能干三天的活儿，太好啦！"

乔福林也高兴，说："莲蝶你真是个发明家，你帮我们大大地提高了劳动效率，厉害呀！"

叫他俩这么一夸，莲蝶倒有些不好意思了，说："瞧你俩说的，啥发明家啊，我就是突然想到那儿了，当时也不知道行不行，哪想到一试验就成了，凑巧而已。"

有了莲蝶发明的"神器"，打眼儿的效率提高了三倍，人干起活儿来也轻松了许多。这天上午，乔福林开始将关大壮家打完眼的三千袋木耳袋往地里摆放。河套上的布谷鸟一遍一遍地叫，太阳光也比往日浓烈许多，照在身上暖洋洋的。乔福林忙得一身汗，脱掉外套，背着一筐木耳袋往地里走去。待他回来的时候，肖金玉打开暖壶盖，倒了一杯热水，递给他，说："大林哥，喝口水，歇歇气儿吧。"

乔福林直起腰，接过水杯把水喝了。肖金玉看着他满脸的汗珠，心存感激地说："谢谢你大林哥，你自己家的木耳袋还没摆完，就先帮我家都摆放完了，我心里真有些过意不去。"

乔福林抹了把额头上的汗水，说："啥谢不谢的，大壮打小是我兄弟，他有难了，我帮帮他是应该的。"

肖金玉眼眶湿润了，唏嘘地说："唉，也就是你大林哥吧，心地这么善良，真心实意地帮我们渡过难关，其他人，唉，不笑话我们就不错了。"

乔福林打开皮卡车门，说："日子是自己过的，弟妹你不必在乎别人怎么说。你家的木耳袋摆完了，我得回去忙活我的了。弟妹啊，你要看护好这三千袋菌袋，有什么问题及时来找我。"

肖金玉说："这你放心，这三千袋菌袋是我家的希望，我一定要像看护孩子那样看护好它们，不让它们受屈。"

乔福林觉得她的比喻很贴切，打着火，笑笑走了。

起早贪黑地忙活了几天，乔福林的两万袋菌袋也都摆在地上，两亩地上，白花花的木耳袋，像一群鹅苗，列队接受他的检阅。他突然想起肖金玉的话，要像看护孩子那样，看护好它们，不让它们受屈，他觉得这话说得一点儿不假，俗话说地不亏人，你对它有多好，它就回报你多少。

惊奇的木耳

乔福林的木耳袋长出黑木耳了！

这个消息不亚于一颗原子弹爆炸，冲击力极强地在柞树村轰然传播。一时间，他的木耳地边聚集了许多村民，他们穿着各异，瞪着惊奇的眼睛，看见一排排的喷头鸡啄米似的，喷出的水汽在空中飘洒，阳光中形成无数个绚丽的小彩虹。而那些吸饱了水分的白色木耳袋上，长满了黑黑的耳芽，像一只只好奇的黑眼睛。全村人都在议论，老乔家二小子搞的地栽木耳出耳了，真稀奇啊！原来木耳不只是在山上的朽木上长，还能从装着锯末子的塑料袋里长出来！有意思啊，真开了眼界了。

庄小凤偷偷地去过乔福林菌地几次，她是趁乔福林不在时去的，她抚摸着一个个白色菌袋，既心酸又高兴，心酸的是儿子不顾家族禁忌，硬要往“死路”上闯，她的心都伤透了，因为她不知道厄运会不会再次降临到儿子身上，她为此成天担惊受怕，头发一缕缕地掉。可她又很无奈，这孩子性格太倔，他要认准的事，九头牛也拉不回来。她为此哭过、骂过、恨过，甚至以死威胁过，但这些都无济于事，都无法动摇乔福林的意志，他仍然一意孤行。于是她无限悲伤地想，也许，这就是乔家的宿命，是她庄小凤的悲剧，丈夫为黑木耳丧生，大儿子为黑木耳丢掉半个脚后跟，而现在，这种厄运竟然再次找上门来，让儿子陷入痴迷混沌，诱使他鼓捣上了黑木耳，走上了“不归路”，她成宿成宿地睡不着觉，想得脑浆子生疼，也没有想明白。唉，世上挣钱的路子千万条，可乔福林却唯独选择了这个独木桥，让她顿时陷入绝望之中。她想，黑木耳，是她这辈子永远也无法绕过去的坎儿，她躲不过去了，她认了！她现在唯一能做的，就是日夜向观音庙里的菩萨、向老天爷祈祷，别再把灾难降临到大林子头上，哪怕你们让我少活三年，也请你们保佑我的孩子平平安安。

当然，庄小凤心里有时也是偷偷喜悦着的，尤其看着菌袋上一天天开始冒芽，像破壳出蛋的小鸡小鸭，啄破蛋壳，探头探脑钻出来的样子，总是让她心里莫名地生出一种幸福滋味。

一天午后，庄小凤来到葛亚丽小卖店，买了刀烧纸，一把香，就来到乔福林菌地。“秋子”像个忠实的仆人，伸着舌头跟在后面。才两天不见，菌袋上的黑木耳就长大了不少，并逐渐看出耳朵的形状。庄小凤心中窃喜，夹着烧纸向菌地下边的河套走去。河套边长满了茂密的红毛柳和野核桃树，到处都是旺盛、繁茂的野蒿子，庄小凤点着烧纸和香，扑通对着率宾河和观音岭跪下去，默念道：“求求观音岭山神和率宾河河神，保佑我儿子的黑木耳顺顺当当，没病没灾，健健康康！千万千万保佑他啊！如果大林子的黑木耳丰收，我，我我宁愿吃一辈子斋。”

庄小凤想起死去的丈夫乔元海，想起半个脚后跟走路的乔福森，不禁悲从中来，哀哀哭泣起来。“秋子”见主人如此悲伤，趴在她脚边哀哀呜咽。

哭了几分钟，庄小凤站起来，腿麻了，她用手拄着腿走上河套小坡，向乔福林菌地走去。由于老寒腿跪麻了，庄小凤走得有些吃力、缓慢。突然，她发现远处有个人，似乎正在拿菌袋撒气，只见他双脚乱踢，一个个菌袋在他脚下像翻飞的蝴蝶，纷纷飞向空中，同时，他还用力地踹菌袋，将一个个长满黑木耳的菌袋踹碎。

“喂，干吗呢？”庄小凤大声喊道，同时快速挪动麻木的腿，一瘸一拐地向那人跑去。

那人被突然的喊声吓了一跳，呆愣了几秒钟。这时，快速跑来的庄小凤离他只有不到十几米的距离，她终于看清了，这个拿菌袋撒气搞破坏的人，是二迷糊。而这时，缓过神来的二迷糊也看见了愤怒的庄小凤，于是他撒腿朝外跑去。

“秋子”感受到主人的愤怒，狂吠着朝二迷糊奔过去。庄小凤一边追撵，一边大喊，“来人哪，抓坏人啊，来人哪！”可是，中午的旷野除了暖暖的春风，以及一两声翠鸟的鸣叫，似乎什么也没有，只有她嘶哑的呼喊声。庄小凤眼见二迷糊的身影逐渐消失在河套茂密的柳树丛里，累得拄着膝盖站在地里喘粗气，心脏怦怦狂跳，似乎要跳出胸腔。突然，前方河套里传来一声惨叫，接着传来“秋子”的哀鸣声。庄小凤不顾一切地朝柳树丛跑去，嘴里呼唤着黑狗的名字。

这时，乔福林的皮卡车吱嘎一声，停在地头，他跳下车，朝庄小凤的背影追过去。

在河套的一棵野核桃树下，乔福林和庄小凤看见了瘸着一条腿的“秋子”，它见到主人，嘴里发出阵阵哀鸣，一双不甘和愤怒的眼睛，露出羞怯的眼神，似乎是因为自己没有抓住坏人而感到羞愧。

庄小凤抱住大黑狗，心疼得流下了眼泪，说：“挨千刀的二迷糊，你咋能下这么狠的手呢？哎哟！我的‘秋子’啊！”

乔福林朝前追了几十米，密密麻麻的树丛里，除了河水的喧哗，什么也没见到。他返回来，在野核桃树下，看见一摊血迹，他不知是二迷糊留下的，还是“秋子”留下的。

乔福林搀扶着庄小凤，走上河堤，来到菌地。看着几十袋被踢破的菌袋，他一阵心疼，有些汤勺大小的黑木耳，散落在地上。庄小凤骂道：“生孩子没屁眼的二迷糊，缺八辈子德！”

乔福林把菌袋捡回来，重新摆放整齐，而那些“头断肚破”的菌袋，被他垛在地边。庄小凤还在咒骂二迷糊。

乔福林说：“妈，你别生气了，即使你骂到天黑，这野地里没个人影，也无关痛痒。再说，你看清了吗，是二迷糊吗？”

庄小凤说：“扒了他的皮，我也认得他的骨头！不是二迷糊，村里还有谁这么缺德？”

乔福林不觉有些纳闷，皱皱眉头，说：“我也没得罪他啊，干吗要拿我的菌袋出气？”

“唉，傻孩子，”庄小凤叹息一声，瞥了乔福林一眼说，“傻子也能看得出来，二迷糊是嫌你和莲蝶走得太近，心里记恨你，才来搞破坏的。”

乔福林突然明白了，原来这家伙对莲蝶贼心不死，还想着破镜重圆，但被莲蝶严厉地拒绝几次后，见她起早贪黑地帮助自己，心生怨愤，以为莲蝶那么坚决地拒绝他，是因为自己横刀夺爱，她才铁了心的。

庄小凤抱着“秋子”，轻柔地给它揉摩，一边不迭声地咒骂二迷糊，说：

“不能便宜了这个杂种！大林子你得报警，让公安来抓他。”

乔福林说：“报啥警啊，咱也没抓住他手腕子，空口无凭啊。再说，咱也没多大损失，要是把他抓起来关进去，有些小题大做。”

庄小凤坐在地上揉脚脖子，不甘心地说：“那就这么便宜了这个浑蛋，让坏人逍遥下去？”

乔福林打开喷灌，开始给菌袋浇水，说：“拉倒吧，邻里邻居的，没有多大仇恨，再说也没损失多少，即使报警了，也怎么不了他。”

庄小凤说：“那就报告村里，让孙俊抓他蹲小黑屋。”

“咦，你怎么来菌地了呢？”乔福林突然好奇地问。

“咋的，你这是军事禁地啊？我咋就不能来了？”庄小凤瞪了他一眼站起来，脚脖子疼得她直龇牙，瘸着一条腿，唤着黑狗走了。乔福林突然笑了，对着母亲背影大声说：“谢谢妈，帮我抓坏蛋！”

“少跟我扯犊子！”庄小凤偷偷笑了。

庄小凤前脚走，徐锡坤吆喝着羊群和大鹅，领着“子弹”就出现在河套的树丛里。“子弹”的身后，跟着两只半大狗，那是它几个月前下的崽子。羊群悠闲，边啃食身边青草边朝前漫步。徐锡坤走上河堤，来到乔福林的菌地。他眼尖，一下就看见地头的几十袋破损菌袋，问乔福林咋回事。当他听说是被人踹碎的，就问是谁干的？

乔福林说：“没看清是谁。”

徐锡坤说：“你以后可得加小心，有些人见不得人好，心眼子比鸡肠子还细，嫉妒心一上来，就变得歹毒了。”

乔福林说：“一会儿我回村喊两个人，帮我搭个窝棚，以后我就吃住在地里。”

徐锡坤点点头，说：“这以前叫看青，防止人和野兽破坏庄稼，可惜了，现在不让带枪，你得加点儿小心啊，别着了人家的道儿。”

乔福林说：“没事的，就我这体格，在部队还是擒拿格斗标兵呢，一般两三个人近不了身。”

徐锡坤说：“那是在明面，要是晚上呢，黑灯瞎火的，这么大一片地，前边又是河套，野蒿子一人多高，让你着道还不容易？这样吧，‘子弹’的两个崽子，我送给你了，他们可是看青的好帮手啊！”

再说二迷糊，在河套被“秋子”咬了一口，小腿肚子疼得钻心，但他还是死命地在柳树丛里狂奔，他知道，一旦被乔福林抓住，他就坏事了，不仅乔福林不会轻饶他，就是村治保主任孙俊，也得把他绑起来，交给派出所收拾他。

带着钻心的疼痛，一口气跑出一千多米，他才一下躺倒在草坡上，嗓子早冒烟了，似乎划根火柴就能把肺点燃。他惊恐地看看来路，幸好没有乔福林，也没有大黑狗，只有茂密的柳丛随风摇曳，他在心里叫了声妈，真他妈倒霉，叫黑狗咬了一口，他闭上眼睛喘粗气。这时，腿上的疼痛愈发尖锐，一下下扯着神经，像有人拿把刀子剜他的肉。他撸起裤腿，见腿肚上有两个牙印，渗出一片血迹，他低声骂了句脏话，一阵剧烈的疼痛，让他龇牙咧嘴。

二迷糊躺在草坡上，想起刚才自己在乔福林菌地上的“英雄壮举”，眼前出现菌袋翻飞、破裂的场景，心里突然好受了些，似乎他踢飞的、踹碎的不是菌袋，而是乔福林，于是他又兀自笑了，解恨，太解恨了！他想，如果不是庄小凤突然冒出来，他一定会在这个中午把那两万袋菌袋都踹碎了，看你他妈的乔福林还咋嘚瑟，挣钱？见鬼去吧！恐怕到时候你哭都没地方哭去吧。哼，徐莲蝶，到那时，你指不定得有多伤心呢，你俩忙活了一冬带半春，那可就瞎子点灯，白费蜡了，而乔福林投进去的一万多块钱，也得他妈打水漂……

具有强大“阿Q”精神的二迷糊越想越觉得解气，这样“快活”了一阵后，他捡起一根树枝，拄着寻找止疼的草药。

太阳偏西，腿肚子上的伤口在草药的作用下，不再那么疼了，二迷糊才拄着树枝朝村里走去。来到大榆树下，他犹豫片刻走进葛亚丽的小卖店，让她打一斤散装小烧。

“咋整的，二迷糊？”葛亚丽疑惑地看着他的腿，又瞧瞧树枝，说，“咋的，你碰见黑瞎子了，腿肚子让黑瞎子掏了？”

“你才让黑瞎子掏了呢，”二迷糊气哼哼地朝她翻个白眼，说，“哪那么啰唆，赶紧给我打酒！”

葛亚丽没动，说：“你都欠我好几百了，再这么赊下去，我就把你家的地盘下来顶账。”

二迷糊用树枝拐杖敲得柜台啷啷响，说："葛亚丽，这是新中国，不是旧社会，别想着剥削，吸我们的血！"

葛亚丽正想给他打酒，听他这么说，很响地把酒瓶放在柜台上，说："少给我上纲上线！你欠老娘的钱，是剥削我，吸我的血，现在却反咬我一口，怎么的，想赖账啊？"

二迷糊见她动了气，担心她不给打酒，语气缓和下来说："咱俩互相剥削，互相吸血，别磨叽了，赶紧给我打酒吧。"

葛亚丽送给他一对白眼仁，嫌弃地说："呸，少跟我来这一套！吸你的血？吸你的血我都怕脏了嘴。"咣当，她把酒瓶放在柜台上，"最后一次啊，下次再来打酒，拿现钱！真是的！你妈成天给人看外科病，诓多少钱也不够你祸祸的。"

二迷糊说："你妈才诓人家钱呢！有啥呀，不就是开个小卖店吗，剥削人还这么嚣张！"他伸手去拿酒瓶子。

葛亚丽一把抢过酒瓶子，说："嘴硬是吧？那好，你有本事别来我这儿赊酒喝，我也懒得剥削你这个二流子！"

冰释前嫌

时令进入六月中旬，乔福林和关大壮家的黑木耳开始采摘第一茬儿，圆圆的菌袋上，长满了孩子拳头大小的黑木耳，像一朵朵盛开的黑色莲花，更像是一个个森林的耳朵，煞是喜人。

这天清晨，太阳还没升起，率宾河两岸的森林、田野笼罩在一派晨曦之中，隐隐流动的朝雾，袅袅升起的山岚，唤醒了黄鹂的歌喉，它们一边梳理羽毛，一边纵情歌唱。徐锡坤赶着羊群，吆喝着大鹅，和“子弹”准时走过吊桥，走进观音岭的丛林。

乔福林雇了两个村民，和他一起采摘黑木耳。由于菌袋才20多厘米高，又摆放在地上，所以他们只能坐在小马扎上采摘。这是一项煞是辛苦的劳作，头顶太阳晒，下边白色塑料袋晃眼。每人身边放着一个柳条筐，用来装黑木耳。

不一会儿，乔福林的柳条筐就装满黑木耳，他拎起筐来到地边，把黑木耳倒在晾晒网上，这时几声狗吠传来，徐锡坤送给他的两只猎犬发出叫声，接着河套里传来急促的呼喊声和哭声。

乔福林扔下柳条筐，朝率宾河边跑去，两只小狗跟在身后，汪汪吠叫。

还没到河边，乔福林就看见齐丽美站在岸边声嘶力竭地哭喊着，手指指向河中哭叫：“聪聪，聪聪啊聪聪……”

乔福林知道有人落水了，快速跑过去，边脱掉外套。来到河边，他已脱光了膀子，看见河水中间一个小脑瓜在浪涛间起伏，他一个猛子朝河里扎下去。

侯宝山和吴雅娟随着村民跑来时，乔福林已经抱着聪聪走上河岸，孩子的头在乔福林臂弯外耷拉着，头发上滴落的水像条小瀑布。侯宝山踉跄了几步猛扑过去：“聪聪，我的大孙女啊……”

吴雅娟则一头栽倒在地上，昏了过去。

人群慌作一团，人们赶紧给吴雅娟掐人中。

乔福林把孩子放在岸边青草上，侯宝山和齐丽美扑过去，哭喊声凄厉而悲怆。可是孩子的眼睛紧闭着，嘴角乌青，失去了呼吸。侯宝山和齐丽美跪在孩子身边，放声悲哭。这时吴雅娟醒了过来，她手脚并用爬过来，一把将孩子搂在怀里，嘴唇颤抖着说：“聪聪，聪聪，我是妈妈，我是妈妈呀！聪聪你睁开眼睛，我是妈妈呀！”她如雨的泪珠不断线地滴落在孩子的脸上。

“我有罪啊，我有罪啊，我该死啊！”齐丽美突然发疯地抽打自己的嘴巴，她朝向观音岭跪下去，哭着说，“观音菩萨啊，山神啊，求求你们救救我的孙女吧，救救我的命根子吧！如果孙女没了，我，我也跟着不活了……”

吴雅娟突然抬头，看见了乔福林，哀声说：“救救她，救救我的孩子，求求你了！”

乔福林跪下来，把孩子在草地上放平，手脚伸展开，双手按在聪聪心脏上，不断用力按下去。按了十几下，孩子依然没动静，乔福林撬开她的嘴唇牙关，食指伸进去掏出一小团水草，他开始给聪聪做人工呼吸……

终于，一口带着泥沙和水草的黄水，从聪聪嘴里喷出来，孩子有了微弱呼吸。吴雅娟抱起孩子大放悲声。

齐丽美扑通给乔福林跪下，磕头如捣蒜。

累得虚脱的乔福林摇晃着站起来，朝柳树丛外走去。很快，他开着皮卡车急速来到河边，大声喊道：“你们别哭了，赶紧把孩子抱过来，去县医院！”

开始采摘第二茬儿木耳了。山野里的风逐渐开始柔和起来，空气中也铺满了更加清新、湿润的气息。黑木耳一旦冒头儿，几场水浇下来，就滋滋疯长，如果采摘不及时，三两天的工夫就化了。这天早上，天不亮，乔福林就起来了，借着朦胧的晨曦微光，他一个人先忙碌起来。等他采摘了两筐，才见雇佣的一个人挎着筐来到地头。他皱起眉头。雇工告诉他，另一个人拉肚子，今天来不了了。乔福林心里有些焦急，想等中午进村再雇一个人，他不想让第二茬儿木耳因采摘不及时而化掉。于是，他加快了手上的动作。

不一会儿，乔福林看见庄小凤和大嫂毕雪梅拎着马扎，挎着筐迎着朝阳走来。乔福林有些意外，他没想到母亲和大嫂会来帮忙，尤其大嫂，这些年跟着大哥没少吃苦，却毫无怨言，任劳任怨地操持着这个家，他知道如果没有毕雪梅的勤俭持家，恐怕母亲早就垮了。他不晓得，毕雪梅来帮他采摘木耳，大哥知不知道？也许她是背着大哥偷偷来帮他的。于是乔福林心中涌出一股暖流，他看着毕雪梅那双骨节变形、粗糙的手，想，等秋天卖完黑木耳，还完大哥家饥荒，一定要给她买个金戒指。

而看着母亲弯着的腰，乔福林有些心疼，更不忍心，对母亲说："你身子骨不好，这点活儿不用你操心。"

庄小凤放下马扎和柳条筐，坐下，摘了一朵黑木耳放进筐里，说："农时农时，就得抢，不然你这黑木耳被太阳晒化了，老了，损失就大了。"

乔福林知她说得有道理，说："你别累着，悠着点干，累了就回家躺着去。"

庄小凤白他一眼说："你这满地的黑木耳摘不下来，我哪有心情躺着啊？"

乔福林说："不用你操心，实在不行我中午回村再雇一个人。"

庄小凤将一把采下来的黑木耳放进筐里，说："你说得倒是轻巧，雇人不花钱哪？还没挣到钱，就这雇那雇的，大手大脚地花钱，要是都像你这样，谁能挣钱？"突然，她抬头看见乔福林站在旁边，说："你电线杆子似的杵在这儿干啥，还不快点儿干活！别看你这黑木耳丰收了，我可警告你，在它们没有摘下来晾干之前，都不属于你，是属于大地的，啥时候你把这些木耳晾干了，装进麻袋放进仓库里，啥时候才能变成钱。"

毕雪梅抿嘴笑，坐在马扎上采摘黑木耳。乔福林笑着摇摇头，拎着柳条筐往地里走去。

接近九点钟的时候，黑木耳地头出现了一个身影，乔福林本能地抬头，看见是齐丽美站在那里，朝他招手。而这时庄小凤也看见了齐丽美，脸上多了愠色，小声嘀咕道："这个死婆子，她来干啥？"

毕雪梅抹了把汗水，说："也许找大林子有啥事呢？"

庄小凤恨恨地说："她找大林子能有啥好事？哼，黄鼠狼给鸡拜年！"她想叮嘱乔福林几句，让他少搭理她，可她看见乔福林拎着满满一筐黑木耳，已经走到了齐丽美身边。

乔福林将木耳倒在晾晒架上，齐丽美讪笑着说："哟，这些黑木耳可真漂亮啊，大小均匀，厚薄均匀，大林子你要赚大钱了！"

乔福林知她没话找话，将黑木耳均匀划拉开，拎起柳条筐说："你有事吗？"

齐丽美一把抢过柳条筐，说："听说你现在缺人手，正好我也闲得慌，我来帮你采摘吧，要不化掉就可惜了。"说罢她朝菌地走去。乔福林愣在原地，看着她走到自己的马扎跟前，一屁股坐下去。

庄小凤和毕雪梅也愣住了，她俩停下采摘，一脸疑惑、懵懂地看着齐丽美，不知道她这是演的哪出戏？这时，乔福林跟过来，庄小凤疑惑不解地看着儿子，眼睛朝齐丽美眊着，问他啥意思。乔福林耸耸肩膀，摇摇头。庄小凤朝齐丽美喊："哎，你啥意思啊？俺家大林子也没雇你啊，你咋来了呢？"

齐丽美朝她笑笑，说："大嫂子，东院西院地住着，啥雇不雇的，我就是来帮忙，不要工钱。"她把跟前的黑木耳采完了，欠起肥硕的屁股，朝前挪挪马扎继续采摘木耳。

"哎，哎，你停下！"庄小凤站起来，大声说，"你赶紧走，别在这儿埋汰俺，俺可雇不起你这支书的老婆。"

齐丽美停住手，表情复杂地看着庄小凤，说："大嫂，我真是来帮忙的，没别的意思。"

"谁是你大嫂？"庄小凤黑着脸说，"俺是啥啊？俺是投机倒把分子家属，畏罪自杀人的老婆！你快停下，你这细皮嫩肉的支书的老婆，无偿地给俺家干活儿，俺可受不起。再说村里谁不知道咱两家有仇哇？大胖猪，赶紧滚！你别在这儿演戏了，老娘不吃你这一套！"庄小凤似乎又恢复到往日跟齐丽美掐架的状态，挽起袖子，朝地上吐唾沫。

大概觉得母亲不问青红皂白就骂人有些过火，乔福林说："妈，你别这样。我看齐婶是好意，是真心想帮咱。"

"闭嘴！"庄小凤怒道，"你知道个屁！你知道她安的什么心，就向着她说话？”

齐丽美眼圈突然红了，说：“大嫂，以前是我们不对，我们对不起你们乔家，欠了你们乔家一条命，前天大林子救了我家孙女的命，我们欠了你们两条命，这是我们的债。你说吧，让我们怎么还？只要大嫂你开口，我齐丽美绝不含糊，就是抵命也不耍赖……”话未说完，齐丽美眼泪哗哗流满脸庞，她突然一耸，就在泥水里给庄小凤跪下了。

庄小凤蒙了。乔福林快步奔过去，试图把齐丽美拽起来，说：“婶子你这是干啥？赶紧起来，看泥水弄脏了裤子！”可是齐丽美下定了跪到底的决心，加之她又胖，乔福林一下没把她拽起来。

迎着阳光站着的庄小凤趔趄了下，差点摔倒在地上。毕雪梅一把扶住她，说：“妈，你就开个口吧，原谅她吧，我看她是真心的，再说大白天的让她跪在这里，别人看见该传闲话了。”

眼泪决堤般地冲出庄小凤眼眶，她哽咽起来，继而号啕大哭。

过了一会儿，她抬起泪眼，看见齐丽美依然跪在泥水里，脏水早把她干净的裤子浸湿了，而她丝毫不动，一双好看的丹凤眼乞求地看着自己。庄小凤长长地叹息了一声，眼泪再次流了下来，她把头巾摘下来，伸向齐丽美说：“把头巾戴上吧，你细皮嫩肉的，一会儿就晒爆皮了。”

“嫂子呀……”齐丽美突然扑过来，一把抱住庄小凤痛哭起来，“嫂子呀，我，我，二十多年了，我要憋死了，我要憋死了啊，嫂子……”

这天上午，乔福林将晾干的几麻袋的二茬儿黑木耳装进徐锡坤家西屋，他粗略地估算了下，按一般情况还能再采摘三茬儿黑木耳，如果以目前价格计算，每袋能净赚六七毛钱，两万袋就是一万三四千元，他一步就进入了小康社会。

明天是儿子小盼的生日，他想利用黑木耳生长的空闲时间回趟县城，几个月不见，他真的想李萍和孩子了。下午的时候，连着下了三天的雨终于停了，湿漉漉的天空上挂着久违的太阳。原本担心因预期提前，而影响黑木耳生长和采摘的乔福林总算松了一口气，开车去了黄花岭，采了一袋子黄花菜，这种金灿灿透着暗香的黄花，也叫野百合，晒干了炒肉吃是岳父的最爱。接着他驱车翻过两道岭，来到玫瑰谷，采了一兜子野玫瑰花，浓浓的花香钻进鼻孔，乔福林一边采摘，一边幸福地想，回去将一半野玫瑰花用蜂蜜腌制，酿成玫瑰酱，另一半做馅儿，给李萍和儿子做包子吃。惊扰了几只采蜜的蜜蜂，他突然幸福地笑了，似乎看见李萍吃着玫瑰馅儿包子，嘴角流出粉红的汁液，向他投来含情脉脉的眼神……突然，手上针扎地痛了下，野玫瑰的刺扎手了。

可是，人算不如天算，正当乔福林满怀憧憬地想与妻子一起给儿子过一个甜蜜的生日，再回来采摘第三茬儿黑木耳的时候，突然而至的一场灾难，让他欲哭无泪。

突如其来的灾难

灾难是那天晚上后半夜突然发生的。当时乔福林正睡得迷迷糊糊，睡梦中，他依稀听到狗扒门声，他还以为是睡梦中的情景，翻个身继续睡觉。可很快就响起狗叫声，声音充满恐惧，哀哀的像是遭受到巨大危险。乔福林突然翻身下地，双脚在黑暗中试探着寻找胶鞋。可是，他的脚没有探到鞋子，却伸进冰凉的水中。

发洪水了，河水出槽了！

等乔福林双脚踏在地上的时候，漫上来的河水已经没过小腿，他心中划过一道绝望的闪电，推开门就冲出去。夜黑得伸手不见五指，什么也看不见，只听见哗哗的涛声像闷雷般滚过来，四道豆绿色的光，从晾晒架上射来，那是被洪水逼到晾晒架上的两只狗的眼睛。

天蒙蒙亮，依稀能看清东西的时候，徐锡坤和莲蝶率先赶来，他俩发现乔福林已经成了泥人。此时洪水已经退去，昔日那些黑白分明的菌袋，早已不知去向，菌地里只留下一片狼藉的泥水，乔福林疯了似的抱着几个菌袋，从远处踉跄着走过来。他的脸上、头发上、衣服上都是泥，不知是汗水还是泪水，在脏污的脸上留下两道印痕。

“老师！”摇摇晃晃的乔福林哽咽一声，突然泪流满面，抱着几个菌袋一屁股跌坐在泥水里。莲蝶把他拽起来，发现急火攻心的他嘴唇上起了两个燎泡，嗓子哑得说不出话来了。徐莲蝶的眼泪唰地流下来，心疼地叫了声大林哥。

徐锡坤拍拍乔福林肩膀，说：“吃两个包子吧，莲蝶起大早给你包的。”

莲蝶才想起担心凉了而塞在怀里的包子，她把包子拿出来递给乔福林一个。乔福林饿坏了，抓起一个包子，顾不得上面留下的泥水印，塞进嘴里狼吞虎咽。突然他痛苦地呻吟一声，停止了咀嚼，抻着脖子努力将嘴里的包子咽进去，然后吐出一口带血的唾沫。

跟着徐锡坤后脚赶来的是庄小凤，还没跑到近前，她就开始号啕起来，“老天爷呀，你咋就这么狠心啊？你咋就看不得俺老乔家好啊？你非得把我们往绝路上逼啊……”

洪水将绝大部分木耳袋冲走了，只有一小部分菌袋，横七竖八地掩埋在垄沟里、树丛下、野蒿中。四个人像寻宝似的，一袋一袋从泥沙里抠出菌袋，发现将近一半的菌袋破损了，但有总比没有强，他们将寻回的菌袋抱回来，垛在地头。

天大亮的时候，突然从村里冒出一群人，急匆匆向菌地赶来。待到近前，乔福林看见这些人是侯宝山和刘石头、孙俊等几名村干部，他们手里拿着铁锹、柳条筐和编织袋，明显是来帮助自己救灾的。接着，他们身后继续赶来了齐丽美、葛亚丽夫妇和关大壮媳妇肖金玉（她家的木耳地地势高，没有遭遇洪水）。

乔福林眼圈红了，哽咽了声说：“侯支书……”

“啥也别说了，大林子，”侯宝山对身后的刘石头说，“赶紧带领大家抢险救灾，能寻回一袋是一袋，把损失降到最低限！”

众人哄地散开，往远处寻去。

庄小凤一把抓住侯宝山，泣不成声地说：“侯，侯支书，他大叔啊，俺谢谢你了，谢谢大家了……”

就在众人在菌地寻找抢救黑木耳菌袋的时候，毕雪梅正在家里跟乔福森干仗。她本想吃完早饭和婆婆庄小凤一起，去乔福林菌地帮忙的，可庄小凤着急，顾不得吃早饭就走了，看着婆婆佝偻着的腰身急匆匆的样子，毕雪梅平生第一次朝丈夫发火了。她一把掀开被窝，冲乔福森喊道：“乔福森，洪水都上炕了，大林子的黑木耳都被洪水冲走了，你还赖在被窝里睡懒觉，天底下有没有你这样无情无义的大哥？”

乔福森光着膀子猛地坐起来，指着毕雪梅破口大骂：“她狗拿耗子多管闲事！你操那心干啥？做好你的饭，喂好你的猪比啥都强！”

毕雪梅急了，跺着脚说：“你亲弟弟的木耳地被水淹了，菌袋都冲走了，你不但不去帮忙，还说这种屁话，没有比你再过分的了！”

“我就这样，爱咋咋地！”乔福森躺下，拉过被子蒙住脑袋。

毕雪梅失望地摘下围裙扔在他被子上，说:“你就睡吧，早饭你自己弄吧，我不能眼看着大林子遭难见死不救。”说罢她换上雨靴，抬脚推开了门。

突然，乔福森疯了似的从身后冲过来，光着身子，光着脚，拉住毕雪梅说:“不许去！在家老实给我待着。”

毕雪梅挣了两下，没挣开他铁钳一样的手，厌恶地看着他裸着的身子，哀求地说：“你就放开我吧，全村人都去帮大林子了，就连东院的侯宝山和齐丽美都去了，我再不去，还是人吗？”说完她用力挣了挣，仍没挣开，于是她去掰乔福森的手指，结果就把他弄疼了。

“啪”的一声脆响，毕雪梅脸上出现了五个血红的手指印。毕雪梅手抚脸庞，眼泪无声地淌了下来……

乔福林的菌地一派忙碌的场面，有准备的穿着雨靴还好，侯宝山等来得匆忙的，只穿着胶鞋，但他们也顾不得那么多了，胶鞋就胶鞋吧，踩在没过脚脖的泥水里，很快就弄得泥猴一般。但谁也没有退缩、叫苦、埋怨，而是瞪大眼睛，加快脚步，在垄沟里，在泥沙中，在河套上，在草丛里，仔细寻找菌袋。

庄小凤一边干活，一边流眼泪。乔福林以为她眯了眼睛，关心地问她咋的了？庄小凤唏嘘道：“大林子，你说咱家是哪辈子积德了，换来侯支书和这么多村民来帮咱？大林子啊，洪水无情人有情！虽然你遭了难，但以后你可不能忘记乡亲们的恩情啊，你要想办法报答他们的大恩大德啊……”

乔福林抬眼看见，侯宝山光着脚丫在泥水里扒拉着，寻找泥浆掩埋下的菌袋，他身上、脸上到处都是脏兮兮的泥水，颇为感动，说：“妈你放心，虽然我遭了洪水，损失不小，但我会总结教训，我会成功的，而且，我一定带领乡亲们发家致富，彻底摆脱贫困，他们的义举和恩情，我一定会报答的！”

这话被抱着两个破损木耳袋走来的侯宝山听见，他把木耳袋放在地头，说：“大林子，你说得对，我全力支持你！”

乔福林掏出手绢，想将侯宝山鼻尖上的泥点子擦掉，侯宝山用袖子一抹，说：“庄稼人没那么娇气，下地干活，哪天不是风里来泥里去的？庄稼人嘛，泥土是金呢。”

乔福林说：“谢谢你侯叔，以前我哥和我妈那么对待你，你都不跟他们计较，在我遭难时带领乡亲们帮助我，我真是从心里感激你。”

侯宝山看着河套边上来来往往忙碌的人们，说：“其实那时，我也有做得不对的地方，你爸的死，我很后悔，让我在懊悔中煎熬了二十多年啊。”侯宝山眼圈红了，用袖子擦去眼泪。

乔福林说：“你别再自责和懊悔了，其实我爸的死不是你的错，我那时虽然还小，但已经懂事了。你说侯叔，以前咱侯、乔、毕三家关系多好啊，谁家要是吃个野兔肉，都要端半碗送给另两家尝尝，唉，真怀念那时的光景啊。”他长长地叹了口气。

侯宝山拍拍乔福林胳膊，长出了口气，说：“是啊，柞树村最初就是乔、毕、侯三家祖宗闯关东，从山东闯过来的，一起在这里开荒种地，上山采木耳、挖药材，后来在柞树村定居下来，像大榆树似的生根发芽，散叶开花，才逐渐发展成为近千人的大村子，不容易啊！”

说起过去侯、乔、毕三家的和睦生活，以及不是亲戚胜似亲戚的关系，乔福林和侯宝山无限感怀，感慨万千。

这时从村口“吊水壶”方向传来汽车的马达声，两人不约而同地朝那边望去，发现两辆草绿色吉普车眨眼间来到地头。侯宝山知道来了领导，便迎过去。

毕得财从第一辆吉普车上下来，接着下来几个陌生人。第二辆车副驾驶的门也打开了，副镇长林铁走下来，他顺手把后边车门打开，下来一位二十多岁的小伙子。其他人侯宝山眼熟，都是镇里的干部，只是这个精干的年轻人他不认识，林铁介绍说：“这是市委研究室的小郭，这次特意来柞树村考察、调研黑木耳产业发展情况。”

侯宝山与他热情地握手，说：“欢迎欢迎，欢迎市领导来我村检查指导工作。”

郭伟忠笑着说：“侯支书言重了，我本来是想到林阳镇搞产业调查的，是林铁副镇长极力推荐你们村搞黑木耳特色产业，引起我的兴趣，又听说乔福林的黑木耳被洪水冲了，韩副镇长他们要来帮助救灾，我就跟着来了。”

说话间，他们来到乔福林跟前。林铁把乔福林介绍给郭伟忠。乔福林看着郭伟忠一愣。

郭伟忠走过来，说："乔大哥，真是你啊！昨晚在镇里听副镇长说起黑木耳产业，我心里就画魂儿，我想会不会是乔大哥呢？去年冬天你在哈尔滨火车站跟我说过，去向阳市取经学习黑木耳栽培技术，真没想到，果真是你啊！"

乔福林也很高兴，握着他的手说："郭兄弟，你这么快就当官儿了，恭喜你！"

郭伟忠羞赧地一笑，说："啥官不官儿的，春节后市委研究室招人，我报了名，结果就被录取了。"

毕得财说："你俩先唠吧，我们可要下地干活了。"他挽起裤腿，脱掉鞋子，光着脚丫走进泥水里。

林铁招呼镇里的干部："大家别站着了，挽起裤腿干活吧。"

看来他是早有准备，胶鞋都穿上了，他率先挽起裤腿，和毕得财一起朝河套走去。镇里其他干部呼啦跟了过去。

乔福林有些蒙圈，忙在后边喊："林副镇长，回来，回来，别弄脏了你们的衣服。"

侯宝山说："林副镇长听说你的黑木耳受灾了，特意动员镇干部一起来帮你忙的。"

乔福林心头一热，把母亲和莲蝶、肖金玉招呼过来，吩咐他们赶紧回村煮两桶绿豆水担来，给大家解渴。

庄小凤早就泪水涟涟了，一边抹着眼泪一边面向河南岸的坟茔地说："老头子啊，你睁开眼看看吧，咱老乔家时来运转了，村民都来帮咱救灾了，侯支书两口子也来了，镇长他们都来了，就连市里的大干部也来帮咱救灾了……"

徐莲蝶和肖金玉煮好两桶绿豆水，就往乔福林菌地走去。肖金玉挑着扁担在前，徐莲蝶抱着一摞碗在后。经过大榆树的时候，两人换肩，肖金玉弯腰把水桶放到地上，徐莲蝶接过扁担正要起身，二迷糊不知从哪凑了过来："两位大美女（他曾无数次说过，柞树村徐莲蝶和肖金玉最漂亮，是村里的两朵村花）干啥去呀？急匆匆的像赶庙会。”

许是他闻到了绿豆水的味道，弯腰看了看绿汪汪的两桶绿豆水，说：“你俩煮这么多绿豆水干啥？谁又活腻歪喝农药了？”

徐莲蝶没搭理他，把扁担放在肩上，想要起身。二迷糊把手搭在扁担上，莲蝶感觉到扁担上的重量，回头见二迷糊的手按在扁担上，气就不打一处来，说：“把你的爪子拿开，别耽误正事！”

二迷糊的手仍然搭在扁担上，说：“你说呀，到底谁喝农药寻短见了？好死还不如赖活着呢。”

徐莲蝶厌烦地将扁担扭了扭，将他手扭开，说：“村里除了你游手好闲，还有谁能闲出屁来？”

二迷糊心疼地看着徐莲蝶的柳肩，说：“你这肩膀柔弱得像柳树条，哪能担动这么两大桶绿豆水呢？这是谁啊，长没长心啊？让两个如花似玉的村花出大力？”

肖金玉眼珠子一转，娇声说：“可不呗，累死我了，莲蝶姐的肩膀比我的还窄、还娇嫩，让她来挑扁担，这不是糟践人吗？”

徐莲蝶想尽快摆脱二迷糊的纠缠，说：“别跟他啰唆，咱俩赶紧走吧。”

肖金玉一把按住扁担，向二迷糊抛了个媚眼，说：“迷糊哥，你不是成天夸我俩是村花吗？莲蝶姐又是大鹏的亲妈，你就不心疼啊？”

二迷糊说：“心疼啊！咋不心疼啊？疼得我的肝儿一颤一颤的。”

徐莲蝶懒得跟他说话，又去抓扁担，想挑起来赶紧离他远远的。肖金玉没给她，瞅着二迷糊撇嘴，说：“我看不见得。还心疼的肝儿疼呢，迷糊哥，你净在那儿要贫嘴甜人。”

二迷糊急了，跺脚发誓：“谁要是撒谎拿嘴甜人，谁是乌龟王八蛋！”

葛亚丽和丈夫将寻到的菌袋递给孙俊，正要继续去远处寻找，猛然看见二迷糊挑着两桶绿豆水出现在地头，徐莲蝶和肖金玉有说有笑地跟在后面。葛亚丽惊掉了下巴，大声招呼跟前的孙俊说：“快看快看，太阳打西边出来了，二迷糊给大家送绿豆水来了！”

正在码放菌袋的孙俊以为她开玩笑，头也不抬地说：“瞎咋呼啥，葛亚丽，二迷糊懒出尿来了，他给他妈都不带挑水的，还指望他给你送绿豆水？做梦去吧你！”

正好二迷糊来到眼前，他把水桶放在地上，说：“孙俊你糟践谁呢？谁他妈懒出尿了？”

孙俊吓得一哆嗦，抬头一看果然是二迷糊，便直起腰，疑惑地看着两桶满满的、绿汪汪的绿豆水，摸摸后脑勺讪笑：“太阳果然从西边出来了，天下奇闻啊！”

葛亚丽接过徐莲蝶递过来的水碗，舀了一碗喝了几口，把碗递给丈夫，丈夫咕咚咕咚喝干。她说：“二迷糊来帮助大林子救灾，铁树开花了。”

孙俊喝了口绿豆水，说：“是啊，大姑娘上轿头一回，这说明黑木耳的力量还是很神奇的啊！”

开弓没有回头箭

这天晚上吃过晚饭，腰酸背痛的乔福林想早点儿把自己放倒在热炕上解解乏，可他不能，他在一个小本子上统计菌袋的损失情况。徐莲蝶在旁边帮着计算。经过粗略统计，两万袋黑木耳只寻回三千多袋，其他都被率宾河冲走了。而这三千多袋，还有一千两百多袋破损得龇牙咧嘴、开膛破肚，九百多袋被泥沙压得不成样子，只有一千一百多袋属于完好无损，占整个菌袋的九分之一左右。

乔福林感觉徐莲蝶写在语文本上的这组数字，像一把把镰刀砍在心坎上，他的心不仅剧痛而且哗哗流血。徐莲蝶把一切都看在眼里，安慰道："这事要是搁谁头上都承受不了，但大林哥，灾难已经降临了，咱不能萎靡不振，你一定要坚强啊，振作起来，大不了重新开始。"

乔福林感激地望望她，眼里满含真诚地说："谢谢你莲蝶，我是军人出身，这点困难压不垮我。"可是他的嗓子早已哑了，声音像从塞满了野草、泥沙的烟囱里发出的。

徐莲蝶把本子合上，站起身说："你能这样想，我就放心了。你也累了一天，早点躺下休息吧。"

可是徐莲蝶刚走到门口，就与毕得财撞了个满怀。他进门后一言不发，只是满脸怒气，嘴角抽搐，横眉立目地瞪着乔福林。

两人被他弄蒙了。徐莲蝶说："得财哥你咋的了？谁惹你生气了？"

毕得财没搭话，而是瞅着乔福林喘粗气，眼睛瞪得溜圆，显然他胸中燃烧着愤怒的烈火。

当乔福林听完毕得财的诉说后，肺都要气炸了。原来毕得财的姐姐毕雪梅因埋怨乔福森不帮弟弟渡过难关，结果被乔福森打了两耳光，她是哭着回到娘家的，鳏居在家年已七十二的老父亲心疼女儿，气哼哼地去找乔福森理论，结果被他推搡到地上，差点儿骨折。晚上毕得财回到家，老父咒骂，姐姐痛哭，老父非要他出头，找乔福森那个王八蛋去算账，为他和女儿出口恶气。老父气得直抽自己的嘴巴子，说自己当初瞎了眼，非逼着女儿嫁给乔福森这个浑蛋！毕得财也觉得妹夫太过分，真想抽他几个耳光。但他毕竟是镇里干部，又碍于乔福林的面子，就气哼哼来找乔福林诉苦，希望他为姐姐出头。

徐莲蝶尤其受不了家暴，当初她离开二迷糊的主要原因，就是他总怀疑漂亮媳妇有二心，时常找碴儿并痛下手脚，打得自己浑身没有一处好地方，她忍无可忍，才下决心离开二迷糊的。她愤愤地对乔福林说：“你大哥实在是太不像话，亲兄弟遭难了，自己不帮就算了，干吗还要殴打想帮助小叔子的老婆呢？真是浑蛋透顶！”

乔福林听完毕得财叙述，不由得怒火填胸，抓起外衣就冲进夜色里。毕得财紧跟其后，也出了院门，徐莲蝶担心他们哥俩打起来，跟在后面说：“让你大哥去给雪梅姐赔个不是，把她请回来就行，你俩千万不要动手哇，打坏人就麻烦了。”

夜色漆黑，伸手不见五指，两人刚走出胡同，前面有个手电光晃过来，孙俊匆匆来到跟前，光柱照到乔福林脸上，说：“正要去找你呢，大林子，你媳妇把电话打到村委会了，赶紧去接电话吧。”

乔福林浑身一颤，才想起今天是儿子的生日，他说好要回去给他过生日的，结果因为这场洪水给耽搁了，看来她准是生气了。乔福林对毕得财说：“你先去我哥家，我接个电话随后就到。”

毕得财迟疑了下，以为他不想去找乔福森算账了，心想毕竟人家是一奶同胞，关键时候能不向着自己哥哥吗？于是他有些不高兴，说：“你要是不好意思找你大哥算账，就算了吧，我也能理解你，但你何必刚才装得那么气愤，演戏给谁看呢？”

乔福林知道他误会了自己，说：“得财你想哪儿去了？我咋还会演戏给你看？咱俩谁跟谁啊！”

毕得财哼了一声，说：“打仗亲兄弟，上阵父子兵。拉倒吧，你不去我自己去！”

孙俊说：“得财哥你误会大林哥了，他家媳妇把电话打到村委会，听语气好像生气了，也许她有啥急事呢？”

乔福林说：“急事好像没有，不过今天是我儿子小盼的生日，说好了回去陪他过生日，可谁承想发洪水了啊。”

毕得财知道误会了乔福林，语气缓和下来：“那好吧，你接完电话赶紧来，你那大哥我可对付不了，太牲性。”

李萍果然生气了，劈头就问：“乔福林你啥意思啊？不是说好回来给儿子过生日的吗？咋你又变卦了呢，天塌下来了？天塌下来你也得告诉我们一声啊，害得我爸和盼盼在酒店傻等你到下午两点多，我真是不该相信你，乔福林，你的心咋就那么大呢？”

听她机关枪似的一阵突突，乔福林知她正在气头上，就不想解释，而是握着话筒任她将语言的子弹向自己发射。

“乔福林你太让我失望了！”好像李萍在那边哭了，声音带着很重的鼻音说，“这个家好像不是你的似的，一走就是几个月，连个电话都不打，你说你心里还有这个家吗？还有我和盼盼吗……”她终于抑制不住了，嘤嘤抽泣起来。

乔福林心中一痛，觉得确实对不起李萍，她本来身体就不好，胃炎很厉害，吃不了冷的、辣的、硬的东西，一个人要上班，又要带孩子，又要照顾父亲，真是难为她了。

李萍发泄完心中的怨气，语调温和下来，说：“你搞黑木耳，我心里是不愿意，也没有大力支持你，但福林你心里还没数吗？如果我真的死活不让你干，你能干成吗？你记恨我，不给我打电话，实行冷暴力，你，你的心太硬了，太狠了你！”

“李萍，”乔福林的声音沙哑，虽然他用力说，但也只能发出微弱、嘶哑的声音，“对不起了李萍，我食言了，害得咱爸和盼盼傻等，害得你左右为难……”

“你咋的了？嗓子怎么哑得这么厉害呢？”李萍依稀感觉出什么不对劲儿，打断他问。

“没，没咋的，”乔福林吞吞吐吐说，“就是，就是嗓子有点发炎，没事，过两天就好了。”

“不对！”女人特有的敏感，让李萍变得焦急起来，她说，“福林，究竟咋的了？你快告诉我！”

乔福林犹疑了下，还是把昨夜黑木耳地遭遇洪水的事告诉了李萍，依他对李萍的了解，如果不把真相告诉她，她会连夜赶过来的。

“难为你了福林，”李萍突然哭了起来，“遭了这么大的难，你都不告诉我，还当我是你老婆不？”

乔福林心里突然热了一下，说：“不告诉你，是怕你和咱爸担心上火，再说从昨晚半夜到现在，我一直没闲着，一直在菌地和河套寻找菌袋。”

“损失大吗？”李萍温情地问。

“挺，挺大的，”乔福林说，“损失了百分之九十的菌袋。”

“唉，”话筒里传来李萍的叹息声，“福林，回来吧，回来上班吧，咱不在那儿遭罪了，你就是一个退伍兵，压根就不是搞技术活儿的料儿，损失多少，咱认了，慢慢还，只要你人没受伤就好。”

“开弓没有回头箭啊，”乔福林说，“损失这么大，我没脸回去见你和孩子，更不能让你来背这个债。”

李萍说：“我们是两口子，你的债就是我的债。福林，只要你能平平安安回来，我就烧高香了，没啥，债务咱慢慢还，就当花钱买教训吧。”

乔福林没想到她会如此通情达理，不由得喉头一哽，眼睛热热的，他没想到她当初那么坚决反对他来柞树村搞黑木耳，现在却在自己遭难时没有半点儿抱怨，而是体现出如此的大度和温柔、体贴，他终于控制不住自己的感情了，眼泪像断了线的珍珠，流了下来。

转眼三年过去了。牽宾河还是那么悠长清澈，观音岭还是那么高耸茂盛，“吊水壶”还是日夜弹奏着悦耳的声音。但是柞树村的村民却发生了改变，他们见乔福林和关大壮家的黑木耳那么赚钱，就都照猫画虎，开始搞上了地栽黑木耳。据村会计统计，今年全村有一百二十户种植黑木耳，占全村总户数的百分之三十五，就连一直鼓励村民栽种苹果梨的支书侯宝山和副村主任刘石头、治保主任孙俊等人，也都于去年把苹果梨树刨掉，搞起了黑木耳。用侯宝山的话说，至此柞树村新的富民项目经过大胆实践、探索，终于成型了。

在林阳镇副镇长林铁支持下，乔福林今年贷款十万元扩大生产规模，搞了二十万袋黑木耳。他吸取前年被洪水淹没的教训，将新的菌地改在率宾河南岸河套上的缓坡上。二十万袋占地二十亩，远远望去白色菌袋在阳光照射下熠熠闪光，犹如浩瀚的海洋，蔚为壮观。其实，在他决定扩大到二十万袋时，除了副镇长林铁、毕得财和徐莲蝶积极支持外，家人都在反对。

李萍不无担忧地说："你这是把咱这个小家都赌进去了，如果你今年再遭天灾，或者因技术问题而歉收，我们娘俩就得住露天地、喝西北风了。"

就连一直鼎力支持他的徐锡坤老师，这次也表现出深深的忧虑，提醒他不要搞这么大规模，不能幻想一口吃个胖子，要慢慢摸索着来。而母亲庄小凤更是为此寝食难安，虽然儿子靠种植黑木耳将家里的欠账还清，她尝到了黑木耳的甜头，但当她听说大林子今年要翻番搞二十万袋时，心里还是突突地跳个不停。而大哥乔福森就更不用说了，虽然弟弟给自己还了饥荒，他无债一身轻了，在村子里也开始抬着头走路，说话也仗义了，按理说他应该旗帜鲜明地支持弟弟才是，可他却不感激，而是阴阳怪气地说，大林子那是瞎猫碰上死耗子，让他逮着了，就不信了，好运总是罩在他头上，指不定哪天咔嚓一下，让他赔个底朝天，连裤子都典当掉。

庄小凤就呸呸呸，骂乔福森："你个挨千刀的，你是让酒精烧坏了脑子，还是中了邪？现在咋这么不通情理呢？原来那个把家扛在肩上，拼死拼活、任劳任怨养活弟弟妹妹的我的大儿子，他咋就不见了呢？我，我这是造了啥孽呀？老天爷！"

乔福森梗着脖子，说："我认命，天生我的命就不好，这是老天爷给的，谁也改变不了。"

庄小凤就哭了，说："都是一奶同胞，你说差距咋就这么大呢？一个认熊了，一个不计后果地往前闯，孩儿他爹呀，你说我的命咋这么苦哇？"

乔福森虽然活得浑浑噩噩，却是个顶孝顺的人，他知道寡母的劳苦心酸，为了他们兄妹几个，母亲一直没再往前走一步，就是怕他们到了后爸家受委屈呀。现在见母亲伤心地哭了，心里也不是个滋味，说："得了，你也别哭了，大林子爱咋地咋地吧，这小子从小就有老猪腰子，他爱咋折腾咋折腾吧，你别跟着瞎操心了，不缺你吃不缺你喝，你就安享晚年吧。”

庄小凤抹了一把眼泪，哼了一声说：“别人都跟着你弟弟搞黑木耳发家致富，可你却像没事人似的瞧热闹，说风凉话，你还让我安享晚年？你上嘴唇下嘴唇一碰，说得倒是轻巧，要是指望你养老，我早要饭去了。”

乔福森就恼了，说：“成天嘚啵嘚啵的，烦不烦啊？”他穿鞋下地，咣当把门摔得山响，走人了。

庄小凤冲着他背影骂道：“混账玩意儿，早晚把我气死，你就安生了。”

这天上午十一点多，一阵越野车的轰鸣声回响在关大壮家黑木耳地头，正在地里给菌袋打眼儿的肖金玉抬头，猛然看见丈夫走下乔福林的吉普车，她的眼泪唰唰流下来，把脸扭过去，失声痛哭起来。关大壮站在地头，摸着脑袋看媳妇哭，不知所措，乔福林给他个眼色，朝前推了他一把，开着吉普车走了。

关大壮几步走过去，一下把肖金玉抱在怀里：“老婆，我回来了。”

肖金玉转过身，把脑袋深深地埋在关大壮怀里，失声痛哭……

搓衣板变成了神器

乔福林在率宾河北岸的“吊水壶”边把吉普车停稳，快步走上吊桥，他惦记菌地里给菌袋打眼儿的十几个人，担心他们操作不规范，或者打的眼儿数不够，到时减少产量。他今年使用的大多是毕得财新研制的得财一号菌种，当初毕得财推荐给村民时，谁都不敢试验，觉得还是使用原来的菌种有把握，只有乔福林试种了十五万袋得财一号，用他的话说，这回是把身家性命都搭上了。因为老菌种经过三年栽种，乔福林感觉到它就像人一样，开始逐渐老化，产量也逐渐降低，抗病能力也在减弱，于是他想闯一闯。

果然不出所料，有几个雇佣的村民边说笑边干活，粗心大意地使得每个菌袋少打了一排眼，一排是三个，到时就要少长三朵黑木耳，而一袋可以采摘五茬儿，就会少收获十五朵黑木耳。乔福林有些不满意，带着情绪让那几个人返工。

中午，太阳高照，春风拂面，徐莲蝶抱着一个大洗衣盆来到率宾河边的吊桥下，把父亲拆下来的被褥按进河水浸湿，打上肥皂，拿起搓衣板用力搓洗起来。河水潋滟，泛着轻柔的波纹一下一下地舔舐着她的脚丫。河对面的柳丛里扑棱棱飞过来两只中华秋沙鸭，这是国家一级保护动物，显然是一对恩爱的夫妻，在河水中沐浴、交颈嬉戏，不时发出嘎嘎的叫声。莲蝶被中华秋沙鸭的叫声吸引，把耷到眼前的头发拢到脑后，抬头看着两只秋沙鸭秀恩爱，不觉停下了搓洗衣服的动作，痴痴地、羡慕地看着它们发呆。一只雄性秋沙鸭，开始给雌性伴侣梳理羽毛，而那只雌性秋沙鸭的脖颈轻轻地缠绕在伴侣身上……莲蝶被它们的温情、恩爱感动了，不觉看得泪水盈盈。

一阵风过，河水泛起涟漪，两只秋沙鸭振翅飞向蓝天。徐莲蝶幸福地笑笑，才想起搓洗被单。

突然，徐莲蝶把被单一抛，站起来就向岸边跑去。没跑两步她又转身往回跑，而被她抛进河里的被单此时已被河水冲走两三米远，她赶紧跳进河水向被单追去。好在这段河水并不湍急，她很快就追上了被单，但此时河水已经没过了大腿。

徐莲蝶骑着自行车来到菌地的时候，乔福林正一个人顶着太阳，光着膀子给菌袋打眼儿呢。啪啪的声音在河谷回响，愈发衬托出中午河套的寂静。徐莲蝶三步并作两步跑过来，手里拎着一块洗衣板，脸上洋溢着抑制不住的兴奋。

“你这是咋的了，中了彩票还是被狼撵的？”乔福林被她的样子弄得有些蒙圈。

徐莲蝶看见乔福林的肩膀和脊背被太阳晒脱皮了，在阳光照射下泛着紫红的血色，说：“妥了，妥了，这下可妥了！”

乔福林丈二和尚摸不着头脑，把一个打好眼儿的菌袋码放好，看着她阳光下灿烂如花的脸庞，说：“啥妥了？看把你高兴的，大中午也不在家休息，顶着太阳跑我这里发癔症。”

徐莲蝶不再说话，把搓衣板翻过来，蹲下拿起一个没打眼的菌袋按在搓衣板上面，像搓衣服那样从上到下滚下去，然后她拿起菌袋自己观察了一遍，说：“成了，真成了，大林哥！”

乔福林猛然明白了，莲蝶这是又搞了个小发明，她这个搓衣板神器，一下就把打眼儿工艺效率提高了十倍不止啊！他高兴极了，突然抱住徐莲蝶说：“太好啦！太好啦！”

“莲蝶，你真行！”乔福林脸上的喜悦依然没有褪去，他由衷地赞许道，“这个妙主意你是怎么想到的？简直太神奇了，伟大的发明！”

徐莲蝶脸上的红晕在阳光照射下熠熠生辉，说：“其实很简单，我刚才去吊桥下给我爸洗被褥，搓着搓着就联想到给菌袋打眼儿的事上了，于是我回家找了一些钉子钉在洗衣板上，结果就是现在这样了。”

虽然她说得轻描淡写，乔福林也知道许多伟大的发明就是在劳动中不经意间发明的，但他还是抑制不住兴奋，因为如此一来，原本十几个人要花费半个月打眼儿的活计，也许三五个人几天就能干完，不仅给他节省了开支，还大大提高了效率，减少了菌袋的破损率，而且用这种方式加工出来，袋眼儿大小均匀，深度一致，将来长出来的黑木耳也会比较标准，卖相会更好。

下午的时候，乔福林回到大哥家寻找搓衣板，结果只找到两块。见他有些失望的样子，乔福森贬损道："大林子，你是不是吃饱了撑的，不好好侍弄你的黑木耳，跑这儿要那么多搓衣板干啥？谁家准备那么多搓衣板？给女人跪的？那还犯法呢。"

乔福林拎着两块搓衣板，像拎着宝贝似的，说："你别在那念三七，赶紧给我找个锤子，找一把钉子来！"

乔福森说："懒得伺候你，你有病吧？"

这时庄小凤和毕雪梅从房屋里出来，围在乔福林身边，看着他往搓衣板上钉钉子，觉得好奇。

庄小凤问："大林子，你这是又演的哪一出啊？好好的搓衣板，都让你钉上钉子，我还咋洗衣服啊？"

毕雪梅说："是啊，这都钉上了钉子，洗衣服不扎破皮啊？"

乔福森阴阳怪气地"嘁"了声，说："吃饱了撑的，有病。我看他鼓捣黑木耳，鼓捣出精神病来了。"

"闭上你的乌鸦嘴！"庄小凤回身瞪他一眼说，"大林子钉钉子肯定有他的道理，你别在那儿像电线杆子似的杵着，赶紧再找把锤子，帮你兄弟把那块搓衣板钉上钉子！"

"拉倒吧，他犯神经我可不跟着犯傻。"乔福森趿拉着胶鞋，出了院门。

乔福林对母亲和大嫂说："你们帮我去邻居家再寻两块搓衣板来，我应急用，过几天我找人刻几块新的赔他们。"庄小凤和毕雪梅对了下眼，见他不像是开玩笑的样子，站起身去了邻居家。

柞树村的搓衣板突然告急，几乎全村的搓衣板都被改造成打眼儿器，被耳农拿到了菌地里。

二迷糊一开始是不想搞黑木耳的，但他见葛亚丽家小卖店都不正经经营了，而是和丈夫搞起了黑木耳，心里就有些痒痒。后来侯宝山作为村委会一对一帮扶对子，几次三番地动员他搞黑木耳，又帮他去林阳镇农村信用社贷了款，他才制作了五千袋黑木耳。因为没钱雇工，他只好把老妈也折腾来，跟着他给菌袋打眼儿。按毕得财给村民讲课要求，每个菌袋打八排，每排三个眼儿，共计二十四个，可他对付，每个菌袋只打六七排，如此就比别人少了很多个眼儿，到时肯定减产。

侯宝山隔三岔五来帮他干活，发现了这个问题，提醒说：“二迷糊，你这样不行啊，不按标准操作，偷工减料，将来每袋至少比别人少卖一毛钱。”

二迷糊不以为然，说：“本来我也没打算搞这种幺蛾子，是你非逼着我搞的，再说能不能成功还不一定呢，少几个眼儿还能咋地？”

侯宝山见他如此对待自己的产业，也就无语了，但他给二迷糊菌袋打眼儿，完全严格按照毕得财讲课要求来操作。

这天傍晚从菌地回来，在大榆树下，二迷糊看见一些村民夹着搓衣板行色匆匆，又见葛亚丽丈夫胳肢窝夹了两块搓衣板走进小卖店，他觉得好奇就跟进去。葛亚丽刚从菌地回来，洗完脸正在往脸上搽雪花膏，一股香气直冲鼻子。

二迷糊的鼻子像马似的喷了几声，说：“你抹那么香干吗？天都黑了，难道想去跟哪个老爷们约会咋的？”

“滚犊子！”葛亚丽手里拿着小镜子，一边往耳根后抹雪花膏。

“有事说话，没事别在这撩闲，没看见大家都在忙活？”葛亚丽丈夫坐在马扎上，拿着锤子给搓衣板钉钉子。

二迷糊凑过去弯下腰，好奇地问：“你这是干啥？好好的搓衣板钉这么多钉子，你想暗害葛亚丽咋的？”

葛亚丽丈夫头也不抬地说：“没工夫跟你磨牙，哪儿凉快儿哪儿待着去。”大概嫌他碍事，胳膊肘拐了二迷糊一下。

二迷糊一个趔趄差点儿坐在地上，他站起来对葛亚丽说：“你掌柜的外面有相好的了，搓衣板钉这么多钉子，是要把你肚子扎成筛子眼啊。”

“滚！不买货就滚，能滚多远滚多远，少在这撩闲碍事。”葛亚丽抄起鸡毛掸子，照着他肩膀狠狠地抽了一下。

二迷糊逃出屋门，说：“要不这样吧，你掌柜的跟别人相好，我将就将就，你跟我过吧！”

葛亚丽丈夫这回恼了，站起来拿着锤子追了出来，说：“王八犊子，你站住！看我不把你捶扁了喂狗！”

二迷糊赶紧嬉笑着逃之夭夭。

当二迷糊听说搓衣板改造的打眼儿器能提高七八倍劳动效率时，他家搓衣板已经被别人借走了，他朝他妈瞪眼珠子吼了起来，嫌她把搓衣板借给别人，非逼着她去找人要回来。

他妈佟凤凤说：“不就是一个洗衣板吗？至于你跟我吹胡子瞪眼的？有能耐你自己要去！”

赔了夫人又折兵

虽然搓衣板没有了，但二迷糊这晚基本没睡着，他被自己的一个发财妙计激动着，恨不得天马上亮起来，因此当三遍鸡叫东方微明后，他就从炕上爬起来，披着衣服去了侯宝山家。

齐丽美正在房山抱柴火打算生火做饭，见到二迷糊颇为惊讶，说："大早上见了鬼了，二迷糊你今天咋起得这么早呢？"

二迷糊一脸严肃地说："老爷们儿之间的正事，你们少跟着掺和。"

侯宝山也很讶异，过来问："咋的了？你家出啥事了？"

二迷糊神秘兮兮地说："我找到了一条发财妙计，支书你借我一百块钱，明天我就还你。"

侯宝山被他的严肃、神秘样子逗笑了，说："你找到了发财妙计，糊弄鬼吧你？"但尽管怀疑，侯宝山还是让齐丽美借给他一百块钱，心想也许这家伙跟着大伙儿搞黑木耳，突然开窍了呢。

这天，二迷糊没去菌地给菌袋打眼儿，他把老妈打发去了，他怀揣着发财美梦去了林阳镇。他找到一家木器厂，让人家给加工两百个搓衣板，说下午就要货。木器厂老板摇头，说："你一下子订购这么多，我今天啥都不干，也给你加工不出来。"

二迷糊咬咬牙说："那就明天早上交货，你晚上加加班，放着找上门的买卖不做，你傻呀？"

当晚他找了家小旅馆住下后，美美地去回民饭店喝了碗羊杂汤，吃了一屉烧卖。

第二天中午时分，一些菌地离村庄近的村民回家吃饭、喂猪，二迷糊在大榆树下吆喝起来，“卖搓衣板喽，两块钱一个，先到先得，数量有限，欢迎大家赶紧抢购啊，来晚就没有了……”

可他喊得口干舌燥，嗓子哑了，也没人凑过来买。二迷糊觉得纳闷，拽住一个人非要人家买，结果遭到一顿白眼。他这回是真的迷糊了，夹着一块搓衣板来到葛亚丽的小卖店，他牛气哄哄地把搓衣板放在柜台上，说：“挥泪大降价，搓衣板换你一包火腿肠。”

葛亚丽看着簇新的搓衣板，哐当给他推到地下，说：“买货拿现钱，没钱别在这磨叽，没工夫搭理你，垫巴两口我还得去地里给菌袋打眼儿呢。”

“你眼瞎了吧？”二迷糊弯腰捡起搓衣板，敲得当当响，说，“这可是我刚从木器厂订购的，嘎嘎新的，你给我摔坏了，赔得起吗？”

葛亚丽挥手说：“哪凉快儿哪待着去！你买不买货？不买我锁门，我还得给掌柜的送吃的去。”她把二迷糊推了出来。

二迷糊百思不得其解，觉得这个女人太不会算账了，竟然不跟自己换东西？他一边嘀咕，一边朝大榆树走，结果与赶着羊群上山的徐锡坤撞见，他把搓衣板递给徐锡坤，说：“老丈人，送你一块洗衣板，嘎嘎新的。”

徐锡坤感到莫名其妙，看着二迷糊，又看看他手里簇新的搓衣板，说：“俺家还有一个，你拿回去给你妈用吧。”说完吆喝羊群朝村东吊桥走去，二迷糊拿着搓衣板追过去，猎狗“子弹”朝他龇牙低吼，他赶紧刹住脚步。

这天直到傍黑，二迷糊也没卖出去几个搓衣板。最后，还是关大壮告诉了他原委，原来昨天晚上大家把村里所有搓衣板都改造成打眼儿神器后，仍无法满足需要，于是不知是谁突然想到在与搓衣板大小差不多的木板上钉上钉子，一样可以充当打眼神器。于是这天晚上几乎整个柞树村到处都是锯木声和锤子钉钉子的声音，所以那些种植黑木耳的人家今早就把问题解决了，根本用不着花钱再买搓衣板。

二迷糊这下可急了，他是赔了夫人又折兵。

关大壮出狱后的那天晚上，肖金玉把自家下蛋的老母鸡杀了，又炒了个刺老芽（观音岭一种珍稀树芽）黑木耳，关大壮瞪着讶异的眼睛盘腿坐在炕桌前，看着老婆变戏法似的忙里忙外，最后当肖金玉捧着烫好的烧酒走进来时，他有点儿心疼了，心想她这是高兴，才把下蛋的老母鸡杀了，但他仍觉得不可思议，就笑说："老婆，你这是不过了还是咋的？"

肖金玉给他杯里倒满烧酒，满含笑意地瞄了他一眼，俏皮地说："给你端上来，你就消停地吃，安稳地喝，管它过不过呢！"

关大壮莫名其妙地看着她，以为自己蹲了三年半监狱，老婆在家受苦遭罪精神上受了刺激。肖金玉给孩子碗里夹了鸡大腿，让他吃完赶紧睡觉，然后端起酒杯仰脖子干掉。她抬起头去看关大壮，见他傻傻地看着自己，并没喝酒、动筷子，就嗔道："咋的？酒里有毒还是菜里下了药？喝酒啊！"

关大壮这才咧嘴傻笑，端起酒杯一饮而尽。

那晚两人都喝得晕晕乎乎，孩子早就躺在炕头上的被窝里熟睡了，于是干柴烈火，两人痛痛快快地愉悦了一番。关大壮四仰八叉地躺在炕上，闭着眼睛回味刚才的美妙，突然什么东西凉凉地放在了眼睛上，他一骨碌起身，眼睛上的东西掉在炕上，定睛细看，发现那是两捆五十元人民币。于是他吓坏了，颤声问："你，你哪来的这么多钱？"

肖金玉看着他怀疑、惊吓的表情，笑了，"还能哪来的？种植黑木耳挣的呗。"

关大壮还是不相信，摇着头说："你别糊弄我，是不是你捡了狗头金，还是在观音岭挖到野山参了？"

肖金玉收起笑容，一本正经地说："黑木耳就是黑木耳，什么狗头金、野山参的，咱家没有那个外财的命，这是我这三年靠种植黑木耳攒下的钱，干干净净，堂堂正正。"

关大壮一把将肖金玉搂进怀里，眼泪唰地就下来了，说："老婆，这三年让你吃苦了，我太高兴了，真的太高兴了。在监狱里我成天惦记你们娘俩儿，怕你们吃不饱、穿不暖，怕你们被别人欺负，可我做梦也没想到，我的老婆大人竟然种植黑木耳发家了！老天爷呀，你对我们家可太好了！"

孩子翻了个身，说了句梦话继续睡去。肖金玉的脑袋靠在关大壮脑袋上，温情地说："有了这一万块钱，今年种植的一万袋黑木耳收获后，还能净赚七八千块，明年咱就盖新房，砖瓦式的三间大瓦房，省得成天窝在这个黑不溜秋的趴趴房里活受罪。"

关大壮看着露着的黑乎乎的棚顶，看了看用报纸糊的墙面，说："盖新房，我们一定要盖新房，要盖成宽宽敞敞、明明亮亮的砖瓦房！我关大壮时来运转了，爹呀，娘呀，咱老关家要脱离贫穷了，要过上好日子了！”他突然跪在炕上，咣咣咣磕了三个响头，“娘啊，儿子谢谢您老人家了，你给儿子说了个好媳妇啊，我捡着宝了……”关大壮突然搂住肖金玉，又是亲又是啃……

“爸爸，不许你欺负我妈妈！”身后突然传来的一个声音，把两人都吓了一跳。肖金玉赶紧推开关大壮，脸上红得像晚霞。

李萍打了儿子一嘴巴

翌日清晨，天刚亮，关大壮就起来了，肖金玉扒拉了半盆他最爱吃的疙瘩汤，关大壮呼噜呼噜喝了三大碗，就出了门。在吊桥北，他被徐锡坤的羊群、鹅群阻挡住了去路，这些家伙们咩咩、嘎嘎，悠闲惬意地按照自己的节奏，沐浴着初升的太阳，踩着吊桥上的木板向南岸观音岭进发。徐锡坤背着军用水壶，手拿小皮鞭，唱着传统二人转《罗成打擂》，跟在羊群、鹅群后面，猎狗“子弹”威风凛凛地跟在后面。

这别的英雄咱不表
再表表瓦岗寨上众英雄
程咬金探地穴得了五花棒
棒打杨广灭奸兄
三十六友齐推荐
程咬金称孤道寡在山中

羊群好不容易走过吊桥，空气中遗留着腥膻的气息，徐锡坤唱着二人转向深山钻去，关大壮三步并作两步，朝乔福林的菌地走去。

自打有了徐莲蝶的“打眼儿神器”，乔福林的工作效率大大提高，再有几天就能把二十万袋都打完眼，时间来得及，他也不再着急，因此起来得比较晚。关大壮推开门的时候，他正在棚子里吃饭，他吃的是煎饼卷鸡蛋大葱，葱是母亲院子里的春芽葱，大酱是母亲酱缸里去年做下的笨酱，鸡蛋却不是母亲家的，母亲家的鸡蛋都让毕雪梅给庄小凤和乔福森沏水喝了。乔福林吃的鸡蛋，是上次李萍来探望时给他带来的。

“大林哥！”关大壮扑通跪在乔福林面前，在他还没醒过神来之时，他咣咣咣磕了三个响头，“大林哥，我来给你谢恩！”

乔福林把煎饼扔在草垫子上，一把薅起关大壮，恼怒地说：“你这是干啥？男儿膝下有黄金，跪天跪地跪父母，你给我下跪磕头，这是想折我寿还是咋的？”

关大壮一进来，低矮的小棚子里突然显得黯淡、拥挤起来，他说：“我不管，什么这个那个，鬼呀神呀的，我都不信，我这辈子谁也不服，我就服你大林哥，这辈子我认定你了，谁也不好使！”

乔福林拿起煎饼摘掉上面的草屑，说：“你不去菌地干活，一大清早跑我这发啥癔症？”

关大壮说：“我不是发癔症，我说的是真心话。”他眼圈红了起来，“大林哥，在这个世上，除了我娘对我最好，恩情最大的就是你乔福林，你在我蹲监狱的时候不看我笑话，帮我家挣了那么多钱，出力搭钱费工夫，不是我亲娘，谁能这么真心真意地帮我？”说到这里，铁塔似的关大壮竟然像小媳妇似的抽泣起来。

“行了，行了！”乔福林站起身走到外面，说，“你的心意我领了，赶紧去你家菌地吧，肖金玉这几年不容易，既要照顾孩子，还要干菌地上的活儿，没黑没白的，太不容易了，你要真想感谢的话，就感谢她，多栽培黑木耳，以后对她好点，别成天钻山林干那些盗猎违法的事。”

“你就放心吧，大林哥，有了黑木耳这个发家致富的好路子，你就是拿枪顶着我的脑袋，我也不再干那些犯法的事了。”关大壮拍着胸脯说，突然他想起了什么，说，“我现在就回家，把我偷藏的猎枪上交给派出所的侯玉虎所长，也算主动坦白了。”

看着关大壮跑走，乔福林心里特别高兴，他冲那金色的背影喊道：“以后对肖金玉好点儿，别再动手打她了！”

“知道啦！我回去打个板儿把她供起来——”

“打眼儿神器”的效果果然神奇，二十个菌袋的打眼儿工作比预计时间提前了八九天，乔福林和雇工一起将菌袋码放在地头，开始了最后的养菌阶段，然后他把其他雇来的人遣散，只留下一个比较机灵的鳏夫，帮他看护菌袋，免遭鸟啄和野猪等牲口的破坏。此时，徐锡坤送给他的两只猎狗早已长成了大狗，半人多高，脑袋像铜盆，张嘴一叫整个率宾河套都回响着嗡嗡声，它向山猫野兽警告，别再想打这里的主意，这里是我们哥俩儿的领地。

这天中午，乔福林在河套里采了一些婆婆丁和柳蒿芽、水芹菜，这些都是岳父李发喜欢吃的野菜，说是降血糖、败火。然后，他开着吉普来到吊桥边，他在等徐锡坤回来，吊桥是他回到北岸柞树村的唯一道路。抽了一根烟，远处丛林里传来山羊的咩咩声，他将烟头扔到河里，抬头向声音传来的方向张望。不一会儿，他看见“子弹”的黑色大脑瓜从灌木丛中冒出来。

徐锡坤将几把“黄瓜香”递给他，这种野菜是观音岭的特产，是宝贝，他昨晚就跟徐老师说好了，请他给采点儿回来，好孝敬给岳父。

最后，他来到河边的一个鱼窝棚，买了条七八斤重的野生鲤鱼，金鳞金翅的特别喜人，他开始往家赶。下午三点多钟回到县城，吉普车开到农贸市场，乔福林买了一斤里脊肉，一斤五花肉。里脊肉炒“黄瓜香”，五花肉煸油和水芹菜是绝配，然后兴冲冲地回到家。他事先没跟李萍打招呼，想给她一个惊喜。

大约四点钟，门口方向传来钥匙的响动，厨房里忙活的乔福林以为小偷（因为还没到下班时间）撬锁，就屏住呼吸拿着菜刀悄悄来到外屋门前“守株待兔”。

房门打开了，是李萍。但她还是被他吓着了，惊叫一声，手提包和钥匙链掉在地上，李萍捂住胸口蹲了下去，苍白的脸上冷汗淋漓。

原来李萍下午胃疼得要命，她想喝杯热水就能缓解，可一连喝了两杯热水，胃仍较劲地疼，此时已是银行副行长的她跟办公室打了声招呼，提前下班，想回家吃点儿胃药躺一会儿。

乔福林立即把李萍搀起来，扶到沙发上坐下，倒了杯热水过来。此时李萍已经缓过神来，接过水杯看着他说：“你去卧室，抽屉里有胃药，你把药拿来。”

喝下胃药，李萍好受些了，半躺在沙发上问：“你咋突然回来了？也不提前打声招呼。”

乔福林坐在沙发边上，李萍往里挪了挪，他坐下去，说："我想你和孩子了，想给你俩来个突然袭击，没承想却把你给吓着了，这扯不扯！"

也许是胃药起了作用，总之李萍有了些精神，坐起来嗔道："你心里还有我们娘俩儿啊？我以为你要跟黑木耳过呢。"

乔福林在她脸上轻柔地抚摸着，说："我傻啊？放着这么漂亮贤惠的老婆不要，跟黑木耳过个啥劲儿？"

李萍的手温热地拿上来，抓住乔福林粗糙的手，温情地说："瞧你这手，像把锉似的，你说你何苦呢？"

乔福林腰腹间猛地涌上一股热流，把李萍抱起来朝卧室走去，低头在她嘴唇上用力吸吮起来。

乔福林本以为放学回来的乔小盼会为自己的突然到来感到惊喜，可他却深深地失望了，已经上小学四年级的小盼，嘴唇上长出了一层细嫩的黑绒毛，说话嗓音也不再是童声，脸上的表情也不再稚嫩，而是平添了几分少年才有的玩世不恭和忧郁。

"盼盼回来了？"乔福林听到动静，系着围裙从厨房出来，满脸微笑地张开双臂，"来，爸爸抱一个，想死我这宝贝儿子了！"小盼一个闪身躲过他双臂，脸色冷冷地把书包扔在沙发上，进洗手间洗手去了。被晾在原地的乔福林尬笑了声，说："这孩子，咋还认生了？"

乔小盼洗完手出来，拎起书包想要进自己的卧室，李萍看不下去了，愠怒地说："你爸回来了，没看见吗？"

乔小盼面无表情地停顿了下，白了乔福林一眼，继续往卧室走。

"站住！"李萍突然一声断喝，站起来指着小盼厉声说："打招呼，给你爸道歉！"

乔福林越发尴尬起来，他知道孩子是因为那年没给他过生日，心里充满怨气，才表现得这么没有礼貌，但他心里也觉得对孩子有愧，一连三年没给孩子过过生日，他能没气吗？于是他冲李萍晃脑袋，意思是我不在意这些，别惹孩子生气了。可是李萍却不罢休，她认为这不单单是礼貌不礼貌的事，也不是教养不教养的事，而是事关小盼的人性和品质问题，所以她才这么近乎歇斯底里。

乔小盼站是站住了，但嘴巴却像粘住了一样，脑袋也像焊住似的，背对着父母，一言不发，他是在用沉默表达抗议和不满。

“转过身来！道歉！”李萍大吼一声站起来，怒目而视。

乔小盼转过身，眼睛看着房顶，就是不道歉。

“说对不起！”乔小盼这副死猪不怕开水烫的架势，显然把李萍激怒了，她光着脚冲过去，指着乔小盼的脑袋说，“道歉！”

“对不起。”乔小盼的声音像蚊子。

“大点儿声！”李萍怒吼着。

“对不起。”声音仍然像蚊子，而且像是从牙齿间冒出来的。

“我叫你大点儿声，听见没有？”李萍气得浑身颤抖，语气虽然放缓，却能感觉到她的愤怒，她用手狠狠地指着小盼的脑门儿。

乔小盼用力躲开手指，剜了她一眼，朝卧室走去。

李萍不顾一切地冲过去，抓住乔小盼的衣服，朝着他的脸就抽了一巴掌。

时令进入春末，观音岭变得郁郁葱葱，完全被绿色覆盖了。率宾河两岸的天空，飘飞着杨花柳絮，宛如天女散花。柞树村呈现出从来没有过的繁忙和喧闹的场面。菌袋要往地里摆放，为了赶进度，每天天不亮，村庄的大街小巷就传来匆匆的脚步声，人们打着招呼，询问着菌袋的数量以及菌种的质量等话题，急忙忙地朝菌地走去。有的人扣子扣反了，有的人嘴里叼着煎饼，有的人呼儿唤女，总之柞树村的许多人家进入了“临战”状态。而那些没有种植黑木耳的人家，也没闲着，年富力强的都被黑木耳种植户雇来，一起抢农时。

乔福林雇了十二个人，帮助他一起摆放菌袋，忙得他四脚朝天，每天只吃两顿饭，有时还吃不到热乎饭菜，凉馒头就咸菜疙瘩，啃两口，喝口凉水继续干活儿。原来人们种植庄稼时，大多中午回到家里吃饭，可现在那些种植黑木耳的人家，老婆孩子齐上阵，中午就在地里对付一口，男的抽袋烟，女的喝口水，然后继续忙碌，直到夜色浓重，再也看不清菌袋，才拖着疲惫的身躯往回走。回到家里，也不分男女了，有的抱柴，有的烧火，有的做饭，有的摘菜，有的喂猪，有的关鸡鸭圈门……

刚开始人们随便吃两口，煎饼卷大葱、苞米面大饼子、婆婆丁蘸酱，可没几天大家就被繁重的劳动透支了体力和精力，都是人困马乏，中午坐在马扎上咬着大饼就睡着了。疲乏的人们需要营养。于是葛亚丽的小卖店火了，店里的火腿肠一夜间就被抢空。

刚开始，毕雪梅和庄小凤一起帮乔福林打眼儿、摆袋，每天回到家里累得直不起腰，做饭也就对付了，乔福森就不满了，说她纯属发贱，自己的家不顾，却白白给别人抗劳金（干活），说她脑子有病。

有一天，来了月经的毕雪梅实在累得浑身乏力，看看天近黄昏，跟庄小凤打了声招呼，就回去了。来到大榆树下看到小卖店，她走了进去。对葛亚丽说，买两根火腿肠。

葛亚丽说："真不巧，昨天进的火腿肠早上就卖光了，今天的还没到货。"

毕雪梅既失望又失落，迈开比铅还沉的腿向外走去。突然，她的眼睛被案板上的一块肉吸引，这是一块被人挑剩下的肚皮肉，肥多瘦少。

这天晚上，乔福森又喝多了，早早躺下打起鼾声。他一连吃了六个水芹菜肉馅儿的大包子，撑得肚皮滚圆。就连平时饭量很小的庄小凤，也破例吃了三个大包子。吃完饭收拾碗筷时，庄小凤见笼屉里还有五个肉包子，就长长地叹了口气，眼里氤氲了层水雾。毕雪梅看在眼里，知她是惦记菌地里的乔福林。

于是，她把五个肉包子装进袋子，对婆婆悄声说："拿给大林子吃吧，我看他已经累得不行了。"

庄小凤向儿媳投去感激的一瞥，唏嘘了两声，抓起手电筒消失在夜色中。结果，就这五个肉包子，让乔家再次陷入危机，差点儿家破人亡。

没救的百草枯

争吵发生在第二天早饭时间，当毕雪梅将一锅玉米面粥和刚贴好的玉米面饼子端上桌时，乔福森的眼珠子就瞪了起来，质问毕雪梅：“昨晚剩的那些肉包子呢？咋不热热吃了？”

毕雪梅装作没听见，坐在炕沿上拿起粥碗喝起来。庄小凤也端起粥碗喝粥。

“你哑巴了？肉包子呢？”乔福森的筷子在粥碗上敲得当当响。

毕雪梅仍然没吱声，继续低头喝粥。

“你是不是把那些肉包子偷吃了？”乔福森手里的筷子寒剑一样指着毕雪梅。

“有啥吃啥呗，你吵吵啥？”庄小凤放下粥碗说，“早上喝点苞米面粥多好，养胃。”

“我不想喝粥，我就想吃肉包子！”乔福森大脖筋绷得老高说，“是不是你偷吃了？”

毕雪梅将粥碗一放，说：“你喊啥？不就是几个肉包子吗？我给大林子吃了，不行吗？”

乔福森的筷子结结实实打在毕雪梅头上，气恼地说：“给大林子吃了？我看你是找揍，吃里爬外的东西！你，你气死我了！”乔福森果然气喘如牛。

庄小凤看不下眼了，筷子敲得饭碗叮当响，说：“老大你咋能说出这样的话？还像个大哥吗你？你去菌地看看，你兄弟累成啥样了？咋的，给他吃几个剩包子你就心疼了，就是吃里爬外了？包子不是雪梅给的，是我送的，咋样？你还要打我不成？你个挨千刀的，仗着自己以前为这个家出了力，现在就横着膀子晃，踢猫揍狗，打这个骂那个，太不像话了！你说我咋生了你这么个犊子呢？”她把筷子扔到桌子上，身子扭到一边说，“不吃了，气都气饱了！”

毕雪梅也来了气，冲乔福森没好气地说：“你到底吃不吃，不吃我收拾桌子了，没工夫跟你闲磨牙，我还要去菌地帮大林子摆袋呢。”

被母亲数落一番的乔福森恼羞成怒，“噌”地跳下炕，啪啪抽了毕雪梅两耳光，说：“反了你，竟敢数落我，看老子不打死你！”

毕雪梅也不再示弱，在他脸上抓了两把，立时几道血印子呈现在乔福森的脸上，他感到一阵火烧火燎的痛，更感到非常羞恼，毕雪梅以前挨完打总是逆来顺受，从不还手，咋的，才出去帮大林子干了几天活儿，腰杆子就硬了，竟敢还手挠花自己的脸？这还了得，老子以后还咋出去见人？不得让二迷糊他们笑掉大牙？

乔福森一把薅住毕雪梅的头发，把她按倒在地，骑上去，拳头雨点般砸在她身上。

大约二十多分钟后，毕得财拿着一把铁锹气势汹汹地冲进乔福森家院子。

“乔福森，你给我出来！”

他是听了浑身是伤，跑回家的姐姐的哭诉后，怒不可遏，才来找乔福森算账的。这些天是黑木耳三级养菌的关键时期，毕得财成了村里最忙碌的人，往往是刚从这家菌地回来，还没吃上几口饭，就被急慌慌赶来的村民给拽走，帮着查看、解决养菌中出现的杂菌和黑斑病等问题。

乔福森没想到毕雪梅会跑回娘家，更没想到平时文质彬彬的毕得财会端着铁锹打上门来，于是他觉得受到了极大的羞辱，顺手拿起烧火棍趿着脚冲出来。话没说上几句，两人就骨碌在当院的地上，然后又骨碌到菜园里，刚冒出头的茄子、黄瓜、豆角的嫩芽，都被压折踩扁。有几个去菌地干活的邻居过来试图拉架，可拉了几下没拉开，就丢下他俩匆匆去菌地了。庄小凤感到无比伤心，她气乔福森不争气、混账，又对毕雪梅娘家人打上门来感到特别尴尬、羞辱，她几次冲上去想把两人拉开，却因力气小而显得那么徒劳，两人的四肢像藤蔓紧紧箍住对方身体。

东院的侯宝山正准备去菌地干活，听见西院这么大动静，隔着樟子见毕得财和乔福森打起来了，知道问题的严重性，连忙过来拉架。看起来毕得财这次是真动怒了，不管侯宝山怎么劝说，他都不撒开、不松手，双脚紧紧地箍着乔福森双腿，一边还腾出右手打在他腰眼上，说："老子今天豁出去了，就是站长不当了，也要打死你这个浑蛋，不识好歹的东西，我看你以后还敢不敢打我姐姐……"

侯宝山试图把乔福森胳膊掰开，说："福森你放手，这是你小舅子啊，你咋能下死手呢？"

乔福森一拳打在他眼睛上，说："滚你的，你以为你是好人啊？我告诉你，你欠我家的血债早晚得还，你不还你家儿子孙子也得还，一报还一报，早晚得还。"

侯宝山跌坐在豆角垄沟里，眼睛火辣辣地疼。这时治保主任孙俊带着一个年轻人跑来，才用蛮力将毕得财和乔福森拉开。侯宝山踉跄着站起来，眼睛周围肿了起来。

孙俊把侯宝山屁股上的豆角苗儿扑打下来，对同来的年轻人说："把乔福森给我绑起来，报警，交给侯玉虎处理！"

乔福森已累得喘不上气来了，坐在一块木头上说："报，报警有啥了不起的，反正我，我有理，是他拿着铁锹来找碴儿的。"

侯宝山眼睛上的伤疼得他眉毛扯得老高，他摇摇头对孙俊说："报啥警啊，拉倒吧，邻里邻居的一个村子住着，抓啥人啊？"

本来担心侯宝山儿子侯玉虎开着警车来抓人的乔福森，自知闯了大祸，虽然嘴硬，但其实心里早就吓堆乎了，他知道如果被警车带走，侯玉虎见老父被他打成这样，肯定会狠狠收拾他的。乔福森没想到侯宝山会是这种态度，饶过他一命，心里着实不解，也颇为意外。

孙俊听乔福森的口气，知道他心里打怵了，就想吓唬吓唬他，说："你给我闭嘴！打老婆，打小舅子，又把侯支书打成重伤，你还叭叭啥？侯玉虎带人来把你抓进去，最起码也得判三年刑，看你还嘴硬不？"

庄小凤今天来到菌地的时候，太阳已经从树梢上升到空中，比以前晚到一个多小时，但乔福林并没在意，其实他本意是不想让母亲给自己干活的，她身体不好，能干点儿力所能及的活儿，只要她愿意、舒服就行，只要母亲健康长寿就是他最大的心愿。

他看见母亲摆袋的时候有些魂不守舍、神情忧郁，以为她昨晚没休息好，或者连日在菌地风吹日晒干活儿有些疲倦，就没太在意，忙活指挥雇工把菌袋摆齐、摆匀、摆正。

大约半个小时后，庄小凤进了一趟窝棚，然后悄然向吊桥方向走去，望着她佝偻的背影，乔福林心里颇为感叹，毕竟母亲年岁大了，父亲死后拉扯他们姊妹几个实在不易啊，他想母亲一定是累了、倦了，不然她一定会咬牙坚持的。于是他喊住母亲，说："你等一会儿，我开车送你回去。"

母亲走得有些慌张，听到他说话神情变得慌乱，赶紧摇头说："不用你送，我回家有点儿事，过一会儿就回来，菌地这么多人干活，你忙你的去吧。"

乔福林说："你要是感觉不舒服，就别来了，躺炕上多睡一会儿。"

庄小凤头也不回地走了，生怕再跟乔福林说话似的。乔福林看着她不自然的表情，以及慌乱的脚步，心想妈这是怎么了？她是病了，还是遇到什么事了？他想追上去问问，但迟疑片刻又走进菌地忙活去了。

庄小凤磕磕绊绊地走在路上，像喝醉酒似的，她一边往回走，一边流泪，经过吊桥的时候她停住了脚步，转回身朝观音岭柞树村坟茔的方向遥望，喃喃地说："老头子，你的心可真狠啊，你撒手一走，扔下这一堆儿女让我操碎了心啊……"

齐丽美喂完鸡鸭，见太阳光很足，就把被褥抱出来放在晾衣竿上，回转身的时候，她无意中向西院瞥了一眼，立时吓得面如土色，呼喊着向西院跑去。

疯了似的齐丽美一把将庄小凤嘴边的农药瓶子打飞，抱住她喊道："来人啊，救命啊……"

庄小凤想挣脱开齐丽美的胳膊，可她不是又高又壮的齐丽美的对手，她怎么拧扯也挣不开，就哭求道："他齐婶你放手，你放开我，我活够了，我不想再在阳间遭罪了，你就成全我吧！"

黑狗"秋子"挣得铁链哗哗响，吠叫声充满了焦急、哀伤。

齐丽美还在声嘶力竭地喊人，胳膊上又加了些力气，紧紧箍住庄小凤。

早上跟毕得财厮打时，乔福森的肩膀、脖子被他咬破了，加之厮打的时间又长，乔福森就有些精疲力竭，此时正躺在炕上闭眼睡懒觉。听到外面传来杀猪般的哭嚎，他突然打了个激灵，骨碌下炕快步来到屋外，见齐丽美一边抱着母亲一边喊救命，他以为这两个“宿敌”又干仗了，就没太往心里去，但他见母亲被齐丽美箍得动弹不得，心里就有些怒了，以为人高马大的齐丽美已经把母亲“制服”，却还恶人先告状喊救命，就冲了过去。

庄小凤胃里的农药已经发挥作用，她感到嗓子、食道、胃肠一阵剧烈的绞痛，似有千万把刀片在绞割，身上的力气就像被风抽走一样，一下子委顿在齐丽美怀里。

齐丽美吓坏了，冲着骂自己的乔福森喊道：“快接住你妈，我抱不动了！”

乔福森这才看见母亲嘴里不断往外冒白沫，他突然打了个冷战，抱着母亲号哭起来。

乔福林被村民喊到家的时候，庄小凤已经奄奄一息了，他一下跪倒在母亲身边，哭喊起来。而乔福森已经吓坏了，只是抱着母亲哀号。侯宝山指挥孙俊和两个村民到他家煮绿豆水，齐丽美一边抹眼泪，一边慌慌张张跟着回去找绿豆。

乔福林看见旁边的农药瓶子，一下子陷入绝望之中，浑身一点儿力气都没有了，心里像被塞进冰块一样寒透骨髓。这是他菌地的“百草枯”，是他为了给菌地消毒、除草而购买的剧毒农药，他曾听林阳火车站站长吴雅娟说过，他们给火车道牙子除草用的就是“百草枯”，只要喷上去寸草不生。这种剧毒农药只要喝一口，就肝肠寸断，腹内烧烂，无药可救。

乔福林疯了一般，抱起庄小凤朝越野车跑去。这时毕雪梅哭喊着从院外跑来，“妈，妈，你咋想不开呢？你咋能狠心撇下我们啊……”

乔福林启动汽车，毕雪梅抱着庄小凤，乔福森疯了似的钻进车里，乔福林一把将他薅下来，猛地抽了他一个大嘴巴子。侯宝山让孙俊上车，塞给他三百块钱说：“我家里就这些，你赶快走，回头我让村会计想法筹钱给你送去。”

越野车轰鸣着猛兽一般冲出胡同，侯宝山和村民眼泪汪汪地望着它瞬间消失在大榆树旁。齐丽美一边流泪一边双手合十：“老天爷啊，观音菩萨啊，山神啊，求求你们这些大神保佑她乔婶吧！保佑她一条命啊，要是她能活过来，我就去观音岭观音庙烧香磕头！”

庄小凤还是没能逃脱“百草枯”的魔掌，虽然住进了穆丹市第一人民医院，但医生说她已经没救了。傍晚的时候她睁开了眼睛，用微弱的气息叫着乔福林的名字。乔福林就坐在她床边，俯身给她擦去嘴角的呕吐残留物。

“妈，我在这呢，我在这呢，你别害怕啊，我就在你身边。”

庄小凤表情十分痛苦，说：“大林子，妈不行了，也活够了，是你爸在那边召唤我呢。大林子你别哭了，雪梅你也别哭了，你是天底下最好的儿媳妇，嫁到乔家没让你享一天福，帮我拉扯大几个孩子，你是我们乔家的恩人啊……”

毕雪梅的眼泪噼里啪啦滴落下来，“妈，你别说这些了，都是我不好，不应该跟乔福森吵架，惹你伤心生气了，是我不好，都怪我啊……”

庄小凤抓住她的手说：“好孩子，不是你的错，是老大太混账……雪梅，妈求你了，你可千万不能抛下他不管啊，你不能不要福森啊！”

毕雪梅控制不住情绪，捂着嘴冲到外面哀哀痛哭。

“大林子。”

“妈，我在这儿呢。”乔福林抓住庄小凤散沙样无骨的手，说：“妈，你别害怕，我在这儿呢，你一定能转危为安的。”

庄小凤的腹部猛地抽搐几下，她的脸颊也痛苦地抽搐起来，她说：“大林子，你大哥不容易啊，为了你们早早辍学挣工分养家糊口，为了多挣点钱去观音岭采木耳，被黑瞎子啃掉脚后跟。他，他原来不像现在这样，大林子，你千万不能不管你大哥啊，不然妈到了你爸那儿，他问起来，我没法交代啊！”

乔福林一边流泪一边点头，一边把嘴唇咬出了血。

大哥失踪

乔福森失踪了。

乔福林把母亲安葬完，就没再见到大哥，他问了几个人都说没见到。他想起在母亲葬礼上，大哥摔完孝子罐就瘫倒在地上起不来了，还是关大壮把他搀扶起来，架着他继续完成葬礼的所有程序。埋葬完母亲，大家都往回走，只有乔福森疯了似的跪在坟前哀哭。乔福林试图把他拽起来，却像拽一棵观音岭上的老柞树一样，根本拽不动他。

乔福森说："大林子你们先回去吧，我没事，我就想在咱妈坟前多跪一会儿。"

侯宝山担心他做出出格的举动，让关大壮留下来陪他。乔福森说："不用，你们放心，我不会寻短见的。"

可是现在，直到下午两点多钟了，乔福林也没寻到乔福森，想起母亲临终前的遗言，他觉得对不起刚刚下葬的母亲，她刚入土，恐怕还没见到父亲呢，自己就把她最放心不下的大儿子给弄丢了，他觉得特别对不起母亲。于是他发动关大壮、毕得财、孙俊和毕雪梅、徐莲蝶等人分头去寻找乔福森。

后来葛亚丽告诉他，上午十点多钟的时候，乔福森到小卖店买过酒，还破例没赊账把酒钱付了。

此后几天，乔福林让毕得财多去菌地照顾着，他开着越野吉普上了观音岭，他担心大哥因自责而寻短见。而关大壮也把菌地的事交给肖金玉打理，带上猎狗，揣上干粮和水，钻进观音岭的深山密林里寻找乔福森。最后乔福林和关大壮在观音庙相遇，都没寻到乔福森的蛛丝马迹。

乔福林又到林阳镇寻了三天，仍没见到乔福森的踪影。来的第一天，他去见了火车站站长吴雅娟，请她让列车员回忆、留意一下，看看乔福森是不是坐火车走了。吴雅娟很上心，立即布置站内职工，让他们睁大眼睛瞅着点。

这天晚上很晚，乔福林拖着疲惫的脚步回到旅店，简单对付着吃了几口，嗓子发炎根本咽不下东西，索性不吃了，他给李萍打了个电话。还没张口，他就泪如雨下哽咽起来。

李萍吓坏了，说：“你咋的了，病了吗？”

乔福林努力抑制住心中的悲凉和哀伤，说：“我没病，可是老婆，我，我把大哥给弄丢了……”

李萍显得很惊讶，说：“那天参加葬礼时大哥不是还在吗？他啥时不见的？”

乔福林就把经过跟她说了。

李萍不禁也担心起来：“莫非大哥因悲伤自责，而去寻了短见？”

乔福林说：“我就担心这点啊，咱妈临死前千叮咛万嘱咐，让我别丢下大哥不管，可她尸骨未寒我就把他弄丢了，我，我真没用啊！”

李萍安慰了他几句，说：“你上火也没用，咱一起寻找吧，明天我跟我爸和朋友们说说，让他们帮着留意一下，也许大哥到了县城呢。”

因担心菌地上的事，乔福林回到了柞树村。徐莲蝶像见了鬼似的吓了一跳，说：“才几天不见，你咋变成这样了呢？”

乔福林凄楚地笑笑，拿起换洗衣服就去了菌地。

黑木耳开始浇水养菌了，而给菌袋浇水看似简单，但其实里面却隐藏着学问，什么时候浇水，一天浇几遍，一次浇多长时间，早晨浇多少，下午浇多少，晴天浇多少，阴天浇多少，风天浇多少，都不一样，都要根据菌地的具体环境、湿度和木耳菌的长势、干湿程度而具体操作。

还好，有毕得财这个专家坐镇，几个雇工干了一两年又很勤劳、熟练，二十万袋黑木耳被他们照顾得还蛮舒服，菌丝已经开始生长。但乔福林还是发现了端倪，就是最近天气干燥，早上因靠着率宾河的潮湿雾气，浇十几分钟水即可，可下午太阳灼热，空气湿度降低很快，而雇工们仍按照寻常惯例浇水，就让木耳菌感到干渴了。于是乔福林吩咐雇工，下午浇水多浇五分钟。

傍晚，毕得财骑着摩托车来到菌地，乔福林正在生火做饭。

毕得财说："你别做了，我买了二斤猪肉，我姐在家包包子，跟我回去吃吧。"乔福林喊远处一个四十多岁的人过来，这是他雇的外地人，叫赵毅，据说以前还是他们村的会计，乔福林就让他一起挤在窝棚里住，吃饭也就添了副筷子。赵毅是个勤快、负责的人，脑瓜又灵活，一般的活儿他跟着干几次就学会了，已经在这里干了两年，乔福林就让他当了工头，领着其他雇工一起干活儿。赵毅颠颠跑过来，光着的脚丫子沾满泥巴。

乔福林说："锅里水烧开了，你下把挂面，打两个荷包蛋，碗里有酱，焯点柳蒿芽自己吃吧。"

乔福林跨上摩托车，毕得财发动起来。傍晚的河套静谧极了，归巢的鸟儿也已歇息，微风阵阵，河水哗哗，杨柳依依，西边天空的火烧云通红通红，像天宫画师不小心把颜料瓶打翻，泼洒到天空。摩托车驶上吊桥，河风大了些，调皮的小手不时掀起乔福林的头发。

大嫂的包子果然好吃，也许是最近寻找大哥像个流浪汉，肚子的确缺少油水，乔福林一口气吃了七个大包子，吃得嘴角直流油，直打饱嗝儿。吃完饭，毕雪梅给他俩和父亲沏了杯毕得财拿回来的茉莉花茶，自己则坐在炕沿上发呆。

乔福林说："大哥失踪了，大嫂你回家吧，不然家里没人，'秋子'和鸡鸭该饿着了。"

毕雪梅苦笑着摇摇头，幽幽地说："那个家我是不打算回去了，你大哥找不着了，咱妈又不在了，我一个人住那么大房子，看着什么都伤心，我，我不回去了。"话没说完，她眼泪流了下来。

毕得财说："也是，那么大房子她一个人住着，多瘆人啊，再说也不安全啊。"

乔福林想想也是，就不再坚持，而是闷头喝茶。

"家那面你放心，"毕雪梅说，"我每天回去喂鸡鸭，只是'秋子'咋办啊？咱妈走的头几天它不吃不喝，现在好不容易喝点水、吃点东西了……要不我把它牵来吧？"

乔福林说："行。'秋子'通人性，跟你又亲，把它牵来吧。"

喝了口茶，乔福林看着消瘦、憔悴的大嫂，说：“这些天让你受罪了，大嫂。”

毕雪梅低下头叹口气，眼泪如断线珍珠似的滚落，说：“命，这都是命。”

她父亲放下水杯，自责道：“都是我不好，闺女，要怨你就怨爸吧，是爸害苦了你啊。”

毕雪梅擦掉眼泪，端起大茶缸去厨房续水，说：“爸，你别自责，我不怨你，谁也不怨，其实刚结婚那阵福森对我还是很好的，只是后来进观音岭采黑木耳，被‘黑瞎子’咬去半个脚后跟后，他的脾气才变了的，才开始自暴自弃。”

一天早上，大榆树下推来一辆手推车，推车的人是围着蓝底黄花围裙的毕雪梅，车上放着两个苕条编制的大筐，大筐上面盖着雪白的笼屉布。

手推车在大榆树下停住，一股掩盖不住的香气飘散开来，很快就牵绊住那些匆匆赶往菌地人的脚步。村民纷纷围拢过来，问苕条筐里装的什么，咋这么香气诱人呢？

毕雪梅掀开笼屉布，一些小胖猪似的肉包赫然呈现在村民面前。于是有人开始流哈喇子了，问多少钱一个？

毕雪梅拿起一个肉包子掰开，说：“先别管多少钱，大家伙先尝尝再说。”

包子冒着热气，两个村民顾不上烫嘴，嘶嘶哈哈吃完，说：“真香，太香了！”然后每人买了十个包子。

不到一刻钟，毕雪梅推来的一百个大肉包子就卖光了，那些闻讯赶来的村民露出遗憾的表情，像错过一场饕餮盛宴，嘱咐毕雪梅明天多蒸点肉包子，他们还没解馋呢。

其实卖包子的主意是乔福林给毕雪梅出的，他是担心大嫂精神负担过重情绪不好再生病，让她有个营生打发忧愁的时光，其实他没想让大嫂挣多少钱，他想好了，每年给她一千块钱（相当于当时两个壮劳力一年的收入）过日子，只要大哥没找到，他就一直给下去，如果大哥一辈子不回来，他就给她养老送终。他想到了柞树村的古训：长嫂比母。既然母亲不在了，他就把她当母亲孝敬。

可是令乔福林没想到的是，大嫂一下成了村里的红人，更成了忙人。每天天不亮她就起来发面、醒面，剁肉、和馅儿，包包子、蒸包子。菌地里的活儿累死个人，疲乏的村民懒得做饭，加之种植黑木耳又挣钱，因此肚子里极度缺少油水的村民总是把她蒸的肉包子抢光。后来，有些村民干脆起大早跑到她家买包子。虽然毕雪梅的包子数量不断增长，却也无法满足村民肚里馋虫的需要。

后来，她索性把面向大榆树的障子拆掉，在东山墙上开了个门，专门做起了肉包子生意。

天公作美，风调雨顺，加上杂菌率又少，因此今年柞树村的黑木耳长势喜人，率宾河两岸到处都是“黑白配”，满地的黑白花，白色的菌袋上长满了黑色的木耳，喜得村民们成天合不拢嘴，种植了黑木耳的农户充满了无限憧憬，做梦都在数钱。而那些没有种植黑木耳，仍然种植玉米、大豆等农作物的人家，每天经过菌地看着黑木耳一天天长大、开花，心里满是后悔，不禁暗下决心，就等明年开春栽培黑木耳大干一场。

第一茬儿黑木耳很快就采完了，在晾晒架上还没晒干，就有木耳贩子进村收购了。去年一斤干木耳收购价十二元，今年一下涨了两元钱，那些卖了钱的耳农心里乐开了花，一边数钱一边嘴角抑制不住由内而外的喜悦。

去年乔福林背着十斤黑木耳，和关大壮一起到大庆市推销，那里风沙大，冬季新鲜蔬菜稀缺，黑木耳就成了稀罕物，有两个采油厂看中了他们的黑木耳，与他们建立了黑木耳供求关系，他俩出产的黑木耳人家全都包圆了。今年又有一家采油厂的采购员慕名而来，把柞树村的黑木耳作为改善职工伙食的福利，所以第一茬儿黑木耳还没采摘，大庆的采购员就来了好几个。他们住在林阳镇，不时租车来柞树村查看木耳长势，生怕别人抢走订单。好事传千里，除了大庆的几个采购员，省城又来了几个木耳贩子，他们把柞树村的黑木耳买回去，发送到关里的超市或者农贸市场，价格增加了百分之五十，赚得腰包鼓鼓的。

然而面对这种令人振奋又兴奋的状况，柞树村有一个人却快乐不起来，这个人就是支书侯宝山。齐丽美几次说他家的一万袋黑木耳秋天肯定能净赚七八千块钱，每次他从地里干完活儿回来，她都给他烫一壶酒，做两个好菜犒赏他，侯宝山觉得老婆有些破费，齐丽美却振振有词，说："咱家现在就咱俩，儿子侯玉虎在派出所当所长，儿媳吴雅娟在车站当站长，小日子过得像发面似的，用不着咱操心费力，黑木耳挣那么多钱咱不花，还能把它带进棺材里？"

侯宝山说："你这是指山卖磨，木耳还没收完，钱还没到手，你就盲目乐观，万一有点儿啥闪失，看你到时喝西北风去。"

可侯宝山说归说，齐丽美却不管那一套，照样我行我素，似乎大把的票子已经揣进兜里。其实抱着这种思想的，不单是齐丽美一个人，柞树村许多种植黑木耳的农户，差不多都是这个样子，于是村里到处洋溢着欢乐、喜庆的气氛，就连那些平时整年不吃一口肉的人家，也时常买起大鱼大肉来，似乎一夜间进入了小康社会。

然而乐极生悲，在村民的这种不可抑制的欢乐中，一种巨大的悲哀像潮水般慢慢向他们逼近。

有人动起了歪心思

卖掉第一茬儿木耳后，二迷糊把一千块钱藏起来，开始动起了歪脑筋，他恨自己今年栽培的太少了，不然会赚更多钱。于是一天下午采完第二茬儿黑木耳，他推着手推车拉来一车细沙，开始往黑木耳上撒沙子，这样沙子黏在黑木耳上增加重量，能多卖钱。

当时徐锡坤正赶着羊群经过河套，而二迷糊的菌地又紧邻河套，他的“秘密”就被徐锡坤发现了，他感觉不可思议，又很愤怒，说：“二迷糊，你可不要黑了良心啊，你往木耳上掺沙子，人家花钱买回去多冤枉啊！再说木耳上掺了沙子不好洗，人家吃着多牙碜啊！”

二迷糊却不以为然，继续往黑木耳上扬沙子，不耐烦地挥挥手，说：“你净在那儿瞎操心，我只掺那么一点儿沙子，等黑木耳晒干卷起来，根本看不出来，能有啥事？”他将一捧细沙扬在黑木耳上，双手将黑木耳划拉一阵，沙子都依附到黑木耳上，果然，不认真看看不出来，他说，“现在黑木耳行情这么好，那些贩子们为了抢木耳恨不得打起来，我不这时趁机多挣点儿钱，那不是傻子吗？”

徐锡坤将木棍用力在地上戳了戳，说：“挣钱是要紧，但咱可不能挣昧心钱啊，不然要遭天谴报应的啊！”

二迷糊觉得他多事，就有些不耐烦了，说：“你好好放你的羊多好，净在那儿咸吃萝卜淡操心，不怕脑袋瓜子长皱纹啊？不怕老啊，真是的！”

晚上回到家，徐锡坤越想越不对劲儿，就把二迷糊往黑木耳里掺沙子的事，跟莲蝶说了。

徐莲蝶听了很是震惊，气愤地说：“二迷糊也太缺德了，这不是坑人吗？”

徐锡坤神色忧戚地说：“我担心他这么做了，有些爱贪小便宜的村民也跟着照猫画虎，毁了咱村的黑木耳产业，最后把大林子他们也坑了啊。”

徐莲蝶觉得父亲说得有道理，愤愤地说：“可不，大林子好不容易为咱柞树村找出一条致富路，如果让他们这么轻易就给毁了，那就是罪人！”

徐锡坤左思右想觉得不能坐视不理，就披上外套去了侯宝山家。侯宝山参加林阳镇组织的一个村干部会议，回来得比较晚，刚吃完饭，正坐在院子里的葡萄架下喝茶，见老校长不请自来，知道他肯定是有什么重要的事要和自己谈，就拽了个马扎请他坐下。齐丽美拿了个茶杯出来，给徐锡坤倒完茶进屋了。

徐锡坤喝了口茶，尚未开口，侯宝山说：“老校长有日子没来我这儿坐坐了，今晚来一定是有事吧？”

徐锡坤说：“无事不登三宝殿，今儿个这事还真有点儿闹心呢。”于是就把二迷糊往黑木耳里掺沙子的事跟他说了。

侯宝山听完很愤怒，说：“这个二迷糊，好事不愿干，坏事一出又一出，就不往好槽子赶。”

徐锡坤提醒道：“宝山啊，这事可不是小事，你得管啊，不然一条烂鱼臭了一锅好汤啊，那样的话，咱村的黑木耳产业可就要毁于一旦啊！”

侯宝山说：“管！老校长你放心，我一定要管，决不许二迷糊胡作非为。”

徐锡坤喝了会儿茶，起身告辞。侯宝山将他送到大门外，徐锡坤回家，侯宝山则拐上去往二迷糊家的道路。

侯宝山知道二迷糊是个滚刀肉，却没想到他是个油盐不进的家伙，不管他怎么劝说，二迷糊就是死猪不怕开水烫，就是不收手，说：“如果你非要我收手的话，那损失你赔给我。”

侯宝山被他气得哭笑不得，这是哪跟哪啊，你掺沙子卖钱欺骗客户，咋就出来损失费了呢？这不是耍赖不讲理吗！最后说不通，侯宝山说：“你就作吧二迷糊，如果因为你的恶劣行为影响了柞树村黑木耳声誉，造成了损失，看村民不骂死你，看你还咋有脸在柞树村活！”

二迷糊哼了一声，不屑地说：“你别吓唬我，我二迷糊之所以在江湖上混了这么多年，不是吃素的。再说了，我作为工伤不给村里增加负担，自己种植黑木耳挣钱，你作为村支书应该鼓励我才是，却怎么还来泼冷水呢？如果这样，我就不搞黑木耳了，村里每年给我工伤费也行。”

侯宝山窝了一肚子火回到家里，脸色难看得很。齐丽美说：“咋的了？吊着个脸子。”

侯宝山叹息一声说：“一粒耗子屎瞎了一锅汤。你说二迷糊咋就这么浑蛋呢？烂泥扶不上墙的玩意儿，真是愁死我了。”

齐丽美说：“这种人天生就是浑蛋，你何必跟他置气呢？不值当。”

侯宝山说：“我就担心他砸了咱柞树村黑木耳的牌子啊，你说在大林子的带领下，咱村好不容易为老百姓找到一条致富的新路子，如果再让他搞砸、搞臭了这个牌子，就毁了。”

“那也不能得罪他，”齐丽美端来一盆热水放在炕沿下，说，“二迷糊这种人咱得罪不起，光脚不怕穿鞋的，惹急了他，啥缺德事都做得出来。”

侯宝山脱掉袜子，双脚放进脚盆里，说：“要是怕他报复，我这个支书早就干不成了。不行，明天召开支委会，一定要制止二迷糊，决不能容许他胡作非为。”

可是还没等侯宝山召开支委会，他就在半夜被乔福林的越野吉普车送到了穆丹医院，原本就有萎缩性胃炎的他，突然胃部大出血。侯宝山刚被送进抢救室，侯玉虎和吴雅娟就匆匆赶来，他俩是从被窝里接到刘石头的电话，急慌慌赶来的。抢救了两个多小时，侯宝山才脱离生命危险。主治医生说：“幸亏你们来得及时，如果晚到半个小时恐怕人就没救了。”

侯玉虎用力握着乔福林的手，说：“谢谢你大林子，谢谢你不计前嫌救了我父亲一命，如果你不在村里，没有你的越野吉普车抢出时间，我爸就没了，我真不知道该如何感谢你！”他的眼圈一下红了，嗓音变得哽咽。

乔福林释然一笑，说：“玉虎你见外了，其实你有所不知，我妈临死前就和你爸妈冰释前嫌了，他们又变回到从前了，成了好邻居、好姊妹。”

吴雅娟说：“福林你就是老侯家的恩人啊，我们真的从心里感激你。”

侯玉虎说：“既然两家老人放弃了恩怨，又成了好姊妹，这是我们做晚辈梦寐以求的大好事啊。大林子，雅娟说得对，大恩不言谢，就是谢也谢不过来，以后你要是有啥困难，尽管说话，我侯玉虎绝不含糊！”

忙活了大半夜，楼上楼下地又是挂号、交费、取药，乔福林眼圈黑黑的有些疲倦，他说：“你俩别客气了，侯叔还没脱离危险，你俩好好照顾，我菌地二十万袋黑木耳该采摘第二茬儿了，离不开人，我得往回赶了。”

侯玉虎突然对吴雅娟说：“你老家不是有个表哥在青岛毛纺厂当副厂长吗，跟他联系联系，黑木耳可以润肠吸尘，他们那种纺织企业需要量很大啊。”

吴雅娟恍然地说：“是啊，我咋没想到呢？玉虎，你在这儿陪护咱爸，我陪福林去医院外面吃点儿早饭，然后给我表哥打个电话，让他们以后就订购福林他们的黑木耳。”

吴雅娟和乔福林在医院外边的粥铺吃完早点，去了附近的邮政局，她给表哥打了电话，把乔福林的情况跟他说了，其中不乏对乔福林和柞树村黑木耳的大肆夸赞，听得旁边的乔福林都有些不自在起来。

不一会儿吴雅娟手捂着话筒，问乔福林：“表哥说他们厂子和下属企业，一年需要两万多斤黑木耳，柞树村能满足供应吗？”

乔福林喜悦的表情溢于言表，连忙说：“能，能，光我就能收两万斤干品木耳，柞树村还有一百多户种植黑木耳呢，肯定没问题。”

吴雅娟笑了，继续跟表哥说话。乔福林碰碰她胳膊说：“你跟表哥说说，青岛的纺织企业多，能不能帮着联系联系其他企业，多帮柞树村推销点儿黑木耳。”

吴雅娟就跟表哥说了，表哥答应得很痛快，说：“我们纺织企业对黑木耳需求量很大，我以前是跑业务的，跟烟台和河南那边的纺织企业很熟，如果柞树村的黑木耳真像你所说的那么好，别说两万斤，就是二十万斤也能销出去。”

这个突然降临的好消息一下把乔福林砸蒙了，他做梦也没想到，天上会掉下这么大个儿的馅儿饼，而且还偏偏砸到了自己的头上，他一下把吴雅娟抱住了，说：“太好啦，太谢谢你了！”

吴雅娟连忙推开他，羞赧地说：“你高兴过头了。”

乔福林这才意识到自己的失态，脸唰地红了，连忙道歉。

报应来得太快

第二茬儿黑木耳长势比第一茬儿还好，按照毕得财的说法，地栽黑木耳就像泡茶一样，第一茬儿参差不齐、厚薄不均，长相也不好，而第二茬儿和第三茬儿就逐渐变得既亮丽又漂亮，大小均匀，色泽光润，厚薄一致，每朵木耳都像一个黑色“耳朵”，这是山林之耳，苍山之耳，大地之耳。

这段时间乔福林忙坏了，几乎连吃饭的时间都没有，早晨三点钟天刚亮就起来采摘，直忙到晚上八点多钟天完全黑透，他才离开马扎，走回窝棚。屁股酸麻胀痛，腰简直要折了，脖子僵硬得像棍子。往往他一头扎在木板床上，喘息休息老半天，平复一下腰板，才不得不硬挺着起来生火做饭。他们的伙食越来越简单，甚至是在对付了，要不是肚子饿得咕咕叫，他俩谁也不想起来做饭，就想那么躺下去，睡过去，一直到未知。乔福林去葛亚丽的小卖店买了一箱挂面，一箱方便面，一箱火腿肠，一箱鸡蛋，一箱大酱。早饭是方便面、火腿肠，午饭和晚饭是挂面、荷包蛋，自家院子里母亲栽的大葱拔来一捆，河套里的婆婆丁生吃，柳蒿芽焯水后撒点盐凉拌。现在乔福林黑瘦黑瘦的，挺高的大个子像个刀螂，好在他骨骼大，不然一阵风袭来就能把他刮走。

一天早上，他去毕雪梅的包子铺买包子，他的样子着实把大嫂吓了一跳，毕雪梅简直不敢相信自己的眼睛，面前这个麻秆一样、流浪汉似的、胡子拉碴的黑大个儿就是那个威风凛凛、走路带风的小叔子吗？毕雪梅的眼泪一下就掉下来了，啪嗒啪嗒掉在刚出锅的包子上，她想婆婆死了，乔福森失踪了，乔福林那就是孤儿了啊。听他大嫂大嫂叫得那么亲切，毕雪梅越发感到难过，甚至觉得自己作为大嫂太不称职，她想起刚嫁到乔家的时候，大林子才九岁，是她和婆婆起早贪黑操持这个家，才没让他遭受饥饿和寒冷，那时她时常望着大林子，望着望着就产生了母爱的感觉，会不自觉地把他揽进怀里。他们唯一的孩子一岁多得病毒性痢疾病死时，她还没断奶，有时奶涨得实在难受，他就把大林子按进怀里……

毕雪梅将笼屉里二十多个肉包子都给乔福林装上了。乔福林说："我就买十个，你给我装这么多根本吃不了啊。"

毕雪梅把他拿钱的手扒拉到一边，嗔怪地说："把钱收起来，寒碜我还是咋的？咋的？我不是你大嫂了？吃几个包子还要钱，你让我的脸往哪搁？"

乔福林说："你给我装这么多，我也吃不了啊，再说你的包子是卖钱的，都给我装上了，你拿啥挣钱？"

毕雪梅拿过两个塑料袋，给他装了些小咸菜，说："早晨吃不了，中午吃呗。多吃，能吃多少吃多少，瞧你瘦的，像个没娘的孩子似的，瞅着都让人可怜……"话未说完，她突然鼻子一酸，眼泪流了下来，赶紧背过身去擦眼泪。

乔福林知道大嫂是真疼自己，不由得心里涌过一股暖流，他本想再说点体己话，可后面有人排队，乔福林就说谢谢大嫂，然后开着越野车离开了。

第二天一早，毕雪梅特意蒸了一锅全是肉的包子，打开笼屉放在一边晾着，就等乔福林来。可一直等到七点钟，也没见到乔福林的影子。恰好有几个村民起晚了，没吃早饭，想买几个包子吃完直接去菌地。毕雪梅说卖没了。他们看见她身后那屉包子，说："那不是包子是啥？咋的，怕我们不给钱呀？"

毕雪梅解释说："这是纯肉馅儿包子，别人特意定的。"

几个村民听说纯肉馅儿包子，眼睛都亮了，纷纷掏钱要买。乡里乡亲的，毕雪梅不好意思不卖，就说："这些纯肉包子价格贵，人家特意定的。"

有个村民说："贵还能贵到哪去，你说多少钱一个吧！"

毕雪梅说："比菜馅儿包子翻一番，五毛钱一个。"她想以此来吓退他们。可她错了，那些村民把钱扔到案板上，自己动手"抢"肉包子。

一连好几天，毕雪梅也没等到乔福林来买包子。她知道自己把他吓着了，他是不想占便宜。于是第二天她又蒸了一锅纯肉馅儿包子，这回她长了心眼儿，把包子藏在里屋。六点多钟的时候，不再有人来买包子，她把纯肉馅儿包子装进柳条筐，领着“秋子”直接去了乔福林的菌地。

第三茬儿黑木耳采摘下来后，许多村民见价格不断攀升，就不再往外卖了，他们囤积起来，试图等待木耳价格再高一点儿的时候出售。就连那些由乔福林牵线，与大庆市几个采油厂签订了购销合同的，也开始待价而沽。

这时，有些人的心开始膨胀起来，个别人家开始动起了歪心思，也不知他们怎么想到的，反正一夜间葛亚丽小卖店里的咸盐被人买空了。有人开始在夜间往黑木耳上喷洒盐水，以图增加黑木耳重量。表面上看这个人十分精明，一斤黑木耳价格比十斤盐还高，如此下去岂不是赚大了？可是他错了，忘记了“诚信”二字，丢掉了良心，丧失了人性。

谁也没想到报应来得如此之快，似乎一夜之间就席卷了柞树村。那些采购员是何等的精明啊，他们走南闯北啥猫腻没见过，很快他们就发现了二迷糊和个别村民在黑木耳上做的手脚，他们验货愈发严格，不但眼看、耳闻，还要亲自泡发。掺杂使假的黑木耳很快就原形毕露。采购员们开始毁约，将春天签订的采购合同作废。与此同时，他们形成了同盟，尤其那些黑木耳贩子，为了多挣中间差价开始狠命杀价，眼看着黑木耳收购价格像熊市的股票，一天一天往下滑落。开始，有些村民不以为然，认为价格波动很正常，也许过几天就会强势反弹，仍然让他们赚得盆满钵满，就舍不得出手，仍然将晒干的黑木耳堆放在家里。有几户胆小的，在黑木耳价格下降的头几天就把囤货全部出售，没有造成损失。而那些固执囤货的人，眼看随着最后一茬儿黑木耳晾干，仓房里再也堆不下黑木耳，而其价格还在像过山车似的一路狂跌时，心里开始发毛了。

正是应了侯宝山当初的预言：一颗老鼠屎臭了一锅汤，还是一锅好汤。

这天下午，刚从鬼门关上闯回来的侯宝山被儿子侯玉虎拉回家，还没来得及吃晚饭，二迷糊和几个村民就找上门来。他们开始沉不住气了，要求村委会帮着想办法销售黑木耳。

侯玉虎心里不爽，他对二迷糊等人不顾父亲初愈身弱，在屋子里吵吵嚷嚷有些不满，就皱紧了眉头，让他们说话小点儿声。侯宝山倚靠在被子上，脸色煞白，说话也不像以往声若洪钟，他说：“你们当初不听劝，一意孤行地掺杂使假，这就是报应啊。你们那些掺了沙子、喷了盐水的黑木耳，你以为人家还能收购吗？笑话！”

二迷糊炸庙了，大声说：“当初是你们村委会动员我们搞黑木耳的，现在销售不出去，你们就得管！”

侯玉虎嗤笑一声，说：“你还讲不讲理二迷糊？你往木耳上掺沙子，净干那些坑人害人的损事，咋还有脸找来呢？”

二迷糊昨晚上就被他妈佟凤凤骂了半宿，说他太损，不给自己留后路，恐怕要祸及子孙。现在被侯玉虎说穿了，觉得自己的做法确实有些损，脸上红一阵白一阵。但他仍然梗着脖子说：“侯玉虎你别站着说话不嫌腰疼，端着公家饭碗，不愁吃不愁穿，咋说话都行，可我们这些土里刨食的老农民咋办？”

侯玉虎还要跟他争吵，侯宝山挥挥手让他别插嘴，喘息着说：“你们掺杂使假祸害人家，这叫罪有应得，村委会帮不上你们。我告诉你们，黑木耳也像人似的，你糊弄它，它也糊弄你。如果你们还想过上好日子，就学学关大壮，老老实实做人，勤勤恳恳侍弄黑木耳，准备好明年打翻身仗吧。”

“那我们这些黑木耳咋办？”二迷糊说。

“你们自己吃！”侯宝山说。

“掺了沙子咋吃？不把门牙硌掉哇？”二迷糊嘟囔道。

“明明知道不能吃还要害人，自作自受！”侯玉虎瞪了他一眼。

“今年把钱都投进去了，要是我们明年再想发展黑木耳，没钱咋办？”一个村民说。

“到时候村委会研究，看看能不能与农村信用社商量商量，帮着你们贷款。哎呀，你们快走吧，我喘不上气来了，我的活祖宗们啊！”侯宝山一出溜躺倒在炕上了，喘息着闭上眼睛。

侯玉虎见状急了，说：“你们还有没有点人味儿？我爸刚出院就跑来闹哄，走走走，快走！”

二迷糊似乎感到愧疚，说：“老支书我们走了，你躺着好好养病吧。”

齐丽美拿着烧火棍进来，冲着他们说：“别磨叽了，赶快滚，不然我拿烧火棍抽你们！”

孝子的新房子

秋天到了，观音岭上呈现出色彩斑斓的五花山景色，宛如山上住着一位美术大师，精心绘制成一幅精美绝伦的油画。野核桃熟了，山榛子熟了，柞树结的橡子也落了一地，松鼠开始了繁忙的冬储。田野上一派金黄，那些种植玉米、大豆的人家开始赶着牛马车起早贪黑收获庄稼了，人欢马叫的村子开始变得喧嚣、热闹起来。

黑木耳菌地已经没有人了，留下的只是满地灰色的菌袋，萎靡在秋风中，经历过半春一夏的风雨，它们似乎用尽了最后一丝力气，将所有能量都奉献给了大地，再也长不出黑木耳了。

乔福林的黑木耳大部分卖给大庆采油厂，其他的卖给青岛纺织厂，所以他的二十万袋黑木耳不但没有损失，相反却获得了大丰收。他一共纯收入十二万元。当他把这个喜讯告诉李萍和岳父李发时，两人讶异之余也表现得空前激动，他们咋都没想到，乔福林竟然把黑木耳产业搞成了，而且还赚了大钱。要知道，乔福林和李萍两个人的工资加起来，一年也就一万多块钱，而眼前这个黑瘦如猿的人，竟然拿回来十二万，简直令人不敢相信。

李发乐得合不拢嘴，连说了几个好，他说："福林，我当初没有看走眼，你是好样的，你用自己的艰苦努力和汗水，证明了自己的价值，还带领乡亲们致了富，我佩服你！"

李萍却有点儿不好意思起来，说："当初你搞黑木耳时，我横扒拉竖挡着，净给你泼冷水，福林，对不起！"

"你是该好好检讨检讨自己，"李发故意板着脸道，"当初福林多难啊，没有资金技术，没有一亩菌地，可你不但不支持，却还激烈反对，唉，要不是福林有股不服输的韧劲，搁在一般人身上恐怕早就打退堂鼓，或者半途而废了。”

乔福林说：“爸，你这样说李萍，她有点儿冤枉，其实在我最困难、最无助的时候，李萍还是坚定地支持我的，不然，我恐怕也坚持不到现在。”

李萍脸红了。

李发说：“你这是怕她难为情，在为她找借口，我咋没看见她支持你呢？”

乔福林揽过李萍的肩膀，在上面亲昵地晃了晃，说：“虽然她嘴上说不同意我搞黑木耳，但其实在行动上还是暗中支持呀，是不是老婆？”

李萍不好意思地笑了，说：“爸，为了庆祝福林的黑木耳大获成功，咱今晚下饭店，犒劳犒劳福林，你想吃啥，我请客。”

李发说：“好啊，我和福林好久没一起喝酒了，姑娘你整点儿好吃的，给福林增加点儿营养，你看福林瘦得像个野人，瞅着都让人心疼。”

乔福林说：“还是我请吧，这几年我基本不着家，在山野里真的快成野人了，也没精力照顾家，都是李萍在操持着，我觉得心里有愧于她。李萍你想吃啥，咱随便吃。”

李萍听他这么说，眼里就汪了一窝泪。这时儿子乔小盼放学回来，乔福林堆起笑脸想跟他说几句话，可小盼却没搭理他，只是冷冷地瞄了乔福林一眼，就朝自己卧室走去。

在家里给老婆孩子做了两天饭，乔福林就开着越野吉普车回了柞树村，他惦记其他耳农的销售情况。然而他震惊了，率宾河两岸的柳树丛里突然堆满了被扔弃的黑木耳，河面上也漂浮着黑木耳。他连忙来到关大壮家，打探情况。关大壮家门前堆满了石头、沙子，门前停着一辆农用四轮车，上面装着两吨水泥，关大壮和几个邻居正往仓房里卸水泥。

关大壮开始筹建新房了。

乔福林走过去把后背递给车上的关大壮，关大壮搬起一袋水泥刚要放在他肩上，见是乔福林，又把水泥放下了，“大林哥，你咋回来了？”

乔福林说：“心里有事，在家待不住。”关大壮把水泥放在一个邻居肩上，说：“你进屋喝茶去吧，这活儿太脏，不用你干，我们几个一会儿就干完了。”

乔福林说：“脏了不会洗吗？别磨叽了，赶紧把水泥给我。”关大壮迟疑了一下，看乔福林的目光不容置疑，就把一袋水泥轻轻放到他肩上。

不一会儿水泥卸完了，邻居回家冲洗灰尘，关大壮拍打着手上的粉尘跳下车，乔福林说：“大壮，你家黑木耳没扔掉吧？”

关大壮拍打着身上的粉尘，周围腾起一团灰色的烟雾，说：“大林哥你放心，我的黑木耳好着呢，咱就是穷死、饿死也不能干那些伤天害理的缺德事。”

乔福林松了口气，拍打着身上的水泥灰，说：“那我就放心了。不过我刚才路过率宾河，看见河套、河面到处都是丢弃的黑木耳，心疼啊！”

这时关大壮媳妇端来一盆清水，两人边洗脸边说话，关大壮说：“这叫罪有应得，谁让他们当初挣钱挣黑了心呢。”

乔福林接过他递来的肥皂，在手上打肥皂沫，说：“其实我也有责任，当时只顾自己的黑木耳，没有极力阻止他们，不然他们也不能造成这么大损失。”

关大壮把毛巾递给他，说：“你别自责，跟你有啥关系啊？天要下雨娘要嫁人，那时他们被黑木耳的一片大好形势冲昏了头，谁劝都听不进去，连侯支书都不好使。”

乔福林擦完脸，把毛巾递给肖金玉，说：“是啊，听说老支书侯宝山训斥了二迷糊他们，可没管用，他们头脑发热，压根儿听不进去。”

肖金玉说：“他们这是不见棺材不掉泪，这回好了，偷鸡不成反倒蚀了把米，遭受这么大损失，看他们以后还敢坑人不？”

二迷糊是含着眼泪将自家十多袋黑木耳干品倒进率宾河的，他抓起一把黑木耳，任凭它们随风跌落在河面上，转瞬就被波浪冲走了。他看着渐渐飘走的黑木耳，喃喃自语道：“亲娘哎，漂走的可都是钱啊！老天爷呀，你当初咋就不咔嚓打个响雷炸醒我呢？唉，活该，谁让我黑了心做坏事呢，我该倒霉，我该赔钱，我该倾家荡产，这些都是报应……”突然他狠狠地抽了自己一个嘴巴子，接着他每撒一把黑木耳就抽自己一个嘴巴子。最后，他的两边脸颊肿得像个猪头似的。待最后一把黑木耳撒向河面，他扑通跪倒在河边，呜呜痛哭起来。

二迷糊是突然失踪的。佟凤凤找到侯宝山家的时候，他已经三天没回家了。侯宝山心里一沉，担心他因黑木耳损失想不开而投河，就带领刘石头和孙俊等人沿着率宾河寻找了两天，仍然不见二迷糊的踪影。佟凤凤哭得死去活来，说不该那天晚上骂二迷糊，是她把儿子逼死的。侯宝山让妇女主任和葛亚丽尽力安抚佟凤凤，让孙俊带人进观音岭寻找，仍然活不见人死不见尸。

没了儿子，佟凤凤不想活了，叫嚷着喝农药。葛亚丽和妇女主任把农药抢走，把她家仓房的绳子也藏了起来，白黑轮班看护她，就怕她自寻绝路。

关大壮家起了四间砖瓦房，一下子在柞树村引起了轰动，甚至惊动了附近的万鹿沟村和闹枝沟村，他成了人人艳羡的致富典型，甚至有人用“浪子回头金不换”来形容他。有些妇女们就开始拿关大壮来教训自家懒惰不争气的男人，说：“你看看柞树村的关大壮，蹲过监狱的，咋样？出来后重新做人，勤勤恳恳种植黑木耳，才几年光景，人家就起了四间锃明瓦亮的大瓦房，多了不起啊！”

那些被教训的男人羞愧难当，偷偷起了宏愿，老子差啥呀？关大壮多了个啥呀，不也是两条胳膊两条腿吗，让女人们羡慕得哈喇子直流，恨不得关大壮是自己的男人才好，你们等着瞧吧，老子明年也搞黑木耳，也建四间大瓦房，看你们还羡慕人家爷们不！于是，一时间柞树村成了附近村屯男女“朝拜”的地方，那些女人大多是嫁出去的，就以回娘家为借口回到柞树村，回到娘家还没喘口气，就直奔关大壮家而去。附近村屯来“朝拜”的男人们，一是怀揣着耳听为虚眼见为实的想法一探究竟，二是真心想来开眼界、取真经的。

其实，刚开始关大壮没想把房子建得这么宽敞、漂亮，是乔福林帮助他参谋、设计的，关大壮当时还很为难，说：“你整得这么漂亮得花不少钱啊，我攒的钱哪够啊？”

乔福林说：“差多少钱，我借给你。”

关大壮还是不开窍，说：“我建三间大瓦房就已经在柞树村冒泡了，也够住的，如果再增加一间，岂不是太浪费、太能嘚瑟了？”

乔福林说：“你娘打小为你操碎了心，你不是上房揭瓦，就是下河摸鱼，再不就是像钻山豹一样钻进观音岭盗猎，你爸死得早，你妈为了拉扯你们姊妹几个一直都没改嫁，现在在万鹿沟你姐姐家住，据说你姐夫为此时常耍酒疯，意思是明明你妈有儿子却住在姑娘家，指望他们养老送终，心里不舒服，你说，你妈在那里住得开心吗？”

关大壮是个孝子，听到这话不禁潸然泪下，说：“大林哥你别说了，我听你的，就起四间大瓦房，我要让我姐夫瞧瞧，我关大壮不是以前那个浑球关大壮了，我也开始干正事了，我能养活我妈了，等把房子建起来，我就把我妈接回来让她好好享福，天天吃肉，给她老人家养老送终。”

乔福林说：“这就对了，等你把瓦房建起来，我亲自开车和你去万鹿沟村接你妈，咱也长长脸风光一回，把你妈接回来享福。”

初冬的一天，乔福林和关大壮把他妈接了回来，车子刚拐过胡同还没到家门，关大壮七岁的儿子就点燃了鞭炮，噼噼啪啪的声音震响在柞树村的上空，硝烟的味道虽然涩辣，但喜庆的遍地红色碎屑，却预示着柞树村红红火火的日子到来。

关大壮他妈被儿子搀下车，就是不敢进门，她无论如何也不敢相信，眼前高大的贴着彩绘瓷砖的门楼，以及刷着黑漆的嵌着铁环的大铁门，会是自己儿子的家。这小子以前把家过得那是吃了上顿没下顿，时常靠喝稀粥度日，是个淘小子，可他怎么就突然着调起来？有了钱，起了这座即使想破脑瓜子也想象不到的四间大瓦房呢？老太太不肯进门，不敢迈步，大孙子清亮亮地喊了声：“奶奶，进院吧，这真的是咱家！”可老太太还是一脸惶恐，不肯挪动脚步。关大壮急了，背起老娘噔噔噔进了院子，登上三级台阶，把老娘放在屋前的水泥地上。

老太太看见瓦房上面盖着红色钢板，在阳光照射下呈现出红艳艳的光芒，房子的墙面铺着洁白的瓷砖，四扇落地大玻璃窗一人多高，上面贴着大红的剪纸喜字，屋前铺设了三米宽的水泥地，半米高的不锈钢栅栏焊接在外面。老太太突然担忧起来，说：“大壮啊，你是捡了狗头金，还是挖到了老山参啊，你咋一下子这么有钱了呢？再不就是你打死了大猫（东北虎），卖了虎皮虎骨？这可是犯法的啊！”

关大壮笑说：“娘，你咋还拿老眼光看待我呢？你就进屋吧，儿子这次没犯法，是靠自己的双手挣的钱。”

“就凭你？”老太太还是不敢相信，说，“整天抓鱼打猎，净给我惹是生非的玩意儿，你自己挣的钱？我咋那么不相信呢？”

肖金玉挽起婆婆的胳膊，说：“娘，真是大壮自己挣的钱。”

“真的吗？我咋像做梦似的呢。”老太太摸摸白瓷砖说，“这墙面真好看，又白又滑溜，比皇帝的金銮殿还敞亮。”众人都笑了。

进到屋里，老太太更加吃惊了，不仅儿子的房间里安放着大彩电，就是她的房间里也贴墙安放了一个彩色电视机。老太太来到厨房，看见通体贴着白瓷砖，新灶新桌新餐具。

关大壮说：“你再参观一下咱洗澡的地方。”

老太太说：“咋的，你把澡堂子搬到家里来了？吹牛吧？”

关大壮只是笑，搀着老娘来到卫生间，老太太看见一个大浴缸砌在墙边，上面是一个莲花喷头，一个全自动洗衣机摆在旁边，淡蓝色的面盆上面，是一块锃明瓦亮的大镜子，明晃晃地映现出一个苍老、蓬头的老太太，那是她自己。老太太看见镜子里自己的一缕白发散落在发髻外，连忙蘸了点儿口水在手掌上，把那缕头发掖进发髻。

参观完毕来到客厅，老太太看见一个四米多长一人多高的大衣柜靠墙立在一边，一排沙发的皮革上油光可鉴，沙发前放着一个玻璃茶几，上面放着一套闪烁着青幽光泽的茶具。关大壮让她在沙发上坐下，老太太先用手在上面按按，小心地把半个屁股坐上去，说：“真暄腾。”

大家又乐了。

“大壮啊，你这是过上了皇帝一样的日子啊，”老太太看着儿子的脸，感慨地说，“嗨，就是皇帝恐怕也不如你啊，你瞅瞅你家，金銮殿也不如你家宽敞、好看啊，还有这些彩电、洗衣机、沙发啥的，皇帝那时候哪享受过这么好的生活啊！”

“你说得对啊，大嫂，”侯宝山说，“皇帝那是过去，咱现在建设的是新社会，奔的是小康路，皇帝哪能比啊！”

老太太说：“侯兄弟，你家肯定比这还气派，还漂亮吧？”

侯宝山不好意思地笑了，说：“那你可抬举我了，老嫂子，我还得奋斗几年，才敢跟你儿子比啊。”

老太太咧嘴露出几颗牙，笑了，说：“那你可被我儿子落下了，大兄弟，不是老嫂子批评你，你这个支书得加油干哪！”

“你说得对，我得挽起袖子加油干！”侯宝山说。

老太太突然想起什么，看着关大壮说：“不对呀，你小子脑瓜子笨得像个葫芦，你咋挣的那么多钱？”

关大壮就把自己蹲监狱，乔福林帮助他家种植黑木耳，以及自己出狱后跟着他扩大种植规模，发家致富的事说了一遍。

老太太颤巍巍地站起来，四下寻找着什么，说：“贵人呢？大林子，大林子……”

乔福林凑到老太太跟前，说：“大婶儿，我在这儿呢。”

“贵人啊！”老太太突然给乔福林跪下了，说：“你是俺关家的贵人啊，如果没有你帮衬、带领，俺家大壮还是个受穷的浑蛋呢，俺给你磕头了！”说罢她就要给乔福林磕头。

乡情如酒

立冬以后下了第一场雪，但气温仍在零度以上，雪就没有站住，只给大地山河留下一个冬天即将到来的预告，同时也给他们的思绪留下一个冬雪的倩影。

乔福林开始为做菌忙碌起来。他打算明年再扩大三倍种植数量，他要搞六十万袋黑木耳。为此他跟菌地旁边不搞黑木耳的农户商量，将他们土地流转下来，并答应如果他们愿意可以来菌地干活儿。这几户村民的孩子都在南方打工，他们年纪都比较大，有的还疾病缠身，索性就痛快答应了。六十万袋黑木耳可不是那么简单，乔福林安在徐锡坤家仓房的锅炉明显不够用，于是他又去了趟向阳市，订购了更加先进、容量更大的两台菌锅。

自从大哥乔福森不告而别，房子一直空着，乔福林跟大嫂毕雪梅商量，能不能先暂时把锅炉安装在自家房子里，等大哥回来再挪出来。毕雪梅的包子铺越发红火，她现在不仅蒸包子，还去东和县城一家最火的面食店学习制作馅饼、烤糖饼等手艺，回来一经推出就卖火了，深山沟里的老农民，许多人世世代代没走出去过，也没去过县城，更没尝到过牛肉大葱馅饼，没闻到过烤糖饼的香甜味，因此不断攀升的销量迫使毕雪梅不得不雇了个中年妇女做帮手。

毕雪梅说："那房子空着也是空着，你随便用，再说那自古就是你们老乔家的祖屋，也有你的一份儿，你咋这么见外呢？"

乔福林没想到大嫂如此爽快，因为这事要是摊上有些计较家产的人来说，是很难缠的，有些原本很和睦的兄弟，以及姑嫂、妯娌，甚至为此结仇，打破脑袋，老死不相往来。何况现在大哥不知去向，大嫂又是早早嫁入乔家，是为他们乔家立下汗马功劳的人，如果她占着老房子，乔福林是半句话都不敢说的。

乔福林有些感动，更加觉得大嫂的贤惠、善良，觉得乔家是欠着大嫂的，就说：“大嫂，我早就说过，这三间土坯房归我大哥和你，就当是我们对你俩养育之恩的报答，我不会惦记的。”

毕雪梅说：“我知道你的心意，不过大林子你放心，大嫂不是那种胡搅蛮缠、不明事理的人，房子你住着，等你大哥回来，我再搬回来住。”

几天后，两辆卡车开进柞树村，乔福林和关大壮早早就在大榆树下迎接，卡车太长、太重，而乔福森家门前的胡同又太窄，车倒了几次都倒不进去，只好在胡同口熄火。于是侯宝山让刘石头在大喇叭里广播，请那些在家的老爷们儿都来帮忙。

乔福林咋也没想到，广播刚播出去不到十分钟，呼啦啦来了上百人，而村子那条南北主道上，仍有许多人急吼吼地往这赶来。乔福林那个感动啊，就不用提了。他对侯宝山说：“真没想到，咱柞树村的村民如此仗义，如此厚道，我真不知道咋感谢大家好了。”

侯宝山说：“这是你应该享受到的，如果没有你带领村民搞黑木耳发家致富，这些人还在贫困线以下挣扎呢，他们是自愿主动来帮你，是从心眼里佩服、感激你啊。”

葛亚丽的大嗓门似洪钟：“可不呗，俺们恨不得砍个板把你供起来呢，大林子，侯支书说的，就是我们的心里话。”

刘石头指挥那些年富力强的村民，木杠套上麻绳，撬杠把锅炉翘起来，从底下穿过去，然后他一声吼，众人齐用力就直起腰来了。以前受穷的时候，不少村民都去观音岭林场拉套子抬原木，于是他们喊起了伐木号子，脚步一致向前迈开，嗨呦，嗨呦地来到乔福森家门前。可是问题来了，院门太窄，进不去啊。于是刘石头指挥大家把木樟子拔了，一声吼，这回连毕雪梅、葛亚丽和肖金玉他们都上阵了，转眼间大门拆掉，露出一个两丈宽的豁口。待锅炉抬进院子，问题又来了，不到一米宽的屋门咋能容得进两米半宽的钢铁“巨兽”呢？

“咋办？”侯宝山向乔福林投去征询的目光。

“咋办？”乔福林向毕雪梅投去征询的目光，虽然现在他住在老屋，但他觉得大嫂还应该是这屋子的主人，他必须征求大嫂的意见。

“拆，把门窗都拆掉。”毕雪梅手一挥说。

不到半天的工夫，两座锅炉就安装完毕，拆掉的大门又重新装上了，木樟子重新夹上，就连被拆去的老屋门窗，也被村里的瓦匠重新砌上了。乔福林让关大壮、毕雪梅和徐莲蝶随葛亚丽回到小卖店，买了五条香烟，把所有的火腿肠和矿泉水都搬来，犒赏乡亲们。

临近中午的时候，村民散去，老屋里只剩下关大壮和乔福林。两人收拾散落的杂物。这时毕得财骑着摩托车赶来了，他把摩托车支好，快步走过来，搓着手一脸不好意思地说：“这扯不扯，我一路狂奔，还是来晚了。”

乔福林跟他开玩笑，“别用嘴填乎人，还是你不真诚，不然这都晌午了你才来，还一路狂奔，糊弄谁呢？”

毕得财急了，脸红脖子粗地说：“糊弄你是小狗！早晨我刚要走，突然接到县里电话，说供销联社领导要来找我谈话，我哪敢动啊，只好在办公室等领导来，官身不由己啊。”他走到新锅炉跟前，拍拍说：“大林子，看这架势你是老虎吃天，要甩开膀子大干一场啊。”

乔福林说：“你说得对，我决定明年搞六十万袋。”

“啥，六十万袋？”关大壮瞪着大眼珠子，傻傻地看着乔福林。

乔福林笑着点点头。

毕得财说：“好！我支持你。不过大林子，今早县供销联社一把手来到林阳镇，亲自找我谈话，说县里要成立食用菌研究所，要把我调去当所长，以后我可能帮不上你了。”

乔福林说：“好啊，祝贺你啊得财！这回你可有了自己的舞台了，食用菌研究所，真好，你可以发挥聪明才智，集中精力，名正言顺地研究黑木耳新菌种和生产技术了。”

毕得财若有所思地说：“看起来，县里是准备大力倡导发展黑木耳产业了，大林子，你为全县老百姓探索出了一条致富新门路啊。”

乔福林说：“瞧你说的，我哪有那么能耐啊，如果没有你的帮助和指导，我啥也干不成啊。”

关大壮说：“大林哥你谦虚啥，是就是，我看是。”

乔福林说：“你净在那捧臭脚，还你看是！我看还是呢，你家的四间彩钢大房子，全县农村恐怕也没有几家吧！”

关大壮憨厚地笑了，说：“大林哥你净在那儿埋汰人，我算啥呀，傻大个儿，糙人一个，除了打猎捕鱼啥也不会，如果没有你帮衬、引领，我早就喝西北风去了。”

乔福林的三个菌锅一起烧热了，徐锡坤家那个小锅炉他两三天去一趟，一是这边两个新锅炉属于升级版，有些技术操作需要看着说明书摆弄，实在弄不明白的，还要跑到村委会往向阳市那边打长途电话咨询，所以很消耗精力和时间；二是徐莲蝶每天早晚给父亲做饭，乔福林就托她顺便帮忙盯着，一般小问题她都能及时解决掉。徐莲蝶现在可不一般了，她不仅成了黑木耳技术研发的土专家，还逐渐自学成才食用菌知识，开始研发新菌种了。这也是毕得财的心愿，他已经到县里食用菌研究所就任，担心路途远，村民遇到些黑木耳种植方面的困难，他不可能像以前那样随时骑摩托车出现，他现在承担的是全县黑木耳菌种研发工作，指导的是全县三百多个村屯的耳农，他成了大忙人。所以临走前，他把不少有关黑木耳的资料复印了一份，交给徐莲蝶，说柞树村的黑木耳发展就靠你了。

这天清早，在菌房忙碌了一夜的乔福林实在是又困又累，连早饭都没吃，一头倒在炕上酣睡起来。睡梦中他听见有人敲窗户喊他名字，他以为在做梦，翻个身继续睡觉。可敲窗户的声音越来越大，他睁开眼睛朝窗户瞧，果然有个人在朝他比画，他看是孙俊，就下炕打开屋门，说：“你干啥呀？大清早的砸窗户，玻璃都快被你震碎了。”

孙俊说：“不砸行吗，我都敲了好几分钟窗户了，你这觉咋这么大呢？我还以为你睡过去了呢。”

乔福林说：“昨晚在菌房忙活了一宿，刚躺下你就砸窗，啥事这么急？”

孙俊说：“侯支书请你去一趟村委会。”

乔福林说：“我又不是村委会成员，叫我去干吗？”说完他往屋里走，打了个哈欠说，“我没时间，我还得补觉呢，困死我了。”

孙俊一把拽住他胳膊，说：“走吧，走吧，完事再回来补觉。”

来到村委会，乔福林发现会议室里不仅坐着侯宝山，还坐着刘石头和会计、妇女主任，再加上孙俊，整个村委会班子成员全在这儿。他不禁感到好笑，心想啥事让你们如此齐全，而且各个正襟危坐、面孔严肃，似乎要研究天下大事似的。

侯宝山把身边椅子拉开，让他坐在身边。待他坐下，侯宝山推给他一盒烟，乔福林抽出一支，侯宝山给他点着。待他吸了一口，侯宝山才开口说："福林，今天把你请来，是有件事想跟你商量。"

乔福林笑了笑，说："还商量啥呀，我现在是你的村民，你是我的领导，有啥事你吱一声，我肯定给你办圆满。"

侯宝山看了一圈他的部下们，说："这可是你说的啊，大林子，到时候你可别不认账。"

乔福林揉了揉腿，说："你说吧，啥事？"

侯宝山说："今年咱村的黑木耳，除了你和关大壮的卖上了价钱，其他许多耳农受二迷糊他们牵连，都没卖上价，许多人家赔得精光，连本儿都没收回来，给村民上了一堂深刻的教训课。因此我们经过商量，又从报纸上看到外地的经验，决定成立黑木耳协会，统一管理、指导柞树村的黑木耳产业，绝对不能把这么好的富民产业给糟蹋了。"

"好啊，"乔福林说："黑木耳协会好啊，我举双手赞成，也绝对服从黑木耳协会的管理，侯支书你不用担心，我绝对支持这项工作。"

侯宝山说："福林你误解了，我们的意思是想让你挑这个头，当黑木耳协会会长。"

"我当会长？"乔福林瞪大眼睛，连连摇头说："你可别开玩笑了，不行，绝对不行！我没有那两把刷子，能把自己的黑木耳搞好就烧高香了，你们可别打我的谱，我干不了。"

虽然侯宝山和其他村干部好话、套话、恭维话说了一箩筐，乔福林就是摇头说不，最后他也不管别人的感受，站起来就走了，留下一众村干部面面相觑。

燃烧危机

乔福林发现菌房灭菌锅炉里的煤火烧得不旺，灭菌锅炉温度始终上不来，开始他以为雇工偷懒，炉膛里的煤炭不够，便抄起铁锹往炉膛里填煤，可过了一会儿，炉膛里的火苗依然不旺，热度没有发生变化。乔福林有些纳闷儿，寻思半天也找不到啥原因，就围着锅炉转圈。突然他的目光被推车里的煤吸引，他发现今年拉来的煤没有往年的亮，乌涂涂的，有的干脆就是煤矸石，而且块煤还少，掺杂了不少煤面子。

乔福林知道，如果再这么烧下去，即使烧更多的煤也没用，燃烧大卡不足是问题症结。但时间不等人，两个锅炉装了几千个菌袋，如果不马上提温就得报废。于是他驾驶吉普车急吼吼地离开柞树村，向采购煤炭的煤矿驶去。

乔福林拒绝黑木耳协会会长一职，让侯宝山着实没想到，按他对乔福林的观察，这人责任心强，有冲劲，敢负责，敢于碰硬，又是黑木耳种植大户，是柞树村黑木耳协会会长的不二人选。因此当乔福林连想都没想、一口回绝时，他心里还是有些失望的。但村委会几个人仔细推敲后，觉得还是乔福林最合适，他不仅懂技术，还在外面有广泛的销售网络，而且为人正派、公道，如果他当了会长，一定会把耳农管理好。于是散会后，侯宝山骑着自行车越过家门，直接来到西院。可是没见到乔福林，问雇工，雇工说乔福林到煤矿去了，不知道啥时候能回来。侯宝山肚子饿了，就回家吃午饭，耳朵却支棱着听外面的动静。

再说乔福林来到订购煤炭的那个煤矿，看到外面停着十几台大型运煤车，都是等待装煤的。他找到矿长，要买两百吨优质块煤，而且马上就装车。矿长觉得好笑，就笑着说：“你这点儿煤还不够订购大户塞牙缝的。”他指着煤矿外面排起长龙等待装煤的卡车，说，“看见了吧，那些卡车都在外面等了两天两宿，你买这点儿煤上来就要加塞儿，还要优质的块煤，这是难为我啊。”

乔福林好说歹说，矿长就是摇头。无奈他开车去了几公里之外的另一家煤矿，这家煤矿门前等待的车辆更多，大约有三十多台。他把车开进煤矿转了一圈，发现储煤场的煤炭充其量也就几百吨，还不够几辆运煤车装的，而且那里的煤质比他塞到灭菌锅炉的好不到哪儿去。于是他把车直接开出来，连矿长的面都没见。

从这家煤矿出来，乔福林又去了一家煤矿，发现这家煤矿门前没停那么多运煤车，心中不由暗暗高兴，他想也许这家煤矿有希望，于是他直接找到矿长。听他说完情况，矿长哈哈笑了，说：“哥们儿你也太逗了，别说块煤，还要优质的，你去我煤场看看，就连煤面子都被他们刮净了，你还让我给你整优质的块煤，扯淡吗不是？”

乔福林问：“那你能不能告诉我，还有哪家煤矿能有优质块煤？”

矿长说：“据我所知，好像都这熊样。”

乔福林说：“啥原因啊？咋一下子供不应求了呢？”他皱紧了眉头，心里开始发慌。

室外寒风凛冽，矿长呼出一口哈气，瞬间在冷空气中凝成白雾，他说：“今年冬天太冷了，供暖期提前了一周，邻省又不产煤炭，因此需求量很大，都被他们抢去了，连煤矸石都被划拉干净了。”

煤矿离县城只有二十多公里，省际公路绕县城西郊而过，乔福林驱车直接来到毕得财的食用菌研究所，恰好他在，就把情况跟他说了，让他帮着想想办法。

毕得财看看表，已经下班二十多分钟了，站起来说：“走，咱俩下馆子去，边喝边说。”

乔福林把他按在椅子上，说：“我都快要急死了，哪有心思喝酒？快说，我该咋办？”

毕得财叹了口气，说：“没啥办法，只有买到燃烧大卡达标的块煤，不然燃烧大卡上不去，神仙也没救。”

乔福林是真急了，不满地瞥他一眼，说：“你这话等于没说！我还不知道优质块煤燃烧大卡？我是问你能不能有其他补救措施？”

毕得财脑袋摇得像拨浪鼓。乔福林表情一下变得忧郁起来，抓起桌上的车钥匙，朝外走去。

“哎，哎，你别走啊！”毕得财在后面锁门，“都过饭点了，食堂也关门了，你不吃饭我还得吃饭呢。”

“你爱上哪儿吃上哪儿吃。”乔福林噔噔噔下楼了。

乔福林已经一个多月没回家了。他想李萍，上次回家他就发现，李萍明显消瘦下来，饭量很小，吃得还不如猫多呢。他知道李萍胃不好，听她说单位体检，查出萎缩性胃炎。这可不是个好毛病，发展下去一般都是胃癌。回到柞树村后，深夜睡不着觉的时候，乔福林一想到这里心就揪揪着疼。他知道，本就身体羸弱的李萍自打他辞职后，照顾老父和孩子的担子都压到她肩膀上，她那么要强，单位工作又忙，他真担心哪天李萍挺不住而倒下……乔福林更担心小盼，这孩子眼看要上初中了，却还一直对自己爱答不理的，他早就想找机会跟孩子热络一下感情，不然等他后年上了初中，孩子到了叛逆期，学习又紧，恐怕到时候孩子心理会出现障碍。可是柞树村的三个灭菌锅炉不能熄火啊！烧了两天的三锅菌，废弃扔掉是不可避免的，但按照几个煤矿的情形，恐怕这个冬天都无法供应他所需的优质块煤。

郁郁寡欢中，乔福林没有心情再去想老婆孩子的事，在心中说了声老婆对不起了，开着吉普车冲出县城，拐上省际公路朝柞树村奔去。

侯宝山一下午都没出屋，坐在炕桌前滋溜滋溜喝茶，不错眼珠地盯着院门前的街道。街道上铺满了积雪，阳光下泛着莹白色的光，瞅一下两下还行，时间长了不是流眼泪就是眼前黑乎乎的发晕。齐丽美给他烧了两壶开水，茶已经泡得没了颜色，侯宝山去了三次厕所，也没等来他要等的人。

齐丽美见侯宝山连雷打不动的午觉都不睡，就那么痴痴地盯着院门看，就埋怨说：“你眼珠子都红了，像个兔子眼，咋还坐在窗前傻看，那个破院门有啥好看的？”她顺着侯宝山的目光，看见的是院门，就以为他盯着出神的是院门呢。

侯宝山不耐烦地说：“你该干啥干啥去！我这是工作。”

齐丽美更不理解了，“你不是傻了吧？怎么坐在炕头上看院门，还成了工作呢？”但她还是嘀嘀咕咕去了厨房，儿子侯玉虎来信说，他和吴雅娟以及孙女聪聪想吃她包的大黄米黏豆包，请她给包一锅冻起来，哪天他去观音岭巡查盗猎时，再回来取。

一阵马达声终于打破柞树村的宁静，侯宝山看见草绿色的吉普车停在乔福森家门口，接着乔福林下了车，大步流星进了院子。

侯宝山推开屋门走进来的时候，乔福林正苦着脸子吩咐雇工不要再往炉膛里填煤了，让他们赶紧闭火，等炉膛里凉透了，把这些菌袋掏出来扔掉。

雇工们感到很惊讶，说："那不白烧了两天吗，扔掉多可惜啊。"

侯宝山说："是啊，两天两宿烧了好几吨煤，扔掉太可惜了，我看不如就这么将就用吧。"

乔福林在手推车的扶手上坐下来，沮丧地说："烧也是白烧，温度上不来，灭菌不彻底，到时候即使种上菌，也是杂菌，还容易感染其他菌袋里的病菌。"

几个雇工撮了一些沙子，放在燃烧的煤炭上，不一会儿呼呼燃烧的火苗彻底熄灭。

乔福林知道侯宝山的来意，耷拉着脑袋走出屋来，站在当院吸了口烟，说："侯叔，你不用再劝我了，你看我这都愁死了，哪有心情当会长啊？唉，我现在上吊的心情都有，如果解决不了煤炭大卡问题，我准备的六十万袋菌需物资就白费了，我就赔死了！"

侯宝山见他没戴棉帽子，脸庞冻成紫茄子色，耳朵冻得像红柿子，不免突然变得焦虑起来，说："既然你家这样，那其他耳农家也好不到哪儿去，这可坏了，坏大事了！"

这时关大壮呼哧带喘地跑进院子，火狐狸皮帽子抓在手里，头上热汗蒸腾，焦急地对乔福林说："坏菜了，大林哥，我家菌锅温度始终上不来，咋整啊？"

乔福林突然打了个寒战，他想是啊，既然我家新式灭菌锅炉都达不到温度，其他耳农使用的老式灭菌锅肯定也达不到，全村两百多户啊，如果都遭受损失，那将是无法挽回的损失，他们和自己一样，都是把房屋抵押给农村信用社和农业银行贷了款的，那样的话，柞树村几乎家家都要破产的啊！

乔福林蹲在地上，两眼茫然地看着眼前的雪地，脑子里一片空白。

起死回生

一夜之间，柞树村两百多家灭菌锅炉都熄了火，随之而来的是叹息、咒骂、哭泣、绝望。到了做晚饭时间，以往这时，家家烟囱会冒出炊烟，街道胡同里到处洋溢着葱花炝锅的香气，可今天这个傍晚，没有几家烟囱冒烟，人们都被哀愁笼罩着，女人在哭泣中忘记了做饭，男人在悲叹中忘记了饥饿，那些饥肠辘辘的孩子看着大人痛不欲生的样子，都忍着饥饿，悄悄地猫在屋里不敢出声，生怕哪些事惹恼了大人挨顿狠揍。

第二天天不亮，两道灯光犹如两柄利剑刺透苍穹，村庄仍被黑暗覆盖着，死气沉沉，一两声鸡鸣声嘹亮地在上空唱响。吉普车里坐着侯宝山，他掏出几个温热的黏豆包，递给前面开车的乔福林一个，自己咬了一口，就这样两个人踏上了去煤矿的路。

其实侯宝山跟他说的时候，乔福林并不想去，那天在几个煤矿的遭遇，又亲眼看见了排成长龙等待装煤的车队，他的心已经凉了、死了，心如死灰。这一晚他彻夜难眠，他想了许多，感觉不到一点儿希望，看不见一丝光亮。可是，他又有所不甘，不甘心就这么失败，不甘心眼睁睁看着这么朝阳的、充满希望的黑木耳产业毁于一旦。但又有什么办法呢？困局已然形成，即使神仙来了也无济于事，绝望像一张无形的大网牢牢地把他罩住……

侯宝山却倔强得很，说："你别管那么多，只管把我送到发达煤矿就是，咱就死马当成活马医吧，也许会有奇迹出现呢。"

乔福林想，也许老支书说得对，毕竟他是经历过大风大浪的人，走过的桥比自己走的路还多，没到最后一刻就轻言放弃，实在不是自己的性格。于是他把车开得既快又稳，不到早上七点钟两人就赶到发达煤矿。矿长还没起床。侯宝山冲进他宿舍，硬是揪着耳朵把矿长从被窝里拽出来。矿长叫韩发，大约六十岁左右年纪，长得肥头大耳，膀大腰圆，见了侯宝山连忙叫老班长。

侯宝山把棉帽子扔在床上，说："既然你还认我这个老班长，我今天起大早来找你，是有一事相求，不知你给不给我这个老班长面子？"

韩发揉着被拽疼的耳朵，态度谦恭地说："给给给，老班长难得来一回，说啥我也得给你面子，说吧，你要多少吨？完了我让卡车给你送到家门口。"

侯宝山说："一千吨，优质块煤，今天就要拉走两百吨。"

"啥，一千吨？还要优质块煤？"韩发瞪大眼珠问，他原以为侯宝山自己家用煤，充其量十吨二十吨打住了，没想到他狮子大开口，张口就是一千吨，于是他把头摇得像拨浪鼓似的，说，"那你可难为我了，老班长，打死我，我也做不到。"

侯宝山说："做得到也得做到，做不到也得做到。"

韩发说："老班长，我真的做不到啊，咋的，你不当村支书了，开始倒运煤炭了？"

侯宝山瞪眼说："你把我撸下来的？废话少说，赶紧给调度打电话，我要亲眼看着两百吨优质块煤装车，亲自押运回村。"

韩发说："那你还不如杀了我呢，来时你也看到了，门口排队的运煤车已经在雪地里等了两天多，签了合同的我都供应不上，你让我上哪儿去给你整一千吨优质块煤？这不是朝寡妇要孩子吗！"

"你少跟我要贫嘴！"侯宝山说，"不给是不？那好，把你电话借我用用，我要打几个电话。"

韩发说："你给谁打电话也没用，天王老子来了我也没有煤啊。"

侯宝山说："天王老子我够不着，把电话给我，我爱给谁打给谁打。"

韩发把电话掖在枕头下，警惕地看着侯宝山说："你给谁打？"

侯宝山说："我给全县一百多个战友打电话，让他们都来你这儿集合，看看你如今多威风、多尿性，连老班长的面子都不给了，让他们说道说道，老班长当年从韩发手里夺过即将爆炸的手榴弹，救了他一命，值不值一千吨煤炭……"

韩发连忙拱手告饶，脸上的表情既讨好，又哭笑不得，说："好了好了，算我怕你了行不，老班长你就给我留个面子吧，你啥也别说了，我马上打电话安排调度，即使毁约我也先给你解决两百吨块煤，唉，毁了约，我都不知道咋哭呢！”

侯宝山说：“你爱咋哭咋哭，别跟我哭就行。快点给调度打电话，别磨叽了。”

突然韩发的电话响了，他接听：“吴站长啊，你好啊。什么？我们煤矿明年的车皮计划批下来了？太好了，谢谢啊，哪天我得专门去林阳镇拜访你。”

侯宝山听他直呼吴站长，又说林阳镇，就知是儿媳吴雅娟打来的电话，一把将韩发手里电话抢过来，说：“雅娟啊，我是你爸侯宝山，你听我说啊，韩发的车皮计划千万不能给他……”

电话那端的吴雅娟听了公公简单的述说，让侯宝山把电话交给韩发。吴雅娟半开玩笑半认真地说：“韩董事长，我公公找你办点儿事，让你很为难吗？”

韩发朝侯宝山瞪眼珠子，又换上温和的语气，哭笑不得地说：“吴站长啊，我真的很为难啊，他这哪是来求我办事，简直是红胡子打劫啊！”

吴雅娟说：“韩董事长一年出产几百万吨优质煤炭，再怎么难，也不能比我们申报车皮计划难吧？何况他那点儿煤，你从哪儿还给他调剂不出来啊，是吧？”

韩发说：“吴站长你就别说了，我尽最大努力给他，行了吧。”

撂下电话，韩发无可奈何地苦笑摇头，说：“真没办法，老公公儿媳妇齐上阵，你们真是要了我的老命了。”

侯宝山笑说：“事先我可没给雅娟打电话啊，这扯不扯，裤裆里放屁，臭雀（qiao，凑巧）儿了。”

上午十点钟，侯宝山和乔福林看着四车优质块煤装满卡车，徐徐启动。韩发早在食堂备下酒席，请他们吃午饭。聊了几句，当韩发听说乔福林也是当兵的出身，并且冒着生命危险抢救出两名战友的性命，荣立一等功的时候，不由得伸出大拇指，连说佩服。侯宝山不跟他客气，端起酒就干。乔福林要开车，就没喝酒，对着一桌子山珍海味饕餮了一顿，直撑得肚皮溜圆。

酒足饭饱之后，几人走出食堂，乔福林把车开过来，侯宝山打着酒嗝儿说：“谢谢你啊老战友，关键时刻不掉链子，能打硬仗，退伍不褪色，算我当初没白救你。”

韩发已经微醺，拍着胸脯说：“老班长，别说这点儿煤，就冲你刚才那句话，冲你当年救我一命，你们柞树村的所有用煤我包圆了。”

侯宝山突然眼睛一亮，看着韩发说：“真的假的？你别喝点儿酒没数，满嘴跑火车诓我啊。”

韩发说：“嘁，谁满嘴跑火车，谁是孙子！”

乔福林心中窃喜，连忙恭维说：“一朝当兵，终身战友。虽然我当兵时间比你们晚许多年，但我高攀，冒昧地喊你们一声老班长、老战友，看着两位老战友为柞树村一千多口人尽早脱贫致富做出这么大牺牲，我这个小兵也绝不含糊，你们放心，我一定拼尽全力为乡亲们服好务。绝不给军绿色丢脸。”

越野吉普车性能就是好，虽然有些路段铺着厚雪，但它依然威风不减，安然前行。侯宝山没少喝酒，很快打起了呼噜。乔福林小心驾驶车辆，驶过一个又一个雪包和结冰路面。

突然侯宝山开了口，“刚才你跟韩发表的态很好，让我很感动。”

乔福林知道他话中之意，说：“侯叔你不用拐弯抹角了，柞树村的黑木耳协会会长，我当定了！”

侯宝山说：“好小子，我等的就是这句话！”

临近傍晚的时候，成团的雪花飘落下来，因为视线不好，乔福林减慢了车速。翻过一道大岭，沟底柞树村的灯火依稀可见。两人都松了口气。可是，越野吉普车没走多远就不得不停下了，因为前面四辆运煤车齐刷刷地停在路边，走不了了。乔福林和侯宝山下车才知道，前边就是刘石头说的大冰壶。这是右边山体悬崖渗水逐渐冰冻形成的，随着渗水增多，冰壶一点点延伸，延伸到简易乡村公路上，虽然只有十几厘米厚，但溜滑难行，像一个拦路虎，而公路左边就是几十米深的山谷，卡车司机们面露难色，胆战心惊，谁也不敢贸然驶上冰面。

侯宝山说：“福林你的越野车性能好，你慢慢开过去，回村召集大家来破冰。”

越野车被乔福林精心改造过，就是为了冬季爬冰卧雪，他小心翼翼开过冰壶，加大油门朝村庄驶去。还好，大冰壶离柞树村只有三公里路，一会儿乔福林就来到刘石头家。刘石头正端着粥碗喝粥，听说后撂下饭碗就上了越野车。两人来到村部，刘石头打开广播：“各位村民们注意了，各位村民注意了，现在播送重要通知，老支书和乔福林同志押运来两百吨优质块煤，现在阻挡在村后大岭上的冰壶那里，请你们听到广播后，立即带上破冰工具赶到大冰壶，赶到大冰壶，破冰开路……”

这个时候村民都在吃晚饭，乔福林担心，他们会不会冒着鹅毛大雪，顶着刺骨的寒风，来响应号召。可很快他的担心就变得多余了，他发现几分钟后通往村后的简易公路上，就已经人头攒动了。在吉普车耀眼的灯柱下，乔福林看见人们扛着铁锹急匆匆往大冰壶走来。人群越来越多，道路上满是扛着工具顶着暴风雪急急赶路的乡亲们，他觉得几乎整个柞树村的人都出动了，甚至他看见了毕雪梅、齐丽美和葛亚丽的身影。吉普车再往前开几米，他发现了徐锡坤和徐莲蝶的背影，而搀扶着徐锡坤的那个半大小子，不就是放寒假的佟大鹏吗？借着灯光，乔福林看见徐锡坤的帽子上和肩膀上落满雪花，他把车停在他们身边，摇下车窗说：“徐老师，上车。”徐锡坤犹疑了下，上了车。

徐锡坤拍掉身上的雪花，冷得牙齿直打战，乔福林把暖风调大，说：“这么大的雪，你咋也来了？”

徐锡坤的手已经被冻得通红，他把手凑近嘴边哈气，说：“我能不来吗？眼瞅着柞树村陷入万劫不复的危急关头，你们拉来了救命煤，我能安然躺在热炕头上吗？”

刘石头说：“全村出动了几百人，用不着你这么大年纪的，一会儿你别下车，就在车里暖和吧。”

徐锡坤说：“你说哪儿的话，正是因为全村人都出动了，我才不能落后，拯救柞树村是大家的事，人心齐泰山移，只要我们拧成一股绳，各出各力，咱柞树村一定会走出困境，绝处逢生。”

乔福林心里轰然一声战栗，他感觉脸庞凉凉的，才发现不知啥时候他流眼泪了。他无限地愧疚，为自己当初坚辞黑木耳协会会长而深深地愧疚，他觉得自己太自私了，只想着自己的六十万袋黑木耳，只想自己挣钱，却没有想到这些可爱、可敬的父老乡亲，自己真该被扇耳光！

真是人心齐泰山移，只用了不到一个小时，路面上厚厚的冰雪就被清理得干干净净。人们自觉地站在靠深谷的那一边，向缓缓驶过的四辆卡车行注目礼。那些司机明白，村民们之所以站在深谷边，是担心卡车滑到山谷，他们是在用血肉之躯来为卡车护行，于是他们不约而同地按响喇叭向村民致敬，风雪中的村民们忘记了寒冷，脸上洋溢着喜悦的笑容，欢呼鼓掌。

四辆卡车终于安稳地停在大榆树下，侯宝山和乔福林走下车，突然前方响起一阵鞭炮声，那是葛亚丽丈夫燃放的，人群中再次爆发出欢呼声。他们把乔福林和侯宝山当成了凯旋的英雄。乔福林一下子就被感动了，他发现，过来搀扶老父的徐莲蝶，眼中盈满了泪水。

这注定是个不眠的风雪之夜，柞树村又活过来了，他们终于挺过来了！村民们顾不得饥肠辘辘，呼儿唤女，重新点燃灭菌锅炉，当熊熊燃烧的炉火映红他们纯朴、憨厚，甚至有些木讷、粗糙的脸庞时，几乎所有人都热泪盈眶。

乔福林家的三个灭菌锅炉点燃后，锅炉温度很快达标，他突然感觉一阵疲惫，肚子也咕咕叫了起来。

徐莲蝶走进来，乔福林感到纳闷，说："你不好好在家陪大鹏，跑这儿来干啥？"

徐莲蝶嗔怪地白他一眼，说："咋的，你这是军事重地，来不得啊？"乔福林知道自己说话失了分寸，连忙道歉。

"走吧，我的大英雄。"徐莲蝶一双大眼睛含情脉脉地看着乔福林。

"干啥去？"

"我爸让我炒了几个菜，把珍藏的好酒拿出来，要给你和侯支书庆功呢。"

浪子回头

二迷糊突然回来的那天刮着西北风，天空的脸阴沉着，像谁欠它二百吊钱似的。那时家家户户都在锅炉房装袋、灭菌、抹菌、养菌，大街上除了几个放了寒假的淘小子在打冰嘎，就只有几只散步的大鹅和四处乱窜的狗。所以当二迷糊从押运的卡车座楼里趾高气扬地下来时，带给他的是深深的失望，他并没看到那年乔福林运回一卡车锯末子时的轰动效应，虽然他此次押运的，也是一车锯末子。

二迷糊特意让卡车停在大榆树下，可街巷里空空荡荡，除了一只废弃的塑料袋在路面上哗啦啦滚过，就只有西北风狼嚎似的叫声。二迷糊在雪地里站了几分钟，表面看是在抽烟，其实他是在等人出现。可是烟抽完了，也没有人出现，就连不远处呼喊着打冰嘎的孩子们，似乎也对卡车见惯不惯了，仍沉浸在游戏的快乐中。二迷糊走进葛亚丽的小卖店。

葛亚丽吓了一跳，惊呼道："哎哟，这不是二迷糊吗，咋的你没死啊？"

二迷糊倚着柜台，不满地说："咋的，你就那么盼着我死啊？"

葛亚丽讪笑说："不是，你误解我了，当初你搞黑木耳赔光老本儿后不辞而别，大家都以为你想不开，去观音岭上吊自杀了呢。"

二迷糊说："狗眼看人低，我是猫命，九条命呢，死不了。"

葛亚丽嘲讽道："那咋的，你这回回来这么高调，是在外面给有钱人家当了上门女婿，衣锦还乡，还是捡了狗头金啊？"

二迷糊不屑地说："葛亚丽，你就不能把我往好处想想，难道我二迷糊就该是受穷的命？"

葛亚丽说："那咱不敢，你二迷糊是谁啊，在咱柞树村那可是蝎子㞎㞎，毒（独）一份啊，能耐着呢！”

二迷糊不知她是在嘲讽，自豪地说：“那是啊，不是跟你吹，老子这次回来准备大干一场，到时别晃瞎了你的眼睛。”

葛亚丽隔着柜台凑过来，说：“说说，你打算咋干？干啥？”

“保密。”二迷糊吹着口哨出了门。

两天后，二迷糊家的木头大门外挂出一块木牌，上面用墨汁写着“佟林菌需销售公司”。路过的人感到纳闷，佟林是谁？难道佟凤凤把二迷糊的房子租出去了？于是好奇的人钻进屋里一探究竟，却看见了二迷糊，他们才想起佟林就是二迷糊啊，只是这么多年人们称呼二迷糊习惯了，反倒把他真名给忘记了。

院子里垛着两人高小山似的锯末子，屋里的大衣柜里摆着各种菌需物资，看来这小子开始着调了，开始尝试着做买卖了。侯宝山听说二迷糊回来了，还开起了公司，觉得好奇、纳闷，就和孙俊一起来到他家。

二迷糊虽然还穿着破旧的衣服，但洗得一尘不染，头型也变了，朝脑后梳成大背头，不再是畏畏缩缩的样子，而是变得趾高气扬起来，对几个来看热闹的妇女咋咋呼呼，不让他们乱碰东西。侯宝山看到堆成小山似的锯末子，又看见屋里十几种菌需物资，心想这小子经过那一劫终于悔悟，知道干点儿正事了，他心里不由有些佩服二迷糊，这小子还真有经商脑瓜，柞树村两百多户黑木耳种植户，一年需要很多菌需物资，不是去林阳镇和东和县城采购，就是坐长途客车去穆丹市购买，既费时间又费人力，这下可好了，二迷糊把菌需物资商店开在自家门口了，自己赚了钱，又方便了大家。不过他还是有些隐忧，这小子难道真的浪子回头了吗？

孙俊到底年轻，见识广法律意识强，说：“二迷糊，你牌子上写着销售公司，那是要办理工商营业执照的，还要有一定数额的注册资金，你有吗？”

显然这个问题二迷糊没想到，他顿了下，眨巴着眼睛说：“有啊，没有我能开公司？”

侯宝山看他表情就知道他在撒谎，说：“那你把营业执照挂出来啊，光明正大地做生意多好。”

二迷糊说：“营业执照放在林阳镇朋友家了，哪天去镇里办事，顺道取回来挂上。”

侯宝山目光变得严厉起来，说：“到底有没有？如果你没有营业执照，就属于非法经营，要受到处罚的。”

二迷糊这才有些害怕，胆怯地说：“我是想办营业执照来的，可是没有钱当作注册资金啊。”

孙俊突然提高了警惕，问：“这么说，你家院子里的锯末子和你这些菌需物资，都是骗来的？”

二迷糊急了，脸红脖子粗地说：“孙俊你别埋汰人，锯末子是我在穆丹市劳务市场打工挣钱买的，菌需物资是我在穆丹市菌需商店付了抵押金赊来的，卖完货再付款，你别红口白牙胡咧咧，败坏我的声誉。”

侯宝山说：“既然你没办营业执照，就赶快把门口的牌子摘了，变成临时售卖点，等你哪天办完营业执照再挂出来。”

孙俊说：“那也不能叫公司，充其量叫个小卖部还可以。”

一车锯末子很快就销售一空。这天晚上，二迷糊正在家乐滋滋地数钱，打算明天再去进一车锯末子时，外面响起砰砰的砸门声，他把钱藏好，推开门喊：“谁呀？这么晚了还敲门，锯末子卖没了，要买后天再来吧。”

砸门人显然没有耐心，愤怒地说：“少啰嗦，快把门打开！”

二迷糊骂骂咧咧打开门，还没看清黑夜中来人的脸，当胸就挨了两拳。二迷糊跌坐在地上，手按在雪上冰凉冰凉，他站起来甩掉手上的冷雪，恼怒地说：“你他妈谁呀？干吗打我？”

来人说：“干吗打你，自己作的孽不知道吗？”

二迷糊屁股摔得生疼，他一边揉着屁股，一边说：“咋的了？要吃人的架势。”

此时又来了两个人，他们揪着二迷糊来到自己家里的菌房，让他自己看买来的锯末子。二迷糊看了半晌也没看出啥毛病。这家耳农以为他装糊涂，气愤地说：“睁开你的狗眼看仔细了，你这些锯末子是纯柞树的吗？”

二迷糊这才弯下腰，抓了把锯末子凑到脸前，鼻子嗅了嗅，不吱声了。原来他这些柞树锯末子里，掺杂了很大成分的松木锯末子，不仔细辨识很难看得出来。但这却是耳农的大忌，黑木耳之所以叫黑木耳，是因为它从黑色的柞树上长出来，松木根本不长木耳。

二迷糊知道闯了大祸，狠狠抽了自己一个嘴巴，恨自己当初发财心切瞎了眼，让人家给骗了。可是那几个耳农不算完，吵嚷着，非要他退货。

这个冬天注定是个不寻常的季节。虽然家家户户都紧锣密鼓地在菌房里忙活，表面上看似平静、祥和的柞树村，将要经历一场悲伤的洗礼。

玉虎牺牲

这天早上，林阳镇派出所所长侯玉虎刚在椅子上坐定，还没来得及沏一杯茶，就接到了电话，说有几个社会闲散人员这几日钻进观音岭的深山老林里，盗伐天然柞树林，偷偷地粉碎成锯末子，卖给周围村屯耳农。侯玉虎立即召集了几名警察，决定亲自带队深入观音岭，缉捕盗伐林木的不法之徒。副所长说这也不是特别重大的案子，不用你亲自上阵，我带人去就行了。

侯玉虎已经戴好警帽，正在揣枪，说："还是我去吧，观音岭山高林密，猛兽出没，我从小就在山里转，地形比你熟悉。另外，我好久没回家看望父母了，执行完任务，我想今晚在老人那住一宿，陪他们唠唠嗑。"

临行前，侯玉虎给父亲打了个电话，问他妈蒸好黏豆包没有，如果蒸好了，明早他回镇里时带回来。

侯宝山说："早就蒸好了，你妈听说你们要吃黏豆包，早早蒸好两锅冻在仓房里，成天念叨，嫌你不回来取。"

中午回家的时候，侯宝山告诉齐丽美，儿子晚上回来住，明早把黏豆包带走。齐丽美高兴极了，问侯宝山，"玉虎没说晚上想吃啥？"

侯宝山说："没说，我也没问。"

齐丽美埋怨道："你心里除了村里的那些事，家里啥也不操心，得了，玉虎打小就爱吃我包的酸菜馅儿饺子，就吃饺子吧。"

俩人匆匆吃完午饭，她把饭碗一撂说："老侯你收拾桌子洗碗吧，我得去葛亚丽的小卖店，割点儿肉，晚上给玉虎包酸菜馅儿饺子吃。"

葛亚丽见她割肉，又买了七十八元一瓶的十年东和县最出名的奔楼头陈酿酒，说："你今天咋这么舍得出血呢？莫不是家里来贵客了？"

齐丽美笑说："贵客谈不上，但在我心里比招待贵客还高兴，晚上玉虎回来住，他最爱吃我包的酸菜馅儿饺子了。"

葛亚丽羡慕地说："瞅瞅你多好啊，儿子是派出所所长，儿媳是车站站长，过几年你和老侯就得搬走跟着享清福去了，唉，哪像我啊，儿子才上小学，学习成绩也不好，吊儿郎当的愁死我了，唉，看来我这辈子都得守着这个小卖店，一辈子离不开柞树村了。"

齐丽美拎着酒肉回到家，开始剁肉馅儿。侯宝山正在睡午觉，嫌她剁馅儿声太大把自己吵醒，说："葛亚丽小卖店有绞馅儿机，干吗还回来剁馅儿啊？当当当的，你也不嫌麻烦。"

齐丽美两把菜刀一起一落，节奏感分明，说："那可不一样，绞肉机绞出来的馅儿黏黏糊糊的，哪有自己剁的馅儿香啊！"侯宝山知道她爱子心切，睡不着了，干脆穿上厚羽绒服来到西院，钻进菌房看乔福林制菌。乔福林中午没休息，正和几个雇工忙碌着。侯宝山用消毒水洗了手，拿起一个菌袋往上面开口处抹菌，对乔福林说："晚上玉虎回来住，你婶儿包饺子，过来陪玉虎喝几杯吧。"

乔福林说："好啊，好久没和玉虎一起喝酒了，这几天憋在菌房里，我肚子里正缺油水呢。"

侯玉虎带领几名警察分乘两辆警车进入观音山，大雪已经封山，山上的积雪没过小腿，山林里寂静无声，人迹罕至，只有一阵轻风刮过，松树上的积雪哗啦散落下来，惊飞两只闭目养神的松鸭。

虽然线报说有人在偷偷盗伐树木，但并没说出具体地点，观音岭方圆几百公里，要想找到他们犹如大海捞针。侯玉虎他们巡查了几个山头，也没查到蛛丝马迹。就在他们茫然无措时，突然听到一阵马达声隐隐传来，他们侧耳细听，发现马达声是从对面山林里传来的，现在已经封山育林，观音岭林场一般不会采伐林木，那么是谁呢？侯玉虎眼睛一亮，带领警察悄悄包抄过去。在山谷出口，他们发现了厚雪中的车辙印，从车辙宽度判断，是农用四轮车的胎印。为不让警车的发动机声打草惊蛇，侯玉虎让大家下车，分成两组进入山谷。大约走了四十分钟，马达声越来越响，似乎就震响在耳边，转过山头，隐约看见几个身穿棉袄的人在忙碌着，从他们的动作看，是扛着柞树干往粉碎机的入口里插，十几秒工夫，柞树干就被粉碎机吞噬了，另一边出口处，两个人张着编织袋口，将粉碎好的锯末子悉数装进袋子。

侯玉虎示意大家提高警惕，防备盗伐者携带凶器。他让一组警力从山谷正面出击，而自己则带领两名警察钻进山林，从另一边的半山腰阻截。可是，就在他那组警力快要靠近盗伐者的时候，山谷里突然传来狗吠，原来盗伐者具有丰富的反侦察经验，为了盗伐他们养了一只狼狗，狼狗嗅到了陌生人的味道，而且还不止一个陌生人，就及时发出吠声。山谷那组警力来不及多想，几个人朝盗伐者扑过去。几名警察突然出现，盗伐者慌了，四散逃开，但还是有两人被警察按倒在雪地上，剩下的三个人分别朝三个方向逃散。侯玉虎看见一个拿刀的人朝自己这边跑来，示意两名警察隐蔽，他们隐藏在大树后面。眨眼工夫，拿刀的盗伐者喘着粗气跑到眼前，三个人一声呼啸将他围住，持刀者挥舞着短刀说："你们别逼我，不然我就不客气了！"

侯玉虎举枪对着他说："你们盗伐国家林木，已经涉嫌违法，如果再持械顽抗、拒捕，就会罪加一等。听我的，立即放下武器！"

持刀者显然不想束手就擒，说："你别忽悠我，既然已经犯法了，抓住也没好儿，来吧，老子不怕你！"

一名警察想把他的腿打伤，侯玉虎示意他别开枪，说："再给你最后一次机会，如果你再持械顽抗，我们就开枪了。"

持刀者脸孔扭曲，目露凶光，索性一把将棉帽子撸掉扔在雪地上："来吧，不怕死你就来吧！"

侯玉虎举枪向天空开了一枪，清脆的枪声在山谷里回荡，旁边几棵参天大树上扑簌簌掉下一层雪粒，落在持刀者身上，他疯了，挥舞着短刀朝侯玉虎刺来。侯玉虎快速闪开，借着歹徒朝前的冲力，一个飞脚将他踹倒在地，趴在地上的歹徒的脸深埋在积雪里，两名战士立即饿虎扑食般扑过去，将歹徒制服。侯玉虎感到左胳膊一阵刺痛，才发现刚才歹徒把他胳膊刺伤了。

押着歹徒下到山谷，另一组警力也押着一名盗伐者从山林里回来。简单询问几句，侯玉虎得知，盗伐团伙的头目并没抓到，他逃进了深山。侯玉虎简单包扎了胳膊上的伤口，说："这家伙跑不了多远，咱们分头搜捕。"

他留下两名警察看押四名盗伐者，其他五人沿着团伙头目雪中留下的足印追捕。可是这家伙非常狡猾，侯玉虎他们追过一个山梁就失去了线索，他用树枝把脚印扫了。侯玉虎把五人分成两组，他带领一名刚从警校毕业一年的警察，沿着脚印方向追击，其他三人向不同方向追击。老林子的雪更厚，没过了膝盖，所以每走一步都很费力。林子里越发黯黑，稠密的树冠遮挡住阳光，显得更加寒冷。侯玉虎在前，小警察在后，瞪大眼睛仔细在林中搜索。

当那声枪响震彻观音岭原始森林的时候，所有搜索的警察和已经戴上手铐的盗伐者都打了一个寒战，出了一身冷汗。另一组警力冲过来的时候，侯玉虎的热血已经将身边的积雪染红融化了一大片，小警察惊恐地哭喊着所长的名字，三个警察不顾一切地扑过去。

侯玉虎是被地枪击中的，这是以前观音岭一些盗猎者偷偷埋下的一种杀伤力极大的猎枪，主要猎杀黑熊、野猪等大型动物。

侯宝山接到电话的时候，已经是傍晚时分，他正在村委会和乔福林研究黑木耳协会的事情，对方说侯玉虎在执行任务时负了重伤，请他和老伴儿赶紧到林阳镇医院。乔福林拉着侯宝山回到家里的时候，齐丽美正在包饺子，她已经包好一盖帘，正端着饺子往仓房走。

侯宝山说："赶紧把饺子放下，穿上外套跟我走。"

齐丽美白他一眼说："咋的了？让狼撵了？急三火四的。"

侯宝山说："玉虎负伤了，正在林阳镇医院抢救呢。"

齐丽美手一颤，盖帘倾斜下来，饺子悉数掉在地上。她"哇"地哭了起来，"玉虎啊，我的儿啊……"

侯宝山推她一把说："只是负了重伤，你嚎丧个啥？快穿衣服，马上走！"

齐丽美慌慌地穿上棉袄，跑到仓房里拎出一个袋子。侯宝山夺过袋子扔掉，说："都啥时候了，你还磨蹭！"

齐丽美捡起袋子，说："这是黏豆包，玉虎点名要我包的。"

三天后，一辆警车停在二迷糊家门口，根据抓捕的盗伐林木团伙交代，他们曾将二十吨锯末子低价卖给二迷糊，他涉嫌购买赃物，被行政拘留五日。

侯玉虎光荣牺牲后，侯宝山一下显得苍老了许多，背驼了，双鬓愈加染雪，精气神儿也大不如前，虽然组织上给侯玉虎很高荣誉，号召全县警察向他学习，但睹物思人，每天面对玉虎从小生活过的痕迹，他的心情始终沉浸在悲痛之中。而齐丽美彻底崩溃了，每日以泪洗面，哀哀痛哭，整夜辗转难眠。才几天时间她就形销骨立了，茶饭不思不说，还时常从噩梦中惊醒，呼喊着儿子的乳名：虎子，虎子……

家里造得一片狼藉，齐丽美时常刷了碗忘记刷锅，喂了鸡鸭忘记喂狗，头不梳脸不洗，痴痴呆呆的样子把侯宝山吓坏了，葛亚丽和徐锡坤来劝解了几次，她也没有从丧子之痛中解脱出来，总是喃喃说活着没意思，没滋味，没指望。实在没办法了，担心她想不开走绝路的侯宝山去了一趟万鹿沟村，把出嫁的大女儿叫回来，开导母亲，洗衣做饭，喂鸡喂狗。

大女儿结婚早，虽然才四十一岁，就已经有孙子了，就把两岁的孙子也带来了，想以孙子的稚嫩和童真，让稀罕他的姥姥宽心解愁，从失去儿子的悲痛中解脱出来。小孙子乖巧听话，每天太姥姥太姥姥地叫着往齐丽美身上爬，噘起鲜嫩的小嘴亲她脸蛋。渐渐的，齐丽美的脸上有了笑容。

看着老伴儿搂着小重孙的温馨样子，侯宝山总算松了口气，但悲伤总是时不时地在他心上揪一下，刺一刀，让他怎么也开心不起来。不自觉地，他就一根接一根地抽烟，把自己埋在浓烈的烟雾中。

可是福无双至祸不单行，就在侯宝山夫妻刚要从失去儿子的悲伤中走出来，状态还没调整好的时候，柞树村的下一个灾难又即将来临。

救人要紧

农历腊月初六这天早上，乔福林拿着一沓纸来到村委会，对侯宝山说：“这是莲蝶起草的黑木耳协会章程，以及黑木耳技术手册，她让毕得财给把关，做了修改，你再看看。”

侯宝山手里的香烟快要燃尽，烟灰直挺挺地老长，他也没弹，他把烟蒂掐灭，换了一支烟说：“你是会长，你看着行就行。”

乔福林知他还未从侯玉虎牺牲之痛中摆脱，叹了口气说：“侯叔，人死不能复生，玉虎哥是因公牺牲的，我们都为他感到光荣，你别总活在悲伤之中，才几天啊，你就憔悴成这样，时间长了不行啊。”

侯宝山苦笑下，说：“谢谢你大林子，你说的话我都懂，我以前也这么开导过别人，我也以玉虎而自豪，但是，唉，白发人送黑发人，心痛啊，比刀子剜的还痛啊！”

乔福林说：“其实我们心里也不好受，但我们总得活着啊，既然死者已逝，那我们为了告慰烈士的英灵，就更应该好好地、坚强地活下去，免得他在那边惦记。”

侯宝山又点燃了一支烟，拿过材料翻阅起来。

突然，孙俊跑进来对乔福林说：“不好了，徐莲蝶的孩子埋在你家菌房里了！”

乔福林脑袋“嗡”的一声，耳朵里响起电锯似的声音，他抓起帽子就冲了出去。侯宝山扔掉香烟往外跑，说：“千万可别再出人命了，柞树村折腾不起啊！”

乔福林个子大跑得快，十几分钟就跑到家里，老远看见院子里围了一群人，人们见他来了，主动闪开一条道儿，乔福林看见关大壮抱着佟大鹏从菌房跑出来，昏迷中的孩子还有气息，只是手脚像断了的藤条，无力地耷拉着。徐莲蝶跟出来，扑到佟大鹏身上号啕痛哭。

原来，乔福林拿着黑木耳协会材料前脚刚走，徐莲蝶和儿子大鹏后脚就到了，她觉得黑木耳技术手册里关于病虫害防治的内容太少，就来找乔福林，想把这部分内容再充实一下。儿子大鹏闲着没事，又时常来菌房帮着干活儿，就也跟来了。没寻到乔福林，徐莲蝶来到养菌房，想查看他家的木耳菌长没长杂菌，佟大鹏也跟着进来了。养菌房里摆着几排直到棚顶的木架子，每排木架子上间隔出一尺来高的空隙，摆满了接种完菌丝的黑木耳菌袋，它们要在这里修养两个月，待养精蓄锐后再摆放到地里。徐莲蝶发现几只菌袋里有些发绿，不知道是不是感染了木霉，如果不及时处理会迅速分泌毒素，并感染其他菌袋。她拿起这几只菌袋，来到外面，借助明亮的阳光，掏出放大镜继续观察。可就是在这个时候，佟大鹏被突然压垮、倒塌的木架子和几千个菌袋埋在里面。

乔福林将徐莲蝶扒拉开，说："救人要紧，赶紧送县医院！"他抱起佟大鹏朝院外跑去，人群自动让开，毕雪梅搀着徐莲蝶跟在后面。乔福林把孩子交给车里的关大壮，毕雪梅和徐莲蝶跟着上了车，乔福林发动着车子，准备启动。

突然一个人影冲过来，拉开车门就把乔福林拽下车，接着疯了似的抡起拳头打在他头上、身上。乔福林一边招架，一边躲闪，围着越野车转圈。

侯宝山跑过来说："二迷糊你干啥？你疯了吗？"

二迷糊边追打乔福林，边哭骂："乔福林你个丧门星，你不怀好意啊你，借口回来搞黑木耳勾搭我老婆，你他妈现在又把我儿子砸死了，我，我今天非打死你不可！"说罢他脱下棉鞋，不顾脚底下积雪的冰凉，继续追着乔福林打。这时候乔福林只想着救人，不想跟他纠缠，说："二迷糊你别犯浑，救人要紧啊。"

二迷糊继续追打："放你妈的狗屁！我儿子都没了气息，你他妈假装慈悲去县医院，你太阴险了，老子今天跟你拼命！"他冲着乔福林的胸脯顶过来，突然一双大手抓住了他的脑袋，无论他如何挣扎都无法摆脱，他抬头发现，抓住他脑袋的不是乔福林，而是高大威猛的关大壮，他说："你让开，我找乔福林拼命，跟你没关系。”

关大壮一松手把他摔在地上，说：“你儿子受伤跟大林哥没有关系，你赶紧滚开，别耽误我们救人。”

二迷糊开始撒泼，爬到吉普车前打滚哭嚎：“没有天理了啊，老天爷啊，你眼瞎了吗，乔福林就是个灾星啊，他是回来祸祸柞树村的啊，自打他回来柞树村遭遇了多少横事啊……”

关大壮冲过去要使硬，侯宝山拉住他衣襟，说：“别耍虎，他也是伤心过度才这样的，你一边去，我来劝他。”

二迷糊见侯宝山温言好语劝他，不仅不让开，却愈发撒泼耍横，拍打着地上的积雪哭嚎。突然，一个嘴巴狠狠地抽在他脸上。二迷糊一愣，立即停止哭嚎，刚要发火骂人，抬头看见母亲佟凤凤站在眼前冲他瞪着眼。

乔福林把车开得飞快，越野吉普车直接扎进观音岭的运材路，他要为孩子抢时间，就没走北边相对宽阔、平坦的公路。车子驶上七十二道拐的时候，佟大鹏睁开了眼睛，徐莲蝶喜极而泣，抱着儿子哭道：“儿子，你终于醒了，你可吓死妈妈了。”

佟大鹏嘴角还残存着一抹血迹，他努力挤出一丝微笑，眼泪出来了，轻轻叫了声妈。徐莲蝶连连点头，为他擦去眼角的泪水说：“儿子，我的好儿子，你要挺住，咱快要到县医院了，你要坚强啊，大鹏。”

佟大鹏脸上突然现出痛苦的表情：“妈妈，我痛……”话未说完，他嘴里喷出一口鲜血，再次昏迷过去。

“儿子，儿子……”徐莲蝶声嘶力竭地哭喊着，“你醒醒啊，你要挺住啊儿子，你千万不要撇下妈妈不管啊，儿子！”

越野车直接开上县医院门诊大楼平台，两名保安吆喝着急速跑来，让他们把车停在停车场。乔福林下车打开车后门，这时一名保安跑到他身旁大声训斥：“你耳朵聋了吗？没听见让你把车停在停车场吗？”

乔福林一把将他推到一边：“你瞎啊，没看见救人吗！”他抱起佟大鹏朝大楼跑去。

经过急诊科和骨科医生会诊，佟大鹏左臂骨折，三根肋骨骨折，致命的是，其中一根肋骨插入肺部造成大出血，孩子的生命危在旦夕。佟大鹏被推入抢救室，乔福林和关大壮、徐莲蝶、毕雪梅焦急地在门外等候。

不一会儿门开了，一名医生面色忧虑地说："孩子出血太多，需要输血，可他属于 Rh 阴性，是稀有血型，我们血库没有这种血型，需要到穆丹市血站调血。"

乔福林说："可是穆丹市到这里两百多公里，来回最快也要五个多小时，能来得及吗？"

医生说："那就看孩子的造化了，看他能不能挺过去。"

"抽我的血，我是孩子母亲，抽多少都行！"徐莲蝶拉住医生的袖子说。

化验结果很快出来，徐莲蝶是 A 型血，不能给孩子输血。乔福林忽然想起儿子是 Rh 型血，转身就往电梯走。突然身后传来毕雪梅的呼叫声，乔福林回头见徐莲蝶晕倒在毕雪梅怀里。

乔福林对关大壮说："你照顾好莲蝶，我回家一趟。"

关大壮瞪着懵懂的眼睛，不知他为何在这么关键时刻要回家，但转念一想，知道大林哥这么急着回去一定有他的道理，就没吱声，跑到徐莲蝶身边掐她人中。

回到家中，打开防盗门，李萍和儿子乔小盼正在吃午饭。李萍讶异道："咦，你咋突然回来了？吃了吗？小盼去给你爸拿副碗筷。"

乔小盼极不情愿地站起来，乜斜父亲一眼。

乔福林来到小盼身边说："先别吃饭，事情紧急，我就不跟你啰唆了，快，穿上外套跟我走！"

这几年乔小盼与乔福林的关系一直紧张，他朝乔福林翻个白眼，说："你不吃我吃，你的事别牵扯上我，我没兴趣。"他又坐下，拿起饭碗吃饭。

这种不冷不热的态度，令乔福林有些恼火，但此时不是发火的时候，于是他吞了口唾沫，强压怒火说："少吃一顿饭饿不死，可你要是去晚了，大鹏可就没命了。"

乔小盼说："他有没有命跟我有啥关系？我又不是医生，更不是他爸。"

乔福林急了，一把薅起他说："你这孩子咋这么冷血呢？走，快走！"

乔小盼奋力想挣脱开乔福林的手，可是没挣开，就冲乔福林喊道："你有病吧？放开我！"因为激动，他的脖子上血管凸起，像两条行将爆裂的水管。

不满意的李萍过来，去扒乔福林的手，说：“福林你放手，有啥事慢慢跟孩子说，你们爷俩扯脖子吼，能解决问题吗？”

乔福林急出一头汗，说：“再耽搁就来不及了。是这样，徐莲蝶的儿子佟大鹏去我养菌室玩儿，被埋里头了，肺部插进一根肋骨，生命垂危，需要输血急救。”

“输血你找血库啊，拽我去干什么？”乔小盼脖筋毕露，大声嚷道。

“别吵吵，听你爸说完！”李萍冲儿子嚷了一句，乔小盼气哼哼坐下吃饭。

乔福林说：“大鹏属于Rh阴性，稀有血型，县医院血库没有这种血浆。”

李萍说：“那可得帮他，救人一命胜造七级浮屠。儿子你别吃了，赶紧穿衣服跟你爸去县医院。”

乔小盼把筷子敲得啪啪响，说：“你俩是不是吃错药了？还是不是我亲生父母，别人家的孩子被砸关我们屁事，是死是活那是他的命数……”

“啪！”乔福林扇了他一个耳光，他已经忍无可忍了，感觉肺都要气炸了，说：“你小小年纪，思想竟这么肮脏、自私，你真的让我太失望了！”乔小盼捂着半边脸，非常愤怒地把筷子摔了，站起来就走。

“站住！”李萍瞪着他喊，“跟你爸走！”

乔小盼虽然停住脚步，但没动，而是向母亲投去无比哀怨，而又茫然的目光。

“看我也没用，赶快走，快走！”李萍大声说。

幸亏有乔小盼的400CC血液，不然佟大鹏就抢救不过来了。献血后的乔小盼面色苍白，显得比较虚弱、疲倦，由于他还是个孩子，医院安排他在病床上观察半个小时。躺在病床上的乔小盼闭着双眼，胸脯微微起伏，呼吸有些急促，乔福林坐在床边关切地看着儿子，生怕他发生意外。李萍拿着一瓶蜂蜜水，轻声问儿子：“喝点蜂蜜水吧，有利于你恢复体力和精力。”乔小盼坐起来，乔福林托着他后背，乔小盼厌烦地扭了下身子，接过瓶子喝了几口蜂蜜水，又躺下了。

其实开始医生说，200CC血就够用，可随着佟大鹏手术的进行，流血过多，医生说还需要200CC血液。这时乔福林为难了，他想儿子还小，一下抽这么多血，他不知道儿子能不能坚持下来。毕雪梅作为小盼的大娘，也很心疼他，看着侄子苍白的脸说：“大夫，孩子还小，身子骨弱，你们能不能想想其他办法？”

医生说没有其他办法，Rh 阴性血属于极其罕见的血型，不仅我们县血库没有存量，恐怕穆丹市也没有。要想救活孩子，只能再给他输 200CC 的血。

毕雪梅问：“那，像我侄子这么小的孩子，一次献血 400CC 会不会有危险？”

医生迟疑片刻说：“这个我不好说，要看孩子的体质和抵抗力，但一般没有危险。”

这时走廊传来高跟鞋的声音，乔福林循声望去，是李萍拿着一个装着什么液体的瓶子匆匆赶来，他心里咯噔一下，知道事情麻烦了。毕雪梅嘀咕道：“怎么会没有危险呢？”

这时手术室门打开，一名主刀医生出来焦急地问：“血液准备好没有？孩子再次出现休克症状，再不输血就要出危险了。”

这个时候，徐莲蝶给乔福林和李萍跪下了，已经泪流满面的她哀求道：“乔大哥，乔大嫂，我求求你们了，一定要救救我儿子啊！”

乔福林试图把她搀起来，说：“莲蝶你起来，这是医院，有什么事好商量，我们决不能见死不救的。”

徐莲蝶依然跪在瓷砖地上，哭道：“我不起来乔大哥，只要你们一家救了我儿子，我给你们跪一辈子都行，不，让大鹏给你们当儿子都行，只要你们能救活我的儿子……”

“你起来吧。”李萍的声音虽然低沉平淡，但乔福林听得出来，那里面隐藏着极度的悲凉和隐忍，他看见，两行眼泪无声地从李萍脸上滑落。

毕雪梅抱住李萍肩膀，轻声说：“没事的，没事的，好人一定会有好报，小盼一定会平安无事。”

大约过了半个小时，乔小盼睁开了眼睛，呼吸均匀起来，但脸色依然煞白，毫无血色。他坐起来，可能起得有些猛，感到一阵头晕。乔福林赶紧把他抱住。乔小盼的脑袋抵在父亲腹部上，他挣扎了几下，就不再挣扎，而是静静地把头依靠在父亲的肚子上，他感受到父亲腹部的柔软温热，也感受到他胸腹内强有力的心脏跳动，他甚至听到了乔福林血管里血液的奔流声。有那么一刻，他甚至想流泪，因为他记得，从那年父亲回柞树村搞黑木耳后，他就再也没有这么与父亲肌肤相亲了。

过了一会儿，乔小盼把脑袋从乔福林腹部挪开，看着李萍说：“妈，我要去上学。”

李萍眼圈瞬间就红了，说：“我跟老师请了假，你就随我回家好好休息调养半天吧。”

震撼

经过县医院专家三个多小时的抢救，佟大鹏终于从死亡线上被拉了回来。傍晚的时候，二迷糊和佟凤凤坐客车赶到县医院，当他们听说是乔福林的孩子救活佟大鹏的时候，母子二人扑通跪倒在乔福林面前，佟凤凤磕头如捣蒜，一个劲儿感谢乔福林儿子的救命之恩，说回去就吃斋，祈盼乔小盼今生诸事顺利、平安。

大家忙了一天，紧绷的神经终于放松，这才感觉肚子饿了，徐莲蝶对乔福林说："大林哥，你带大壮和雪梅姐找个饭店吃点饭，晚上找个干净旅店住一宿，明天就回柞树村吧。"

关大壮和毕雪梅把身上的钱掏出来，留下吃饭、住店和明天回村坐车的钱，凑够六百元，塞给徐莲蝶。徐莲蝶死活不要，毕雪梅说："赶紧把钱揣起来，事情发生得太急，身上就这么多钱，你别嫌少，这是我俩的一番心意。"说完她把钱硬塞到徐莲蝶手里。

徐莲蝶眼睛都哭肿了，她攥着钱哽咽着说："谢谢雪梅姐和大壮兄弟，这钱等孩子出院我一定还。"

关大壮说："你净说见外话，没多还没少啊，这点儿钱我们都嫌少，不好意思拿出手，等我们回村后，我再给你取一万来，孩子的命比什么都重要，钱你别担心，花完了咱再挣，咱用最好的药，进口药，只要孩子康复得好，就谢天谢地了。"

徐莲蝶说："不用了大壮兄弟，孩子的医药费，我们自己想办法，你的钱挣得不容易，心意我领了。"

关大壮说："你再客气就见外了，我这几年跟着大林哥搞黑木耳，挣了不少钱，再说如果没有你发明的打眼儿机和新菌种，我们能挣这么多钱吗？你要这样说，我们还得感谢你呢，还得给你专利费呢。”

乔福林掏出两万块钱，塞进徐莲蝶手里，说：“你先拿着，不够我们回去再凑。”

徐莲蝶知道，从住院押金到手术费，都是乔福林掏的，就不想接这钱，可看看二迷糊和佟凤凤，两人的兜里肯定比脸还干净，根本拿不出钱来，于是她说：“好吧，这钱我拿着，等孩子痊愈了，包括住院押金和手术费，我一定还你。”

经历了这件事后，二迷糊着实被乔福林和乡亲们的义举所感动，心里受到了巨大的震撼，他给乔福林鞠了一躬，说：“谢谢你大林子，遇到你我儿子就是遇到了贵人。等他病好了，我让他给你去磕头。”说罢，他又给毕雪梅和关大壮鞠了一躬，说：“以前我二迷糊不是人，做了许多祸害乡亲的坏事，可你们大人不记小人过，关键时候还这么帮助我家大鹏度过生命难关，我，我真的不知该怎么感谢乡亲们了。”

佟凤凤朝他翻了个白眼，贬损道：“堂堂七尺男儿，关键时候救不了儿子的命，拿不出一分钱来，你不觉得白活了吗？你还配当爹吗？不配！压根就不配！”

二迷糊脸色通红，羞愧地低下了头，说：“妈，你就别损我了，我已经为自己曾经做的坏事而无地自容了，你再这么损我，干脆，还不如给我一瓶耗子药算了。”

第二天早上，乔福林把毕雪梅和关大壮送到客车站，开车来到县医院，在楼下买了些早餐拎着往病房走。上楼时，他担心昨晚徐莲蝶护理佟大鹏吃不消，因为他不知道二迷糊会不会在病房里陪护，何况他还带着老母亲，有可能陪佟凤凤住旅店去了。来到病房他发现，这间病房有四张病床，但却住了两个病人，除了佟大鹏还有一位遭遇车祸的老年人，其他两张病床空着。而且让乔福林感到宽慰的是，二迷糊也在，脸色蜡黄，头发凌乱，显然昨晚他没休息好。徐莲蝶正给儿子擦脸，熟睡中的佟大鹏轻轻打着鼾声。

乔福林轻声问二迷糊：“昨晚咋样？孩子一定很遭罪吧？”

二迷糊揉了揉眼睛，打着哈欠说：“遭老罪了，后半夜麻药劲儿过去后，孩子疼得直打哆嗦，但这孩子真够坚强的，疼得那么厉害，愣是没哭一声。

后来护士给打了一支安定，点滴了一瓶止疼药，大鹏才睡着。”

乔福林说：“大鹏这孩子是好样的，真坚强。”

二迷糊叹了口气说，“唉，这孩子也够命苦的。”

乔福林拍拍他肩膀说：“旦夕祸福，谁也无法预测，你也别上火，但愿大鹏过了这个坎儿，今后会顺顺当当，老话不是说嘛，大难不死必有后福。”

徐莲蝶抬头看了乔福林一眼，黑黑的眼圈像大熊猫，眼角出现了两三道皱纹，乔福林知道她昨晚肯定没有睡，说：“要不这样，孩子还在睡觉，莲蝶你去你婆婆住的旅店补一觉，我和佟林在这儿盯着。”

徐莲蝶一怔，才反应过来佟林就是二迷糊，说：“我没事，黎明前我在旁边的空床上迷糊了一会儿，倒是二迷糊……”她看了眼二迷糊，连忙改口说：“佟林一宿没睡，还是他回旅店睡一觉吧。”

这是离婚多年后，徐莲蝶第一次跟自己温声温语地说话，又这么体贴，眼神又是如此温柔，二迷糊简直感动得稀里哗啦，说：“我没事，我一个七尺男儿，熬点夜算啥？何况还是为了我的儿子。”

说话间佟凤凤来了，抚摸着孙子的脸吧嗒吧嗒掉眼泪，说：“这孩子的命咋这么苦呢，老天爷，把我的阳寿减十年吧，保佑我的孙子快点儿好起来吧，我求求你了！”

二迷糊觉得母亲的悲伤情绪不好，一会儿孩子醒了，可能会影响他的情绪，就不耐烦地说：“不让你来你非要来，来了帮不上忙不说，还哭天抹泪的，这不是添乱吗？”

佟凤凤朝他低斥道：“闭上你的臭嘴吧，我在村里积德，你在村里做损，我早就劝过你，积点德吧，积点德吧，不然会遭报应的，唉，你说老天爷咋不咔嚓一声把你这个逆子劈死呢，咋就报应到我孙子的头上了呢，太不公平了啊！”

再次当众被母亲揭短，二迷糊脸上挂不住了，便有些恼火，说：“行了，行了，你别在这儿嘚啵了，一会儿把你送到客运站，买张票回柞树村吧。”

徐莲蝶也觉得她帮不上忙，却还要分心照顾她，就对乔福林说：“大林哥，这里有我和佟林就行，你赶紧开车回去吧，现在正是养菌的关键时期，昨天我发现你的木耳菌里出现了绿霉现象，有可能是感染了木霉，如果不及时采取措施，一两天就会流红水烂袋，到那时损失就大了，你快点儿回去吧。”

乔福林猛地打了个冷战，他知道这种病害有多严重，就说："那我得赶紧回去，这样吧，我把我爱人李萍的电话留下，有啥难事找她帮忙。"

佟林说："大林子啊，大恩不言谢，你就看我以后的行动吧。家里的木耳菌出了问题，你赶紧回去吧。"

乔福林拉着佟凤凤直接来到黑木耳研究所，在三楼走廊最后一间屋子，他找到毕得财，二话不说，拽起他胳膊就走。

仓促回到柞树村，把佟凤凤送到家，乔福林和毕得财以及研究所的一名大学生，急三火四来到菌房。虽然徐莲蝶发现得及时，但此时已有几十袋菌丝已经变红，个别菌袋里出现红水现象。三人把这些感染的菌袋搬出来烧掉，毕得财和大学生开始给菌房消毒。

乡情如酒

乔福林匆匆来到村委会的时候，侯宝山正组织召开支委会，他顾不得那么多了，敲了两下门，没待里面回应就闯进来，说：“大事不好了侯支书，我家的菌袋感染了木霉，我要广播提醒大家一下，看看其他耳农家的菌袋有没有感染，好采取预防措施。”

侯宝山不敢怠慢，站起来说：“你是黑木耳协会会长，不用请示我，赶紧广播。”他让孙俊领乔福林去广播室。然后支委会临时休会，他把支委都撒下去，带领村民小组长和黑木耳协会其他理事们，到耳农家逐一排查。

果不其然，柞树村有三分之二的耳农家遭受到不同程度的木霉感染，乔福林把黑木耳协会的理事和技术骨干召集到自己家菌房，毕得财详细讲解了木霉的危害以及防治方法，因所里正在新菌种攻关阶段，第二天他就要坐客车回县城，留下那名大学生，指导耳农消毒、防治木霉病。

几天以后，来势汹汹的木霉基本得到控制，耳农揪着的心放下了。侯宝山来到乔福林家菌房，无限感慨地说：“幸亏你发现得及时，不然再过几天形成大面积感染，咱村的黑木耳就完蛋了，想想真是后怕啊。”

乔福林说：“可不，要是出现大面积感染，到了流红水阶段，再防治就难了。”

侯宝山说：“福林啊，你们黑木耳协会这回可长脸了，拯救了柞树村啊，我代表支委会和耳农们感谢你。”

乔福林知道他说的是实话，柞树村今年累积发展黑木耳一千五百多万袋，为了这些黑木耳，几乎家家都贷了款，如果菌丝遭受灭顶之灾，其后果不堪想象！

乔福林说："咱们之所以没遭受损失，都是靠徐莲蝶副会长发现得及时，才避免了一场灾难。"

侯宝山不知他话中的含义，问他原因。

乔福林就把事情原委说了一遍。侯宝山听完不胜感慨，说："过去都管女人叫家里的、炕上的，觉得女人就是生孩子、收拾家务、做饭喂猪的，谁想到现今的女人有这么大能耐，还是老人家说得好，妇女能顶半边天啊！"

乔福林说："其实，我真得好好感谢莲蝶，要不然，我的六十万袋黑木耳就全毁了。"

侯宝山说："古时候有穆桂英上阵，现今咱柞树村有发明家徐莲蝶，她发明并改进了菌袋打眼儿器和封口机，使得工作效率提高了好几倍，为大家节省了时间，减少了成本，太厉害了，真是巾帼不让须眉，是咱们柞树村的骄傲啊！"

乔福林神情突然黯淡下来，说："虽然她提早发现了木霉病，挽救了咱村耳农的黑木耳，但自家孩子却差点儿为此送命，唉，想想我的心就难受。"

第二天一大早，大榆树上的广播喇叭就把大家吵醒了："村民同志们，你们好，现在播放一封倡议书。我们柞树村三百多户耳农，之所以能在这次木霉阻击战中取得完胜，都是黑木耳协会副会长徐莲蝶同志的功劳……"

倡议书是侯宝山昨晚亲自写的，他一直写到后半夜，齐丽美起夜，看见他还在字斟句酌地写倡议书，而且一边修改一边流眼泪，就给他沏了杯牛奶，劝他早点儿休息。侯宝山牵着老伴儿的手，让她坐在身边，说："老伴儿，你先别睡了，我给你念念，你看看写得行不行？"

结果他还没念完，齐丽美就哭得稀里哗啦，说："宝山啊，可能成天见面的缘故，平时觉得莲蝶这孩子除了漂亮、贤惠外，也没觉得她有多好、多出众，结果叫你这么一写，我都感动了，觉得这孩子太好、太优秀了。"

倡议书号召全村人民为佟大鹏捐款，以感谢徐莲蝶在这次木霉阻击战中立下的汗马功劳。村民已经听说了徐莲蝶的故事，正在商量怎么去县城慰问她和孩子，听到广播后纷纷来到村委会捐款。几张大红纸贴在村委会门旁的墙上，刘石头和会计在上面写着捐款人的名字和捐款钱数，每获得一份捐款，刘石头都高声宣读捐款人的名字和钱数。

侯宝山和妇女主任代表柞树村全体村民来到县医院慰问徐莲蝶母子，

徐锡坤也来了。他们推开病房门时，徐莲蝶不在，二迷糊正用汤勺喂儿子喝乌鸡汤，这是李萍早上送来的。

侯宝山温言跟佟大鹏说了几句话，转身问二迷糊，“莲蝶呢？”

二迷糊说：“在洗手间洗衣服呢。”

妇女主任去了卫生间，把她找出来。侯宝山掏出一个塑料袋，递给徐莲蝶说：“这是七万块钱，全村人的一点儿心意，要是秋天，还能更多些。”

徐莲蝶把钱推给他，说：“家家都把钱投到黑木耳上了，大部分人家还贷了款，他们哪还有钱啊，这钱我不能要。”

侯宝山把钱推给她，说：“这是大家的一点儿善心，感谢你为全村人敲响了警钟，及早发现木霉病，不然全村一千五百万袋黑木耳就全毁了，那样的话，家家都要破产的啊，莲蝶你就别客气了，收下吧，这是乡亲们的一点儿心意，不然大家心不安啊。”

徐莲蝶这才把钱接过来，放在儿子身边。佟大鹏哽咽了一声，说：“谢谢侯爷爷，谢谢柞树村的爷爷、奶奶、大爷、大娘、叔叔、婶婶们。”

侯宝山走到床边，俯下身爱怜地抚摸着他的脑袋，说：“不用谢我，孩子，这都是乡亲们自觉自愿的，是你妈妈的爱心和她对黑木耳所做的贡献，感动了大家啊。”

佟大鹏哽咽了，说：“侯爷爷，请你把乡亲们的捐款单留给我，我要珍存一辈子。”

二迷糊抹了把眼泪，惭愧地说：“啥也不说了，侯支书，以前我二迷糊不是人，不是偷鸡就是摸鸭，好事没干一件，损事干了不少，可是，这次我儿子遭遇灾难，乡亲们却如此善良、宽厚、仗义，我，我对不起父老乡亲们……”

山间洋楼

山野的东南风转换成西北风，观音岭的老柞树绿了又黄，转眼间四季轮转了几个来回。几年间，乔福林的黑木耳数量一直控制在六十万袋，除了中间长过一次杂菌，再没出现过大的问题。几年工夫，柞树村三百二十户人家，除了五保户和病残无劳动能力的人士，其他都种植了黑木耳，全村黑木耳总量一直稳定在两千万袋，成为名副其实的黑木耳专业村。

去年初秋，收获最后一茬儿黑木耳之前，乔福林跟大嫂毕雪梅商量，要把老房子扒掉，在原地基上建一座三层小楼。

毕雪梅说："那是你们老乔家祖宅，也有你一份，现今你大哥下落不明，你说了算，跟我商量啥？"

乔福林说："话不能这么说，虽然大哥寻不见了，但你永远是我最尊敬的好大嫂，如果你不同意，我是不能建的。"

毕雪梅说："咱家房基地有些窄，地方又偏，你何不在率宾河边靠着大道建一座楼呢，那样多气派啊。"

乔福林说："其实我也想过，但这里毕竟是乔家祖宅啊，是我和大哥从小生活的地方，我怕把洋楼建在率宾河边，将来大哥回来找不到家。"

毕雪梅眼圈就红了，唏嘘道："大林子，你是好样的，谢谢你还想着你大哥，可是好几年过去了，他至今音信皆无，也许，也许他已经不在人世间了，你别为了他而委屈自己。"

乔福林说："大嫂，不管你信不信，反正我坚信大哥没有死，他一定是在某个地方舔舐伤口，没脸回来见你和父老乡亲，你放心，如果哪天他回来一定是焕然一新，混出本事的。"

有了大嫂的支持，乔福林回了趟县城，把想法跟李萍说了。李萍此时已是县银行行长，工作愈发忙碌，也瘦削了不少，她说："钱是你挣的，你做主。再说那是你家祖宅，你应该把老土房拆掉，重新建一座像样的房子。"

乔福林上去亲了她一口，说："谢谢老婆，还是你理解我。"

李萍苍白的脸上现出一朵红云，说："既然要建洋楼，你就找人好好设计一下，柞树村绿水青山的，别整个四不像，煞风景。"

乔福林兴奋地说："你是说到我心坎里去了，这叫什么，心有灵犀一点通啊。我此次回来，一是征得你的同意，二是想请规划设计部门给设计个图纸。"

李萍说："正好我认识规划局的设计室主任，我给他打个电话，你去找他就行。"

乔福林高兴，就想送给老婆一个惊喜，说："老婆，虽然你现在是行长了，行里有公车，但你上下班和接送小盼还是不方便，你就别再执拗了，我给你买辆车吧。"

李萍想想也是，小盼所在的中学是新校区，在城郊，上学的确不方便，总让她揪心。再说父亲时常要去医院检查、看病，总是挤公交车她又不放心，如果自家有辆车，她不仅可以接送小盼上下学，还可以拉着老父就医，或者不时地拉着他去郊外景区散散心，于是她就松了口。

乔福林拉着她去了车行，花十五万元给她买了辆新车，李萍虽然嘴上说贵，但乔福林看得出来，她心里还是蛮喜欢的。在选择车的颜色时，乔福林建议她买辆红色或橙色的，李萍觉得太亮眼，最后买了辆白色轿车。

回到家里，李萍说："你冲冲澡吧，身上一股泥土味儿。"

乔福林赧笑道："不瞒你说，我有三个月没好好洗澡了。"于是李萍给他搓了后背，直累得娇喘吁吁，乔福林一下来了兴致，将李萍抱了起来。

下午乔福林去了规划设计室，来到主任办公室，因提前接到李萍电话，设计室主任非常热情，说肯定帮忙。乔福林拉着他回到柞树村，带他围着村庄转了一圈，沿着率宾河来到东边吊桥，又在"吊水壶"前拍了照，最后来到菌地。面对六十亩白色海洋般的木耳地，设计室主任惊得半天合不拢嘴巴，说："真没想到，在这深山沟里竟然藏着你这么大的黑木耳产业，佩服，佩服！"

乔福林说："这不算啥，其实我想把种植规模扩大到一百万袋，但柞树村土地有限，加之现在户户都搞黑木耳，土地流转极其困难，承包费也一直上涨，所以限制了我的梦想。"

设计室主任咂咂嘴说："我的乖乖，六十万袋你还嫌少？照你这么说，我们这些人白活了，累死累活干一年，工资还不够你两万袋黑木耳挣得多呢。"

乔福林开玩笑，说："既然如此，你也辞职吧，跟我一起搞黑木耳。"

设计室主任是科班出身，最爱的就是他的专业，说："拉倒吧，我可吃不了你的苦，一天我就得当逃兵。"

乔福林的三层小洋楼建成典礼那天，正是小雪节气，说也奇怪，老祖宗咋就这么神奇，这天一大早柞树村就降下了一场大雪，黑灰色的山林和大地蒙上了白色棉被，山川田野白皑皑一片，立时变得洁净、肃穆起来。

建成典礼原定上午九点十八分举行，副支书刘石头担任主持人。一大清早，刘石头就来了，显然他很重视这个典礼，换上一身簇新的蓝灰色中山装，上面别着一支钢笔。虽然下着雪，但他仍然穿着一双锃亮的黑皮鞋。接着，关大壮和肖金玉来了，这几个月最忙最累的就是关大壮，几乎长在工地上，充当了监工的角色。为了表示祝贺，关大壮扛来一大箱鞭炮。

大约八点半的时候，侯宝山和乔福林来到村口，不一会儿北边山路上出现两辆吉普车的身影。转眼间，吉普车停下来，雪地上留下两行长长的车辙印，林阳镇长林铁和毕得财从第一辆车里钻出来，林铁走到第二辆车前打开车门，一个人走了出来。

郭伟忠！就是郭伟忠。乔福林看得清楚，虽然多年不见他有些发福，但那炯炯的眼神和走路的姿势，让他一眼就认了出来。郭伟忠走过来与侯宝山和乔福林握手。侯宝山没想到郭伟忠能来，很高兴，握着他的手不停地摇晃，说："谢谢郭主任来参加乔福林小洋楼建成典礼仪式，您能来参加，定会使仪式增光添彩。"

林铁纠正道："老侯啊，你说错了，郭县长现在不在穆丹市政府研究室当主任了，是咱们县长了。"

侯宝山和乔福林怔住了。这个消息有点儿突然。侯宝山说："是吗？啥时候任命的？"

郭伟忠说："上周市委常委会通过的，今天来县里报到。"

林铁说："郭县长昨晚给我打电话，问乔福林的黑木耳产业咋样，我就把他小洋楼今天剪彩的事说了，结果，郭县长从市里直接奔柞树村来了。"

侯宝山颇为激动，说："既然惊动了大县长，那咱柞树村就不是增光添彩的事了，而是要写入村志的大事了。"

郭伟忠笑笑说："老支书言重了，乔福林建起了全县农民第一座小洋楼，是个大喜事，新鲜事，我这个县长能不来祝贺吗？"

乔福林建起了漂亮、洋气的小洋楼，而且里面完全按照南方豪华别墅标准装修的，家用电器也是最先进、时尚的，这件事在柞树村掀起了一场风暴，几个月来一直成为村民的热谈。为了捧场、瞧热闹，今天几乎全村人都冒雪出动了，虽然天气寒冷，但通往乔福森家的胡同被人们堵得水泄不通。

既然新任县长来了，刘石头原先准备好的主持程序和稿子就得变了，重头戏当然是请郭县长讲话。

郭伟忠也不推辞，站在小洋楼铺着红地毯的台阶上，说："乡亲们你们好，今天是中华传统的小雪节气，老祖宗厉害呀，这不就下起了雪吗！下雪好啊，瑞雪兆丰年啊。好了，我也不发感慨了，今天是我来县里上班的第一天，能来柞树村参加乔福林的洋楼典礼，我很高兴，也很兴奋。林铁镇长说，这是全县三十多万农民的第一座洋楼，说实话，我这个县长心里酸溜溜的，不知啥滋味啊，为啥？因为改革开放这么些年了，有的省份的农民早就住上了小洋楼，可是我们这儿却才建起第一座，我心里不好受。这次市委让我来当县长，我刚才见了这么漂亮洋气的房子，突然感觉肩上的担子很重，我觉得我有责任、有义务带领大家一起努力，早日摆脱贫困，早日建成小康社会实现共同富裕。乔福林给大家带了个好头，他通过自己的努力和辛勤汗水发家致富，建起这第一座洋楼，是全县农民的榜样，我们要号召全县农民向他学习，靠着勤劳的双手依法致富，使柞树村，使全县建起更多小洋楼，向世人彰显我们新农村的新气派……"

林铁和侯宝山带头鼓掌，村民们也热烈鼓掌，关大壮甚至大着嗓门喊了声好。

一片俏皮的雪花落在郭伟忠眉梢上，他抹掉雪花继续说："我希望乔福林同志继续努力，在不影响自己发家致富的同时，帮扶更多的农户种植黑木耳，传授好制菌技术，把好质量关口，我们不仅要把柞树村建成黑木耳专业村，还要把林阳镇建成黑木耳专业镇，要在全县鼓励、推广，形成规模才能见到更大效益，共同富裕……”

参观了小洋楼后，郭伟忠要赶去县城报到，临行前，他握着乔福林的手说：“回去我跟书记汇报，今后就把柞树村作为我的包扶村，你要是有什么困难，随时来找我。”

毕得财原本想来祝贺一下，就随林铁回林阳镇的，可刚才典礼时徐莲蝶说她研究的新菌种出现了问题，想请他给把把脉。毕得财说不行啊，来参加典礼这点儿时间都是我挤出来的，下午还要回到所里，有个试验等着我主持呢。

现在的毕得财可是大忙人，大明星了。县电视台农业频道为宣传黑木耳种植技术，每周请他做三次电视讲座，除了讲授黑木耳制菌、养菌等栽培技术，还要随时就耳农提出的各种问题进行解答，如果赶上哪个地方、哪户耳农的黑木耳出现杂菌等问题，他都要及时赶到现场解决，并在电视上提示、预警，避免耳农遭受更大损失，因此用乔福林的话说，毕得财成了香饽饽，抢手货。

徐莲蝶身旁的毕雪梅见他推辞，就想帮一把，说：“得财，你有多长时间没回来看望咱爸了，他每天晚上坐在电视机前，就等着你出现，看你一眼，难道你就不想咱爸？”这话果然戳到毕得财的痛点，他用乔福林的手机给所里打了电话，说村里耳农临时有点儿急事要处理，试验改在明天上午进行。

晚上，乔福林在小洋楼摆了一桌酒席，宴请毕得财，侯宝山也被请来喝酒。酒足饭饱后，侯宝山和关大壮等人踏着积雪回家，毕得财坐下来喝茶。聊了一会儿，他问乔福林，想不想搞个突破，提高制菌、养菌效率。

乔福林说：“那还用说，我正为这事犯愁呢，总占用徐老师家房子不是个事，另外我在其他地方租用的两处菌房太分散，三个地方轮流跑，耽误事不说，都把我的腿跑细了。”

毕得财打了个酒嗝儿，喝了口红茶，说：“现在有一种新技术，可以解决这个问题。”

乔福林把头凑过来，急迫地问：“啥技术？”

大干一场

第二天起来，乔福林把车开到毕得财他父亲家，因要回去主持新菌种试验，毕得财早起来了，正蹲在门口的雪地上刷牙。两人进屋，毕雪梅端来一屉包子两碗粥，说：“半夜起来蒸包子，没时间做饭，你俩就着咸菜对付一口吧。”

乔福林拿了两个包子催促毕得财：“快点儿，你也拿两个包子，咱路上吃。”

毕得财一脸懵懂地说：“干啥呀？上哪去啊？我不是你的私人顾问，没时间总为你服务，一帮人还等着我回去呢。”

乔福林咬了口包子，说：“我没让你为我服务，我是开车送你回县城。”

毕得财说：“不用你送，我自己坐客车回去。”

乔福林嫌他磨叽，出去打开车门上车，打着火，喊道：“毕得财你真磨叽，你到底走不走？不走我自己回县城了。”

毕得财抓起两个包子跑出来，上了车，说：“那你就别说得冠冕堂皇，好像专门送我回去似的，整了半天，你小子是急着要回县城办事。”

越野车进入县城的时候，正赶上上班时间，街道上的雪还没清理，道路溜滑，电动车和自行车流洪水般涌动。乔福林问：“你昨晚说的菌包厂，要多少钱才能建起来？”

毕得财惊异道：“咋的，你真想干呀？”

乔福林说：“不干，我跟你废什么话？”

毕得财说：“那得看你建多大的菌包厂了。”

乔福林说：“两百万，两百万袋的，需要多少资金？”

毕得财琢磨了下，说："大约一百六十万吧。"

乔福林说："这些年虽然大家靠黑木耳发家致富了，但环保问题却越来越令人担忧，就拿咱柞树村来说，今年光制菌、灭菌就需要四五千吨煤炭，从进入小雪节气到来年二月二，全村几百个小烟囱没日没夜地冒黑烟，麻雀都熏黑了，绿树变成了黑树，长此下去不是个办法啊。"

毕得财说："你说的这个问题是挺严重的，令人担忧啊。不过菌包厂就可以很好地解决这个问题，福林，你搞吧，我全力支持你。"

说话间，越野车来到一个公交站后边，乔福林刹住车，说："我要赶在上班前堵住郭伟忠县长，你自己坐公交车上班吧。"

毕得财瞪大眼睛，不满地说："咋的，卸磨杀驴啊，难道你就差这一脚油？不能把我送到单位吗？"

乔福林一把将他推下车。

郭伟忠今天有个会议，是他跟县里相关领导见面会，所以他早早来到办公室，静坐着给自己的发言打草稿。所以乔福林敲门进来时，他感到特别惊讶。他问："发生了啥事，让你这么早就赶来见我？"

乔福林歉意地笑笑，说："没发生啥事。"

"那一定是有啥困难了。"郭伟忠给他接了杯白开水，在身边沙发上坐下，"说吧。"

这还是乔福林第一次走进县长办公室，不知咋的，他突然有些紧张，说话也结巴起来，"你，你昨天不是说，有啥困难让我来找，找你吗……"

"是，我说过，有啥困难你就说吧，不用绕弯子。"

乔福林把他想提高效率、提高菌种质量、减少杂菌率，建设菌包厂的计划说了。说完他心里有些忐忑，他还从未请县领导帮助解决过困难，他也不知道郭伟忠昨天说的话是表演、客气，还是真心实意。因此，他看向郭伟忠的目光便有些犹疑、胆怯。

"好啊，我支持你。"郭伟忠的手在他膝盖上拍了下，说，"你这是新生事物，我还头一次听说菌包厂的事，说吧，你需要多少钱才能把厂子建起来？"

乔福林没想到他如此感兴趣，而且答应得这么痛快，神情也放松了许多，知道这个兄弟县长不是在忽悠他，而是真心想为老百姓办实事的，就说："大概需要一百六十万元，我自己解决一半，看看你能不能帮着……”

“好，我知道了，另一半我给你出。”郭伟忠看看表，还有几分钟就到开会时间了，就打断他说，“不好意思，我现在马上要去开会，等散会后，我跟财政局长和供销联社主任商量一下，看从哪方面给你落实资金。”

军人出身的乔福林就是这种性格，看好了就干，雷厉风行，绝不拖泥带水。从郭伟忠办公室出来，他开车去了毕得财办公室。毕得财没想到这么快他就来了，说：“看你这神态，郭县长肯定答应你了！”

乔福林一屁股坐在沙发上，拿起茶几上的一瓶矿泉水，拧开盖子咕咚咕咚喝了半瓶，说：“妥了，郭县长给我出一半儿，真没想到他如此痛快，是个干事业的实诚人。”

毕得财说：“太好啦！看起来这个郭县长不仅没有官架子，还确实是个爽快人。福林，我恭喜你，遇到贵人了！”

乔福林把剩下的半瓶水喝光，说：“你说得不错，趁着他的支持，我决定甩开膀子大干一场。”

毕得财说：“我支持你！乔福林，你小子又要迎来一个发财的好机会，中午得请我好好吃一顿啊！”

乔福林笑说：“小菜一碟，我是得请你喝酒，感谢你为我提供这么好的项目，得财啊，你是我黑木耳事业上最重要的贵人，我真诚地感谢你。”

毕得财得意地说：“照你这么说吧，你小子之所以能有今天，还不是我把你领上这条金光大道的？喝酒，必须请我喝酒，而且你还得请我喝点儿好酒！”

乔福林看着眼前这位曾经在一起玩的光腚娃娃，眼里流露出真诚的表情，说：“你说得对，如果当初没有你为我出主意，我也不可能接触黑木耳这行。就这么定了，吃水不忘挖井人，咱就喝好酒！”

毕得财脸上绽开自豪的笑容，说：“这还差不多，算你小子没忘本，说了句真心话。”

“不过得财，你明天得跟我去趟吉林。”乔福林说。

“去吉林？”毕得财困惑了，不解地问，“去吉林干啥？”

乔福林说：“别跟我装傻。干啥？去考察菌包厂项目啊！”

毕得财站起来，说：“好吧，送佛送到西。不说了，咱去喝酒，边吃边唠，不过你得拉着我回趟家。”

乔福林纳闷，说：“回趟家？回家干啥？”

毕得财说：“我姑娘毕佳媛放寒假回来看我，她未来的老公公请客，咋能落下准儿媳妇呢？”

乔福林捶了他一拳。

众人拾柴火焰高

从吉林考察回来后，乔福林带回来一些技术资料，第二天他开车直奔穆丹市，采购建设菌包厂所需的其他材料，而菌包厂的主要设备，他已经在吉林那里订购，要求厂方五日内运到柞树村。为保险，他还与他们签订了质量保证书，请他们派几名工程师全程指导、监督安装过程。

因为不知道菌包厂生产出来的菌袋质量如何，乔福林仍然将新式灭菌锅炉启动，而徐锡坤家的那台老式锅炉，就此光荣退休，作为不时之需。

由于是冬季，无法施工建设菌包厂厂房，乔福林看中了柞树村早先的磨坊，这个磨坊属于柞树村最高的建筑，大约有两层楼那么高，曾留下乔福林童年美好的回忆，那时困难，顿顿吃苞米面，秋天村里小麦丰收后，家里能分到几十斤，父亲乔元海背着小麦来到磨坊排队磨面，而期盼了大半年的乔福林总是尾巴似的跟在后面，在弥漫着面粉的麦香味道中，期盼着快点儿轮到自己家磨面，然后就能吃上母亲蒸的香喷喷的大白馒头了。

现在的磨坊有些破败，窗户玻璃几乎全被打碎，屋子里挂满了蛛网，一把大铁锁锈迹斑斑，昭示着已经许久没有人打开过了。老磨坊像个衰弱的老者，孤独寂寞地矗立在那里，像个无人理睬的孤独者，诉说着往日的辉煌以及现今的无奈和凄凉晚景。乔福林找到侯宝山，把想承包老磨坊筹建菌包厂的事说了。侯宝山正为几百个昼夜冒黑烟的事情犯愁，听说乔福林要建菌包厂，而且除了满足自己需要外，还可以对外加工一百四十万袋，能缓解环境污染问题，他二话不说，当即表态支持。

侯宝山说："你的设想好，我晚上开个村委会，大家商量一下，如果意见统一就允许你承租，老磨坊破旧得不成样子，你收拾收拾、镶镶玻璃，就开干吧。”

当晚村委会议结束后，侯宝山来到西院告诉乔福林，村委会成员一致同意乔福林承租老磨坊。乔福林没想到侯宝山办事效率如此之高，十分高兴，抽出一支烟，给他点着火，说：“你们商量个价，只要不是太高，我就租下来。”

侯宝山吸了口烟，说：“大家都很支持你建设菌包厂，说你先干着，等明年黑木耳下来卖了钱，再交租金。”

乔福林没想到村委会如此支持自己，颇有些意外，说：“谢谢村里对我的厚爱和支持，既然如此，我一定把菌包厂尽快建好，尽最大努力减少对柞树村的环境污染。”

乔福林给吉林方面打电话，催问设备情况，那边说设备已经运出来了，也按他要求派来四个工程师，帮助他安装调试设备。

两天后设备运到，老磨坊也被收拾得干干净净，为了赶进度，乔福林跟四个工程师商量，昼夜施工，他给每人每晚发一百元补贴。四个工程师见他如此仗义，又听说了他带领乡亲们种植黑木耳致富的事迹，深受感动，就答应了。乔福林为表示感谢，让大嫂毕雪梅把伙食搞好，早上肉馅儿包子、牛奶，中午晚上不是炖排骨就是炖河鱼，十点钟还有夜宵。工程师见他如此实诚，干劲儿更足了，连续几天没合眼，把设备安装完毕，开始调试阶段。

乔福林早早起床来到老磨坊，今天是菌包厂正式投产的日子。他在深夜两点钟就醒了，听见楼上有动静（大嫂住在楼上，他住在楼下），接着，屋门“嘎吱”一声，他知那是大嫂去包子铺发面、剁馅儿去了。他坐起来将窗帘拉开一条缝，外面漆黑漆黑，只有胡同里一个手电光柱，在一晃一晃地移动，那是大嫂的踪迹。看看表，离天亮还有四个多小时，乔福林又躺下了，可怎么也睡不着了，索性打开灯翻看带回来的菌包厂技术资料。好不容易挨到六点钟，外面不再漆黑，灰蒙蒙的天空呈现出黎明前的色彩。乔福林起床洗漱，然后嘎吱嘎吱踩着积雪往老磨坊走。

这些年乔福林一直雇佣赵毅等几个外地农民，除了仲夏至初冬这段时间，其他大半年都雇他们帮自己侍弄黑木耳，所以几年下来，他们基本掌握了黑木耳从备料、拌料、消毒、制菌、灭菌、养菌、打眼儿、摆袋、浇水、采摘、晾晒的全部技能，差不多成了半个技术员。这让乔福林很欣慰，有时他也敢舍手，放手让他们干。其实乔福林对他们不薄，给的工资比别人多出一成，不仅管吃管住，还时常给他们改善伙食，谁家有急难事急需用钱，乔福林就把全年工资提前支付给他，连个欠条都不打，凭的就是“信用”二字。而这些农民工也都朴实、踏实，勤劳肯干，从不偷懒，有时赶上制菌、灭菌和采摘等关键时刻，不用乔福林吩咐，主动自觉地加班加点，让乔福林放心又感动。

外面寒风呼啸，卷起的雪花像无娘的孩子，任凭寒风撕咬、摔打，灌了乔福林一脖子雪。他赶紧把帽子往下按按，双手插进羽绒服兜里。他来到老磨坊的时候，赵毅领着几个雇工已把制菌的前期工作做完，留下的两个工程师也来了，乔福林心里流淌过一股暖流，他想就凭这些人对自己的支持和厚爱，也要把菌包厂建成。如果经过一两年实践，菌包厂技术过关了，一定扩大规模，让更多的乡亲们受益。令乔福林感动的是关大壮和徐莲蝶也来了，接着侯宝山也来了。

侯宝山棉帽子两边，结着霜气，眉毛上也凝结着白霜，脸颊冻得通红。乔福林说：“天这么冷，侯叔你咋也起这么早，天还没亮呢，正是冷的时候。”

侯宝山抹去眉毛上的白霜，嘴里哈着白气，说：“惦记你的菌包厂，睡不着啊。”

乔福林对关大壮说：“你不好好在家制菌，跑我这儿干啥？”

关大壮戴着火狐狸棉帽子，穿着以前打猎时穿的鹿皮棉衣，呵呵傻笑，说：“你菌包厂投产多大的事啊，我要是不来帮忙，够意思吗？”乔福林知他说的是真心话，当胸给了他一拳：“好兄弟，啥也不说了。”

更令乔福林惊讶的是，正当大家开始紧锣密鼓地拌料时，二迷糊也踩着积雪赶来了。来到厂子他也不说话，也不用谁吩咐，推起手推车就跟着忙活。

乔福林感到不可思议，说：“二迷糊，你咋也来了呢？”

二迷糊呼哧呼哧往厂房推锯末子，一边嘴里冒着白汽，说：“菌包厂开业是柞树村开天辟地的大喜事，我哪能缺席呢。”

关大壮推着一车豆饼渣赶上来，说：“没想到啊，二迷糊，一觉醒来你这觉悟噌噌往上长啊！”

二迷糊把车里锯末子卸掉，说：“关大壮，许你来给你大林哥帮忙，就不许我来给大林弟添彩了？”

关大壮连忙说：“行行行，我帮我哥，你帮你弟，算我觉悟低行了吧，二迷糊。”

“关大壮！”二迷糊突然大吼一声，把手推车一撂，直起腰气呼呼地盯着关大壮，眼睛瞪得溜圆，胸脯剧烈地起伏着。

旁边的侯宝山以为他要犯浑打架，赶紧过来说：“二迷糊，有啥事好好说，咋突然翻脸了呢？”

“包括你，侯支书，以后谁也不许再叫我二迷糊，不然我就跟他急眼！”二迷糊立着眼睛说，一副要拼命的架势。

“那，不叫你二迷糊，叫你啥啊？”不可思议的关大壮愣住了，呆呆地看着他，一头雾水。

“我叫佟林，你记住，我叫佟——林——”佟林大声说，“佟铁鑫的佟，大森林的林！”

关大壮被他的样子逗笑了，说：“嗬，你还知道歌唱家佟铁鑫的名字呢，行啊二迷糊！”

佟林真生气了，委屈的眼泪都流了出来，跺着脚对侯宝山说：“侯支书你管管大壮啊，他还叫人家外号，这不是明摆着欺负人吗！”

侯宝山故意板起面孔，对关大壮说：“关大壮你咋回事，不许叫外号就不许叫，你看你把佟林同志都气哭了。自己掌嘴！”

关大壮在嘴巴上拍了下，说：“对不起二……这扯不扯，叫惯了他外号，一下子又差点秃噜出来，”他连忙改口说，“对不起佟林同志，我给你赔不是了，您大人有大量，别跟我这小老百姓一般见识，再说我也没多大文化。”

李萍的眼泪

三天后，乔福林菌包厂第一批灭菌原料出炉，关大壮带来一挂五万响鞭炮，于是在这飘着雪花的凛冽的寒冬，清脆的炸响声惊醒了柞树村的黎明。大家早早就来到老磨坊，等待着菌袋出炉的那一刻，许多耳农也来了，他们怀着好奇心东瞅瞅西望望，议论纷纷，想看看菌包厂制作的产品质量如何。

鞭炮响过，天还朦胧，乔福林对十几名雇工和帮忙的耳农下达了出炉命令。于是大家一声呐喊，在两名工程师的指挥下各忙各的，来来往往，紧张而有序。第一批出炉十万袋，参观的耳农们有的议论纷纷，说看模样跟咱普通锅炉出产的差不多，关键要看后期养菌和出耳率了。有的耳农干脆脱掉外套，甩开膀子参与到忙碌中。徐莲蝶拿着一个笔记本，跑前跑后，不时在本上记着什么。自从菌包厂开始建设直至设备安装，到灭菌的全过程，她都参与了，她现在已经是柞树村黑木耳生产的技术大拿，完全替代了毕得财的职能。

上午十点一刻的时候，老磨坊外响起一阵汽车马达声，接着侯宝山、林铁和郭伟忠以及一群陌生人走进老磨坊。

“嗬，大家够忙碌的啊。”郭伟忠对跑过来的乔福林说。

乔福林没想到县长会来，显得有些激动，虽然是寒冬，他却只穿着一件线衣，头上和肩背上蒸腾着热气。他握着郭伟忠的手说：“你那么忙，咋来了呢？”

郭伟忠往菌包厂走去，说：“你可别忘了，你的菌包厂还有我资助你的一半资金呢，这么多钱扔到水里还咕咚一声响，泛起几朵浪花呢。听说今天出菌，我带着一班人来为你站台加油鼓劲。”

乔福林跟在后边，搓着手，憨厚地笑了。

侯宝山说："谢谢郭县长关心支持柞树村的黑木耳事业，您放心，我们一定要把这项产业做大做强。"

说话间走进菌包厂，看着厂房里忙碌有序的人们，郭伟忠说："好啊！老支书你说得对，完全符合县委县政府的思路，为了发展壮大我县的黑木耳产业，县委决定成立黑木耳产业发展办公室，我兼主任，从机关和部门抽调精兵强将，全力、快速推进这项富民产业，迅速做大做强。"说到这儿，他朝后面的林铁等几人招手，把他们叫到前面，说，"林阳镇镇长林铁兼任黑木耳办常务副主任，团县委书记林殿和市政府常务副主任抽调到办公室，做专职副主任，成员有财政局、招商局、农业局、供销联社、县委县政府两办等十几个部门，而且最近要召开全县黑木耳产业推进现场会，地点就在你们柞树村，回头林铁你们准备一下。"

侯宝山兴奋地说："好啊，太好啦，县里这么重视黑木耳产业，组建这么强有力的班子推进，看来我们大力发展黑木耳产业这条路子，是趟出来了。"

郭伟忠说："是啊，感谢你们柞树村，是你们给全县三十万农民蹚出来一条致富奔小康的新路啊，宝山同志，你们村委会功不可没，了不起啊！"

侯宝山不贪功，说："郭县长过奖了，这条路其实都是乔福林带领乡亲们闯出来的，他才是真正的英雄，有胆有识，我们都应该感谢他才是啊。"

林铁插话，说："是啊，这条路现在看是成功了，但当初乔福林刚开始干的时候，可是付出了巨大的艰苦努力，甚至付出了惨痛的代价，才一步步闯出来的，我们真应该大力宣传啊。"

说到这儿，郭伟忠转过身，对随行的县报社、电视台记者说："林铁主任的话很对，希望你们新闻媒体深入田间地头，到耳农家里去，挖掘他们创业的艰辛，宣扬他们不畏险阻迎难而上的精神，为我县三十万农民致富奔小康营造出一个良好的舆论环境。"

县黑木耳办抽调的都是精兵强将，成立后，他们雷厉风行，菌包厂第二批产品出炉那天，郭伟忠带领黑木耳办全体人员，以及十六个乡镇的一二把手、县直各单位一把手、黑木耳研究所全体人员、各金融单位一把手，以及重点村屯的支书、村主任，浩浩荡荡九台客车开进柞树村。村庄的主道一共才几百米长，九台大客车从大榆树下一溜排开，一直排到老磨坊，气势蔚为壮观。

柞树村炸了。用老校长徐锡坤的话说，自打柞树村建村一百多年来，不仅第一次有县长踏足，而且还迎来三百多名东和县的头头脑脑，管事的，管钱的，管人的都来了，这是第一次，属于开天辟地头一遭，将来一定要写进村史，要大书特书。

林铁一身兼二职，对柞树村比较熟悉，手拿话筒在前边引路、介绍柞树村历史和风土人情以及需要观摩的情况。他们参观了一户耳农的普通灭菌锅炉和乔福林的新式灭菌锅炉，接着去了徐莲蝶家的菌种实验室，然后来到关大壮家和另一家庭院，参观了他们新建的红色彩钢瓦、铺着白色瓷砖的新房（柞树村已经建起十几家彩钢瓦房），又来到乔福林新建的三层小洋楼参观。

那些乡镇长们惊呆了，村支书们傻眼了。他们做梦也没想到，在观音岭的深山沟里，竟然有这么沸腾、富民的产业，竟然会有如此之大的经济效益，参观关大壮的新房时，有些人还不以为然，因为在他们乡镇、村屯，也有个别先富起来的人盖起了和关大壮差不多的彩钢瓦房，可当他们来到乔福林家三层洋楼前时，简直被这漂亮、独特、气派的洋楼亮坏了眼珠，这种在影视剧中才能见到的外国式小洋楼，以前去外地参观学习时看到过，他们只当是开开眼界，做了个美梦，从来也从不敢想象，在这偏远、落后的东北边陲，会有一天住上如此华丽的小洋楼。可是事实就在眼前，柞树村的乔福林就建起来了，他是靠着再普通不过的、小小的黑木耳建起来的，简直不可思议！

人群中还有一个人无比震惊，甚至热泪盈眶了。这个人就是银行行长李萍，虽然乔福林把洋楼的照片给她看过，她也发出过感叹、赞扬，夸奖说老公真能干，真了不起，但今天亲眼看见，尤其色彩明艳、设计独特的洋楼在青山绿水蓝天白云的映衬下，更显出其独有的魅力和美丽，所以当她还没走进洋楼时，就已经抑制不住内心的激动而热泪盈眶了，她感到非常愧疚、后悔，又觉得无比自豪与荣光，愧疚的是以前对丈夫搞黑木耳的支持力度不够，有时甚至还埋怨、嘲讽、打击他的积极性，自豪荣光的是，这座令在场三百多号有头有脸的人无比赞叹、啧啧夸奖的洋楼，就是自己的丈夫建起来的，是他靠着一双勤劳的手，一朵一朵黑木耳赚来的。

李萍抻长了脖子，在人群中寻找乔福林的身影。很快她就找到了，发现他高高的个子是那么显眼，那么富有魅力，他正在前边给郭伟忠带路，推开小洋楼的厚木门。她拿起相机拍了许多照片，她想，来年春天一定把父亲和乔小盼拉来，让他们也开开眼震惊一下，尤其小盼这孩子，还没进入青春期就总跟他爸劲儿劲儿的，嫌乔福林一心扑在柞树村这个野山沟，忽略了他的学习和成长。可是孩子啊，你哪里知道，你爸爸为了实现心中的理想，为了老娘和哥嫂，为了柞树村的一千多口人，他付出得太多太多了，小盼，你应该为有这样的父亲感到自豪和骄傲……

观摩的最后一站是老磨坊。在这里人们再次被震撼到了，他们没想到会有如此壮观、先进的灭菌工厂和技术，于是不断地点头称赞。许多镇村干部朝乔福林索要电话号码，说请他去传经送宝，乔福林应接不暇，一时间场面有些忙乱。

郭伟忠笑着对林铁说：“看这架势啊，以后乔福林要分身无术成了大忙人啊。”

林铁说：“福林本就是柞树村的香饽饽，以后恐怕要成了全县的香饽饽了。”

郭伟忠说：“好啊，像乔福林这样的致富先锋，就应该成为人民的香饽饽，就应该成为他们心目中真正的英雄，越是老百姓把他当成明星，越说明人们致富的脑瓜开窍了，这是我们应该正面引导和鼓励的。不如这样吧，你让他印些名片，方便村干部和耳农随时请教。”

县里来的各级领导们参观完毕，被林铁带到柞树村村委会俱乐部，以前这里是用来放映电影的，这些年镇里放映队解散了，闲置许久的俱乐部落满灰尘，侯宝山动员村干部利用两个晚上才把灰尘、蛛网打扫干净，从村小学借来桌椅，就成了会场。

林铁、侯宝山先后发言，乔福林也就自己辞职搞黑木耳的前前后后，做了介绍。最后。郭伟忠作了生动而富有感染力的讲话，他要求会后各乡镇立即召开落实会，黑木耳研究所深入田间地头指导耳农工作，要求明年全县十七个乡镇必须达到一亿六千万袋黑木耳产量。为了给各位乡镇领导上“紧箍咒”，索性在会上直接与各乡镇一把手签订了军令状，完成有奖，完不成通报批评。

郭伟忠要求驻东和县的各金融单位，要积极与上级行汇报、沟通，尽最大限度扶持耳农生产。他说：“县信用联社和农业银行是助农的主力军，这也是你们应该大力扶持的业务，希望你们不遗余力地予以扶持。”

县信用联社主任表态，说：“我们一定尽全力争取贷款指标，不负县委嘱托和广大农民兄弟的厚望。”

见信用联社主任表了态，郭伟忠朝台下问：“农行领导来了没有？你们是个什么态度啊？”

李萍站起来，苍白的脸上突然布满一片红云，说：“来了。我们坚决拥护县里的决策，回去立即召开会议调整扶持方向，把扶持黑木耳产业作为今后工作主要的方向。”

郭伟忠高兴了，说：“好哇，你这个表态很好，我代表县政府感谢你。这样一来，乔福林就不用上我那儿哭穷了，是不是啊乔福林同志？以后你要是想扩大生产规模，直接去农行找李行长就行。”

台下有知情的人轰地笑起来，主席台上的林铁也无声地笑了。

散会后，郭伟忠和林铁坐在一辆车里。郭伟忠还记得刚才的事，觉得纳闷，问林铁：“刚才我在会上说错话了吗？怎么下面起了哄笑声？我注意你也笑了，咋回事？”

林铁说：“你没说错话，是逻辑上有点儿问题。”

郭伟忠说：“如何解释？”

林铁笑说：“乔福林要想去农行贷款，根本不用出门。”

郭伟忠说：“不去农行去哪里？”

林铁说：“在家里啊。”

郭伟忠更加不解了，说：“虽然金融单位现在提倡改善服务环境和质量，但要想办贷款，总不至于打个电话那么简单，至少还要办理一些程序吧？”

林铁又笑了，说：“别人不行，偏偏乔福林就行。甚至，他在被窝里就解决了。”

郭伟忠恍然大悟地说：“原来他俩是两口子啊！”

林铁早已笑得前仰后合。

乡村女发明家

全县发展黑木耳观摩现场会后，柞树村一下热闹起来，整个冬天几乎每天都有镇村组织干部来参观，有时甚至一天来几伙、几十号人。也有附近村屯农民看了电视，自发来参观学习的。开始，侯宝山和村干部还陪同，可来的人越来越多，每天陪同并介绍情况占据他们太多的时间，甚至差点儿耽误了村里的日常工作。于是村委会研究，抽调刘石头和一名村民小组长，专门接待那些参观学习者，其他人还是把主要精力用到处理本村事务上。

但乔福林就惨了，几乎所有来的镇村干部都点名见他，都要和他攀谈、取经，没办法他白天接待，介绍情况、答疑解惑，晚上到菌包厂处理业务。这还好办，最让他头疼的，是那些附近村屯自发组织来的人，这些人与他七大姑八大姨牵扯着亲戚，哪个不陪都不高兴，然后还要好酒好烟地款待，有的甚至点名要他开越野吉普车给送回去。更惨的是他家小洋楼，原本干净整洁，纤尘不染，可现在每天进出几十甚至上百人，也不能要求每人都换上拖鞋，于是没过几日，屋里就变得狼藉一片。毕雪梅半夜起来蒸包子，晚上很晚才回来，本已累得腰酸背疼，却还要拿着抹布跪在地上一寸一寸地擦洗，有的地方一遍擦不干净就擦两遍，每每忙到午夜。乔福林心疼大嫂，有时从菌包厂回得早就帮她一起擦屋子。但这也不是办法啊！于是他想出一个主意，凡是打算投资栽培十万袋以上黑木耳的人，才允许进去参观，其他人只允许在外面参观，他找人拍了些屋里陈设的照片，做了个宣传板立在楼边，供大家参观。

但也不是都这样，也有受益的，葛亚丽就高兴了，她小卖店里的方便面、面包、榨菜丝、火腿肠、矿泉水总是被参观的人抢购一空。当然，毕雪梅的包子铺就更火了，中午屋里总是挤满人，开始她摆了四张桌子，弄了几样小菜，供那些远道而来的人坐下吃个包子，喝口热水，也算尽了地主之谊。但即使她忙得头昏脑涨，包子数量一再提高，也无法满足那些蜂拥而来的参观者的胃口。没办法，在乔福林建议下，她雇了个外地男人，专门负责和面、醒面、揉面这种力气活儿，而她和先前雇的那名妇女，只负责剁馅儿、拌馅儿这种“技术活儿”。她把父亲家的堂屋打开，又添置了四张桌子，仍然不够用。看着那些人站在外面吃包子，她心中不忍，就推出了紫菜蛋花汤，每天装几大铁桶，随便大家喝汤，不要钱。每到这时乔福林就想，如果大哥乔福森在多好，那样他就可以为大嫂减轻负担，两个人夫唱妇随，他张罗来客，大嫂负责卖包子，多美好惬意啊！可是现实却是残酷的，回应他的只有呼啸的冷风，以及妩媚的雪花。

大哥，你在哪里？是死是活谁知道啊，哪怕你给我托个梦也好啊！

黑木耳火了，东和县林阳镇的黑木耳火了，一时间全国各地的黑木耳经纪人蜂拥而至，以至于将林阳镇仅有的几家小旅店挤爆。于是，有些经纪人干脆来到柞树村，租住在耳农家中，专等他家的黑木耳上市，采取了守株待兔的策略，生怕别人抢走生意。耳农高兴，不仅黑木耳价格暴涨，还能收取经纪人的住宿和伙食费，额外赚了一把。

天时地利人和，这时困扰黑木耳打眼儿技术、导致大田摆袋养菌时间短的问题，也迎刃而解——徐莲蝶发明了脚踏滚筒打眼儿机。这是一次革命性的发明。她是从洗衣机滚筒旋转中获取灵感的，又借鉴脚踏缝纫机杠杆传动原理，使放置在滚筒里的菌袋很快完成了打眼儿程序。当她把这台打眼儿机拉到乔福林菌地，亲自操作后，乔福林兴奋得简直要飞起来了。只见一个菌袋放进去，脚踏板一踩，贯通旋转一周就完成了几十个眼儿的打眼儿工作，省时又省力。

乔福林冲到徐莲蝶身边，真想给她一个大大的拥抱，可碍于身边那些打眼儿的雇工，以及婚姻、乡俗的约束，他还是忍住了。但他仍无法表达内心的喜悦，以及对徐莲蝶的感激、敬佩，他紧紧地握住莲蝶的手说：“谢谢你莲蝶，你真了不起，你太伟大了！有了你发明的这个打眼儿机，工作效率可以提高十来倍，可以提前大田摆袋养菌十几天，会养出更好、更优质的菌丝来，今年的黑木耳一定会获得大丰收！”

徐莲蝶也很兴奋，她终于研制成功半自动化的、堪称了不起发明的黑木耳机械，她深知有了自己的发明，一定会大大提高柞树村甚至全县黑木耳的种植效率，提高产品产量、品质。乔福林抑制不住内心的喜悦，给毕得财打电话告知喜讯。毕得财放下手头工作，立即向黑木耳办公室副主任林殿汇报。林殿马上向郭伟忠汇报，郭伟忠指示林殿和毕得财，立即前往柞树村，说如果情况属实，他从科技基金拿出十万元扶持徐莲蝶，要县电视台制作专题节目进行宣传、推广。

当天下午，林殿带着毕得财和电视台记者来到柞树村。经过多次实际操作，又与人工操作进行比对，证明徐莲蝶发明的脚踏滚筒式打眼儿机可以以一当十，提高效率十倍。

毕得财相当兴奋，近乎手舞足蹈了，说:“莲蝶你真了不起，太了不起了，你现在已经不是土专家了，而是名副其实的发明家，这个发明完全可以申请国家专利。”

徐莲蝶瞪着一双明亮的大眼睛，高兴得像个孩子，说：“得财哥，你不是忽悠我吧？我的这个发明，真的可以申请国家专利吗？”

林殿说：“完全可以，回去我就跟郭县长汇报，与科技局和工商等部门联系，尽快进入申报程序，争取早日获得审批。”

夜晚，郭伟忠听完林殿和毕得财的汇报，观看了电视台录像，非常兴奋，说：“这个脚踏滚筒式打眼儿机来得太是时候了，简直就是及时雨啊。”

林殿脸上也写满了笑容，说：“如果这种打眼儿机批量生产，势必会极大地推动我县黑木耳产业快速发展。”

郭伟忠说：“我现在就给科局和工商局领导打电话，请他们尽快完成申报的相关材料，早日上报获批。”

林殿表示了担忧，说：“按照一般申报程序，要想获得最后批准，取得专利号最快也得半年，到那时，今年黑木耳的打眼儿工作早就结束了。”

郭伟忠说：“你是说，我们不能缩手缩脚，可以两条腿走路，边申报边批量生产，推给耳农？”

林殿点点头，说：“这样做会违反国家相关法规，但时间不等人啊，要靠你的胆识和气魄了。”

郭伟忠说：“特事特办，特殊时期就应该打破常规，我觉得我们可以批量生产一些作为试验，让耳农边使用边改进。”

郭伟忠走到里间打了一个电话，几分钟后回来说：“我跟书记汇报了，他完全同意我们的意见，说改革就需要大胆尝试，要打破常规，可以边申报，边进行完善、试验性批量生产，以便检验、完善脚踏滚筒式打眼儿机的性能。”

林殿拍掌说：“太好啦，我立即布置，进行大批量生产、试验、调试，使广大耳农尽快受益。”

明星村

初伏过后，从全国各地再次蜂拥而来一大批黑木耳经纪人，据林阳镇统计，全镇预计驻扎着三百多名黑木耳经纪人。雨后春笋般，镇里突然冒出十几家旅店，而饭店数量也由原来的四家增加到十二家。林阳镇没有出租车，而这些对地形不熟的外地人腰包鼓鼓，出门习惯打车，于是林阳镇又出现了几十台三轮蹦蹦车，专门拉着这些外地人到田间地头查看、订购黑木耳，或者吃喝住店。更加让人们感到新奇的是，不知从哪一天开始，林阳镇竟然冒出一家歌舞厅。

林铁把这一情况跟郭伟忠做了汇报，郭伟忠也显得有些兴奋，说："这就是黑木耳产业的拉动效应，看着吧，如果我们把黑木耳种植规模扩大到五亿袋，或者十亿袋，到时拉动的可不就是你们林阳镇了，而是整个东和县，甚至周边地区。"

"十亿袋？"林铁睁大眼睛，不可思议地看着郭伟忠。

郭伟忠笑说："你瞪那么大眼睛干啥，像牛眼珠子似的，瞅着怪吓人的。你以为我说的是天方夜谭，不能实现吗？"

林铁说："太玄了，你这个目标太宏伟了，不敢想！"

郭伟忠说："为什么不敢想？当初乔福林只身一人搞黑木耳的时候，谁敢想象他能把这项产业做得那么大？谁能想象他现在建起了机械化的菌包厂？谁又敢想象，徐莲蝶这样的农村土专家，在实践中发明的脚踏滚筒式打眼儿机，已经获得了国家专利，你敢想象吗？人民，只有人民才是推动科学进步和历史发展的真正动力。至于你刚才说的林阳镇的餐饮、住宿、出租、歌厅等服务行业的巨变，你这个镇长以前敢想吗？"

林铁被他说服了，心想这个县长可不是一般人，不仅思想解放、视野开阔，而且敢闯敢试、勇于担当，心中就涌动起一股热潮，豪情万丈起来，就说："原来做梦也不敢想，但现在被你这么一说，又觉得不是没有希望。"

"所以说嘛，希望的田野啊！"郭伟忠笑说，"林铁啊，干吧，甩开膀子干吧，只要我们脚踏实地，勤勤恳恳，天底下就没有达不成的目标。"

这年仲夏，柞树村有几户耳农开始筹建新房，等到夏末卖完木耳，柞树村迅速掀起了一股建房热潮。侯宝山与村委成员研究后，出台了一个方案，凡是柞树村新建住房的，一律引导大家按照关大壮家住房外形设计，房盖彩钢瓦，外墙贴瓷砖或粉刷成白色、粉色、绿色、橙色等色彩，而且，村里把村南率宾河道北的区域，作为新房规划区，实行连片开发。他们的目的，就是要把柞树村装扮得靓丽起来。否则，在村里审批宅基地时不予支持。

其实，不用村委会制定这个方案，每家要新建住房的，都想把房子建得更加高大、宽敞、时尚、漂亮，他们请乔福林把县规划局设计室的工程师请来，好酒好肉款待，为自家量身定做出几款新式现代化住房图纸。结果等这些雨后春笋般冒出来的、比关大壮家更宽敞、外形更美观的新房建起来后，柞树村像女大十八变的闺女，一下靓丽、光鲜起来。就连关大壮都有些眼馋了，连说自己的房子砢碜，想要按照新设计翻建住房。肖金玉阻拦不了，就跑来找乔福林帮忙劝说。

一天乔福林遇到关大壮，两人谈了些黑木耳的事，他忽然想起肖金玉对自己的拜托，就说："你的房子刚建起来没几年，现在拆掉有些可惜，又很浪费，你再住几年，攒些钱，到时候一下子建个楼房多好啊，什么事情不要只看眼前，要把目光放得长远些。"

听了乔福林的开导，关大壮如梦初醒，拍着脑瓜说："可不是吗！你说得对啊大林哥，我再攒几年钱，到时候也建一个你家那样的小洋楼，过过华侨的日子，多美啊！"

这年春节之前，柞树村率宾河北岸靠近道路的地方，一下建起了几十座新式住房，红蓝彩钢瓦的房顶，以及洁白、粉红、嫩绿、橙红色彩的外墙，在一场瑞雪中俨然童话世界。腊月十六这一天，耳农们举行了集体搬迁仪式，他们要在新房里迎来一个崭新的春节。有村民给侯宝山建议，能不能在这喜庆的日子请林阳镇老年秧歌队来给助威、添彩，侯宝山爽快地答应了。

这天清早，天降瑞雪，整个柞树村笼罩在一派喜庆、欢乐、祥和的氛围中，突然，从村北的乡路上传来震天的锣鼓声和唢呐声，林阳镇秧歌队分乘两辆大客车来了。于是村中鞭炮齐鸣，左邻右舍齐出动，帮助喜迁新居者搬家，人们脸上始终洋溢着幸福、灿烂的笑容，好似在赴一场盛宴，俨然一个盛大的节日。

县电视台第二天就来录节目了，当天晚上的东和县新闻联播节目中，全县人们都看到一个崭新、时尚、童话般美丽的柞树村。而且在电视台的解说词中介绍，根据林阳镇政府的统计，柞树村依靠黑木耳产业，今年人均纯收入突破一万元。

三天内，东和县电视台录制的这条新闻，就被省电视台播出，于是一条爆炸性新闻在全省炸开了。

柞树村成了全省的明星村，也是目前为止唯一的一个人均纯收入万元村，省电视台节目播出后，许多外县领导带着镇村干部前来取经，也有不少想要发家致富的农民呼朋唤友前来“朝圣”，为了方便这些人学习取经，侯宝山组织乔福林和徐莲蝶，以及几个文化程度高的耳农，利用几个夜晚进行研讨，就黑木耳栽培的技术性问题和关键环节，以及病虫害防治等各抒己见，谈了自己栽培黑木耳的经验、教训，最后由徐莲蝶执笔，撰写了柞树村有关黑木耳栽培的技术要点，厚厚一沓子，由孙俊拿到林阳镇印成小册子，凡是来学习取经的，只要需要，每人免费赠送一本。

这天上午，乔福林正在菌地巡查浇水情况，他发现那些雇工还按往常惯例，每天上午八点和下午四点浇水，每天浇两遍。就找到工头赵毅，说：“这几天风大，气温明显升高，你告诉那些雇工，明天提前半个小时浇水，每次多浇十分钟，一天多浇一次，这样黑木耳才能不至于因缺水致病或者减产。”

赵毅连忙吆喝那些民工，按照乔福林的意思，大家分头推闸浇水。立时，六十亩菌地上水汽氤氲，雾气弥漫，在阳光照射下散发出绚丽的七彩光芒。乔福林看了一会儿，掏出手机给关大壮打电话，叮嘱他不要按常规惯例浇水，要把控好火候。

通完电话，乔福林来到率宾河边，脱下衣裤下了水，他向河中间蹚去。他看见河对岸的水面上，十几只中华秋沙鸭在嬉戏、游水，忽而像离弦的箭一样扑啦啦飞向天空，翱翔了一圈后，又扑棱棱落在水面上。远远的还可以看见，在撒金铺银的河面上，漂浮着几个红色浮漂，随着水流的波浪上下起伏。他经常在河里布下几片鱼挂子，弄几斤河鱼，中午在工棚前灶台上的大铁锅里舀上几瓢河水，切上几段山葱和野花椒，撒一把盐，撕几段朝天椒，然后把鲶鱼下到锅里，开锅后再扔里半盆紫茄子，盖上锅盖一焖，俗话说，鲶鱼炖茄子撑死老爷子，不多时一锅香喷喷极鲜美的鲶鱼炖茄子就出锅了。

还好，今天挂的鱼比往日多，而且令乔福林高兴的是，他挂住了一条三斤多沉的细鳞鱼，这种生活在冷水区的鱼属于珍稀品种，在中国只有观音岭附近的河流出产，过去属于给皇帝进贡的。细鳞鱼还没死，不甘心束手就擒，扭动着身子奋力挣扎，试图向深水区游动，把鱼挂子拖出去十几米。乔福林担心它逃脱，把细鳞鱼装进鱼篓，开始起鱼挂子。

突然，菌地方向传来吵嚷声，乔福林不知道发生了什么事，拽着鱼挂子朝岸边走去。走上河堤他发现，工棚前聚集了许多人，吵嚷声乱作一团。他以为民工之间产生了矛盾，吵嚷起来，担心他们真要是动了手，谁受伤都不是好事。于是他快步朝工棚跑去。

木耳保卫战

乔福林急急跑到工棚前，看见一辆蓝色中型卡车停在那里，几个陌生的年轻人，团团围住赵毅，一个胳膊上文了只蝙蝠、剃光头发的人，抓住赵毅的衣领正要举拳打人。

乔福林一把抓住他拳头，手腕用力一扭，文身青年俯下身子嗷嗷叫。乔福林撒开手用力一掼，文身青年倒退了两步跌坐在地上。

乔福林的另一只手上还拿着鱼挂子，他把挂子递给一个民工，从腰间解下鱼篓放在一边，对那帮人说："你们是干啥的？凭啥跑到这里撒野、打人？"

文身的青年大概没吃过这个亏，手腕被乔福林攥得通红，便龇牙咧嘴甩动着手腕，说："你他妈弄疼老子了，找死啊！"

乔福林说："小子，说话干净点儿，不要跟我带脏字。有事说事，没事滚蛋！"

文身的青年说："碍你他妈啥事，滚，别在这狗拿耗子多管闲事。"

赵毅说："他是我们老板，你先把嘴巴擦干净再说话。"

青年瞄了乔福林一眼，发现这个人胡子拉碴，头发上带着几根草屑，黑黑瘦瘦的，穿着和旁边民工差不多，根本不像个老板模样，就扑哧一声笑了，脑袋歪扭着看着乔福林，嘴角掠过一丝嘲讽，说："就他妈你？你就是这儿的老板？瞅你这损样也不像啊。"说完，他揶揄地耻笑起来，他带来的几个小青年也哄笑起来。他们大概看见乔福林穿着裤衩，身上晒得黢黑，光着的脚丫子上沾满了泥巴和草屑，怎么看都不像个有钱的老板。

乔福林懒得跟他们纠缠，说："你们不要无理取闹，说吧，啥事？"

青年说："好，既然你要说正事，咱就说正事，我们是来收木耳的。"

乔福林说："好啊，"他指着不远处晾晒棚里正在晾晒的黑木耳说，"黑木耳有的是，但得现钱交易，一手交钱一手交货。"

青年说："老子没钱，先赊着。"

乔福林笑了，俯身拿起鱼篓，递给旁边做饭的大师傅，说："先把鱼汤炖上，这里没你的事。"

大师傅接过鱼篓，手里攥着的菜刀拍得鱼篓啪啪响，说："我的切菜刀早上刚磨好，飞快飞快的。"说完他瞪着前边的一个文身小青年，"好狗不挡道，让开！"

那个青年怒了，不但不让道，反倒叉起腰来。

大师傅亮着白刃的菜刀指着小青年，说："你聋吗？"

那小青年碍于众人面前的面子，不想让开，却又害怕白刃森森的菜刀，于是骂骂咧咧地向旁边挪动两步。

乔福林对领头的那个文身青年说："兄弟，你来错地方了，难道你没听说吗，柞树村的黑木耳向来不愁卖，不要说赊账，就是交现钱，村里住着的那些外地经纪人，还愁买不到货呢。"

青年摇着头，坏笑地看着乔福林，慢慢地从腰里抽出一把小刀，在手里拍着，斜眼看着乔福林说："咋的，你耳朵聋啊，老子没钱，赊——账！而且老子还要告诉你，你们，"他用小刀指着逐渐围拢来的附近菌地的耳农说，"都他妈给我听好了，从今天开始，不对，就从现在开始，柞树村所有的黑木耳老子包圆了，谁他妈也不许偷着卖，必须卖给我！"

乔福林看着他手里的刀子，说："赊账可不行。我们与一些老客户合作了多年，不能违约，更不能让你把柞树村的黑木耳包圆，让你垄断。"

"这不是欺行霸市吗？"葛亚丽说。

青年指着她，骂道："你他妈再说一遍，老子刚才没听清。"

葛亚丽斜他一眼，说："不要以为文个身，拿着把破刀子就是黑社会，告诉你，在柞树村不好使！"

"对，不好使！"葛亚丽老公脖子一梗大声说，他把葛亚丽扒拉到身后，意图保护她。别看这人平时蔫了吧唧，但关键时候却像个男子汉。

"不好使！"

“对，在柞树村就是不好使！”

其他耳农也纷纷大声说。

文身的青年不屑地笑了：“柞树村的人挺牛啊。”他转身对那几个小青年吼道，“还愣着干什么，抄家伙啊！”那几个青年冲到卡车前，打开车门拿出几个铁棒，凶神恶煞般跑回来。

其中一个矮墩墩的、剃着板寸的青年说：“大哥，先，先干谁？”

文身青年指着葛亚丽老公说：“干他，先拿他开刀。”

矮墩墩的青年抡起铁棒朝葛亚丽老公头上打去。众人发出一声惊呼，这要是被铁棒砸到脑袋上，不开瓢也得半死。

就在有人惊呼、有人闭上了眼睛、铁棒将要砸在葛亚丽老公头上之际，突然它偏离了目标，抡空了，接着矮墩墩的青年一个狗啃屎趴在地上。接着，乔福林冲过去夺下他手里的铁棒，对他们怒目而视。众人见状，纷纷就近寻找防身器物，有的拿铁锹，有的拿木棒，有的挽起了袖子。而刚才那个大师傅，则挥舞着一柄大砍刀冲了过来。

文身青年急眼了，挥舞着刀子朝乔福林捅来，乔福林侧身躲过，挥起铁棒把刀子打飞，一脚踢在他小肚子上。突然，人群中发出一声惊呼，乔福林觉得脑后起了一股凉风，赶紧前趴躲避。只见寒光一闪，一柄砍刀贴着他头皮掠过。原来矮墩墩青年怒了，从卡车里抽出砍刀直奔乔福林脑壳砍来。乔福林一骨碌爬起来，握着铁棒与矮墩墩青年对峙。这时，文身青年捡起刀子，也跑过来。

看着这些亡命之徒，乔福林想，今天就是拼了性命，也不能让他们得逞，欺负柞树村的人。于是他大声说：“收起你们的刀子赶紧滚，不然你们走不出柞树村！”

文身青年说：“爷爷不是吓大的，而是闯大的，只要你不怕死，老子就跟你玩玩儿，弟兄们，弄残他！”

几个小混混叫嚷着把乔福林围在中间，而他们外围，是几十名手拿农具的耳农。

这时，从吊桥方向传来一阵呐喊声，接着关大壮和孙俊带着佟林等几十名村民冲到跟前。从关大壮手里拿着的铁棍就可以看出，他正在菌地干活，是有个村民给他打手机，他才从菌棚里拿起铁棍跑来的。

关大壮抬脚踹倒一个小混混，冲到乔福林身边说：“大林哥，你别怕，我来了！”他看出文身青年是带头的，铁棍指着他鼻子说：“你小子挺有种啊，竟然敢到柞树村来闹事、作死，小样，咱俩单练啊？有本事你就陪老子活动活动筋骨！”

文身青年见他铁塔似的壮硕，像个大黑瞎子站在面前，就有些胆怯了，但他还想镇住他，说：“来就来，老子怕过谁啊！你们都躲远点儿，别溅一身血。”可是话音未落，他手腕子上就挨了一脚，刀子飞向空中，插在地上，还没等他醒过神来，关大壮的大拳头就招呼在他脸上，他吭都没吭就倒在了地上。关大壮饿虎扑食，骑在他身上，铁棍举在他脑袋上就要往下砸。

“不要！不要砸！”人群发出一阵惊呼声，他们以为关大壮真要用铁棍把他脑瓜砸碎，因为他们最了解关大壮的品性，这个天不怕地不怕，连野猪黑熊都不怕的主儿，惹急了，啥事都干得出来。

乔福林和孙俊也惊出一身冷汗，同时发出呼声，“不要！”

关大壮问屁股下的文身青年：“服不服？”

文身青年吓得尿了裤子，众人哄然大笑。关大壮起身，踢了文身青年一脚，“老子当年不用猎枪就逮住一只公野猪，别说你这小身板了，还跑到柞树村撒野，你是活腻了！”

文身青年站起来，裤管上还往下滴答着尿液。

卖个好价钱

几个小混混欺行霸市事件后的一天晚上，乔福林来到关大壮家。他们刚吃完饭，肖金玉给孩子辅导作业，关大壮坐在凳子上擦拭猎刀。见乔福林来了，肖金玉连忙去厨房烧水沏茶，乔福林拿过猎刀看了看，凑到鼻子下闻了闻，说：“你以前杀死过多少动物啊？尽管过了好几年没用，上面还能闻到猎物的味道。”

关大壮不好意思地笑了，羞赧地说：“大林哥你这是夸我呢，还是挤对我呢？”

乔福林见他竟然脸红了，心想如此威猛、刚硬的男人，也有羞赧和羞涩的一面，觉得好玩，就想继续逗逗他，说：“大壮，你咋没记个账呢？”

关大壮以为他要自己给黑木耳记账，便搔搔脑袋说：“记账？拉倒吧大林哥，我念书时成天脑袋疼，逃课抓鱼，数学不好你又不是不知道，记账也是糊涂账。”

乔福林说：“简单记一下每天打死几个野生动物，也不需要多深的数学水平，你都不会？”

关大壮知他拿自己开涮，就说：“大林哥，我脑子笨，你可别捉弄我了。”

乔福林把猎刀还给他，说：“你不是早就不打猎了吗，咋还把猎刀擦得这么锋利、明亮干吗？”

这时肖金玉端着茶水进来，把茶杯放在乔福林面前的茶几上，看了关大壮一眼，说：“他呀，虽然不再打猎了，但手痒痒啊，只要晚上闲下来，就擦猎刀，你看看，”她指着墙壁上挂着的几把入库的猎刀说，“挨个擦，成天擦，我看他这是落下病了，两天不摸猎刀魂儿都没了。”

闲聊了一阵，乔福林话归正传说：“我今天来，是想跟你商量个事儿。”

关大壮说：“还商量啥，大林哥你有啥事儿尽管吩咐，我照做就是了。”

乔福林变得严肃起来，说：“这个可不是一般的事儿，得跟你们两口子一起商量。”

关大壮把肖金玉叫进来，两人一本正经地坐在对面沙发上，像小学生那样看着乔福林，等待他发话。

乔福林说：“是这样，自从那几个小混混来欺行霸市，试图垄断咱柞树村的黑木耳后，我睡不着觉……”

“你别说了，”关大壮抢话说，“那天把我气死了，要不是你拦着我，没准我就宰了他！”

肖金玉白他一眼说：“就你能，你是想吃枪子偿命是不是？”

怕他俩吵起来，乔福林连忙说：“是这样，我觉得咱们柞树村的黑木耳应该到工商局注册商标，形成咱们自己的品牌，不然将来别人看咱的黑木耳品质优秀，抢先注册，就坏事了。”

关大壮说：“你咋说俺咋办，不过这注册的事我可是一窍不通，有劲儿使不上啊，我看，你还是自己去办吧。”

乔福林说：“那当然，不过我主要目的是想以黑木耳协会的名义，由你当咱村黑木耳销售经纪人，统一价格收购，再按一个价销售，这样才能打破目前销售、收购乱象，减少损失。”

关大壮说：“你说的我懂，咱村现在几百户耳农，已经按照徐莲蝶的操作流程和技术标准栽培黑木耳，产品品质除了你家的好出一大截外，其他都差不多，但问题是每家各自为政，自主销售，那些木耳贩子随意杀价、提价，把好端端的黑木耳市场搅和的乌七八糟，咱黑木耳协会是该管管了。不过大林哥，你让我当全村的经纪人，这副担子太重了，我可没长那副肩膀，恐怕担不起。”

肖金玉说：“瞧你那点儿出息，大林哥那是抬举你，还三分钱的小葱，拿一把，咋想的你？”

被老婆数落一顿，关大壮一脸委屈，说：“老婆，我有多大能耐你还不知道，这些年要不是大林哥不嫌弃我，拉扯、帮衬咱们，我还是穷光蛋呢，我有啥可拿捏的啊。”

乔福林说："你说的我也考虑过，光凭你是不行，但如果你媳妇给你掌管财务，问题不就迎刃而解了吗。"

关大壮嘿嘿傻笑起来，摸着脑袋，看着肖金玉说："那敢情好，在这个世界上除了大林哥你以外，我最服的就是我老婆。"

肖金玉温柔地看着关大壮，脸色羞红了，娇嗔道："拉倒吧，你说的我咋不信呢？"

关大壮站起来说："我对着观音岭的观音庙发誓，我说的都是实话，如果我口是心非，屁股长大疮。"

看着他俩起腻，乔福林觉得自己这个电灯泡有些多余，说："那就说好了，你们两口子当柞树村黑木耳协会的经纪人，回头我再跟侯支书汇报一下。"

可是肖金玉却表示了担忧，他家孩子正上小学，如果他们两口子都当黑木耳经纪人，孩子咋办？

乔福林说："大壮他妈身体还挺硬朗，让她老人家帮着照看，做做饭没问题。"

关大壮说："行是行，我妈对她这个孙子是真心疼，交给她我放心。不过大林哥，当经纪人收购黑木耳，需要很大本钱，我家哪有那么多钱啊？"

肖金玉说："是啊，这几年搞黑木耳虽然赚了钱，但盖了新房后所剩无几，这两年才攒了十来万块，还不够收一家耳农黑木耳的钱呢。"

乔福林说："这个我想到了，我给你们出五十万，而且我在青岛、烟台和大庆的客户，都转让给你们，他们可是提前给预付款的。"

"真的吗？那可太好了！"肖金玉高兴得像个孩子。

关大壮给他茶杯里续水，端起自己茶杯说："大林哥，你就是我的恩人啊，啥也不说了，咱以茶代酒，我敬你！"

从关大壮家出来，乔福林趁着夜色往回走。夏风轻柔，蟋蟀轻鸣，月色如水银般洒落一地，乔福林边走边哼唱二人转《燕青卖线》：

三哥唤我来打擂
一心打擂神州城
急忙放下货郎担
将把针铃拿手中

手拿针铃叮当响

召唤一声卖丝绒

…………

走着哼着，不自然地就迈进自家院子，他愣了下，转身又推开院门，去敲响了东院的院门。

水之困

侯宝山正在家泡脚，当他听乔福林说，要以黑木耳协会的名义，由关大壮夫妇集中收购销售柞树村黑木耳，而且每销售一斤干木耳协会提成一毛钱，用于发展柞树村的社会福利事业时，心里不由暗自佩服，这小子确实是个干事业的料儿，脑瓜灵光，又没有私心，时刻把村里的公益事业放在心上，真是难得的人才啊。于是侯宝山说："你的这个想法很好，一是解决了销售乱象，避免贩子们随意抬价、杀价，减少耳农损失；二是致富不忘乡亲们，咱村那些孤寡、残障人员没有能力栽培黑木耳，收入很低，你们发财了，帮助他们一下是积德行善，值得表扬和鼓励。"

乔福林见他这么说，就说："那好，我还有个想法，一并跟你说了吧。"

侯宝山来了兴致，拿起擦脚布擦干脚丫，让齐丽美把洗脚水倒了，他趿拉着拖鞋去洗手间洗了手，回来给乔福林沏茶，说："喝点儿好茶，这是儿媳妇吴雅娟去年春节给我拿来的，藏茶。柞树村还没通自来水，村民喝的都是山泉水，虽然没经过严格的消毒，但这水柔和，还带点儿甜味，沏茶特别好喝。"

乔福林喝了口藏茶，果然香气扑鼻，韵味悠长，舌底生津，说："这茶就是好喝，比我的茶强多了。等哪天我也买点儿，用来招待客商。"

侯宝山说："不是我跟你显摆，据雅娟说，藏茶基本属于红茶顶端，市场上很难遇到的，我还有一盒没拆封，一会儿走时给你带上。"

乔福林说："那多不好意思，这是人家吴站长孝敬给你的，我哪能趁火打劫呢？"

侯宝山说："啥趁火打劫啊，不就是一盒茶叶吗，我喝都白瞎了，你拿走，招待那些采购商，也能干点儿正事。”

乔福林说：“好办，哪天去林阳镇办事，我去火车站找吴雅娟，让她帮着买点，她送你的茶叶，你还是留着自己享用吧。”

侯宝山给他茶杯倒上水，说：“哎，你刚才说有个想法，是啥高招妙计？说来听听。”

乔福林说：“是这样，我想咱村村民这些年靠黑木耳赚了钱，但生活水平却没有多大改善，比如自来水仍然没有入户，这是个涉及每户人家的大问题，是该解决了。”

侯宝山叹口气说：“你算说到我心坎儿去了，福林啊，柞树村的自来水，一直是我的心病啊，我就想，如果退休前能把咱村的自来水给解决了，我就没啥大遗憾了。”

乔福林自己倒了杯茶水，说：“既然这样，咱不能再等了，村里拿出解决方案，我帮你们一把。”

侯宝山凑过头来，温声悦色说：“咋的，你想投资建设呀？”

乔福林说：“我找人打听了，柞树村要想实现家家通自来水，包括修建蓄水池和主网管道，大约需要一百八十万，我的钱投入菌包厂一部分，答应关大壮入股他的经销公司五十万，还得留足明年发展木耳的本钱，也就能剩下百八十万，这样，我拿出五十万，资助村里搞自来水工程。”

侯宝山激动地站起来，光着脚踩在砖地上，一把抓住乔福林的手，说：“谢谢你福林，我代表村民们谢谢你。这样，有了你的五十万垫款，我明早就召开村委会研究，如果获得通过，我立马去县里找郭县长，找水利局，请他们帮助解决剩下的资金。”

侯宝山也是军人出身，做事利落，从不拖泥带水，第二天一早他就让孙俊把刘石头等村委会成员喊到村委会，把乔福林赞助村里修建自来水的事说了。大家听了都很兴奋，说早就盼着这一天了，乔福林这回可为村民办了件功德无量的大好事。

妇女主任说：“每回去林阳镇，看着人家在屋里把水龙头一拧，自来水哗哗流出来，我心里那个羡慕啊，就不用提了，心想你看看人家的妇女多享福，不用顶风冒雪去挑水，洗衣服也不用去大河，做饭烧水拧开水龙头就出水，既清澈又卫生，多好啊！这回可好了，咱村的妇女也要享福了。”

大家统一意见后，侯宝山就和会计坐客车去了县城。他找到郭伟忠，把事情说了一遍。郭伟忠说：“你们的这个计划很好，乔福林的做法也值得表扬，老支书，我很惭愧啊，我来县里这些时间光顾着抓经济发展，竟然忽视了民生事业，柞树村作为全省黑木耳专业村，竟然还没吃到自来水，我听了很惊讶，脸上发烫。”

侯宝山深受感动，说：“怪不得你县长，要怪就怪我们柞树村太偏僻，被周围大山阻隔着，以前生活太艰难，大伙能吃口饱饭就不易了，哪敢奢望喝上自来水啊。要你这么说，我这个当了几十年的村支书，更无地自容了。”

郭伟忠拿起电话，打给水利局长，让他们务必把柞树村的自来水工程列入计划。水利局长说：“你是县长，一句话，我明天就去省城汇报，多了不敢说，争取来五十万应该没问题。”

郭伟忠怕他说大话，便想将他一军，说：“如果你有困难，我跟你一起去省里汇报争取。”

水利局长说：“那敢情好了，我们求之不得，如果大县长去了，没准多给点儿也不是没有可能。”

郭伟忠说：“那好，你马上起草报告，咱们明天晚上去省城，后天上班就汇报。”

两天后，郭伟忠的秘书在省城给侯宝山打来电话，说经过郭县长到省水利厅积极争取，厅里答应给柞树村自来水工程专项拨款一百万，并提供二十万元的相关材料。

侯宝山那个兴奋啊，当即骑着自行车来到乔福林的菌地。乔福林正在检查第四茬儿黑木耳的晾晒情况，他发现新雇来的几个外地农民工采摘不仔细，把一些手指盖大小的耳芽也摘了下来，就对赵毅提出了批评，认为他把关不严。乔福林让赵毅以后仔细点，不能葫芦搅茄子，不然不仅会因等级不同而卖不上价，而且还把正在生长的耳芽破坏了，得不偿失。吩咐完，他走出菌地，朝菌棚走去。

侯宝山满面春风地骑着车子，老远就喊福林。

他跳下车支好车梯子，兴奋地说：“妥了，福林，咱们的设想妥了！”

乔福林知他说的是自来水项目，但他也没想到侯宝山办事如此神速、完满，自然也十分高兴。

侯宝山把事情经过说了一遍，乔福林感慨道："看起来我们的设想提出的晚了，不然咱村早就吃上自来水了。"

侯宝山说："其实也不能这么说，如果不是成为全省的黑木耳专业村，咱就没有这么大的知名度，就很难获得有关部门的理解和支持。其实，前几年我参加全县村级干部会议时，就跟水利局一把手提出过，可人家说全县三百多个村庄，要按计划一步步推进，不能单独给咱开绿灯，走后门，所以就没考虑咱。"

乔福林走进菌棚，拿出两瓶矿泉水，拧开一瓶递给侯宝山，自己打开一瓶仰脖子咕咚咕咚喝了几口水，说："你这么说，咱村还是沾了黑木耳的光呢，真没想到，它能给大家带来这么大的实惠。"

柞树村的自来水是上冻前装好的，那天中午，刘石头的声音出现在广播喇叭中，告知村民说，五分钟后自来水通水，请各家做好接水准备。

十一点三十八分，村西水厂大门前，随着侯宝山一声令下，孙俊推上水闸，一阵鞭炮声中，柞树村家家户户爆发出一阵阵欢呼声，许多老人拿起水瓢接满自来水，仰脖畅饮，激动万分，有些人甚至喜悦得眼泪都出来了。许多家门前燃放起鞭炮，红色纸屑漫天飘飞，人人脸上洋溢着幸福、喜悦的表情。

为了彰显乔福林的义举，以及相关领导和部门的支持，侯宝山请徐锡坤写了柞树村自来水记，命人刻在一块石碑上，立在水厂门前。

惊人的红利

元旦前两天，乔福林召集黑木耳协会会员开会，他特意把侯宝山请到会场。乔福林把今年黑木耳协会的主要工作，一一向大家做了汇报。

接着乔福林说：“下面，请副会长徐莲蝶通报全村耳农收成情况。”

“好！好！”台下的佟林一边鼓掌，一边兴奋地叫好。

徐莲蝶站起来朝主席台走去，听见佟林的叫好声，脸上现出不自然的表情，微微涨红起来。

旁边的人见佟林如此兴奋，说：“你叫好拍巴掌也没用，莲蝶现在也不是你媳妇儿了，兴奋个啥呀？”

佟林下巴一扬，得意地说：“你管得着吗？我愿意，我高兴，咋的吧。”

那人嘀咕道：“孩子死了来奶了，早干吗去了。”

佟林眼睛一直追随着徐莲蝶的身影，放射着喜悦、兴奋的光芒，说：“那是过去我浑蛋，现在我改邪归正了，浪子回头金不换，知道不？一点儿文化也没有。”

那人撇嘴说：“就你还浪子呢，我看你顶多是放下杀鸡刀立地成佛。”

佟林的眼光一直追随着徐莲蝶，不耐烦地说：“别搅乱，没工夫跟你磨牙，瞧不起谁呀，你看着吧，莲蝶早晚还得是我媳妇。”

徐莲蝶在主席台坐下，翻开一个笔记本，清了清嗓子说：“经过几天的统计、测算，今年柞树村一共种植了两千一百万袋黑木耳，收获干品二百三十万斤，实现产值四千六百八十万元，纯收入两千一百六十万元，每袋纯利超过一元。”

侯宝山鼓掌，协会会员们也都热烈鼓掌、叫好。最热烈的当属佟林，他甚至激动地站了起来，巴掌拍得啪啪响。

乔福林见状，笑着朝他摆摆手说：“佟林你坐下，不要打扰徐莲蝶，让她接着说。”佟林这才发现自己失态了，赶紧坐下。

葛亚丽说：“二迷糊你激动个啥呀，莲蝶说的这些跟你有一毛关系吗?瞧你兴奋的，好像你家种了黑木耳似的。”

佟林说：“葛亚丽，我叫佟林知道不?连侯支书和乔会长都叫我大名，偏偏你还叫我外号，有点儿瞧不起人了啊，我警告你，如果以后再这样，别怪我不客气。”

葛亚丽伸了下舌头，说：“对不起了二迷糊，”她发觉又说走嘴了，赶紧轻轻抽了自己一个嘴巴，“瞧我这破嘴，叫习惯了，一下子没注意秃噜出来了，佟林同志，佟总经理，你宽宏大量，大人不记小人过啊。”

众人哄笑起来，一时间会场里有些乱哄哄的。乔福林站起来挥手，大家才逐渐安静下来，他笑说：“这才哪到哪，耗子拖木锨，大头儿在后头呢。”

乔福林把关大壮请上主席台，让他把经销公司的账目报一下。关大壮平生第一次在这么多人的场合上发言，别看他平时咋咋呼呼，天不怕地不怕的，但现在却满脸通红，扭捏得像个大姑娘，似乎连步都不会走了，挪动着小碎步像个害羞的小媳妇儿，特别招笑。大家就一边笑，一边起哄。关大壮的脸更红了，来到主席台前，半个屁股坐在椅子上，没坐稳，身子突然往下出溜，他连忙用胳膊肘压在桌子上，结果把面前的茶杯碰翻了。会场上又响起一阵哄笑声。他的滑稽样子让乔福林也有些憋不住想笑，但还是忍住了，示意大家安静，会议室里虽然安静下来，但仍有许多人看着黑大个儿出洋相而忍俊不禁，捂着嘴偷笑。

关大壮嘴唇张了张，突然站起来说：“我，我太紧张了，还是我老婆说吧。”

乔福林见他如此狼狈，知道实在难为他了，就让肖金玉上台。

看得出来，虽然肖金玉也很紧张，脸红彤彤的，但她不像关大壮那样紧张得挪不动腿，张不开嘴，而是落落大方地在主席台前坐下，甚至学着侯支书开会时讲话前的样子，咳嗽了一声，手指在话筒上敲了敲，试试话筒好不好使。众人又笑了。

肖金玉开始报账。虽然有人窃窃私语议论他们两口子，但很快，他们惊得嘴巴都合不拢了。因为他们听到，经销公司成立后，在林阳火车站站长吴雅娟帮助下，将黑木耳销往外省几个大纺织厂后，每斤利润达到了两块五毛钱，全年实现利润三百八十万元！

“啥？”

“不可能吧？”

“吹牛，绝对是吹牛！”

“肯定是算错了。”

会场一下炸了锅。嗡嗡声快要把屋顶掀翻了。就连见多识广的侯宝山也觉得太玄，脑袋“嗡”的一声热血上涌，他努力稳了稳神，对肖金玉说：“你是不是把小数点点错了？再好好算算。”因为在他脑子里，别说赚了三百八十万，就是赚三十八万也是烧高香啊。

肖金玉把账目推给他，让他自己看。

侯宝山戴上老花镜，皱着眉，把账本捧过来仔细查看。当他亲眼看着账本上清清楚楚写着三百八十万时，热血再次上涌，差点儿晕过去。

侯宝山喝了口水，竭力使自己镇定下来，他以为自己看花眼了，摘下眼镜揉了揉眼睛，又戴上眼镜细看，还是三百八十万元。这回他彻底相信了，便举着账本对台下说：“同志们，乡亲们，的的确确是三百八十万啊，肖金玉没有骗大家。”

“我的那个乖乖啊，”葛亚丽伸着舌头说，“吓死我了，真没想到啊，这么说，以前那些贩子挣了我们这么多钱啊，我们不成了冤大头了吗！”

佟林说：“你以为呢，自古以来买的就没有卖的精，你不是冤大头谁是？”

葛亚丽说：“滚犊子，没人爱搭理你。哎，乔会长，你们这三百八十万咋花呀？”

乔福林说：“经过我们商量，决定每年拿出纯利的百分之十，补贴那些遭受病虫害损失的耳农，剩下的资金每年拿出百分之十，用于柞树村的养老、助学、村屯绿化和环境卫生改造等民生事业……”

一位村民大声说：“那你和关大壮又出资金又出力，不是白干了吗？”

乔福林笑说：“那你可想错了，我俩当然不能白干，既然是市场经济，就应该按劳取酬，要公平、公正，不然我们不成傻子了吗？”

众人不再小声议论，而是支棱起耳朵想听听他是如何分配的，是不是剩下的百分之八十的纯利，都让他和关大壮分了。

乔福林笑笑，说："大家不用担心，当初经销公司注册资金是六十万元，我出五十万，关大壮出了十万，我决定，我出的五十万元资金，作为启动资金赞助，剩下的十万元资金参与分红。"

侯宝山站起来，再次带头鼓掌。佟林也连声叫好。

告急

散会后，侯宝山走出会议室，乔福林从后面跟上来，侯宝山见他连棉帽子都不带，外面冷风飕飕的，担心他着凉感冒，就又折回走廊，问：“你这么着急忙慌的找我，有事啊？”

乔福林说：“明天你让村会计来，把那百分之十划到村里账上。”

侯宝山点点头，说：“不急，福林哪，这些钱怎么花，你有没有啥好的建议啊？”

乔福林说：“划到村里账上就是村里的钱，至于怎么花，由村委会决定，我无权干涉。”

侯宝山说：“好，有你这句话我啥也不说了，不过你放心，我们花的每一笔钱，到年末都上墙公布，再给你们抄写一份，由你们和村民监督。”

乔福林说：“好啊，财务公开透明，群众监督。”

侯宝山递给他一支烟，乔福林给他点着，他吸了一口，说：“福林，我是这样想的，这第一笔钱要花在刀刃上，我想建议村委会在村东“吊水壶”边的山脚下，为那些失去子女的孤寡老人建一座养老院，不知你意下如何？”

乔福林说：“好啊！这个地方好，南边是牵宾河与吊桥，旁边是吊水壶瀑布，风景如画，空气清新又幽静，你选的这个地方太好了！我举双手赞成、拥护！如果村委会通过了，那你们可为咱村的那些孤寡老人做了件大好事、大善事，会有福报的。”

侯宝山戴上棉帽子往外走，来到门口说：“这些老人为柞树村的开发、建设出了一辈子力，老了，没有劳动能力了，又无儿无女，我们应该让他们安享晚年。至于福报吗，那是你的，没有你带头栽培黑木耳，咱柞树村要想装自来水，建敬老院，得等到猴年马月吧。”

乔福林见他着急走，知他村委会还有事，就跟在后边说：“侯支书，还有一件事，关大壮他们开始没有销售门路，是你儿媳吴雅娟利用她在铁路上多年积累的人脉，帮着介绍了不少客户，才把销售局面稳定住。因此，为了感谢她，我们协会经过商量，决定送给她十万元作为回报。”

侯宝山停住脚步，看着他脸疑惑地问：“多少？你说多少？”

乔福林说：“十万元。”

侯宝山连连摇头，说：“不行不行，太多了，你们要是请她吃顿饭我不反对，但一下给她这么多钱，绝对不行！”

乔福林说：“侯叔，现在是市场经济，没有啥的。再说如果按照我们奖励销售所制定的分成比例，再给他几个十万也不多。”

侯宝山想了想，说：“那好，你自己把钱送给她，反正我不经手，再说，我，我见了她，我受不了啊！”说完他眼圈红了，走下台阶，朝一壁之隔的村委会走去。

西北风顽皮得像个孩子，卷起一些雪末子随着他的脚步走。乔福林望着他风雪中踽踽独行的背影，不禁感慨万千，老支书明显老了，尤其侯玉虎牺牲后，他走路都不再虎虎生风、噔噔有力了。

这是乔福林第一次造访吴雅娟家。一个周六上午的 8 点多钟，他敲响了她家的防盗门。吴雅娟从门上的猫眼儿里确认是乔福林后，打开门把他迎进来。她穿着一件淡粉色睡衣睡裤，头发凌乱得像鸡窝，脸上的眼影似乎还在。她慵懒地耸耸肩膀，自嘲地笑了笑，递给他一双拖鞋，顺手摩挲了两把头发，向低头换拖鞋的乔福林歉然一笑，说：“礼拜六，自然醒。”

乔福林一边换拖鞋，一边抬头笑说：“那我是不是搅醒你的美梦了。”

吴雅娟淡然一笑，指指沙发说：“坐，都这么大年纪了还做啥美梦啊，不是睡不着，就是睡不醒，反正在床上骨碌呗。”

乔福林在沙发上坐下，仰脸看着她，说：“那你可错了，虽然岁月催人老，但老天并没有剥夺我们做美梦的权利啊。”

吴雅娟给他倒了杯白开水，递给他，叹口气说：“唉，自从玉虎走后，我就从没做过甜蜜的梦，不做噩梦就烧高香了。”

乔福林不敢顺着她说下去，怕勾起她的伤心事，故意把脑袋转了转，夸她屋子装修得有品位，收拾得干净整洁。

吴雅娟脸红了，赶紧把卧室门关上，因为那里现在乱得像猪窝。她重新坐回到乔福林身边，说："现在懒得收拾屋子，聪聪学习太忙，家里时常只有我一个人，高兴了精心收拾收拾，懒得动弹，就随便一划拉，反正我这三五天也不来一个人，埋汰点也没人发现，挺好的。"说到这里，她看了眼乔福林手里的提包，才想起问他来家里有啥事。

乔福林把十万块钱拿出来，放在茶几上，说："为了感谢你的帮助，我们决定给你十万块酬谢费。"

吴雅娟弹簧似的站起来，一双美丽的眸子上下滚动，看看那些钱，又看看乔福林。

二迷糊上火了

谁也没想到，原来当作废物扔掉的锯末子，突然有一天成为紧俏货，这年冬天柞树村突然陷入锯末子恐慌，除了乔福林早就与观音岭林场签订了长期供货合同不犯愁外，其他大多数耳农都买不到锯末子了。于是市场上又出现了掺杂使假现象，有些人为了发昧心财，不知从哪弄些柞木锯末子，再往里掺一些杨木、松木、核桃木、柳木等锯末子，呼隆隆拉着来到柞树村的大榆树底下叫卖。

经过这些年的积累，耳农逐渐相信科学，知道掺假的锯末子不仅长不出好木耳，还容易受病，于是他们宁可自己出去寻找真正的柞木锯末子，也不搭理那些贩子。但有人实在没有办法了，眼看快过小年，如果过了春节再不拌料、灭菌，恐怕明年种植黑木耳的计划就要泡汤，他们实在被逼急了，就铤而走险，买了些掺杂使假的锯末子。

佟林急了，他的菌需购销部积存的锯末子早就销售一空，这几日像热锅上的蚂蚁，急得团团转，他去了几个林场，想大量收购柞木锯末子，可除了观音岭林场以柞树为主要采伐树种外，其他林场大都采伐松木、桦木、杨木，而且根据天保工程要求，采访量越来越少，许多采伐工人变成了护林员。从几个林场回来后，佟林就开始上火，绞尽脑汁也想不出好办法，几天不见嘴上起了一圈燎泡。

自从儿子着调开起菌需物资购销部后，佟凤凤就让他搬到自己这边住了，一是他原来的屋子作为购销部，二是她帮他洗衣做饭，让佟林节省时间做买卖。这天早上起来，佟凤凤看见佟林的样子吓了一跳，只见他上嘴唇上起了一个疮，嘴角上和下嘴唇上有两个黄豆大的燎泡，里面满满的脓水似乎要把燎泡涨破。佟凤凤知道，这些天儿子为锯末子的事上火，所以起早给他沏了碗冰糖鸡蛋水，想给他败败火，却没想到他的火竟然这么大，便拿出一个三棱子针，逐一将燎泡挑破，抹上大酱。

佟林疼得龇牙咧嘴，抹上大酱疼痛减轻些，便穿上棉袄朝外走，佟凤凤端着冰糖鸡蛋水在后面喊：“上哪去啊？早饭还没吃呢！”

佟林抓着棉帽子，说：“我去找侯支书，让他帮着想想办法。”

佟凤凤说：“这孩子，再着急也要吃饱饭啊，人是铁饭是钢，一顿不吃饿得慌。”

佟林没搭腔，继续朝院外走去。

佟凤凤一把抓住他胳膊，说：“把鸡蛋水喝了。”佟林接过碗，几口把鸡蛋水喝光，嘴角抹的大酱被冲淡许多，他疼得直咧嘴。

佟林来到侯宝山家的时候，他正坐在炕桌上吃酸菜馅儿饺子，齐丽美在锅台前盛饺子汤，老人有个习惯，吃饺子必须喝饺子汤，所谓原汤化原食。

侯宝山问：“吃了吗？”

佟林说：“没吃。”

侯宝山屁股往炕里挪挪，冲外屋喊：“拿副碗筷来！”

齐丽美应声拿来一副碗筷，放在桌子上，说：“趁热吃几个饺子，五花肉酸菜馅儿的，我放了点荤油，可香了。”

佟林一副苦瓜脸地在沙发上坐下，闷声说：“你们吃吧，我没有心情吃。”

侯宝山看他表情沮丧，嘴巴上抹了大酱，知他上火了，说：“不容易啊，以前不知愁的人，现在也知道上火了，说吧，是不是锯末子闹的？”

佟林哭丧着脸点点头，“你说咋整啊侯支书？我要愁死了，你可得帮我想想办法啊。”

侯宝山的筷子在那副空碗上敲敲，“先吃饺子，不然一会儿就坨了。”

佟林瞅瞅饺子，冒着氤氲热气，的确惹人垂涎，但他真的没有心情吃，大鹅似的抻着脖子咽了口唾沫，说：“吃不下啊，嗓子发炎肿得封喉了，喝水都疼。”

侯宝山再看他的眼里，便多了些温柔和同情，叹口气说：“都说浪子回头金不换，佟林啊，你能有今天这个态度，能为干点儿正事而着急上火成这样子，你的忙，我帮了。”

侯宝山和佟林是在第二天黎明时坐上开往小兴安岭火车的，为了赶时间，从柞树村出发前，他给儿媳吴雅娟打了个电话，让她给预留两张去林都伊春的火车票。吴雅娟不敢怠慢，立即办理。当晚，吴雅娟在林阳镇一家饭店请他俩喝酒，酒足饭饱后，安排两人住在车站招待所。

坐了一天一宿的火车，侯宝山和佟林来到伊春市，出了站台，看见一个年轻小伙子举着牌子接站，牌子上写着侯宝山的名字，站外停着一辆越野吉普。两人钻进车里，大约一个半小时后，越野吉普停在一栋大楼前，小伙子前面带路，两人朝大楼走去。待到近前，看见大门左侧挂着一块牌子，写着“暖泉河森工林业局”。转上三楼，他们被小伙子引进一间挂着“副局长”牌子的办公室，一位中年男子从办公桌后面站起来，走过来与他们握手寒暄，喊侯宝山叔叔。

趁中年人沏茶的工夫，侯宝山和佟林在沙发上坐下，问：“你爸身体还好吗？他有七十了吧？”

中年男人把两只茶杯放在侯宝山面前的茶几上，说：“侯叔你记性真好，我爸过了年就七十了。”

坐了一宿火车，侯宝山正口干舌燥，一口气把茶水喝干，说：“如果我没记错的话，老连长是二月二十八生人，我俩差一天的生日。”

中年男子说：“侯叔说得对，我爸是二月二十八的生日。您二位还没住宿呢吧？走，咱先去宾馆做个登记，你们简单洗漱一下，再去吃早餐。”

侯宝山摆手，示意他坐下，说：“住宿吃饭先不急，我来有件事想拜托你帮忙。”

中年男子说：“昨晚我爸给我打电话了，命令我必须接待好您，还要把您的事情办得妥妥的，您放心，我一定尽全力帮您办事。”

侯宝山心里一暖，说：“那你有没有把握啊？不能让我这老头子白跑一趟，高兴而来，扫兴而归吧？”

中年男子虽然是名领导，但没有一点儿官架子，说话温声软语，彬彬有礼，一看就是家教很严的人，他说：“哪敢，哪敢，听说你们要用锯末子搞地栽黑木耳，我爸别提有多高兴了，我哪敢怠慢让您老空手而归啊？”

听了这话，侯宝山心里有了底，遂跟着他到宾馆登记，并在小餐厅吃了早餐。吃完饭走出餐厅，一位鬓发皆白、精神矍铄的老者早已在餐厅外的沙发上等候，他明显有些激动，双手颤巍巍地朝前伸出来，向侯宝山走过来。

侯宝山快走两步，紧紧握住这位精干老者，喊了一声老连长，与他抱在一起，两人紧紧地拥抱着，摇晃着，都热泪盈眶。

因为公务缠身，中年男子不能陪他们去各个林场考察，便委托父亲陪同。还是昨天那个小伙子开车，还是那辆越野吉普车，佟林坐在副驾驶位，两位久别重逢的老战友手拉手，坐在后面叙旧。

不愧是林都，越野车行驶在林间公路上，两眼望去满目皆是青翠的松树、洁白的桦树，以及更多的黑黢黢的柞树。道路是运材道，积雪达到半米厚，中间被大型运材卡车趟出两道深深的辙印，越野车虽然性能优越，小司机仍然谨慎驾驶，速度也起不来。

侯宝山心里仍然不托底，问：“老连长，国家实施了天保工程，基本不允许采伐了，你们这还能有锯末子吗？”

老连长说：“你就把心放到肚子里去吧，我说有就是有。”

佟林也表示了担忧，说：“我看道路上没有几辆运材车，哪来的锯末子啊？”

老连长说：“一会儿你们就看见了，别着急。”

说话间，越野车停在一个林场的加工厂前，场院里一边堆积着如山的黑黢黢的柞木，一边码放着整齐的加工好的、露着白茬儿的板材。下了车，一阵电锯刺耳的声音传入耳膜，老连长前面带路，侯宝山和佟林紧紧跟上，一阵寒风袭过，将屋顶的积雪刮下来，摔碎在眼前的地上。

“还不信呢，看看吧，耳听为虚眼见为实，这会儿你俩该相信了吧！”老连长指着前面小山似的锯末子说，“这些东西在我们这里是废物，烧火不起火苗，又没地方堆放，只好拉到深沟里填埋，或者在夏天被烧掉。”

佟林眼睛放光，抓起一把柞树锯末子凑到鼻子前嗅了嗅，把锯末子扔掉，拍去手上沾着的细末，兴奋无比地说：“开眼界了，这回开眼界了！不愧是林都啊，到处都是优质木材，太牛了！”

侯宝山也高兴，说：“瞧你高兴得像个孩子，这回你该放心了吧，二迷糊！”说完他自知嘴巴又秃噜了，犯了佟林的大忌，赶紧拿眼神瞄佟林，生怕他当着老连长面生气，怼自己。

佟林是真高兴了，不仅没怒怼侯宝山，相反还朝他拱拱手，说："侯支书，谢谢您老人家，我这回要发大财了。您是我的贵人哪，谢谢您老了，回头我给您买好酒喝！"

这天直到黄昏，越野吉普才回到暖泉河森工林业局驻地，老连长带着他们一口气跑了五个林场，与几个木材加工厂签订了锯末子购销合同。刚才在车上，佟林粗略算了算，一共签订两千七百吨柞木锯末子订购合同，为了长远打算，佟林把合同签了五年。各个林场十分积极，原本要花费人力、物力扔掉、烧掉的锯末子，却有人当成宝贝，跑一千多公里来购买，而且价格还挺高，他们就很积极，也没抬高价，相反价格由佟林决定。

按照以前的脾性，佟林肯定会把价格压得很低，那样可以赚取更大的利润，但左思右想后，他还是咬牙决定按现在市场价格签合同。签字时，他看了侯宝山一眼，发现他看自己的眼光都变得柔和亲切了，那里面满是赞许和钦佩的含义。

当晚，老连长在家招待他俩，他儿子虽然贵为副局长，也不得不来作陪。老连长把珍藏多年的好酒拿出来，几个人吃火锅。酒过三巡，佟林站起来敬酒，感谢侯宝山和老连长的鼎力支持，破解了他的难题，为表真心实意，他一连干了三杯高度白酒。结果，很快他就有些微醺了，舌头也有些打卷。

翌日，老连长带着侯宝山去看望几位老战友，佟林请老连长儿子帮忙，联系十台大卡车。傍晚的时候，十台装满柞木锯末子的大卡车就出发了，为保险起见，佟林亲自押车。

两天后的中午，天正下着小雪，村民们都在家吃午饭，突然十台大卡车齐刷刷威武地开进柞树村。卡车来到大榆树下，佟林让司机们停车，按响了喇叭。于是正在吃午饭，或者吃完饭睡午觉的人们，都被这震耳欲聋的喇叭声召集到大榆树下。佟林像得胜回朝的将军，跳下车，挺着胸脯大声说："乡亲们，你们的锯末子问题解决了，有需要的一会儿到我家购销部登记购买，要多少有多少，不限。"

葛亚丽先出来的，她穿着一件米黄色羽绒服，围着条紫色围巾，说："佟林，你小子从哪弄来这么多锯末子？厉害呀！"

佟林得意地说："变戏法变出来的呗。"

这时停在大榆树下，好几天也没卖出多少掺假锯末子的几个贩子，来到佟林跟前，吹胡子瞪眼地说：“你是哪来的？跑这儿来搅和市场，不要命了吧？快滚！”

佟林眯缝着眼睛看着他们，嘴巴朝村民一扬：“我也不知道我是从哪来的，你问问他们，我是哪来的。”

手机响起来的时候，乔福林正在菌包厂与民工们一起装锯末子，民工越来越不好雇了，附近村屯都搞起了黑木耳，现在正值隆冬，是做菌的好时机，家家户户都在菌房里忙，白黑昼夜转，恨不得把一天二十四小时延长到四十八小时才好，一人长出四只手才好。按理说，农民忙些好，说明有正事了，不再猫冬耍钱，并且把冬闲变成了冬忙，为来年春天黑木耳下地做准备。但现在问题也随之出现，大部分年轻人去了南方打工，留在家里的年轻人需要照顾年迈、病重的父母，其他就是中老年人和妇女，因此雇工比以前难多了，而且价格像发面馒头，一再上涨。

乔福林需要雇工多，他到周围几个村屯转了一圈，却没雇到人。实在无奈，他去了一趟邻县，雇来十几个相对年轻的人。

电话揣在棉袄兜里，棉袄放在门口的木架上，因此它响了好几次，才有路过的雇工告诉他有电话要接。满面灰尘的乔福林跑过来，接听电话，可是他还没接听几句，突然就脸色煞白，豆大的汗珠顺着面颊滚落下来，接电话的手抖得像秋风中的树叶。

祸从天降

电话是李发打过来的，说李萍突然胃出血，正在县医院抢救。乔福林连忙把厂长叫来，简单嘱咐几句，就开着越野吉普车轰鸣而去。

乔福林赶到医院的时候，李萍的手术已经完成，大概麻药劲儿还没过去，她躺在病床上昏睡。李发坐在病床边垂泪，乔小盼则坐在旁边的一把折叠椅上，脸色灰突突的透着悲伤、无助。见乔福林来了，李发站起来，抹去眼泪让他出来说话。

两人来到走廊，李发话未出口眼泪却滴落下来。乔福林突然心脏一凛，莫名地骤然抽了一下，像被人猛捣了一拳。李发哽咽道："李萍的情况不妙，非常不好。"

乔福林心脏慌慌的快要脱落了，他强自镇定下来，扶着李发在椅子上坐下，颤声说："到，到底严重到什么程度？"

"癌症，晚期。"

犹如一声晴天霹雳，乔福林突然眼前一黑，趔趄了下差点儿摔倒。他扶着墙壁一个劲儿摇头。一股泪水涌出眼眶，夺目而出。不能，绝对不能！他低声喃喃道："爸，是不是医院弄错了？李萍怎么能得癌症呢？绝对不可能的！"

"怎么不可能？！"身后传来冰冷的声音，乔小盼站在他身后，双眼喷射出愤怒的、不可遏止的怒火，恶毒地看着乔福林，似乎想把他烧成灰。

乔福林决定立即带李萍去省医院复查，他直到现在，心里也不相信李萍会得癌症。怎么可能呢？怎么可能呢？他一遍遍在心里问自己。

可是李萍却执意不肯去省医院，她说："我知道自己的病情，去了也是白搭，只是浪费时间和钱财，我不去。”其实，这些年她总是胃痛，胃镜检查是萎缩性胃炎，医生告诫说要戒烟限酒，她想自己压根不抽烟，至于酒也就是遇到推脱不开的场合，才勉强喝点儿红酒，也只是点到为止，从不酗酒。饮食上她也很注意，不好消化和辛辣食品基本不碰，她本以为没有啥，单位好几个萎缩性胃炎患者，有的都患病几十年，也没见恶化。但她还是大意了，作为单位一把手，需要操心的事情太多太多，有时还会遇到不顺心的事情，使得她的情绪恶化，胃痛加剧。而且她还要伺候、关心年逾古稀的父亲，要接送、关怀正值青春期的高二学生乔小盼。记得去年深秋乔福林去柞树村时，她还跟他说，再干两年就不干了，都已经四十出头，实在干不动了，到时候小盼也上大学了，她就跟上面打报告退居二线，在家专心伺候老爸，或者直接病退，到山清水秀的柞树村和乔福林一起发展黑木耳，呼吸呼吸新鲜空气，养养生。

当时乔福林还不以为然，说：“你才四十多就想退二线，上面肯定不能批准，怎么也得干到五十来岁啊。”

李萍说：“干不动了，真干不动了。如果上面不批准，我就病退。”她没跟乔福林说，自己觉得身体快要吃不消了，再这么下去总有一天会垮掉的。可她怎么也没想到，那一天竟会来得这么快，这么突然，这么美好的人生，转瞬间就要灰飞烟灭……

乔福林那时不知道她的身心状况，说：“过两年小盼考上大学，家里就你一个人，病退了多寂寞啊。”

李萍说：“我想好了，到时候我和我爸一起随你到柞树村居住，回归自然，到青山绿水中去，啥也不想，啥也不管，就想多呼吸几口那里的新鲜空气，延年益寿。”

乔福林听她说得在理，说：“也好，我那三层洋楼空着，只有我一个人住缺少人气。咱爸年岁大了，又有心脏病，去那里呼吸点儿观音岭的新鲜空气，不用吃药就能治愈。”

乔福林认为这次无论如何也不能听李萍的，他以毋庸置疑的口吻对李发和李萍说：“这次我做主，你们谁也不许参与。必须去省医院，不行就去北京、上海，不管去哪里，也不管花多少钱，一定要把李萍的病治好。”

李萍还在反对，乔小盼不干了，说：“你别再磨叽了，听我爸的，转院，立即转院！”其实，刚才在他听到父亲那斩钉截铁的话语时，心里就感觉到了震撼，他还从未见父亲如此果决过，他知道父母爱得很深，这是父亲对母亲深爱的表现。

可是上车时，乔小盼却和父亲起了争执，乔福林不让他跟着去省城，要他和姥爷在家，安心地学习，因为一年半后他就要参加高考。李萍也不同意他去，让他在家好好学习，照顾好姥爷。可乔小盼却瞪起了眼珠子，非要跟着去哈尔滨伺候母亲。

乔福林说：“你去了也解决不了啥问题，反而给你妈添乱，让她惦记你的学习。再说我们有可能直奔北京或者上海，可能要待很长时间，你跟着去，不把学习耽误了吗？”

乔小盼眼圈红了，说：“我不管！我妈都快要没了，我还参加什么高考？不考了！”

乔福林没办法，就把李萍搬出来，把他拉到一边说：“小盼，你要听话，你妈也不同意你去，你不要让她分心，照顾一下她的感受。不然她不高兴，心情不好会使病情恶化的。”

乔小盼不屑地笑了：“我照顾她的感受？你照顾了吗，乔福林！当初要不是你非要搞什么黑木耳，如果你不像个野人似的去柞树村一待就是半年，我妈能提心吊胆吗？今天担心你吃不好穷对付，明天担心你遭受损失，她成天为你担惊受怕，你想过她的感受吗？她一个弱女子，既要在单位当女强人，还要回家伺候我姥爷，还要管我的学习成长，还要为你操心忧虑，你说，她的病是不是你造成的？”

乔福林没想到这孩子会有这样的想法，一时很生气，但转念一想，他说的话不是没有道理，心中便升腾起一股愧疚，觉得自己确实对不起李萍，对她呵护照顾得太少，让她遭罪了，于是缓和语气说：“你说的我不反对，但是……”

“没有但是，你也不要找借口！”乔小盼一把将他推开，径直朝救护车走去，“我告诉你乔福林，最好你祈祷我妈没事，如果她有事，我跟你没完，这辈子我都不会原谅你！”

昨晚乔福林给徐莲蝶打了电话，说家里有急事需要赶往哈尔滨，可能要耽搁一段时间，请她多去菌包厂和那两个新式灭菌锅炉看看，别出现啥问题。徐莲蝶听他语气不妙，问他咋的了？

不知啥原因，乔福林几天来一直努力控制，表现得十分坚强的外表轰然倒塌，眼泪突然涌出眼眶，他再也控制不住情绪了，哽咽得几乎抽过去，说：“李萍，李萍她得了胃癌。”

徐莲蝶沉默了一会儿，大概她在电话那端也哭了，抽噎了一声，说：“你尽管放心去吧，人命关天，生命才是最重要的。菌包厂有我盯着，你别挂念了，全力以赴给她治病吧。”

乔福林拿着手机哇哇痛哭，像个孩子似的哭得稀里哗啦。

然后他又给毕得财打电话，告诉他：“我可能要离开一段时间，你多抽时间去柞树村，帮我照料点儿菌包厂的事。”

毕得财现在成了大忙人，全县许多村屯都开始搞黑木耳，又都是刚搞，因此问题比较多，哪家耳农都需要他带队去指导、帮助。他从电话里听出了异样，问他出了什么事？乔福林不想瞒他，就把李萍患病的事说了。结果他再次在儿时玩伴面前抑制不住自己，哽咽得说不出话。接听乔福林电话的时候，毕得财正在参加县黑木耳办举行的会议，这是郭伟忠连夜主持召开的。接完电话他心情十分沉重，回到会议室，他郁郁寡欢、沉闷忧郁的表情引起郭伟忠的注意，问他原因，他就把乔福林老婆患癌的事说了，他说：“这件事对乔福林的打击很大，刚才他在电话里泣不成声，说要不是自己扔下她跑到一百多里地的柞树村搞黑木耳，李萍也不会得癌症，他非常自责，情绪也很低落，我挺担心他。”

乔福林见乔小盼钻进车里，知道无法阻拦他了，明白即使逼着他下车，即使他回到学校，也不会安心学习的。他知道，从小到大儿子最听李萍的话，也最心疼妈妈，如果不让他去哈尔滨陪着妈妈，他也许会疯掉的。于是他让救护车司机开车。

车轮缓缓启动，车窗外李发含着眼泪向他们挥手，一阵风吹来，掀起他稀疏的头发，让乔福林心里突然一酸，觉得老人是那么的孤苦、可怜，因为自此一别，可能不再回来，他不知道还能不能见到女儿一面。

救护车缓缓开出县医院大门，突然一辆公务用车拦住了去路，郭伟忠从车上下来。

乔福林下车，表情肃穆、悲伤的郭伟忠迎上来，握着他的手说：“良性还是恶性？”

乔福林说：“不清楚，结果还没出来。”

郭伟忠说：“你记个手机号，这人是我在省医院的一个熟人，是CT室主任，昨晚毕得财跟我说完，我就给他打了电话，请他帮忙找个好医生看病。”

乔福林眼眶一热，紧紧握着他的手，说：“谢谢你郭县长！你那么忙，还为我妻子的事操劳，我，我真不知如何感谢你。”

郭伟忠用力拍拍他的臂膀，说：“坚强起来，天底下没有过不去的坎儿。”

乔福林还想说什么，郭伟忠推了他一把，说：“快走吧，早点儿到，早点儿治病。”

晴天霹雳

当省医院主治医生告诉乔福林，李萍属于胃癌晚期，而且已经扩散到肝脏和胰腺，没有手术治疗价值时，乔福林谢过医生回到病房。令他自己都感到出奇的是，他会如此地冷静沉着，不仅从面部表情上看不出半点儿悲伤，甚至连一丝慌乱都没有。听到消息时，他还以为自己的心里一定会彻底崩溃，会掩饰不住红肿的眼睛，让李萍和乔小盼看出来。但他没有。

乔小盼确实没从父亲的脸上看出什么，所以当乔福林微笑着告诉他们，良性，一切都是虚惊一场时，他高兴得从地上蹦了起来，继而奔向病床，抱着李萍高呼万岁。

李萍十分平静地对儿子说："盼盼，妈妈想吃碗馄饨，你能给妈妈买一碗去吗？"

乔小盼说："能啊，太能了！妈妈你想吃饭了，说明你的胃没问题了。正好，我也庆祝庆祝，买点儿肯德基回来吃。"

儿子走后，李萍的手从被里伸出来，向乔福林伸过去。乔福林坐在床边，握着她瘦弱冰凉的手，说："咱不在这儿做手术，咱去北京做，找全国最好的医生做。"

李萍微笑了，没有说话，静静地握着他的手，眼睛一眨不眨地看着他，是那么的柔情似水、干净澄澈。乔福林简直都不敢看她的眼睛了，他给她捋捋头发，说："要不，咱先去海南三亚，你不是一直想和我去海边旅游吗？正好儿子也在，咱一家三口去，然后再去洱海、丽江，等玩儿够了，咱再回来做手术。"

一颗泪珠顺着李萍眼角滑落下来。没有听到回音，乔福林低头去看她的脸，发现了那滴眼泪，心脏骤然疼了起来。

“福林，你不用再瞒我了。”李萍的声音轻柔得像纱，似乎从太空中飘来，“咱俩这么些年的夫妻，我太了解你了，你越是表现得啥事没有，越说明事态严重。说吧，儿子不在。我还有多少时间？”

乔福林震惊了，他没想到李萍会如此地了解自己，甚至深入到自己的心里、骨髓、灵魂，他这才知道刚才她把儿子支走，并不是她想吃什么馄饨，而是想让他告诉实情。

乔小盼兴冲冲地拎着一盒馄饨和肯德基回到病房，房间里只有睡着了的母亲，没有乔福林的影子。他想把母亲唤醒，让她趁热把馄饨吃了，但看她均匀的呼吸以及安详的面庞，心想，母亲这段时间被病痛折磨得够呛，所以听到不是恶性肿瘤的消息，她一下放松了，才会安然入睡。于是他不忍心把母亲叫醒，就去卫生间洗手，想回来对肯德基大快朵颐。

卫生间隔断里传来抽泣声，而且是那种极其压抑的抽泣，似乎缺氧似的。突然，乔小盼一个激灵……

李萍的最后时光是在柞树村度过的。她走的那天突降大雪，迷迷蒙蒙的鹅毛大雪遮天蔽日，浩浩荡荡，整个观音岭陷入一片混沌之中，似乎上天也在悲伤，给大地覆盖上一层厚厚的白色棉被。李萍走得很安详，她是在乔福林怀里睡过去的。

乔小盼彻底崩溃了，哭晕过去好几回。他发疯般地扑在母亲怀里，不让任何人靠近，即使父亲乔福林也不允许。虽然昨天母亲回光返照突然清醒时，把他和乔福林叫到身边，把两人的手紧紧地捏合在一起，三双手相叠，对乔福林说：“小盼从小任性，随你，我们对他关心得太少，但他是个好孩子，福林，你一定要把他照顾好，上大学、结婚、生孩子，要让他走正路。”

乔福林说：“你放心吧，孩子就是孩子，我一定好好照顾他，让他做一个对社会有用的人。”

李萍把目光转向乔小盼，说：“儿子，妈妈最放心不下的就是你，从小没怎么宠你，总是对你提出更严格的要求，你的日记妈妈偷看了，你别怪妈妈，你在日记里说，你有个永远不知道满足的妈妈，永远都达不到妈妈的要求，妈妈，妈妈也许错了……”

乔小盼哭成了泪人，抽噎着说：“妈，妈妈，我不怪你，我不怪你了，我错了，是我不够好……”

李萍的目光像黄昏时的湖水，温暖、柔软、慈爱，她说：“小盼，不要再怪你爸爸了，他是个好男人，虽然对家里和你有些亏欠，但他心里装着的是大家，是柞树村一千多口人的脱贫致富，是为了他们能吃好、穿暖，过上好日子。现在经过你爸的试验和实践，事业做得那么大，又把全村人都带富了，郭县长又号召全县农民向你爸学习，你爸是个英雄啊！他是个了不起的人，你应该引以为傲才是。”

乔小盼没说话，只是哀哀哭泣。

李萍说：“孩子，跟你爸和好吧，听话啊！”

乔福林说：“他是我儿子，我压根儿就没生他的气，没事，啥事没有，是吧儿子？”他爱怜、亲切地伸手在他头上摩挲了一下。

乔小盼躲开他的手，仍是哭泣。

李萍说：“小盼，你得答应我，不然我死不瞑目，叫爸爸，叫爸爸。”

乔小盼仍然没吱声，扭过头对着墙壁流眼泪。

“小盼……”李萍想坐起来，但她太虚弱了，一着急喘不上气，呼吸急促起来。乔福林赶紧在她胸口上摩挲，说：“你别操心了，孩子长大了就好了。”

“不行！”李萍气若游丝地说，“小盼，叫爸爸，叫爸爸……”说到最后，她的语气有些严厉起来，见他还不叫，突然说，“跪下！你给我跪下！”

五脏六腑被掏空了

安葬完李萍的第二天，乔小盼就回到了学校。他变得更加沉默寡言，除了学习就是学习，再不就是坐在操场边发呆、愣神，似乎整个世界都随母亲消失了，在他眼里只有书本和风。

一开始，李发想让乔小盼去他那儿住，说乔福林过几天还要回柞树村，那里的六十万袋黑木耳需要他打理。可小盼说啥也不去，就要住在家里。乔福林也想让他过去住，一是李发尚沉浸在丧女之痛中，他担心岳父这么大年纪容易出事；二是去到姥爷家住，离开和母亲生活了十几年的屋子，免得睹物思人愈发伤悲，无法自拔。乔小盼没说话，而是不屑地盯了乔福林一眼，抱起母亲照片走回屋子，将门反锁上了。

李萍走后，乔小盼仍然没有与乔福林和解的意思，这让乔福林突然一下子心里空空的，五脏六腑都被掏空的感觉，血液也被抽空了似的，就连心脏似乎也停止了跳动。他不知道该干什么，怎么也提不起兴趣，懵懵懂懂，浑浑噩噩，浑身倦怠，对什么都提不起兴趣，似乎一具失去了灵魂的行尸走肉。每天清晨，他早早起来，下楼买豆浆、油条，或者牛奶、馅儿饼，回来热好，等待儿子起床。乔小盼洗漱完毕，默默无言地坐到餐桌旁，父子二人心照不宣，小盼默默地吃饭，乔福林无言地看着他吃。自李萍去世后，小盼的饭量大增，似乎只有不断地咀嚼、吞咽，才能打破与父亲的隔膜与无法交流的尴尬，以及同处一室的窘境。

对于这种微妙的气氛，乔福林只有默默承受。他想这都是自己造成的，不仅彻底失去了妻子，还失去了儿子的心。但脑袋混沌得又想不起来应该做啥，也不知道如何做，只有变着花样做好吃的，填饱儿子的胃。每每看着儿子旁若无人地狼吞虎咽，他的心似乎才能少许安稳、平静些，荒芜了的胸腔里，似乎又响起心跳声。

直到有一天早上，当他把牛奶、面包、香肠和蔬菜水果沙拉摆在餐桌上，直勾勾地看着对面的儿子时，他发现才十几天时间，儿子就像气吹起来似的，胖了一大圈，脸上的肉鼓鼓着，似乎嘴里含着什么。儿子的腰身也粗壮了，好像他一夜间长大了。

“你回柞树村吧，”咀嚼着的儿子头也不抬地说，“我能照顾自己。”

这是十几天来儿子第一次开口说话，乔福林突然被这闷闷的声音吓了一跳，说：“没事，那边有人帮我照顾。”

儿子站起来，扯出一张纸巾擦掉嘴角的奶渍，说：“那是你自己的事，不过我告诉你，不要以为你放弃自己的事业照顾我，你就显得很伟大，我不领情。”说完他抓起身边的书包，上学去了。咣当一声门响，让乔福林心里一震，什么意思？小盼是什么意思？

时令进入四月初，灭菌菌袋该挪到地里打眼儿了，误了农时就误了收成。一天徐莲蝶给乔福林打来电话，说：“别人家已经开始打眼儿了，你再不回来雇人、雇车运菌袋，就要误事了。”

乔福林说：“莲蝶，你把我的菌包厂接下来吧，我不想干了。”

“什么？”徐莲蝶大吃一惊，说，“大林哥，嫂子去世我们也很难过，但再怎么难过，你也不能放弃自己的事业啊，这可是你费尽千辛万苦，十来年才奋斗出来的成果啊，咋能说放弃就放弃呢？”

乔福林的声音郁郁寡欢，颓废而无生气，说：“我真不想干了，你接手吧，要不送给你了。”

徐莲蝶说：“你不干我也不接手，谁爱接手谁接，反正我不接。”

乔福林说：“那咋办啊？总不能看着六十万袋半成品烂了吧？”

徐莲蝶跟他赌气，说：“烂不烂跟我有啥关系？又不是我家的黑木耳，我也没投钱。”

撂下电话，乔福林躺在沙发上想睡一会儿，可他睡不着，翻来覆去耳边总回响起徐莲蝶的话，是啊，她现在光打眼儿器厂的事就够操心的了，哪有心思管自己的事呢？再说，她的打眼儿器一上市就供不应求，经济效益不比栽培黑木耳差，何苦接手自己的六十万袋黑木耳而操心费力呢?

于是，乔福林坐起来，拿过手机给赵毅打电话，让他带十几个人来打眼儿。赵毅正在家等他消息，说："乔总，你再不来电话我就带人去南方打工了。"

乔福林听徐莲蝶说，今年雇工更加难，价格也上涨了许多。就跟赵毅说:"你放心，我还是市场价，别人涨多少我涨多少。"

赵毅似乎隐约听说了李萍的事，说："兄弟你说这话是埋汰我，给你干了这么多年活儿，我们挣钱盖了大瓦房，娶了媳妇，都是托你的福，你家里有难了，我们不能趁火打劫，还是去年那个价。"

乔福林说："一码归一码，没有你们的帮助，我也到不了今天，你赶紧组织人来吧，工钱随行就市，还是管吃管住。"

赵毅被乔福林的话感动了，说："大兄弟，你是个仁义人啊！放心吧，我已把大伙儿组织好了，明天就出发，保准把活儿给你干得规规整整，不出纰漏。"

儿子儿子

几天后，乔福林正在厨房里炖鸡汤，客厅的手机响了，他没接。可是手机像个执着的汉子，犾得很，一个劲儿地响。乔福林撂下汤勺，来到客厅，看见手机屏幕显示徐莲蝶的名字，就拿起来接听。

徐莲蝶说："你雇的民工太多，不好管理，尤其饮食等问题我不好做主，还是大林哥你回来操办吧。"

乔福林说："你就看着办吧，想吃啥买啥，只要别亏待人家就行。"

徐莲蝶说："那可不行，他们是给咱们干活的，哪能想吃啥买啥呢？要是他们天天、顿顿吃大鱼大肉，你也给买啊？那哪是出劳务啊，不成了养大爷？冤大头吗？"

正好这时乔小盼推开门进屋，中午放学该吃午饭了，乔福林生怕孩子饿了，连忙来到厨房，关掉火，把砂锅端到餐桌上，对着手机说："你别磨叽了，想咋办咋办吧。"他把手机关了，对乔小盼堆起讨好的笑容，说："洗洗手吃饭吧，炖的鸡汤，多喝几碗补脑子。"

乔小盼带搭不理地去洗手，回来的时候，乔福林已把他的碗盛了鸡汤，放在他面前。小盼把鸡汤推开，不耐烦地说："你别把我当成坐月子的女人行不行？今天鸡汤，明天鱼汤，后天猪蹄汤，你当我要催奶呢？"

乔福林柔声说："先喝了这碗，你要是不喜欢喝汤，晚上咱炖黄花鱼吃，你想吃清炖的，还是红烧的？"

乔小盼乜斜他一眼，把鸡汤推开，由于动作过大，鸡汤洒到桌子上。乔小盼抽出一张纸巾想把鸡汤擦掉，乔福林从他手里把纸巾抽掉，说："我来，我来。"

“乔福林你能不能不这样？”乔小盼突然站起来，无可奈何嗤笑一声说：“我是高二学生，十八岁了，不是月科里的婴儿，不要把我当成残废、弱智，好不好？”

乔福林说：“没事，没事，这点儿小事累不着我，乖，坐下吃饭。”

乔小盼瞪他一眼，筷子一摔，回到自己屋里去了。

乔福林愣了下，想跟进去，却不料屋门从里面咣当一声关上了。他站在外面敲了几下没有应答，他说：“那好，你先睡一小会儿，睡醒了再吃，我给你把东西放锅里温着。”

“爱吃你吃，我不想吃，闹心！”

那天给乔福林打完电话后，徐莲蝶心里就猛地一沉，似乎一块大石头压在心头让她喘不上气，接着那块大石头轰然化作一股激流，一股无比酸涩、悲凉的激流，把她心海冲击得千疮百孔，稀里哗啦。悲凉、恐惧、哀伤，使她不知所措。她没想到李萍的死亡会给大林哥造成如此巨大的打击，那个在她眼中高大威猛、坚韧无比的大林哥，一下子被丧妻之痛击垮了，深陷哀伤、自责的泥潭难以自拔，而且越陷越深，不断坠入无底深渊。徐莲蝶想哭几声，却哭不出来，她是又伤感又着急，怎么办？上苍啊，你救救大林哥吧！她在心里一遍遍地祷告着。

这天上午，被一种从未体验过的情绪笼罩着的徐莲蝶，浑浑噩噩地走在早春的残雪上，泥水溅满了裤脚，鞋子也湿透了，可她浑然不觉，喝醉酒一样走着。道路太泥泞，无法骑自行车，她只好徒步去乔福林的菌地。在大榆树下，她被侯宝山拦住了，“莲蝶你咋的了？中午喝酒了吗？”

徐莲蝶说：“没啊，咋的侯叔？我没喝酒啊。”

侯宝山皱起了眉头，“咦”了声说：“不对啊，没喝酒，没喝酒你咋脸上通红呢？”他突然凑近，看着她的脸说，“谁欺负你了？跟叔说，我为你做主。咦，你咋还哭上了呢？”

徐莲蝶这才发现脸上有两个凉凉的“逗点”，连忙擦去眼泪说：“没事的侯叔，没有人欺负我。”说完，她神色慌张急急地朝村东走去。

侯宝山见她这样，愈发不放心，拦住她说：“你到河套干啥去？是不是佟林那个兔崽子又纠缠、欺负你了？不要怕，跟叔说实话，我来收拾他。”

徐莲蝶说："没事，侯叔，我真的没事，他没欺负我。"

侯宝山松了口气，说："那就好，要是他再敢欺负你，告诉我，看我咋收拾他！"

侯宝山朝村委会走去，徐莲蝶朝吊桥那走去。北边山崖上沉睡了一冬的吊水壶瀑布，冻结的冰壶开始融化，叮叮咚咚响起了滴水声。徐莲蝶踩着泥水走了几步，突然停下脚步，回头喊住了侯宝山，"侯叔，你救救大林哥吧，再不救他，他就毁了啊！"

"咋的了？乔福林出啥事了？"侯宝山转回身，水靴子呱唧呱唧踩着泥水，急速回到她身旁，露着焦急、不安的眼神看着她。

徐莲蝶就把乔福林的情况跟他说了。侯宝山叹息一声，摇摇头说："唉，摊上这种事，搁谁也受不了啊。"

"那咋办啊？"徐莲蝶说，"不能眼睁睁看着他颓丧下去啊，侯叔你是老支书，见过的世面多，快想想办法救救他吧，不然他辛辛苦苦创立的黑木耳产业就完了，大林哥就废了。"说完，两行眼泪小溪般顺着那张漂亮的脸蛋淌下来。

侯宝山说："孩子你别哭，大林子这样我也心疼，这样吧，明天我进趟城，好好劝劝他。"

爱人之殇

侯宝山和孙俊拎着一些土特产，敲响了乔福林的家门，当他出现在门口时，两人吓了一跳，这还是乔福林吗？咋瘦脱像了？原本虎虎生风、充满精气神的那个乔福林不见了，取而代之的是一个面色蜡黄、眼圈乌黑、双腮塌陷、萎靡不振的一个病人，一个似乎病入膏肓的病人！

侯宝山倒吸一口冷气，心想人要是失去了精气神，就像没了魂魄，咋看咋不像个人。如今面前的乔福林，七魂丢了六魂，充其量也就是一具行走着的尸体。

乔福林给他俩沏茶，走路的样子像犯了大烟瘾似的，完全失去了往日的铿锵有力。侯宝山顾不得喝茶，把茶杯放在茶几上，仰脸看着他说：“大林啊，你这样可不行啊，你这不是糟践自己吗！”

乔福林在一边坐下，说：“侯叔你这是咋的了，我没事啊，真的没事啊。”

侯宝山说：“还说没事呢，你看你都瘦成啥样了，快成刀螂了，看着都让人心疼，你还说没事，这不是要命吗？”

孙俊说：“可不是呗，大林哥你是不是病了？要不咱去县医院瞧瞧吧。”

乔福林笑笑，双手摊开说：“没病，我好好的看啥病。”

孙俊说：“没病你咋一点儿精神头都没有呢，脸色也不好，灰扑扑的，肯定是有病了。”

乔福林说：“我真的没病，就是浑身没力气，脑袋混沌沌的，啥也不想干，啥也提不起兴趣。”

侯宝山和孙俊劝了半晌，乔小盼放学回来，见家里来了生人，礼貌地管侯宝山叫爷爷，又朝孙俊点点头叫了声叔叔，然后去洗手间洗手。

乔福林才想起光跟侯宝山他俩说话了，忘了给孩子做午饭，像个做错事的孩子对洗完手的乔小盼说："对不起小盼，爸爸光顾着说话，忘给你做午饭了。"

乔小盼说："你带侯爷爷他们去饭店吃吧，早餐还剩那么多，我自己热着吃。"

乔福林站起来，对侯宝山说："侯叔你俩先坐会儿，喝点儿茶，我给小盼把饭菜热上，一会儿咱出去吃。"

乔小盼语气生硬地说："叫你去你就去，我又不是没长手，不用你管！"

乔福林尴尬地杵在地上，试探着对乔小盼说："那我们去了啊，你自己热着吃吧，别烫着啊。"

"赶紧走吧，真啰唆！"乔小盼不耐烦地挥挥手，去了厨房。

侯宝山和孙俊无精打采地回到柞树村，等待消息的徐莲蝶见他们低头耷脑的样子，就知偃旗而归，心里更加着急了。回到家里，徐莲蝶茶饭不思，儿子佟大鹏在县重点高中读高三，还有两个多月就要参加高考了，按理她应该去县城多陪陪儿子，给他做点可口的营养餐，做些心理疏导工作，缓解一下孩子的紧张情绪。可是她却去不了，大林哥六十万袋黑木耳全权委托给她，现在又是打眼儿、摆袋养菌的关键时刻，稍有不慎就满盘皆输。因此她心里着急啊，她有苦说不出，就觉得特别委屈，特别憋屈，特别无奈。

徐莲蝶变得愁肠百结起来，晚饭也没吃，就那么傻傻地坐在沙发上看电视。电视屏幕上开始播放东和新闻，一名女记者现场报道：我县著名食用菌专家毕得财老师，深入耳农家中排忧解难，已经连续三周没有回家了……

徐莲蝶突然眼睛一亮，拍了自己脑袋一下，心说我咋这么蠢呢？咋不转筋了呢？咋把毕得财给忘记了呢？她不由得埋怨起自己来，毕得财可是大林哥从小玩儿到大最好的哥们啊。于是，她赶紧给毕得财打电话，把乔福林的状况跟他说了。毕得财现在是最忙碌的时候，全县几千户耳农都在抢他，他恨不得像孙悟空那样，拔根毫毛一吹变成千万个毕得财，及时赶到耳农家里、地头，帮助他们解决燃眉之急。

接到徐莲蝶电话的时候，他正在几十公里外的一个村屯，那里发生了严重的木霉病，他已经和两个助手在那驻守了四天，才帮助耳农暂时控制住木霉。毕得财撂下徐莲蝶的电话，顾不得吃晚饭，连夜乘车回到县城，直奔乔福林家。家里只有乔福林孤零零一个人，餐桌上摆着没吃完的晚饭，乔福林坐在桌边喝酒。

破罐子破摔

毕得财不请自来，乔福林打开门后，懒洋洋指指门口的鞋柜，意思是那里有拖鞋，让他自己拿。毕得财换了拖鞋，来到餐桌旁，看着乔福林的样子，暗自倒吸一口冷气，心中似有无数铁钩子胡乱揪扯，绞痛万分。这个以前总是把自己收拾得光鲜、干净、整洁，特别注重“军容军纪”，并时常批评自己邋遢的人，现在简直像从垃圾堆里刨出来的一样，头发乱糟糟，满脸络腮胡子，身上散发出一股难闻的馊味儿，这小子多久没有洗澡了啊？

毕得财探头，瞅瞅紧闭的小盼卧室，问：“小盼呢？”

乔福林的眼泪唰地滚下来，喝了杯酒说：“去他姥爷家住了，嫌弃我，不要我了，得财，我儿子不要我了啊……”乔福林抓住毕得财的胳膊，像个孩子似的哭起来。

毕得财掰开他手，说：“你想多了，孩子是你的儿子，他怎么能不要你呢？”

乔福林鼻涕流了下来，扯过一张纸巾擦掉，格外委屈地说：“真的，他真的不要我了啊得财，李萍不要我了，儿子也不要我了，我，我太失败了啊，得财……”

毕得财鼻子一酸，端起酒杯一饮而尽说：“好吧，正好我没吃晚饭，咱俩一醉解千愁吧。”他去厨房找来一副碗筷和一个酒杯，给自己倒满酒，与乔福林碰杯，两人仰脖干掉。

微醺的乔福林断断续续诉说，毕得财知道乔小盼已经于昨天晚上去了姥爷家，他说受不了乔福林像照顾婴儿般的照顾、呵护，他说快要被他的细心、谦卑的样子整出精神病了，要憋死了，想去姥爷家陪陪姥爷，想喘口气放松放松。

毕得财说：“也好，老爷子突然丧女，白发人送黑发人，精神上的打击不比你小，万一出现状况，家里没人很危险，小盼去陪陪他，也可借以解愁解闷。”

“可是，可是我不想再失去儿子啊！”乔福林说，“李萍没了，孩子再不搭理我，我活着还有啥意义啊！”

毕得财说：“这就是你的不对了，孩子还小，又值青春期，对你有意见是正常的，但他迟早会理解你的，等他长大了一定会理解你的，毕竟你是他亲生父亲啊。”

那晚，两人一直喝到半夜，乔福林醉得一塌糊涂，毕得财把他扶到床上，脱掉袜子，盖好被子就回家了。他想，既然乔福林哭痛快了，也把心中的苦楚倒了出来，大醉一场后他就会释然、缓解许多，等明早太阳升起来，一觉醒来，他又会是那个生龙活虎、不服输的硬汉子。

再说毕得财离家半个月，也没洗澡，感觉身上又脏又痒。回到家，脱掉脏衣服塞进洗衣机，来到洗手间冲澡。半个多小时后，洗得干干净净的毕得财从洗手间出来，身上、头上还冒着热气，酒也醒了一小半，他给自己沏了杯茶。想起在穆丹市读书的女儿毕佳媛今年要高考，满打满算还有两个多月就要走进考场，虽然有老婆陪伴女儿，但想起刚才乔福林对小盼的情感，他觉得自己光忙活黑木耳的事，疏于对女儿的关心，便想给女儿加加油。毕得财掏出手机，给老婆打过去，两人唠一会儿嗑，他又让毕佳媛接听，嘱咐了她几句，不外乎是要多吃好吃的，要调整好心态等等，车轱辘话说起来没完。毕佳媛知道他喝多了，应付了几句把电话交给妈妈。毕得财老婆跟他煲了一会儿电话粥，她也嫌他啰唆、磨叨，就把电话挂了。

第二天清晨，毕得财还在睡梦中，手机铃声就一个劲儿地叫唤，他翻身拿起手机接听。电话是一个村庄的耳农打来的，他家菌袋出现木霉病，他是第一年种植黑木耳，一下贷款搞了十万袋，急得在电话里直哭。毕得财一骨碌爬起来，脸没洗饭没吃就出发了。从那以后，毕得财又是一连多天没回家。因为木霉病出现了连片感染现象，而且发病的大部分是新耳农，他们一般都是把房子抵押上，贷了款发展黑木耳，因此面对来势汹汹的木霉病不知所措，慌了手脚，家里孩子哭老婆叫，简直要塌了天。毕得财从这个村辗转到另一个村，往往是屁股还没坐定，手机就响了，接二连三地响，比防空警报响得还急。毕得财几夜没有合眼，为帮助耳农想办法嗓子都说哑了。那些耳农也心疼他，就给他买金嗓子喉宝，买草珊瑚含片，买胖大海，提包里塞得满的。耳农们把他当成济世悬壶的“扁鹊”，当成挽救家庭困境的神医。所以不管他到哪里，人们都满怀期待，热情接待，拿出最好的酒菜招待他，但耳农越是这样他越感到自愧，望着那些等待他前去施救的、可怜的、哀求的眼神，他恨自己分身无术，不能使全县耳农的病灾得到及时救治。于是他顾不得喝一滴酒，抽不上一根烟，一家挨一家指导，如何施药，如何消毒，如何把损失减少到最低限。有些村民听他说，要把那些染病严重的菌袋就地焚烧，以免出现更大面积的传染时，一边焚烧一边流泪，他们舍不得焚烧啊，如果不染病，一袋就是一块钱的纯利啊！

可是，尽管毕得财如此辛劳，最糟糕的情况还是不可避免地出现了。而乔福林的六十万袋黑木耳，也没能幸免于难。

尽管徐莲蝶提前采取了防治措施，但木霉病传播到柞树村时，已经出现了变异，而且与一种危害更大的链孢霉交叉感染，毒性变得更加不可控制。徐莲蝶慌了，不知该如何施救。开始，乔福林地里的菌袋只是产生一些灰白色菌丝，然后转为白色，徐莲蝶以前见过这种病，就按照当时毕得财传授的办法施救。可没过几天，菌丝变成了橘红色，她就忐忑了，给毕得财打手机询问。毕得财在电话里说：“不好，可能产生了木霉与链孢霉的交叉感染，等我连夜驱车赶到柞树村。”

果然如他所料，乔福林菌地出现了链孢霉与木霉交叉感染的状况，他的眉头紧锁起来。徐莲蝶望着他严肃得铁青着的脸，知道大事不妙，胆怯地问：“严，严重吗？得财哥。”

毕得财深吸一口气，点点头说：“不乐观，如果控制不及时，扩散了，会出现毁灭性后果，神仙也救不了。”

徐莲蝶一下慌了神，声音颤颤地说：“得财哥，你一定要想办法啊，救救大林哥的这些木耳吧，不然他就惨了。”

毕得财说：“可是，我也没有太好的办法，我得赶紧给郭县长打电话。”他到菌地给郭伟忠打电话去了。

徐莲蝶忧心如焚，连忙给乔福林打手机，可是没人接听。她一连打了好几遍，总是传来忙音。这时毕得财走过来说：“郭县长非常重视这种新变异的病菌，他说给省农学院曹教授打电话求援，带几个专家来帮助想办法。”

徐莲蝶焦急地说：“可是，等他们来黄花菜都凉了，大林哥的六十万袋木耳不就完蛋了吗？远水解不了近渴啊！”

毕得财想了想，说：“死马当活马医吧，你这样，还是老办法，立即将发红、发白的菌袋挑出来，堆到河套烧掉。”

徐莲蝶回家吃晚饭。儿子佟大鹏到县城读高中以后，她就搬到父亲家住了，她把原来的家改成黑木耳机械加工厂，从林阳镇和县里聘请来几位技师，专门加工脚踏式滚筒打眼儿机，尽管这些人加班加点，也无法满足全县几千户耳农的迫切需求，最后县木耳办的林殿主任出面，帮徐莲蝶在县城东部的一个乡镇建了个分厂，但仍然满足不了订单，她很着急。

徐莲蝶顺道去了加工厂，这些日子光忙活乔福林的事情，忽略了自己的事业，她原本想在自己园子里建一栋厂房，扩大生产，现在都泡汤了。

还好，几个技工师傅和小工们因她实行计件工资，工作加班不仅自觉，而且打眼儿机的质量也没出现返厂现象。她表扬了负责人几句，便急三火四地朝父亲家赶去。

打开院门，一股香煎带鱼的味道飘进鼻孔，徐莲蝶知道父亲又在做她最喜欢吃的菜了，就在院子里拔了一把茼蒿和生菜，打算洗洗蘸酱吃。

进到屋里，徐锡坤扎着围裙在灶台前炒菜，他又做了个可乐鸡翅。他看女儿这些日子总在菌包厂、机械厂和菌地里忙活，都晒黑了，累瘦了，就想给女儿多做些好吃的，增加些营养。

徐莲蝶洗干净茼蒿和生菜，可乐鸡翅也出锅了，父女二人开始吃饭。可吃着吃着，徐锡坤发现女儿神情有些发呆，捧着饭碗不往嘴里扒拉饭，也不知道夹菜，这要是搁往常，她见了这两个菜早就两眼放光，大快朵颐了。徐锡坤夹了块香煎带鱼放进她饭碗，徐莲蝶缓过神来，凄然一笑开始吃鱼。

徐锡坤喝了口烧酒，看着女儿吃鱼，说：“大林子还没回来？”

徐莲蝶放下饭碗，叹息一声：“没回来，上午打手机关机，刚才打通了，他却喝多了，说不管了，菌包厂和菌袋都送给我了。我说遭了链孢霉病，让他赶紧回来想办法，他说无所谓，赔钱就赔钱，爱咋咋地。”

“这个大林子，他咋能说这话呢！”徐锡坤用力把酒杯放在桌上，说，“这不是完了吗？这样下去孩子不是毁了吗？”

徐莲蝶抽泣起来，说：“侯支书去劝了，毕得财也劝了，可都不管用啊，他每天借酒浇愁，把自己灌得烂醉如泥，破罐子破摔，咋整呢你说？”

“不行，不能让他自暴自弃下去！”徐锡坤站起来说。

徐莲蝶鼻音很重地说：“可是现在谁的话他也听不进去啊，他的心似乎死了一样。”

徐锡坤说：“你先别吃了，立即给关大壮打电话，让他拉着我，现在就去县城找他。”

徐莲蝶连忙给关大壮打手机。关大壮说正在从林阳镇返回的路上，听徐莲蝶简单诉说后，说：“我还有半个小时到家，你让徐校长在家等着，我直接去你家。”

徐锡坤等不及了，简单扒拉几口饭，抓起外套就出门。

关大壮开着双排座小型货车进入村庄，来到大榆树下时，看见徐锡坤站在路边等他。他让肖金玉自己走回去，拉着徐锡坤朝县城奔去。

关大壮的车进入县城的时候，已是晚上十点多钟，拐上楼梯来到乔福林家门口，关大壮敲门。可敲了半天，里面没有应答，似乎里面没有住人。

徐锡坤说：“使劲敲。”

关大壮抡起拳头咣咣咣砸门，声音在走廊里传出很远。这时，对门的邻居打开门，满脸怒气地说：“砸什么砸？大半夜的砸门，让不让人睡觉？你俩有病吧！”

徐锡坤笑脸道歉，那人送了个白眼，咣当，很响地关上了门。

谢天谢地，防盗门总算打开了。只见乔福林一手扶着门框，一手拿着酒瓶子，浑身散发着浓烈的酒气，醉眼蒙胧地看着徐锡坤，惊讶道：“哎哟，徐老师，徐校长，你老人家咋来了呢？快请进，请进。”

徐锡坤和关大壮前后脚进门，他眉头紧皱，耸耸鼻子说："你这是喝了多少酒啊？这屋子，比酒窖的味道还大。"

乔福林晃晃悠悠跟过来，把酒瓶子递给徐锡坤，说："俗话说来得早不如来得巧，老师，您老来一口，可带劲了。"

徐锡坤无奈地叹息一声，白他一眼，用力夺过酒瓶说："福林啊，你这样可不行啊，总用高度酒麻醉自己的神经，你这不是废了吗？"

关大壮没想到大林哥会造成这样，像个行将就木的病老头儿，眼泪一下就冲出眼眶，"大林哥，你咋的了？你这是咋的了啊，大林哥？"

乔福林有些站立不稳，身子摇晃，想从徐锡坤手里把酒瓶抓过来，徐锡坤猛地把他的手打开，厌烦地说："看看你造的，人不人鬼不鬼的，乔福林你还要不要脸了！"

乔福林说："徐老师，我，我爱人都没了，没了啊——你让我要脸，我哪还有脸了，我没脸活了啊我！"他一屁股坐在地上。关大壮眼泪八叉地走过去，把他扶起来放在沙发上。可深度醉酒的乔福林已经坐不住了，摇摇晃晃地从沙发上出溜下来，坐在瓷砖地上。

关大壮又去抱他，说："大林哥，你不要这样，你不要吓唬我啊，我害怕你这个样子。"

徐锡坤气哼哼地在一把椅子上坐下，对关大壮说："放开他，不用管他，我今天倒要看看，他还能耍出啥花样来，你也坐下，咱俩一起看他耍猴。"

乔福林背靠沙发，坐在地上哭着说："徐老师，你不用管我，我没救了。我知道你是为我好，可是，可是我脑子里总是嗡嗡跑火车啊，白天跑，晚上也跑，那是李萍的哭声啊，她死得冤啊，她憋屈啊，徐老师，我有罪啊，我……"

这时门锁打开了，乔小盼回来了，他是下了晚课回来取换洗衣服的。他认识徐锡坤和关大壮，见父亲一把鼻涕一把眼泪地坐在地上说醉话，脸色一下冷若冰霜，冲徐锡坤叫了声爷爷，冲关大壮叫了声叔叔，打算回自己小屋取衣服。

乔福林一把抓住小盼的手："儿子，儿子呀，你可回来了，爸爸想死你了，你知道吗儿子，爸爸不能没有你啊，儿子……"

乔小盼厌烦地想挣开，却被他死死地攥住手。他看看徐锡坤，在外人面前又不好发火，就用力挣脱。岂料乔福林的手像把铁钳，任他怎么弄也挣不开，乔福林向他乞求道："小盼，你不要离开我，回家来住吧，爸爸错了，是我不对，都是爸爸的错，你骂我吧，打我吧，啊，你打我吧。"

徐锡坤实在看不下去了，担心他这样会对小盼身心造成阴影，就对关大壮说："把他手掰开，不然孩子的手指就被他弄断了。"

与病菌作战

关大壮抱住乔福林，把他的手掰开。

乔小盼趁机跑回自己屋，一边收拾衣服一边暗自流泪。徐锡坤敲了几下门，乔小盼见是他，扔掉衣服，一屁股坐在床边，眼泪哗哗流下来。

徐锡坤在床边坐下，在他头上摸了下，轻声说："孩子，不要怪罪你爸。他太过悲伤、太过自责了，如果这时候你不管他、嫌弃他，恐怕他，他真有可能就此成了废人，靠着酒精麻醉神经过日子，那样他就彻底毁了。"

乔小盼身子一震，抬起泪眼看着徐锡坤说："可是徐爷爷，我受不了他了，真的受不了了，其实我也知道他心里难受，但我心里不比他还难受吗？最爱我的妈妈去世了，今后我的幸福人生就没了……"

徐锡坤擦去他的眼泪，说："你还是不了解你的父亲，他是一个顶天立地的硬汉，这么些年，我还从未见他如此悲伤过，就是你奶奶去世，他也没这么悲伤、痛苦。你不知道，他是真爱你妈妈和你啊。"

乔小盼说："可是，他的做法让人无法接受，让我喘不上气，更让我时刻感到恐惧。"

徐锡坤说："好孩子，爷爷知道你现在正在关键时期，还有一年就要参加高考，你想静下心备考，可是孩子，难道离开父亲，你就真的能安心学习吗？"

乔小盼摇摇头："不能，我不能。"

徐锡坤说："所以说，咱们目前最重要的是，尽快将你父亲从痛苦、哀伤的泥潭里拔出来，帮助他重新鼓起生活的勇气，重新站起来，只有那样，你才能安心地坐在课桌旁学习、备考，不然即使你明年考上大学，你也不会安心地去外地报到学习的。”

乔小盼说：“可是，他现在这个样子，自暴自弃，酗酒麻醉，丧失了生活的勇气，我又能拿他咋办？”

这时客厅传来乔福林的喊叫声：“小盼，小盼啊，你可不能不要我了啊，儿子啊……”

徐锡坤牵起乔小盼的手，来到客厅。关大壮说：“徐老师，咋办啊？醉鬼最难缠了，他的力气好像比我都大，跟他拉扯这么长时间，我都快虚脱了。”

徐锡坤走到乔福林面前蹲下，在他脸上用力拍了几下，待乔福林睁开醉眼，他双手把他脑袋夹住，让他眼睛对着自己的眼睛，说：“乔福林，你看看我是谁？”

乔福林醉眼迷蒙地说：“我认识你，徐校长嘛，你是我的恩人啊，我咋能不认识你呢，你考我呢徐老师？”他傻呵呵地嘿嘿笑了，透着一股醉酒后的狡黠，说，“徐老师，你是我的恩人，我告诉你们啊，要不是莲蝶突然变卦，你就是我的老丈人了，哈哈哈……老丈人，谁的话也不好使，我就听徐老师老丈人的……”

乔小盼不知他这段恋情，既感到讶异，又很生气，心想我妈刚去世没几天，你咋能说这种话呢？他恨不得狠狠地踢他一脚，可看他烂醉如泥、絮絮叨叨的样子，乔小盼更加感到他无可救药，令人生厌。

徐锡坤再次把他脑袋扶正，让他看着自己说：“那好，既然你还认我是老师，就听我一句话，立即跟我回柞树村，跟乡亲们一起抢救黑木耳，那是你魂牵梦绕的事业啊，难道你忘了当初回柞树村时，怎么跟我发的誓言吗？你忘记了吗？”

“不要了，都他妈不要了。”乔福林一挥手说，“我老婆都没了，儿子也不要我了，老子还要那些破木耳干吗呀，都是那些狗日的破木耳惹的祸，不要了！”也许由于醉酒后，他的手没有准，突然就挥到了徐锡坤的脸上，“啪”的一声很响亮。

他马上堆起笑脸，讪笑着说：“对不起，对不起，老丈人校长，我失手了，我该死，我该打。”说完，他开始抽自己的嘴巴子。

徐锡坤火了，站起来踢了他一脚，骂道：“没出息的东西！乔福林，要是当初知道你这副熊样，这样经不住坎坷，完犊子货，我早就不管你了，爱读书不读书，交不起学费辍学才好呢，白瞎我一副热肠帮你，他妈帮出一个窝囊废来，算我当初眼瞎了。”

乔福林匍匐在地，哭了，“徐老师，你骂得好，我就是烂泥扶不上墙，我给你跪下了，我给你赔罪了，都是我不好，我就是自暴自弃了，老丈人，你们走吧，别在这费唾沫了，我不会跟你们回去的，说破大天也没用。”

徐锡坤摇摇头，郁郁地在客厅里踱了一阵，走回来指着乔福林的脑袋，恨铁不成钢地说：“你太让我失望了，幸亏当初莲蝶没有嫁给你，我看你现在连二迷糊都不如，你知道吗乔福林，你还赶不上二迷糊呢！我告诉你，不要摆出一副自暴自弃的样子，没用！”他转了一下身，喘了几口粗气说，“乔福林，我告诉你，你要还是这个样子，没人同情你、可怜你，不要说我和关大壮了，就是你儿子也不会瞧得起你。你，你就是死了，也遭人唾弃，让人瞧不起，没出息！没出息！！”

乔福林哭道：“是，我没出息，二迷糊有出息，我就这样了，活一天喘一口气，早死早日去阴间给李萍赔罪……”

乔小盼一脸无奈地对徐锡坤说：“徐爷爷你们回去吧，我也该去姥爷那里了，不然他该担心了。”

徐锡坤腮帮子咬出两条肌肉，说：“不行，今天就是绑也得把他绑到柞树村。”他把鞋带解下来，递给关大壮，说，“把他的手脚绑起来。”

关大壮有些疑惑了，迟疑着没动，瞪着一双懵懂的大眼睛，看看乔小盼，看看徐锡坤，又看看乔福林，再看看徐锡坤。

东方吐出鱼肚白的时候，率宾河两岸的雾气正浓，太阳还没升起来。关大壮的车从柞树村北山的公路驶下来，但他没有把车开进柞树村，而是直接越过村西的率宾河大桥，然后沿着河南岸向东，开到乔福林的菌地边。在车里闹腾了一路的乔福林，已经酣睡如猪，歪在座垫上打着很响的呼噜。双排座停稳，乔小盼先跳下车，徐锡坤也在关大壮的搀扶下下了车，他觉得腰酸腿麻，一下子没站稳，差点跌坐在地上。乔小盼冲过去把他搀住。

虽然天空还处于黎明中的灰蒙蒙状态，但他们看见，雾气中徐莲蝶和十几名雇工已开始在菌地忙碌，看起来她似乎一夜没合眼，眼圈黑黑的，指挥那些雇工继续挑拣发白、发红的菌袋焚烧。

看到父亲从双排座上下来，她快步跑过来，关切地问："咋的，福林哥没回来？"

徐锡坤回头指着车里，说："一路上耍酒疯，耍累了，在那儿酣睡呢。"

徐莲蝶跑过去，看见乔福林栽歪在沙发垫上酣睡，呼噜声中，嘴角流出的涎水把坐垫弄湿一大片，而他的手脚被鞋带捆绑着，他也浑然不觉。徐莲蝶回头看看父亲，一脸疑惑，不知如何是好。

"把他弄醒，"徐锡坤伸了个懒腰，扭了扭脖子，说："把别人折腾得一夜没睡觉，他倒好，睡得那个香甜，真气人。"

关大壮过去，把他手脚上的鞋带解开，用力摇晃着乔福林。摇了半天，乔福林才睁开惺忪的睡眼，朦朦胧胧地问："干啥呀？快把人摇散架了。"

关大壮说："下车吧大林哥，到家了。"

乔福林下了车，头晕得厉害，腿脚直打战。他揉了揉眼睛，发现站在自家的菌地里。

"看看吧，"徐锡坤指着菌地里挑拣受病菌袋的人说，"再不来，你的六十万袋黑木耳就彻底完蛋了，都得烧成灰。"

乔福林踉跄着走了几步，看见原本应该密密麻麻摆列整齐的菌袋阵列，现在却像害了鬼剃头一样，这一块那一块裸露出黑色土地，大约三分之一的菌袋不见了。再向远处望去，几乎所有菌地里都有人在成筐、成车地挑拣菌袋，然后拉到河边烧掉。几千米长的河岸边，无数个仍在燃烧的火光在灰蒙蒙的天际下，高达几米，映红了河边的天空。蔚为壮观、惨烈。甚至他隐约听到，河边传来妇女哀哀的哭声。

乔福林听见自己脑袋里轰的一声，双膝一软，跪在地上。

乔小盼做梦也不会想到，当他走下车的一刹那，他就被眼前的情景震惊了。后来他曾无数次的回味那一刻带给他的冲击，从而更全面、深刻地了解、认识了自己的父亲。其实，当初父亲说要搞六十万袋黑木耳时，他并没太在意，因为这个数字在高中生眼里，在一个数学尖子生眼里，并没有多大的诱惑力，成天练算术题，他那时对数字已经疲惫了。

但是，当他走下越野车的那一刻，还是着实被惊呆了。六十万袋黑木耳竟然占地那么广阔、辽远，在黎明时分弥漫、游动着的晨雾里，他几乎望不到菌地的边沿，目光顺着河边的柳丛一直延伸，再延伸，他才看到别人家的菌地。他可以想到，那些原本排列整齐并像列队整装待发的、雄赳赳的士兵一样的菌袋，此刻却像面对摧枯拉朽之势的残兵败将，东倒西歪，溃不成军，“衣衫不整”地匍匐在黑色土地上。突然他感觉，其实父亲还是很能干的，而且是非常能干的，这些壮观得有些悲壮的残阵，就是父亲凭借一双手打拼下来的啊！

尽管徐锡坤和乔福林一再动员、催促，继承了乔家倔强基因的乔小盼仍然没有回县城上学，而是和父亲与那些雇工们“战斗”在一起，他们一筐又一筐，一挑又一挑，一车又一车地挑拣受病的菌袋。那天，他永远也忘不了，当父亲看着成车的小山一样的黑木耳菌袋被浇上汽油，轰然燃烧，并腾起几米高的金色火焰时，他觉得脸皮都被烤爆了、烧焦了，头发似乎都燃烧了。而父亲却站在他身前，呆呆地望着熊熊燃烧的大火，身子打摆子似的剧烈地抖动着，从他颤动的肩膀上看，他知道父亲在默默流泪，心在痛苦地流血。他想，父亲是在为自己辛苦抚养的“孩子”送葬！那一刻，他突然泪流满面，从心底里彻底理解并原谅了父亲。

乔小盼走过去搂住父亲颤抖的肩膀。

乔福林愣了下，随即抱着儿子号啕痛哭。

犹如在打一场争夺战，那天晚上天已黑透，徐锡坤和徐莲蝶还在乔福林的菌地里忙活，毕雪梅拎来的肉包子和两样炒菜早就凉了，大家也没有时间和心情吃一口。无奈她叹息一声，也加入了挑拣受病菌袋的行列。他们是在与病菌争夺菌袋，越快、越早将那些受病菌袋挑出来烧掉，就越能减少损失。直到天完全黑下来，南边观音岭山冈上传来夜枭的鸣叫，他们再也看不清菌袋的模样了，徐锡坤和徐莲蝶父女才回家。

那晚星空灿烂，银河璀璨，夜风依依，河套里偶尔传来一声中华秋沙鸭的鸣叫，随即雾气幽灵似的慢慢升起来，菌地附近的空气中弥漫着腥甜、湿润的夜的气息。吃过晚饭，乔福林催儿子回村里小洋楼睡觉，他知道这小子累坏了，长这么大他还从没干过这么累的活儿。

乔小盼确实很疲倦，眼皮也直打架，身子骨似乎散架了似的又酸又疼，但他没有回小洋楼，虽然他非常想冲个热水澡，然后蒙上头大睡一场。但他决定留在菌棚里，他要陪着父亲一起守护他的黑木耳菌地，守护他的生命。

第二天一大早，天还没亮透，乔福林就悄悄起来，窸窸窣窣地穿衣，看着儿子酣睡的样子，乔福林心疼了，知道从没干过这么多体力活儿的儿子实在累坏了，他穿上鞋，蹑手蹑脚地拎着外衣走出菌棚。外面灰蒙蒙的，黎明的河边透着一股凉意，他穿上外套，拎起苕条筐走进菌地。其实乔福林刚走出菌棚，乔小盼就醒了。他睁开睡眼，感觉眼皮又涩又沉，翻了个身，胳膊大腿酸痛不说，还又僵硬又胀痛，要是搁以前，他肯定还会继续沉睡下去。但此时却不行，他从外面的动静判断，父亲已经开始在菌地挑拣受病的菌袋了。于是他一骨碌爬起来。

父子二人各自拣了一筐受病的菌袋，直起腰拎起筐，正要往菌地边走去的时候，突然发现吊桥那边冒出一群村民，接着又陆续有人往这边走来。原来，村民听说乔福林回来了，就三五成群地起大早特意来探个虚实，当他们亲眼瞧见乔福林就在菌地里挑拣受病菌袋时，脸上终于露出了笑容，一直悬着的心也终于落地，说："大林子回来了，咱们就有主心骨了，咱们的黑木耳就有救了。"

乔小盼看着他们把父亲围在中间，像簇拥氏族首领似的，把父亲当成英雄一般顶礼膜拜，以及黧黑的满是皱纹的脸上，由悲转喜的喜悦表情，乔小盼心里充满了自豪，这一刻他也开始逐渐地崇拜起自己的父亲了。望着父亲在朝阳照射下显露的高大的身影，他突然感觉到一股从未体验过的安全感，这种安全感以前来自母亲李萍，可自打她去世后，他的心就悬着、空着、慌着，却不料在这个柞树村的率宾河畔的清晨，这种久违的安全感随着照射在父亲身上的那缕晨曦，一下子塞进乔小盼的心里，满满的，柔柔的，甜甜的。

你敢不敢

第二天中午，省农学院曹教授以及另一名教授，带着几个研究生赶到柞树村，郭伟忠县长带着三名黑木耳办副主任也来了。经过仔细观察，曹教授说毕得财的判断是准确的，东和县黑木耳此番感染的是链孢霉和木霉交叉感染的病菌，是一种极其可怕，而且危害极大的交叉变异病菌。

听说这种病菌危害极大，郭伟忠脸上现出不安的表情，问："这种病菌能治吗？"

曹教授说："能治，只要对症施药，并及时阻断传染源，一般六七天后就能收到明显效果。"

郭伟忠松了口气，对林铁说："你们三个副主任分别下乡镇，指导耳农救灾，安抚好耳农的焦躁情绪，按照曹教授他们的药方施药，力争把耳农的损失降到最低限。"

另一名教授却给他泼了盆冷水，说："县长你别太乐观，这种病菌比较棘手，一般情况下会持续发作两三年，如果做不好预防消杀，未来会遭受更大损失。"

郭伟忠说："谢谢您的忠告，我们会提高警惕的，一定要把病菌消灭彻底，决不能再让它任意肆虐、蔓延，损害耳农的利益。"他指示林铁，要跟农学院建立合作研究机制，毕得财的研究所加大投入，添置更加先进的化验等技术设备，今后不仅要积极研发新菌种，更要抓好病菌的预防和灭杀工作，决不允许再出现像今年这样的大面积感染。

虽然链孢霉和木霉病菌控制住了，但东和县耳农的损失很大，大约一成的耳农绝收，其他大部分损失三分之一。但病菌却特别“厚爱”乔福林，他的损失最大，根据初步统计，他有一半大约三十万袋黑木耳被焚烧。

乔福林算了一笔账，剩下的三十万袋如果不出现意外，勉强能把损失挽救回来，但也只是不赔本而已，根本赚不到一分钱，而且这还是最好的结局。菌包厂代理加工了九十万袋，每袋只赚取两毛钱的手续费（为了扶持乡亲们，每袋他降价两毛），一共能赚取十八万元。还有六十万袋，他把养好菌的菌袋出售，大约能收入三十万元。

一天黄昏，吃过晚饭，乔福林来到侯宝山家，那时齐丽美正在灶台旁做疙瘩汤，说侯宝山就想吃这一口，说了好几天，她才给他做。

两人闲聊了一会儿，齐丽美端着半盆疙瘩汤进来，拿着两只碗，说：“福林，你也喝一碗吧，不是侯婶自吹自擂，我做的疙瘩汤在柞树村可是一绝。”

虽然晚饭吃得比较饱，但那盆疙瘩汤氤氲出的特有的伴着爆葱花和香油的气味，彻底把他肚子里隐身很久的馋虫勾起来，让他想起了母亲做饭的味道，于是乔福林没忍住，接过齐丽美递过来的满满一碗疙瘩汤，和侯宝山呼噜呼噜喝。

看着两个老爷们端着汤碗，直喝得额头冒汗，脸放红光，齐丽美忍不住笑：“你爷俩真是怪，放着大鱼大肉不吃，非要喝疙瘩汤，这是过去受穷时喝的，你俩现在还喝得山呼海啸，真是受穷的命。”

喝完疙瘩汤，乔福林和侯宝山通体是汗，红光满面，精神奕奕。齐丽美去厨房洗碗，乔福林抹抹嘴巴说：“侯叔，今年大伙儿的黑木耳遭受这么大损失，我想帮大伙儿一下，凡是在我菌包厂代理加工和购买菌袋的，我把所有收入的利润全部返还给大家，你看行不行？”

“行啊，这还有啥不行的？太行了啊，大林子！”侯宝山说。

这时齐丽美端着茶壶进来，说：“大林子，你的心肠太慈善了，你咋这么善良呢你说，其实咱村谁不知道啊，你栽培的黑木耳最多，损失也最大，可你还把利润吐出来返给大家，要是让他们知道了，还不管你叫救命菩萨啊！”

乔福林接过茶壶，给侯宝山倒了一杯茶，自己倒了一杯，说：“侯婶你这是抬举我了，大家跟着我搞黑木耳，不但没赚着钱却赔了本，我的心不安啊，觉得对不起父老乡亲们，我睡不着觉啊，侯婶。”

侯宝山说：“大林子，你真是咱柞树村老百姓的福星啊！其实这几天不少村民来我家诉苦，磨叨，有的人说着说着就哭了，哭得让人心酸啊，”侯宝山叹息一声，眼圈红了，“唉，你说大家本来想搞黑木耳挣点儿钱，摆脱受穷的苦日子，可是却被病菌给害惨了，一些家庭血本无归，他们可是拿着房本作抵押，欠着银行贷款啊……”

乔福林说：“侯叔你别跟着上火，搞地栽木耳如同做生意，有赚就有赔，只要咱们不塌腰、不泄气，大不了明年再赚回来。”

齐丽美过来给他茶杯里续了水，说：“我就佩服你这股冲劲大林子，干啥有劲头，有奔头，不服输，不尿裤子，这才是个顶天立地的爷们儿呢。”

侯宝山说：“你真决定了？宁肯自己亏本，也要补贴大伙儿？”

“决定了。”

受损的木耳地像大病初愈的病人，松松垮垮地散落在原本整齐拥挤的阵列里，它们不仅失了原型，似乎还丢了魂魄般落魄不堪，溃不成军，看着就让人心酸，心痛。

乔福林和雇工们将没有受病的那些木耳重新列阵，经过一周的昼夜劳作，三十万袋黑木耳终于又排起了整齐划一的队形，重新找回了威武、雄壮的阵列，像一些劫后余生却又不甘失败的勇士，擦干血迹，昂起头颅，信心百倍地披着朝阳的霞光，沐浴在喷灌的滋润之下。几日后的一天早上，乔福林穿着短裤走出菌棚，突然，他发现菌袋的开口处，竟然长出指甲盖大小的黑绒绒的木耳，在晨曦中闪烁着明亮的光泽。那些小小的、黑黑的木耳，像无数只好奇的眼睛，在朝阳下顶着露珠向他眨着眼睛。乔福林的眼眶猛然间湿润了，他蹲在地上，无声地哽咽起来。他想，老话说得多好啊，只要不负土地，土地就不会辜负你！那一刻他真想给观音岭跪下，给率宾河叩头，更想亲吻脚下黑油油的土地。

历经病菌的侵害，柞树村不少耳农丧失了信心，他们的心里昼夜被悲伤的海水淹没，无法上岸，更看不到希望的彼岸。是啊，搞黑木耳积攒了几年的本钱都要折进去，银行贷款也要赔进去，甚至房子都要保不住了，这不是要了庄户人的命吗？于是有的人开始酗酒，有的孩子成了父母的出气筒。但很快他们发现，乔福林虽然变得更加沉默，脸上的表情也更加凝重，但他却从没掉过一滴眼泪，也没回小洋楼住过一个晚上，他疯了似的在菌地里忙碌。于是在某一个时刻，人们发现乔福林的菌地又恢复了往日的生机，披着白色塑料外衣的三十万袋黑木耳菌块，像整齐划一整装待发的壮士，精神百倍，斗志昂扬。于是，村里开始有人照猫画虎，来到自家菌地把东倒西歪、左一堆，又一块的菌袋归拢到一起，重新摆袋，按照乔福林的指导，早晚浇水，灭菌除草。最后，酗酒者扔掉酒瓶子，打孩子者重回菌地，柞树村黑木耳地里再次出现了忙碌的身影，菌棚里重又升起了炊烟，人们开始跟时令赛跑，不仅男人没工夫吃饭，就是女人们也开始住在菌棚里，以便早晚干活儿。

一天上午，徐莲蝶来到乔福林菌地，说："大林哥，我突然有个想法，不知行不行？"

乔福林正在修理一个坏掉的喷头，头也不抬地说："啥想法，说说看。"

徐莲蝶说："我看你这菌地突然空出一半，觉得怪可惜的，就想能不能搞点儿秋木耳试验？"

乔福林说："秋木耳？以前没听说过，行吗，你问没问毕得财？"

徐莲蝶说："问了，他也说不准，不过他建议咱们可以先搞个试验。"

乔福林直起腰，朝远处菌棚旁边的人挥手，让他打开电闸。那人吆喝一声合上电闸，立时，修好的喷头喷出一股清流，溅了他一身。

乔福林脱掉外套，和徐莲蝶向地头走去。他们穿行在菌床之间，菌地的几百个喷头左右摇摆，喷泉似的喷射出股股清流，阳光下形成几百个绚丽的小彩虹，俨然人间仙境。

来到地头，乔福林洗了洗手，说："秋木耳，听名字挺新鲜的，不过莲蝶，你这想法的根据是啥？"

徐莲蝶的靴子上沾了不少泥，她站在水龙头下洗，说："黑木耳喜欢湿润潮湿凉爽的环境，如果春天做菌夏天养菌，等秋天气温凉爽下来后，再摆放到地里，我想应该可以长出黑木耳来。"

乔福林说："可是，黑木耳怕高温啊，三伏天怎么养菌啊，那不更要得病吗？"

徐莲蝶说："你说的也是毕得财所担心的，但我想，如果我们采取好降温措施，不是不可以规避的。"

乔福林说："叫你这么一说，我也觉得可行了。记得小时候跟我哥去观音岭采木耳，都老秋了，还能采到黑木耳呢。"

"那么，你敢不敢搞试验？"徐莲蝶一双眼睛恰似一泓秋水。

"敢，那有啥不敢的，"乔福林看着那荡漾着秋波的湖水，说，"只要你帮我把好技术关，我就敢试验。"

细心的人发现，不知从哪天开始，乔福林的菌包厂又恢复了人欢马叫的热闹场面，他又开始做菌了。但此时一个突出问题困扰着他，民工雇不到了。因为现在已是农历四月初，外县青壮农民大都出去打工了。他就给林铁打电话，向他求援。

林铁倒很干脆，说："你只管搞你的秋耳试验，雇工问题我们解决。"撂下电话，林铁当即跟郭伟忠做了汇报。郭伟忠十分重视，说你立即率领几名黑木耳办人员去邻县，务必给乔福林招来十五个人。

三天后，林铁就领回来十几个人，不过这些人的年龄大多四五十岁，还有几名妇女。林铁说："没办法了，我们昼夜兼程去了三个县，跑了二十多个村屯，也只招来这些人，你就将就着用吧。"

乔福林让这些新招来的人去菌地干活，把菌地的熟练民工替换下来，到菌包厂干技术活。

但徐莲蝶不同意他这么大张旗鼓地干，说："你既然是搞试验，就不能一口吃个天，要先弄几百袋试试，一边观察一边改进，充其量搞个一千袋就顶天了，你那两个新式锅炉开一个，一锅就出来了，可你倒好，咋一下子找来十几个人呢，要是试验失败了，光工钱和料钱，你就赔不起，这不是蛮干吗？"

乔福林却不以为然，笑说："你说得不错，我知道你是为我考虑，但我也认真考虑过，既然要干，就干大的，争取把损失挽救回来。"

徐莲蝶有些恼了，说："我看你还没从链孢霉事件中走出来，损失太多，形成心理阴影了吧？咱今年先搞小试验，等摸索成功了，明年再大干也不迟啊。"

乔福林了解她的心思，知道她怕自己再次遭受损失，就说："你别担心，莲蝶，你只管把牢你的技术关，其他我来承担。即使试验失败也无所谓，大不了明年再来呗，再说了，我相信观音岭，既然它能出产秋木耳，为啥我们就不能搞呢？”

徐莲蝶瞪着眼睛看着他，觉得这人真是一根筋，做事不计后果，胆子也太大了，她还想说什么，乔福林说：“咋的了你？婆婆妈妈的，原来你不是这种性格啊，莲蝶，你别想太多，只管大胆试验，即使失败了，我也不会埋怨你半句。”

徐莲蝶突然涌上一阵感动，心想是啊，大林哥说得不错，自己原来不是这么缩手缩脚，瞻前顾后的，是一个敢作敢为的“铁姑娘”啊，这是咋的了？后来她想明白了，那是自己太在意大林哥，生怕试验失败给他造成更大的损失。于是那以后，她成天长在菌包厂，把去东和县另一个乡镇筹建脚踏式滚筒打眼儿机厂子的事扔下了。这半个月来，她生怕有一点儿闪失，像照顾生病的老人似的伺候菌丝。终于，二十万袋灭菌菌袋出炉，接完菌后，开始了养菌阶段，而这时天气也开始热了起来。

最重要也是最关键的时候到了。

徐莲蝶心里愈发不安，这天早上她给毕得财打电话，请他来帮忙出主意。毕得财忙得四脚朝天，几乎长在了耳农的田间地头。为此，县黑木耳办专门给他配置了一台旧吉普车，一名年轻司机拉着他跑东家进西家。

最后，他还是经不住徐莲蝶的一再催促，于一个黄昏来到柞树村。此时二十万个木耳袋齐整整地堆放在养菌架上，显得甚是拥挤。毕得财见了连忙摇头，说：“这样可不行，天气这么热，这些菌袋还像春耳那样堆在一起，里面的温度肯定超标，绝对不行！”他挪开外边几个菌袋，把手伸进去试了试，说：“不好，里面的温度比外面高三四度，赶紧疏散，按照平时摆放春耳一倍的间距摆放。”

徐莲蝶把手也伸进去，脸都吓白了，说：“得财哥，多亏你来得及时，你要晚来几天，这些菌袋都得沤烂了。”

乔福林和十几个民工连夜把菌袋分散开，他想厂房这么大，是按照一百万袋规模制作的铁架子，既然为了散热，何不再把菌袋间距增加两倍呢？于是他把想法跟毕得财说了，毕得财说可行。

这些人直忙到第二天天亮，才把二十万个菌袋按照要求摆完。乔福林给毕雪梅打电话，让她送来一百个肉包子，大家站在菌包厂里吃包子。这时毕得财手机响了，是一个耳农打来的，说他家菌袋出现异常，请他立即去查看。他抓起两个包子跟司机走了。

徐莲蝶担忧地说："得财哥这么忙，早晚得累出毛病来。"

乔福林说："那咋整，他也没办法啊，哪个耳农打电话求救，都是让他去救命，他能见死不救吗？"

大田里的黑木耳采摘第二茬儿的时候，天气变得越来越热，室外温度达到了三十摄氏度，菌包厂室内温度也到了二十三度。有的菌袋里开始出现灰癍，徐莲蝶的担心终于出现了。乔福林也很焦急，他把家里的电风扇搬来，调到最大风力，对着那些菌袋猛吹。第二天清早，徐莲蝶惊奇地发现，在电风扇的吹拂下，那些灰癍开始变淡，而那些灰癍轻微的菌袋，又恢复到原来的白色。于是她把这个喜讯告诉了乔福林。

乔福林把关大壮从被窝里薅起来，坐着他的车去了林阳镇，把两家家用电器店里所有的电风扇都买了回来。

贵人降临

这年秋天，乔福林菌地里的二十万袋秋木耳长势喜人，虽然生长速度较春耳慢一点，但木耳的品质却有所提高，厚度增加了半毫米，一点儿也不影响产量。

随着时令进入仲秋，气温越来越低，天空变得辽阔高远，空气也开始干燥起来，天空中不时传来阵阵雁鸣，南归的大雁开始了艰辛的旅程。观音岭有些树木开始落叶、变红，呈现给大地又一个色彩斑斓的五花山。秋耳也在一天天长大。早起在菌地里干活的人，穿上了衬裤。

一天清晨，乔福林来到菌地，发现秋木耳快要长到春耳大小，他摘下一朵秋耳送进嘴里，咀嚼了几下，他立时惊呆了，哎呀，原来秋木耳的口感会这么好，不仅有春耳的味道，还增加了一点儿秋凉的厚重感，而且咀嚼起来更具嚼劲，甚至还有点清脆、弹牙的感觉。他兴奋极了，抄起手机给徐莲蝶报喜。

可是，虽然秋木耳成功了一半，但干品泡发后口感如何，乔福林和徐莲蝶心中没底，就等着市场的检验了。

秋耳生长的环境与春耳截然不同，一是温度差异较大，二是湿润程度不同。春耳摆袋到大田里，天气逐渐变暖，空气中的水分含量也比较大。而秋耳摆到地里后，天气逐渐变凉，随着秋风渐起，湿润的空气也变得干燥起来，这个时候浇水是特别需要耐心的，更得“察言观色”，察老天的脸色，观大地的颜色，要根据随时变化的气温和湿度调节浇水时间和水量，因此乔福林和徐莲蝶非常上心，时常亲自确定浇水时间和水量。

这天上午，乔福林和徐莲蝶正在菌地给秋耳浇水，远远地从吊桥方向走来一个人。从走路姿势看似乎是个女人。等这人走近，乔福林才发现原来是林阳火车站站长吴雅娟。她穿了身深灰色运动服，戴着一顶驼色遮阳帽，脚上穿着一双黑白相间的运动鞋。

乔福林想，无事不登三宝殿，她不好好坐在办公室干调度工作，独自一人连招呼也不打跑到菌地来，一定是出了什么事。于是他迈开大步朝地头走去，脚上的水靴踩在泥水里呱唧呱唧响，像跟了两只青蛙。

吴雅娟摘下遮阳帽，露出齐耳短发，愈发显得英姿勃发，英气逼人，她手搭凉棚望着眼前的一大片菌地，讶异地说："这么一大片黑木耳地啊，都是你的吗？"

乔福林抓过一只马扎递给她，说："对，一直到率宾河岸，都是我的。"

坐在马扎上，吴雅娟忽闪着一双大眼睛问："这么大一片菌地，得有几百亩吧？"

乔福林知她没在农村待过，不清楚一亩地具体有多大，就呵呵笑了，说："哪有那么多啊，只有六十亩地。"

吴雅娟讪笑了，说："让你见笑了，其实我也不知道一亩地究竟有多大。胡乱猜的。"

乔福林望着她的眼睛问："无事不登三宝殿，你这个大忙人突然来村里找我，有事吧？"

"咋的，没事就不能来你这儿参观学习了？"吴雅娟的大眼睛格外明亮，歪着头俏皮地问。

乔福林赶紧回答："哪里哪里，欢迎还来不及呢。"

吴雅娟嘴巴朝地里的徐莲蝶扬了扬，说："谁啊？这么漂亮。"

乔福林望着徐莲蝶的背影，说："莲蝶，柞树村黑木耳协会的副会长，女发明家。"

吴雅娟"噢"了一声，说："咱言归正传，乔会长，我想在你这儿谋一份差事，不知你能否恩准？"

乔福林以为自己耳朵出了毛病，她来我这儿找工作？扯淡吗不是！但他很快就笑了，他想她这是在逗自己开心呢。就以调皮的口吻说："好啊，吴大站长要是能来小村，我自当让贤，把黑木耳协会会长的位子让给你。"

"我是认真的，"吴雅娟两个眸子闪亮如黑葡萄，"我不是跟你开玩笑，我真的是来你这儿找工作的。”

乔福林看着她眼睛里真诚的意思，知道她不是开玩笑，就说：“你这是想谋求一份兼职啊，咋的，站长的工资不够花吗？”

“我辞职了。”吴雅娟望着北边率宾河畔的柳丛，脸上罩上一层忧郁的色彩。

“辞职了？你辞职了？”乔福林再次惊得合不拢嘴巴，急忙问，“为啥呀？放着好好的站长不当，跑到这山沟里遭罪，是不是遇到了什么困难啊，你说说，看我能不能帮到你。”

吴雅娟告诉他，自从侯玉虎牺牲后，孩子又去了县城重点中学读书，独自一人的她很长时间也没从悲伤中走出来，抑郁了好长时间才逐渐好起来，但她已提不起工作的激情了，觉得车站安稳的工作太过沉闷、安逸，就想换个具有挑战环境的工作。于是她想到自己在车站工作那么久，接触各路“英豪”，结识了不少商界老板，具有一定的人脉，就想做柞树村黑木耳的销售总代理。

乔福林看了她一眼，发现她比原来瘦了一圈，原来的长发剪成了短发，愈发透出一股干练、成熟女性独有的气质。

“好啊，如果你真想做我们的代理人，我举双手欢迎。”乔福林真诚地说。

吴雅娟笑笑，说：“谅你也不能放着我这么优秀的人才不用，而失去发展壮大的机会。”

乔福林说：“正好，我们的销售经纪人关大壮总找我，说他一个没喝多少墨水的粗人干不了营销，成天讲价、算账、记账，弄得他头疼，闹着让我换人呢，既然有吴站长这么优秀的人才，我们一起发大财吧。”

乔福林掏出手机给关大壮打过去，让他马上过来。吴雅娟说：“嗓子都说冒烟了，咋的乔总，你连瓶水都舍不得让我喝啊。”

乔福林连说失礼，钻进菌棚，出来的时候手里拿着一瓶矿泉水，递给她。吴雅娟没接，说：“咋的，你就不能给我拧开盖吗？一点儿都不知道怜香惜玉。”说完，她意味深长地瞄了眼菌地里的徐莲蝶，说：“既然人家是乡村发明家，又给你忙活了这么长时间，也不知道给人送瓶水去，咋的，人家该你的啊？”

乔福林笑笑，把拧开盖的矿泉水递给她，又拿了瓶矿泉水朝菌地走去。

来到徐莲蝶身边，他拧开瓶盖，说：“喝点儿水歇歇吧，忙活半天了。”徐莲蝶还真渴了，接过水瓶咕嘟嘟喝了半瓶，问：“那女的谁呀？看你俩有说有笑的，挺熟悉啊。”乔福林就说：“她呀，那可不是一般人，吴站长，林阳火车站的吴站长。”

徐莲蝶朝菌棚望了一眼，说：“是侯玉虎的老婆吧？”

乔福林说：“是的。”

徐莲蝶说：“她来菌地找你干什么？”

这时关大壮呼哧带喘地跑到菌棚前，朝乔福林喊：“大林哥，你找我这么急，有啥事？”

乔福林对徐莲蝶说了句应聘的事，就朝菌棚走去。

乔福林说：“吴站长辞职创业，要来咱们这应聘营销经理。”说到这儿，他朝关大壮望去，观察着他情绪的变化。他发现关大壮先是露出讶异的表情，继而转换出一脸的喜悦，由衷地说：“太好啦！这下我可以不受罪了，成天和耳农砍价、算账、记账，把我脑浆子都累没了。”

乔福林开始还担心他不高兴，见他如此态度，就说：“如果吴站长成了咱们的代理人，你干吗去啊？”

关大壮说：“老本行，我还回家搞地栽木耳，那多好啊，自由自在，不用天南地北地跑，又不累脑子。”

吴雅娟见他实实在在，人高马大，心里就多了份欢喜，说：“那可不行，乔会长，我当你们黑木耳营销总代理有个硬性条件，你得答应我。”

乔福林说：“说吧，啥硬性条件，只要我能做到，百分百答应你。”

吴雅娟看着关大壮，说：“关大壮两口子，必须跟着我干。”

关大壮一下子站起来，瞪着眼珠子问：“为啥呀？凭啥呀？”

吴雅娟挥手让他坐下。关大壮看着她，呆愣着站在那里。乔福林说：“让你坐你就坐，傻站着干啥，也没罚你站，坐下，听吴站长细说。”

关大壮这才极不情愿地坐下。吴雅娟说：“我留你和你媳妇，是因为你人好，实诚，至于凭啥呢？凭的就是你虎背熊腰，别人不敢欺负我。”

乔福林知道她的意思，但不说破，而是看着关大壮笑。

关大壮瓮声瓮气地说：“你那意思，是想让我给你当保镖呗？”

吴雅娟说：“算你说对了一半，除了给我当保镖，还得给我当司机。”

关大壮说："我不干，我觉得还是在自家地里干活自在、舒坦。"

乔福林说："我觉得行。大壮你跟着吴站长干，既不用累脑子，还跟着她吃香喝辣，天南海北地跑营销，见世面，多神仙啊。"

关大壮摸着脑袋摇摇头，看看吴雅娟，又瞧瞧乔福林，发现他一点儿也不像开玩笑的意思，就又点点头，说："既然大林哥你说行，那就行吧，我听大林哥的，反正我是你的好兄弟，你不能把我往火坑里推。"

乔福林对吴雅娟说："不过吴站长，我也有个硬性条件，你必须得答应。"

吴雅娟说："也好，有话说在明里，省得日后生罗乱，你说吧，啥条件？"

美女代理人

乔福林他们找到侯宝山的时候，他正在佟林的菌需物资销售部与他商讨如何扩大经营，筹建销售公司的事。这两年，佟林的菌需物资销售日渐红火，村民们既然能在家门口买到物美价廉的菌需物资，何必跑到外边采购呢，而且经过实践，耳农们发现佟林现在经营的各类物资货真价实，再也没出现过假冒伪劣现象，他逐渐取得了耳农的信任与认可，附近村屯的菌农也大都在他这进货，他就把这摊事业干起来了。

侯宝山觉得，既然他已经走上正轨，就要扩大发展，总不能再窝在偏僻胡同里做生意，就来到他家跟他商量，让他到大榆树附近开店，那里是主街，不仅是柞树村的娱乐、文化中心，还是进入柞树村的必经之路，原来只有葛亚丽一家小卖店，后来西侧的毕雪梅开了包子铺，接着如雨后春笋般冒出了理发店、摩托车修理铺、手机代销点和农行办事处等，俨然柞树村的商业街。侯宝山让他赶紧到工商部门登记注册，成立菌需销售公司。

佟林听罢兴致颇高，眼睛放光，说："如果真的开办公司，那我不就是经理了吗？"

侯宝山觉得他可笑，就说："公司是你自己的，你想当啥就是啥，别说经理了，就是总经理也是你说了算。"

但佟林眼里的光芒马上就消失了，暗淡下来，说："可是侯叔，我这销售部刚刚起步，那点儿资金都押在院子和仓库里的货物上了，哪有那么多资金开公司啊？"

侯宝山思忖了下，皱眉说："你说的这个问题确实现实，是有点儿不太好解决。"

佟林掏出一盒烟，递给侯宝山一支，给他点着，自己也点了一支烟，说："谢谢你侯叔，这些年来不但不瞧不起我，还一直帮扶我，您的恩德我会记住的。这样吧，您的话我记住了，等我再积累几年，有了资金再开公司。"

侯宝山指着院里院外堆满的锯末子和草帘子，说："可是，你家屁股大点儿的地方，这些物资都已经堆到道上了，影响村民出行不说，还有碍村容村貌建设，而且还限制了你快速发展，不行啊。"

佟林愁眉苦脸起来："那咋整啊？我也急啊。"

这时乔福林和吴雅娟、关大壮找来，侯宝山眼睛一亮，说："有了！"但当他看见乔福林高大身形后面，突然闪出儿媳时，突然惊呆了，心里咯噔一下。他想，雅娟来到村里咋没先回家呢？她咋跟乔福林和关大壮搅在一起了？猛然地，一股凄凉的潮水涌上心头，唉，玉虎牺牲两年多了，虽然雅娟每年春节都回来陪他们老两口过年，带来大包小裹的吃穿用品，但儿媳毕竟是外人啊，两年了，她也该寻找自己的幸福了。尤其他看见儿媳把自结婚以来就留着的披肩长发剪掉，换成了齐耳短发，心里就明镜似的，知道她已经从丧夫之痛中解脱出来，打算迎接新生活了。

吴雅娟落落大方地叫了声"爸"，担心他多想，就解释说："我有重要的事跟乔会长商量，就直接去了他的菌地，我想等一会儿事情办成了，再回家看望你和我妈。"

侯宝山说："不忙，不忙，先谈正事，正事要紧。"

于是，乔福林把吴雅娟辞掉林阳火车站站长职务，想当柞树村黑木耳营销代理人的想法说了。侯宝山心里又是咯噔一下，说："雅娟啊，你想忘记过去的伤痛和阴影，重新开启人生，爸爸赞成拥护，可你大可不必注重形式，辞掉站长职务啊。"

吴雅娟抿嘴微笑，说："爸，谢谢你的理解，在玉虎走的这段日子里，我对自己的人生重新进行了思考，我觉得我这种风风火火的性格，特别不适合坐办公室朝九晚五，我觉得憋闷、不自在，活不出自己想要的样子来。"

侯宝山知道她决心已下，况且作为前儿媳他也不便干涉，便深深地叹息一声："好吧，既然你这么说，我尊重你的决定。福林，雅娟的事属于你们黑木耳协会，我不便干涉，你自己决定吧。"

乔福林说："话是这么说，可吴站长不是大壮那样的营销经理，而是代理人，那得经过大家的同意才行。”

侯宝山说：“那我更不能随便干涉了，你这样福林，回头你们协会召集会员开个会，大家表决一下。”

乔福林说：“行。”

吴雅娟担心夜长梦多，请乔福林下午就召集耳农开会，她说晚上住在婆婆家等信，如果耳农大部分同意，她就签合同，所谓亲兄弟明算账，不给日后留麻烦。

当晚乔福林来到侯宝山家，齐丽美正在镜子前试穿吴雅娟带来的款式新潮的几件外衣，娘俩有说有笑，暖意融融，侯宝山则盘腿坐在沙发上看电视。

齐丽美见乔福林来了，穿着一件海蓝色绣着小黄花的旗袍，走过来喜滋滋地对他说：“大林子来了，瞅瞅，雅娟给我买的旗袍，颜色这么鲜艳，我这个老婆子穿出去，还不让乡亲笑掉大牙啊！”

吴雅娟帮她把脖子上的盘扣扣上，说：“笑话啥呀，妈你才多大年纪啊，面相上看一点儿都不显老，穿上这件旗袍多显气质，多带劲啊，是不是乔会长？”

乔福林也觉得不错，虽说齐丽美胖了些，但这身旗袍穿在身上，赘肉收敛，显得身材修长了许多，使得她年轻了不少，似乎一下子摆脱了家庭妇女的烟火气，具有了仙气儿。不由得赞叹说：“好看，侯婶你穿上这身衣服，一下像变了个人似的，比城里人还有气质。”

齐丽美说：“是吗？大林子你不是糊弄老太婆吧？”

乔福林说：“侯叔你看看，我侯婶是不是特像城里人？”

侯宝山上下扫了眼齐丽美，也觉得老婆子今天变得漂亮了许多，真是配是衣服马配鞍啊，就说：“不错，还行。”

齐丽美这下彻底美了，她知道，能从侯宝山嘴里说出这几个字，虽然不是积极赞美却也十分难得，就更加喜悦了，对吴雅娟说：“哎，你说你们现在赶上的时候多好啊，想吃啥吃啥，想穿啥穿啥，真享福啊！不过要是年轻三十岁，你妈那时也是柞树村数一数二的村花啊！是不是宝山？”

侯宝山说：“是，苕条花。”

齐丽美脸上乐开了花，对吴雅娟说：“一辈子了，你爸就从来没夸过我，行啊，苕条花也是花，我美了。”

侯宝山知道此时乔福林登门必然有事，就抬头对他说：“别跟她磨叽了，越夸她越找不着北了，怎么的福林，有事吗？”

于是乔福林把黑木耳协会的决定告诉了吴雅娟，协会旗下的耳农们，绝大多数同意由吴雅娟当他们产品的销售代理人，但也有少数人决定自己销售。

吴雅娟说：“好啊，既然大家赞成我当销售代理人，那咱也别磨叽，我看明天咱就签合同。”

齐丽美插话说：“那可好了，以后雅娟就可以经常回来住了，也可以陪我唠唠嗑。”

乔福林说：“不过，我们有个硬性要求，你得答应。”

吴雅娟恍然说：“对了，你上午说的硬性条件是啥呀？只要不是让我摘月亮，啥都行。”

乔福林说：“我是这样想的，你每销售一斤干品木耳，给我们木耳协会提成一块钱，其他费用你自理，包括关大壮夫妇的工资。”

吴雅娟不假思索地说：“就这条件啊，好说，不就是一块钱吗，我答应你。这么的吧，我每销售一斤黑木耳，再给你增加一块钱，咋样？”她忽闪着的大眼睛里，两个黑黑的眼仁像水晶一样，闪烁着纯净的光芒。

齐丽美在她身上轻拍一下，低声说：“傻孩子，人家让你出一块钱，你干吗非要自己增加一块呢，这样你还能赚钱吗？”

吴雅娟笑着拥抱了齐丽美，说：“妈你放心，我心里有数，玉虎活着的时候常把柞树村放在嘴边，说这里的乡亲们如何如何好，如何厚道、仁义，他总想为乡亲们做点儿事，我，我就当圆了他的心愿吧。”

齐丽美眼圈突然红了，说：“好孩子，妈谢谢你还记得玉虎的心愿，但是，那咱也不能亏本赚吆喝啊。”

侯宝山白了她一眼，说：“你懂个啥，雅娟能着呢，既然她敢这样说，那就说明她心里早就有谱了。”

签完合同的第三天，吴雅娟给乔福林和侯宝山打了电话，请他们到林阳镇参加“柞树村黑木耳代理公司”开业庆典。

乔福林载着侯宝山来到林阳镇，在火车站旁边找到吴雅娟的公司，发现这是个车站废弃的仓库，原来临街的地方被开成一个很大的门脸，门脸旁边挂着一块金色牌匾，上面蒙着红布。到了现场他俩才发现，吴雅娟也邀请了黑木耳办常务副主任林铁来参加典礼仪式。

天气渐凉，深秋的尾巴终于被初冬的脚步踩断，率宾河沿岸湿地的湖水边缘，开始结上了一层冰碴儿，似琼玉，似水晶。观音岭除了郁郁葱葱的松树外，其余树木都被初冬的寒风一夜扫掉，至此，溃不成军的残秋终于放弃了最后一道防线，而傲慢的寒冬则嚣张地宣布，观音岭从此进入冰冻世界。乔福林的秋木耳，也采摘完最后一茬儿。这时，一个喜讯令他和徐莲蝶喜出望外，远在北京的吴雅娟告诉他，她已经成功地将秋木耳打入北京几家大型超市，经过现场泡发、品尝，乔福林的秋木耳得到大家一致好评。她还说有几家五星级酒店，也决定采购柞树村秋木耳，让他赶紧把秋耳送到林阳镇公司，以便肖金玉带人挑选、检验，尽快发货。

这是一个天大的好消息。乔福林差点蹦了起来，手握电话说:“谢谢吴总，你真了不得，我太高兴了。你啥时候回来？我请你喝酒，喝好酒。”

吴雅娟料到他会高兴，说：“我还要赶往天津、南京、杭州等地，争取这次与一些大客户建立长久合作关系，拿下一批大订单。”

乔福林说：“好吧，等你的好消息。等你归来，咱俩一醉方休。”

吴雅娟说：“拉倒吧，喝酒你也喝不过我，没劲。”

挂断电话，乔福林望着徐莲蝶的眼神里多了层含义，情意绵绵，深情似水，他说:“莲蝶，我太高兴了，真的太高兴了。其实我最应该感谢的是你，如果没有你的金点子，没有你没黑没白地帮我把好技术关，累死我我也不会获得成功。”

可是徐莲蝶的脸色不太好，似乎没有他预想的那么激动、热烈，而是淡淡地说：“祝贺你乔会长，没事我回去了，你也赶紧去准备好酒吧。”

一天晚上，乔福林刚睡着，陪客户喝完酒的关大壮偷偷给乔福林打来电话，说：“大林哥，报告你一个不幸的消息，你猜你的秋木耳吴总每斤卖多少钱？”

乔福林心说不好，难道她卖赔了，人家不认秋木耳？于是他说：“照比春木耳，每斤降价多少？”

关大壮语调沉痛地叹了口气，幽幽地说：“不太乐观，你猜呢？”

乔福林心里着了火似的，没心情跟他扯淡，就说：“少跟我打哑谜，你快说，究竟降了多少钱？”

关大壮知他急了，不想再跟他兜圈子，就说：“我怀着沉痛的心情告诉你，观音岭柞树村乔福林同志的秋木耳，每斤售价比春耳多卖了10块钱。”

“啥？你再说一遍！”以为耳朵出了毛病的乔福林掀掉被子，一下蹦到地上。

借你一副肩膀

乔小盼上高二的时候，班里转来一名外地女生，这个扎着马尾辫、走路像上紧了发条、成天把微笑挂在嘴边、一笑露出两个甜甜酒窝的女孩，不仅长得漂亮，而且还自带气场，不管她走到哪里，哪里都是女生扎堆的地方。而那些正值青春期的小男生，原本沉浸在准备高考的冲刺阶段，一个个累得脸色煞白，像睡不醒觉或犯了大烟瘾的烟鬼，走路晃晃悠悠，眼神大都毫无光泽，俨然一个个早衰的老者。可是自从这个女孩来到班里，宛若一块石子扔进沉静的湖水，霎时激起一阵阵涟漪，经久不散。

而涟漪之外也有个例，那就是一直受到丧母之痛影响的班长乔小盼，他每天准时到校，准时离校，上课貌似在认真听讲，但其实早就走神了。为此乔小盼的学习成绩像滑梯，原来他在班级的排名一直很稳定，从未跌出前三名，可最近几次考试，他竟跌到了二十名以外。老师很是着急，找他谈了两次话，当了解到他家具体情况后，对他进行了心理疏导，但收效甚微。

新来的女生叫侯聪聪，是侯玉虎和吴雅娟的女儿，她原本在林阳镇高中读书，是班级的团支书，父亲的突然牺牲对她打击很大，上课时常走神、恍惚，学习成绩也大不如前。开始老师没太在意，但时间久了，发现她还是这样，就跟学校领导汇报了。学校了解她的情况后，请心理辅导老师开导她，但仍无济于事。于是学校向县教育局做了汇报，教育局一名副局长亲自带队来了解情况，对她进行心理疏导、安抚，最后侯聪聪说，无法从现实生活中摆脱出来，回家就见到郁郁寡欢的母亲，看到父亲的遗物，以及和他生活的空间，就会不自觉地想起与父亲在一起时的点点滴滴，耳边总是浮现出侯玉虎的音容笑貌，她的心就会很痛。她对副局长说，自己也想尽快从丧父之痛中摆脱出来，她想去县第一中学读书。副局长想，换个学习环境，离开那个到处充满父亲气息的家，也许这孩子会逐渐好起来的。于是回到局里与局长沟通后，作为特例，破格将她送到县重点中学读书。

侯聪聪是个自制力很强、也很会调整自己情绪的女孩，她说到做到，自打进入新班级的那一天开始，她就强迫自己做了彻底改变，成为一名充满阳光的、乐观积极的好学生。

老师了解了她的家事后，就特意给她调换了座位，与乔小盼坐在一起，希望她能用自己乐观、坚强的品格影响乔小盼，帮助他尽快从丧母的阴霾中走出来，不然这个孩子就毁了。

侯聪聪的确聪明，深知老师用意，因此总是没话找话地与乔小盼搭讪，可是她得到的却是冷脸、冷语，他总是用最简短的语言来回答侯聪聪，“是”“不是”“嗯”“行”“你看着办吧”。侯聪聪经历过这种事，深知丧失最亲爱的人是多么的悲伤、凄惨、无助和无望。所以每次遇到这种冷冰冰的回答时，她也不生气，仍然笑脸相迎，只要遇到需要帮助的事情，就会不厌其烦地请乔小盼帮忙。

而乔小盼也不傻，他知道老师的良苦用心以及侯聪聪的善意，有时事后，他也为自己对她的失礼、冷淡而自责，认为自己太没有人情味，太自私了。平心而论，他感谢侯聪聪，她的眼神是那么清澈，表情又是那么纯真无邪，声音犹如黄鹂般清脆、婉转，他没有理由再继续不搭理人家。可是，当他来到班级看到同学们毫无忧愁的面孔，以及开心的大笑，心里会不自然地滋生出抵触情绪，他的心里只有悲伤和怀念，怎么能笑得出来呢？

一天晚上九点多钟，乔小盼正在房间里复习功课，姥爷李发端来一杯牛奶，一个酱油煎鸡蛋，嘱咐他不要熬得太晚，就回屋躺下睡觉了。自打母亲去世后，父亲又不在身边，乔小盼搬到姥爷家住，不仅可以照顾悲痛中的姥爷，还可免去吃饭问题。

乔小盼喝了杯牛奶，正准备吃煎蛋休息一下眼睛，手机突然响了起来。乔小盼扫了眼手机屏幕，发现电话号码比较陌生，他不想接听，但迟疑片刻后还是接听了，万一谁有急事呢？

电话是侯聪聪打来的，听声音她好像不是很快乐，声音也失去了往日银铃般的悦耳，她说：“乔小盼，你能出来一下吗？”

乔小盼颇感意外，他没想到侯聪聪会这么晚给自己打电话，心想她可能遇到了什么困难，需要自己的帮助，就说：“你有事吗？”

侯聪聪说：“没，没啥大事。”

乔小盼咀嚼着煎蛋，这是他最爱吃的一种煎蛋，海鲜酱油煎蛋，妈妈生前每天早上都给他煎两个海鲜酱油鸡蛋，她去世后，这个任务被姥爷接下来，他说：“哦，没啥大事，那明天再说不行吗？已经这么晚了。”

电话那端沉默了一会儿，传来侯聪聪失望的声音，“那，那好吧。”

乔小盼突然听见了她喉咙里的哽咽声，虽然那声音非常微弱，而且也是极力掩饰和克制的，但他还是敏锐地捕捉到了。

侯聪聪说：“对不起乔小盼，打扰你复习功课了，再见。”

“哎，哎，”乔小盼急迫地说，“你在哪里？我马上就到。”

乔小盼来到姥爷屋门前侧耳倾听，里面传出均匀的鼾声，他知道姥爷睡熟了，就悄悄打开外屋门，下了楼。

乔小盼来到老城墙上的时候，已是夜晚十点多了，一轮上弦月悬挂在天空，璀璨的银河倒挂苍穹，城墙上轻风阵阵。也许是因为太晚了，城墙上早已没有了游人。老远，乔小盼就看见一个孤单的身影，寂寥、落寞地坐在长条椅上。他跑过去，站在侯聪聪面前。

经过简单的了解，他知道了她伤心的原因。也许是备考太紧张，侯聪聪这次例假来得特别汹涌，小腹疼了两天也不见减轻，她实在忍不住了，吃过晚饭就给母亲打了个电话，想从她那里得到些指点和安慰。可电话总是没人接，后来总算接通了，电话里吴雅娟说正在南京陪一个重要客户，让她多喝点儿热水，用热水袋焐一焐肚子，疼痛就会减轻些。毕竟是小女生，需要细心呵护的心理非常脆弱，侯聪聪就还想跟母亲倾诉点儿什么，说些体己话，听到母亲温柔的慰藉和关怀。可是电话里传来喊吴雅娟的声音，吴雅娟说不跟你唠了，自己照顾好自己，好好学习，就挂断了电话。侯聪聪突然就觉得特别委屈，一下子想起了死去的父亲，霎时情绪崩溃，眼泪唰唰淌了下来。宿舍里的室友都在复习功课，她又是新来的，尚没交下知心朋友，就流着眼泪来到距离学校不远的老城墙上。坐在椅子上，她觉得自己现在就是一个没人关心、没人照顾，没人心疼的小可怜。于是越想越伤心，越伤心越想得多，她甚至想到，也许母亲已经有了男朋友，她很快就要跟他结婚了，他们很快就会有小宝宝，而自己是不是就是个多余的人了？最后，她伤心得无法自制，就想找个人倾诉一下内心的苦楚，找个温暖的肩膀依偎一下。

可是，听到乔小盼不咸不淡的声音的时候，她就后悔了，给谁打电话不成，干吗非给这个不冷不热的木头疙瘩打呢？待到他说这么晚了，有事明天再说的时候，她心里彻底崩溃、绝望了，她甚至恨自己，既然他是个孤寂的冷血人，给他打电话不是自取其辱吗？但她没想到，乔小盼会这么迅速地来到自己身边，所以当他坐在自己身边，静静地听她倾诉的时候，又惊又喜的她一下子充满了对他的感激之情。

新官上任三把火

俗话说新官上任三把火，郭伟忠升任东和县县委书记的第一把火，就烧向了黑木耳产业：县职业中学与省农学院合作，开办黑木耳技术培训班。一开始打算先开一个班，因为不知道会有多少生源。招生广告在县电视台播出没几天，职业中学的门框就被挤爆了，前来报名的人络绎不绝，已经超过了两个班的学生名额，而且还有人在陆续咨询、报名。郭伟忠把教育局长和职业中学校长找到办公室，校长愁眉苦脸地说："那些没有报上名的学生家长都很着急，情绪也不稳定，闹着要学校扩招，我们没办法了，请书记定夺。"

郭伟忠说："好啊，这说明我县的黑木耳产业深得人心，大家都想学习栽培技术，靠勤劳的双手发家致富，这是件好事啊，你俩咋愁眉不展呢？"

教育局长说："我们知道是好事，也想扩招，可是没有教室，没有师资啊。"

郭伟忠说："活人还能让尿憋死？没有教室把你们的会议室间隔开，当教室。师资力量不足，请毕得财和他研究所的人兼课，适当给些报酬，让他们辛苦点儿。"

最后，东和县职业中学的黑木耳技术栽培班一扩再扩，一下开了四个班，每班六十多人。

这天郭伟忠来到林阳镇，和林铁（已是林阳镇党委书记）来到位于镇子北郊的国道北边的一片荒草地。林铁丈二和尚摸不着头脑，这片长满野蒿子和荆棘的缓坡地，他打算明年开春栽树绿化，不知道新书记把自己拉来干什么。

两人在荒地里走了一圈，郭伟忠说："很好，靠近国道，交通方便，物流运输方便，又不占用耕地，真的是块宝地。”

林铁更加蒙圈了，说：“书记你要干啥啊？这片荒地我打算明年植树造林呢，荒秃秃的在国道边太有碍观瞻了。”

郭伟忠笑说：“那你大材小用了，可别小瞧这片荒草地，马上它就会成为繁华之地、聚散中心。”

林铁越发摸不着头脑，跟着他往荒地深处趟去，裸露的脚踝被荆棘扎得生疼。

郭伟忠说：“明天派几台推土机来，把坡地平整一下。”

林铁说：“然后呢？”

郭伟忠说：“建设东和县黑木耳交易大市场，前边门市，后边仓储，门市要达到一百五十个。”

“什么？”

林铁和随行人员都瞪大了眼睛，在这片荒地上建黑木耳交易大市场，而且一下就建一百五十个门市，这不是拍屁股做梦吧？

林铁觉得这个想法不太现实，但碍于新书记的面子，又不好直接给怼回去，就温声说：“书记你看啊，咱们县黑木耳产业是发展得如火如荼，前景也非常广阔，但建设交易大市场，有这个必要吗？现在老百姓的黑木耳不用出村，就被木耳经纪人给收购了，咱们再建设一个大市场，不是浪费资源吗？我，我觉得没这个必要吧？”

郭伟忠知道他转不过弯来，就耐心地说：“那些人没有经过培训和市场的历练，而且鱼龙混杂，参差不齐，问题挺多，要我看啊，充其量也就是收购倒卖黑木耳的贩子，根本算不上纯粹的经纪人，他们并没有把我们的产品筛选、加工后推向全国，而是成麻袋地、不分等级和品质地把货发往各地，不仅标准不一，而且还容易损害市场和产品，我们既然提出了黑木耳富民产业，就要科学规划，放眼长远，统筹管理，这样才不会出现问题，也不会伤害耳农的利益，并能形成真正属于我们的拳头产品和品牌。”

林铁品咂了一下，觉得郭伟忠说得似乎有道理，说：“还是你眼光长远，但我觉得建设交易大市场可以，但是，一下子建设一百五十个门市，是不是有些贪大贪多了？”

郭伟忠说：“你的理由呢？”

林铁说：“市场是需要慢慢发育的，不是一天就能形成的。”

郭伟忠笑了，胸有成竹地说：“道理是如此，但你没听伟人说过吗，一万年太久，只争朝夕呀！尤其我们这些落后地区，更要快马加鞭，策马扬鞭啊。”

“你这是破釜沉舟式的打法啊。”林铁还是有点儿想不通。

郭伟忠说：“有的时候，我们就是要发扬破釜沉舟的精神，在做好科学调研和分析的基础上，大胆地闯，大胆地试，我们才能步入快速发展的轨道。”

林铁还是表现出担忧的情绪，说：“要是交易大市场建起来，一百五十个门市租不出去咋办？”

郭伟忠说：“你问到点子上了，其实我让你们建这个交易大市场，县里没有一分钱支持，只有政策奖励和精神鼓励。”

“啥？没钱？”林铁瞪大眼睛，不解地看着郭伟忠说，“县里没钱，没钱建什么交易大市场啊，干不了，真干不了，你这是给我们画了个大饼啊！”

郭伟忠表情变得认真起来，严肃地说：“林铁，你是林阳镇党委书记，又是县黑木耳办公室常务副主任，我希望你不要缩手缩脚，瞻前顾后，而是要放下包袱和疑虑，冲锋在前。”

林铁摊开双手，为难地说：“可是，没钱咋办啊？你不能给我开个空头支票，忽悠人啊。”

郭伟忠表情严峻地说：“话不能这么说，怎么叫忽悠你呢，这是我们一起谋划啊。”

林铁脑袋摇得像拨浪鼓，说：“光谋划有啥用啊，总不能画饼充饥吧？”

郭伟忠说：“鼓励集资建市场，靠市场化运作，你找人规划测算一下，每个门市、库房多少钱，我先订购一个。”

“你先订购？”林铁这回彻底傻眼了，不知如何是好地瞪大眼睛看着郭伟忠。

郭伟忠笑说：“瞪那么大眼珠子干啥，我脸上又没长钱，我告诉你，不仅我要订购一间门市，你们黑木耳办的三个副主任，最好每人也订购一个。”

林铁清楚，既然新任书记亲自来林阳镇帮助谋划，他就必须抓紧时间落实，于是回到镇政府他就召开了班子会议，让相关部门连夜测算。第二天一上班，测算结果出来了，拟建设中的黑木耳交易大市场门市房和仓库，每间大约造价七万元。这在当时不是个小数目，是一般干部两年的工资，他关上办公室的门，抽掉一盒多香烟，才最后下了决心。他知道郭伟忠决心已下，轻易不能更改，况且这也是个非常超前、大胆、惠民的好项目，他觉得没有理由不落实好，于是他想，就是咬牙也要贯彻好，不能掉链子。这天下班前，他召开了镇干部会议，把设想说了，并动员每名干部订购一间门市。

干部们当即就哗然了，黑木耳事业刚起步不久，还没形成规模，效益也不明显，就着急建设这么大规模的交易大市场，这不是扯淡吗？再说建在镇子边缘的国道北边的荒地上，哪有人烟啊？干不成，肯定干不成！可不，一百五十间门市啊，全县一年才出产多少黑木耳啊，光那些小贩子倒腾都不够，还要建设交易大市场，纯粹是拍脑门工程。没戏，绝对没戏，看着吧，一百五十间门市和仓库，将来一定得荒废，变成羊圈和鸡圈。

林铁明白，大家的担忧不是没有道理，但他还是耐心跟大家解释，并描绘未来的宏伟愿景。可不管他把交易大市场说得如何，绝大多数人员都摇头、置疑。无奈，他的倔脾气上来了，拍了桌子，说："想不通也得想通，这是县里的决定，我们必须贯彻建设好。"为此他选派一名年轻的副镇长，专门负责大市场的建设工作。

一天中午，郭伟忠从穆丹市开会回来，在大市场建设工地停车，他发现只有一台推土机在工作，而且进度十分缓慢，才推平一百多平方米土地。他就火了，掏出手机给林铁打电话，让他立即到现场来。当时林铁正在食堂吃午餐，听说郭伟忠在大市场现场，估计他没吃午饭，就说你先来我们食堂吃点儿饭，然后咱一起去工地。

郭伟忠嫌他啰唆，说："我没心情吃饭，你赶紧过来。"

林铁撂下筷子，带着那个副镇长赶过去，见郭伟忠铁青着脸坐在推土机的履带上，正和司机啃面包。郭伟忠喝了口矿泉水，递给司机，站起来说："林铁你怎么回事？好几天过去了，为何只派一台推土机？进度这么缓慢，猴年马月才能把大市场建起来？"

林铁连忙检讨，说："对不起郭书记，是我们态度不端正，直到现在才有三个人订购门市，雇推土机得需要钱啊，没有钱咋开工？"

郭伟忠说："我订购门市的钱，不是已经打给你们了吗？"

林铁说："你的钱确实收到了，但那点儿钱对于这么大的工程，杯水车薪啊。"

郭伟忠陷入了沉思，过了一会儿他说："你这样，给乔福林打个电话，问他想不想订购几间？另外，你还得加大宣传力度，动员镇干部们订购，不行把广告贴到县城去。"

乔福林接到林铁电话时，正在林阳镇一家酒店宴请"凯旋"的吴雅娟和关大壮。她此次"出征"获得空前成功，不仅开辟了北京、天津的市场，还拿下了上海、南京和杭州的几个大订单。乔福林说到做到，特意去酒行买了两瓶好酒，给他俩接风洗尘。

酒意正浓时，电话响了。乔福林本不想接，但看号码是林铁的，怕有要事找自己，就在酒桌上接听。当他听说，林铁问他要不要在黑木耳交易大市场订购几间门市的时候，犹豫了下，觉得自己是一个栽培黑木耳的，而且自己的黑木耳因为品质上乘，压根就不愁销路，没有在大市场摆门市的必要。但他想，既然是郭伟忠让他问的，那就不能不给他面子，于是乔福林决定订购一间，权当给吴雅娟当仓库使用。岂料吴雅娟却来了兴致，说："一间门市哪够用啊，要订就订购二十间。"

乔福林半醺的酒意一下子吓醒了，懵懵懂懂地看了吴雅娟一眼，对林铁说："林书记，我订购是订购，但订购多少，怎么订购，你容我们商量一下，过会儿给你回话。"

挂断手机，乔福林对吴雅娟说："你疯了吧吴总，本来我订一间都是看在郭伟忠的面子上，还不知道这个大市场将来是什么样呢，你竟然让我订购二十间，你是不是喝酒喝多了，脑子让酒精烧糊涂了啊？"

早已微醺的吴雅娟此时显得格外靓丽，两只大眼睛里汪着晶莹，双颊艳若桃花，双唇红润，别具一种美丽与妖娆，她说："乔总，你就听我的吧，二十间，你十间，我十间，你听我的没错，直觉和经验告诉我，到时准保抢手，你就跟着我挣大钱吧。"

乔福林愣怔怔地看着吴雅娟，虽然她不失往日的英姿飒爽和干练，但酒后却也平添了几分特有的妩媚，尤其那双盈盈的眼波，让他都不敢直视了。他摇头说："不行，我心里没底，还是一间算了。"

吴雅娟说："你这人咋婆婆妈妈的，平时的果敢劲儿哪去了？郭伟忠啥脑瓜啊，人家那是在大机关里专门搞政策研究的，绝非鼠目寸光之辈，听我的没错，二十间，就二十间了。"

听她这么一说，乔福林觉得似乎不无道理，现在举全县之力发展黑木耳产业，将来一旦做大做强，林阳镇黑木耳交易大市场一定会火爆的，于是他给林铁回电话，说我和吴雅娟每人订购十间门市，三日内把钱给你打到账上。

"给我来五间。"一直不说话，闷头喝酒的关大壮突然瓮声瓮气地说。

"你也来五间？"乔福林颇为惊讶，因为刚才他和吴雅娟争论的时候，这小子压根就没发言，只是瞪着眼睛看他们争论，就笑说，"拉倒吧，还不知能不能成呢，我看你就别担这份风险了。"

关大壮说："我不怕担风险，只要大林哥你认准的事，我都跟着干，我就信你。"

给木耳搭房子

转眼又是一年春风来，农历二月二龙抬头这天，早春的风虽然依旧干冷，但老话讲“冻人不冻水”了，柞树村街道上的积雪开始融化，观音山朝阳面的河溪里冻得高高隆起的冰面，开始塌陷，并呈现出一种棕乳色，有的冰层在正午阳光照射下开始融化，涓涓细流叮咚叮咚的声音，像极了春天的序曲。

乔福林开车从林阳镇往柞树村赶路，出了镇子，他看见道路两旁的田地里有人在用木杆搭架子，地面栽上木桩，顶上绑着弯曲的竹片，他们这是在搭建蔬菜大棚。乔福林突然觉得好奇，在路边停稳车，来到地里观察菜农搭建塑料大棚。过了一会儿，他给毕得财打手机问他在哪呢。毕得财那边的信号不好，时断时续，说正在南部山区的一个村子里，指导耳农养菌呢。

乔福林回到公路上，站在路边，信号好了些，说：“我刚才受到菜农的启发，觉得我们也可以搭建大棚，用于栽培黑木耳，这样木耳就可以提前上市，卖上好价钱。”

毕得财说：“塑料大棚栽培黑木耳，以前没人搞过，这可是新生事物啊，不过从理论上讲，我觉得可行，你不妨试一试。”

于是，乔福林掉转车头，回到林阳镇，来到镇供销社订购了一些大棚专用竹竿、塑料薄膜，然后去一个木业加工厂订购了一些木桩，才开车往柞树村赶。回到村子已是傍晚时分，街巷里到处飘荡着葱花爆锅的香气，以及炖肉的气味。乔福林不觉感慨起来，现在不同以往了，村民们只要勤劳，通过栽培黑木耳都赚了些钱，家家都有了存款，日子越过越红火，村民们的饭桌上也不再是窝窝头、山野菜，而是换成了细粮，大米白面顿顿吃，而且还时常改善伙食，买些鸡鸭牛羊肉和海鱼。

乔福林把车开到徐锡坤家门口，推开门进屋，发现佟林也在，而且手里拎着一袋子黄花鱼，在厨房里跟徐莲蝶说话。见乔福林进屋，他脸色变得难看起来，似乎嫌他来得不是时候。甚至乔福林从他的眼神里，读出他埋怨自己来找徐莲蝶的意思。可徐莲蝶却像见了救星一般，对佟林说："你没事回去吧，我和大林哥还有正事要办呢。"

佟林乜斜一眼乔福林，阴阳怪气地说："啥正事啊，非得撵我走，难道见不得人吗？"

徐莲蝶厌烦地盯了他一眼，说："你说话咋这么难听呢？不会说话就闭上你的狗嘴！"

乔福林觉得，虽然他俩离婚了，但毕竟曾经是夫妻，现在又有佟大鹏这个儿子在中间牵绊着，说不定哪天人家又复合了呢。他含笑着说："我找莲蝶真有事，是这样，我看见菜农搭建塑料大棚，就想也给黑木耳搭个大棚，就像给它搭建一个保暖房子，这样木耳就能早日上市，只是我不知道这样做妥不妥，找莲蝶咨询咨询。"

"给黑木耳搭建房子？这不是扯淡吗？"佟林眼珠子瞪得比牛眼珠子还大，"乔福林你发财发烧了吧，晕了吧，不知道姓啥了吧？黑木耳好好地长在地上，你给它搭大棚干啥？有钱没处花啊？你啊，纯粹是狗长犄角，整洋（羊）景。"

徐莲蝶说："你咋呼啥，咋的，兴给蔬菜搭大棚，就不能给黑木耳搭大棚？说人家脑子烧坏了，我看你的脑子才烧坏了呢。"

佟林听见徐莲蝶帮着乔福林说话，心里不舒服，尤其当着他认定的"情敌"的面被徐莲蝶数落，心里更是恼火，就有些急了，说："你、你、你拉倒吧，反正我现在说啥你都不爱听，外人说啥都有理，你咋胳膊肘往外拐呢？"

乔福林不想再夹在中间成为话柄，就对徐莲蝶说："莲蝶你帮我参谋参谋，看看咋弄才好，木桩和竹竿、薄膜我已经在林阳镇买了，明天就能送来。"

"你就折腾吧，乔福林，挣两个钱不知道咋折腾好了，还要给黑木耳搭建塑料大棚，你咋不给它们穿上花裙子，戴上围脖呢？"佟林的嘴丫子撇到耳根上了。

“走走走，快走！别在这儿阴阳怪气说风凉话。”徐莲蝶挥起铁勺，要往佟林脑袋上砸。佟林躲闪两步，把黄花鱼放在灶台边，说：“这是我孝敬老丈人的，你俩红烧还是清蒸都好吃。”

徐莲蝶说：“把鱼拿走，以后别总来嘚瑟，咱俩已经离婚了，用不着你来献殷勤。”

佟林说：“离婚是离婚了，但古人说得好，破镜还能重圆呢，何况我们还有一个可爱的儿子。”

徐莲蝶的眼泪都气出来了，她挥起铁勺冲过来就往佟林身上砸，佟林躲闪不及，后背上挨了一勺子，上面留下一片水渍。他连忙往外逃，一脚门里一脚门外时，回头讪笑说：“你俩商量正事吧，我走了。”可是迈出两步，他又回来了。

徐莲蝶这回真恼了，说：“你还不走是不是？”她扔掉铁勺，顺手操起案板上的菜刀，拍得案板啪啪响，冲佟林横眉立目。

佟林见状软了下来，语调怪怪地说：“你个母老虎，你发啥威？发威也没有用，老虎再厉害也得被武松骑。我告诉你徐莲蝶，这辈子我就认定你了，等着我啊，等我赚了大钱，雇个鼓乐班子，八抬大轿来接你。”

“浑蛋！”徐莲蝶带着哭腔说。

乔福林竟然在菌地里扣上了大棚！

一时间，这件事又成为柞树村的一大新闻，不仅传得风言风语，还有一些好事者跑到菌地看热闹。村里的议论声炸了锅似的，有人认为他是在穷折腾，但也有人认为，乔福林脑瓜灵活，点子多，指不定又在琢磨什么新鲜玩意儿。

徐莲蝶建议乔福林，将大棚的高度设定为两米，她给他出了个主意，既然扣了大棚，菌袋就不能再摆在地上，而是应该吊起来。

乔福林还头一次听说，地栽黑木耳不摆在地上，而是吊在半空中培育，不免有些担忧，觉得她这是天方夜谭、胡思乱想。徐莲蝶说：“我这可不是胡思乱想，大林哥，难道你忘了咱们以前去观音岭采野木耳，有些折断的树干搭在别的树枝上，不是照样生长黑木耳吗？”

乔福林想想也是，摆在地上和吊在空中没啥区别，兴许也能长木耳呢。于是他问："咋个吊法啊？"

徐莲蝶说："穿糖葫芦。"

乔福林彻底蒙圈了，说："穿糖葫芦？用木杆把菌袋穿起来吗？那不把菌袋戳碎了吗，再说也费事啊。"

徐莲蝶笑弯了腰，咯咯咯咯地笑个没完。乔福林觉得自己的疑惑没啥值得可笑的，不知她咋就能笑成这样，看着她笑出了眼泪，也跟着呵呵傻笑。

过了一会儿，徐莲蝶笑够了，抹去眼角的眼泪，说："说你是个榆木脑瓜，你就真的实心，不会转弯。还用木杆把菌袋穿起来，那当然得把菌袋戳碎了啊。你呀你呀……"话未说完，又咯咯笑了起来。

"那咋办，总不能用绳子穿吧？"乔福林说。

徐莲蝶说："对，榆木疙瘩总算开窍了，我们就是用塑料绳穿成串，一串五个，这样还能节省不少土地呢。"

乔福林一拍脑袋，猛然醒悟了，恍然说："对呀，对呀，我咋没想到呢，莲蝶，还是你脑瓜灵活，天生就是搞科学发明的料子，要不是高考那年你突然变卦，你早就成博士科学家了。"

突然被他往事重提，徐莲蝶脸色突然一变，这是她一辈子的心痛。

乔福林搭建了五个塑料大棚，这是柞树村建起来的第一批塑料大棚，一溜排开，阳光下反射着光芒，闪烁出银白的色彩，耀人眼睛。经过一周的忙碌，十五万个菌袋像糖葫芦似的穿起来，一串串吊在空中。这种开天辟地的黑木耳栽培方式，让柞树村许多村民觉得稀奇，纷纷跑来瞧西洋景。因为，在人们的记忆中，在他们穷尽脑汁的想象里，怎么也想不出黑木耳会被吊在空中穿成串的培育，这就不仅仅是天方夜谭的问题了，而是觉得这小子完全疯掉了！似乎有点儿"作死"的架势！为此许多跟着乔福林栽培黑木耳致富的村民，开始在心里为他担忧了。就连一直支持他的恩师徐锡坤，也在一天上午破天荒地没有去观音岭放羊，他终于忍不住了，把羊和大鹅关在圈里，带着"子弹"来到乔福林菌地。"子弹"现在似乎已经走到生命的尽头，失去了光泽的稀疏皮毛，像野火焚烧后的原野，走起路来一摇三晃，粗重的喘息声像破旧的风箱，曾经威震观音岭的"子弹"彻底衰老了，虚弱的样子让人不忍目睹。

令徐锡坤没有想到的是，他不仅没有说服乔福林，却差点被女儿徐莲蝶给说服，虽然他内心仍然持怀疑态度，但此时他深知，自己看起来像“子弹”一样老了，脑子僵化了，思想陈旧了，对新生事物的领悟和接受能力蜕化了。但他毕竟是村里的老学究，他想，既然自己跟不上时代的步伐，但也不能做绊脚石，只好默默地祝福孩子们。于是那天下午，他又挥起了皮鞭，唱起了传统二人转，赶着羊儿和大鹅，带着“子弹”进了观音岭。

剩余的四十五万个菌袋摆在地上后，乔福林就把它们托付给赵毅了，他要把全部精力投入到大棚里的菌袋上。还好，如他预期所料，塑料大棚里的菌袋比大地里提前半个多月长出了耳芽，虽然心里窃喜，但他不敢有丝毫马虎，几乎就长在大棚里，有时忙碌到晚上，干脆在地上铺两捆稻草，倒下就睡。半夜起来撒尿，他也要到各个大棚里走一遭，查看一下耳芽长势情况，不然他就睡不着觉。

这期间毕得财来过一次，他是被大山西边的万鹿沟村的耳农叫去的，在那待了两天，返回的时候顺便来看看老父亲。这晚，他就住在柞树村。吃过晚饭后，因惦记乔福林的大棚木耳，就打着手电去了乔福林菌地。两条大狗认生，汪汪叫，很凶的样子，他不敢靠前，给乔福林打电话。乔福林钻出大棚，把他引进大棚。毕得财在几个大棚转了一圈，说：“你这里温度有点儿高了，明天上午打开通通风，不然又该感染链孢霉菌了。”

乔福林说：“专家就是专家，这几天我发现耳芽长势慢了，找莲蝶来诊断，她也说不出子丑寅卯来，幸亏你来得及时，不然我几个大棚里的菌袋又得报废了，你真是我的及时雨啊，得财。”

毕得财说：“咱俩是穿开裆裤一起长大的光腚娃娃，跟我客气啥，净整那没用的。”

乔福林呵呵笑了，拧开一瓶矿泉水递给他。

毕得财仰脖喝了口水，说：“但有一条你要记住，为啥全国那么多地方都产黑木耳，却唯独咱这儿的品质最好呢？原因就是咱这儿虽然白天温暖，但夜晚却很凉，昼夜温差大，所以木耳长得慢，但很厚实，耐嚼，口感也好。再一个就是周围都是山区，早晚雾气较多，水分充足，与原始森林里的野生黑木耳生长环境一样，所以虽然是人工栽培出来的，但与野生黑木耳品质差不多。”

乔福林朝他竖起了大拇指，赞叹说：“厉害呀得财，你现在是小偷拉电闸，贼闭啊！”

毕得财被他说得心里滋润，笑说：“你净在那狗戴嚼子，瞎胡勒，啥贼闭啊，闭你啊？”

乔福林高兴，钻进菌棚找出一瓶烧酒，几根火腿肠。于是两个人坐在小马扎上，望着星空，就着轻柔的、甜甜的夜风，聊天喝酒，回忆童年往事。

发财梦

在乔福林的精心照料下，第一茬儿大棚黑木耳开始采摘了，它们比大地的黑木耳提前二十多天成熟。其实这两个多月，乔福林不仅白黑长在大棚里，而且把这里当成了“军事重地”，平时除了几个技术人员外，基本不允许其他人走进大棚。他这样做，倒不是出于保密，而是他担心大棚里的木耳娇贵，怕外人带进去杂菌。

采摘这一天，十几个民工穿着消过毒的白色大褂进入大棚的时候，简直惊呆了。一串串白色菌袋被黑嘟嘟的木耳包裹着，像一座黑色森林。这里的黑木耳又黑又亮，干干净净，不像地栽的那些木耳暴露在野外，风吹雨淋的沾染些尘埃、沙粒。

吴雅娟也来了，看到如此好品质的黑木耳，她不禁喜出望外，当即拍板，乔福林十五万袋黑木耳出产的干品，她全部包圆。

乔福林揶揄道：“那可不行啊吴总，最多我给你五万袋的干品，其他那些都被人家订购了。”不知咋的，也许是受到吴雅娟情绪的感染，每次只要和她在一起就觉得很快乐，就想跟她说笑。

吴雅娟知他开玩笑，就配合他“演戏”，说：“那好啊，如果你这样背信弃义，那咱们就法庭上见吧。”

一些耳农闻讯前来参观，弄得菌棚里拥挤不堪。乔福林看看外面艳阳高照，已经到了通风的时间，便让赵毅带人把塑料棚掀开，这样大家不用进入大棚也能看见里面的情形。耳农们啧啧称赞，纷纷向乔福林竖起大拇指。有些人说，乔福林就是不一般，干啥都比别人先一步，佩服。有人则悄悄打听搭建大棚成本，打算明年也弄几万袋试试。

就在人们议论纷纷的时候，佟林心里的小算盘快速地拨打了一遍，他想这么多人明年要搞大棚木耳，木桩、竹竿和塑料膜的需求量一定很大，何不趁此赚上一笔呢。他的菌需物资经销公司营业执照，在侯宝山帮助下已经申请下来，在大榆树旁边租下了两个老房子，加上两个院子有一亩多地，多少木桩竹竿都能装得下，于是他心里窃喜起来，说乔福林啊乔福林，虽然我打心里嫉恨你总跟徐莲蝶黏黏糊糊，不清不白，但其实我还真不得不佩服你、感激你，如果没有你当初带领大家搞黑木耳，我也不能靠卖菌需物资发财，而今你又搞起了大棚吊袋木耳，老子赚钱的机会又来了。

佟林悄悄退出人群，快步走过吊桥，回到家把银行卡找出来。但他的兴奋很快就灰飞烟灭，面对着银行卡他傻眼了。他这才想起钱都压在锯末子上了，银行卡里只剩下几百块钱，他没本钱了。他像泄了气的皮球，瘫坐在椅子上。但他心有不甘，他想我决不能眼看着发财的机会就这么溜走，老子得搏一把。于是他走进母亲房间。佟林说："我要做一笔大买卖，妈，你把存款借我用用，到时赚了钱给你利息。"

佟凤凤摘下老花镜，眯缝眼睛看了儿子半天，一丝嘲讽的笑从眼里闪现出来，说："拉倒吧，我看你还是本本分分地卖你的锯末子比啥都好，稳稳当当的，别净想着投机取巧挣俏钱。"

佟林没想到会被母亲看穿心事，便有些不耐烦起来："你咋那么多话呢，赶紧把钱给我，我好去进货，过了这个村就没有这个店了，晚了就赚不到钱了。"

佟凤凤没搭理他，戴上老花镜说："没钱，我哪有钱供你祸祸。"

佟林想想也是，这些年自己吊儿郎当混日子，没给过母亲一分钱，她哪来的存款啊，于是嘟嘟囔囔出了院门。

但佟林不甘心，他在村子转悠半天，不觉来到徐锡坤家。徐锡坤去观音岭放羊了，只有徐莲蝶坐在屋子里看书。佟林进屋，堆上讨好的笑脸，叫了声莲蝶。

徐莲蝶本能地站起来，身体像见了魔鬼似的不由自主地紧张起来，警觉地问："你，你来干什么？"

佟林拉了把椅子坐下，说："我老丈人家，我来还犯法吗？"

这家伙竟然"贼心"不死，厚颜无耻地拉把椅子坐下了，徐莲蝶就有些恼怒，说："人有脸树有皮，佟林你要点儿脸好不好，咋那么不知羞耻呢？"

佟林见她恼了，想起找她的目的，担心她万一真生气就很难办，站起来说："你别老把我往坏处想，我来找你是谈正事的。"

徐莲蝶一脸疑惑地看着他，不屑地说："少往自己脸上贴金，还正事，你能有啥正事？"

佟林得意地笑了，说："这可是一本万利的正事。"

"有屁快放，少啰唆！"徐莲蝶把书放在炕上，站起来欲走，摆明不想继续与他交谈的架势。

佟林见状也不嬉皮笑脸了，收起笑容说："是这样，我想去南方订购一批竹竿和塑料膜，缺点儿资金，你借我点呗。"

徐莲蝶歪头瞅着他，又把脑袋朝另一边歪头瞅了一会儿，嘴角露出一抹嘲讽的笑，"是不是看人家扣塑料大棚挣钱了，你想进竹竿哄抬物价？"

佟林说："那你可门缝里瞧人，把人看扁了。我问了一下乔福林，他在林阳镇买的竹竿和塑料膜价格不低，你想啊，明年咱村和附近村屯肯定会有不少人家学乔福林，建大棚搞吊袋木耳，肯定不老少吧，那我按林阳镇的价格卖给他们，还送货上门，省去他们的路费，节约了时间，你说他们买不买？"

徐莲蝶想想也是，还别说，这小子脑瓜子开始转筋了。但她不想跟他有瓜葛，板起面孔说："赚不赚钱是你的事，跟我没有一毛钱关系，你也别找我借钱，我没钱。"

佟林说："这你就不对了，我这也是为了柞树村的耳农着想，是为了惠农啊。再说了，即使你不看在咱俩夫妻的份儿上，总得看在儿子的份儿上吧？大鹏眼瞅着上大学二年级了，两三年后就要找工作，然后要找媳妇结婚，你以为在大城市买房像吹气球啊，那是需要许多真金白银的。唉，要我说你这当妈的啊，一点也不称职，一点也不为自己儿子着想，真是的，愁人。"

徐莲蝶被他说得哑口无言，人家说得有道理啊，是为了方便柞树村广大耳农，是为了儿子将来的幸福生活啊。但她最后还是没有答应借钱给他，说："我没钱，你去银行贷款吧。"

佟林狡黠地嘿嘿笑了："上坟烧报纸，你糊弄鬼呢？谁不知道你徐莲蝶啊，农民发明家，建了两个木耳机械加工厂，挣了多少钱啊！麻袋都装不下吧？小富婆啊你，还糊弄我，没钱？你要是没钱，率宾河水都得干了。”

“滚！”徐莲蝶见他越说越下道，不由得柳眉倒竖，“那些钱你就别惦记了，我都给儿子存起来了，是死期，压根就没你的份儿，赶紧想别的办法去吧。”

佟林听她这么说，知道她确实有钱，就说：“银行贷款要走程序，等贷款下来黄花菜都凉了，早让别人占了先机。再说了，你给儿子存钱，我给儿子挣钱，虽然我们来自五湖四海，但目标都是一个啊，莲蝶，我求求你了，看在儿子面上，把钱借给我吧。”

徐莲蝶说：“不借就是不借，说破天也没用。”说完她向门口走去，想尽快摆脱这个“噩梦”。

佟林看着她的背影，大声说：“那好吧，看来我只好去观音岭找老丈人了，为了他外孙，他总不能不借钱给我吧？”

已经走到外屋的徐莲蝶没想到他会来这一手，就停住脚步回头怒视着他，一时没了主意，因为她不知道父亲能不能在他的“正当”理由下，借钱给他。唉，遇上这么个难缠鬼，这辈子都是自己的不幸！没办法，她最终借给他十五万块钱。

看起来真是赚钱心切，当天晚上，佟林就揣着徐莲蝶的十五万块钱，坐上了开往南方的火车。为了庆祝自己即将到手的利润，他买了一些熟食、几瓶啤酒，在卧铺车厢的小桌前滋润地喝起小酒来，喝高兴了，他还哼唱起了二人转。但人算不如天算，佟林高兴得太早了，他怎么也没想到，一场危机正像窗外浓重的夜色一样，悄无声息地朝他逼近。

传经送宝

乔福林因为凭借栽培黑木耳带动农民发家致富，为全县农民闯出一条致富新路，而荣幸地当选为东和县人大代表。这一天上午，当乔福林穿着一新，开着越野吉普准备去县城参加人大会议的时候，在村西口与佟林不期而遇。当时，佟林坐在一辆卡车里，后面还跟着一辆大卡车，车里装着他从南方订购回来的竹竿和塑料膜，装得像小山。乔福林把车停稳，下来跟佟林打招呼。

佟林摇下车窗，春风满面地说："哟，大林子，西服领带，精神啊，咋的，你打扮得像新郎官，相亲去啊？"

乔福林笑说："差不多。"

佟林以为他真去相亲，心里盼望他相亲成功，因为这样徐莲蝶就没戏了，断了念想，自己就有机会与她破镜重圆，于是他说："恭喜你啊大林子，大好事，你一定能相亲成功，领回一个漂亮媳妇。"

乔福林看着卡车上装得满满当当的竹竿，说："你从哪淘来这么多竹竿和塑料膜啊，要扣大棚吗？这得扣多少啊？"

佟林得意地说："嘁，我才不扣大棚呢，我的菌需物资经销公司营业执照批下来了，这些竹竿和塑料膜作为开业大酬宾，降价销售，为耳农做些好事吧。"

乔福林朝他拱手，说："好啊，我真服你佟林，你这脑袋哪是脑震荡啊，完全是一个经商的鬼才，你要是不赚钱，别人连口饭都吃不上。"

佟林被他夸高兴了，越发得意起来，说："别人咱不说，大林子，你明年不是还得扩大生产吗？这样，你在我这儿买竹竿和塑料膜，我给你打折，准保比林阳镇卖的还便宜，我这是厂价直销。”

乔福林说：“好啊，到时候你可别变卦。”说完钻进越野吉普，发动车子走了。

越野车开出十几米了，乔福林依稀听到身后传来佟林一声祝福：“祝你相亲成功！”

乔福林没想到他作为一个栽培黑木耳的人，会受到县人大领导如此热烈的欢迎，他们来到他下榻的宾馆房间看望他，不仅为他送来了鲜花、水果，还依次与他握手问候。而一些农民代表和乡镇干部，则像崇拜明星一样，不管他走到哪都有人跟着，请教黑木耳栽培、管理技术。尤其在报到的那个夜晚，晚餐后，他的房间里坐满了人，虽然不认识，却像老朋友似的热闹非凡，笑语不断。当然，县报社和县电视台的记者也追着他不放，一个劲儿地对他采访、拍照。

两天的会议很快结束，最后乔福林以满票当选县人大常委和穆丹市人大代表。郭伟忠也来参加会议并讲了话，会议结束后，代表们开始合影留念，乔福林自知是新代表，资历浅，就主动站在最后一排。结果郭伟忠让人大办公室主任把他喊下来，让他坐在自己身边，弄得乔福林身上热烘烘地发痒，面对那些咔咔作响的相机，表情极不自在。

会议在下午三点半结束，原本晴朗的天空开始有乌云从南边飘过来，天气预报说，未来两天东和县将要遭遇强台风“莎娜”过境。

散会后，乔福林并不急着回柞树村，他想在县城住一晚，去农贸市场买点儿海鲜，回去做给儿子吃，一是还有两天乔小盼就要高考，给他补充一下营养，二是李萍去世后他对自己进行了反思，觉得以前光拼事业而忽视了对家人的关怀、照顾，他再也不想犯同样的错误了，想尽量挤出时间，多陪陪岳父和孩子。因为他清楚，以儿子的学习成绩一定能考上重点大学，两个月后他就会离开县城去外地念大学，然后找工作、结婚生子，也就意味着今后父子聚少离多，所以他格外珍惜两人能在一起的时光。

可是，东部一个乡镇的书记和几名村支部书记却把他缠住了，非要他去指导黑木耳栽培，传经送宝。乔福林推脱了几句，人家仍然热情邀请，一口一个“乔老师”地叫着，他不好拂人家面子，就跟着去了。当天晚上，他们去了离镇子比较近的一个村屯，这是一个靠近边境，比柞树村大得多的平原村子，有六百多户人家，村民主要靠种植玉米、大豆和水稻为生，生活并不富裕，虽然镇里号召栽培黑木耳，也邀请毕得财来举办了几期培训班，但收效甚微，全村今年只有几十户人家栽培黑木耳。

晚饭是在村支书家吃的，杀了一只大公鸡，炖上榛蘑和粉条子，几个人吃得油光满面。吃完后，乔福林被请到村委会，进到会议室他才发现屋里早已坐满了人，支书告诉他，这些人是党员、村委会成员、村民小组长，以及部分村民代表。

乔福林首先介绍了自己的创业经历，把目前栽培规模和菌包厂、大棚吊袋木耳情况说了一遍。话音未落，底下嗡嗡的议论声响成一片。大家以前听说过，柞树村有个辞职回村栽培黑木耳的乔福林，但那只是传闻，今日见到真人，耳闻不如眼见，今天听他亲口说出如今依靠栽培黑木耳，一年纯收入一百多万时，村民们就沸腾了，“炸庙”了。乖乖，这还了得，一百多万啊，比咱这几十户人家挣得还多，难道就靠黑木耳挣的钱？他不是忽悠咱吧？村民们带着疑惑、惊叹以及敬佩，纷纷举手向乔福林提问。而乔福林也不藏着掖着，但凡村民想要了解的，知无不言言无不尽，把自己的所学、所得和经验教训全盘托出。

镇书记高兴极了，心想典型的示范带动作用就是大，没想到他们磨破嘴皮子，跑断了腿，大会小会动员，也没有乔福林这个榜样的号召力强。有些年轻的村民按捺不住激动，开始跃跃欲试，表示一两天后就组团去柞树村取经学习。

乔福林也被他们的热情感染了，说：“好啊，你们去了，我免费招待，全程陪同。”

当晚回到镇子时已是深夜了，镇书记余兴未尽，让秘书把主抓农业的副镇长和农技站的站长、副站长叫来，他请大家去烧烤店，大家一边啃鸡爪子一边向乔福林提问。

当天晚上，乔小盼放学回到姥爷家，并没有看到父亲的身影，心里很是失落。中午接到父亲电话，说晚上要回家给他做最喜爱吃的海鲜大餐时，乔小盼颇为激动，他知道父亲很忙，大棚木耳到了关键时期，但这时他能回来给自己做顿饭，高考前陪自己住一晚，说明他心里是多么的爱自己呀。

为此他颇为感动了一番。可是他没见到父亲。姥爷对姑爷的爽约也非常不满，嘀咕说："说好了回来陪孩子吃顿饭，可临时又变卦了，说的好像挺为难，什么镇里书记和几个村支书执意邀请，不好拒绝，我看都是借口，他心里就是没有这个家。还有两天孩子就要高考，难道那些耳农的事情比儿子高考还重要？"

乔小盼听了姥爷的牢骚，倒为父亲开脱起来，说："姥爷你别生气，我想我爸一定是被他们生拉硬拽缠住了，他才不好拒绝他们，他也是没办法啊。"

李发把一盘清蒸鳜鱼端上来，气哼哼说："我就不信，咋就不好拒绝啊，人家又没绑着他的手脚，还不是他自己愿意去的吗？真是的。"

乔小盼给姥爷盛了碗饭，递给他说："没事的姥爷，我已经不是小孩子了，我爸有他自己的事业，咱们应该理解他，支持他，是吧？"

李发没吱声，撇撇嘴端起碗吃饭。

乔小盼说："再说，他也不是为了自己，是为了众多农民尽快摆脱贫困，去现身说法，我觉得是件很有意义的事。"

李发朝他翻了个白眼，筷子敲敲碗说："吃饭，我又没说你爸咋地，瞧你一连串地为他开脱，我算看明白了，操多少心都是白搭，外甥狗外甥狗，吃完了就走，到底你还是老乔家的人，骨血啊！"

乔小盼见姥爷不高兴了，连忙走到他身后给他按揉双肩，撒娇说："您说的那是别人，我可不是那样，在我眼里姥爷是我最亲爱的人，谁也代替不了。"

第二天镇书记有事，委派主抓农业的副镇长和农技站长陪乔福林再去两个村屯走走，宣讲栽培黑木耳的好处。乔福林自己开车，跟在他们后面。上车的时候他抬头看了看天，发现天空灰蒙蒙的，有成团的乌云从南边聚拢来，风儿也不再轻柔，开始变得凉飕飕的。他不知道这个"莎娜"威力有多强，有点儿担心木耳大棚，怕被台风吹倒。但转念一想，又觉得自己多余，大棚是今年才搭建的，扣塑料膜之前他为了检验木架是否结实，特意把横杆当成单杠，做了几个引体向上，横杆像焊住似的纹丝不动，对付台风绝对没有问题。他想给徐莲蝶打个电话，让她带人去大棚查看一下是否有问题，但转念一想，又放弃了。自从上次去徐锡坤家征求徐莲蝶意见，遇见佟林并遭到他冷嘲热讽后，他怕与徐莲蝶走得太近会引起误会，就刻意减少了与徐莲蝶见面的次数。

但他还是有点儿放心不下，就给赵毅打了个电话，让他去大棚查看一下，看看哪里绑得不结实，塑料膜上面压风的木杆有没有滚落的迹象，如果有就及时解决。

赵毅说："你放心吧乔总，这事交给我了，准保妥妥的。"

从第一个村子出来的时候，天空开始下起蒙蒙细雨，翻滚的乌云似愤怒的波涛，在头顶翻卷堆积，南来的风力也加强了，路边的玉米苗被风吹得贴着地皮呻吟。道路逐渐变得泥泞，车速慢了下来。

来到最后一个村子的时候，雨势加大，像天空中有人端着盆子往下倒水，狂风暴雨刮得人站不住脚步，几米外就看不见人。乔福林看见前面一户人家的泥草房顶，苫房子的麦秸被台风撕扯下来一大片，从车窗前飞过。他心里突然滚过一阵隐忧，开始为自己的五个大棚担心起来，那里的十五万袋黑木耳已经采摘第二茬儿了。他想把担心告诉副镇长，调转车头往柞树村赶。但当他看见村支书带领几名村干部站在村头，任凭风吹雨打（雨伞早被狂风吹坏了）也在等待他的到来时，他又打消了念头。

冒雨查看了几家黑木耳栽培情况，乔福林发现他们都有一个共同的特点，就是为了抑制杂草生长，减少病菌侵害，他们都在菌床上铺设了厚厚的一层细沙。乔福林告诉他们，最好不要铺设沙子，不然万一将来不搞黑木耳了，沙子地就不好种庄稼了。

有个村民说："不铺沙子不行啊，杂草疯长，木耳总受杂菌侵害啊。"

乔福林说："现在成熟的技术，是铺设遮草布，只是成本有点儿高而已。"

那个村民说："遮草布？我们的黑木耳刚刚起步，能不能赚钱还两说呢，再买遮草布增加成本，划不来啊。"

乔福林知他说得不假，一开始自己也是铺设沙子遮草，只是这几年才使用遮草布，就说："铺设沙子也可以，但不要铺设细沙，要铺设颗粒大的蚂蚁沙，这样雨水才不会将沙子激起来，沙子也不会迸溅到木耳上，造成品质下降。"

那几户耳农说，这回找到问题症结了，怪不得我们这里的黑木耳价格总比别处的低，原来根子在这啊。

乔福林还想说服他们，说："即使铺设蚂蚁沙，也容易产生类似的问题，现在我的菌地已经铺设遮草布了，效果奇好，就是要增加一些成本，但木耳干品品质好，卖了高价照样赚钱。"

有些年轻的耳农被他说动心了，问他如何采购遮草布，哪个地方的遮草布质量好，他都一一回答。等到他们来到村里会议室，准备与村民们见面时，一个个浑身都湿透了，像落汤鸡似的。

乔福林没带多余衣服，在村主任办公室脱下衣服拧掉水分，又穿上了，衣服里还有水，像紧身衣似的贴着肉皮凉飕飕的。

侯宝山的电话打进来的时候，乔福林与村民的互动正热烈，他看了眼手机号，是侯宝山的，当时脑袋"嗡"的一声，心想坏了，肯定出了啥大事。

听声音，侯宝山显然是在外面打的电话，话筒里不断传来风雨声和吆喝声，侯宝山的声音透着焦急，大声说："你赶快回来吧，木耳大棚被台风吹倒了，要命了啊！"

都是台风惹的祸

台风过后，乔福林从县城回来就没怎么合眼，他和雇工们一起，把倒塌、砸断的木架归拢起来，把被风刮得七零八落的塑料膜收集起来，那些穿在一起的菌袋，有的被风刮到河里顺水漂走，有的挂在树上，有的埋在泥沙里，他们都要收集起来。砸断的木架没用了，只好当作烧柴。塑料膜千疮百孔，卖给废品收购站。收集来的菌袋堆积如山，为不破坏环境，乔福林雇了两台挖掘机，拉到观音岭深山，挖坑填埋了。

台风带来的直接后果，不仅让乔福林损失了十五万袋正在收获的黑木耳，而且对那些原本想明年也搞大棚吊袋木耳的人家，当头浇了一盆冷水。他们害怕了，放弃了这个念头。

可乔福林却没放弃，收拾完残局，摆在地上的四十五万袋的黑木耳开始冒芽了，他把活计交给赵毅，开车去了林阳镇。他来到一家专门销售钢筋的五金公司，订购了十吨钢筋，请他们帮助找五个会焊接手艺的技师，明天一起去柞树村。

这场台风虽然给乔福林造成了直接损失，但在人们惋惜之际，有一个人却在家里暗自流泪、神伤。这个人就是佟林。原想着趁村民搞大棚吊袋木耳之际发点儿财。但天不遂人愿，一场台风过后，乔福林的五个大棚被夷为平地。那天抢险救灾他也去了，忙乱中胶鞋被钉子扎破，脚上扎了个血窟窿。现在虽然脚伤未好，时而钻心疼痛，但他已经顾不上脚痛了，他心痛啊。望着院子里堆积如山的竹竿、木桩和塑料膜，他欲哭无泪，诅咒老天。原来订购的耳农把竹竿、木桩和塑料膜送了回来，口头预定的更是没了音讯，打电话询问，人家口头取消预定。

都是台风惹的祸！

佟林站在院子里愤怒地朝地上吐唾沫，咒骂那该死的台风，悲叹命运的不济。佟凤凤从窗户里看见儿子神经病似的在院里转圈圈，吐唾沫，胡乱咒骂，打开窗户说："别像疯狗似的乱咬，要咬你就咬自己，抽自己的嘴巴子。骂台风干啥，台风关你什么事？它是苍天给你的警示，警告你不要投机取巧，更不能赚昧心钱，这是对你的惩罚，活该！"

"你还是不是我亲妈啊？"佟林朝她哀号了一声。

佟林死的心都有了，一下子砸进去二十多万元：死乞白赖地找徐莲蝶借了十五万，欠了供货商七八万，他脑子里成了糨糊，不知该如何是好。原本想赚点儿快钱，在徐莲蝶面前显摆显摆，直起腰杆，争取能获得好感，与她破镜重圆。可现在倒好，赔得一塌糊涂，到哪儿去整钱还账啊。这不是船破偏遇顶头风吗？这时老妈不但帮不上忙，还阴阳怪气地火上浇油，说风凉话，这不是堵上添堵吗？要是搁以前，佟林早朝他妈瞪起了眼珠子，吼叫上了，此刻他只是无奈地对佟凤凤说："我的事你就别操心了。"

这天上午十点多钟的时候，一辆拉着十吨钢筋的卡车轰隆隆在村西路边停下，乔福林早在这里等候，与司机交流了几句，他就开着越野吉普车在前引路，大卡车驶过率宾大桥，沿着南岸新修建的一条土路向东行驶。听见卡车隆隆的声音，菌地里干活的耳农们抬起头，看见了越野吉普车，接着看见后面的大卡车，他们感到纳闷，这个乔福林，又在鼓捣什么新鲜玩意儿？

对于乔福林的怪异举动，村民们已经见怪不怪了，他们也鲜有议论，反正不管他鼓捣什么新鲜东西，似乎都有其道理，都不是闲得瞎鼓捣，而且最后基本都被他鼓捣成了。也有些村民清楚，损失了十五万袋大棚黑木耳，这家伙肯定不能消停，更不会自此沉沦，而是会想出一个更好的办法弥补损失。

卡车"嘎吱"一声在地头停稳，搅起一阵尘土，赵毅跑过来，乔福林让大家先停下手头工作，把卡车里的钢筋卸下来。赵毅一声吆喝，众人一哄而上。

乔福林掏出一盒香烟，分别给司机和五个技师点燃，大家站在一边抽烟，看民工卸钢筋。乔福林交代领头的技师，按照标准塑料大棚要求，焊装十个大棚。领头技师问：“需要多长时间完成工作，有没有时间要求？”

乔福林说：“时间不重要，最重要的要求就是要安全、牢靠。”

一些附近的耳农走过来，明白了乔福林的意思，木架大棚不行，就换上钢筋的，看它台风还能咋地。于是大家也不闲着，一边赞佩乔福林脑瓜活泛，一边帮着卸钢筋。

很快就到了中午，毕雪梅骑着电动三轮车，送来两屉牛肉香菜馅儿包子，两屉羊肉粉条馅儿包子，捎带还有几样炝拌菜。乔福林招呼大家吃饭。领头技师是位长满络腮胡子的四十岁左右的汉子，他咬了口牛肉香菜馅儿包子，香喷喷的，嘴角直流油，他一下把剩余的大半个包子塞进嘴里，说：“乔老板真仗义，请我们吃这么好吃的包子，谢谢了！”

赵毅得意地说：“都说管吃管住，可你看看其他老板给民工吃的什么，再看看我们老板给我们吃的什么，不看不知道，一看吓一跳，羡慕吧！”

络腮胡子技师抓起一个羊肉粉条馅儿包子，咬了一口说：“香，真香！”他对赵毅说：“你看你们，没有一个像打工仔，个个吃得滚瓜溜圆，这哪是打工啊，分明是来这青山绿水之地享福、度假来了。”

赵毅越发得意起来，牛哄哄地说：“这才哪儿到哪儿啊，周末乔老板还给我们炖排骨、喝羊汤呢！”

“真的假的？”领头技师不相信地问。

听说乔福林拉来一卡车钢筋，要焊接更加牢靠的钢筋大棚，佟林不相信，他急匆匆跑过率宾河吊桥，要去探个究竟。刚拐过河套，他就看见乔福林菌地里的大卡车和一群人，他心里彻底凉了，知道村民所言非虚，转回头郁郁地往回走。走上吊桥的时候，他站在上面痴痴地望着河水发呆。

这时，徐锡坤赶着羊群和鹅群从南岸过来，“子弹”在前面开路，他在后边殿后，嘴里唱着二人转《罗成托梦》：鼓打三更夜深沉，阵阵阴风动鬼魂，屈死的将军名叫罗士信，周西坡前乱箭穿身……

“子弹”老远就嗅出佟林的气味，因为它曾看见徐莲蝶对佟林的态度，不是很喜欢，而这家伙却总是纠缠耍无赖，“子弹”就觉得他很讨厌，站在离他两三米远的地方冲他龇牙怒吼。佟林心想，徐家人对我不感冒也就算了，可一条快要散架的看家老狗，却也狗眼看人低，这不是侮辱人吗！他感觉人格受到了严重冒犯，便骂了一句脏话，气哼哼地在吊桥上寻找石头或者棍棒。徐锡坤喝住“子弹”，主人的大声呵斥，令“子弹”感觉受到极度压抑和委屈，看着主人嗞嗞叫着讨要说法。

徐锡坤说：“干吗呢？跑到这儿望着河水发啥呆啊？”

佟林说：“心里难受，在这儿吹吹河风，散散心。”

徐锡坤听说过他的事，担心他想不开跳河，说：“做买卖有赚就有赔，再正常不过的事了。赚钱呢，不骄不躁，赔钱呢不气馁，有啥啊，还跑到这儿吹风散心，赶紧回去吧，想想怎么补救损失，早点儿把钱赚回来。”

佟林的目光痴痴地看着河面的波涛，说：“你走吧，我没事。”

徐锡坤说：“你找莲蝶借的那笔钱，回去我跟她说说，等你缓过劲儿来再还吧。”

佟林说：“谢谢你啊爸，关键时候还是自家人贴心。”

“别蹬鼻子上脸，谁是你爸？”徐锡坤瞪眼说。

“子弹”瞧出主人脸色的变化，听见徐锡坤训斥佟林，就来了威风，冲着佟林狂叫起来。徐锡坤的鞭子轻轻在它屁股上抽打一下，说：“谁让你汪汪的，多管闲事。”“子弹”愈发不解了，气恼地望了主人一眼，郁闷地低着头跟在徐锡坤后边，走过吊桥。

佟林在吊桥上站了一会儿，理理被风吹乱的头发，向吊桥北岸走去。他没有回家，而是直接来到村委会，闷闷不乐地走进侯宝山办公室。侯宝山正跟孙俊说着什么，见他脸色沉郁地走进来，眼眉向孙俊挑了挑，孙俊知趣地出去了。

侯宝山示意他在对面椅子上坐下。佟林没坐，仍然站在他对面。

侯宝山说：“咋的了？吊着脸，像谁欠你二百吊似的。”

佟林哭丧着脸说：“侯支书你得帮帮我。”

侯宝山瞄了瞄他，摇摇头，递给他一瓶矿泉水，说：“有话快说，一会儿我还有事呢。”

在吊桥上被河风吹了半晌，佟林感觉嗓子干渴，喝了口矿泉水，说：“谁要欠我二百吊还好了，是我欠人家二十万啊，这可咋整啊，我都想上吊了。”

侯宝山知他上火的原因了，叹口气说：“你呀你，让我咋说你好呢。

做买卖不是儿戏，更不能头脑一热就做决断，应该看清形势，分析市场行情啊，可你倒好，光想着挣快钱做美梦，梦想一朝发大财，你以为买彩票呢？”

佟林哀求道：“你别损我了侯叔，在家我妈骂我，在外徐锡坤批评我，来到你这本想着找你给出个主意，安慰安慰我，谁想到你也损我。我……我还能不能活啊！”说完他像个孩子似的，肩膀耸耸哭了。

侯宝山见状心软了，温声说：“坐下说吧，好像我让你罚站似的，还抹开眼泪了，能有点儿出息吗？”

佟林抹了把眼泪，在他对面椅子上坐下。

侯宝山说：“佟林啊，徐校长批评你那是看你还有救，那是恨铁不成钢！再说你妈，她是外人吗？她是你的亲人啊二迷糊，别看你妈比你岁数大，但你糊涂，她可不糊涂啊。徐校长也好，你妈也好，他们是在教育你，做人要踏踏实实，不要投机取巧不自量力，知道吗？”

“我知道了侯叔，”佟林说，“你们都是为我好，可眼下咋整啊？院子里那些竹竿、木桩和塑料膜，卖不出去要烂在手里的啊。”

侯宝山见他知错，而且心里确实服帖了，就说：“这样吧，刚才你来之前我跟孙俊正商量你的事，我们商量好了，他去林阳镇附近的几个蔬菜村，看看能不能帮你把木桩和竹竿卖出去。我呢，去求求乔福林，反正他要焊接新大棚，不如就用你的塑料膜吧。”

佟林眼睛一下就亮了，破涕为笑：“我咋没想到呢！侯叔，还是你老奸巨猾啊！”

“你说什么？小兔崽子！”侯宝山瞪眼问。

佟林知道说错话了，忙讪笑说：“对不起侯叔，口误，口误，我狗嘴里吐不出象牙来，您老不是老奸巨猾，而是老谋深算。”

侯宝山被他的样子逗笑了，说：“那也不中听，老谋深算，我算计谁啊？我是在帮你，咋能算计你呢？”

佟林抽了自己一个嘴巴子，说：“侯叔您别生气，是我嘴臭不会说话，您大人不记小人过，别跟我脑震荡后遗症的人计较啊，侯叔。”说完，他拿起桌上的水杯递过去，“您喝水。”

侯宝山见他虔诚的样子，就说：“拉倒吧，我知道你不是诚心贬损我。不过佟林，咱可说好了，我们帮你是帮你，但最后效果如何还是未知数，你不要高兴得太早了，如果办不成，你也别怨我，咱再另想办法。”

佟林冲他点头哈腰：“我知道，我知道，侯叔，不过您放心，我进的货质量绝对没问题，而且价格比林阳镇的低，为了表示诚意，我打算把价格再降低一成，只要不亏本就行。”

逆水行舟

林阳黑木耳交易大市场虽然建设完工，可却迟迟不能举行开业仪式，为啥？因为建成的一百五十个店铺，到现在只卖出去了不到一半，而打算进入大市场进行交易的人，就更寥寥无几，虽然林铁他们一再动员那些耳农和经纪人到大市场进行交易，但最后落实到名单里的，才区区几个人。林阳镇有些被林铁动员购买店铺的人，开始发牢骚了，认为林铁把他们坑了，花好几万买的门市，到头来却租不出去，砸手里了。

一天乔福林去林阳镇办事，顺便去了吴雅娟的经销公司，想喝杯好茶。吴雅娟给他沏了杯藏红茶，乔福林滋溜滋溜喝了两杯，身上舒坦，额头开始冒汗。他把外套脱下来挂在衣架上，关大壮急匆匆进来说："坏菜了，坏菜了！"

吴雅娟说："啥坏菜了？没菜咋坏啊？你说说。"

乔福林说："可不，火燎腚似的，都已经当上副经理了，办事还是毛毛愣愣的，一点稳当劲儿也没有。"

关大壮搓着手，脸色涨得通红，说："唉，你俩听我说完啊，刚才我去林阳镇政府办事，听几个人议论黑木耳交易大市场，说扔进去购买门市的钱打了水漂，大家意见很大，看来我们的门市房要砸在手里了。"

当初乔福林买下十个门市，是受吴雅娟的鼓动，他交了钱就没再过问，都交给吴雅娟打理，就对吴雅娟说："吴总，咱三个买的门市房，租出去了几个？"

关大壮跺了下脚，摊开双手说："零蛋，一个都没租出去。"

乔福林的眉头拧紧了，心想这下不妙，怪不得关大壮火急火燎的，看起来事情不妙啊，说："这么说来，情况确实不乐观啊，弄不好真要打了水漂，砸到手里。"

关大壮说："照你这么说吧，依我看现在这形势，那一百五十个店铺就得养狐狸、养耗子了。"

吴雅娟说："你俩慌啥？两个大老爷们，还不如我一介女流沉得住气。"

乔福林摇摇头苦笑，心想也确实如她所说，事情还没糟透，自己咋就慌神了呢？再抬眼去看吴雅娟，发现她仍然笑容可掬，谈笑风生，像没事人似的，心中不由暗中敬佩，毕竟人家是见过大世面、经历过大阵仗的，遇事不慌，临阵不乱，真乃女中豪杰也。

关大壮一脸愁容地说："可是，可是一旦大市场黄了，那咱不就傻眼了吗？到时候哭都找不到北。"

吴雅娟倒了杯工夫茶，往他面前推了推，意思是让他喝杯茶冷静冷静。可是关大壮哪有心思喝茶啊，黑铁塔似的矗在地当中，急出了一头冷汗，不可名状地看着他俩，心想事到临头了，他俩咋一点儿也不着急呢？

吴雅娟说："新生事物都是这样，万事开头难，尤其交易大市场的形成，必须经过逐渐发育才能形成，不是一朝一夕的事。"

看着她的乐观样，乔福林说："理是这么个理，可咱们这儿地处关外，又是山区，信息闭塞，交通不便，我看有点悬。"

关大壮说："是啊，大林哥说得有道理，吴总你别光喝茶呀，怎么办？关键时候你得拿主意啊！"

吴雅娟说："这样大壮，你去一趟黑木耳交易大市场办公室，再给我订购十间店铺。"

乔福林以为耳朵出了毛病，忽地站起来，像看怪物似的看着吴雅娟，足足看了三秒钟，才说："你气糊涂了吧，吴总，再定十间？你，你……"

"我脑子进水了是吧？"吴雅娟忽闪着两只大眼睛，笑意盈盈地向他摆手，说："你坐下吧，看把你吓的，咋的，想要逃跑啊？"

乔福林依旧站在那里，对她这种调皮而不知愁的状态更加不解了，"吴总，雅娟，咱的十间门市可是一间都没租出去啊，别人都张罗退房子，可你却要再订购十间，这不是疯了吗？"

吴雅娟微笑着走过来，双手搭在乔福林肩膀上，把他按在沙发上，然后又回到自己座位上坐下，说："福林你先别急，我问你，今年东和县一共发展了多少袋黑木耳？"

乔福林不假思索地说："七亿袋，咋的了？"

吴雅娟敛起笑容，一本正经地说："七亿袋啊！天文数字啊，你想想，全县十几万耳农都是农民，长期居住在深山区，很少有人走出过家门，有些人甚至连火车都没坐过，他们压根就缺少商业头脑。那么，他们生产的七千万斤黑木耳干品怎么销售呢？完全靠那些经纪人上门收购。可是据我所知，全县现在有一千多个黑木耳经纪人。这些人良莠不齐，水平不一，有的人公平、公正收购黑木耳，可有的人却昧着良心，压等、压价，甚至在秤杆子上做手脚坑害耳农，或者强买强卖。但是耳农咋办啊，没办法啊，他们太老实了，只能哑巴吃黄连，有苦说不出啊。但是，这并不说明他们心里没意见，而是意见很大，只是现在憋着而已，就像身上的疖子，脓包越长越大，早晚有它胀破的那一天。"

"所以你要说，县里早晚要对经纪人队伍进行整顿，或者制定统一的收购标准，还耳农一个公道？"乔福林眼里突然闪烁出灼灼的光芒，看着那双盈着水波的漂亮眼睛。

"你说得没错，"吴雅娟继续说，"要是我估计得不错，最迟两三年，最快一两年，县里就要出铁拳打击那些不法商贩，整顿黑木耳市场了。"

乔福林激动地说："那样的话，黑木耳交易大市场凭借公开、公正、公平的交易环境，一定会火爆起来的。"

关大壮似乎也开窍了，说："那可太好了，那些人说好听的是黑木耳经纪人，其实有些人就是欺行霸市的混子，专门坑害老百姓，应该好好收拾他们。"

乔福林说："大壮，给我也增加十间门市房，吴总分析得太对了，赶早不赶晚，事不宜迟，趁现在还便宜，早下手为强。"

关大壮说："好，我马上就去办，我也订购五间，过了这个村就没有这个店了。"

吴雅娟说："好啊。你这样，既然别人都在观望，咱就选择最好、最佳的位置，买下最好的店铺，哪怕贵一点儿也无所谓。"

关大壮答应一声，风风火火地走了。乔福林端起茶杯喝茶，看着吴雅娟说："吴总，你真是个商界奇才啊！窝在咱这小山沟里，真是屈才了。"

吴雅娟咯咯笑了，说："乔福林你也会恭维人啊，进步了啊。"

这时一名工作人员进来，吴雅娟说："通知大家，准备准备，明早八点十八分公司搬家。"

工作人员蒙住了："搬家？往哪儿搬啊？"

"黑木耳交易大市场。"

既然吴雅娟明天要把经销公司搬到黑木耳交易大市场，乔福林就不好再回柞树村了。下午他去了一家牌匾工作室，给吴雅娟定制了一幅大鹏展翅的绣品，让他们明早八点之前送到黑木耳交易大市场。

吴雅娟听说乔福林没走，晚上在一家酒楼宴请了他，他们直喝到微醺，乔福林才回到旅店。而吴雅娟和关大壮则去了黑木耳交易大市场，他们的员工在那里连夜筹备明早的开业事宜。

正为黑木耳交易大市场愁得茶饭不想，无计可施的林铁，听说乔福林、吴雅娟和关大壮又订购了二十五间店铺，当时就蒙圈了，他不知道他们是什么意思，对于这种逆水行舟的行为，他怎么也想不通。他想给乔福林打个电话，问他到底是啥意思？是不是藏着什么猫腻？突然手机响了，电话是吴雅娟打过来的，告诉他明早八点十八分举行公司乔迁仪式，请他参加捧场。

林铁正焦头烂额，觉都睡不着，哪有什么心情去参加搬家仪式，何况他并不知道吴雅娟要把公司迁往何处，就随口说："你们公司在铁路边好好的，干吗要搬家啊？折腾啥啊，这不是舍近求远吗？"

吴雅娟说："铁路边虽好，却好不过黑木耳交易大市场啊。"

"什么？你说什么？"林铁以为自己连日上火，耳朵出了毛病。

"林主任，我是说，我们要把经销公司搬到黑木耳交易大市场，听清楚了吗？用不用我再说一遍？"

"不用，不用，听清楚了。"林铁一下从椅子上跳起来，兴奋无比地说，"太好啦！吴总，你这哪是乔迁之喜啊，简直是雪中送炭，救苦救难啊！"

吴雅娟也不跟他客气，说："这个我不跟你谦虚，照你这么说吧，我就是拯救你于水火之中的人。"

撂下电话，林铁高兴得在屋里转磨磨，直拍手，激动了好一会儿，他才想起给郭伟忠报喜。郭伟忠也很意外，说："太好啦！明早我赶过去，给吴雅娟剪彩。"结束与郭伟忠的通话，林铁似乎一下来了精神，不由得唱起歌来："今天是个好日子，心想的事儿都能成，明天又是好日子，赶上了盛世咱享太平……"

反客为主

乔小盼是和侯聪聪一起去大学报到的，那天他们一起坐火车走出站台，在哈尔滨站南广场西侧，乔小盼拦住一辆出租车，帮侯聪聪把行李放进后备厢，出租车向黑龙江大学驶去。

其实，乔福林是要开车送儿子去哈尔滨报到的，但他不知乔小盼和侯聪聪已经约好，并由侯聪聪偷偷订购了两张卧铺票，所以当儿子坚决并态度强硬地要自己去报到时，他也无计可施，只是觉得儿子长大了，要自己独立去闯荡世界而已。况且他想，哈尔滨距林阳镇只有五百五十公里的车程，在卧铺上睡一觉就到了，他也就依从了儿子。

吴雅娟也是打算送女儿去报到的，她觉得一个女孩子自己去报到，面对着那些前呼后拥的陪着孩子报到的家长们，似乎有些形单影只，有一种难言的孤独感，她想如果侯玉虎还活着的话，他一定要带着自己去陪女儿报到。女孩子不同于男孩子，她们出门父母会担心很多，她还想为聪聪买一些女孩子的用品，再交代几句母女间的体己话。她甚至臆想过无数遍，当自己走出校门与女儿分别时，自己绝对不能哭，即使女儿哭得稀里哗啦，也不能回头，如果实在控制不住自己就任凭眼泪流满脸庞，也要坚强地往前走，绝不回头看女儿，不然，她就走不了了。可是她没想到，女儿压根就没给她这个机会，坚决不同意她送，说火车票已经买好了，就要自己去报到。开始侯聪聪还跟吴雅娟客气，说你工作忙，不耽误你的宝贵时间。争执到最后，她竟然跟吴雅娟瞪起了眼珠子，就差没翻脸了。吴雅娟不知就里，越发不放心，但拗不过女儿，只好千叮咛万嘱咐，弄得两人晚饭都没吃消停。

其实按照录取通知书要求，乔小盼明天才到报到时间，他特意早来一天，就是为了送侯聪聪。出租车开到女生宿舍门口停下，一个身形高大瘦削，戴着深度眼镜，脸庞像雕塑般具有骨感的男生跑过来，问侯聪聪，是不是林阳镇来的侯聪聪同学？

这是谁啊？两人都在心里问。侯聪聪看了乔小盼一眼，以为他认识，可小盼却摇了摇头，于是她说："是啊，我是从林阳镇来的，是侯聪聪，请问你是哪位？"

眼镜男握住她的手，热情地说："欢迎小师妹来报到，我叫佟大鹏，法学专业，今年大二，咱俩是老乡，我家是林阳镇柞树村的。"

柞树村的？侯聪聪歪着头认真回忆着，想了半天也没有印象，就说："我奶奶家也是柞树村的，小时候我总去那儿玩，怎么不认识你呢？"

佟大鹏伸手把她的行李提起来，向宿舍走去，说："我好像对你有印象，你奶奶有时牵着你的手去率宾河边洗衣服。不过那时你是城镇人，吃供应粮的，穿得特别洋气，哪里搭理我们这些土驴子似的淘小子啊。"

半路杀出个程咬金，而且还是特别热情的程咬金，乔小盼呆站在一边根本插不上嘴，似乎成了多余的人。而那个叫佟大鹏的眼镜男，显然不知从哪查到了侯聪聪的信息，才特意等在宿舍门口的。眼看着两人有说有笑地钻进宿舍楼门消失，他杵在门外不知如何是好。

就在乔小盼发愣的时候，侯聪聪从宿舍门口探出脑袋，说："你电线杆子似的站在那儿干啥？进来呀！"

乔小盼"哦"了一声，跟着她走进女生宿舍。

简单安顿好，佟大鹏拍拍手说："咱们校园很大，我带你走走，熟悉熟悉环境吧？"

侯聪聪觉得冷落了乔小盼，看了他一眼说："不用了，学长，你先忙你的去吧，我以后慢慢熟悉。"

佟大鹏说："我没事，这几天新生报到，我特意来陪你的。"

侯聪聪说："已经很麻烦你了学长，哪好意思再耽误你的时间，真的不用了。"

佟大鹏不以为然地说："说啥呢，老乡还这么客气，见外了啊。"

乔小盼心里不是滋味，他觉得他热情过分了，说："你忙你的去吧，她这里有我呢。"他说这话的意思是反客为主，有撵他走的意思。

果然，佟大鹏注意到了乔小盼，说："别客气，反正我也没事。哎，你是他亲戚啊？"

侯聪聪点点头，意味深长地看着乔小盼笑了笑。

乔小盼却板着脸孔说："不是，我俩不是亲戚，是同学。"

佟大鹏恍然地说："噢，你俩是同学啊，那好啊，咱们三个都是老乡，你也是咱们学校的吗？"

"我是哈工大的。"乔小盼眉毛一挑，自豪而不太友善地说，像只挑衅的傲慢的小公鸡。

为了表示兄长的"地主"之谊，这天中午佟大鹏在学校旁边的一个饭店请侯聪聪吃饭。侯聪聪爽快地答应了。可乔小盼心里却五味杂陈，虽然佟大鹏也邀请了他，但从语气和当时氛围中，乔小盼感觉到，他是被顺带邀请的，是作为陪衬的，或者说人家是看在侯聪聪分儿上，不得不表现出客气，那是出于礼貌，而不是诚心。因此他迟疑了一下想拒绝，但一想，他为了她可是提前一天来到哈尔滨，而且还为了拒绝父亲开车送他，而与父亲发生了争吵，于是他就答应了。另外在他迟疑的时候，他看了侯聪聪一眼，发现她正满含期待地等待、鼓励他参加。

这是一家小饭店，但口味着实不错，佟大鹏点了三菜一汤：汆白肉、小笨鸡炖榛蘑粉条、锅包肉、西红柿蛋花酸辣汤。或许是坐了一夜火车，上午又忙于报到事宜，侯聪聪看起来很饿，大肆饕餮的样子让敏感的乔小盼心里不舒服，本来他想请侯聪聪去吃饭，但佟大鹏现在反客为主，凡事都张罗在前，他就没有胃口了。

吃完饭出来的时候，天空飘起了小雨，虽然雨丝如麻，一时半会儿浇不湿，但仲秋时分的雨水却有些湿冷。担心侯聪聪头发浇湿，乔小盼想脱下外套给她披上。可他动作还是慢了半拍，佟大鹏已经把外套脱了下来。侯聪聪说不用，毛毛雨浇不湿的，再说走几步路就到学校了。

佟大鹏见侯聪聪拒绝披他的外套，也没穿上外套，而是拎在手上，说："那咱就快点儿走，不然一会儿雨下大就成落汤鸡了。"

侯聪聪冒雨朝佟大鹏跑过去，他把外套重新披在她头上，她没有再拒绝，两人快速跑向学校。雨大了，地皮湿了，开始有了小水流向低洼的地方流淌。空气中弥漫着冷冽的寒气，雨雾中，乔小盼看着两个身影渐渐消失，像尊石像，一动不动。

第二天早上，乔小盼洗漱完毕给侯聪聪打手机，约她吃早餐，然后一起去哈工大报到。很快房门被敲响，乔小盼兴冲冲去开门。可当他打开房门的那一刻，笑靥如花的侯聪聪身后，居然闪出一张雕像般的脸庞。

乔小盼犹疑了瞬间，邀请两人进屋。

佟大鹏说："我俩就不进去了，你收拾完没有，收拾完咱去吃早餐。"

吃过早餐，三人走出小吃部，乔小盼说："我还要去报到，有聪聪陪着就行了，学长你那么忙就不用陪了。"

侯聪聪也说："是啊，学长，你有事忙去吧，我陪小盼去报到就行了。"

佟大鹏说："没事，我陪谁还不是陪，谁让我们是老乡呢！老乡见老乡两眼泪汪汪，陪，我必须陪你去报到！"

看来佟大鹏对哈工大的环境比较熟悉，他说这里有个同学，时常来聚会。有了他的指引，报到还算顺利，登记、找宿舍一气呵成。快近中午的时候，佟大鹏手机响了，学校找他有事，临走前他说："晚上你俩等我，我请你们去'老厨家'吃正宗锅包肉。"

侯聪聪说："不必了，晚上我俩自己出去吃。"

佟大鹏说："你别客气了，女孩子没有不爱吃锅包肉的，那是锅包肉的发源地，最正宗，老好吃了。"

望着他快速消失在走廊尽头的背影，侯聪聪朝乔小盼摊摊手，耸耸肩，嘴角挤出一丝无可奈何的微笑。乔小盼苦笑着摇摇头。

中午两人来到道里区的索菲亚教堂，参观了一遍，侯聪聪买了袋面包屑喂鸽子，面前聚集了几十只鸽子，咕咕叫着朝他们索要食物，红色小眼睛和不断摇动的脑袋特别惹人爱怜。侯聪聪不时扬起手，将面包屑撒向空中，鸽子扑啦啦飞起来，有的在空中接住面包屑，其他遂又扑扇着翅膀落下，啄食地上的面包屑。侯聪聪兴奋极了，像个孩子似的把面包屑扔在脚下，几只胆大的鸽子迈着两只红色爪子，一点一点试探着来到她脚下，脑袋像磕头机似的上下点动，快速啄食面包屑，然后轰地飞走了。

玩了一会儿，两人往中央大街走去。在马迭尔宾馆门前，乔小盼买了两根老冰棍，两人边吃边往北走。不一会儿来到江边，在防洪纪念塔下，乔小盼给侯聪聪拍了几张照片。

松花江边游人如织，江水平阔，江风拂面，两人走下台阶找了一个人少的地方坐下，侯聪聪脱下鞋子走进江中，江水像一个温驯的女人，波浪轻轻拥吻、抚摸着她嫩笋一般的小腿。夕阳西下的时候，江面上铺撒、跳跃着满江金箔。

侯聪聪说："松花江的黄昏太美了，我都不想走了。"

乔小盼附和道："好啊，咱俩就在这儿等着月亮出来，看看月光下的松花江。"

手机在这个时候响起来，佟大鹏说："我已经定了位子，菜也点了。"

"老厨家"确实火爆，操着不同口音的天南海北的食客，都是慕名而来。锅包肉果然正宗，酸酸甜甜，外焦里嫩，侯聪聪一个人吃了半盘子，直呼过瘾。三个人边吃边聊。其间乔小盼去了一趟卫生间，回来时说："果然名不虚传，饭店外面站了许多人，都是排队等着别人撤桌的。"

佟大鹏说："要说锅包肉，中国是它的发明地，而哈尔滨就是它的发源地，外酥里嫩，酸酸甜甜，天下第一好吃。"

侯聪聪被锅包肉撑着了，便拍着肚皮站起来，说："饱了，吃得太饱了，走人。"

路过吧台的时候，佟大鹏拿着钱包去结账，服务员说这桌已经有人结账了。佟大鹏纳闷，说："没遇见熟人啊，谁能给我结账呢？你们搞错了吧？"

服务员指着乔小盼，说："没错，是这位帅哥结的账。"

该来的会来

秋尾巴就要过去的时候，吴雅娟的预言得到应验，东和县相继出现了几起社会闲散人员相互纠结，为霸占黑木耳资源，到一些乡村强买强卖、缺斤少两，坑害耳农的恶性事件。在东部一个村庄，甚至出现了恶意伤人事件，导致一百多名村民封锁村口，最后是公安部门出动警力，将犯罪嫌疑人及其赃款赃物带走，才平息了村民的愤怒和怨气。

接二连三出现的伤害耳农事件，导致全县黑木耳价格非常不稳定，犹如过山车大起大落，伤害了部分老实巴交耳农的利益，引起一些耳农不满，便集体到县政府上访。那天郭伟忠正在省里开会，听说后连夜从省城赶回来，召集黑木耳办人员开会。会前，他让秘书请公安局和报社、电视台领导参加。会上郭伟忠十分恼火，要严厉教育伤害黑木耳事业发展壮大的不法分子，如果不采取断然措施，果断地把这个“肿瘤”切除，势必会葬送发展势头良好的黑木耳事业。他态度严厉地要求，公安部门要加大打击力度，报纸和电视台要加大宣传力度和报道频次，对那些伤农坑农和强买强卖，以及掺杂使假的行为大力度曝光，让他们这种行为成为过街老鼠，人人喊打。郭伟忠还要求，县黑木耳办所有工作人员立即深入镇村开展调查研究，尽快找出破解之法。

第二天，郭伟忠亲自带队来到柞树村，了解这里的黑木耳销售情况。侯宝山把他们领到黑木耳协会办公室，让人把乔福林喊来一起座谈。郭伟忠不喜欢磨叽，会议直接进入正题，他请乔福林把情况好好说一说。

乔福林没想到郭伟忠亲自带队来调研，知道自己的发言很重要，便不敢潦草应付，说：“其实很简单，我们成立了黑木耳协会，制定了统一的黑木耳栽培标准和技术手册，全村三百多户耳农基本都按照这个标准栽培，所以木耳品质差不多，销售价格也相对平稳。”

这时徐莲蝶抱来一摞册子，分发给每个人。郭伟忠快速翻了翻目录，册子虽小，却包含了黑木耳从选育菌种直至晾晒和病虫害防治的所有关键环节、技术以及流程，不由得高兴起来，挥着册子，赞许地说：“很好啊，别看这本册子薄，却是黑木耳栽培的《葵花宝典》啊！福林同志啊，你们再一次走在了全县的前列，我们得向你学习啊。”说到这儿他转过头，对林铁和毕得财说，“把这个小册子收好，回去你们稍许完善完善，印刷十万册，尽快下发下去，争取全县每户耳农人手一册。”

乔福林见他如此重视这本册子，也不想贪功，说：“其实这本册子，就是毕得财所长帮我们弄的，他可是技术大拿啊。”

郭伟忠对林铁说：“既然这么说，你们为什么不在全县推广？是不是犯了官僚主义啊？”

林铁赶紧检讨：“是我们工作滞后，原本想完善一下再印发，现在看来却是迟滞了，回去我们立即着手办这件事。”

郭伟忠对乔福林说：“对了，我这次来主要是想听听你们是怎么搞销售，稳定和平抑市场价格的？”

乔福林说：“开始主要发挥协会作用，组建了柞树村黑木耳经销公司，统一收购价，统一销售，这样，那些不法商贩挤不进来，没有油水可赚，就不来捣乱了。”

郭伟忠频频点头，说：“如此看来，你们的黑木耳协会组建的好啊。”

侯宝山接过话题说：“其实一开始也不顺当，也有小混混来欺行霸市、强买强卖……”于是，他把乔福林勇斗地痞的事说了一遍。

郭伟忠听完后，眼里露出欣慰的目光：“这么说，你们这儿开始也不太平啊，现在看来，我们以前对黑木耳栽培技术重视得多，对后期销售和公平、公正市场环境的培育、建设有所忽视，如果任由其恶性发展，后果将不堪设想，甚至会葬送掉这个好产业，我绝不是在这里危言耸听，必须引起我们高度警觉和重视。”

乔福林继续说：“现在情况又发生了变化，我们找了一个销售能人，把柞树村和附近几个村屯的大部分黑木耳交由她销售，经济效益明显提高。”

郭伟忠来了兴致，忙问："销售能人？谁啊？你们从哪里挖来的销售能人啊？"

乔福林看看侯宝山，侯宝山会意，笑笑说："啥销售能人啊，别听福林瞎说，她就是一个普通人，平凡人。"

郭伟忠更加不知就里，兴致也上来了，迫不及待地问："咋回事？"

乔福林说："侯支书那是谦虚，这个销售能人，其实不是我们挖来的，是人家自己找上门来的。"

"哦，有意思，快说说！"郭伟忠眼里闪烁着期待的目光。

于是，乔福林就把吴雅娟辞掉林阳火车站站长职务，主动来柞树村应聘的事，简单地介绍一番，最后补充一句说："其实，这个吴雅娟不是别人，是我们老支书的儿媳妇。"

郭伟忠转向侯宝山求证："是吗，老侯支书？"

侯宝山点点头说："是，是我儿媳。"

郭伟忠颇为感慨，说："过去都说栽下梧桐树，不怕引不来金凤凰，其实这话一点儿不假，柞树村虽然地处观音岭深山里，虽然偏僻，但这不照样靠着黑木耳引来林阳镇火车站站长这只金凤凰来投了吗？启发，很大的启发！这应了那句老话，酒香不怕巷子深。我受益了。"

接着，他又问了一些其他问题，乔福林一一作了解答。

最后郭伟忠问："吴雅娟在林阳镇黑木耳交易大市场的经营情况，怎么样？"

乔福林说："太火了。那些外地客户直接到大市场看货、选货、订货，确定价钱，光明正大，公开透明，既省时间又方便，还不用携带大量现金担心人身安全，深受欢迎。"

郭伟忠眼睛一亮，站起来合上笔记本说："走，咱们一起去看看，也许靠着吴雅娟的带动效应，就此盘活了我们的黑木耳交易大市场呢。"

又一个春天到来了，关东的二月虽然朔风依然凛冽，但却不再似冰刀子般的冷硬了，刮在脸上也柔和了许多，在酷寒中坚忍顽强活下来的天地万物，在正午阳光的照耀下，开始返青并伸展起腰肢。观音岭沟岔里被冰封了几个月的溪流，又开始奏响叮咚的序曲，一些大的河流开始出现青黄色的延流水。最令人惊讶的是，逐渐晴朗高远的湛蓝天空中，偶尔能够听到一两声雁鸣，接着牵宾河的河谷、湿地上翱翔起遮天蔽日的大雁，再接着，中华秋沙鸭美丽的身影，出现在柞树村的湿地里。

乔福林依然栽培了六十万袋春耳，不过他把大棚吊袋的比例提高了一倍，达到三十万袋。一开始，毕得财和徐莲蝶都表示担忧，说去年十五万袋都赔钱了，今年你就谨慎点儿，先弄五万袋试试，待两年成熟后再大面积铺开也不迟。乔福林却不这么认为，他觉得经过十来年地木耳的栽培，已经掌握了黑木耳的习性和一般的病菌防治知识，所谓大棚吊袋木耳，就是给它们一个更加舒适、安全的生长环境，让其早于一般春耳上市卖个好价钱。他想再扩大地栽培面积，可是如今的土地越来越金贵，原来一亩地租金一百元随便挑选地块，现在五百块钱一亩地还租不到，至于靠近河边的好地块，一亩地已经涨到七百元了。无奈，他只好增加大棚吊袋木耳数量，向空间要效益。

乔福林没听毕得财和徐莲蝶的意见，硬搞了三十万袋吊袋黑木耳，他知道，毕得财和徐莲蝶的担心不是没有道理，他们是怕他遭受更大的损失。于是他去县城买了个简易塑钢房，室内面积六平方米，放在大棚外边门口，从此他吃住在塑钢房里。一天二十四个小时，他除了吃饭睡觉，其他时间都长在大棚里，用赵毅的话说，乔总对待这些菌袋比亲娘还要亲。每天早晨起来，睁开眼睛来不及撒尿他就钻进大棚，查看温度、水分、光照，以及菌丝生长情况。一天要看七八遍，有时晚上躺下了，或者睡到半夜，他也要起来再挨个菌棚走一遍，确认没有问题了才回到塑钢房安心睡觉。

一个多月下来，他一次都没有回小洋楼。清明节的时候，大嫂毕雪梅和他去给父母上坟，乍一见到小叔子，她吓了一跳，以为见了传说中的观音岭鬼魅，长长的盖过耳朵的头发，野草般凌乱的胡须，苍白瘦削的脸庞，以及电线杆子似的腰身，都让她无比心疼。

扫墓回来的路上，毕雪梅说：“大林子，看你造得像个野人似的，瘦得快成麻秆了，再这样下去不行啊。今天你就随我回洋楼住吧，洗洗热水澡，剃剃头，刮刮胡子，大嫂给你炖个小笨鸡补补身子。”

乔福林龇牙一笑，浓密而乱蓬的胡须下，裂开一个窟窿，露出洁白的牙齿：“谢谢大嫂的关心，过几天我就回去住。现在正是大棚木耳快要发芽的关键时期，我一刻也放心不下。”

毕雪梅叹口气，心想他父母不在了，爱人去世了，看着都觉得可怜，想到这，她心里一酸，想起了那个不辞而别的丈夫乔福森，唉，你个死鬼到底死到哪儿去了？是死是活你倒是给我托个梦啊！你负气一走了之，可你回来瞅瞅，你的亲兄弟为了这个家累成啥样了！想到这儿，她突然鼻子一酸，眼泪就夺眶而出，既感到气恼又觉得委屈，赶紧快步走开了。

这天以后，毕雪梅再去乔福林的菌地送饭，就特意加了一个菜，不是小笨鸡炖榛蘑，就是红烧肉，再不就是牛肉炖土豆。等到大棚木耳发芽的时候，乔福林身上开始长膘，逐渐恢复了元气。

这天上午，气温突然升高，阳光也比往日炽热许多，乔福林正在大棚里查看温度情况，发现温度升得比较快，就命雇工浇水降温，在中午时分把通风口全部打开，引来新鲜空气，以免棚内缺氧造成耳芽受病。吩咐完，他钻出大棚，来到大棚查看室外菌袋情况。

吴雅娟的电话在这个时候打进来，她说新认识了一个大客户，那人不放心，非要到柞树村考察后，再决定是否签购买合同，她问他，有没有时间陪一下这个重要的客户？

重要客户

乔福林知道，吴雅娟平时不求人，她总是把销售情况拧得顺顺当当，既然这次她向自己开口，就一定是个非常重要的客户，就说："好啊，你带他来吧，我就在菌地里呢，啥时候到啊？我好去村口迎接你们。"

吴雅娟没想到他答应得如此爽快，就很高兴，说："算你够意思！你等着啊，我们过一会儿就出发，大约一个半小时就到。"

乔福林赶紧开车回村，在大榆树西边靠近毕雪梅包子铺的理发店理发、刮胡子，然后以最快速度跑到对面的浴池。洗完澡出来，他看表发现，还有不到十几分钟吴雅娟他们就到了，就以最快速度回到小洋楼，换上干净衣服。这时吴雅娟打来电话："你在哪里呢？我们快要进村了。"

乔福林换上一双新旅游鞋，说："我在大榆树下等你们。"

乔福林的越野车和吴雅娟的大吉普同时停在大榆树下。两辆车门打开，乔福林和吴雅娟下车，他朝她跑过去。这时从大吉普后门钻出一位精干的年轻人，乔福林以为是大老板的秘书，眼神向车内望去，期待着大老板的出现。吴雅娟冲年轻人莞尔一笑，手伸向乔福林，引荐说："梁老板，这位是东和县第一个人工栽培黑木耳的乔福林，乔总。"

年轻人伸出保养得很好的、细嫩的手，说："幸会，幸会！乔总的样子果真配得上传说中的黑木耳大王名号，认识您很高兴，希望以后我们多多合作。"

乔福林没想到吴雅娟如此重视的大老板会这么年轻，看起来顶多三十岁，所以不免有些愣怔，但他很快反应过来，抓住那双细嫩的手说："欢迎，欢迎！梁总能够亲临小小的柞树村考察，是我们的荣幸。"

放下手，梁老板却直奔大榆树而去。吴雅娟不知其意，愣了下跟过去。乔福林随后跟上。大榆树尚未抽叶，却长满了一树的榆树钱，微风吹过，空气中飘散着榆树钱浓浓的甜味。梁老板仰头张望，脸现喜色，说："在我奶奶家门前也有一棵大榆树，不过不像这棵这么粗大繁茂，小时候去奶奶家玩儿，她总是撸几串榆树钱给我们蒸馍馍吃，又香又甜，真的很好吃。"

乔福林说："我小的时候吃不饱饭，妈妈就来采榆树钱，掺到玉米面里蒸窝窝头，结果，难以下咽的窝窝头，就变得又香又甜，成了美味。"

梁老板伸手摘下几片榆树钱，放进嘴里咀嚼，说："真甜。看到榆树钱就想起了童年有关奶奶的回忆，满满的美好回忆啊。乔总，这棵大榆树得有几百岁了吧？"

乔福林说："根据县文管所的专家考证，这棵大榆树自宋朝起就长在这了，最起码得有八百多岁。"

梁老板说："按我们老家的说法，榆钱榆钱，门前栽一棵榆树，不仅是为了饥饿年代活命，更是寄托了他们对富裕生活的憧憬和希望，榆钱的谐音，就是年年家有余钱。"

吴雅娟笑说："梁总，你这么一解释我就更有信心了，还没见到黑木耳，咱就见到榆钱，这说明我们的合作一定会成功。余钱嘛，不就是净利润吗。"

梁老板说："好兆头，果然不虚此行。"

乔福林说："咱们掉头，开车从大桥绕过去。"

吴雅娟见梁老板有如此雅兴，就说："我看不必，既然梁老板是个性情中人，咱们就陪着梁老板沿着率宾河走走，从吊桥那过去，顺便让他领略下咱们的青山绿水，在这个天然大氧吧里，多呼吸几口新鲜空气。"

果然梁老板有兴致，说："好啊，我得在这免费大氧吧里多呼吸几口，养养脑子。乔总，前面带路吧。"

几个人沿着新修建的率宾河堤坝，在绿柳的荫凉下朝下游走去。不一会儿耳边传来哗哗的水声，接着一道小瀑布出现在左侧。梁老板疾走几步，来到"吊水壶"前，望着白练似的瀑布像个孩子似的兴奋，掬起一捧水再到鼻子下嗅嗅，然后喝了一口，说："甜，这水真甜。"梁老板掏出手机，让吴雅娟给他拍了照片，然后把乔福林叫到跟前，跟他合了影。几人在"吊水壶"前盘桓了一阵，开始朝率宾河走去。忽然一声清脆的鸣叫在前边响起，河面上飞起几只中华秋沙鸭，吸引住梁老板的目光。

乔福林忙向梁老师介绍说："这是中华秋沙鸭，每年这个时候都来这里产卵、繁育后代。"

梁老板手搭凉棚，眼睛追随着中华秋沙鸭在天空翱翔的身影，不相信地说："真的吗？你们这儿真有中华秋沙鸭吗？"

乔福林说："真的，以前只有几只，现在达到十几只了。"

梁老板说："那可了不得。这种鸟儿属于国家一级保护动物，极其稀少的。"

吴雅娟说："梁总厉害呀，连这你都懂？"

梁老板说："我虽然终日在商海打拼，但我是我们那里的珍稀鸟类保护协会的副会长，所以了解一些。"

吴雅娟说："没看出来啊，您还是一位富有善心、爱心的企业家，佩服！"

说起鸟儿，梁老板变得滔滔不绝，说："中华秋沙鸭对生存环境要求非常高，能在这里一睹它的芳容真是荣幸，说明你们这里的水环境保护，做得非常好。"

吴雅娟俏皮地说："那我不跟你客气，就说黑木耳吧，那可是呼吸足够的负氧离子，喝着品质优良的山泉水，承接着山川日月之精华，才如此出众的。"

乔福林回头望了一眼吴雅娟，心说你也太能忽悠了，不愧是销售天才。吴雅娟眉毛朝他一挑，大眼睛一闪，说："咋的，难道我说得不对吗？"

乔福林笑说："对对，你说得太对了。"

中午时间到了，毕雪梅骑着三轮车送来了几样馅儿的包子，乔福林提前让两个雇工在河边烤的肉串，也已烤好，大铁锅炖的河鱼汤也开锅了，他对梁老板说："我们这山沟里没有城里那样的海鲜酒楼，咱就到河边吃点儿野餐吧。"

结果他没想到，梁老板一点儿也不装假，更不装样，在河边洗完手，就顺着肉串的香气走过去。他拿起一个红毛柳树枝大肉串，撸下来蘸上甜辣椒酱，用野山葱包起来，一口塞进嘴里，一边鼓起腮帮子咀嚼，一边连说好吃。他一连吃了好几个野山葱包烤肉，直吃得嘴角流油额头冒汗。乔福林瞧他盘腿坐在树墩上的样子，以及他的吃相，想，这根本不像一个身家过亿的大老板，倒像是一个邻家馋嘴的野小子。梁老板拿起勺子，喝了一口率宾河水清炖细鳞鱼汤后，说："哇，简直是人间美味！吴总，不瞒你说，我长这么大头一次喝到如此鲜美的鱼汤。"

吴雅娟说："你以为呢？别看我们柞树村是个小山沟，其实这里出产的细鳞鱼可不一般，以前可是给皇帝进贡的珍品呢。"

乔福林似乎以前也听人说过，但不如她说得这么详细，不由得心生佩服，望着她姣好的面庞，飞扬的神采，再看看低头喝汤的梁老板，心说吴雅娟的确厉害，她能把梁老板"忽悠"得这么高兴，看起来他们的合作十有八九会成功。

为尽地主之谊，吴雅娟晚上要在林阳镇宴请梁老板，邀请乔福林参加。回来经过吊桥的时候，趁梁老板在上面拍照留念，吴雅娟给办公室打电话，让他们预订一个环境相对优雅一点儿的酒店，安排一些东和县的特色美食。

在村口送走吴雅娟一行，乔福林调转车头直奔菌地，下了车他一头扎进大棚，逐个查看中午通风情况。还好，大棚里不再高温闷热，空气也新鲜了许多，但通风口却一直开着，这是个致命伤，如果不及时关闭，到了晚上气温骤降到零度以下，冷空气侵入，就会将耳芽全部冻死。乔福林吓出一身冷汗，幸亏自己没有应吴雅娟和梁老板之约，一起去林阳镇。他把赵毅叫来，板着脸批评他工作不仔细，检查不认真，语气空前地严厉。赵毅很少见乔福林这个态度，认识到事情的严重性，一个劲儿点头检讨。乔福林见他态度如此谦恭诚恳，心先软了，再想想这也不能怪他，他就是一个领着工人干活儿的，哪懂得这么多技术上的要领呢？于是，他脸色温和下来，挥手让他立马安排人手关闭通风口。赵毅自知差点闯祸，不敢怠慢，颠儿颠儿跑开，吆喝各个大棚里的管理人员，立即关闭通风口。

最后乔福林还是不放心，担心有的雇工粗心，不能把通风口全部关闭，带着赵毅对十个大棚的几百个通风口逐个检查，在确认已全部关闭后，他才放下心来。他看着因粗心大意差点惹出大祸的赵毅亦步亦趋，讨好歉意的样子，心生不忍，就说："不好意思，下午我批评你可能有些话说得难听，你别往心里去。"

赵毅说："乔总你批评得对，我没觉得你说话多难听。都是我不好，差点儿酿成大祸，如果真要是那样，我，我就是搭上身家性命也赔不起呀！”

看他眼圈红了，一副诚恳和痛不欲生的样子，乔福林清楚他已经知错，就说：“好啦，事情已经过去了，你也别太自责，只是往后要更加细心，可不能吆喝一嗓子，就想当甩手掌柜的。这些雇工大都文化浅，有些技术活儿必须得盯紧点。”

赵毅说：“你放心吧，经过这次的惊魂时刻，这辈子我都会记在心上，不会再犯同样的错误了。乔总你尽管放心去赴宴，我今晚就住在大棚里，明早挨个查看大棚温度、湿度等情况，中午及时通风、浇水、换气。”

乔福林来到林阳镇的时候已是黄昏时刻，看时间还有半个小时的空闲，而且吴雅娟宴请的饭店就在黑木耳交易大市场门外的商业区，乔福林打算先去大市场转转，看看市场的发展情况怎样，看看自己租出去的二十间店铺情况。说起这二十间店铺，他打心里感激吴雅娟，如果不是当初她目光远大，预见到大市场必定会红火起来，并引导自己买下这么多店铺，他也不会每年从这里获得六十万元的收入。

前些日子听关大壮说，大市场所有的店铺已经售罄，店铺租金像春天的桃花水，一涨再涨。尽管如此，还有一些黑木耳经销商因租不到店铺而犯愁，据说到年末租金肯定还会涨价。

关大壮当时非常兴奋，说他老婆肖金玉说了，跟着大林哥干就是好，赚钱不说，自家日子就像发面馒头，暄暄腾腾，一天比一天好。但乔福林心里清楚，他家十间店铺一年三十万租金收入，哪是自己的功劳啊，全都应该记在吴雅娟的账上，是人家在大市场最不被人看好的时候，果断动员他俩买下最佳位置，才使得租金比偏远的位置每年多出一万元。

进入黑木耳交易大市场，是一个面积较大的院子，乔福林看见里面停满了各类车辆，车牌号显示，这些车来自天南地北。虽然今年新木耳还没上市，但这里仍然车来人往，熙熙攘攘。向前走不多远，就看见了自己的二十间店铺在西侧，然后是关大壮的十间，而东侧的二十间店铺是吴雅娟的。乔福林随意走进一间店铺，看见东侧货架子上摆放着各种包装、各种等级、各种斤两的黑木耳干品，而西侧货架子上摆放的，是东和县出产的松茸、猴头、冻蘑、香菇、榛蘑、榆黄蘑、滑子蘑、趟子蘑、鸡腿蘑等各类野生菌类，中间靠隔断的位置，摆放着一张由树根雕琢而成的茶台，前边放着几只竹椅。他想，别看一个小小的店铺，经营的不仅是黑木耳单一品种，而是东和县几乎所有的野生菌类，显然带活了一条产业链啊。

就在他感慨之时，从隔断里走出一位四十来岁的男子，他是这间店铺的老板，认得乔福林是店铺主人，便邀他坐下来喝茶。乔福林说不渴，转到隔断后边，发现这里不仅是库房，还是黑木耳等野生菌类的加工、分拣、装袋车间，靠墙的地方堆着两摞用编织袋装着的干品，一直摞到棚顶，等待加工。屋里虽然拥挤，分拣工人却很忙碌。

乔福林看看时间，快到吴雅娟约定开宴的时间了，朝外走去。可是，他做梦也没想到，在黑木耳大市场门外，商业区的一家二层新开业的酒楼里，他会见到阔别已久的大哥乔福森。

晚宴被安排在一家新开业的大酒楼里。乔福林进去的时候，吴雅娟和梁老板已就座，正在唠嗑喝茶。见他来了，吴雅娟吩咐上菜，上酒。有了柞树村的良好铺垫，梁老板已经与他们熟络，便不装假，脱掉外套，解开领带，与他们开怀畅饮。

大约一个小时后，他们已经酒酣耳热。很显然梁老板为今日所见所闻而高兴，喝酒的进度有些快，吴雅娟便让服务员沏一壶用观音岭出产的野生刺梅花制作的茶，想醒醒酒。服务员应声出去了，他们天南地北地闲聊。这时门被打开，一名身穿绛紫色套裙的年轻漂亮的女领班走进来，随后跟进一个戴着高顶厨师帽子的中年男人，只见他手里托着一个大盘子，里面装着几条一尺多长的鱼。

女领班的声音很好听："各位老板、女士，为答谢你们今日的大方破费，我们老板兼主厨亲自给你们上菜。"

酒楼老板低头捧着鱼盘，态度温和，说："观音岭四大鲜之一，古代关东八珍之一，开河的红焖滩头鱼来了，请各位老板细细品尝。"

吴雅娟特别兴奋，"哇"的一声对梁老板说："您真是有福之人啊！我们作为本地人，平生也很少能够吃到开河顶着冰碴游上来的滩头鱼啊，梁老板动筷，我们也跟着尝尝鲜。"

乔福林突然一怔，这声音咋这么耳熟呢？好像在哪里听到过，而且还不止一次听到过，即使在梦里也无数次听到过。酒楼老板放下鱼盘，向大家谦恭地说："小小酒楼刚刚开业，如果菜品不合口，还请贵宾们多提宝贵意见。"谦恭的老板抬起头来，目光一下与乔福林相撞了。

乔福林脑子"嗡"的一声，眼泪就哗哗淌下来。而酒楼老板也愣在原地，突然泪如雨下，浑身战栗。众人傻眼了，木然地看着两个陌生人流眼泪。

乔福林站起来，冲过去一把抱住酒楼老板喊："大哥，大哥！"

善有善报

关大壮开着新买的大吉普“轰轰轰”来到柞树村的时候，已经午夜时分了。车上坐着乔福森和乔福林兄弟俩。当大吉普的灯光照射到大榆树身上时，乔福森再一次泪如雨下，说：“一别十多年，总也忘不了大榆树，梦里总是出现大榆树的影子，真是走遍天涯路，最爱是故乡啊！”

乔福林的手一直抓着大哥的手，从上车的那一刻，就没松开过。他说：“每次出外办事，哪怕是到林阳镇这么近，回来见到大榆树时，仍感到心里一下子就踏实、熨帖了，心说可回到柞树村，回到家了。”

静夜中的柞树村一片静谧、祥和，只有几只狗在此起彼伏地吠叫。关大壮驾驶车子向北拐去，左侧毕雪梅的包子铺已关灯，漆黑一片，想必她已回小洋楼睡下了。

乔福林拍着乔福森的腿，问：“大哥，我发现你的脚咋不跛了，咋治好的？”

乔福森说：“我在天津做了个矫正手术，但还是短了一厘米，没办法，垫了增高鞋垫。”

乔福林说：“怪不得呢，这回好了，走路像正常人一样了，一点儿也看不出来。大嫂见了，指不定有多高兴呢！”

说到毕雪梅，其实这一路乔福森心怀忐忑，一直没敢开口问，也不知道她近况如何，是不是嫁人了？唉，自己当初那么对待人家，把她不当人看，随便打骂不说，还惹下那么大祸端，又不辞而别，换了谁，都会伤心至死的。他早就想好了，如果毕雪梅改嫁了，自己也不会生气，相反要衷心地祝福她。

乔福林见他没搭话，而是在暗夜中浅浅地叹息了一声，知他心结在什么地方，就说："大嫂这些年太不容易了，开了个包子铺，虽然生意红火，但起五更爬半夜的实在是很辛苦，看她的容颜，比同龄人大了十多岁，看着就让人心疼。"

乔福森叹口气说："都怪我，怪我当初犯浑，不知道珍惜她。她，她现在还好吧？"

乔福林责怪道："你这一走十多年，连个音信都不捎，大嫂苦啊！"

乔福森说："我这辈子除了咱妈，最对不起的就是她了。"他的话音有些颤抖。

乔福林说："大嫂特别要强，自己养活自己，自食其力，真是个天下难寻的好女人啊！"

说话间大吉普来到小洋楼前，车停稳后，三人下车，借助车灯的光亮，乔福森发现原来低矮破旧的老房子不见了，取而代之的是一幢样式新颖别致的三层洋楼，他揉了揉眼睛，疑惑地问："老二，这是咱家吗？你不是把我拉到别人家别墅了吧？"

乔福林还没搭话，关大壮抢话说："大哥，这就是你家，你家老祖屋啊，怎么是别人家的别墅呢？"

"大林子，是你建的？"

"嗯，是我建的。"

"咋的，你在观音岭挖到千年老山参了？"

"没有。"

"那就是你买彩票中了大奖？"

"都不是。大哥，我是靠栽培黑木耳赚钱盖的楼。"

"黑木耳？怎么可能呢？！"

这晚乔福林一如既往地住在菌地的塑钢房里，他想让大哥和大嫂好好倾诉一下离别之苦。由于喝了不少酒，又跟大哥说了一路话，他心里变得从来没有过的踏实，觉也睡得特别香甜，一直到天大亮，屋外雇工们开始干活儿，他才被吵醒。

而这一晚，有两个人几乎整夜未眠。

关大壮拉着弟弟去菌地了，望着两个灯柱逐渐被黑夜掩埋，乔福森犹豫了好一阵，才鼓起勇气举起手，忐忑地敲响了小洋楼的门。

敲门声在午夜格外响亮，毕雪梅已经睡下，披衣下楼来到门前问：“谁呀？”

乔福森听见妻子的声音，心都颤了，心脏快速跳动起来，并且紧紧地攥成一团，让他胸腔空空的、慌慌的，感到气短。他没想到十多年没听过这声音，今天乍一听见，仍是那么亲切、温暖，彻彻底底是家的声音。

毕雪梅打开外屋门，突然一哆嗦，以为见了鬼，连忙倒退两步，吓得外衣掉落在地上，嘴唇哆哆嗦嗦地说：“你，你，你……”

“雪梅，是我啊，雪梅，我是福森啊！”乔福森的声音颤抖着。

毕雪梅打开客厅的灯，揉了揉眼睛，凑近仔细看着乔福森，在确认不是梦境后，她“哇”的一声，哭着跑上楼去。乔福森把她外套捡起来，脱掉鞋子来到她房门外，可是她已经把门反锁上了。乔福森推了两下没推开，敲了几下，里面仍没动静，只有低低的啜泣声。

乔福森就在门外坐下了，先是给她赔不是，说自己以前不是人，伤了二弟，害了母亲，更伤害了老婆。他左右开弓扇自己的耳光。啪啪的声音在静夜里格外清晰、清脆。直到两个脸蛋被扇肿了，手掌火辣辣地疼，他才住手，开始了自己的讲述：“我犯了滔天大罪，害死母亲后，万念俱灰，没脸再在柞树村待下去了，我想死了算了，咱妈生前没享过我的福，净跟着我遭罪，我到地下好好伺候她和咱爸吧。我就钻进观音岭，来到山顶观音庙前，我扑通给观音菩萨跪下了，我向观音菩萨谢罪，请菩萨保佑你和二弟平平安安，然后我再随咱妈而去。我发誓要在观音庙前跪满三天三夜再走。可是第二天，老二带着几个人就去观音庙找我，我躲在庙后边的原始森林里，听见他的呼喊声，知道全村人都出来找我了，我不能再在庙前跪拜惩罚自己了，我就往原始森林里走去，一直往里走，越走树林越密，林间也越来越昏暗。最后我实在走不动了，就找了一个弯脖子老柞树，搭好麻绳，脑袋就钻了进去，然后就什么也不知道了。不知过了多久，一阵鸟鸣把我叫醒，透过树梢的空隙我发现天快黑了，我以为到了阴曹地府，就叫了声妈。可是没人搭理我，只有归巢的鸟儿在头顶叽叽喳喳叫。我的手一划拉想站起来，却抓到了麻绳，难道不是在阴间吗？我在大腿上狠狠掐了一把，很疼，才知我还在阳间。我看见身旁有一个大树杈子，折断的地方已经空了，是被虫子嗑空的，我没死成啊！那一瞬间我清醒了，我想这是观音菩萨不让我死啊，是让我在阳间赎罪啊！于是我趁着黑夜的掩护，躲避开搜寻的乡亲们，偷偷下了山，去了林阳镇。我连夜坐火车来到哈尔滨火车站，出站口的时候饿极了，可我兜里没有钱，就来到劳务市场帮人卸货。结果一干就是几个月，那年冬天太冷，风嚎雪裹的，活儿太少，我又是个踮脚，时常一连好几天没人雇我干活。后来我就去菜市场帮人卖菜，还跟一个大哥干过装修。第二年春天天暖和的时候，我回到劳务市场，恰好有人招工，说去天津搞建筑，我就随着来到天津。老板是个好人，他看我干不了重活，就让我在厨房帮着做饭。又干了半年，我想这也不是个办法啊，就趁买菜的机会到新区转了一圈，看看有什么新的赚钱机会没有。结果我看到一个厨艺班招生，我的心思就活了，我想报名，等将来学艺成功后自己开个小饭店，总比在工地做苦力强，不然我啥时候才能熬出头啊！雪梅，不管你信不信，自从我离开林阳镇坐上火车的那一刻，我就给自己发了个毒誓，将来如果混不出个人样来，就死在外头，让野狗啃了我，因为我实在没脸葬在祖坟里，我没脸回来见你啊……

“我翻了翻兜，只有七十几块钱，根本不够报名费，我就骑车回到工地继续帮人做饭。可我总是不甘心，就厚着脸皮跟老板借三百块钱，也不知人家肯不肯借给我。那老板真是个好人啊，心善啊，他听说我要报名学习厨艺，就说看我腿脚不便，在厨房忙来忙去累得够呛，如果让我走，又着实不落忍，最后，老板每月给我五百块钱，让我好好学，将来学成了再回来给他当主厨，从工钱里扣。就这样，我去烹饪学校学了一年，又跟着实习了半年，后来回到建筑工地。那天老板来了几个朋友，他说正好检验一下我的学习成果，给他做几个拿手菜，招待朋友。我知道这是个翻身的机会，决不能失去，因为厨房主厨的工资比在外面码砖的大工少不了多少，就特别用心，做了六菜一汤。没承想老板的朋友大加赞赏，把六个菜都吃光了。老板脸上有光，喝完酒送走朋友回来对我说，让我也别在这儿苦熬了，去他家给他当厨师吧。这可是大好事啊，我千恩万谢过，回去收拾行李、衣服。老板跟进来抽抽鼻子，说拉倒吧，瞅我身上那股馊味，几个月没洗澡了？我说才半个月啊，在厨房干活儿身上得干净啊。老板就笑了，给了我五百块钱，让我先去剃个头，再去洗个澡，好好搓搓泥，去去身上的跑腿子味儿，然后买两套像样的衣服，整干净利索点，再让司机拉我去他家。

“老板家一共有五口人，除了他们夫妇俩，还有一个八十多岁的老母亲，一男一女两个孩子，大的上初中，小的才上幼儿园。那家人啊，都是菩萨心肠，大人善良，小孩儿懂规矩、有礼貌。老太太信佛，成天叮嘱儿子不许做坏事，要做良心工程。儿子孝顺，几乎每天晚上都回来陪老母亲吃饭，对老妈的话时刻记在心上。他媳妇是建筑公司的设计师，成天忙得脚打后脑勺，很少有时间接送孩子。还有，老太太对我可好了，没事了就拿着几样干果到厨房来，让我吃，说是儿子买给她的，她吃不了，送我一些。有时，她还把他儿子穿旧的衣服送给我，说让我多攒两个钱，好让媳妇孩子过好日子。老婆，雪梅，不瞒你说，我那时老激动了，我就想，是不是我在观音庙许的愿应验了？老太太就是我的观音菩萨啊！为此我更加努力地干活，尽量把吃的喝的做得精细再精细。五口人的饭好弄，我就有了大把的闲余时间，我想人家对我这么好，我就多干点儿活儿回报人家吧。于是我没事就帮着他家扫扫院子，剪剪花草，这样干了一段时间，老板就给我涨了工资，赶上工地码砖的大工的工资了。我觉得工资太多了，受之有愧，说啥也不要。老板说，我不拿着不行啊，这是他妈要给我的，我要是不拿着，回头他妈就得说他啊！

“那时是冬天，天津的气温也降到零度以下，而且还下了雪。老太太有风湿病，关节炎很厉害，他儿子担心她摔着，就不让她出门，这可把老太太憋坏了，你想白天一天的时间，那么大个房子，除了保洁阿姨，只有她一个人坐在房间里干熬，多熬人啊。她就让我上楼，洗了好几样高档水果，咱见都没见过，说是从外国进口的，她说岁数大了胃口不好，吃不了多少，就让我吃，一个一个地让我尝，让我给她讲观音岭的传说和老故事，再不就让我给她哼唱传统二人转。

“一天上午十点多钟，外面飘起了雪花，老太太的眼睛就直了，望着外面的雪花直叹气。我知道她想出去透透新鲜空气，看看雪景，我就去他家储藏间找出以前她病情严重时坐的轮椅，推着她出了门。晚上她儿子回来陪着吃晚饭，见老太太今天特别高兴，不仅吃得比往日多，饭后还跟孙女哼唱起了我教给她的二人转。儿子觉得好奇，就问她妈，今天是啥好日子啊，您这么高兴？老太太就把我推着她出去看雪景，跟附近遛弯的老姊妹又见面的事儿说了，老板也跟着高兴，就给我加了份儿差事，每天上午十点钟推他妈出去散心。结果，他又要给我涨工资，这回我说啥也不要，他问为啥呀，多开钱还不乐意？我说，我是打工的，不是享福的，老板现在给我开的工钱够多的了，我感激还来不及呢，怎么还能再收钱！老板就摇头，说我现在在他家不仅做饭，还兼着园林工人的活儿，又兼着照顾他妈，就凭我成天把他妈陪得那么开心，也要给我涨工资。后来，兴许是老板照顾我的面子，总想把给我涨的钱变相送给我，就不再在外面宴请客商了，他把他们领回家，让我给做菜。我知道这是对我的信任，人家以前宴请朋友都去高档大酒楼，手艺肯定比我强啊，因此我特别用心，上书店买了好几本介绍新潮菜做法的书，回来偷偷实验，我生怕因为饭菜不可口而影响了老板的生意。可能是我做的菜真挺合他们的口味，反正从那儿以后，他不再在外面请客了，而每回客人走后，他都塞给我一千、两千的，说是另给我的辛苦费。我不要。他生气了，说他在外面请客哪回不花个万儿八千的，吃得还没我做的菜可口、卫生，在家让我做，一回省一大半钱。

“这样过了几年，有一年春节他们全家去巴厘岛度假，要半个多月，老太太不愿意动弹，他临行前把我叫去，说他妈就交给我了，二十多天回来后，老板见他妈不仅没瘦，反倒脸上更有光泽了，精神头也更足了。有一天晚上，他把我叫到书房，说要给我左脚做矫正手术。我以为他可能觉得我踮着脚出现在客人面前，给人家丢脸了，就问需要多少钱，因为我的钱不一定够啊。他笑了，说钱是老太太出的，是她的私房钱，她没地方花，说给孙子、孙女攒着将来结婚用。我说那就更不能用她的钱了。老板说，这是老太太的圣旨，是不许忤逆的圣旨。我还是不干。老板就说，要是想让他妈多活几年，高高兴兴的，让我就听她的话吧……”

乔福森陷入深深的回忆当中，透过朦胧的泪眼，他发现屋门不知啥时打开了，毕雪梅盘腿坐在他对面，脸上的泪水如春日小溪，静静地在脸上流淌……

乔小盼不见了

乔小盼参加了学校篮球队，凭借一米九〇的身高和精湛的球技，以及开阔的视野，他很快成为校队的主力前锋，专打三四号位。很快，他就斩获了一批女球迷的心，每当他出现在球场上，都会吸引一批女大学生前来观战、助阵，他还有一个特点，就是打球时身姿潇洒、舒展，每当他持球突破，旱地拔葱，并干净利落地投进一个球，女孩儿们都爆发出一阵惊叫声和欢呼声。每当这时，乔小盼心里都会特别爽，更加激情澎湃，越战越勇。

每年秋季，学校都要举办冰城篮球邀请赛，连续鏖战一周，角逐最后的胜利。大二开始，乔小盼就成了秋季篮球邀请赛的宠儿，有些来自其他大学的女孩，并不是为主队加油助威，而是单独为了一睹乔小盼的风采，欣赏他运球过人、投篮入筐的高超球技和曼妙身姿。当然，作为侯聪聪而言，她是每场必到，每次必喊哑嗓子、挥酸胳膊、跳麻双脚，仿佛她是主队的啦啦队长，时常引起同校队员的不满和白眼。但她才不管这些呢，只要乔小盼的队伍胜利，只要他能投篮得分，她就尽情欢呼、跳跃，甚至激动得热泪盈眶。球场暂停或者中场休息时，总有一些女生主动给乔小盼递毛巾，送饮料，而每到这时，侯聪聪就像他经纪人或者监护人一样，伸出手臂阻拦，不许她们靠近，胡乱献殷勤。每当这时，都是乔小盼感觉最幸福的时刻，看着侯聪聪“护犊子”的那股“横”劲儿，以及一些女生那种失落的表情，甚至嫉妒的眼神，他都会在心里产生一种甜蜜感、幸福感，满满的。他会接过侯聪聪递上来的饮料一饮而尽，并及时送给她一个温馨而甜蜜的微笑，结果，侯聪聪就醉了。

当然，大学的业余生活不只是篮球，还有音乐。侯聪聪从小练习小提琴，后来吴雅娟每周都带她坐火车到穆丹师范学院找名师辅导，一直坚持了七年，直到她在全市小提琴大赛上获得第一名。父亲侯玉虎牺牲后，她心情苦闷，郁结在心头的悲伤总也挥之不去，抑郁悲痛中，是一把小提琴帮她排遣内心无以言说的苦痛，她把琴声献给天堂里的父亲，与他交流、倾诉。后来转到东和县重点高中，进入高考前的冲刺阶段，她就几乎没再摸过琴了。到了大学，这里时常举办各类音乐活动，她就跃跃欲试，参加了学校的管弦乐团。乐团十几个小提琴手，她又是小师妹，又是从偏远的林阳镇来的，便没拿她当回事，而是让她跟着一起合奏。但几次排演下来，她就逐渐成了首席小提琴手，再后来成了独奏演员。为此，侯聪聪收获了一批男粉丝，人靓丽，琴拉得好，性格又开朗，她成了一些男生的梦中情人，成了校花。有些人总是有意无意想结识她、靠近她，甚至有人上演了老套的“邂逅”戏，试图引起她的注意，但侯聪聪当作没看见，一律不予理睬，总是昂起高傲的头，脸上灿烂的笑容永远不会照耀到这些稚嫩的小男生头上。但佟大鹏似乎除外，对于他的殷勤，她似乎并不反感，她也有些纳闷，不知道这是一种什么情愫。但时间久了，她才明白，她对佟大鹏的情感应该属于那种乡情，抑或类似亲情的范畴，她觉得与他在一起，比与那些奶油小生在一起安全、舒适，因为她心里压根就对那些妈宝男们不感冒，她欣赏的是那种高高大大、威猛果敢、血脉贲张、坚韧不拔的男生。后来她逐渐明白，也许是从小受警察父亲的影响所致吧。而乔小盼就是这种类型的男孩儿，虽然有时显得有点儿粗糙，或者类似于强迫症一样的坚韧，但每次见到他时，看到他嘴唇上浓黑的小胡子，她的心脏都会莫名地加速跳动，心生欢喜。

每年初冬，学校都要举办冰雪音乐节，各个学院、专业卧虎藏龙，音乐人才好比春天的韭菜，一茬儿接一茬儿，人才辈出。一天，侯聪聪给乔小盼打电话，请他来学校给她的小提琴独奏助阵，她说要演奏小提琴协奏曲《梁祝》选段，叮嘱他务必来听。那天是周六，晚上乔小盼在食堂草草吃过饭，就去了黑大。

乔小盼走进音乐厅的时候，里面还没坐几个人，他来早了。想给侯聪聪打个电话，告诉她提前到了，又怕她分神，影响她演出前的准备工作。于是他就坐在大厅后边角落里翻看手机，顺便给父亲发了几条短信，问他秋耳长得如何。很快“叮”的一声，乔福林的短信来了：我很好，秋耳大丰收，价钱比去年又涨了三块钱。乔小盼回复：祝贺你老爸！不要太累了，别在菌地里住了，回家住吧，不然容易受潮着凉。乔福林回复：谢谢儿子的关心。最后一茬儿了，不用我操心，已搬回小洋楼住。乔小盼问：我大娘和我大爷还好？饭店生意如何？乔福林回复：你大娘把包子铺盘给别人，去林阳镇当老板娘了，酒楼生意十分红火。你大爷前天还问起你，让我多给你点儿钱，说孩子在外不容易，正是长身体的时候，多买点好吃的。乔小盼回复：上周我大爷给我转了三千块，我没花。

突然身后起了一阵小骚动，乔小盼转头望去，看见一群人走进来，侯聪聪也在里面。他收起手机，想站起来打招呼，却又坐下了，而且把身子往下缩了缩，生怕被侯聪聪认出来。为啥？他看见了佟大鹏。这小子像个保镖似的，紧紧地跟在她身后，左胳膊肘上搭着一件藕荷色绣粉花的外套，手上拿着一瓶矿泉水，右手拎着琴盒，跟班似的亦步亦趋。对于那件藕荷色的外套，乔小盼再清楚不过，这是他上周末陪她去商场新买的，是他送给她的生日礼物。乔小盼见它此时却搭在佟大鹏的胳膊上，心里一阵刺痛。

乔小盼的目光像舞台射灯，一直追逐着那个倩影，直到她消失在舞台右侧，进入后面候演厅。而她后边影子似的佟大鹏，也毫不犹豫地跟了进去。

音乐厅旁边，小湖畔的长条椅上，乔小盼呆呆地望着湖面出神。头顶上的一棵柳树上，还残存着尚未落尽的柳叶，在初冬的雪花中飒飒吟唱，在他听来多么像悲伤的挽歌啊。这些不肯零落的树叶，是那么的依恋着柳枝，尽管直到严冬即将来临，即将遭受酷寒和凛冽北风的撕挠，却仍然试图抓住秋的尾巴不肯放手。突然，音乐厅响起交响乐曲，乔小盼知道演出开始了。乔小盼扭头看看音乐厅门口，已经没有人走动。放眼望去，他才发现朦胧的初雪中，音乐厅像极了一把小提琴。他把目光重新聚焦在湖面上，清澈的湖面起了一阵涟漪，接着两只野鸭游进视野。不难分辨，这是一雌一雄，雄鸭时而分神游到一边，而雌鸭心无旁骛地向前缓缓游动，不一会儿雄鸭发现身旁伴侣不见了，赶紧摆动着红色鸭蹼，快速朝雌鸭游去。

一阵舒缓的小提琴声悠扬悦耳，听声音应该是《梁祝》，乔小盼知道，这是侯聪聪在演奏。他的心像眼前的天空，突然变得灰蒙蒙的，而且似乎开始飘落起雪花，凉凉的。

过了一会儿，音乐厅传来如潮般的掌声，经久不息，他想这时候侯聪聪一定是在谢幕，她手拿提琴，鞠躬致谢，在掌声和鲜花中一遍遍回来谢幕。噢，献花，是谁在给她献花呢？是佟大鹏吗？他不敢想象下去，屁股像突然坐在钢针上，疼痛难忍。于是他回望音乐厅一眼，郁郁地冒着雪花向学校大门走去。

还有几天就要放寒假了。一个周末，乔小盼和侯聪聪来到松花江北，到太阳岛看冰灯。冰灯园面积很大，从江面上采集来的巨大冰块，堆得像一座座小山，每个主题冰雕前，都有许多冰雕师傅在铲冰、刨冰、定形、打磨。气温很低，只要一张口，嘴里的哈气就在严寒中形成雾气。两个人兴致勃勃，逐个欣赏，冰雕作品虽然还没成型，但看着冰雕师傅们挥舞着工具在一座座冰块上雕琢，他俩仍然十分兴奋，虽然脸蛋冻得像熟透的红苹果，手脚也已冻麻了。虽然寒风刺骨，但两人依然吃完雪糕吃糖葫芦，直冻得嘴唇乌紫，上下牙打架。中午，两人来到一家俄罗斯餐厅，喝了碗红菜汤，身上的寒气才逐渐逼出去。

室内温度很高，与室外形成很大反差，不一会儿侯聪聪觉得热了，脱下米黄色羽绒服，说："寒假快到了，咱俩一起回林阳镇呗？"她看乔小盼还穿着那件蓝绿色羽绒服，就笑说，"你的羽绒服是租来的？你不嫌热啊。"

乔小盼傻笑了下，脱掉羽绒服搭在椅子靠背上，说："必须的啊，不过我要先去柞树村看看我爸，再回县城看望姥爷。"

侯聪聪说："行，反正我妈没在家，她在南京推销你爸的秋木耳，我跟你回柞树村，看望我爷爷奶奶，顺便给他们带点儿哈尔滨红肠什么的，让他们尝尝。"

乔小盼眼里闪烁着兴奋的光彩，说："那太好了，我一会儿就去订票。"

侯聪聪顽皮地说："咋的，忘了我是站长的女儿呀？不就是订个票吗？小意思。"

乔小盼说："那就说好了，咱俩一起回柞树村。"

临到放假的前一天上午，侯聪聪打电话问乔小盼，准备得怎么样了？乔小盼说："没啥准备的，就给姥爷买了点儿哈尔滨红肠，下酒菜。"他问侯聪聪："你呢，准备给你爷爷奶奶买点让儿啥？用不用我陪你去？"

侯聪聪说："不用，我现在正在商场选购呢。"

乔小盼心里一紧，说：“在商场呢，跟你们同学吗？”

侯聪聪“哦”了声说：“嗯，大鹏陪我来的，他要给姥爷和妈妈，以及奶奶买东西，太啰唆了。”

乔小盼心里有些不快，但还是说：“噢，他家亲戚多，就得好好挑一挑买啥好。”但话虽这么说，其实他心里还是酸溜溜的，这个佟大鹏，真是如影随形啊。

侯聪聪说：“小盼，明天晚上七点钟，咱们在哈站门前集合，你可别迟到了。”

乔小盼说：“迟到不了。哎，这样吧，你的东西多不多？我先去你们学校帮你拎着吧。”

侯聪聪说：“不用了，大鹏也坐这趟车，他也跟咱们一起回柞树村。”

第二天晚上七点，侯聪聪和佟大鹏在哈站门前焦急地等待着。佟大鹏不断地看表，侯聪聪的眼睛一直盯着停车场，看是否有乔小盼从出租车里出来。

等了一会儿，佟大鹏说：“这个乔小盼，太不靠谱了，还有半个小时检票了，他咋还没来呢？”

侯聪聪不耐烦地白了他一眼，说：“着啥急啊，时间不是还来得及吗？”她见佟大鹏焦躁不安的样子，说，“你要着急，就先去候车室吧。”

佟大鹏说：“再等等。”

过了十分钟，乔小盼仍然没来。两人已经冻麻了手脚，便在门口来回踱步，用力跺脚。佟大鹏的脸蛋似乎冻麻了，双手在脸蛋上搓着，说：“冻死人了，要不咱俩去候车室里等他吧？”

侯聪聪说：“怕冷你自己去，我在这等着。”

又过了几分钟，仍没见到乔小盼的身影，佟大鹏焦虑起来，说：“咱俩先进去吧，不然来不及检票了。”

侯聪聪说：“再等等。”

她给乔小盼打手机，可是关机了。侯聪聪气得直跺脚。又过了几分钟，候车室开始检票了，乔小盼仍没出现。佟大鹏拉起侯聪聪胳膊，不由分说地向候车室跑去。

侯聪聪和佟大鹏刚找到座位，行李还没安顿好，列车就一声鸣笛，启动了。佟大鹏把侯聪聪的提琴盒放在行李架上，在她对面坐下，听到了一声抽泣，他看见一行眼泪从侯聪聪眼里无声地淌下来。佟大鹏从兜里掏出一个小纸巾包，抽出一张纸巾，塞进侯聪聪手里。侯聪聪擦去眼泪，把脑袋转向窗外。

列车轰隆隆驶出哈尔滨，夜色中的田野上，皑皑白雪在月光下泛着紫蓝色的光。

无问西东

乔小盼其实早就来到了火车站，只不过他躲藏在离候车室几十米远的西侧一角，把自己包裹得像个粽子，厚厚的羽绒服，连体帽子戴在头上，脖子和嘴巴上还围了一条围脖，鼻梁上戴着一副墨镜。看见侯聪聪和佟大鹏站在候车室门前焦急等待的样子，他心里既感到痛快，又感到一丝不安和愧疚，这么冷的天，他穿那么厚实都冻透了，何况侯聪聪呢？最后，当他看见佟大鹏拽着侯聪聪跑进候车室，心里的石头才落了地，但马上又感到一丝失落，好像一只风筝断了线，牵着侯聪聪的绳子是自己亲手剪断的，似乎她永远也不会回到自己身边一样，令他心如刀绞。

两人跑没影了，大概乘坐的火车已经启动，乔小盼才挪动冻僵了的脚走向候车室。不过，他没有走向通往林阳镇的检票口，而是向相反方向走去。他不想回林阳镇了。

起因是这样的，前几天他接到一个电话，是在沈阳读大三的毕佳媛打来的，她说寒假不打算回东和县，要去嫩江边的一个小县做社会调查，问他感不感兴趣。乔小盼已与侯聪聪约好，一起回柞树村看望亲人，他虽然很想去搞调查，却不打算失去与侯聪聪共赴家园的机会，就婉拒了。可是昨天上午接到侯聪聪电话，说佟大鹏陪她在商场买礼品，并和他们同乘一列火车回柞树村的时候，他突然决定不回去了，他不想三个人面对面坐在一起，何况还要坐一宿，他觉得特别别扭。于是乔小盼就给毕佳媛打电话，说他要和她一起去嫩江地区。

毕佳媛显得很高兴，说："太好啦！那你早不说，我好到哈尔滨与你会合，省得一个人寂寞地坐了一宿火车。不过你现在来也好，你来吧，我刚到一户村民家里，我等你。”

说起毕佳媛，其实在两人很小的时候，双方家长就有意培养他们的感情。乔福林和毕得财是光腚娃娃，好得跟一个人似的，后来乔福林失恋当兵，毕得财考上穆丹农校，再后来两人分别组建家庭，乔家生儿，毕家生女，毕得财就开玩笑，说你虽然生了个男孩，将来得给我当女婿，过年给我打酒喝。乔福林虽知道他是玩笑，但其实心里也愿意两个孩子长大了组建成家，这样两家祖上传下来的友谊便可传承下去。后来每年春节两家相聚，毕得财总是喊乔小盼“姑爷”，让他给自己这个老丈人磕头。开始时乔小盼年龄小，觉得好玩儿，磕头还能得到红包，就给毕得财磕头，喊“老丈人”。毕得财就乐得合不拢嘴巴，送给乔小盼一个大红包。而得到大红包的乔小盼，就牵着毕佳媛的小手，乐颠颠地去外边放小鞭，噼啪的声响以及毕佳媛的惊叫声，总是惹得两家大人心里喜滋滋的。可是后来乔小盼逐渐长大，知道“姑爷”和“老丈人”的含义，就不再给毕得财磕头了，不管他给的大红包多厚，就是不磕头，也羞于牵毕佳媛的手了。两人知道了大人的心思，就故意疏远，有时两家人坐在一起吃饭，他俩也是各吃各的，不敢拿正眼看对方。

再后来，毕佳媛随母亲搬到穆丹市，虽然电话里时常联系，但乔小盼已经好几年没与她见面。毕佳媛早两年先考进大学，而且当初是从穆丹市一所重点中学考走的，此后两人便再也没有见面。

回林阳镇的火车向东开，而乔小盼奔赴的方向却在西边，坐了一宿火车，第二天早上天蒙蒙亮的时候，火车在一个小县城停下。下车乘客寥寥无几，乔小盼背着一个黑色双肩包走下站台，一阵西风裹挟着雪粒子吹来，他打了个寒战，赶紧把帽子戴上。下车乘客顶着冷风缩着脖子，鸵鸟似的匆匆从身边走过。乔小盼抬头四望，寻找毕佳媛，却没见到人影。他给她打手机问她在哪儿呢，她说已经到了，让他下台阶。台阶上的积雪冻住了，他小心地向下走去。来到平地，一辆简易出租车“嘎吱”一声停在身边。一个穿着栗色羽绒服、头戴米色毛线帽、围着淡蓝色围脖，包着脸的姑娘走出车门。

“小盼！”下车的姑娘喊了一声。

乔小盼愣了下，他竟没认出这是毕佳媛，她包裹得太严实了，只露出两只眼睛，睫毛上还挂着霜花，脸蛋冻得像柿子。

毕佳媛把围脖撸到脖子上，摘掉帽子，乔小盼才认出她来。但他随即怔住了，这是毕佳媛吗？怎么好像换了一个人似的？才几年不见，难不成她整容了？原来那个黑瘦的小个子姑娘不见了，站在眼前的却是一个如此妩媚，个子高挑，皮肤白皙细嫩的一个大美人。难怪她刚下车没认出来呢。

“上车啊，站在那儿发啥愣呢，你不冷吗？”毕佳媛伸手要去摘他的双肩包。

乔小盼龇牙一笑，上了车。毕佳媛上车挨他坐下，说师傅开车吧。车厢本来就窄小，两人又穿得比较多，里边就显得有些拥挤，两人紧紧地贴在一起。轿厢是用塑料布粘接起来的，虽然挡住了风雪，温度却和外面一样寒冷。毕佳媛的脸蛋红扑扑，像熟透的山楂，一弯细细的眉毛像枚柳叶贴在脸上。

乔小盼看着她傻笑了下，又看了眼，又傻笑了下。

“瞅啥瞅，像个呆子似的傻笑。”毕佳媛说。

乔小盼的脸唰地红了，说：“姐你比以前好看多了，大美女呀，我差点儿认不出来了。”

毕佳媛妩媚地笑笑，说：“老话说换水人长个，我自打来到沈阳后，个子就蹭蹭长，皮肤也白皙了许多，你说怪不怪？”

乔小盼说：“老话说得有道理，女大十八变，越变越好看，姐你真的变成大美女了。”

“算你嘴巴甜，会说话。”毕佳媛有一点儿羞涩，眉眼更加柔顺、妩媚、动人。

车很快驶出县城，进入一派茫茫原野之中。塑料轿厢透明度极高，乔小盼看见外面除了积雪就是一望无际的芦苇荡，他以前从课本上得知，松嫩大平原是中国著名的大平原之一，没想到一念之变，他竟然来到了冬季的松嫩大平原，真是造化弄人。不知怎的，他脑海里突然闪出侯聪聪的影子，他想，她现在是不是已经到林阳镇了，她是先回家，还是直接去柞树村呢？如果她先回家，她母亲不在家，冷锅冷灶的她吃啥呀？况且，自己食言，让她白等那么久，这一路她会不会恨自己，会不会哭呢？想到这儿，乔小盼突然为自己的冲动感到后悔，肠子都悔青了。

突然，一阵大风裹挟着雪吹来，轿厢如汪洋中的一艘小船，剧烈战栗起来，窗外天地一片混沌。

援藏

乔福森一大早就来到林阳镇火车站，看得出来，他昨晚没休息好，眼睛肿胀，脸色蜡黄，头发油汪汪的腻在一起，那是昨天炒了一天菜，直到很晚客人才散，他也累得浑身像散了架，回到家没来得冲澡，就躺在沙发上睡着了。

后来是毕雪梅把他拽到床上，给他扒下衣服和鞋子，他又睡起来。毕雪梅担心他睡过，耽误明早接站，临睡前给他手机定了闹钟。这阵子，乔福森确实很疲劳，虽然毕雪梅来到酒楼吧台记账、收账，省却他一份心思，但随着黑木耳交易大市场越来越红火，他的大酒楼也越来越火爆，成天满客，来晚了订不上桌。他作为主厨是最忙最累的，虽然开店没有嫌赚钱多的，但他实在有些扛不住了。毕雪梅见他每天忙碌到深夜，有时累得顾不上洗澡，倒头就睡，就说咱雇个厨师吧。

乔福森说："我何尝不想雇个厨师呀，可是这些拿手菜都是我的看家本领，舍不得外传啊。"没办法他就硬扛着，心想再扛两年，等岁数大了，实在扛不住了，再寻觅个机灵厚道的小伙子，把自己的看家本领传给他。

乔福森是来接大侄子乔小盼的，他打算把他拉到大酒楼，中午做几道拿手好菜犒劳犒劳大侄子，也趁机让他这个高才生品尝品尝，显摆显摆自己的手艺。可是乔福森在站外等到旅客散尽，身上的热乎气也被西北风抽光了，他也没接到乔小盼。于是他掏出手机，冻得咝咝哈哈地给乔小盼打手机，问他咋回事？

乔小盼说："对不起大爷，我忘告诉你了，我寒假不回去了。"

"不回来了？"乔福森纳闷地说，"不回来你待在学校干啥，护校啊？"

乔小盼说："护啥校啊！是这样，我要和同学搞一个寒假社会调查，就不回去了。"

乔福森文化浅，不懂他话的意思，就问："社会调查？调查啥呀？公家不是有统计局吗，还用得着你调查啥玩意儿？快回来，大爷想你了。"

乔小盼笑了，说："大爷我不骗你，我真回不去了。"

乔福森吼道："咋的，让学校扣住了？缺了你人家还做不成槽子糕了？真是的。"

乔小盼说："我已经到了松嫩大平原，现在正盘腿坐在老乡的热炕头上呢。"

"咋的，热炕头？"乔福失望极了，说，"难道你真不回来了？那过年咋整？你跟你爸说了吗？"

乔小盼说："跟我爸说了。"

"你爸咋说的？他没骂你啊？"

"没骂，他还鼓励我好好干呢。"

"这个乔老二，一天天的，净瞎胡扯！"

春节后的一天，郭伟忠把乔福林和毕得财请到办公室，说是有要事商量。乔福林进入他办公室时，毕得财已经到了，原黑木耳办副主任林殿，也坐在沙发上朝他龇牙笑。咦，他不是去年被省里抽调，援藏去了吗，怎么没到年限就回来了呢？

郭伟忠从座位上站起来，与乔福林握手，拜了个晚年。乔福林与林殿握手寒暄："林主任，你不是援藏去了吗，啥时候回来的？"

林殿拍着他的手说："是啊，是去援藏了，不是春节了吗，我们放假了，回来看看。"

乔福林"哦"了声，在沙发上坐下，问："放多长时间假？"

林殿说："两个月，不过我过几天就走，提前一个月回去。"

乔福林好奇地问："那边还好吧，有没有高原反应？"

林殿瞅瞅郭伟忠，眼神里似乎隐藏着什么内容，笑说："还好，就是头几天有反应，过一周就好多了。"

郭伟忠咳了一声，示意两人别说话了，说："福林和得财同志到了，咱长话短说，林殿同志到西藏日喀则市通嘎县援藏工作，担任分管农业农村工作的副县长，这次回来一是过春节，二是想帮助这个县办点儿实事，我们得大力支持。”

毕得财和乔福林丈二和尚摸不着头脑，大眼瞪小眼相互瞅瞅，又扭头去看郭伟忠。

郭伟忠笑了：“这样吧，林殿你把你的想法，跟二位说说。”

林殿清了清嗓子，说：“通嘎属于国家级贫困县，牧区藏民生活还比较艰苦，虽然粮食和牧业相较来说比较发达，但人均收入仍然比较低，我这次回来前，跟县里主要领导商量了下，昨天又跟郭书记汇报，想在该县南部地区搞一个黑木耳栽培示范点，如果试验成功，就逐渐铺开。”

乔福林看看毕得财，这才知道召集他俩来的目的。

毕得财说：“那里自然条件如何？是否适合种植黑木耳，历史上出产过黑木耳没有？”

林殿说：“南部地区气候还可以，属于小平原，湖泊多，我想可以试试。”

郭伟忠说：“林殿援助的这个县情况比较特殊，我县比较重视，打算先期抽调黑木耳办和研究所的几名同志随他一同前往，考察、观测条件，并适时进行菌种培育实验，希望你俩带个头，打头阵。”

毕得财说：“没问题，我亲自去。”

郭伟忠把目光转向乔福林：“你的情况比较特殊，家里菌包厂正在生产，还要养菌、栽培，你看能否……”郭伟忠迟疑着打住话头，拿眼光去征求乔福林意见。

“我去。”乔福林看着他说，“支持援藏事业是大事，我家的事你放心，雇佣的那些人，大都给我干了六七年，尤其工头赵毅，已经干了八九年，可以称得上半个专家了。我可以去。”

毕得财说：“可是你的菌包厂不是闹着玩的，要是出了问题，两百万袋菌袋损失就大了，你得包赔其他耳农的损失啊。”

林殿说：“是啊，要不你就别去了，我再选一个人。”

林殿一行六人，在正月初六坐上飞机飞往北京，按照东和县的老规矩，破了五（过了初五）年就算过去了，一般远行的人可以收拾行囊出发。到底乔福林还是跟去了，他把家里做菌、养菌的事交给赵毅，又去找了徐莲蝶，希望她能抽时间多去把把脉，只要技术上别出问题，别出杂菌、病菌就可以。

徐莲蝶爽快地答应了，说："你别婆婆妈妈的了，尽管放心去吧，家里有我呢。"

毕得财带了一个年轻的技术员，这是省农学院毕业的一名研究生，他很看重他，时常让他参与自己的试验，下乡也带着他。同行的，还有省食用菌研究所的曹教授和一名研究生。

飞机缓缓降落在拉萨机场，几个人随林殿走出候机厅，乔福林看见毕得财和曹教授嘴唇有些发紫，呼吸急促，他知道这是高原反应。还好，毕竟自己当过兵，又成天在地里忙活，体力还可以，他倒没有表现出他俩那样的症状，但也感到呼吸有些粗重，脑袋像罩上了大盖子，木木的，昏昏的。

上了中巴车，来接机的人给每人发了一个氧气袋，教他们如何呼吸。车子进入日喀则市的时候，天已经黑了。在一幢具有典型西藏特点的二层楼前，车子停下，林殿说："咱们先在这住一周，逐渐适应一下高原条件，待反应不那么强烈，再去我挂职的那个县。"当晚，省里援藏的地区领导来看望他们，并对东和县派出如此豪华的技术团队表示赞赏，陪他们一起吃了晚餐。酥油茶的味道飘满房间，青稞酒象征性地喝了一点，毕得财和曹教授没有胃口，林殿劝他们多吃，说哪怕吐了也要多吃，不然抵抗力上不去。

乔福林和毕得财住一个房间，第一晚他几乎没睡，因为毕得财的高原反应实在太强烈，不仅头疼欲裂，还恶心呕吐。他就给他摩挲脑袋，按摩颈部。乔福林记不得他吐了多少回，反正他一遍遍地跑卫生间，倒掉呕吐物，洗刷盆子，再拿到他脑袋前接呕吐物。

乔福林没想到当地领导和老百姓会如此隆重地迎接他们，在车子抵达县政府招待所的时候，主要领导都来了，笑脸盈盈，紧紧握住他们的手摇晃不止。藏民们更是像迎接远方的贵客一样，载歌载舞，并给每人奉献了哈达。看着他们紫红的脸膛，以及挂在脸上由衷的喜悦，乔福林非常感动，心想他们是如此的纯朴、善良、可爱，发自内心地迎接我们，把我们当成了摆脱贫困的英雄，我可不能摆花架子，掉链子啊，一定要付出真心实意，如果条件许可，一定真正帮他们学会黑木耳栽培技术，早日摆脱贫困。

当地领导让他们休息三天，再度调养、适应一下高原环境。乔福林看毕得财和曹教授气色好一些，说：“这样，我们适应得差不多了，我看咱抓点儿紧，明天咱们和两位年轻同志下乡村搞调研，得财和曹教授在家调养吧。”

毕得财的喘息仍然粗重，说：“咋的，瞧不起谁呀，你能行我就能行。”

曹教授也说没问题，明天跟着一起下去。

乔福林说：“你这样，明天我和两个研究生先下去摸摸底，回来跟你俩详细汇报。”

毕得财和曹教授还想分辩，林殿说：“我看乔总说得对，你俩再养几天，我们先下去摸情况，搞搞测试，做点儿前期工作。”

第二天吃过早餐，林殿带着乔福林一行出发了，车子在一片高原湖泊间穿行，途中经过了两条不大不小的河流，越往南走地势越平坦，草原也越茂盛。大约一个半小时后，车子进入一个大的村庄，林殿告诉他们，这是一个乡政府所在地。简单寒暄后，乡领导开车带他们来到十几公里外的一个村子，接受了当地藏民敬献的哈达，喝了两碗酥油茶，他们就来到野外采样、测试。

当晚很晚，他们才回到县城，把情况跟曹教授和毕得财说了一遍，曹教授和研究生带了些简单测试工具，连夜对样品进行测试。第二天早起，曹教授说这里的土壤、温度和湿度等自然条件虽然不如你们东和县，但还可以，基本具备栽培黑木耳的条件，但困难也很大，需要进一步测试观察。这时乔福林发现毕得财不见了，正要出去找，他自己回来了。他说刚才出去转了一圈，县城虽小却五脏俱全，藏民们都很热情、友好。

吃早餐时，毕得财有些兴奋，说：“应该没问题。”

林殿不知他突然冒出这一句是啥意思，就问：“什么没问题？”

乔福林也说：“是啊，什么没问题，没头没脑地冒出这么一句话，怪吓人的。”

毕得财咬了块糌粑说：“我是说，这里栽培黑木耳应该没问题。”

“你咋知道的？”乔福林喝了口酥油茶。

毕得财说：“我就是知道，闻一闻这里的空气我就知道。”

“牛了你，”乔福林撇嘴笑道，“你是神啊，闻一闻就知道行？”

毕得财越发地得意，端起酥油茶杯喝了口茶，说：“那咋地，我就是能闻出来，这可不是吹的。”

乔福林以为他吹牛，说：“你别瞎放炮，这里是西藏，咱们是来帮助他们栽培黑木耳的，要对技术攻关，不是你靠鼻子来判断的。”

说完他看向曹教授，希望从他那寻求支持，因为他觉得教授是专家，是要拿数据说话的，可不像毕得财那样满嘴跑火车。

不料曹教授笑了：“毕所长说的有一定道理，他是专家，有实际工作经验，尤其成天在野外摸爬滚打，对于土壤条件、温度、水分等要素察言观色，嗅一嗅，就能感觉个大概。”

“怎么样，我说得没错吧？”毕得财脸上浮现出骄傲的神情，说，“对于土壤啊，温度、湿度啊，就像中医诊脉，望闻问切，就能判断出个大概。”

乔福林不由得佩服起来，他想，怪不得老百姓都称赞他是农民的财神呢，看起来一点儿不假啊，这些年他连春节都在田间地头帮耳农解决困难，不管刮风下雨，不管白天黑夜，只要耳农一个电话，不管多远都随叫随到，经过这么多历练和摔打，看起来他真成“神”了。他甚至听一些耳农议论说，毕得财，“必得财”，你看看人家的名字，就是发财的命啊。可是乔福林却知道，他哪是发财的命啊，他是全县耳农发财的命啊，他去过他家几次，发现楼房是五十多平方米的旧楼，刮大白的墙面根本没有装修，电视机还是十几年前买的大脑袋，他当时就想，虽然他老婆在穆丹市当中学校长，在那应该有楼房住，但他也不至于这样吧？整得像个穿越似的，似乎还生活在二十世纪八十年代。而且，他非常不解的是，毕得财有一肚子黑木耳的本事，咋把日子过得如此惨兮兮？后来，有一次春节，他老婆放寒假回来住，乔福林去他家拜年，才听他老婆说明原因。原来他工资也不少，老婆是高级教师，挣得比较多，就让他自己揣着工资，女儿毕佳媛上大学的费用，都是老婆供给，根本不用他花一分钱，按理说他该攒下不少钱才是，可是每年下来，他存折上的钱比脸还干净。她问了几次，才知道他都贴给耳农了，今天这个电话让他捎点杀草剂，明天那个电话让他代买那个，只要人家不主动给钱，都是他垫上的。

想到这儿，乔福林笑说：“教授表扬你几句，你就喘上了，用不用再吸吸氧气啊？免得一会儿再憋着。”

毕得财和曹教授第二天随大家下村。他们开始寻找更加合适的地点。

越野大吉普在高原上驰骋，蓝天白云，绿草蓝湖，吃着糌粑，喝着酥油茶，他们跑遍了通嘎县的所有乡镇，以及大部分村庄。转眼一个月过去了。

一天晚上，工头赵毅给乔福林打电话，语调极其伤感："乔总啊，你惩罚我吧，咱家的菌出问题了。"

还是曲霉病

乔福林的神经猛地收缩几下，预感到不妙，忙说："咋的了？"

赵毅呜呜哭了起来，说："对不起乔总，你临走时千叮咛万嘱咐，说好好养菌，别出现病菌，我也拍了胸脯……"

"别啰嗦，说正题！"乔福林心里都着火了，哪容得下他铺垫。

"就是，就是有些菌袋开始，开始发黄，发绿，可能受病了啊！"

乔福林脑袋嗡的一声大了许多，耳朵里像电锯似的响成一团，他迫使自己冷静下来，说："这是曲霉病的症状啊，你没跟徐莲蝶说吗？"

赵毅说："我跟徐莲蝶徐老师说了，她也是这么说的。你说咋整啊？我的天爷，要了命啊！"

"行了，我想想办法。"乔福林结束通话，躺在床上看书的毕得财坐起来，问："曲霉病？谁家黑木耳得了曲霉病？"

"你说谁家的？"乔福林瞪他一眼，不耐烦地说，"还能有谁家的，你是猪啊？"

毕得财说："这种病属于中高温型菌病，是不是你的菌房温度太高了？"

乔福林说："可能呗，也许他们观测温度不及时，通风不好导致的。"

毕得财说："这种病没啥好办法，赶紧把受病的菌袋焚烧，通风降温，喷洒农药。"

乔福林连忙给徐莲蝶打电话，问她受病程度严重不严重。

徐莲蝶说："我这几天去了趟哈尔滨，儿子大鹏得了大叶性肺炎，他正复习考研究生，结果回来就发现菌袋不对劲。不过你别慌张，我再仔细观察一下，看看受病程度如何。这个赵毅也真是的，我说不让他给你打电话，等我弄清楚再说，谁知他偷着给你打了。没事，你援藏要紧，家里有我呢。”

乔福林听她这么说，心里有了些底，也不再慌了，说：“有你坐镇我放心，啥情况及时跟我说。”

毕得财说：“咋样？严不严重？”

乔福林说：“莲蝶说应该问题不大，幸亏发现得及时。”

第二天他们照常去乡下调查。中午时分，他们在一个乡政府食堂吃饭，乔福林的手机响了，他出去接听，可是信号不好，听不见对方说什么，调整了好几个方位也不管用。乔福林不免有些焦虑起来，跑到远处一个小山包接听，还是没信号。郁郁地回到食堂，拿着糌粑半天咬不了一口，直愣神。

毕得财看他的样子，感觉不妙，担心地问：“咋样了？没事吧？”

乔福林端起酥油茶喝了口，摇摇头说：“没信号。”

晚上回到县城，乔福林第一件事就是给徐莲蝶打电话。

显然徐莲蝶很着急：“你咋回事？我打了一下午电话，为啥不接听？”

乔福林说：“在乡下没信号。咋样了？严重不？”他的心里惴惴不安起来。

“唉，”徐莲蝶叹了口气说，“好像不太乐观，昨晚一整夜和今天上午，总共挑选出五六万袋，都受病了。”

“啥？五六万袋？”乔福林心脏猛然收缩在一起，不自然地在胸前的衣服上揪了一把，似乎要窒息了。

这时毕得财跑过来，问：“咋的了福林？你额头上咋冒虚汗呢？是不是哪儿不舒服啊？”

乔福林的情绪一下跌落万丈，消沉地说：“莲蝶电话说，有五六万袋受病，已经挑出来了。”

“那可坏菜了！”毕得财拍着大腿说。

话筒里传来徐莲蝶的喂喂声，乔福林把手机扣在耳朵上说：“你说，我听着呢。”

徐莲蝶的声音透着不安和紧张，“大林哥，我看你还是回来吧，第一次就挑出这么多，往后还不知结果如何呢，你快回来吧。”

乔福林看着在门口迎接他们回来的藏族县长，低声说：“我回去也是那样施救，除了正常施药也没有特效药，我这边调查快要结束了，马上开始培养菌丝、接菌、养菌，这个节骨眼儿上，我，我咋好意思走啊？”

“那咋整啊？”徐莲蝶的话音带着哭腔，说，“你不回来我心里没底啊，我也蒙了啊，再说，又不是我家的菌，要是我家的，我亲眼看着受病程度，损失多少都有数啊。”

乔福林说：“你该咋办就咋办，难道我连你还不信任吗？再说我的木耳也不是第一次遭受病菌，上次损失多大啊！没事，我有心理准备，我信任你！”

“可是，可是……”徐莲蝶不知说啥好了。

“没事的，莲蝶，”乔福林说，“我信任你，你能行的。”

“那好吧，大林哥，有你这句话我就放心了，”徐莲蝶叹息一声说，“我尽力而为，争取把你的损失降到最低限。不过你也别上火，安心地为藏民培养黑木耳吧。”

乔福林说：“上火也没用，隔着几千公里，我就信你了，你肯定行的。”

吃晚饭时，藏族县长特意接了一碗酥油茶递给乔福林，说：“乔总，感谢您，非常感谢您，对不住了！”

乔福林接过碗，瞪了毕得财一眼，知道是他把家里木耳受病的情况跟大家说了。

林殿咬了咬后槽牙，似乎下了决心：“这样吧乔总，你明早就去拉萨，坐当天的飞机飞北京。”

藏族县长说：“回去吧，回去吧，我们已经很感谢您了。”

乔福林故意淡然一笑，说：“没啥事，别听毕得财瞎说。”

毕得财脖子一梗，说：“还我瞎说，第一批就扔掉五六万袋，那可是五六万块钱啊。”

乔福林朝他瞪眼，说：“谁说的？你瞎编啥呢，你就不盼我点儿好？”

毕得财知他心意，但心里着实替他着急、惋惜，说：“福林，你想帮藏民栽培黑木耳心切，我们理解，可你咋能说我瞎编呢，实事求是嘛，就是五六万袋嘛，而且这还是第一批，以后还不知道得有多少受病的呢，而且，那些受病菌袋都得烧掉，多可惜啊。”

藏族县长更加局促起来，不安地说：“乔总，实在抱歉，让你损失这么多钱，你还是马上回去吧，您的心意我们心领了。”

林殿说："就这样决定了，你明天马上飞回去，得财老师是专家，他说得的对，以后还不知道会损失多少呢。"

乔福林霍地站起来，看着林殿，一副气哼哼的样子说："林副县长，你可不能这么武断！我不回去！"

林殿也站起来，说："你必须回去！"

乔福林的犟脾气上来了，脖子挺得像犟牛，说："我是个体户，不是你的干部，你没权利命令我！"

林殿气得手指直颤，指着他说："你，你，你是人大常委，也是组织上的人，必须听我的！"

乔福林说："人大常委不是官职，你们没给我开工资，我在那儿没有工作关系和组织关系，你管不着我！"

林殿真生气了，瞪着眼睛看着他。两人像斗牛，看着对方互不服气，直喘粗气。

藏族县长见场面有些僵持不下，试图缓和下来，站起来拉着林殿的衣角，说："林副县长，你不要和乔总吵，咱们再好好劝他。"

曹教授朝他们摆手，示意他们坐下说话。

林殿"哼"了一声，白了乔福林一眼坐下。教授见乔福林还站着，说："乔总，坐下吧，先吃饭，吃完饭消消气再商量。"

乔福林说："不吃了。什么玩意啊，跑到这儿拿起官威来了，不好使！"说完他拿起身旁衣服走出房门。

你不想与我比翼齐飞

马上就要进入大四了，几乎所有的同学都在为自己的出路努力，有人准备考研，为选择院校和专业煞费苦心。有人打算直接毕业，尽快到社会上闯出一片属于自己的新天地。就在乔小盼为此而烦恼之际，毕佳媛以优异的成绩考取了哈尔滨工业大学的生物工程研究生。来报道那天，是乔小盼到火车站接她的，那时已过中午，乔小盼问她想吃啥，他请。

毕佳媛说："真的吗，吃啥都行？"

乔小盼点点头说："真的，吃啥我都请你。"

毕佳媛指着站前西侧的一家面馆说："就那儿吧。"

乔小盼刚才以为她想吃什么好吃的，虽然心里担心她选择高档酒楼破费，但既然夸了海口，就不能食言。但他见她鼓了半天劲，竟然选择吃八元一碗的面条时，心里失落的同时，不由有些感慨，这是一个懂得节俭，不很花哨、虚荣的姑娘。

只吃面条有点儿太简单、寒酸，乔小盼就点了一份加州鸡、一碟酸辣凤爪，他还要再加一盘芥末肚丝，被毕佳媛制止了："你点那么多肉干吗？吃不了浪费，再说你看现在的女孩子，有哪个不在减肥？"于是他点了个辣椒丝炝拌土豆丝。

毕佳媛接过土豆丝说："这个好，地下苹果，我喜欢。"说完，她夹了一筷子塞进嘴里，说："嗯，就是这个味，林阳镇的味道，好极了。"

乔小盼看她吃得香，没动筷子，心想，侯聪聪就不怕胖，每次吃饭她都要点肉菜，吃得滋滋润润，可也怪，她那么喜欢吃肉，就是一点儿也不发胖，身上一点儿赘肉也没有。他突然想，是不是把侯聪聪一起叫来会更好呢？说实话，自从那次寒假乔小盼小肚鸡肠吃醋，连个招呼都不打，就与毕佳媛一起去嫩江地区搞调研，着实让侯聪聪伤透了心，开始她也赌气，一个多月没跟乔小盼联系，而乔小盼也跟她赌气，既然你不主动跟我联系，那我也不主动给你打电话。事情的转机是春节后的第三天，那天妈妈带着她去柞树村给爷爷奶奶拜年，吃饭时爷爷劝她喝了点儿红酒，饭后一家人欢欢喜喜看春晚，就是那一刻，让她突然陷入崩溃的边缘，她再也挺不住了，跑出来，冒雪给乔小盼打电话。而那天接到电话的时候，乔小盼独自在嫩江地区一个县城的小旅店吃方便面，毕佳媛因为爷爷突然患了重病，已经在春节的前几天回到柞树村。她走时，他内心也想跟她一起回去过年，因为这是他平生第一次孤身在外过年，他想父亲，想姥爷，更想侯聪聪了。但调查课题还没完成，又加上心里那可怕的自尊心在作祟，他就咬牙留下了。但他也没想到，当他接到侯聪聪电话的时候，握着手机的手竟然颤抖起来，而当话筒里传来侯聪聪的啜泣声，并听到那句："你死哪去了，你想要我命啊！"的时候，他竟然一下瘫软下去，喉头哽咽起来。他推开方便面盒，穿上棉鞋和羽绒服，飞一样地跑向火车站……

乔小盼收回思绪，看着毕佳媛把土豆丝吃得那么香甜，就嘲笑说："真没想到，平平常常的土豆丝，却让你吃得那么香甜。"

毕佳媛又吃了口说："我爱吃，从小就爱吃，这是我们家的传统菜，走到哪儿都忘不了。"

这时端上来加州鸡了，乔小盼给她夹了一块鸡肉，说："吃点儿优质蛋白吧，吃这个不会胖，许多顶尖运动员都吃这个，你再不吃点儿肉，脸上就要出褶了。"

毕佳媛揶揄道："这么说，你是挺关心女孩子脸蛋的啊，女朋友一定挺漂亮吧？"

乔小盼脸红了，将一块鸡肉送进嘴里。

"哎，"毕佳媛说："你下学期就是大四了，怎么打算的？"

乔小盼说："还没想好，正在犹豫。"

毕佳媛说："有啥可犹豫的，哈工大本身就是理工科名校，你考本校研究生多好啊。"

乔小盼心想，你哪知道我的心思啊，说："佳媛姐，你为啥报考我们学校的研究生？咋不报考你们学校，或者北京、上海的名校呢？”

毕佳媛说：“我弟弟在这儿读书，我想报考啊，咋的不行啊？”

乔小盼知道她说的弟弟是指自己，不由得心里有些甜蜜，说：“谁能管得了你啊，你爱报考，咋还把我扯上了呢！”

毕佳媛脸红了，低头吃面，不时抬头看他一眼。

哈工大和黑大相隔不远，这天下午侯聪聪约乔小盼出来吃饭。两人来到道外一家包子铺，这是一家百年老店，以前非常有名，要排很长时间队才能买到包子，还是限购。可现在，用门可罗雀形容一点儿不为过，偌大的两层楼房几十张餐桌，只有三五桌老食客在用假牙或者即将没牙的嘴巴，回味着过去的味道。两人点了两样馅儿的包子，一个汆白肉，一个血肠蘸蒜泥，边吃边聊。

侯聪聪说：“我想好了，我要报考北京外经贸大学的研究生。”

乔小盼颇感意外，停止咀嚼，拿着汤勺的手举在半空，看着侯聪聪低头喝汤。

侯聪聪看他一眼，说：“你呢，想好了没有？”

乔小盼说：“原先没想好，但现在想好了。”

侯聪聪含情脉脉地看着他，歪头说：“咋的，灵光乍现，脑洞大开啊？”

乔小盼在桌下抓住她的手，侯聪聪脸庞羞红了，小手在他大手心里扣了扣，说：“我知道了，你这个哈工大毕业生肯定是考北京的院校，因为论理工科，我看也就清华是天花板了。”

乔小盼听她这么说，眼神突然变得迟疑，就坐到她这边，把她的手拿到桌面上紧紧握着，说：“啥天花板地花板的，只要努力学习，在哪儿都一样。”

侯聪聪把脑袋靠在他肩膀上，温柔地说：“我想好了，咱俩一起到北京读研，毕业后如果不能留在北京，就去深圳或者杭州，哎，现在成都也不错，那也是个选项，行，咱就把成都作为备选城市吧。”侯聪聪仰脸看着乔小盼，眼里充满无限的憧憬。

乔小盼咳嗽了一声，说：“聪聪，我想报考省农学院的研究生。”

“什么？！”侯聪聪诧异地看着他，眼光像不认识似的陌生，继而恼怒地说：“你有病吧，小盼，你可是哈工大的高才生啊，你啥意思啊，不想与我比翼齐飞啊？”

乔小盼来到柞树村的时候，并不知道父亲的大棚木耳遭受到了巨大损失，他是想来散散心的，却不想目睹了如此的凄惨状况。其实，他之所以来柞树村，是因为在报考研究生的问题上，与侯聪聪发生了激烈的争执，那次两人不欢而散后，她就再也不搭理他了，即使乔小盼打了几十个电话，她也不接。后来他实在憋不住了，去黑大找她，可她避而不见，让他吃了闭门羹。郁郁寡欢地回到学校后，乔小盼度日如年，虽然课程还在继续，但身边同学都在偷偷复习考研，而他们越是议论纷纷，他越是想起与侯聪聪的分歧，越发感到头疼。于是他找了个托词，跟学校请了假，提前回到东和县。

临走前，他给侯聪聪发了个短信，告诉他自己提前回家，他那时还幻想，也许侯聪聪看了这个短信，她会心软，会跟他联络的，如果那样的话，他就不回东和县了。可是短信发出去两天，也没见她回音，他知道她是真生气了，但他又不想放弃自己的决定，便愁肠百结地踏上了回程。

可是，在县城也没多大意思，整天面对姥爷，思想观念和思维方式存在巨大代沟，两个人交流起来颇为费劲，难有共同话题。加之对侯聪聪的思念日甚，乔小盼越来越感觉无聊，大有如坐针毡之感。于是他来到了柞树村，想到这青山绿水间走走，排解一下心中的郁闷、苦闷。但他却没想到，父亲视若生命的大棚木耳，差点儿遭受灭顶之灾，而父亲此时却远在千里之遥的藏南，鞭长莫及，于是他心疼了，平生第一次为父亲的黑木耳而睡不着觉。

那时，曲霉病基本被徐莲蝶和赵毅他们扼制住了，施救进入尾声，乔小盼每天天不亮就跟着拌药、喷药，然后掀开塑料膜通风，接着挑拣出受病的菌袋，用农用三轮车拉到率宾河边，浇上汽油焚烧。晚上忙碌到天色擦黑，无法再工作了，他们才收工。徐莲蝶回家给徐锡坤做饭，乔小盼在菌地跟赵毅他们一起吃晚饭，然后钻进塑钢房酣然入睡，一觉到天亮。一周时间下来，曲霉病总算彻底控制住了，但乔小盼却像变了个人似的，他从一个白净的大学生，变成了一个脸色黧黑、头发像鸡窝、身体散发出酸臭味道的庄稼汉。这天中午吃饭时，徐莲蝶看他穿着乔福林的工作服，与一周前来时判若两人的样子，心疼了，说：“小盼，下午你回小洋楼歇歇吧，好好冲个热水澡，闷头睡一觉。”

乔小盼说：“我没事，徐姨，我一个大小伙子，正应该锻炼锻炼，倒是您，我真该替我爸谢谢您了，您放下家里的机械厂不管，日夜为我家的黑木耳操劳，您真是乐于助人的活雷锋啊！”

乔小盼说得不错，这些日子忙碌在菌地里，徐莲蝶真是操碎了心，她不仅要想办法配药灭菌，还担惊受怕，便苍老、憔悴了许多，她笑了笑说：“孩子你说见外话了，我还成活雷锋了，你真是高看我了。你爸在藏南为藏民致富搞黑木耳试验，他才是大公无私，活雷锋呢！”

乔小盼听她这么夸奖父亲，心里也觉得父亲很了不起，就说：“徐姨，我爸是挺值得骄傲的，但你同样也很了不起。我说的是真话，绝不是虚情假意忽悠你。”

徐莲蝶笑说：“好好好，徐姨知道你说的是真话，你是个好孩子，听话啊，赶紧回小洋楼冲澡，休息一下，你这个小家雀儿，身子骨还没长成，累坏了身子骨影响发育。”

乔小盼还不想回去，徐莲蝶皱起鼻子说：“一个星期没洗澡了吧？快去洗洗吧，这馊味直打鼻子。”

乔小盼还是没有回小洋楼，他从塑钢房里拿了父亲用的毛巾和香皂，朝北边的率宾河走去。徐莲蝶望着他高大的身形，俨然是年轻时乔福林的样子，不由得眼圈泛红，自言自语说：“活脱脱一个模子里刻出来的，好孩子，真是个好孩子。”

时令已经进入六月，河水经过上午阳光的烘烤，变得温温柔柔，乔小盼脱掉衣服扑进河里，一口气游到对岸。这里的岸边是一片金色的沙滩，脚丫子踩在上边热热乎乎，特别舒服。乔小盼在沙滩上躺下来，闭上眼睛，耳朵听着一两声鸟鸣，很快进入梦乡。

改变主意

越野大吉普再次轰鸣起来，只不过这次驾驶它的不是主人乔福林，而是乔小盼。现在，越野车大吉普已经载着他走过了东和县二十多个村屯，这些村屯都是黑木耳栽培大村。

其实，这个想法是乔小盼那天在率宾河洗澡时突然萌生的。当时洗完澡，他正要拔腿回菌地吃午饭，但他的脚步一下就被眼前的景象捆住了，他看见成堆的、连绵几千米的废弃菌袋，被胡乱丢弃在河边，蚊蝇飞舞，气味难闻，污水横流，寸草不生，给河滨生态造成了巨大污染，乔小盼心里五味杂陈。他想这才十来年工夫，率宾河就造成这么大的污染，那长此以往呢，还了得？再一想，他就吓了一跳，因为据县电视台宣传，今年东和县预计发展黑木耳十二亿袋，这是一个多么庞大的天文数字啊！单单柞树村刚刚两千万袋黑木耳，就造成如此巨大的损失，那么全县呢？再这么盲目扩大下去呢？他简直不敢想象下去。他甚至觉得，有一种愧疚感深深缠绕自己，愧对率宾河，愧对观音岭，愧对东和县的绿水青山，因为这一切都是因为父亲，如果不是当初父亲开辟了栽培黑木耳这条路子，柞树村会有这么大的环境污染吗？

于是当天晚上乔小盼就做了一个决定，他要把全县所有黑木耳栽培大村跑一遍，看看他们是不是也像柞树村一样，将废弃菌袋随便丢弃？一开始，他只是单纯地就废弃菌袋污染而调查，但随着他跑的村屯越多，他的脑袋越大，也越胆战心惊，思考得也越多。数以亿计的、堆积如山的废弃菌袋，被耳农随意地扔弃在田间、地头、河边、沟里、树林、草甸，数量之多触目惊心，造成的环境污染惨不忍睹。到最后，他甚至再见到那些“开膛破肚”的旧菌袋，以及随风飘飞的、零碎的、遍地都是的白色塑料薄膜，他忍不住都要弯腰呕吐，肚子里翻江倒海地难受，忍也忍不住。后来，他发现了更加令人担忧的现象，绝大多数耳农将使用完的农药瓶子，随意丢弃在地头、沟边、河里，农药瓶里残存着农药，散发着刺鼻的味道。遇到降雨，地头破碎的瓶子里残存的农药渗入地下，而那些河边、沟里的农药瓶子被水冲到沟渠，最后汇聚到率宾河里，污染了河水。这是一个严峻的问题，决不能被忽视！

乔小盼用二十二天时间跑了三十七个村屯，情况已经了解，无须再跑下去，于是他在七月初的一天傍晚开车回到柞树村。越野车在葛亚丽的超市（她家小卖店已扩大为超市）门前停下，买了一箱方便面，一箱火腿肠，一箱矿泉水，一箱榨菜，然后来到小洋楼，他打算利用一周时间，撰写一份有关东和县黑木耳产业造成环境污染的调查报告。他想冲个热水澡，好好睡一觉，明天开始写报告。但冲完澡后，吃了一碗方便面，躺在床上他却无论如何睡不着了。脑子异常清醒，全都是二十二天经见的那些惨不忍睹的场面，于是他下床，光着膀子写报告。因为脑子里积累了太多的画面，这些日子又经过反复思考，所以他文思泉涌，下笔如有神。电脑键盘被他敲得当当响，两只手指像两只蝴蝶上下翻飞，又像两只百灵鸟在上下左右跳跃，并敲打出悦耳的声音。就这样，他的手指一直不停地在键盘上敲打，第二天下午两点多钟，他敲完最后三个字，完成了近两万字的调查报告，而最后敲打上的三个字是：乔小盼。

他感觉脖子酸痛，肩背酸胀，肚子也咕咕叫了起来。他拉开窗帘，站在床前，远处的观音岭主峰一下映入眼帘，不知怎的，一股热泪突然布满乔小盼的眼眶。

飞机安稳地降落在哈尔滨太平机场，机舱里变得嘈杂起来，人们纷纷解开安全带，打开手机。曹教授站起来，回头对后座的乔福林和毕得财说：“一下子从青藏高原回来，肯定要醉氧的，也难受。这样吧，晚上我就不请二位吃大餐了，咱们去吃点儿清淡的，你们回宾馆好好休息、调养一下。”

乔福林感觉还好，去看毕得财，发现他脸色潮红，像微醺状态。他说：“吃啥大餐啊，喝碗酸菜汤就行了。这三个月把我想的啊，就想吃一口东北酸菜。”

曹教授说：“那好办啊，我知道一家饭店，农村人开的，大白菜是自己亲属在农村种的，不上化肥不打农药，酸菜也是自己腌的，非常地道，只是那家饭店是小馆子，你俩不嫌弃就行。”

毕得财说：“嫌弃啥呀，我俩从小就吃酸菜长大的，都是农民的后代。”

出了机场，乔小盼和毕佳媛在出口候着（乔小盼给侯聪聪打了电话，希望她陪自己来接机，可她仍然没接），简单介绍、寒暄后，几人钻进机场大巴。

果然如曹教授所言，这家菜馆虽小，但东北菜却做得地道，尤其酸菜炖血肠这道菜，吃得乔福林和毕得财直呼过瘾。席间乔福林问儿子，报考了哪所院校的研究生。乔小盼担心爸爸生气，瞄了眼曹教授，低头啃酱猪骨棒，小声说：“我打算报考省农学院生物工程。”

毕佳媛首先弹簧似的“蹦”了起来，疑惑地看着乔小盼，像看外星人。

乔福林皱了皱眉头，但碍于曹教授是省农学院的博士生导师，不便发火，说：“这是你自己的事，事关你的未来和后半生，你可要想好了！”

乔小盼听出父亲的意思，他对自己的打算似乎不满意，尤其后一句话，乔福林几乎是一字一句咬着后槽牙说的，分量就有些重了。他没有说话，低头闷闷地啃猪骨棒。

气氛就有些尴尬，毕佳媛虽然坐下了，但脸色却很难看，不时用大眼睛剜乔小盼几下。毕得财咳嗽两声，试图打破窘迫，说：“农学院好啊，农学院专门有食用菌专业，对黑木耳的研究处于国内院校顶端，我看这个专业挺好的。”

毕佳媛低声叫了声：“爸，你懂啥啊，就乱炝汤。小盼可是哈工大的高才生啊，报考农学院，那，那……”她突然想起对面桌坐着的是农学院的博导，就截住了话头。

“那什么那？”毕得财绷起脸对女儿说：“农学院咋的？工大又咋的？工农不分家，只有职业的不同，而没有贵贱之别，我看小盼的选择没毛病，将来他学成了，你福林叔的黑木耳事业就有了接班人，挺好。”

“拉倒吧你！”乔福林终于忍不住了，嘲讽道：“你知道个屁！黑木耳，黑木耳，难道你除了黑木耳就不知道点儿别的！”

毕得财被他抢白，也不甘示弱，脖子一梗说：“黑木耳咋的了？没有黑木耳能有你乔福林？能有你今天的辉煌？我看你有要忘本的架势。”

乔福林不想和他争论，说：“得得得，我是我，小盼是小盼，别跟我葫芦搅茄子。”

毕得财还想说什么，曹教授接过话头说：“别争了，你俩争破头也没用，也不是你俩选院校。”两人相互白了一眼，低头呼噜呼噜喝酸菜汤。

曹教授说：“按说工大的高才生，报考农学院的研究生，的确有些匪夷所思，超乎常人的思维，但孩子已经成人了，他想报考哪所院校，必定经过深思熟虑才决定的，是不是小盼？”

乔小盼点点头，怯怯地看了乔福林一眼，发现他一脸愠怒，赶紧躲闪开目光。

曹教授笑了，说：“这样小盼，我也带生物工程的研究生，如果你愿意，等你考试通过后，我可以跟学校说说，让你做我的研究生，如何？”

乔小盼说：“好啊，我愿意！”

乔福林知道曹教授说得有道理，见毕得财也支持小盼，虽然心里想不通，但嘴上就不好再说什么，便狠狠地瞪了儿子一眼，默默地吃饭。

但是，乔福林想破天也没想到，乔小盼很快就让他坠入愤怒的海洋，为此父子二人彻底撕破脸。

第二天中午，火车到达林阳镇，乔福林下车，毕得财继续坐车回县城，回来前林铁一再打电话，说县里要搞第一届黑木耳节，需要他回来帮助筹备。

其实，乔福林还想再在通嘎县待一段时间，他们带去的黑木耳菌种，在当地接种后，正处于养菌阶段，他特别想看看究竟能长成啥样，行不行。可林殿这次却不容他了，背着他买好了三张机票，他不回来也不行了。临行的那两天，县里领导请他们喝酒，敬完酒献哈达，有个乡长对乔福林说：“你们都是我们的好兄弟，好老师，为了帮助我们脱离贫困，你们吃了那么多的苦，乔总你家损失了十几万块钱，你都不回去，你真是我们的好哥们儿啊！”

乔福林知道，他说的是心里话，便也十分感动，邀请他们随时随地到柞树村来考察、学习。他说：“你们黑木耳的事我搞定了，不管付出多大代价，我也要帮你们搞成。”

那位乡长眼泪都流了下来，拍着他肩膀说：“乔总，我信你，你是汉藏一家人的好榜样，你等着，我一定去你那儿取经学习，不让黑木耳在藏区安家，我决不罢休。”

最后，他们把省食用菌研究院的研究生和东和县黑木耳研究所的大学生留下，继续试验，传授黑木耳栽培技术，曹教授和乔福林、毕得财先撤回来。

越野车停在车站停车场，上面蒙了厚厚一层灰，乔福林用抹布把风挡玻璃简单擦擦，开车来到大哥酒楼。乔福森没想到二弟会从天而降，甚是惊喜，看着乔福林几个月不见，就被高原的风吹得粗粝，被紫外线照射得紫红，瘦削的脸庞，他有些心疼，便让毕雪梅安排后灶做几个好菜，说要给二弟好好补补身子。乔福林怕给大哥添麻烦，说：“不用啥大餐，吃饱就行。”

乔福森说：“那哪行呢，雪梅你也来，起瓶好酒，咱跟二弟好好喝几杯。”

乔福林说：“滴酒不喝，只是吃饭。”

乔福森说：“凭啥呀？到家了，自家的酒楼可劲儿造，想吃啥吃啥，装啥假啊！”

乔福林明白大哥的心思，看来不喝点儿，他是不会放过自己的，就实话实说：“我刚从高原上下来，醉氧，喝酒要出危险的。”

乔福森这才罢休：“既然酒不能喝，那海鲜总不能不让吃吧？”

乔福林忙说：“让吃，有啥好吃的尽管上来。”

回到柞树村的时候，太阳刚要落山，一抹晚霞绚丽得像燃烧的火焰，悬挂在牵宾河上空。乔福林直接来到菌地，听到刹车声，两只大狗亲昵地叫了起来。徐莲蝶从大棚里钻出来，说：“大林哥，你可回来了！”说完眼圈一下就红了。

乔福林见她瘦了一大圈，眼角长了两道鱼尾纹，知她日夜为自己的黑木耳操劳，心里一热，说：“辛苦你了莲蝶，这些日子多亏你了。”

徐莲蝶说：“你这么说就外道了，没回家呢吧？”

乔福林迫不及待地钻进大棚，说：“没回，直接来的。”

大棚里的黑木耳已经采摘第四茬儿了，再采一茬儿就收尾了。但即使是最后一茬儿黑木耳，仍像一个个黑色耳朵似的长满菌袋，犹如一朵朵盛开的花朵，惹人爱怜。两个人又来到外边，查看大地木耳。这时赵毅跑过来，看着乔福林，话未出口眼泪先淌下来：“乔总，你处罚我吧，我对不住你了，让你损失了十几万，我，我辜负了你的托付，我是个废物。”

乔福林看见，十几个雇工正在紧张有序地在大地上摆袋，知道赵毅摆布得很有章法，说：“别整那没用的，一个大男人，有点儿出息行不行？”

赵毅抹去眼泪，说：“乔总，我想好了，要不我自己走人，要不我不要工钱，白给你干一年，算是一点儿补偿。”

徐莲蝶当胸捶了他一拳，说：“你这是干啥呀，福林也没说要处罚你呀，走啥人啊？福林我可跟你说，你不在的这些日子，要不是赵毅，你损失得更大，知道不，你心里可要有数啊。”

乔福林说：“我有数。”他转身对赵毅说，“行了行了赵毅，有没有点儿出息？莲蝶说得对，我不但不处罚你，还要感谢你呢！你看看，他指着那些忙碌的人说，你把他们调教得多好啊，都成了熟练的技工了。”

赵毅说：“赵总你这是砢碜我呢，你越是这么说，越是在撵我走呢，我真没脸啊我！”

乔福林一把揽住他肩膀，搂过来说：“咋的？不愿意伺候我了，寻到高枝儿了？还是想给谁家当上门女婿去啊？”

赵毅破涕为笑，说：“给谁当上门女婿啊，谁要我这个打工仔啊？”

乔福林笑说：“你还算有自知之明。好了，别再自责了，在我这儿好好干几年，多挣点儿钱，说个漂亮媳妇，到时候我给你包个大大的红包。”

《黑木耳赋》

一天上午，林铁和县黑木耳办的几名工作人员来到柞树村村委会，侯宝山让孙俊把乔福林和徐莲蝶喊来，林铁传达了县委的决定：为了办好第一届黑木耳节，除了主会场在县城外，决定在林阳镇和柞树村设立两个分会场。他这次带人来，一是传达指示，二是为分会场做前期准备工作。林阳镇好理解，主要是参观黑木耳交易大市场，可是柞树村此时已经不是全县最大的黑木耳栽培村了，分会场设在这里，让侯宝山和乔福林他们吃惊不小。林铁似乎看穿了大家的心事，说当初讨论这个问题时，大家的确出现了分歧，但最后郭伟忠决定，说之所以把分会场安排在柞树村，主要因为这里是全县乃至全市全省（受东和县影响，全省已有许多地方开始栽培黑木耳）人工栽培黑木耳的发源地，而且创始人乔福林还在这里，具有溯源的典型意义；另一个理由是，乡村科技能人徐莲蝶建立的黑木耳机械厂（发明了脚踏滚筒式打眼儿器等）就在柞树村，是绕不开的；第三个理由是，东和县黑木耳栽培技术领先全省八九年（比如乔福林现在搞的黑木耳大棚吊袋技术），相关机械化、半机械化技术（徐莲蝶相继又发明了十几项新技术）领先全省四五年，而策源地就在柞树村，即使大会不安排在柞树村，许多参会的人也要来取经；第四个理由是，柞树村作为全省第一个人均纯收入超过三万元的先进村，而且建起了成片的小洋楼，建起了比市里养老院待遇还好的敬老院，建起了漂亮的文化、民俗广场，等等，是全省新农村建设遥遥领先的一面旗帜，是全省农民心中的致富“圣地”，因此要想让全国各地嘉宾一饱眼福，柞树村是非去不可的。

让郭伟忠这么一总结，在座的村委会成员都感到脸上有光，自豪又骄傲。侯宝山更是喜不自禁，说：“不说不知道，一说挺自豪，挺幸福，好，我们完全支持县委的决定，尽最大努力把分会场办好。”

新任村委会主任孙俊说：“老支书说得对，林书记你就发话吧，你咋指挥，我们咋办，绝不给县里抹黑丢脸。”

林铁笑了，说：“我指挥啥，县里成立了指挥部，郭伟忠书记和县长担任总指挥，亲自上阵，出台了详细的会议方案，到时候会派人来现场指导的。”

目送林铁一行人离开，侯宝山和村委会成员回到办公室，徐莲蝶拔腿朝机械厂走去，她想届时肯定会有许多嘉宾和耳农来参观，而最近忙于乔福林大棚受病木耳的施救，疏于机械厂的事，尤其厂容厂貌和内外卫生，应该不太像样子，她想赶紧回去布置一下，以崭新的面貌迎接全国嘉宾和耳农，说不定借着黑木耳节的东风，还能把自己的机械产品推向全省呢。可她刚走两步，就被身后的一只大手拽住了胳膊，徐莲蝶差点儿一个趔趄，脸色通红地刚要恼，看见乔福林一脸灿烂的笑容看着自己，就打住了话头。

乔福林说：“想跟你商量点儿事，一转身的工夫你就走了。”

徐莲蝶问：“啥事？”

乔福林说：“县里把分会场安排在柞树村，对我们是个莫大的荣誉，我很高兴。”

徐莲蝶说：“可不，这说明县里对咱村高看一眼啊，大林哥，其实县里这么安排，还是看在你为全县农民开了一个好头，做出了表率。”

乔福林想逗逗她，便高举右拳，像呼喊口号一般说：“那是，那是！”

徐莲蝶看着他的样子笑说：“说你胖你还喘上了，那是那是，小孩子啊你？”

乔福林说：“不跟你开玩笑了，是这样，既然县里如此看重咱们，我觉得咱们黑木耳协会不能掉链子。”

徐莲蝶何等的聪明，眼马上放光亮，兴奋地说：“你是说，咱们黑木耳协会得为分会场做点儿贡献？”

乔福林瞅瞅左右没人，便快速地弹了她一个脑瓜崩：“聪明，知我者莲蝶也。”

徐莲蝶的脸羞得像朝霞，赶紧左右看看，还好没人看见，她低头羞涩地说："干啥呢你，像个小孩儿似的顽皮。"

徐莲蝶见他痴痴呆呆地望着自己，眼里满是柔情蜜意，心都融化了，但她还是温声说："你说吧，咱黑木耳协会出人，还是出钱？"

听女儿说东和县首届黑木耳节的分会场要设立在柞树村，老校长徐锡坤激动万分，兴奋不已，心中似有千言万语要倾诉、表达，感慨之余他连夜挥笔，一气呵成写出一篇奇文《东和县黑木耳赋》：

白山余脉，千年古城[①]。国境界河，百载东和[②]。物华民殷，人杰地灵。南毗吉林，东界俄邦。西通牡市，北望三江。口岸明珠，民贸龙江称雄；商贾蜂拥，诚信华夏驰名。七千锦绣，万岭翠拥，虎鹿獐熊，烟斜岚横。率水腾澎，千溪叠淙。雨润风调，柞榆桦松。享口岸名城之盛誉，博塞北江南之美名。史为边陲重镇，旧有军事要塞[③]。人文达畅，古来民风淳朴；敢闯国门，今朝商海猛勇。东海清风熏面，西巅丽霞沐心。空晴日朗，绿茂草丰。燕啼鸠鸣，佳木葱茏。五排[④]不墨成画，洞庭[⑤]天凿美景。春华秋实，柳浪闻莺。鱼肥禾壮，瓜甜果红。机耕黑土，沃野稻香飘飘；网捕清流，界河渔歌袅袅。

九山半水[⑥]，林森河净。天赐宝地，自然福成。柞荫蔽日，菇珍耳名。溯本远唐[⑦]，便闻人工栽培黑木耳。东和黑耳，早播盛荣。其土黑，其柞墨，固其耳如墨染。质优肉厚，其状似耳，因其得名木耳。奇兮！先只山民林间捡拾，此原始黑木耳也，即贡品山珍是尔。至二十世纪七十年始，东和

---

①古城，唐时"渤海国"率宾府位于今东和县大城子村，固有千年历史。

②东和系一九一三年建县，迄今已有九十六年历史。

③指二十世纪三四十年代，日本关东军在东和县沿边境修筑的亚洲最大军事要塞群。

④五排，道河镇之五排古山城。其得名有多种说法：一说为战国时期沃沮人为防御北方的挹娄人所筑，二说是隋唐时女真人为防高丽所筑，三说是辽金时期所筑，四说是二十世纪四十年代抗日联军曾有五个排的兵力驻扎，五说二十世纪林业工人采伐木材，经率宾河水放木排运送至东和县城，一次能放下五个木排。

⑤洞庭，东和县著名风景区，因二十世纪通往东和县的火车经过此险峻地带要爬大坡，上坡过山洞后用水耗尽，要停车加水而得名，以山势险峻嵯峨、河水跌宕婉转著称。

⑥东和县的地形地貌有"九山半水半分田"之形象比喻。

⑦据说，经过考古挖掘，早在唐朝时期就有人工栽培黑木耳。

方有人工栽培。山上伐柞，坡下制菌。打眼抹菌，摆于草间。及至天保工程，国家限采成柞，黑耳生产萎减。然民求富，势不可挡。究研辗转，熬血煎心。柞村福林，首尝败果。苦钻深琢，竟辟蹊途。锯末成耳，质嘉朵阔。逐步推广，渐开生民富途。

新届党政，胸挂黎生。勠力同谋，倡导栽培黑耳；举县共辅，谋求裕民新梦。佳策励农，当以号令。初淡漠以懵懂，后踊跃而骤增，如率水澎湃，烈焰升腾。山黛水碧，桦白柞青。鸽翔森野，皎云婀娜。田间菌种摆放，溪旁微喷浇灌。红雨沐浴，弥现彩虹。河谷两畔，渐成风景。美哉！夫打眼，妻遮帘，子戏蜻蜓。朝饮甘露，暮浴夕霞。清风催熟，春雨促萌。晨曦芳泽，艳阳呵护。披繁星之璀璨兮，种谷兰之柔情。得财呕血，心系耳农。科技解忧，群众堪幸。百村挥汗，十亿袋栽惠农；两季操碌，十万百姓心荣。春光艳而浩荡，江山秀以峥嵘。得日月之精华，承天地之灵气，吸耳农之血力。终育黑耳，香酣美梦。

野畔采耳，山风纵情。白袋黑耳，蔚为风景。百鸟唱，淙流吟，汗洒黑耳亦心舒；千花嫣，弥野醉，手捧富裕更颜开。夜沾沾而不寐，闻晨鸡而至明。远而望之，势若素渲染丹青；近而察之，情若黑花出银河。观音岭下，率水之滨。绿色天然，矿泉浇灌。耳厚朵大，色墨肉柔。通血管使之畅，降血压谓之灵。全民保健，木耳肴珍。东和木耳，有口皆碑。神州第一，蜚声海内。耳若心花，璨灿神容。嗟乎！良耳有情，价如黑金。脱贫致富，步入小康。小木耳成大产业，深加工著大文章。新策富民，众之福祉。乐业安康，举县繁荣。和谐文明，万家欣而升平；憧憬生活，百业隆而光明。

徐锡坤兴冲冲地把《东和县黑木耳赋》拿给侯宝山看，让他提点儿意见。侯宝山大致浏览一遍，歉意说：“老校长，我是当兵出身，初中文化，你这文章里面许多字认得我，我却不认得它们啊，你让我提意见，不是让我出丑吗？”

徐锡坤想想也是，就想把稿件寄给县报社。侯宝山说：“不过老校长，虽然我看不懂您这高深的文章，但从里面的之乎者也，以及那些我看不懂的文字里面，我还是觉得这文章写得好，大气、豪迈，鼓舞人心。”

令徐锡坤没想到的是，稿件寄出的第三天，他就收到报社总编的电话，说要全文刊登《东和县黑木耳赋》，问他有没有啥修改意见。徐锡坤心下喜悦，连说没啥修改意见，只要你们发表了，我就高兴。结果文章发表的当天，《东和县黑木耳赋》就被郭伟忠看到了，他一连通读了三遍，他觉得浑身通泰，血液通畅，兴致高涨，激动不已。他连忙给林铁打电话，让他征求徐锡坤的意见，看看能不能把他的《东和县黑木耳赋》弄成一个大喷绘，竖立在东和县的县界位置，让那些来东和县的客人一眼就能看到。

徐锡坤当然愿意了，说："只要能为县里的黑木耳节增光添彩，文章随便用，想怎么用怎么用，以后不用再找我商量，我就授权给你们了。"

林铁的版权意识比较强，说："那可不行老校长，这是您创作的成果，是您的心血，我们不能白使用，得给您一笔费用，权当稿费了。"

徐锡坤这下可高兴了，说："稿费不稿费无所谓，您这么尊重知识和创作，我就比啥都高兴。"

没几天，东和县电视台专题部呼啦来了七八个人，扛着三台摄像机，拍摄《东和县黑木耳赋》专题片。他们在柞树村拍了两天，去观音岭拍了一天，回去后连夜制作、编辑，最后请一位中央电视台著名的主播给配音，全部制作完成后，在当晚播出。

这下可炸了，不仅徐锡坤没想到，就是东和县电视台的那些编辑、记者们也没想到，这部专题片会产生如此巨大的震撼效应：专题片播出后的第二天，穆丹市电视台就给播出了，然后省电视台播放，省市日报在头版位置全文刊发，一下子掀起了一股东和县黑木耳热。

郭伟忠听说后十分兴奋，在一次黑木耳节的筹备会上说："老人家说我们要牢牢地掌握枪杆子和笔杆子，真是至理名言啊，我们这些年也宣传报道了许多，但敌不过徐锡坤老校长的一首《东和县黑木耳赋》的力量，短短的一千来字，却在全省掀起了一股东和县黑木耳旋风，太神奇，太了不起了！"

林铁也抑制不住兴奋，说："过去光听说一首好诗的力量能超过一个师，现在看来的确不假啊，如此看来，老校长的这首赋来得太及时了，一定会为我们首届木耳节带来福音，我们一定能开一届圆满的盛会。"

很快，林阳镇的黑木耳交易大市场也在醒目位置竖立起一块巨大的广告牌，背景是观音岭的绿水青山，醒目位置摆放着《东和县黑木耳赋》。

逐渐，一些黑木耳加工企业的外包装盒上，也印上几句黑木耳赋里的诗句，平添了几分文化色彩。

七月中旬的一天，东和县首届黑木耳节盛大开幕。主会场设立在东和县城，城区的主街上张灯结彩，花花绿绿的各式彩旗悬挂在主街上空和路灯杆上，来自全国各地的一千多名嘉宾参加了盛会，尤其令人鼓舞的是，全国食用菌协会的常务副会长、省政府副省长等领导也来祝贺，并发表了热情洋溢的讲话，充分肯定了东和县依托黑木耳富民强县的战略定位。木耳节本着节俭办会的要求，紧凑有序，开幕式简洁隆重，会上，全国食用菌协会常务副会长向郭伟忠颁发了“全国黑木耳第一县”牌匾；会后，食用菌协会理事们经过选举，成立了全国黑木耳协会，郭伟忠当选首届会长。接着召开黑木耳养生推介会，全国著名健康专家和营养专家分别发言，介绍了黑木耳的营养价值，以及药用价值。第二天是两个分会场观摩、研讨，二十多辆客车载着嘉宾们来到林阳镇黑木耳交易大市场，然后来到柞树村观摩、学习。

首届黑木耳节不光引起各级领导和部门的重视，也吸引了众多重量级媒体的眼球，国内所有顶级新闻媒体悉数派员参加、报道，省内媒体更是不遗余力，派出庞大的采访、制作团队，提前几天就来到东和县采场、采访，采写了大量有分量的新闻稿件和长篇通讯，以及人物特写。当然，作为领头雁的乔福林和乡村发明家徐莲蝶、菌需销售公司的佟林，都成为各路媒体长枪短炮追逐的对象。

两个人的借口

毕得财的媳妇放暑假了，每年这个时候都要回东和县住上一个月，帮毕得财打理一下“猪窝”一样的家务，拆洗被褥，晾晒冬衣，打扫房间，总是忙得不亦乐乎，才把他这个家打理得像个人住的家的模样。毕佳媛原本想去外地搞社会调查，但毕得财听说后，鼓励她到东和县食用菌研究所帮忙，筹备首届黑木耳节。开始她不想回这个小县城，但听说乔小盼已回到县里，并一直在柞树村帮助筹备第二分会场事宜，就爽快地答应了。

但在去县城食用菌研究所之前，毕佳媛拐了个弯，去了趟柞树村。姑姑毕雪梅与姑父乔福森去林阳火车站接的站，她与姑姑四五年没有见面了，所以一下火车，就把姑姑吓了一跳，她抱着毕佳媛左看右看，上看下看，就是抿着嘴笑，看也看不够。她做梦也没想到，才几年不见，大侄女竟然出落成一个大美女，欣喜之余不胜感慨。

乔福森看着她喜不自禁的样子，心里也高兴，说：“快点儿回酒楼吧，瞧你，看见侄女光顾高兴了，佳媛恐怕早就饿了。”

毕雪梅喜滋滋地说：“咋的，我就是看不够，你看我这大侄女长的，活脱脱一个大美人，大姑咋都稀罕不够。”

乔福森也感慨起来：“是啊，佳媛是漂亮了，活脱脱你年轻时的模样，校花，肯定是校花，佳媛你跟姑父说，是不是你们学校的小男生，成天乌泱乌泱地围着你转，抢着打溜须？”

毕佳媛无言地笑了笑。毕雪梅白他一眼说：“说啥呢，一高兴嘴上就没有把门的，还乌泱乌泱的，像个大姑父说的话吗？”

乔福森摸摸脑袋，嘿嘿地笑了。

在大酒楼吃过午饭，趁着离晚饭时间还长，乔福森开车拉着毕雪梅和毕佳媛回到柞树村。爷爷虽然前年经历了一次“生死劫”，但康复后身体还算硬朗，看见大孙女拿着那么多好吃的回来看望自己，心里比蜜还甜，乐得嘴巴都合不拢了。一家人唠了一会儿嗑，看时间已是下午四点，乔福森和毕雪梅开车回林阳镇了，毕佳媛则在久无人住的西屋打扫房间。不到一个小时，房间打扫得清清爽爽，而此时的太阳还高挂在西天，毕佳媛信步走出院子，沿着铺着花砖的率宾河堤向东走去。

不一会儿来到“吊水壶”瀑布前，毕佳媛掏出手机摆拍了几张照片，欣赏了一会儿瀑布，就踏上了率宾河的吊桥，向南岸走去。一路打听，来到乔福林的菌地，远远看见乔福林和乔小盼在菌地里忙碌，她加快了脚步。

毕佳媛看见乔小盼拎着一筐鲜木耳，往晾晒架那走，就闪身躲在菌棚后边，待他来到晾晒架前，开始往上面铺撒鲜木耳的时候，毕佳媛突然出现在他身后，在他左肩上拍了下。乔小盼正全神贯注地晾晒木耳，感觉左肩上有人拍了下，可是回头看，身后却没有人影，恰巧这时刮过一阵清风，他以为是风在跟自己开玩笑，就转身继续往晾晒网上铺撒木耳。可是右肩上又被人拍了下，他再回头，还是没有人影，他就觉得不可思议了，难道自己这些天没黑没白地在菌地干活，累糊涂了？还是出现幻觉了？他耸耸肩膀，转身把最后一点儿木耳撒在晾晒网上，打算继续去菌地摘木耳。

可是当他转身的时候，一张白皙、俊俏的脸庞突然出现在眼前，倒把他吓了一跳，手上的筐掉在地上。

毕佳媛早笑弯了腰，捂着肚子看着被吓呆了的乔小盼，哈哈笑。

乔小盼怎么也没想到，毕佳媛不打招呼会从天而降，惊诧之余问：“你咋来了？不是要去外地搞社会调查吗？”

毕佳媛笑得肚子疼，眼泪都笑出来了，话也说不上来，就那么弯腰看着他笑。

菌地离这里不到一百米，乔福林和赵毅他们见一个漂亮的女孩突然出现在晾晒架旁，跟儿子嘻嘻哈哈，就都停住了手，直起腰朝他那边张望。

赵毅问乔福林：“那个漂亮女孩是谁啊？”

乔福林看不清毕佳媛的模样，摇摇头说不知道啊。

一名妇女说：“那还有谁？瞧他们那个亲昵喜兴的样子，肯定是小盼的对象啊！”

前些日子乔福林见儿子情绪低落，郁郁寡欢，茶饭不香，就问儿子，是不是失恋了？乔小盼支吾半天，才说和侯聪聪处了三四年对象，但现在因为研究生报考去向，两人情况好像不太妙，她一直生自己的气，也不接电话。他怕儿子想不开，就安慰他说：“处了三四年，要是黄了确实挺可惜。按理说，咱们老乔家和老侯家是从关里一起闯关东过来的屯亲，是柞树村的三大创立家族之一，以前两家好得不得了，要是你能和他家孙女结亲，自然是再好不过了。但是儿子，爱情是不能勉强的，何况俗话都说人往高处走，水往低处流，如果她要往高处飞，那是无可厚非的事，你就不要再挂念了，以后咱再找个情投意合、三观一致的。大丈夫何患无妻呢？”

乔小盼当时还嘲笑了父亲一句：“哪跟哪啊，还把大丈夫都整出来了，我算哪门子大丈夫啊！”

乔福林见他那个倔强样子，心里不爽，说：“别说人家侯聪聪了，当时就是你爸我听说你一个哈工大高才生，哭着喊着报考农学院研究生，我都想不通。”

乔小盼觉得他磨叨，还嘴说：“我的路我自己闯，用不着你操心。”

乔福林说：“我是你爸，我不操心谁操心？”

乔小盼说：“当初你非要搞黑木耳，我妈和我姥爷都反对，你不是也闯出来了吗？所以我说，你别管我，管好你的黑木耳比啥都强。”

乔福林被他噎得直瞪眼。

毕佳媛做梦也没想到，乔小盼父亲的黑木耳事业会做得如此地风生水起，所以在乔小盼带她参观的时候，她惊讶得嘴巴简直就没合拢过。黄昏的时候，他们从菌包厂出来，不一会儿走上主街。原本六七米的街道，现在已经被拓宽成二十米宽、六车道的柏油路，道路两边的绿化带层次分明，栽植串红、达子香、垂榆、云杉、红松等绿色植物和花卉。两边的商铺、旅店、超市、果店、菜店、肉铺、鱼铺等应有尽有。太阳落山了，天色逐渐暗淡下来，道路两旁的仿古路灯唰地亮起来。这时两人路过一家鲜花店，毕佳媛惊诧道：“哇，原来的穷山沟，现在竟然开起了鲜花店，时髦起来了呀！”

乔小盼颇为自豪地说：“没想到吧？新农村建设取得了巨大成绩，俺们柞树村可是全省第一个人均纯收入超过三万元的村子啊。”

毕佳媛不相信他的话，撇嘴说：“真的假的？还你们柞树村，我咋不相信你的话呢？吹牛皮吧！”

乔小盼一本正经地说：“我没跟你吹牛皮，我告诉你，听村委会主任孙俊叔叔说，人均纯收入接近四万多，还没把我爸的收入算进来，要是算上他的收入，柞树村早就超过四万元了。”

毕佳媛说：“照你这么说，你们村的人均纯收入，难道快赶上省城了？我咋那么不信呢？”

这时前边一家汽车销售店和两家电动车销售店的音响，引起了毕佳媛的注意，她快步走过去，看见玻璃橱窗里各式各样的电动摩托车，以及几款国产轿车，点点头，说：“如此看来，我基本相信你的话了。”

乔小盼说：“听孙俊叔叔说，现在柞树村不仅家家都有电动车，有的家庭甚至有两三辆。”

毕佳媛再次撇嘴，说：“越说越没谱，两三辆？买那么多电动车干吗？”

乔小盼说：“每家最起码得有一辆电动三轮车吧，那是为了运输菌需物资的。至于电动摩托车呢，每家最少一辆，有的家庭夫妻孩子每人一辆，是多少？你自己算。”

毕佳媛说：“照你这么说，我信了。”

乔小盼说：“别说电动摩托了，现在得有一半的家庭，买上了小轿车，甚至有的家庭在林阳镇或者县城买了楼房，孩子在那儿上学，老人在那儿养老，享福着呢！”

毕佳媛说：“怪不得你放着哈工大的研究生不考，非要考农学院的，原来你早算计好了，想回来继承你父亲的黑木耳事业啊。”

其实侯聪聪昨天下午就来到了柞树村，只不过她是悄悄进村的，她把自己包裹得严严实实，进了爷爷家门，就再也没出过门，把自己关在西屋，躺在窗前看书。奶奶齐丽美好久没见到孙女了，现在她突然不请自来，并给自己和老伴儿买了几件新衣服，心里那个高兴劲儿就甭提了，抿着嘴，眯缝着眼睛，咋看咋觉得孙女出落成大姑娘了，越看越好看，越看越稀罕。可跟奶奶亲热一番后，侯聪聪以静心准备考研为借口，躲进西屋不出来了。

齐丽美一会儿进去送杯水，一会儿进去送点儿水果，其实她这么做，就是想趁机多看孙女几眼，多跟她唠唠嗑。侯宝山担心影响孙女复习，阻拦了她几次。齐丽美虽然嘴上答应得痛快，可不到几分钟就坐立不安，又推开了西屋门，拿着把蒲扇送给孙女。侯宝山知她心思，就绷着脸吓唬她说："如果孩子考不上研究生，就是你影响的，耽误了孩子的前程，你要负主要责任。"还别说，侯宝山这一招确实把齐丽美吓住了，她可不愿因为自己的好心，把好事办砸了，于是就去厨房里忙活，打算做点儿营养餐，给孙女补补脑子。

侯聪聪也确实想在柞树村认真复习的，一是吴雅娟到南方洽谈业务，家里太冷清、寂寞；二是柞树村清静、幽静，能让她静下心来；三是这里周边树木繁茂，空气清新，负氧离子高，有利于她提高记忆；四是爷爷奶奶年岁大了，怕孤独，她想来陪伴他们一些日子。但她清楚，这四点理由都是她在潜意识里给自己找的一个冠冕堂皇的借口，而在她的灵魂深处，却有一个无法启齿，却又快把她折磨疯了的"魔鬼"，这个魔鬼已经渗入她的骨髓、意识、睡梦，几乎到了如影随形的地步，让她寝食难安，坐卧不宁，神不守舍，她知道，她已经没魂了，她的魂魄早就被那个魔鬼给盗走了。

自从那次因报考研究生发生争执，她负气不辞而别后，快半年没见过乔小盼的面。一开始她每天都接到他的电话、短信，有时甚至一天十几个，她都置之不理，不给他回音。她就是要耍耍公主的小脾气，就是想治治他，让他知道，自己为这事很生气，很生气！可是随着时间的推移，随着乔小盼一门心思地在东和县三十多个村屯搞调查，他的电话和短信越来越少，发展到后来，他两三天才给她发一条短信（乔小盼参加了黑木耳节青年志愿者，日夜忙于柞树村分会场的布置工作），而从上周开始，他竟然一连八九天没给她发短信了。侯聪聪就慌神了，甚至后悔起来，她恨起自己来，当初为何不接他的电话，为何不给他回复短信？为何那么执拗？现在倒好了，人家烦了，腻了，不愿搭理你了，搬起石头砸了自己的脚，脚上的泡是自己走的，活该！

她的心慌慌的，似乎胸腔被人掏空，并摘除了心脏的那种悬在半空的虚空、慌乱。所以鬼使神差般的，她为自己找了四条理由，来到柞树村。但来到后，她的心里更加慌乱了。她不知如何是好。她的心里都是乔小盼的画面以及他的音容笑貌，她试想，此时此刻乔小盼在干吗？也在复习吗？

还是在他父亲的菌地里干活儿？他瘦了，还是胖了？黑了还是白了？他是不是也像自己这样，为伊消得人憔悴？

昨天傍晚，她竖起的耳朵从打开的窗子听到，乔小盼和他父亲回到西院的小洋楼，两人有说有笑地进院，然后呱嗒一声关上门，此后再也没有了声音。侯聪聪悄悄趴在窗台上，只露出半截脑袋，向西院偷看。不得不说，这是一座令人赏心悦目并怦然心动的小洋楼，她见过一些别墅，记得那年去青岛表舅家玩儿，表舅带他去崂山景区游玩，在景区外看见一些别墅，其样貌也不比乔小盼他爸的别墅好看。于是，她开始在心里佩服乔小盼他爸，觉得这个高大的男人确实了不起，这样想着，她似乎觉得乔小盼的选择，有那么一丝道理了。

那晚直到齐丽美喊了第三遍，直到夜色已深，侯聪聪才极不情愿，又极度失望地从西屋出来吃晚饭。

今天早上天刚亮，侯聪聪还在睡梦中，西院的门就被打开了，接着听见两个人的脚步声走出院门，走过爷爷家的院子，向东走去。脚步声很快淹没在雄鸡的啼鸣声中，支棱着耳朵的侯聪聪怅然若失地坐起来，看着窗外铅灰色的黎明发呆。

后悔死了

中午，乔小盼在父亲的菌地里吃饭，侯聪聪没有听到那个熟悉的脚步声和富有磁性的男中音，躺在西屋炕上傻傻发呆。傍晚的时候，侯宝山从外面回来，说在刘石头家园子里摘了点儿李子，拿回来给孙女解馋。不一会儿，齐丽美端着洗好的一盘李子进来，见侯聪聪脸上盖着一本书躺在炕上，以为孙女学习累了，轻轻叹息一声，把书本拿下来放在她耳边，悄悄出门。

奶奶走后，侯聪聪把书重新盖在脸上，脑子里全都是乔小盼的影子，晃来晃去，或笑或恼，烦死了。于是她一骨碌下炕，披上外衣就往外走。侯宝山和齐丽美正在外屋说悄悄话，说这孩子是学习累了，还是有啥烦心事啊，怎么连饭都不爱吃了？

见孙女风风火火要出门，齐丽美问："你干啥去？不吃饭了？"

侯聪聪前脚已经迈出门槛，扔下一句话就出了门，她说："心烦，出去散散心。"

望着孙女的背影，老两口面面相觑。

侯聪聪出了门，在院门外停住脚步，侧耳听西边样楼里的动静，想以此判断出乔小盼回没回来。可是没有动静，小洋楼死一般寂静。她戴上墨镜，迈开脚步，漫无目的地走出胡同，不知不觉间来到主街。她走了几步，一阵肉香钻入鼻孔，她扭头朝东边的一个胡同看去，发现那个胡同挂着几家烧烤店的牌匾，看起来这是柞树村的烧烤一条街了。肚子里的馋虫被肉香勾了起来，一个劲儿搅动，咕咕叫，她信步朝一家干净且客人较多的串店走去，想撸几个肉串。可是没走几步，她就像见了阎王似的逃开了。

侯聪聪把自己藏在一株高大茂盛的冷杉树后，眼睛一眨不眨，看向那家烧烤店门前的街道。

她看见了乔小盼，当然还有他身边的毕佳媛。两个人正有说有笑地走出串店，每人手里拿着几个肉串，边吃边聊，似乎聊得很开心，尤其毕佳媛，脸上都笑出花来了。

看着他们像情侣般的亲昵，甜蜜蜜的样子，并肩走过她身前的冷杉树，侯聪聪的眼泪如泉水般喷涌而出。她想悄悄跟上去，或者朝乔小盼大喝一声，但腿却像生了根似的，牢牢地焊在地上。也许是怕他俩发现自己，侯聪聪变得鬼鬼祟祟，心惊胆战，似乎做了什么见不得人的事。

侯聪聪是一路哭着回到爷爷家的。她感到无尽的委屈，无尽的悲伤，乔小盼，你是个浑蛋！天底下最大、最可恶的浑蛋！她在心里一遍遍地骂着，抬头就看见了西院的小洋楼，猛然间她彻底崩溃了，瘫软了，她开始憎恨起自己，活该，真活该！侯聪聪，是你先不搭理人家的，是你不接电话、不回短信的，是你摆出一副恩断义绝的架势的，现在人家跟毕佳媛好上了，你活该，你自作自受！你就是肚脐眼拔罐子，不知抽的哪门子风（疯）。侯聪聪狠狠地在胳膊上掐了一把，又掐了一把……

毕佳媛走后，乔小盼继续到菌地干活。这天上午，侯宝山骑着电动摩托来了一趟，说下午村里开始忙活分会场的事，要乔小盼吃完午饭去村委会报到。吃过午饭，乔小盼发现身上的汗泥味儿有点儿重，就来到率宾河边洗澡。乔福林也跟来了。爷俩下水，朝对岸游去。乔福林说："真没想到，佳媛这孩子出息成这样了。"

乔小盼游得快，超出乔福林一个身位，听见父亲说话就放慢了速度。

乔福林说："菌地的人都说，你俩是对象，真的吗？"

乔小盼说："别听他们胡说，我俩哪是对象啊！"

乔福林说："我看佳媛这孩子挺好的，你得财大爷也稀罕你，总说要让你给他当姑爷，你忘了？"

乔小盼当然忘不了，自打他记事起，只要是两家人见面，毕得财都把他搂在怀里用胡子扎他脸，再不就让他骑脖颈，让他叫"老丈人"。小的时候不知"老丈人"是啥意思，他让叫就叫，等到后来稍大，知道了含义，就不再叫了。但即使如此，毕得财也特别喜欢他，不是掏钱让他和毕佳媛买糖吃，就是跟他弹脑瓜崩玩儿。乔小盼知道他的“险恶用心”，又见毕佳媛那时长得像个黑泥鳅，又小又瘦，不仅没有感觉，叛逆期后便生嫌弃，懒得跟毕佳媛玩耍。有时毕佳媛牵了他的手，把他厌恶得不得了，似乎牵着他的不是一只温热的小手，而是一只毛毛虫，赶紧把手躲开，或者在衣服上反复蹭蹭，以为这样做就能把她的体温、体味和心中的嫌弃蹭掉。

想到这儿，乔小盼笑笑，说：“那是你们两家大人的期盼，但我真的对她不来电啊。”

乔福林问：“佳媛哪点儿配不上你了？我告诉你，要是人家佳媛看上了你，是你小子烧高香了。”乔福林说到这儿突然想起一个问题，说，“咋的？你是不是还没忘记侯宝山的孙女？要不，你不能连佳媛这么漂亮、懂事的女孩子都看不上，是不是？”

乔小盼没搭腔。因为他的心里突然晴转多云，继而狂风大作，暴雨如注。聪聪，聪聪，你在哪里？你现在怎么样了啊？

乔福林见儿子不搭话，知道说到他心里去了，说：“人有脸树有皮，既然人家看不上你了，不搭理你了，你也别像狗皮膏药似的，当断则断吧。”

乔小盼不知道如何跟父亲说，就一个劲儿地划水，默默地游泳。

“说话啊，你哑巴了？”乔福林见儿子只是用力划水，而不愿意回答自己的问话，有些不高兴。

“唉，我的事你不用操心，我心里有数。”乔小盼说。

“有数？我看你没数！”乔福林气哼哼地说，“佳媛多好的姑娘，咱们乔、毕两家又是世交，你还挑啥？一个农学院的研究生，人家是哈工大的研究生，将来读完博士，落下你十万八千里，你还挑人家？人家不挑你就不错了！”

“你咋那么啰唆呢？”乔小盼说，“说了不用你管，就不用你管！”

“还不用我管，我不管你谁管你？”乔福林说，“别以为你读了大学就翅膀硬了，我告诉你小盼，就是将来你读了博士，我也是你爸，也得管你，信不信？”

乔福林游了几米没听到回音，回头一看，发现乔小盼已经往回游十几米了。

郭伟忠和林铁是在黑木耳节结束后的第二天，来到柞树村的。侯宝山以为书记来视察，就让会计去喊村委会主任孙俊。林铁说不用招呼他，我们不找他。

侯宝山想，不是来视察的，那书记来柞树村就是来找乔福林的，就让会计去喊乔福林。

林铁说："不找他。"

侯宝山愣住了，看着他俩懵懂地说："那，那两位领导来这里有何贵干呢？"

郭伟忠笑了："乔小盼，我们是来找一个叫乔小盼的大学生。"

"乔小盼？"侯宝山一时蒙住了，想不起柞树村一千多个村民，有个叫乔小盼的人。

会计也疑疑惑惑地摇头，说："姓乔的？没有，俺们村压根就没有叫乔小盼的村民啊。"

郭伟忠提示说："他是一名大学生，再想想。"

会计说："大学生，又姓乔，那就只有乔福林的儿子了，但是他也不是俺们村的户口啊。"

侯宝山恍然地笑了，一拍巴掌说："可不是呗，乔福林儿子的小名叫盼盼，乔小盼，小盼，对了，就是他。"

不一会儿乔福林开着越野车来到村委会，车门打开，他和乔小盼走下车。刚才他接到侯宝山电话，问他的儿子是不是叫乔小盼？他说是叫乔小盼。

侯宝山说："赶紧让他到村委会来，郭伟忠书记找他有事。"

乔福林愣住了，这个臭小子惹了什么祸，让县委书记追到这里，就说："侯支书，咋，咋的了，小盼惹啥祸了？"

侯宝山瞄了眼郭伟忠，心里也不知道咋回事，让县委书记和镇书记来到柞树村，但碍于两位领导在面前，不好把疑惑说出来，就说："来就知道了，赶紧让他来吧。"

乔福林喊乔小盼过来，启动越野车让他上车。乔小盼感到莫名其妙，说："干啥去？"

乔福林绷着脸，不耐烦地说："别问了，赶紧上车。"

在路上乔福林表情严肃，问儿子咋回事，让郭伟忠追到家门口来了？乔小盼也有些蒙圈，嘀咕说："我哪知道咋回事，我又没犯法，瞧把你吓的，脸色煞白，像我要被逮捕了似的。”

乔福林说：“你别跟我贫嘴，说实话，在学校是不是捅娄子了，犯了事，跑到我这山沟里试图躲起来？我就说吗，你小子咋突然这么有孝心、懂事了，起早贪黑地帮我打理菌地的事，还这么听话，原来你是在学校惹祸了，老实说，你到底惹啥祸了？”

乔小盼一脸无辜地看着他，说：“瞎说啥呢，还说我惹祸了，跑你这躲起来了，我真服了你，想象力也真够丰富的。”

看着他一脸不在乎的样子，乔福林生气了，说：“你少跟我贫嘴，说，你到底惹啥祸了？”

乔小盼见他一再诬赖自己，也火了，大声说：“你让我说啥，没惹祸就是没惹祸，难道你还要给我安个‘莫须有’的罪名？”

乔福林见他这副样子，愈发恼火，说：“你就这副德行吧，死猪不怕开水烫是吧？那好，一会儿到了村委会有你哭的，到时候我看你还嘴硬不。”

下了车，乔小盼左顾右盼，乔福林推了他一把，像押犯人似的把他“押”到村委会。

一份调查报告

乔福林把乔小盼“押”到村委会，两人都怀着忐忑的心情。

令乔福林万万没想到的是，郭伟忠见乔小盼进来，早早站起来打招呼，脸上还布满笑容地与乔小盼握手，然后亲热地拉他在身边坐下。

侯宝山也蒙圈了，乔小盼还是个孩子，是个还有一年才毕业的大学生，他有何德何能，让一个县委书记这么谦恭、热情地与他拉手啊？

乔福林拿眼神与侯宝山交流，问他到底咋回事，侯宝山回了他一个眼神：不清楚。

但很快他们就清楚了。郭伟忠让随行的研究室主任拿出一份厚厚的打印纸，上面布满蝇头似的小字。郭伟忠接过材料，宽厚而温和地对乔小盼说：“《关于对全县黑木耳菌袋严重污染情况的调查》，是你写的吧？”

什么？这小子竟然写了这么一篇文章？居然说县委县政府大力发展的黑木耳产业是严重污染？这还了得！这不是跟县里唱反调，瞎扣帽子吗？侯宝山首先就吓傻了眼，心想这小子太胆大妄为了，难怪书记亲自到场呢，这是问罪来了。

乔福林也被吓坏了，心里当时就“咯噔”一下，心想这个小兔崽子，路上还梗着脖子跟我吼，说没惹祸，这还不叫惹祸啊？这都捅了大天啦，我的天哪！他狠狠地瞪了乔小盼一眼，心说你就作吧，不知天高地厚的玩意儿？

乔小盼也颇感意外，自己一个小小的调查报告，竟然惹得县委书记亲自出动，他也不知是福是祸。但看侯宝山煞白的脸，以及父亲愤怒的眼神，他知道自己惹祸了。但他的倔强劲儿上来了，心想好汉做事好汉当，是我写的就是我写的，行不更名坐不改姓，况且我写的都是亲眼所见，没有半点儿虚假或臆测，就是将来被抓起来，我也这么说。

于是乔小盼脖子一梗，生硬地说：“是我写的，咋的吧？”他那副样子，像个准备决斗的野牛。

侯宝山吓坏了，说：“盼盼，你咋能这么跟郭书记说话呢？道歉，赶紧跟郭书记道歉！是你当时头脑发热，犯了糊涂写的，快说？”

乔小盼说：“我又没犯法，干吗道歉啊？我没糊涂，我头脑清醒得很，我就是要把这个实情告诉县委，黑木耳已经给东和县的环境卫生造成了十分严重的危害。”

“兔崽子你！”乔福林站起来，恶狠狠地指着乔小盼。

郭伟忠敲了敲桌子，示意乔福林坐下。

乔福林朝郭伟忠抱拳拱手，歉疚地说：“郭书记，对不起，您大人不记小人过，别跟他计较，他一个孩子，瞎写的。”

“是啊，郭书记您大人有大量，小盼还是个孩子，您就饶了他吧。”侯宝山也站起来求情。

郭伟忠知道他们误解了，就哈哈大笑起来。林铁和研究室主任也笑出了眼泪。侯宝山和乔福林越发摸不着头脑，站在那里笑也不是，不笑也不是，脸上的表情比哭还难看。

林铁擦去眼泪，哭笑不得地说：“你俩快坐下吧。我们这次来，是感谢乔小盼同学的，你们误会了，真是乱起哄。”

郭伟忠说：“乔小盼同学了不起，值得表扬。”

乔福林和侯宝山这才镇定下来，脸上的表情明显放松了许多，乔福林用袖子擦去额头上的汗，才感觉后背凉凉的，原来他早已全身湿透了。

郭伟忠对乔小盼说：“接到你的调查报告后，其实我当时很恼火，甚至觉得你这是跟县里的战略部署唱反调，是抹黑我县蓬勃发展且深受广大耳农欢迎的黑木耳产业。但我很快就冷静下来了，因为没有调查研究就没有发言权啊，我就派研究室同志到一些主要黑木耳村屯进行暗访，拍摄了照片，掌握了第一手资料。结果，令我大吃一惊，与你调查报告里写的一模一样，我感到十分汗颜，深深的自责啊！”

郭伟忠转过身，对大家说：“我们应该感谢乔小盼同学，不夸张地说，现在像他这样有思想、有见地、有责任感，又善于思考、敢于承担、敢说真话的年轻人，真是不多了。老支书，乔总，说实话，看到小盼同学的调查报告，把我县黑木耳产业带来的负面效应，主要是指环境污染问题，调查得透彻，分析得精准到位，更难能可贵的是，小盼同学还对我县如何治理污染，以及科学、有序地发展黑木耳事业，进行了初步的探讨，并提出了解决方案，让我们警醒，提出了忠告，也为我们及时发现问题，减少损失和及早治理提供了素材，敲了一记重锤，非常好，我特别喜欢。”

乔福林没想到这小子会这么有出息，竟然偷偷干了件这么大的事，心里是既惊又喜，不由得向对面的儿子多看了几眼。这是他几年来第一次认真地端详儿子，发现他不仅个头超过了自己，而且肩膀也变得宽厚、结实，连日来在菌地忙碌，使得他原本略显稚嫩的面庞，变得有些粗粝、疲倦，脸膛也呈现出高原似的暗红色，脱去了奶油小生或者油头粉面的样子，一点儿也不像个细皮嫩肉的大学生，倒像一个历经风霜的年轻军人。

郭伟忠继续说：“昨天黑木耳节结束后，黑木耳办当晚召开了会议，专门研究了小盼同学的调查报告，为什么这么急呢？因为这是事关我县黑木耳以后能否健康、有序、科学发展的大事，是事关能否因为我们的短期行为，给子孙后代造成危害、留下遗患的大事。但是，这件事也要科学研判，认真摆布，不然会给我们历经十几年艰辛培育才蓬勃发展起来的黑木耳事业带来损害，因此我们决定再深度调研，把那些危害自然环境，或者损害人们身心健康的情况摸深摸透，然后出台一个较为科学可行的政策，或者法规，严厉执行。”

郭伟忠征求乔福林和侯宝山的意见，乔福林表情凝重地说：“我光忙于菌地的那点儿事了，还没注意环保这件事。既然郭书记这么说了，我刚才想了想，觉得脸红。为啥？因为我发展黑木耳最多，扔弃在山沟里和河边的废菌袋也最多，唉，我这是自己赚了钱，却污染了环境，造孽啊！”

郭伟忠说：“这不怨你，你也别太自责，啥造孽啊，你不是没意识到吗，现在意识到了，马上整改也不迟啊，不是有那么一句古话吗，亡羊补牢犹未为晚啊。”

乔福林说：“为了表示支持，也为了赎罪，我愿意拿出一部分资金，对柞树村的菌袋污染进行治理。”

侯宝山说："要说环境污染，我这个当支书的要负主要责任，福林你也不用自责，其实几年前你建菌包厂，就是要减少小锅炉冒黑烟对环境的污染，你已经开始尝试治理和改变，是个了不起的举措。"

郭伟忠赞同他的话，说："老支书说得对，其实乔总的菌包厂就走在了全县治理污染的前列，迈出了第一步，值得肯定。不过林铁，"他把头转向旁边的林铁，说，"老支书的话倒提醒我了，记得去年县文联一位叫'流淌沙金的河'的作者，写了一篇批评我们给老百姓造成空气污染的杂文，虽然笔锋犀利，但很有前瞻性，是对我们善意的批评，只是我们没有引起重视，嗨，回头你找找那篇文章，我要亲自去拜访这位作者，向他道歉。"

林铁在笔记本记上，说："好，我回去就查，不过书记，这篇文章叫啥名字？"

郭伟忠说："如果我没记错的话，好像是叫《黑麻雀》，说全县为了灭菌，几十万个小锅炉冒黑烟，把麻雀都染成黑色的了。"

乔小盼说："郭书记，前几天我开我爸的越野车去观音岭兜风，又发现了一个问题，不知当说不当说？"说完，他拿眼去看乔福林，生怕父亲嫌自己多事。果然，他看见乔福林皱紧了眉头，他就闭上了嘴巴。

郭伟忠瞧见乔小盼有些欲言又止，乔福林皱紧眉头斜了他一眼，乔小盼脸马上红了，额头沁满汗珠，一幅忐忑不安的样子，就笑了，说："有啥不能说的，说，大胆地说，有啥说啥，我洗耳恭听。"

乔小盼清了清嗓子，说："是这样，我发现观音岭路边和村屯附近的树木，还很茂盛，可越往里走，树木盗伐的现象越严重，有的地方已经光秃秃的了，只是被路边和林边的树木遮挡住而已，造成还很茂盛的假象。回来我就想，怪不得现在的率宾河浑得快赶上黄河了，失去了原来的清澈，原来这都是水土流失造成的啊，要是长此以往，那不真成黄河了吗？"

郭伟忠点点头，看着林铁说："小盼同学说的这个问题，值得研究，你布置一下，调研时把这个当成重点。"

林铁答应一声，把这个问题记在笔记本上。

乔小盼见书记这么重视，胆子大了起来，说："原来观音山的河汊因为水质好，环境好，成为国家一级保护动物中华秋沙鸭活动的区域，可我发现，这两年因为水质污染，我们这再也见不到中华秋沙鸭的影子了。"

郭伟忠“哦”了一声，眉头紧锁起来，说：“真的吗？要是这样的话，问题就很严重了，我也知道，中华秋沙鸭是一个地方水质量和空气环境指标的‘探测仪’，有丁点儿污染，他们都不会逗留的。”

侯宝山说：“小盼说得不错，以前没在意，现在想想还真是，中华秋沙鸭好几年不来咱柞树村了，可惜了啊！”

交谈得差不多了，郭伟忠说：“今天不虚此行，见到了有远见卓识，善于思考的新青年榜样小盼同学，我真的很高兴。还有几个参加木耳节的食用菌专家被我留下了，下午我们要开个座谈会，今天就到这儿吧。”

众人随郭伟忠走出村委会，车开过来，乔小盼给他打开车门，郭伟忠走到车门前，说：“小伙子，我很喜欢你，欢迎你大学毕业后，回来建设家乡，报效乡梓，我们需要你这样的有为青年啊！”

侯宝山悄悄向乔小盼竖了个大拇指。而乔福林则送给儿子一个赞赏的微笑。

一个月之后，东和县召开了黑木耳科学发展大会，会上下发了一个红头文件，对全县黑木耳发展做出新规划，明确要求今后全县发展规模将控制在十二亿袋，要向科学栽培要效益，要向精深加工要效益。大会要求各部门大力开展招商引资，引进投资商对污染环境的废弃菌袋进行深加工。另外，大会还要求各乡镇，大力推广菌包厂建设，推广大棚吊袋木耳栽培技术。

乔福林和侯宝山一起参加了东和县黑木耳科学发展大会。会后两人出来，毕得财从后面跑来，招呼他俩到食用菌研究所喝茶，说中午请他俩打牙祭。乔福林把他俩送到研究所，开车去了农贸市场。大约十一点钟的时候，他敲响了李发家的防盗门。

李发打开外屋门，见乔福林两手拎着几个装得满满的袋子，说：“咋又拎来这么多东西？上次你拎来的我还没吃完呢，下次千万别再买这么多了。”

乔福林手上的东西很沉，手指被勒出两道红印，他快走几步来到冰箱前，打开冰箱门想把东西塞进去。可是里面满满的，根本塞不进去多少。他把那些不太新鲜，大约放置半年多的肉食和海鲜，以及烂了叶子的蔬菜清出来，才勉强把带来的鸡鸭鱼肉和新鲜蔬菜放进去。

李发见他清出那么多好东西，心疼了，说："还没过期呢，扔掉多浪费啊，你给我留着，我用盐腌上，慢慢吃。"

乔福林把袋子放在门口，说："您这么大岁数，胃口又不好，多吃新鲜的，这些我拎回去，和雇工们一起炖了吃。"

李发疑惑地看着他，又看看那些肉食说："这么贵的牛羊肉，你给雇工们吃，你也太奢侈了吧？我看还是留着我腌着吃吧。"他弯腰去拎袋子。

乔福林搀住他的胳膊，说："爸你别动了，我那边人多，几顿就消化掉了，再说我也得买肉吃。"

乔福林这才发现，低头的李发已经满头白发了，而且头顶的头发几乎掉光了，他的心不由得一紧，心想李萍去世后老人一直郁郁寡欢，闷闷不乐，老年丧女，白发人送黑发人，岳父承受不了这个打击，衰老得太快了。李发直起腰来，乔福林看见他张开的嘴巴里没有几颗牙了，就说："爸，你咋不镶牙呢？这样吃饭多难受啊！"

李发说："唉，镶啥牙呀，不遭那个罪也不花那冤枉钱了，听说镶一颗牙要好几百呢。再说我三高，吃不了多少肉，也不用啃排骨，主要吃面条，喝稀粥。"

乔福林有点儿难过，觉得这段时间去了西藏几个月，回来又忙于大地黑木耳管理和筹备黑木耳节分会场的事，疏于对老人的照顾了，尤其缺少对他心理上的关怀，就有些内疚。他知道，看似岳父说得很有道理，但其实他是舍不得花那笔对于他来说昂贵的费用，于是说："爸，这样吧，回头我让小盼回来住几天，顺便带你去把牙镶上。"

听到外孙的名字，李发眼里闪烁出喜悦的目光，说："那敢情好了，小盼这臭小子，回来两个月了，只在家住了两天，就跑去搞什么调研，然后做志愿者，唉，你跟他说，姥爷想他了。"

乔福林知道老人的心思，不免为儿子开脱了几句："小盼这阵子可忙坏了，又是志愿者，又在地里帮我忙活，对了爸，小盼搞的那个调研报告，老牛了，县委郭书记看了后，亲自到柞树村拜访、感谢小盼呢！"

"真的吗？！"李发高兴地问。

"可不是嘛，"乔福林自豪地说，"县里对他的报告非常重视，并以他的报告为蓝本，专门出台严厉的文件，上午还召开了全县大会，对我县黑木耳发展重新定位，重新规划，郭书记在大会上还表扬了小盼呢，说他是新一代有为青年，有责任、有担当、有思考，有……还有什么呢？”他似乎忘记了第四个有的内容，搔了搔脑袋，突然想起来了，“哦，想起来了，是有忧患意识。郭书记一连用了四个排比句夸奖他，那评价老高了，弄得我坐在下面脸上发烧，都不好意思了。”

李发越发乐得合不拢嘴了，说：“那有啥不好意思的，这说明咱家小盼太有出息，太给咱家长脸了，真是个好小子！”

冲突的恋情

吴雅娟从南方直接去了青岛。她是在还没洽谈完这笔生意的情况下，突然决定去看望女儿侯聪聪的。昨天晚上，她接到了婆婆齐丽美的电话，说聪聪那晚回家后连饭也没吃，就关灯躺下了。回来的时候，她发现她神色不对，眼睛红肿似乎哭过，可和他爷爷怎么问，她都不说，只是流眼泪。第二天一早，她就乘第一班车回到林阳镇，再打电话，侯聪聪说已经到了青岛她表舅家。齐丽美和侯宝山知道孙女遇到了坎儿，但又问不出缘由，放心不下，她就给吴雅娟打了电话，让她多关心一下孩子，说钱你永远也挣不完，多少是多？但孩子却只有一个，她目前遇到了伤心事，她爸爸又不在了，你这个当妈的不管谁管？

吴雅娟听出婆婆话里的怨气，想想也是自己疏于对女儿的呵护，便心生愧疚，连忙跟婆婆道歉，并于第二天飞到了青岛。

见到女儿吴雅娟吓了一跳，这还是我的宝贝女儿吗？原来那个活蹦乱跳、精力无限、古灵精怪，水灵灵的大姑娘不见了，取而代之的是一个面色蜡黄、萎靡不振、眼神散乱无神的蔫蔫的“病女”，她知道用“病女”这个词形容女儿，不妥也不敬，但她真是这个样子啊！于是，吴雅娟眼圈一下就红了，抱住侯聪聪眼泪哗哗流出来，抚摸着女儿的头发，鼻音很重地说：“咋的了？你这是咋的了聪聪？谁欺负你了？”

这是父亲去世后，母亲第一次如此深情地拥抱自己，如此温柔地抚摸自己，侯聪聪一下悲从中来，伏在母亲肩头泣不成声。

吴雅娟带着女儿上了崂山，她想让这里的美景驱散她内心的阴霾和伤痛，为女儿疗伤。当然还有一点，在表哥家住好是挺好，人家照顾得也很周到，但毕竟娘俩的私人空间有限，她无法了解女儿的心结，更不知她心痛所在。娘儿俩已经很久没有这么开心游玩了，一路攀登向上，游览了太平宫、白龙洞等景区，临近中午的时候，母女俩来到棋盘石。当地村民售卖传统小吃，两人也有些累了，就买了些，坐在山石上品尝。吃完小吃，体力也恢复了，就朝其他景点走去。不一会儿来到一片树林，吴雅娟见林边有条小溪潺潺流淌，就招呼女儿到溪边洗手。洗完手，见女儿心绪好多了，吴雅娟就问她，是不是失恋了？

开始侯聪聪既不否认也不承认，只是痴痴地看着小溪流水不说话，似乎那里藏着什么宝贝。后来在吴雅娟的一再追问下，她才把和乔小盼的事情说了。吴雅娟听说她和乔福林的儿子谈恋爱，心里有些五味杂陈，因为她在心里一直暗恋着乔福林，并打算找个合适的机会跟他吐露心声，可做梦也没想到，女儿竟然已经偷偷地和他儿子谈恋爱，而且已经谈了四年，这让她心里着实浪潮翻涌，不是滋味。但看着女儿伤心的样子，她着实心疼，就安慰道："傻姑娘，小盼不是还没跟你说分手吗？不是还总给你发短信表达爱意吗，这说明啥？说明他心里还有你啊，并没有要和你分手的意思啊，你伤心啥啊？"

侯聪聪还觉得委屈，说："可是，如果他心里还有我，就应该来找我啊，就不应该和毕佳媛卿卿我我的啊。"

吴雅娟说："你啊你啊，让我说你啥好呢？人家这么长时间还给你打电话、发短信，说明他心里还有你。倒是你自己要，不搭理人家，自己玩儿消失，哦，现在你倒埋怨起人家来了，嫌人家不来找你，你一连几个月没有回音，他上哪知道你在哪里啊？"

侯聪聪还觉得委屈，说："那毕佳媛，他咋解释啊？瞧他俩那个亲密劲儿，真闹心。"

吴雅娟说："我好像听说，他们两家走动得很频繁，毕佳媛他爸是乔福林最好的朋友，当初她搞黑木耳产业，还是听从毕佳媛他爸的建议，并在他帮助下发展壮大的。没有啥，我看没有啥，既然两家那么要好，两个孩子之间的关系肯定也会亲密。"

侯聪聪说："那我好像听说，他俩从小是娃娃亲，毕佳媛他爸总让乔小盼管他叫'老丈人'。"

吴雅娟笑了，说：“那是开玩笑的，以前有许多这样的老人，稀罕别人家的孩子没办法稀罕，男女的定个娃娃亲，同性别的男孩就拜把子。这有啥啊？孩子长大懂事了，就当没发生过一样。”

侯聪聪说：“那我听着也觉得怪怪的，烦人。”

吴雅娟见女儿真的很在乎乔小盼，就警示她说：“不过你也别大意，既然忘不了他，还爱着他，就别再跟人家要了。我可警告你啊，耍小孩子脾气会坏事的，往好了说是耍小孩子脾气，说难听了就是作，时间久了，人家当真了，厌烦了，你就傻眼了。”

吴雅娟想让女儿跟自己一起回来，可她还想在青岛玩儿几天，就独自一人乘飞机回到林阳镇。在家休息了两天，收拾收拾屋子，她把乔福林找到林阳镇。她倒不是要跟他说女儿和乔小盼的事，更不能像原计划那样跟他表白自己的心迹，女儿和他儿子的恋情，让她左右为难，她不想在这个节骨眼儿上，跟乔福林提出来，她想先让他们解决好矛盾再说，不然她担心女儿会多想。

乔福林乐颠颠地开车来到她公司，问她啥事？

吴雅娟再看他的眼神就复杂了，有浓情蜜意，又有些躲躲闪闪，说：“我跟一个大客户敲定了初步合作意向，梁老板，记得不？”

乔福林脑子快速搜索一遍，说：“梁老板？是不是你领到柞树村，对大榆树的榆树钱非常感兴趣的那个梁老板？”

吴雅娟说：“是他。别看他年轻，却是个成功人士，他是专门做农产品生意的，全国五百强私营企业，在各地拥有一万多家大型超市，很牛的，我想跟他们合作开发黑木耳产品，深加工，不知你感不感兴趣？”

乔福林惊喜地说：“好啊！我正有此意，只是缺少先进的加工技术和市场，你找到梁老板这个正头香主，很好啊，合作，必须合作！”

吴雅娟说：“他对柞树村的感情很深，对你也很感兴趣，所以我说可能拉你一起合作，他二话不说就同意了。”

乔福林来了兴致，一双大眼睛灼灼发光，把椅子朝吴雅娟这边拉过来，脸就凑到她面前。吴雅娟还是第一次跟他这么近距离接触，甚至感受到了他扑面而来的气息，突然就觉得身上热烘烘的，心里颤了下，就有些心猿意马了。但她很快就镇定下来，假装站起来给他茶杯续水，说："那好，喝杯茶，咱一起去选选厂址。"

乔福林和吴雅娟跑了半上午，最后在黑木耳交易大市场的对面选定厂址，这里北边就是国道，与黑木耳交易大市场隔道相望，是块好地皮。为了加快办事效率，选择厂址时，乔福林把林阳镇党委书记林铁请来，帮着参谋。

林铁听说要建设黑木耳深加工厂，立时来了兴趣，说："既然你看上了这块地皮，我们负责征收，保证以最快速度把土地交到你们手上。"

他们看好的这块地皮，住着十几户农户。吴雅娟也爽快，说："有你这句话，我们就放心了，不过你也放心，我们决不能让老百姓吃亏，会以咱这市场最高价补偿的。"

林铁说："这也是我正要和你们谈的，老百姓积极配合，咱也不能让老实人吃亏。"

乔福林说："这个你一百个放心，只要踏实肯干，并具有一定劳动能力，明年加工厂建好了，我们优先招聘。"

林铁当即把镇里相关领导叫来，一起研究房屋征收问题。他要求他们，下午就进户了解情况，上秋前完成动迁任务，然后镇里做好"三通一平"。

侯聪聪刚与乔小盼和好没几天，两人又爆发了激烈的争吵，她觉得这次自己没错，错的是乔小盼，为此侯聪聪非常伤心，甚至可以用伤心至极、伤心透顶来形容。

乔福林的一巴掌

侯聪聪为了与乔小盼和好，放弃了去北京考研，而是改考本校的国际贸易专业。可当她刚把报考表格填好，乔小盼又做出了一个令她无论如何也不敢相信的决定，他要放弃考研，即使农学院的研究生他也不报考了。这不是乱弹琴吗？侯聪聪再想努力控制情绪，此时也无法控制了，她心中的怒火和委屈像沉积了万年的火山，终于喷发出足以焚毁一切的炽热岩浆，她和乔小盼大吵一架，挥泪而别。虽然乔小盼死死抓住她的手不放，但她仍义无反顾地离他而去。她下定决心了，这辈子都不会再理他。

那天下午，乔小盼去学校找她，她把他视若空气，晾在宿舍楼门口，连看都不看他一眼。晚上回到宿舍，远远看见乔小盼坐在楼门口旁边花坛的瓷砖上，虽有那么一丝感动，但她仍狠狠心，昂头快速朝宿舍门走去。

“聪聪！”乔小盼赶忙朝她跑来。

侯聪聪见状，拔腿跑进宿舍楼。

“聪聪，聪聪！”乔小盼跑到宿舍楼门口时，侯聪聪已经跑进门去。

乔小盼径直朝里闯去，被管理员阿姨挡住了。

乔小盼悻悻地回到宿舍，原本六个人的房间，此时除了他还有一个人。他们已经毕业，相处四年的室友和同学成了分飞燕，天南地北，各自分飞，寻找属于自己的新天地。剩下的室友准备报考本校研究生，成天泡在图书馆里，很少照面。而他作为毕业生，按规定这几日就得离校。

这晚乔小盼失眠了，他有一种预感，他将彻底地失去侯聪聪。他知道这次不怪她，是自己一次次让她失望、伤心，是自己辜负了她。但他又不服气，觉得自己的决定没有错，他不想考什么研究生了，他要尽早投入火热的生活当中，他想甩开膀子干一番事业。其实这个想法，是他在东和县黑木耳节期间萌生的，而让这个想法羽翼丰满并最终下定决心的，是受他在柞树村的经历影响的，尤其后来郭伟忠到柞树村“礼贤下士”，亲自拜访自己后，产生了最终的助推作用，就像火箭升空后进入轨道前，最后那节助推器的猛力一推，才使火箭进入太空。这期间，他亲眼看见了柞树村和其他村屯的黑木耳状况，发展中暴露出的许多问题，让他产生了深刻思考，其中令他不安的，不仅仅是黑木耳产业带来的环境污染和水土流失问题，也有其他问题，比如粗放经营（虽然父亲的大棚吊袋木耳，已经算是科学栽培）和简单管理等，都让他产生了许多试图改变、想要试验的想法。但他又说不出具体问题出在哪里，如何破解，为此他困惑不已。

第二天吃过早饭，乔小盼在农学院不远处逡巡，眼睛专门往饭店玻璃窗上的招工小纸片上盯。转了两条街，他终于在一家招洗碗工的规模较大的川菜馆门前，停下脚步。他没想到，很快就与老板谈妥（因为川菜馆油大，餐具不好清洗，不好招人），每天晚上洗碗，给他免费提供食宿。乔小盼坐公交回到学校宿舍，给那个神龙见尾不见首的考研室友留下一张纸条，简单收拾一下行李，打出租车来到川菜馆职工宿舍。宿舍条件还好，这个房间住着四个人，上下铺，两个学徒工，一个传菜员。

安顿好，乔小盼向农学院走去。他给侯聪聪发了个信息，把川菜馆的位置发给她。乔小盼找到曹教授，说想跟着他到食用菌研究所实习。

曹教授想了想，说：“既然你决心已下，我也不勉强你，原先我还想等你考研通过后，把你招到我门下呢。也好，我尊重你的意见，明天你跟我去研究所，就暂时当我的助手吧。”

乔小盼非常兴奋，他没想到曹教授如此开明豁达，他的助手基本都是博士生，最起码也是硕士研究生，他能破格让自己参与他的试验，说明他还是十分赏识自己的。于是他说：“曹老师，我准备在你这儿学习几个月，然后等到立冬后，我就回柞树村搞试验，你把我那儿当作你们的试验基地吧，随便试验，我不怕失败。”

曹教授为他这想法而高兴，说：“好啊，我支持你，就按你说的办，把你那儿当作我的第二试验室。”

乔小盼抑制不住喜悦，连说好。

“不过，你这想法你父亲同意吗？”曹教授突然想起从西藏回来时，他们父子俩的争执。

乔小盼眼里闪过一丝阴影，说：“我还没跟他正式谈过，不过前些时候我试探过，被他一口回绝了，说绝不允许我回到山沟里与泥土打交道。”

曹教授说：“这样不太好。我看你还是征求你父亲同意后，再来我这儿吧，不管咋的，我和你爸一起在西藏工作了几个月，也算是患难与共的朋友了，如果他不同意你来，我很为难的。”

乔小盼说：“老师你不用担心，我会说服他的。”

曹教授说：“但愿吧。”

十月一长假的前两天，曹教授带着几个博士生在省食用菌研究所的香菇塑料大棚里搞立体化栽培实验，乔小盼跟着打下手。突然毕佳媛来电话，问他啥时候回东和县，想和他一起回去。

乔小盼瞄一眼曹教授，来到大棚外打电话。乔小盼清楚毕佳媛的心意，但他担心侯聪聪知道两人出双入对，她会吃醋。因为虽然现在两人仍处于冷战阶段，但他不想让她多心、难过，就说：“你先回去吧，我不打算回去了。”

毕佳媛有些失望地说：“我自己回去，多没意思啊。”

乔小盼说：“要是怕寂寞，你可以约佟大鹏（他已经是哈工大研究生，正好和毕佳媛是同学）一起回去啊。”

毕佳媛说：“拉倒吧，我可不给他们当电灯泡，影响人家卿卿我我。”

乔小盼笑说：“佟大鹏啥时候谈恋爱了？谁啊？”

毕佳媛说：“能和他一起回林阳镇的，还能有谁啊？侯聪聪呗。”

乔小盼脑袋“嗡”的一声胀了起来，眼前一黑，犹如烧柴炸裂般金星四溅。头晕目眩使得他身体摇晃起来，于是他赶紧抓住身边的一个木桩。话筒里传来毕佳媛的“喂喂”声，他表情痛苦地关上手机。

乔小盼跟曹教授打了声招呼，说头有点儿晕，就先回川菜馆的宿舍了。宿舍里空空寂寂，其他几个人正在菜馆忙活，他鞋也没脱，一头栽倒在床上。

乔小盼蒙头一直昏睡着，噩梦连连，汗湿枕巾。晚上六点多钟，厨师长还没见到他来洗碗，就有些急了，骂骂咧咧地吼人。一个学徒工偷偷出来给他打手机，让他赶紧去洗碗。乔小盼连忙下床，可是脚底下像踩着棉花似的，走路没有脚后跟，不仅有严重的失重感，还感觉浑身发烫，关节和肌肉酸痛，差点儿摔倒在地上。

乔小盼一连在床上躺了两天两夜，喝了两壶热水，被子都被汗水湿透了，才勉强能在地上站稳脚跟。十一黄金周，饭馆食客盈门，上下都忙得脚打后脑勺，可他这个“重要岗位”却失位，弄得老板和他放假的大学生女儿一起洗碗，他觉得特对不起人家，就辞职不干了。晕晕乎乎坐动车回到东和县城，他又在姥爷家躺了两天，在李发的调养和悉心照料下，才恢复了精力和体力。这些天，他虽然躺在被窝里，看似酣睡香甜，但其实一直被噩梦纠缠着。三号这天晚上，喝了两碗姥爷炖的乌鸡人参汤，浑身湿透，感觉身上的力气又“卷土重来”，头也不晕了，就想出来溜达溜达，吹吹初秋的风。走着走着，身边的灯火逐渐稀疏、黯淡，待他抬头，才发现竟然来到县城北边的老城墙下。既然来了，那就上去看看。

老城墙上多了几缕灯光，可能是为了增加其“老旧”的历史沧桑感，也可能迎合、营造这个适合年轻人幽会的氛围，反正这几缕灯光并不绚烂，也不很明亮，投射出老电影里欧洲古城那样的莹白色的淡淡的光亮，十分适合年轻人约会。乔小盼拾阶而上，发现这里果然有几对情侣，或依偎在长椅上缠绵，或依靠在更加黯淡的角落里拥吻。他觉得自己孤身来此有些多余、尴尬，甚至有种不怀好意，或者偷窥的嫌疑。他走到曾经与侯聪聪拥吻时坐过的长椅面前，还好没人，他索性坐下来，脑袋靠在椅背上，仰望着灿烂星河，回响起与侯聪聪在一起时的点点滴滴。

乔小盼是第二天来到柞树村的，他其实想提前两天回省城，早日投入曹教授的科研团队，他要用满满的工作和疲乏来挤掉脑子里对侯聪聪的思念。但他必须在回到省城之前，跟父亲见一面，他知道这种正面交锋是迟早的事，宜早不宜迟，最起码也要提前打个预防针，省得到时让他觉得太突然。

果然如乔小盼所料，当他把自己没有考取省农学院研究生，正在曹教授那实习，并打算明年回来搞黑木耳栽培的想法刚一说出，就遭到了乔福林的强烈反对。父亲像看洪水猛兽一样，睁着疑惑不解的眼睛看了乔小盼许久，终于脸上积聚狂风暴雨，才向他抛出电闪雷鸣。他就是一句话：不行！

坚决不行！怎么说也不行！

因为早有预料，乔小盼尽量把语调放得温和些，说：“爸，你听我说……”

“我不听！”乔福林瞪着乔小盼，以不容商量和置疑的口吻说，“你说破天，我也是不同意，坚决不同意！”

乔小盼想以既成事实来说服他，发扬一点儿“耍无赖”精神，说：“可是，研究生考试已经完事，我也无能为力了。”

乔福林说：“我不管，今年完事，你明年再考。”

乔小盼说：“为啥呀爸？你这么反对我搞黑木耳，究竟是为了啥，总得给我一个说服我的理由吧？”

乔福林说：“没有理由，就是不同意！”他顿了顿说，“如果你非要我给你一个理由，那好，我告诉你，我不希望你再回到这里面朝黑土背朝天，我花钱供你上四年大学，也不是让你学了知识回来摆弄土疙瘩。”

乔小盼说：“摆弄土疙瘩怎么了？你不是也靠摆弄土疙瘩走上致富路的吗？”

乔福林说：“我是我，你是你，别跟我整那些没用的。”

乔小盼说：“我是你的儿子，和你一起搞黑木耳，不是正对路吗？你咋一根筋不同意呢？”

乔福林想发火，但忍住了，说：“儿子，老爸这么做都是为了你好，知道吗？你咋油盐不进呢？”

乔小盼嘟囔道：“还我油盐不进，我看你才是油盐不进，要是我妈还活着，她肯定会支持我的。”

乔福林听他谈起李萍，语调再次放得温柔，说：“孩子，就是为了你妈，你也不能这么没出息啊！难道你忘记了吗？你妈临死前是咋说的，她是希望你将来走出咱这小县城，闯荡出一片新天地，干一番大事业的啊！你忘了吗？还跟我谈你妈，要是你妈还活着，她肯定坚决反对你胡来。”

乔小盼眼圈红了，说：“难道你也忘了吗？我妈临死前交代你，要好好照顾我、关怀我、心疼我，要让我活得快乐、幸福，可是你连我的意愿都不尊重，你让我咋幸福快乐啊！”

乔福林大概觉得他啰唆、麻烦，就有些不耐烦起来，说：“我现在说的是你，你咋说起我来了？像话吗？”

乔小盼说：“可是，许你搞黑木耳，就不许我搞，天底下哪有这种道理！”

乔福林终于忍不住了，气恼地说：“我就是没有道理，你也别跟我磨叽，我是你老子，你就得听我的，我告诉你乔小盼，我就是一句话，不行！不行！”

乔小盼见他这么强硬，憋在心里的怨气和火气就上来了，脱口说道：“你这不是封建家长制吗？一言堂，简直是土匪作风！”

乔福林“啪”地打了他一个耳光，骂道：“兔崽子，你敢说我是土匪？你，你翅膀硬了是不是？我告诉你，不管你长多大，不管你多有能耐，我都是你老子，都不允许你胡作非为！”

乔小盼捂着半边脸，眯缝起眼睛看着乔福林，一直看着。

“看啥看？不服气啊？”乔福林看着儿子印着五个红手印的脸，着实有些后悔，心想再怎么也不能打孩子啊，何况他已经这么大了，就更不应该动手。但他转念想到刚才他“忤逆”的样子，不由得心里又来气了。

惊人举动

转眼大雪节气来了，观音岭接连下了几场大雪，天地万物被一种色彩霸占了，漫山遍野像被上苍铺上了一床厚厚的白色棉被，护佑着棉被下的生灵万物，免受萧寒冻馁之苦，偷偷地、缓缓地孕育迎接着另一个生机勃勃季节的到来。

乔福林再次准备飞往西藏之前，在省城给乔小盼打了个电话，希望能见上儿子一面，他还想做最后的努力，劝说儿子放弃回乡栽培黑木耳，好好复习，明年考取研究生。乔小盼来是来了，但爷俩没说上几句话，就又谈崩了，惹得两个人都窝了一肚子气，不欢而散。

乔福林是和曹教授的一个学生，以及东和县黑木耳研究所的一名研究员一起去西藏的，本来毕得财也要去，但他最近总感觉浑身乏力，脚下不稳，县医院 CT 检查结果为腔梗，林殿就没让他来。出发前几天，乔福林觉得自己和另外两个人都是技术员，纸上谈兵多，实际经验少，就跟赵毅和另一个常年雇工商量，能不能随他一起去西藏，帮助那里的藏民一起发展黑木耳。

赵毅很爽快，说："行，到哪干还不是干啊，我们是打工的，老板咋吩咐我们咋干。"

乔福林说："你放心，我不会让你们吃亏，那里的条件比较艰苦，我给你们开三倍工资。"

林殿和通嘎县的农业局长到拉萨接机，寒暄一番后，他们乘车往通嘎县赶路。在车里，林殿把情况做了简单介绍，说这里的黑木耳试种虽然成功，但耳芽太小，品相也不太好，希望他们这次来帮助解决这一问题。

乔福林他们在通嘎县招待所吸了几天氧，稍微适应了一下高原环境，呼吸顺畅些后，就随林殿和通嘎县农业局的技术人员去了南部牧区。结果这一待就是四个多月，待他来年初春从西藏回到柞树村的时候，发现乔小盼已经“生米煮成熟饭”，差点儿把肺气炸了。

乔小盼是元旦前一天回到柞树村的，临行前他想去趟黑大，跟侯聪聪告个别，再看她一眼。但经历了上周那件事，他又觉得自己有些多余，甚至赖皮缠，就放弃了这个念头。

上周毕佳媛过生日，她邀请乔小盼和侯聪聪、佟大鹏吃饭，饭店是工大附近的一家西餐馆，环境幽雅，客人不多。乔小盼听说也邀请了侯聪聪，犹豫起来，不知道应不应该去，怕见了她争吵起来，破坏了毕佳媛的生日宴会氛围。但思前想后他还是去了，他心里实在想念她，他放不下她，因为他知道自己过几天就要回到柞树村，这一别，恐怕不知猴年马月才能相见，他想做最后一次争取，争取挽回恋人的心。

但他深深地失望了，而与其说是失望，还不如说是被刺激到了。那天，为表诚意他早早来到西餐厅，毕佳媛作为主人也到了，见他进来，就和他商量点什么菜，喝什么酒。就在两人刚把菜单交给服务员的时候，侯聪聪和佟大鹏一起走了进来，那天外面正下雪，两人身上落了层雪花。进来后，佟大鹏就用手划拉侯聪聪肩背上的雪花，然后帮她脱掉紫色羊绒大衣挂在衣服挂上，把椅子抽出来让侯聪聪坐。而侯聪聪也没客气，只是送给他一个甜蜜的微笑，十分享受地坐下。

那顿饭对于乔小盼来说简直是一种折磨，虽然美食诱人，美酒飘香，但乔小盼却味同嚼蜡，侯聪聪似乎特别兴奋，一个劲儿地吃菜喝酒，并频频点头夸赞毕佳媛出手大方，点了那么好的西餐、美酒。毕佳媛知道他俩的事，偷瞄了乔小盼一眼说：“哪里啊，这些酒菜都是小盼帮着我点的，你最爱吃的鹅肝，就是他点的。”

“是吗，小盼？”侯聪聪朝他举杯，“这么说来你还是西餐高手呢，谢谢你啊小盼，来，咱俩干一杯。”说完她不待乔小盼举杯，酒杯在他酒杯上碰了碰，仰脖干了杯中红酒。

佟大鹏赶紧夹了块香煎银鳕鱼，放在她餐盘里，心疼地说：“你咋干了呢？这几天不是胃疼吗？这么喝酒把胃烧坏了，更得疼了。”

酒后的侯聪聪面若桃花，醉眼迷蒙地看着佟大鹏，说："咋的，心疼我了？哎哟，你不说我的胃还没事，叫你这么一说，我的胃又疼了，哎哟。"

佟大鹏站起来就跑出西餐店，急得羽绒服都没穿。几分钟后他一身雪花地冲进来，手里拿着一盒胃药，让服务员赶紧弄一杯温开水来。

侯聪聪站起来，亲昵地将他头发上的雪花划拉掉，对服务员说："不用麻烦了，我的胃又不疼了。"

那晚侯聪聪很快就喝多了，毕佳媛让佟大鹏打车把她送了回去。而乔小盼却异常地清醒，虽然他一个劲儿地往肚子里灌酒，却奇怪地越喝越清醒。

乔小盼并没直接回柞树村，而是在林阳镇下了火车后，直奔大爷的海鲜酒楼。乔福森心疼大侄子，张罗了一桌子好菜，说："你爸为了藏民的事在高原忙活，无法跟你一起过元旦，我和你大娘陪你，咱们喝点儿好酒。"

酒过三巡，乔小盼站起来，双手举杯对乔福森说："大爷，我有一件事想请你帮忙，请你无论如何也要帮我。"

乔福森说："这孩子，跟我还客气啥？我和你大娘无儿无女，这大酒楼将来都是你的，还啥求不求的！说，有话就说，除了天上的月亮大爷摘不下来，其他事大爷都不含糊。"

乔小盼跟他和毕雪梅碰了杯，干掉杯中酒，说："我想回柞树村搞黑木耳，请你支持我。"

乔福森和毕雪梅喝完酒，举着杯子愣在那里，两人相互瞅瞅，乔福森坐下说："小盼，你这个决定，你爸知道吗？"

乔小盼神情黯淡下来，说："不支持，跟他谈了两次，他都不同意。"

乔福森说："孩子啊，你爸不同意有他的道理啊，你上了四年大学，到头来却又回到原点，柞树村本来就是咱乔家的祖居之地，我和你爸苦挣苦熬，好不容易离开那里，咋的你又从省城回到柞树村，这不是整反盆了吗？咋的，返璞归真了啊！"

毕雪梅觉得他说话有些刺耳，就说："你也不听听小盼为什么回柞树村，上来就机关枪似的当当当，像个大爷吗？"

乔福森说："好好好，你说，你说。"

可是乔小盼说完，乔福森还是不同意帮忙，乔小盼就变得沉郁起来，说：

“我料到你会和我爸一个观点，不过没关系，你实在不支持我，我就去贷款，再不够我就把我妈留给我的房子卖了。”

乔福森吓了一跳，心想这孩子咋这么随根儿呢？跟他爸当年回村搞黑木耳时一模一样，要了命了！毕雪梅见孩子这么说，眼眶就湿润了，说：“孩子，那房子是你妈留给你的念想，你要是卖了，将来你会后悔的。”

乔小盼苦笑了下，说：“没事的大娘，等我将来成功了，我再买回来。”

毕雪梅的眼泪就流了下来，捶了乔福森一拳，说：“你的心咋这么硬呢？石头做的啊？孩子都这么说了，你也不心疼？”

乔福森说：“可是，可是……”

“可是个啥啊！”毕雪梅说：“难道你就非逼着孩子把他妈留给他的房子卖掉吗？”

乔福森喝了口酒，似乎下了很大决心，说：“好吧，我豁出去了，你需要多少资金？”

乔小盼从乔福森酒楼出来，直接去了北边黑木耳交易大市场里的吴雅娟的经销公司，闯进关大壮办公室。关大壮没想到乔小盼会来找他，便有些讶异，忙给他沏茶。

乔小盼摆手说：“大壮叔你别忙活了，有件事我要请你帮忙，说完就走。”

关大壮见他略显稚嫩的脸上，严肃认真的样子，就笑了，说：“啥事啊，那么严肃？”

乔小盼说：“你租出去的十亩地，是不是已经到期了？”

关大壮说：“是啊，还差一天，过了元旦就到期。”

乔小盼说：“我想租你的地，希望你不要拒绝。”

“租我的地，你租？”关大壮疑惑地看着他，一脸不相信的表情，但看他不苟言笑的样子不像是开玩笑，说：“你不是在省城读研究生吗？怎么想起租地呢？”

乔小盼想，他和父亲关系那么好，如果实话实说，恐怕他不会把地租给自己，最起码他得给父亲打电话咨询，那就得泡汤。于是他灵机一动说：“哦，是这样，我实习的省农科院研究所，那个曹教授，你知道的，那年来柞树村帮着治理霉菌病的曹教授，你忘了吗？”

关大壮说："没忘，那个曹教授可是个大专家啊，要是没有人家，那年咱村的黑木耳就得全交代了。咋了，你跟他学习呢？"

乔小盼点点头，说："我们要在柞树村搞一个科学实验，有关黑木耳的，想租些地，所以我才来找你。"

关大壮说："那好啊，我举双手支持。"

从关大壮办公室出来，乔小盼来到佟林的菌需物资经销公司（他现在已经把公司扩大化，搬迁到林阳镇黑木耳交易大市场），担心他泄露天机，便也把在关大壮那儿的话重新说了一遍，说要订购一批搭建塑料大棚的钢筋和塑料膜。

佟林表示货源充足，随时能把钢筋和塑料膜运到柞树村。乔小盼说："我所需的钢筋要比一般大棚钢筋粗三毫米，你得重新给我进货。"

佟林说："没问题，我现在就打电话。"

结果他真的当着乔小盼面，给客户打电话，订购他所需型号的钢筋，并要求对方马上发货。对方答应得痛快，表示明早就可以发货。

乔福林是带着喜悦的心情从西藏回来的，经过四个月的日夜奋战，通嘎县黑木耳栽培遇到的困难，基本得到解决，现在他们出产的黑木耳，不仅外形和柞树村木耳类似，而且品质和口感也差不多。这下，他可以放心回来和吴雅娟搞黑木耳深加工了。

但他愉悦的心情很快就被现实击得粉碎，从巅峰跌落到低谷。

父子反目

他发现才几个月的时间，乔小盼竟然奇迹般地在关大壮靠近河岸的土地上，矗立起五座塑料大棚，这是他最直观的感受，高达五米多的大棚，像森林似的矗立在他面前，他当时就傻眼了。这个兔崽子，他要干吗啊？塑料大棚建得像二层楼那么高，造价得多少钱啊，不就是搞个吊袋木耳吗，至于弄那么高吗，这不是乱弹琴，胡作吗？

乔福林气不打一处来，当初儿子作为哈工大高才生，想报考省农学院研究生，就让他憋气窝火，后来干脆连农学院的研究生都不考了，更是让他气恼难忍。这下倒好，趁自己不在家的时机，他竟然在关大壮的土地上搞起了这么高的大棚，不禁让他火冒三丈，冲进塑料大棚。

乔福林冲进大棚的时候，乔小盼正和曹教授的两个研究生在调试无人自动化喷滴灌设备。乔小盼和一个研究生在几米高的梯子上鼓捣，而另一名研究生在电脑前操作。他们这是全自动化了。乔小盼见父亲黑着脸站在门口，连忙从梯子上下来，堆起笑脸问："回来了？你啥时候回来的？"

乔福林狠狠瞪他一眼，朝门外走去。

乔小盼苦笑，朝两名关注这边动静的研究生耸耸肩，跟在父亲后面。他想好了，他这叫先斩后奏，反正我把大棚建好了，你总不能给我拆了吧？所以看到乔福林凶狠的目光时，他倒坦然了，心想丑媳妇早晚要见公婆，早见早挨骂，晚见晚挨骂，既然早晚得挨骂，那就不如早点儿挨骂。

可是他想错了，乔福林一句也没骂他，反倒比刚才平静了许多。他点燃一支烟，背过身去抽烟。直到一支烟抽完，他也没回头看乔小盼一眼，他把烟头扔在地上，用脚尖碾灭，看着率宾河对岸的观音山，说："你长大了，我打不动你了，我供你上了大学，你也学到了知识，以后的路你自己走，我也懒得管了，都是你的事，跟我无关。”

说完，乔福林头也不回地走了。

乔小盼在喉咙里喊了一声“爸”，想再跟他解释解释，最起码在他潜意识里父子俩总得争论争论，大吵一架吧，或者像上次那样再挨他几个嘴巴子也好。但他看见父亲义无反顾、懒得看他的样子，知道他现在是真的伤心、失望了，尤其最后那几句话，简直就是要恩断义绝的架势啊！乔小盼看着父亲的背影。突然感觉那背影不再是年轻时的那么高大、宽厚，而是变得有些驼背，父亲五十岁了，他开始衰老了。于是一汪眼泪突然涌进乔小盼眼眶，他哽咽了一声，在胸膛里叫了一声爸！

乔小盼开始拼命，日夜长在大棚里，开始养菌前的准备工作。

但很快一个不幸的消息惊雷般传来，他在乔福林菌包厂定制的五十万袋菌包泡汤了。这个消息是徐莲蝶告诉他的，她说这是乔福林的决定，而且她告诉他，乔福林跟大哥乔福森和关大壮差点儿翻脸，大吵了一架。就连徐莲蝶，也因支持乔小盼被乔福林骂了一顿。

这是乔小盼做梦也没想到的结果，他当即就呆在那里，像遭到雷击似的呆傻了。徐莲蝶怕他着急上火，连忙开导他，看看能不能再想想别的办法。

乔小盼像霜打的茄子，情绪一下低落下来，蔫蔫地说：“徐姨你不用安慰我，五十万袋不是小数目，现在马上就要摆袋养菌了，我上哪去淘弄这么多菌包啊？这不是要我破产吗？”

徐莲蝶气愤地说：“你爸也是，虎毒还不食子呢，他咋就那么狠心？”说完她气咻咻地走了。

时令不等人，乔小盼连夜去了附近几个村屯，找到几个菌包厂，但人家早就与耳农签订了合同，根本没有多余的菌包匀给他。乔小盼回到大棚时，已是深夜十点多钟，他泡了碗方便面，身子出奇地疲倦，精神头似燃尽的蜡烛，一头栽倒在行军床上。

第二天凌晨四点，天刚放亮，乔小盼就敲响了侯宝山的家门。侯宝山还没起床，齐丽美正在园子里割头刀韭菜，她把院门打开，乔小盼进来。侯宝山听了乔小盼的诉说，也感到不可思议，就要带着乔小盼去砸西院小洋楼的门。当初乔小盼回到柞树村建大棚前，曾来侯宝山家跟他汇报了自己的想法，侯宝山觉得这个年轻人不赖，现在别说大学生了，就是那些三四十岁的中年人都往外跑，不愿再在农村生活，而他这个哈工大的高才生，竟然愿意回来搞黑木耳，而且还是高科技自动化栽培，多了不起啊！侯宝山一下子就喜欢上了乔小盼，叮嘱村委会主任孙俊，最大限度支持他创业，他说："别看这小子年轻，可他的栽培理念却很先进，弄不好，还真给咱们的黑木耳来一场颠覆性的革命呢。"

大概乔福林没想到侯宝山会这么早来敲门，虽然他那时已经起床，但打开门时还是吃了一惊。他连忙把侯宝山往屋里让，但当侯宝山迈进一只脚后，他就明白他来是什么意思了，因为，他看到了他身后的乔小盼。他直接把乔小盼拦在门外，胳膊扶着门框，像一个巨大的门闩。

侯宝山说："福林你这是啥意思？再怎么的，也不能不让孩子进屋啊！"

乔小盼脸通红，尴尬地站在门外。

乔福林面无表情地说："老支书，如果你是为了这个人来找我，就请您免开尊口，我不认识这个人。"

侯宝山讪笑了几声，说："别呀福林，小盼这孩子不是个胡作的人，他是想干一番事业，你得支持他呀！"

乔福林仍然板着脸，说："他爱咋地咋地，跟我没有关系。"

侯宝山干咳了几声，试图打破尴尬，说："嗨，大清早的，孩子还没吃饭呢，你挪开，让孩子进屋啊。"

他不说还好，这一说倒刺激了乔福林，他索性把门关上了，乔小盼被隔在门外。侯宝山见状，知道父子二人芥蒂太深，恐怕一时半会儿无法弥合裂缝，就叹息了一声。

出来后，侯宝山见乔小盼没有走远，而是站在他家院门外等他。侯宝山看见他两眼含泪，摇摇头说："你爸这个人啊，就是一头倔驴，我是没辙了。"

乔小盼说："您别上火侯爷爷，我，我回去再想想，看看有没有其他办法。"

侯宝山说："能有啥办法啊？那可是五十万袋菌包，你上哪淘弄去？谁家也不会有啊。"

乔小盼沉默了。眼睛看着东方喷薄而出的一轮红日，再次蓄满了泪水。

侯宝山看着孩子，觉得怪可怜的，就说："还没吃早饭吧，进屋吧，让你侯奶奶给你弄碗热乎粥，不管再难，也得先把肚子填饱了。”

乔小盼说：“不了，我回去了侯爷爷。”

侯宝山看着乔小盼的背影，就像看见了他爷爷和乔福林，是那么的相像、熟悉，不禁感慨地说：“唉，简直一张纸剪下来的，祖孙三代人，脾气品性都不差，骨血骨血，一点儿都不差啊！”

乔小盼顺道到大榆树下的包子铺买了一袋包子、三盒皮蛋瘦肉粥、十个茶叶蛋，回到大棚，曹教授的两个学生也已来到，他把早餐放下，招呼两名研究生吃早餐。

吃罢早餐，两个研究生继续安装、调试设备，乔小盼又出发了，他还不死心，想去林阳镇的菌包厂碰碰运气。

傍晚时分，乔小盼悻悻地回到柞树村，如丧考妣，低头耷拉脑。两名研究生已在主街的一家快餐店吃过晚餐，回旅店休息去了。乔小盼坐在一块木板上，望着头顶透明的高高的塑料膜出神，这时一缕金色如血的夕阳，透过塑料膜照射下来，接着千万缕金黄色的阳光丝丝缕缕地在大棚里闪烁。夜幕降临，天色黯然，乔小盼仍被浓浓的悲伤掩埋着，雕像般一动不动。

乔福林吃过晚饭，歪在沙发上看军事节目。突然外面楼下传来砰砰敲门声，声音急促，透着焦躁和不耐烦。乔福林趿拉着拖鞋快速下楼，心想谁这么无礼，砰砰砰砸门这是要干啥？红胡子啊？他不耐烦地隔门问了一句：“谁呀？”

“我！”门外传来气哼哼的声音。

乔福林赶紧打开屋门，把徐锡坤让进屋里，见他一脸怒容，就赔着小心说：“徐老师，有啥急事啊？把门敲得那么急。”

徐锡坤在沙发上坐下，说：“咋的，嫌我敲得重了？再不开门我就砸门了。”

乔福林连忙赔笑脸，说：“您消消气，想喝什么茶？红茶还是绿茶？还是白茶、普洱？”

“你发达了，开茶馆了？”徐锡坤翻了个白眼，说，“你先坐那儿，我不是来找你喝茶的。”

乔福林在他旁边坐下，问：“谁惹您生气了？这么大火气，跟我说，我去找他评理。”

徐锡坤说："拉倒吧。你还给我评理，知不知道羞耻啊？"

乔福林不知他为何发这么大火气，说话像吃枪药似的，就不敢再吱声了。

"我问你，"徐锡坤见他不说话了，语气也放缓些，"你凭啥那么对你儿子啊？跟他有仇啊？他不是你亲生的啊？"

乔福林这才明白老爷子来找他的目的，就在心里寻思，是谁找他告的状啊？乔小盼？不像。这小子就是一头犟牛犊，强按头都不低头，他绝不会去求人的。徐莲蝶？也许吧，听说她都被自己气哭了，可能她回家跟老爷子学舌，惹得徐锡坤发这么大的火气。

但其实他错了，他唯一没有想到的，是东院的老支书侯宝山。早上他没说动乔福林，眼看着乔小盼落寞而归的样子，心里很不是滋味。在村委会工作一天，他脑袋里总想着这件事，想着该如何帮帮孩子。可是想了一天，他也没想出什么好办法，因为既然自己作为他前辈、村支书都不给面子，那在柞树村还有谁有这个能耐呢。下班往回走，他也没想出好办法。回到家里，闷闷不乐地吃完饭，齐丽美给他烙了韭菜盒子，说是头刀韭菜的，味道特别正。他拿起一个韭菜盒子咬了一口，虽然满口韭菜的鲜香，但食之如同嚼蜡，皱着眉头不说话。齐丽美不知他心头事，以为韭菜盒子咸了，或者火大了。可问他几遍，他都摇头，这时大榆树上的广播里响起了二人转，侯宝山突然眼前一亮，一拍大腿，撂下吃了一半儿的韭菜盒子，穿鞋就往外走。

乔福林还是给徐锡坤沏了一杯普洱茶，小心地放在他面前，说："普洱茶暖胃，您尝尝。"

徐锡坤喝了口茶说："是不错，大林子，哦不，是乔总，也不是，我这老朽都不知道该叫您什么了，应该叫您乔董事长吧？"

"老师您别砢碜我了，"乔福林说，"啥总经理，董事长的，在您面前我永远是您的学生。"

徐锡坤说："真的？"

"真的。"

"那好。"徐锡坤说，"既然你还认我这个老师，我问你，为啥刁难小盼，瞧你把孩子刁难成啥样了，你想逼他上吊啊？"徐锡坤说着说着，语调又提高了几度，把茶杯用力蹾在茶几上。

“你别听外面瞎嘚啵，”乔福林说，“其实事情不像您想的那样。”

“瞎嘚啵？你说别人瞎嘚啵我信，可你要说侯宝山，我不信！”徐锡坤说。

乔福林这才明白，原来是侯宝山把他“出卖”了，就说：“老师，除了乔小盼这件事，您说什么我都听您的，只有这件事不行。这个小兔崽子，我白养他二十多年了，白上大学了，气死我了！”

徐锡坤说：“孩子想创业有毛病吗？”

乔福林说：“没有毛病。”

徐锡坤说：“既然没有毛病，那你为啥横扒拉竖挡着，死活不同意？你昏僵了你？”

乔福林说：“他是哈工大的毕业生啊，正常应该是清华大学的研究生，再不济也是哈工大的研究生吧，可他呢？啥也不是，啥也不考，就那么回来搞什么黑木耳，我不白供他上大学了吗？要是这样，当初还考什么哈工大啊，中学毕业直接来菌地干活不就行了吗？小兔崽子，越想越气人！”

徐锡坤说：“莲蝶都跟我说了，你家小盼这次回来，是带着省食用菌研究所曹教授的最新科研成果，是想搞最先进的黑木耳栽培，是在回报家乡，建设家乡的啊！你怎么能说他胡闹呢？你呀你，简直顽冥不化！”

乔福林说：“别听他胡嘞嘞，说的比唱的好听，那都是为自己脸上贴金，他就是不想好好念书，就是想当逃兵，没出息的玩意儿。”

徐锡坤说：“福林啊，你咋这么低估自己的儿子呢？难道你忘了，当初你辞职回来搞黑木耳时有多难吗？老婆孩子不同意，你妈和你大哥不同意，你一无资金二无技术，三缺支持，是谁跑我家喝醉酒，大鼻涕一哭老长？福林啊，难道你真的富贵了，就把过去创业时的艰辛和磨难忘记了吗？这咋的，现在孩子想创业，想把黑木耳提档升级，搞现代化栽培，你就死活不同意？”

乔福林眼圈泛红，沉默了一会儿，说：“老师，你说的我没忘，可是，我还是不同意他回柞树村搞黑木耳。”

徐锡坤站起来，愤怒地说：“混账东西！好，既然你话说到这份儿上，那就当我方才对牛弹琴，就当我放了个哑屁！但我告诉你，你给小盼菌包也得给，不给也得给，五十万袋一袋也不能少，不然我就带着小盼把你告上法庭！你看着办吧！”

徐锡坤走了。

乔福林咂摸着他的话，不知他是啥意思，就给徐莲蝶打手机，问她啥意思。

徐莲蝶近日因为乔小盼，对乔福林一肚子意见，现在他竟然质问自己，心里一恼，冷冷地说：“你在西藏的时候，不是说我全权代理菌包厂的职权吗？我跟乔小盼签订了五十万袋供应合同，就放在菌包厂办公桌的抽屉里，不信你自己看！”

不得其解

乔福林明显感觉自己在柞树村不那么受重视了，失去了往日众星捧月、顶礼膜拜的光环，有时在菌地干活，听见雇工们私底下热烈地议论什么，可待他走近，那些人又闭上了嘴巴，讪笑着继续劳作，似乎他们的话题在避讳他。但仍有两次，他隐约从他们的嘴里听到“乔小盼”三个字，方知道他们在谈论乔小盼，心里便涌上一层不愉快。

现在，东院的侯宝山见了他仍然热情，该说事说事，该抽烟抽烟，但他总觉得其中少了些什么，多了些什么。后来，他逐渐咂摸出，老支书跟自己少了些真诚，多了些客气，这就让他有些不舒服，似乎与他又隔了一层皮似的。

其他人对自己这样，他并不在乎，但他没想到的是，徐莲蝶也对自己不冷不热，原来看自己的眼神里满含着的温情、柔软，似乎被寒风刮走了，取而代之的是带搭不理，含混应付。她来菌地的次数，呈断崖式的锐减，让乔福林心里空落落的。有一次在葛亚丽的超市相遇，乔福林跟她打招呼，徐莲蝶客气地莞尔一笑，就走开挑选所需物品。结账时，乔福林想给她一起结了，徐莲蝶硬是一反常态没同意，非要自己结账，弄得乔福林一个大红脸，杵在葛亚丽面前。而葛亚丽对自己的笑也怪怪的，让他身上直起鸡皮疙瘩。

有时给大哥打个电话，他不是埋怨自己心狠，就是抱怨自己不支持新生事物，是老古董，叫他非常不舒服。

乔福林知道，这一切都因乔小盼而起，他是罪魁祸首。但他想，你们知道什么啊？小盼不是你们的亲生儿子，站着说话不嫌腰疼。要是你们的孩子上了那么好的大学，又回到山沟农村务农，成天与泥土打交道，你们愿意吗？唉，谁家都有难唱的曲儿，要是你们摊上这么个逆子，恐怕是秦香莲告状，哭都找不着调了。

乔福林一直百思不得其解，这小子中了啥邪啊，非要回来搞黑木耳？口口声声说要搞科技化、自动化，胡诌八扯吧！老子现在搞的大棚吊袋木耳，就是黑木耳栽培技术的天花板了，连全国食用菌协会的主要领导都说，我的技术和理念领先其他地方七八年，你还能搞出什么新花样来？可能吗？

但他心里却又充满了好奇，他到底施了什么魔法，让老支书、老校长和大哥、关大壮，以及徐莲蝶那么死心塌地地支持他啊？唇毛还没长黑的臭小子，他能有啥高招，忽悠得你们不知天南海北，云山雾罩的？唉，等着吧，用不了几个月，到了秋天你们就会知道，你们错了，大错特错了！老话说，是骡子是马拉出来遛遛，乔小盼的那些不切实际的幻想，早晚会成为泡影的。

乔小盼虽然表面上干劲儿十足，但其实心里也不托底，一下投进去上百万资金，如果失败就是万劫不复。不仅父亲的预言应验，而且村里个别等着看热闹、瞧笑话的人，也会把自己笑掉大牙的。于是他总感到心口窝压着一块大石头，堵得他喘不上气。这天晚上他实在睡不着觉了，就给曹教授打了个电话，把自己的忧虑说了。曹教授倒蛮有把握，让他不用担心，只管实践，他说他保证随时都有两名学生在乔小盼的菌地里，帮助他把好技术关。堵在乔小盼心里的那块石头，这才“哐当”一声落了地。

开始菌袋挂袋了，乔小盼更加忙碌，简直是脚打后脑勺。越是忙碌，他越是兴奋，不知不觉中进入亢奋状态，每晚只睡两三个小时，就是不困，没觉啊。于是他拿着大号手电筒，围着五个大棚转圈，一遍又一遍查看，是不是哪个地方没有埋好（害怕夜晚气温骤降漏风），哪个钢梁是不是焊接得不牢固（担心大棚太高被台风吹垮）。实在没事可做，他就一个人在大棚里挂袋，胳膊酸了，脖子麻木了，甩几下，或者走出大棚仰望星空。

从给菌袋打眼儿开始，徐莲蝶基本上就“长”在乔小盼的菌地，帮他解决打眼儿、养菌上的问题。她知道小盼资金不足，一下给他拉来两车她自主研发的有关黑木耳的机械，让他免费使。后来在养菌时遇到了困难，一些菌丝有感染霉菌的苗头，她就给毕得财打电话，把他从山区耳农的菌地里硬拽来，帮着调试药剂，施药后，避免了大面积感染。

经过十多天昼夜忙碌，五十万个菌袋全部挂袋完毕，乔小盼松了口气。这天上午，乔小盼正和两名研究生调试电脑操作程序，大棚外响起汽车喇叭声。乔小盼钻出大棚，看见郭伟忠和林铁等人，在毕得财的陪同下朝大棚走来。后面不远处，两辆电动摩托车急急地追上来，侯宝山和孙俊从摩托车上下来。

乔小盼没想到县委书记能来他菌地参观、指导，便有些出乎意料，说："谢谢您郭书记，您那么忙还关心我这个小青年，真是三生有幸！"

郭伟忠笑笑说："我再忙，也是为老百姓而忙碌啊，再说，你可不是一般小青年，你是有理想、有抱负、有责任感，更有家乡忧患意识的好青年，像你这样的人，我不支持你，支持谁啊？是不是林副县长？"他问林铁。

此时林铁已是分管农业农村工作的副县长，忙说："是啊，乔小盼是我们东和县的骄傲，是我县新农村建设的楷模和希望。"他拍着乔小盼的肩膀，突然想起什么，说，"你刚才的称呼不准确了，郭书记已经不是郭书记了，他被省委重用，提拔为省农业厅副厅长，专门分管全省绿色有机农产品和新农村建设工作。"

众人纷纷向郭伟忠表示祝贺，郭伟忠说："重用说不上，肩上倒是多了一份责任，很重啊。"

林铁说："本来郭书记今天离开东和县，准备明天去省农业厅报到，但听毕得财所长说了乔小盼的事迹后，非要拐到柞树村来，说必须要见一见乔小盼。"

乔小盼感觉身上热乎乎的，心里一阵感动。

郭伟忠试图走进第一个大棚，乔小盼在后面把他叫住了，让他换上消过毒的白服，戴上白帽，然后穿上蓝色塑料鞋套，才领着他们走进大棚。

林铁不解地问："你这消毒措施，严谨得像实验室，有这个必要吗？我看你爸他们的大棚，也没像你这样消毒，不是也照样产木耳吗？"

乔小盼说："他那是简单、粗放式管理，所以时不时地会出现杂菌感染等问题，我这搞的纯绿色、无污染、高品质木耳，所以消毒措施比较严格。"

郭伟忠慨叹道："好啊，纯绿色无污染，高品质，好啊，你这理念虽然不新鲜，但措施确实严格到位，我赞成。"

他们走进大棚，突觉眼前一亮，神清气爽，只见五米高的大棚内，最上层是一排排钢架、管子和密密麻麻的连线，中间离地半米高的空间，挂满了糖葫芦似的菌袋。郭伟忠查了查，每根线绳上挂了十五个菌袋，是乔福林大棚的三倍。这就让他们感到惊奇了，林铁问："你一串挂这么多袋，能行吗？太密集了吧，不容易受病吗？"

乔小盼说："所以我们才对消毒措施这么严格，就是怕携带进来杂菌。"

郭伟忠发现，脚底下铺设的绿色覆盖布有些厚，就问："你这覆盖布是不是太厚了，得增加不少成本啊，有这个必要吗？"

乔小盼说："我覆盖了两层，就是为了控制住杂草，阻隔掉杂菌，这样就不用喷洒杀草剂和除菌药剂，最大限度地减少对黑木耳的污染，也就是给大地披上了一层厚厚的'地衣'，这样，才能打造出真正的高品质木耳。"

郭伟忠朝他投来赞许的目光，说："你说得对，既然敢叫纯绿色有机，咱就来个实实在在的，绝不掺假糊弄人。嗯，给大地铺上一层'地衣'，好啊，这个名词概念我还是第一次听说呢。"

说话间，突然头顶响起轻微的嗡嗡声，大家连忙抬头望，就见天空中洒下一阵雨雾，众人连忙朝前边的门口跑去。乔小盼见大家的头发、眉毛上挂着雾水，歉意地说："不好意思，我忘记告诉大家了，浇水时间到了，系统自动喷淋雨雾。"

众人越发感到惊奇，走到靠近门口的系统操作台前，两名研究生忙站起来，听说是省农业厅副厅长来了，显得有些拘束。

郭伟忠问了他俩几句，大家才知道，乔小盼的五个大棚已经实现了技术全自动化，电脑系统会根据室内温度、湿度、光照等情况，自动通风、喷淋，并模仿太阳光照实施照射。

"科学的力量，科技的品质，小盼你真把黑木耳事业做到了极致啊！"郭伟忠高兴得眉飞色舞了，说："太先进了，让我大开眼界啊，没想到，真没想到。小盼同志，谢谢你，在我上任前，就给我上了一堂科普课，我在你这里找到了未来工作的方向，谢谢你啊！"

乔小盼羞赧起来，说："郭副厅长您过奖了，我还差得远呢。"

郭伟忠说："你不要谦虚，我心里有数。不过小盼，你一下搞这么先进，哪来这么雄厚的资金啊？得花不少钱吧？是你父亲支持你的吗？"

乔小盼神情一下黯淡下来，嘴张了几张，扭头看了看侯宝山没说话。

孙俊没忍住，说："他爸才不支持他呢！为了这个，乔福林把他扫地出门了。"

乔福林是在菌地接到孙俊电话的，说郭伟忠和林铁去了乔小盼的大棚，老支书希望他也去一趟，不然郭伟忠问到他时，还得满世界找他。乔福林没说去，也没说不去。可撂下电话，他就开着越野车去了林阳镇，车被他开得慌里慌张，似乎后边被狼追着似的。

待到孙俊在郭伟忠面前告了他的状，郭伟忠想要见他时，他早到了与梁老板合建的加工厂车间。梁老板对加工出来的产品十分满意，拉着他和吴雅娟去办公室喝茶。这时毕得财打来电话，问他在哪儿呢，说郭伟忠找他有事。

乔福林没问啥事，因为他有种预感，郭伟忠此时找他，八成是因为乔小盼，便借口有事要处理，匆匆走了。出门后，他把手机关掉，一头钻进电影院看电影去了。

郭伟忠听说乔福林去了林阳镇，说："正好，我一会儿去黑木耳交易大市场转转，看大家还有啥要求和意见没有，回去好跟领导汇报，多为大市场建设争取些优惠政策支持和资金扶持。"

乔小盼把大家送出来，看着他们车子启动，就要往大棚里钻，突然身后传来一阵喇叭响，回头见郭伟忠在车里朝他招手，他颠颠跑过去，车门打开，郭伟忠让他上车，乔小盼迟疑一下，还是上了车。

几辆车来到大市场门前，毕得财再给乔福林打手机，关机了。郭伟忠往大市场走，说："这个乔福林，咋的，闭门谢客啊？倔强劲儿又上来了。"

林铁说："他跑不了，回头我给他打电话。"

意外之喜

乔小盼还是第一次这么全面地在大市场转，待大家走了一圈后，来到大市场管理办公室，郭伟忠不由得感慨起来：“真没想到，一个小小的黑木耳，竟然让林阳镇发生了天翻地覆的变化，成为我省第一镇，了不起啊！”

林铁说：“是啊，现在大市场每年交易额百亿元，有些地区和省份的黑木耳在本地卖不上价钱，拉到咱们大市场，就能卖上高价，它现在是隔着窗户纸吹喇叭，名声在外啊。”

郭伟忠看着乔小盼说：“这一切的一切，首功应该记在你父亲的头上，他的事迹，肯定会为后代广为流传的。”

接着，郭伟忠听取了一些农户的建议和意见，他和林铁都认真地记在本上，最后他把目光转向乔小盼：“小盼，你的眼界开阔，思路活跃，你说说，咱的大市场下步应该怎么发展？”

乔小盼站起来，拘谨地说：“我，我对黑木耳栽培刚入行，对大市场确实没研究啊。”

郭伟忠呵呵笑了，说：“你坐下说，不用搞成多正式的调查研究，想到哪儿说哪儿，有多少说多少，不用拘谨。”

乔小盼坐下，说：“那我就说说刚才参观后的感想吧。我觉得，大市场现在已经不能适应我县黑木耳发展的需要了……”

毕得财吓坏了，连忙大声咳嗽，意图提醒他别瞎放炮。

乔小盼果然意识到自己失言了，瞅瞅毕得财，脸红了，额头也冒汗了。

郭伟忠说：“没事，很好，你继续说。”

毕得财又咳嗽起来，乔小盼看看他，说：“我真没啥说的，郭书记还是你说吧。”

郭伟忠说：“毕所长你咳嗽个啥呀？不就是害怕小盼说话得罪了我吗？没事的小盼，你尽管说，想咋说咋说，我洗耳恭听。”

受到鼓励，乔小盼不再看毕得财了，说：“我认为，国道北的一百五十个门市和仓储，已经不能满足我县未来黑木耳事业发展的需要，因为我们今后不能再搞粗放式经营和管理，而是要向精深加工要效益，精深加工蓬勃发展了，黑木耳产业的效益才能最大化。所以我觉得，县里应该把国道南的住户迁走，重新规划、布局，形成营销区、仓储区、精深加工区、菌需物资供应区、样品展览区、食宿娱乐服务区等，只有这样，才能建成黑木耳产业园区，叫响东和县黑木耳品牌……”

乔小盼顾不得那么多了，心想既然你让我说，那我不管你高兴不高兴，我咋想就咋说，所以他一连串说了许多构想。说完，他如释重负，才发觉后背的衣服已被汗水湿透，于是他端起杯子喝了一口水，低下头，根本不敢看郭伟忠。

“好！太好啦！”郭伟忠带头鼓掌，“小盼同志真是高人啊，不愧是名牌高校的高才生！林铁副县长，你们捡到宝了，小盼是咱们县的希望啊！”

林铁和大家热烈鼓掌，个个脸上布满了灿烂、开心的笑容。

郭伟忠说：“小盼你再说说，我看你似乎言犹未尽，还有话没说吧？”

乔小盼心说，这个人的确了不起，简直长了一双透视眼啊，就说：“我觉得，光建设园区还不够，我们要想走得远，叫得响，就应该建设黑木耳文化，比如建设黑木耳博物馆，深入挖掘黑木耳栽培历史等等，只有赋予它文化内涵，黑木耳事业才能有根儿，才能有魂魄。当然，我这也是受了徐锡坤爷爷的《东和县黑木耳赋》启发，才想到的，这个想法不够成熟，领导们多提意见。”

郭伟忠激动地站了起来，说：“老话说，听君一席话胜读十年书，一点儿不假啊。老人家说，‘没有文化的军队是愚蠢的军队’，林铁，领教了吧？哈哈，啥叫文化？啥叫科技？啥叫人才？这就是人才，乔小盼就是我们的人才！”

林铁也很激动，说：“你说得对，小盼的发言真是醍醐灌顶啊！”

郭伟忠端起茶杯对乔小盼说：“来，小伙子，咱以茶代酒，我敬你一杯！”

乔小盼没想到，郭伟忠调到省里还能对自己的事如此上心，上次他来柞树村参观自己的大棚木耳时，了解到自己尚欠几十万债务，当时并没表态，可他到省里上任几个月，就通过东和县农业局给下拨了三十万元的绿色食品扶持资金，让他解了燃眉之急。林铁回到县里后，又协调相关部门，为他解决了十万元的大学生创业无息贷款。两笔资金到账，乔小盼并没急于还债，而是添置了一个一百多米长、两米多高、三米多宽的黑木耳晾晒网箱。他想既然叫纯绿色天然有机木耳，就得从源头到终端都实行封闭半封闭状态，不能“始乱终弃”，糊弄消费者。他弄这个网箱，就是在黑木耳晾晒时，将蚊蝇、飞鸟和沙粒、草屑等阻挡在外，最大限度地减少对黑木耳品质的污染。

其实一开始他想来个更彻底的，在室内建设一个大型烘干炉，彻底阻绝晾晒污染，但曹教授坚决反对这么干，他的理由很简单，就是黑木耳在晾晒过程中经受阳光的照射，会发生奇迹般的化学反应，产生一种特殊物质，增加多钟氨基酸含量，也使其更有嚼劲儿和弹牙的口感。但即使用网箱晾晒黑木耳，也是柞树村开天辟地头一遭，原先他爸乔福林和其他耳农晾晒黑木耳，就是在距离地面一米搭建一个简易木架子，挂上晾晒网，把采摘下来的鲜木耳铺在上面，就等阳光加持了。即使在整个东和县，十几万耳农也没有一个人像他这么在意晾晒程序的，这不是给黑木耳搭建了一个半透明的房子吗？得增加多少成本啊，值得吗？有必要吗？

对村民们的议论，乔小盼一概一笑而过，他知道他们还不能理解自己的操作，甚至觉得自己是在瞎折腾，糟蹋钱。他就认定一个原则：纯绿色，纯有机，无公害，他要打造出自己心目中理想的黑木耳。为此他倾注了全部的心血和热情，甚至把身家性命都搭上了，自古华山一条路，开弓没有回头箭，况且这还是一条布满荆棘的“绝路”。是自己把自己逼上的绝路，他一定要蹚出一条新路，为自己，为乡亲，也为父亲，他要做给他看，用事实证明自己没错，而且还能彻底扭转他对自己的狭隘偏见。

的确，乔小盼的确不按常理出牌，而是怪招频出，每一个举措都超乎常人想象。比如地上铺了两层“地衣”；比如他的大棚比一般大棚高一倍多；

比如别人一串穿五个菌袋，而他偏偏穿十五个；比如他使用电脑控制温度、湿度、光照等，并实现自动化；比如他给黑木耳搭建了一个“屋子”，用来晾晒。而最令人大惑不解，甚至感到恐惧的是，他竟然给每个菌袋打了两百个眼儿，可是他爸乔福林才打七八十个眼儿啊，这小子怪招儿频出，是不是神经上出了毛病啊！

一开始，当他请徐莲蝶阿姨把她的打眼器改造成能打两百个眼儿的机器时，连一直支持他的徐莲蝶都惊得合不上嘴巴，觉得他是异想天开。但乔小盼就是这么不走寻常路，他就要异想天开。没办法，徐莲蝶忙活了好几宿，才给他单独设计出能打两百个眼儿的打眼器。

对于儿子的“胡作非为”，乔福林早就有所耳闻，他是越听越来气，越听越觉得儿子“有病”，越觉得这小子不可救药。他既心疼，又愤恨，总是无可奈何地跟人说，让他折腾吧，既然不撞南墙不回头，那就让他撞得头破血流，他才知道回头，才知道天高地厚。所以他一次也没去过乔小盼的大棚，有时徐莲蝶和毕得财偶尔跟他谈起乔小盼，不解之余却充满了敬佩，他都报以耻笑，似有打算看他笑话的架势。但说实话，有那么几次，他萌生了想去儿子大棚瞧一瞧的冲动和好奇，这小子究竟在鼓捣什么呢？还是黑木耳吗？但他都将这念头狠狠地掐死了，他不是不想去，而是在众人面前撂下了狠话，作为父亲，他撂不下脸面，面子值千金啊！

可柞树村谁也没想到，一天早晨，作为“另类”的乔小盼的大棚里，真的长出了黑木耳，那些木耳就像一个模子铸出来的，大小均匀，色泽黝黑光亮，更新奇的是，这些木耳就像被一只神奇的剪子修剪过，外形竟然像一个个黑色的元宝。

“哦，我的天哪，太神奇了，简直是太神奇了！”徐莲蝶简直不敢相信自己的眼睛，一连说了好几个神奇，看着乔小盼的眼里，一下子盈满了泪水。

受到徐莲蝶的感染，乔小盼竟然也突然眼眶蓄满泪水，幸福地笑着。

徐莲蝶抑制不住兴奋，摇着乔小盼的胳膊，说：“小盼，祝贺你，徐姨祝贺你！你没有白费心血，老天爷还了你一个公道！”

乔小盼努力抑制的泪水，终于夺眶而出，他知道这是激动的泪水，也是感慨的泪水。

徐莲蝶给他擦去脸上的眼泪，说：“孩子，你能培育出如此高品质的黑木耳，简直就是给它来了一次革命，一次质的飞跃！想好了没有，给它们起个名字吧，多好看的木耳啊，稀罕死人了！”

乔小盼说：“看他们外形像金元宝，我看不如就叫‘元宝耳’吧，你说呢徐姨？”

“‘元宝耳’，‘元宝耳’，太好啦！这名字太招人爱了，我喜欢。”徐莲蝶说。

乔小盼培育出元宝耳的消息，如飓风般很快席卷了柞树村，人们争相谈论，耳农们更是怀着巨大好奇心拥到他的大棚前，依次参观。

乔福林的消息源来自徐莲蝶，她是开着轻型吉普直接来到乔福林菌地告诉他的。乔福林正在大棚里，他看着徐莲蝶激动万分的样子，一开始并不相信儿子能培育出如此高品质的黑木耳，打死他也不相信。但看着她潮红的脸庞，闪亮的眸子，飞扬的神采，他知道她所言非虚。心想，难不成这小子真鼓捣成了？不可能！怎么可能呢？别的不说，就说一个菌袋打两百个眼儿，那长出的木耳还不得像指甲盖儿啊？怎么能像金元宝呢？乔福林的好奇心，被徐莲蝶极大地勾起来了，他有些“蠢蠢欲动”，迈开脚步就想去看看。但他只走两步就停下了，他不能去，他可是撂下了狠话啊！于是他说：“这有啥稀奇的？才长出来，还没定型呢，到时候还不定是爷爷样奶奶样呢，你们别高兴得太早。”

“乔福林！”徐莲蝶朝他大吼一声，说：“你咋这样说话呢？就不能盼着孩子好吗？你，你还诅咒孩子，有你这样当爹的吗？气人，你太气人了！”说完她一甩手，跺了下脚，“用力”地剜了他一眼，气哼哼走了。

乔福林突然心里不是滋味，他后悔了，唉，自己咋就不知道借坡下驴呢？莲蝶说的不假，自己咋就不能盼着孩子好呢，他想起孩子刚出生时，李萍让他给起个好听的名字，他二话不说就想到“盼盼”二字，给孩子起了个乔小盼的名字。李萍高兴得不得了，连说这名字好，盼盼，乔小盼，多么能寄予他们夫妻俩的美好理想和幸福憧憬啊！可是，现在孩子长大了，自己创业成功了，怎么自己反倒不盼着他好呢？乔福林坐在河边上，望着悠悠的率宾河水，似一尊千年石像。

“财神”倒塌

“五一”假期快到了，毕佳媛提前两天离开学校，在母亲那儿住了一晚，就回到东和县父亲身边。可迎接她的却是冷锅冷灶，以及布满灰尘的屋子，毕得财依然是长时间被耳农“争抢”。毕佳媛与他通了个电话，连夜把父亲脱下来的脏衣服洗了，第二天，也就是“五一”的前一天，她去了柞树村。她心里惦记着乔小盼。

毕佳媛对乔小盼的大棚木耳感到非常惊讶，她曾去过乔福林的菌地，见识过他的大棚木耳，却不想乔小盼具有这么大的魄力，竟然把传统的黑木耳栽培模式彻底颠覆，让徐莲蝶编写的黑木耳栽培教程（耳农都叫小册子）不得不重写。于是她再看乔小盼的眼神，就不单单是含情脉脉了，而是充满了敬佩和敬慕。

乔小盼不是木鸡，当然能感受到她的绵绵情意，但他心里始终放不下侯聪聪，所以总是跟她保持一定的距离，不敢表现出过于亲昵的举动。但毕佳媛却热情主动，犹如一团烈火扑面而来。一开始，乔小盼不好意思把话说得太直白，怕伤了她脆弱的心，想后来找机会跟她明说，就有些犹犹豫豫，拖泥带水。

毕佳媛像个小妇人，强迫乔小盼把衣服换下来，小兔子般蹦跳着到河岸边洗衣。不一会儿，河边飘起快乐的歌声。

毕佳媛从小独立，烧得一手好菜，洗完衣服后，她骑着乔小盼的大摩托（乔福森花了一万多给乔小盼买的）来到村里的果菜市场，买了几样新鲜蔬菜和水果，又去肉铺买了些牛羊肉和猪肉。回到菌地后，她扎起围裙就忙活开了。没多大工夫，菌地周围就飘起了阵阵肉香。乔小盼看着小燕子般快活地忙碌着的毕佳媛，心里暖暖的，不自然就想起了侯聪聪。唉，这个倔姑娘，总是不接电话，也不回微信，不知道她现在怎样了？胖了还是瘦了？是否还那么漂亮，还那么招惹男生们蝴蝶采蜜般的追逐？听说佟大鹏在追求她，她答应了吗？想着想着，乔小盼心头涌上一股酸涩的液体，喉头蠕动了下，把酸水咽进肚子。

乔小盼来到毕佳媛身边，她正舀了一点儿肉汤，想尝尝咸淡，见乔小盼过来，就把勺子递到他嘴边，让他品尝咸淡。

乔小盼尝了尝，不咸不淡，毕佳媛就快乐得要飞了。乔小盼一狠心，说："佳媛，其实你不必来我这儿，你的心意我领了，但，但是我的心早就被聪聪占满了，容不下一点点空间，我，你……"

"你不用吞吞吐吐的。"毕佳媛把勺子放在一边，往灶里填了两根柴，说："你的意思我懂。小盼，我知道你喜欢侯聪聪，但人家现在不理你了，据说佟大鹏在全力追求她呢，你干吗还'贼心不死'啊？"

乔小盼苦笑了，说："我不管那么多，只要聪聪没有亲口跟我说拜拜，我就等她，一直等。"

毕佳媛说："你真是一根筋。"

乔小盼说："即使她真的不喜欢我了，那也剥夺不了我对她的爱。"

毕佳媛说："好啊，你说得好啊。即使你不喜欢我，但你也剥夺不了我对你的爱，我就是这么想的。只要你和侯聪聪还没走进婚礼殿堂，我就不放弃对你的感情。"

乔小盼叹息一声，还想说什么，却不料这时侯宝山背着手来到大棚。他是来参观的，据说他现在把主要工作交由孙俊管理，大事当个参谋，小事彻底撒手不管，就等着来年退休了。乔小盼见侯爷爷来了，忙不迭地走过去陪着他一起参观，并就他提出的问题逐一解答。刚搭建大棚的时候，侯宝山来过一次，这是他第二次进来，眼前的景象令他吃惊不小，连连称赞小盼是个有本事、能干事的好孩子。两人边走边唠，侯宝山像个好奇的孩子，什么都感到不可思议，摸摸这个，问问那个。一名研究生钻进大棚，喊乔小盼，说是有事商量，乔小盼把一名东和县职业高中黑木耳专业的毕业生叫过来，让他陪侯宝山参观，就随研究生出了大棚。

侯宝山头顶突然一阵嗡嗡声，接着就看见漫天雨雾将他包裹住了。陪同的小伙随手递给他一把小雨伞，侯宝山刚要发问，兜里的手机响了，他掏出来一看，是孙女的视频微信。

“干吗呢爷爷，咋这么慢接电话啊？”侯聪聪出现在视频里，身后背景是校园的草坪。

侯宝山见了孙女就高兴，大声说：“我在乔小盼的木耳大棚里参观呢，老带劲了，真开了眼界啊，等你暑假回来也来参观参观吧，太先进了。”侯宝山耳朵有些背了，要大声说话他才能听清，一般这种人跟别人说话也把声调提得高高的，以为别人的耳朵也背，所以有的时候说话像吵架。侯宝山把手机镜头对着大棚，上上下下一阵拍，让孙女欣赏。

视频里的侯聪聪顿了下，表情不太自然地笑笑，似乎对大棚的事不太感冒，说：“你咋样啊，身体还行吧？我奶奶咋样？”

侯宝山说：“我还行，你奶奶也没事，你别挂念。”他仍把镜头对着大棚，显然想与孙女分享更多惊奇。

侯聪聪说：“爷爷，别再逞强了，你年岁大了，也该退休了吧，身体要紧啊。”

这时大棚外响起毕佳媛喊乔小盼吃饭的声音，喊了两声没动静，她探头进来寻找，没有乔小盼，只有侯宝山和一个小伙子，她伸了下舌头，问了声“侯爷爷好”，就出去了。

侯宝山继续跟孙女视频。侯聪聪似乎从镜头里看见了毕佳媛，但不知道是谁，就问侯宝山，那女孩子是谁啊？

侯宝山说：“毕得财的姑娘，做好饭了喊乔小盼吃饭。”

侯聪聪那边“哦”了一声，神情落寞下来。

侯宝山说：“聪聪啊，你也老大不小了，该找男朋友了，跟爷爷说实话，处没处对象呢？”

侯聪聪草草结束与爷爷的视频通话，把手机扔在身边草坪上，眼睛看着远处一群踢足球的男同学发呆，刚才还神采飞扬，情绪热烈，现在突然像从阳光灿烂的山冈坠落万丈冰窟，心灰意冷起来。尤其刚才爷爷说到毕佳媛，她竟然跑到乔小盼的菌地里，去给乔小盼做饭了？她怎么跑去的？他俩现在是什么关系？侯聪聪心里突然升起一股无名之火，转瞬间火势熊熊，似乎要把胸膛融化焚毁，最终那股火化作一泓清泉，从她眼里喷涌而出。

侯聪聪抓过手机，站起身朝草坪外走去。身后踢足球的一个人慌忙跟上来，说：“你干吗去？还没踢完呢。”

侯聪聪头也不回，继续往前走。身后的佟大鹏快跑几步，在她前面站住，看着她微微泛红的眼圈，问：“怎么了，眯眼睛了吗？”

侯聪聪继续走。

佟大鹏抓住她胳膊，央求道：“你再等我一会儿，还有十几分钟这场球就踢完了。”

侯聪聪突然朝他吼道：“你去踢呗，关我什么事？！”

佟大鹏傻眼了，莫名其妙地看着侯聪聪，身后传来伙伴们的喊叫，让他赶紧回去踢球。

侯聪聪喊道：“看什么看？别烦我了！你回学校吧，别成天缠着我。跟你说了一万遍，咱俩没戏！没戏，知道吧？！”说完她气咻咻地走了。

毕佳媛接到噩耗的时候，正坐在乔小盼的摩托车后边，朝林阳镇赶路。她想明天回省城。

事后她听那个耳农说，父亲是突然昏倒在他家地头的，当时毕得财正给这个新耳农讲解大棚黑木耳的养菌技术要领，却不想一头栽倒在地上，失去了知觉。

乔小盼二话不说，载着毕佳媛直接往东和县城狂奔。摩托车刚在县第一人民医院门口停稳，就见乔福林和乔福森两辆车同时赶到。与此同时，十几辆农用三轮车蜂拥而至，几十名耳农跳下车，呼啦啦朝急诊室跑。

毕佳媛见到毕雪梅，叫了声：“大姑”，眼泪就如喷泉一涌而出。

毕雪梅眼圈通红，拽起毕佳媛的手朝急诊室跑去。

诊断结果很快出来了，毕得财是脑梗死，需要在重症监护室接受治疗。毕佳媛慌了神，失声痛哭，趴在毕雪梅肩上抽泣。众人也都眼圈红肿，替他感到难过、痛惜。几十名耳农炸了庙，有人替毕老师惋惜，有人诅咒老天不仁，让他们的毕老师遭此厄运。这时出来一名护士长，说他们这么吵吵嚷嚷，影响医院的正常秩序，要他们到楼下等消息。耳农们不干了，说什么也不走，要亲眼看着毕老师醒过来。护士长就火了，严厉训斥这些耳农，他们才极不情愿地出去了。

一个现实很快摆在毕佳媛面前，重症监护室费用很高，需要病人家属尽快做决断。母亲正往这儿赶，因为汽车行驶在深山区手机没信号，毕佳媛脑袋嗡嗡叫，慌乱中不知道如何是好。她知道家里并不富裕，父亲的工资都补贴给耳农了，母亲的工资供她上大学、读研，根本没有多少积蓄，为此她急得直哭。

乔福林说："孩子你别哭了，让你爸必须进监护室，花钱不要紧，花多少钱叔叔掏。"

毕佳媛哭着说："可是，可是医生说我爸的病情比较严重，不知啥时候能醒，也不知道他能不能挺过来呀！"

乔福林说："没事，好人自有好报，老天爷不会这么无情的。"

毕佳媛抽泣着说:"可是,如果他一时半会儿醒不过来,那得多少钱啊？"

毕雪梅把她揽在怀里，给她擦去眼泪，说："钱的事不是你考虑的，我们想办法。"她把目光转向丈夫乔福森。

乔福森说："是啊，佳媛，听你大姑的，钱不用你操心。快别哭了，哭坏身子就更添乱了。"

毕雪梅瞪了他一眼，嫌他说话难听。乔福森连忙说："我不是这个意思，我是说你爸已经昏迷不醒，你要是再有个三长两短，我们对不起他啊！"

这时，走廊另一端出现两个耳农，他们快步跑过来，把一沓儿钱交到毕佳媛手上，说："我们都是从菌地直接赶过来的，就凑了这么多钱，先给毕老师救急用，回头我们再凑钱。"

毕佳媛不接，哭着一个劲儿地摇头。那个耳农急了，说："你这是嫌钱少啊？你放心，毕老师是给我讲课时昏迷的，我回去就是卖房子卖地，也把钱凑够。"

乔福林见他如此真诚，把钱接过来塞进毕佳媛手里，毕佳媛给他鞠了一个躬，泣不成声。

乔福林掏出一张银行卡，递给乔小盼，说："我这卡里有十万块，先给他交三天的费用，你下楼交款。"

乔小盼几个月没见父亲的面，今天一见，发觉他似乎苍老了许多，两鬓长出些白头发，眼袋也下垂了。他犹豫了下，接过银行卡下楼了。说实话，刚才在毕佳媛因为没钱而孤苦无助，无力决断的时候，因为自己没有经济实力而无法帮助到她，眼看她父亲无法进入重症监护室抢救，而内心相当痛苦，但看着父亲主动要求承担费用，替毕佳媛作了决断后，那一刻他是很感动的，知道父亲还是那个仗义疏财、乐于助人的男子汉，虽然这段时间因父亲对自己"见死不救"而耿耿于怀，甚至产生过记恨。

毕得财进了监护室，那里有最好的医生救治，有最好的护士全天候护理，不许病人家属陪护。无奈，毕得财的妻子和毕佳媛只好租了个小床，在门外守候。

乔福林他们告辞，毕佳媛出来送他们。天空不知什么时候下起了雨，空气潮湿。几个人走出门诊大楼，突然被眼前的一幕惊呆了，他们看见雨雾中的停车场上，不知啥时来了一百多辆农用三轮车，几百名身上沾着泥土的耳农们，有的披着塑料布，有的躲在廊檐下，有的干脆站在细雨中，个个脸上露出焦急的神色，悄悄地地议论着什么。见乔福林他们出来，耳农们呼啦一下把他们围住，纷纷询问毕老师有没有生命危险？还能不能醒过来？当他们听说毕得财情形不容乐观，还在昏迷时，许多人流下了眼泪，有的人则号啕大哭。

乔小盼回家取了件雨衣，神情郁郁地骑着大摩托往柞树村赶，因为惦记毕得财的病情，不知他能否从死亡线上挣扎回来，他显得蔫头蔫脑，毫无生气。可是等他回到菌地，却被眼前的景象惊呆了。真可谓一天之间经历了悲喜两重天。

天价

乔小盼看见，大棚边的塑钢房前，侯聪聪端坐在塑料板凳上，歪着头朝他嬉笑。

乔小盼停好摩托，站在原地呆呆地看着侯聪聪，以为自己出现了幻觉。这时突然一撞，侯聪聪飞奔进他的胸怀，紧紧地把他抱住。在乔小盼迟疑瞬间，一把将乔小盼紧紧抱在怀里。侯聪聪趴在他肩膀上呜呜哭了，接着两只小拳头雨点般砸在他胸膛上。

“乔小盼，你不是东西，你为啥不来找我？为啥不来找我呢？为啥啊？”侯聪聪哭得身体颤抖，似乎因缺氧和过于激动，突然身子一软朝下滑去。乔小盼及时把她抱住，将自己的嘴唇扣在她的嘴唇上。

乔小盼带着侯聪聪来到率宾河边，两人并排坐在一截枯木上，头挨头，肩并肩，一会儿相互倾诉衷肠，一会儿相拥而泣，一会儿海誓山盟……不知不觉间黄昏日暮，河边树丛里热闹起来，倦鸟归林了。两人说累了，哭累了，脑袋挨着脑袋，一起望着夕阳下的河面，那里碎金点点，涟漪阵阵，鸥鸟飞翔。

天色暗下来，乔小盼拉着侯聪聪的手站起来。大摩托轰然启动，坐在后座上的侯聪聪搂住乔小盼的腰腹，头贴在他的后背上，两个人尽情在河边的乡路上飞驰。

不一会儿，他们来到乔福林的菌地，乔小盼牵着侯聪聪的手，走进塑料大棚。这是乔小盼特意而为之，说实话，这些日子他苦闷、愤恨，但心里还是非常挂念父亲的，毕竟父子连心，他怎么能记恨自己的父亲呢？无数个难眠之夜，他独自一人坐在河岸边出神，脑海里一遍遍闪现出母亲临死时的画面，那时他也和父亲怄气，两人形同路人，母亲那时最最放心不下的，就是他们父子间的嫌隙，她是在他们“和好”的情况下，才闭上眼睛的。为此，乔小盼反思，觉得虽然父亲太过固执、偏执，接受不了自己回乡创业，但自己不是同样也太过倔强了吗？于是他想与父亲和好，想向父亲道歉，想像从前一样其乐融融，相互关心、爱护，但心底里的那份无用的固执和所谓的廉价的颜面，始终让他无法越过这一步，他在等待时机。

现在机会终于来了，我心爱的人儿来了，你未来的儿媳来了，看你还如何绷着？

乔福林正在大棚里跟赵毅说着什么，猛抬头瞧见眼前出现了两个人，一时愣在那里不知如何是好。

赵毅反应快：“小盼？你，你这……”

乔小盼依然牵着侯聪聪的手，说：“赵叔叔，这是聪聪，我对象。”

赵毅脸上露出灿烂的笑容，说：“哦，好啊，好啊，乔总，小盼把对象领回来了，多好的两个人啊，太般配了！”他在乔福林的后背上推了一把，说，“咋的？儿媳妇来了，乐蒙了，还是傻了？”

乔福林反倒拘束起来，表情极不自然地说：“哦，聪聪来了，出去坐，这里面太潮了。”

侯聪聪在前边走，乔小盼发现父亲在拿眼睛剜自己，他朝他耸耸肩，双手摊开，一副无可奈何的样子，做了个鬼脸也往前走。乔福林在他屁股上踹了一脚。

侯支书的孙女与乔小盼谈恋爱的消息，像乔小盼大摩托车带起的旋风，第二天就传遍了柞树村每个人的耳朵里。尤其葛亚丽的超市，更成了新闻发布中心，人们议论纷纷，都伸舌头啧啧称赞，夸他们郎才女貌，天生一对。但也有一些年轻人表达了不安，觉得乔小盼铁了心在这里搞黑木耳，而人家侯聪聪在省城读研，将来有可能读博士，或者去南方发达地区发展，所以为他俩的未来表示担忧。葛亚丽觉得他是吃不着葡萄嫌葡萄酸，说：“你真是咸吃萝卜淡操心，人家俩人多般配啊！在咱柞树村，谁家姑娘能配得上乔小盼啊？也就侯支书的孙女吧，简直是天生一对地上一双。你呀，我看是嫉妒吧？”那年轻人脸色羞红地争辩：“我嫉妒啥啊？我是实话实说啊。”

葛亚丽朝他呸呸两声，说："你说你也是年轻人，咋就不能心胸敞亮点，盼着人家好呢？"

侯聪聪这次来，是下定了决心要和乔小盼挑明关系，她故意要把两人的恋人关系展示给柞树村的父老乡亲，她要形成"铁的事实"，不给自己和乔小盼留后路。所以她每天都坐在乔小盼的大摩托车上，搂着他的腰腹，脑袋贴在他后背上，任凭长发随风飘舞，已经成了率宾河两岸的一道靓丽风景线。

乔小盼担心影响她学习，催她赶紧回学校，可她就是不着急，一拖再拖。

时令进入伏天后，放了暑假的侯聪聪连夜赶回林阳镇，在家待了一晚上，她就来到了柞树村。侯聪聪俨然成了乔小盼的销售代理，她在网上帮乔小盼打理黑木耳销售，忙得不亦乐乎。侯宝山和齐丽美来找了好几次，让她回家吃饺子，她都没工夫回去吃，弄得齐丽美端着饺子和蒜泥、酱油，送到菌地来。

乔小盼的"元宝耳"一炮打响，一些黑木耳经纪人跑来求购，乔小盼一概不售。这天上午，吴雅娟闻讯赶来，想要包销他的"元宝耳"，但乔小盼没有答应，只给她三分之一的销售权。

吴雅娟以为他撒谎，便不罢休，软磨硬泡，嫌他不开面。

乔小盼见她有些恼，就说："吴姨，不是我不开面，而是，"他瞥了眼侯聪聪，发现她正含笑看着他，说，"其实，早有人把我那些'元宝耳'给预定出去了。"

"预定出去了？谁啊？谁这么有能耐？"吴雅娟不相信地问。

乔小盼又看了侯聪聪一眼，只笑不说话。

吴雅娟催问道："谁啊？"

侯聪聪在一边笑弯了腰。

吴雅娟嗔道："笑什么笑？滚一边去，我跟小盼说正事呢。"

侯聪聪笑得更欢了，劝母亲："小盼给你三分之一的销售权就不错了，你别蛤蟆吃天，胃口太大了。再说人外有人，天外有天，既然小盼说有人已经把他的'元宝耳'大部分预销出去了，那这人肯定是高人，对，绝对是高人！"

吴艳娟知道他俩在恋爱，但见女儿如此嬉皮笑脸地袒护小盼，甚至说自己是蛤蟆吃天，心里就有些想法，但碍于在小盼面前不好发作，就狠狠地瞪了女儿一眼，甩手走了。

吴雅娟并没回林阳镇，而是去了乔福林的菌地，她要把乔福林搬出来，心想小样，你还跟我装上了，我把你老子搬出来，看你给不给他面子！

乔福林虽然与儿子和好如初，也去他菌地“参观”了，并感觉到自己的落伍，但其实他也不好向儿子开口求情，碍于面子啊。但架不住吴雅娟“死缠烂打”，他就抱着试试看的心态，来到儿子菌地。果然如他担心，儿子并没给老子面子，说除了答应给吴雅娟的那些，其他那些“元宝耳”，已经在网上订出去了，不好违约啊。

乔福林见儿子不给面子，脸上有些挂不住，看了吴雅娟和侯聪聪一眼，脸拉得像驴脸，把儿子扯到一边，说：“不管咋说，你吴姨把我找来了，那么多眼睛看着呢，咋也得给老爸一个面子吧？”

乔小盼小声说：“老爸，不是我不给你面子，而是聪聪帮我在网上销售的价格，比她给的价格高出太多啦！”

乔福林以为儿子在搪塞他，噘嘴说：“你就糊弄我吧，你吴姨跟我说了，每斤木耳给你七十块钱，比正常价格翻了一番，你俩网上卖，你能卖出那个价格吗？”

乔小盼说：“这你就不懂了，老爸，我也不跟你夸张，你知道我网上卖多少钱吗？”

乔福林不屑地说：“还不跟我夸张？我看你就是故弄玄虚。你说，你网上能卖多少钱？”

乔小盼说：“一百〇五，每斤价格一百〇五元。”

乔福林绝对不相信，说：“你疯了吧？一斤木耳你能卖一百〇五块？简直是痴人说梦！”

乔小盼把侯聪聪拽过来，说：“你跟我爸说吧，他不信。”

乔福林看着侯聪聪，说：“小盼一点儿也没正形，孩子你说，他的‘元宝耳’究竟是多少钱一斤卖出去的？”

侯聪聪拿眼去看乔小盼，见他眼含笑意地看着自己，说：“小盼说得不假，每斤一百〇五元。”

“一百〇五元？”吴雅娟张大了嘴巴，说，“谁这么有能耐，给卖出这么高价格？”

侯聪聪调皮地问：“你猜呢？”

吴雅娟说：“别嘻嘻哈哈的，说，到底谁卖的啊？”

侯聪聪笑着说：“你闺女。”

女承父业

这年秋天，研究生毕业的毕佳媛婉拒导师让她继续读博的美意，放弃了原来去杭州、深圳谋职的设想，回到了东和县，成为食用菌研究所的一员。导师为其惋惜之余，更是充满了敬佩之情，在她临走时送给她一句话，随时欢迎回来深造，遇到困难随时支援。

毕佳媛之所以这么做，是受了父亲毕得财的影响，父亲突发脑梗住院后，她在医院日夜守护，每天都有许多耳农匆匆赶来，探望父亲的病情。他们或悲伤，或愤懑，或捶胸顿足、号啕痛哭，有的人双手合十祷告，有的人跑去寺院许愿……看着这些衣着俭朴，风尘仆仆的耳农简单直接，甚至朴素得有些愚钝的举动，毕佳媛内心深受触动，她没想到，父亲在他们心中如此重要，会受到全县耳农如此爱戴，他们叫他毕老师、“财神爷”，都是由衷的，发自肺腑的。

有一天傍晚，一个一瘸一拐的男人带着一个十七八岁的女孩子来到病房（那时毕得财已脱离危险），扑通一声就跪下了。他让那女孩子给毕爷爷磕头，那孩子也实诚，砰砰砰一个劲儿地磕头，前额都磕出血了。要不是毕佳媛和母亲硬把他们搀起来，恐怕他们会一直磕下去。那时毕得财刚恢复意识，只能转动眼珠，身子动弹不得。经过了解，毕佳媛得知，男人姓余，年轻时左脚被农用车轧坏了，落下残疾，家中老母患有严重糖尿病、心脏病，他一辈子没找到媳妇，种地等累活干不了，就上山采些山货，卖点儿钱给母亲抓药，家中一贫如洗。十多年前，邻居的妻子得了尿毒症，撒手人寰后，丈夫到附近的煤矿挖煤，遭遇冒顶砸死在里面。他挖煤的时候，把六岁的聋哑女儿安顿在余姓男人家，他被砸死后，小女孩儿没人管，余姓男人就把她收养了。可是收养好收养，但要养活一个聋哑孩子，多一张吃饭的嘴，余姓男人家就举步维艰了。没有办法，村里和民政部门每年适当救济一点儿，但救急救不了穷啊，他们家愈发穷困。后来毕得财去他们村讲授黑木耳栽培技术，余姓男人就和村民一起栽培黑木耳。但栽培黑木耳不是吹气球，要有资金、有技术，可余姓男人啥也没有，于是毕得财联系农村信用社帮他贷款，掏腰包给他买了一万袋菌包，时常跑去帮他把关、“诊脉”，等他的黑木耳上市，又帮他找销售门路。几年下来，余姓男人不仅还清欠款，还有钱给母亲治病了，把收养的聋哑女孩子送到县城特殊教育学校读书，而且家里还建起了三间彩钢瓦房。为了感激毕得财的“救命”之恩，他就朝毕得财要了一张照片，把照片贴在墙上，向恭敬菩萨那样日夜烧香磕头。他这次来探望恩人，是从一百多里地外，坐农用三轮车到一大屯子，再坐客车来到县城的。

毕佳媛流泪了，她望着躺在病床上，尚需点滴和输氧才能维系生命的父亲，平生第一次感到他是那么的伟岸、伟大。虽然父亲此刻躺在床上，但她觉得自己需要仰视才能看清父亲的灵魂。余姓男人走时，天已黑透，毕佳媛问他，天这么晚了，没有客车了，你咋办啊?

余姓男人笑说：“我好办，如今有钱了，我可以住旅店啊。”

毕佳媛说：“那，那我请你们吃点儿什么吧？”

余姓男人说：“不用了，我一会儿请孩子去吃肯德基，你好好伺候你爸吧，老天保佑他早点儿站起来，乡亲们还盼着他去讲课呢！”

后来毕得财病情逐渐好转，出院回家做康复训练。毕佳媛也回到学校继续学习。毕业论文通过后，毕佳媛急急回到家里，却没见到父亲的影子。她是在山区的一个村庄里找到父亲的，远远地，她看见父亲拄着一根木手杖，在给耳农说着什么。说完他们朝菌地走去。菌地的道路并不平坦，毕得财的左脚、左手落下残疾，走路时左脚背外翻，前脚掌“啃”泥，刚走了两步，毕得财突然脚下拌蒜，就要跌倒。毕佳媛快跑过去，一把搀起父亲。

此后的一个多月，毕佳媛时刻陪在父亲身边，每天天不亮就有耳农打电话求援、求救，毕得财和毕佳媛时常连早饭都顾不上吃，买点儿面包、矿泉水就下乡了。他们走村串户，一块地、一个大棚地走，毕得财到了哪里都被耳农包围着、拥戴着，他们知道毕老师身体欠佳，就把凳子搬到田间地头，让他坐着讲课。但许多问题需要他到大棚和菌地实地查看，才能找出症结所在，这时，毕佳媛就成了他的拐棍，搀扶着他走进菌地、大棚。

很快，毕佳媛原本白皙的皮肤，就被太阳光和紫外线晒黑了，光洁的面庞，也被旷野的风吹出褶皱。毕得财心疼女儿，催促她赶紧回去读博，他希望女儿继续深造，成为像曹教授那样受人尊敬的学者、教授。毕佳媛总说不急，直到一个多月后，毕得财警觉起来，严肃地问她是啥意思，为啥不回省城，也没见她复习考博的迹象。

毕佳媛才把自己的想法说了，县黑木耳办公室招收人才，她已经偷偷报了名。毕得财听后一言不发，独自回屋睡下了。

毕佳媛知道父亲生气了，因为从小他就希望自己好好读书，将来当个科研工作者或者大学教授，现在自己突然“先斩后奏”，告知他将要留在县城工作，他恐怕难以接受。

第二天早起，当毕佳媛怀着忐忑的心情想说服父亲时，毕得财竟说他想通了，他欢迎女儿从事黑木耳事业，并对女儿开了一个玩笑，说她这是“女承父业”。

乔福林感觉到在黑木耳栽培领域，自己的确是落伍了，长江后浪追前浪，江山代有才人出。他甚至有一丝悲凉感，原本是自己倡导并率先发展起来的黑木耳，几个月时间，就被儿子远远地甩在后边，从菌种的培育理念，到栽培技术和育菌、养菌流程，都是自己听都没有听到过的，至于他搞的那个自动化电脑程序，更是让自己一头雾水，想都不敢想。尤其当他听说，儿子一亩地的收益是大田黑木耳的十几倍，是自己大棚的六七倍时，他真的从心里感到震惊，知道是自己该谢幕的时候了。

一个仲秋的早上，乔小盼骑着大摩托来到他的菌地，跟他商量说：“爸，我想明年在你的菌包厂搞个试验，由液体菌种代替固体菌种。”

乔福林没有说话，而是坐在板床上闷头吸烟。

乔小盼怕他不接受新生事物，就说：“这种液态菌种是曹教授推荐给我的，他说与固体菌种相比优势很多，比如成活率高、杂菌率低、受病率低，黑木耳产量还能提高……”

乔福林将抽剩下的烟蒂扔在烟灰盒里，站起来说：“你不用跟我商量，我把菌包厂送给你了，你爱咋弄咋弄。”说完，乔福林长长地呼出一口气，似乎憋在心里的一口浊气，终于吐了出来。

乔小盼没想到父亲如此“慷慨”，不仅同意他搞试验，还把菌包厂送给自己，一时有些无法接受，呆呆地看着父亲。

乔福林瞄了他一眼，说：“我这些个大棚，也给你了。”说完他背着双手，头也不回地走了。

乔小盼简直是呆在了原地，他不知道父亲为何会做出如此举动，把他辛辛苦苦奋斗二十年创下的、比他的命还珍贵的“宝贝”，一股脑儿全都送给自己，他这是咋的了？

就在乔小盼望着父亲背影百思不得其解的时候，已走出十几步远的乔福林，突然转回头说：“哦，还有，那辆越野大吉普，也送给你了。”

两大新闻

这年冬天，柞树村爆出了两个大新闻，一个是乔福林和徐莲蝶有情人终成眷属，他俩举行了隆重的婚礼，而他们的新房却不在小洋楼，而是林阳镇黑木耳园区里的高层楼房，给他们当伴郎和伴娘的，是乔小盼和侯聪聪，一时间成为佳话。婚礼后，徐莲蝶就将黑木耳机械加工厂交给乔福林打理，她则全身心投入到产品更新换代的研发。乔福林经过考察，决定在林阳镇黑木耳园区东侧，筹建莲蝶黑木耳机械加工厂。

乔福林和徐莲蝶结婚，说是意外，其实也在人们的预料之中。柞树村的人，都在心里盼望着有情人终成眷属，只是碍于佟林，不知道他还能不能追到徐莲蝶。后来，佟林把菌需销售公司开到了林阳镇的木耳园区，业务量逐渐扩大，接触的人逐渐增多，眼界和视野也不断开阔。他感觉到，自己不会再和徐莲蝶破镜重圆了，因为一个曾经深埋在心底快三十年的隐痛，开始时不时地让他坐卧不宁，深感罪孽深重。他知道，徐莲蝶永远也不会原谅自己，而他也没脸再面对徐莲蝶。于是，他给徐莲蝶发了个微信，说自己对她犯下的罪孽太深，无法原谅自己，此后也不会再纠缠她，祝她早日找到自己的幸福。微信发出后，他还幻想徐莲蝶能给他回音，哪怕她言辞激烈地咒骂自己几句，他心里也会好受些。但他失望了，徐莲蝶压根儿就没给他回信息。他知道她懒得搭理自己，就彻底死心了。后来，园区一个离婚的旅店女老板看上了佟林，他觉得这女人长相不错，人也温柔，就在园区买了个商品房，与她领了结婚证。

乔福林把菌包厂和十个大棚送给儿子后，在林阳镇买了个电梯楼房，装修完，他回到柞树村，向徐莲蝶求婚。

对于乔福林的求婚，徐莲蝶倒没感到意外，但她当时也没答应。那是个夜晚，月儿正圆，徐莲蝶把乔福林领到率宾河吊桥下，那里有一片红毛柳树丛。徐莲蝶说：“福林哥，你不是一直对我有个怀疑吗？那年我为啥突然违背了我俩的誓约，并和佟林结了婚呢？我现在就告诉你。”

乔福林说：“好，你说吧。”

于是两人背靠着红毛柳丛，面对着河水坐下。徐莲蝶开始了自己的讲述：“那年暑假的一个月夜非常闷热，我学习累了，就来到吊桥上想吹吹河风。在吊桥上待了一会儿，感到身上汗津津的，我就到桥下河边洗澡。可当我洗完澡回到岸上，却突然从红毛柳丛里钻出一个光着身子的人，把我抱住了。我当时吓蒙了，既忘了叫，也忘了挣扎，身体一直哆嗦。这个人就是佟林，他一下把我扑倒，接着就骑到我身上。这时我缓过神来，跟他厮打起来。可我毕竟是个小姑娘，根本打不过他，没办法我又抓又咬，佟林始终没得逞，但也把我的下身弄破了，流了许多血。我痛极了，顺手抓起身边的一截枯柳枝，插进他后背。

“我哭着跑回家里，那时我爸在穆丹市师范学校进修，家里只有我妈，她吓坏了，想带我去卫生所包扎，又怕我因此坏了名声，就只好采用土办法给我疗伤。我妈是个暴脾气，等我睡着后，她拎着菜刀去了佟林家。我妈把门踹开，看见佟凤凤正在屋里给佟林后背上敷草药，坐实了他就是那个浑蛋。我妈扬起菜刀就朝佟林砍去，被他躲过，钻进西屋不出来了。我妈骂了一阵，扬言要去村委会告发佟林。佟凤凤就给我妈跪下了，说：‘既然孽子已经造了孽，你就是把他碎尸万段，我也没啥说的，但是，你要是把他告发了，你家闺女的名声也就败坏了，她还是一个大闺女啊，你让她以后还咋活人啊？’我妈没辙了，哭着回到家里。第二天早上，佟凤凤押着佟林来到我家，佟林扑通给我妈跪下，佟凤凤说：‘孩子我给你带来了，我也替你惩罚了，你要是还觉得不解气，咱关上门，任凭你咋处置都行，我没二话。’说完她把一截小手指放在我妈面前，我妈才看见，佟林左手小指被一块旧布包裹着。我妈抽了他一个嘴巴说：‘你这犊子，你坏了我闺女的身子，让她以后还咋嫁人啊？你这个瘪犊子，千刀万剐了你，我也不解恨！’佟凤凤说：‘这样吧，让他给你当姑爷赎罪吧，给你们家当牛做马，我也不心疼，就当我没生过这个孽子。’后来暑假过去，我下身的伤虽然治好了，却从此留下了疤痕，成为我最心痛的隐秘。那以后，我就没去公共浴池洗过澡。我每次小便，或夜深人静，都会不由自主地想到下身的疤痕。我就不敢再面对你，大林哥，我不是不喜欢你了，而是我担心即使将来我俩走到一起，我也无法面对这个疤痕，因为我不仅无法解释，而且还极度自卑，觉得作为一个女孩儿最宝贵的东西，在献给最心爱的人之前被破坏了，就不完美了。那时我死的心都有了啊！我妈更是成天叹息、悲伤，看见我就流眼泪，咒骂佟林把我给毁了。她越这样，我就越自卑，越不敢见你，甚至不敢看你一眼。后来我的学习成绩直线下降，我妈更加为我的隐私和未来担忧，成天唉声叹气，郁闷抹眼泪。我爸问她，她不能启齿。一年后我妈查出了癌症，临死前她把佟凤凤叫到我家，说：'你儿子造了孽，把我闺女糟蹋成这样，以后恐怕她无法再嫁人了，你看咋办吧？'佟凤凤说：'既然这样，我看也是命数，如果你家闺女不嫌弃，就嫁给我家佟林吧。'我妈就哭了，说：'我好端端的一个闺女，败坏在你儿子手里，我，我死不瞑目啊！'说完，她就闭上了眼睛……"

徐莲蝶泣不成声了。乔福林一把抱住她。

柞树村的另一条大新闻，就是乔小盼要在他爸的菌包厂搞液体菌种试验。这下可炸了庙，耳农们简直不敢相信自己的耳朵，咋的，这小子要搞液体菌种？胡闹吗这是！从人工栽培黑木耳开始，就是固体菌种，使用了几十年，一直风平浪静的，现在他要搞什么液体菌种，这不是天方夜谭吗？这不是说梦话吗？虽然耳农们置疑、怀疑，但看到高高矗立的大棚，以及他培养出的"元宝耳"，又似乎觉得他不像是头脑发热、昏着频出的人，毕竟，人家门口挂着的牌子，是省农学院和省食用菌研究所的实验基地啊，没准儿这小子真能鼓捣成，让咱们也跟着一起发大财。于是从液体菌包厂开工的第一天始，就不断有人来探口风，瞧热闹，或者来帮忙。虽然厂子门口张贴了"谢绝参观"（为避免菌种感染）的告示，但耳农们仍像赶集似的，来这里"走马灯"。无奈，乔小盼请村委会主任孙俊帮他聘了个保安，日夜守护在厂子门口，拦住那些好奇的人们。

一片热土

转眼间两年过去。这年初秋，北雁南飞的时候，东和县第三届黑木耳节如期召开，省里相关部门非常重视，在郭伟忠的推动下，省森工系统派出了强大的参会团队，自天保工程实施后，不再以砍伐林木为主业，他们开始不断寻求新的收入门路，因此总局副局长亲自带队，全省六十多个森工局都派员参加，成为此次节会的“天团”。除此之外，各地市和部分县、镇、村，以及一些农垦企业，也派员参加，观摩、取经。

木耳节开幕式上，国家相关部门接连发布喜讯：东和县获得国家级绿色食品有机资格认证、实施地理标志产品保护、获得国家五大农产品集散中心之一称号。此外，会议期间，由相关专业技术部门和公正单位，公布了东和县黑木耳基因测序图谱。一块块牌匾，一组组数字，令参会嘉宾羡慕不已，而东和县的人们则激动不已，充满了自豪。

这次节会，柞树村又一次荣幸地成为分会场，只不过这次吸引大家眼球的，不再是乔福林的大棚木耳，而是换成了乔小盼的现代科技智能栽培技术。为了把乔小盼打扮得精精神神，侯聪聪特意给他买了一件淡蓝色休闲服，一件深蓝色休闲裤，一双深藕荷色运动鞋。乔小盼手拿一个小型扩音器，领着嘉宾们在大棚里参观。参观的人，没有不感到震惊的，他们那里的黑木耳要么没发展，要么发展了没起色，但看完乔小盼的“元宝耳”，尤其听他介绍说，一亩地的大棚木耳产量是大地栽培的七到八倍，价格是大地栽培木耳的三四倍以后，宾客们觉得更加不可思议，议论说这哪是黑木耳啊，简直就是真正的金元宝啊！

接着，乔小盼又领嘉宾们参观了他的液体菌种菌包厂，再次让大家震撼，说这个菌包厂领先全国黑木耳技术十年。有的嘉宾说道："你们搞得这么好，我们就是尥蹶子也跟不上啊！"

侯聪聪听着大家对恋人的称赞，心里比蜜还甜，她不自觉地向乔小盼投去温柔而钦敬的目光。大概是第六感起了作用，正给嘉宾们介绍情况的乔小盼，扭头时正好与侯聪聪四目相对，给侯聪聪一个甜蜜的微笑。侯聪聪朝他竖起大拇指。

柞树村观摩结束，嘉宾们乘车往林阳镇分会场赶。乔小盼启动越野吉普车，侯聪聪坐上来，说："小盼，你今天太帅了，我给你点赞！"

乔小盼抓住她的手在唇上亲了亲，发动汽车跟在车队后边，说："聪聪，谢谢你，如果没有你的支持，我绝对干不出这么好的事业，恐怕还在为你而苦情着呢。"

侯聪聪笑了，顽皮地说："你这话我信。"

乔小盼说："挺自信啊。"

侯聪聪抿嘴笑着说："那是。"

乔小盼问："你研究生毕业一年多了，还打算给你妈的公司帮忙吗？要不来我这儿干吧，咱俩离得近些，省得我每天想你。"

侯聪聪说："昨天我妈跟我谈了，说要把黑木耳经销公司交给我，她要把精力投入到与梁老板的山珍产品加工厂上去。"

乔小盼笑问："把经销公司交给你，你愿意吗？"

侯聪聪说："我愿意啊，这样多好啊，你种木耳，我销售木耳，形成一个产业链，肥水不流外人田嘛！"

乔小盼说："也挺好，戏里不是唱吗，'我挑水来，你浇园'，没有比这再好的了。"说完，他竟唱起了黄梅戏，"树上的鸟儿成双对……"

"绿水青山带笑颜……"侯聪聪接唱道。

乔小盼和侯聪聪刚在台下站好，林铁就引导着一些领导和贵宾走上主席台。仪式很简短，主要举行东和县黑木耳园区揭牌仪式，接着众人移步，参加东阳山珍产品加工厂竣工仪式，这个企业是乔福林、吴雅娟和梁老板合建的，是黑木耳园区入住的第一个大型企业，一些省市领导和部分嘉宾参观了加工厂的生产车间，吴雅娟代表合作方对产品情况作了介绍，他们目前研发的主要加工产品有：精品干木耳、膨化木耳产品、冻干木耳产品、风味即食木耳产品、黑木耳药膳保健产品，以及木耳糖、木耳酱等系列产品。嘉宾们边听讲解边品尝产品，对他们能把一朵小小的黑木耳开发出如此丰富的产品系列，感到震惊，赞不绝口。节会还没结束，东阳山珍产品加工厂一年的产品就被订购一空。

嘉宾们在东阳黑木耳园区参观的第二个规模企业，是佟林的菌需物资销售中心。

然后，林铁带领大家继续往前走，参观位于园区东侧边缘的莲蝶黑木耳机械加工厂，门口显著位置竖立着一块大型广告牌，密密麻麻的文字介绍上，是农民发明家徐莲蝶的大幅照片。乔福林作为法人，穿着一套深色西服，扎着条红色领带，精神抖擞地和徐莲蝶引导大家参观。在加工厂展厅里，陈列着徐莲蝶多年来自己发明和其他乡间发明家发明的黑木耳加工机械样品，比如菌袋窝口机、刷瓶机、装袋机（分卧式和立式两种）、打眼儿机等。每种机械前都配了图文，介绍了产品逐代更新、革新情况，还有一个操作员，作示范讲解。这个展厅是徐莲蝶的儿子、哈工大在读博士佟大鹏策划制作的，为此他特地请假从哈尔滨回到林阳镇，帮母亲忙活了半个月。作为展会志愿者，佟大鹏手持话筒，为嘉宾作讲解。

乔小盼扯了扯侯聪聪衣角，她会意地随乔小盼挤出人群。

乔小盼牵着侯聪聪的手，一直朝前走了几百米，前面已经无路可走，是一大片拆迁完正在平整的土地。侯聪聪不解地看着他，说："这是一片还没开发的土地，你拽我来这儿干啥？"

乔小盼指着几台正在平整土地的推土机说："你可别小瞧它，这是一片未开发的热土啊！"

侯聪聪问："难道，你想在这片热土上做文章？"

乔小盼两眼放光，说："是的，我想在这片热土上实现我更大的梦想，建一个大型现代化的液体菌包厂，你看行不行？"

侯聪聪说："行倒是行，不过，你在柞树村不是有个液体菌包厂吗？再在这儿建一个，有必要吗？"

乔小盼说："那个规模太小，辐射面也小，我想建一个年产五千万袋的大型菌包厂。这样，不仅能解放出三千到五千个劳动力，而且大约能消灭一千个小锅炉，这样，就能逐步解决小烟囱的污染问题，还人们一片碧水蓝天。”

“哦。”侯聪聪点点头说，“你要这样说，我支持，举双手支持！”

远处的人群到别处参观，渐行渐远。接近正午的阳光铺洒下万道金线，黄灿灿的，满当当的。天空湛蓝湛蓝，淡淡的云彩悠然游动，有的像羊群，有的像雪团，有的像飞天仙女。忽一阵清风徐来，天上的云彩竟幻化成一条腾云驾雾的白龙。

乔小盼的越野车驶过柞树村，驶上了率宾桥，向着观音岭飞驰。他要带着侯聪聪去观音岭兜风，要让她体验一把飞驰的刺激。

突然，他们眼前飞起一群鸟儿在天空翱翔。细看才知，那是观音岭消失已久的中华秋沙鸭。

侯聪聪打开车窗，歪头去看秋沙鸭，一股清风扑面而来。

“哇，太美了！它们太美了！”侯聪聪的长发在山风的吹拂下，像波浪翻滚的青草。

乔小盼大声喊道：“我太幸福了！我现在是世界上最幸福的人！感恩上苍，感恩时代，感恩生活，感谢爱情！”

侯聪聪说：“我看你搞黑木耳浪费人才了。”

乔小盼问：“那我应该干啥去？”

侯聪聪大声说：“写——诗——去！”

（全文完）

后记

应该说，这是我必须要写的一部长篇小说。而且，这是目前为止我酝酿时间最久的一部小说。

本书是一部描写家乡巨变的小说，就是因为这小小的黑木耳，使得东宁市十几万农民的人均纯收入连续十几年处于全省第一的位置，甚至带动了外省几百万农民靠此发家致富。因这木耳的恩佑，使得这里的农民鲜有离乡外出打工，使得他们的父母免却了那份牵挂，更让他们的妻儿免遭离别的痛楚和思念的折磨。

也是因这小小的黑木耳，带动了一项产业，形成了一个产业链，富足了远不止靠土地刨食的人们。

这一切是大山所赐，是靠着几代矢志不渝、一心为民为政者的初心执着，是靠着锲而不舍、追求卓越的乡土科技人才的不懈努力，是靠着祈盼富裕、不甘贫穷的新型年轻农民的苦苦追求。

这些不是小说，也不是传说，而是真真切切地发生在我生活的地方。而作为这传奇的亲历者，我实实在在地被感染着、感动着……所以很久以来，我就想写一些山乡巨变的内容，记述这段历史，描摹这幅画卷，表达耳农心声。

这个创作的想法在 15 年前突然萌发，于是我和我的同事利用 2 个月时间，走了 40 多个村屯，采访了 30 多位施政者、乡镇领导、科技人员，以及 100 多位耳农。他们的事迹平凡而伟大，他们的故事感人而可歌可泣，他们的苦涩真实而耐人寻味，他们的富裕真切而令人瞠目，他们的幸福自然而甘之若饴！

通过走访调查，令我眼界大开，脑洞大开，如今耳农们靠着科技的加持，再次把这里的黑木耳产业做大做强，还无私、无偿地支援、帮助了其他地方的农民靠此发家致富，走出贫穷，走向美好。

几乎每个月都有各地领导率领村镇干部前来考察、取经，几乎每天都有全国各地的农民前来学习、实习，而且市里还免费为藏区牧民教授黑木耳栽培技术，许多地方出产的黑木耳要运到这里，才能卖出好价钱……

小小的黑木耳深加工出几十个产品，铺满全国各大超市，出口十几个国家。

更让我惊讶的是，现在东宁市竟然把黑木耳产业做成了文旅产业，建设了黑木耳博物馆，建成了黑木耳大市场，建成了黑木耳信息及期货中心，建成了全国第一个黑木耳小镇，创作出了以《黑木耳赋》为代表的许多优秀的文艺产品……

2022年，中国作家协会提出了新时代山乡巨变创作计划，而“七猫中文网”推出第三届现实题材征文活动，让我的创作思路顿时活络起来。有了身边这些鲜活的素材，加上难以言表的激情和灵感，小说的创作十分顺畅，很快完稿。

《苍山耳语》在“七猫中文网”陆续连载后，经专家评定获得了二等奖，并有幸获邀去上海参加了颁奖仪式。回来后受到了东宁市宣传部门的褒扬，徐部长和文联庄主席十分重视，向主要领导汇报后，给予我出版支持，在此一并感谢！

苍山有情，木耳有语，是为苍山耳语！

感谢苍山恩赐，感谢这片山川里的人们，感谢这个恢宏的时代！

内容简介

这是一部反映新时期山乡巨变的现实题材长篇小说。本书描写的故事发生在东北老爷岭腹地，观音山脚下柞树村。主人公乔福林是银行保卫科科长，妻子是银行职员。原本不错的生活，却在他产生了要辞职回乡搞黑木耳、带乡亲们发家致富、摆脱愚昧贫穷的想法后发生了翻天覆地的变化。起初，乔福林创业发展思路与村里相悖，资金、技术、土地都面临困难，更因制作菌种险些丧命。后又面临干旱、洪水、台风等天灾，大哥离奇失踪，部分村民昧了良心搞生产……历经种种，在经历汗水、泪水、血水，幸福、甜蜜、悲酸、坎坷后，终使发展黑木耳产业和生态建设矛盾迎刃而解。乔福林用青春和热血诠释了“绿水青山就是金山银山”的真谛！

责任编辑 郑 爽

装帧设计 百悦兰棠 BAIYUE LANTANG

七猫中文网

百花文艺
图书官方旗舰店

关注百花文艺
关注更多好书

上架建议：长篇小说

ISBN 978-7-5306-8905-9

定价：98.00元